btb
Aus Freude am Lesen

btb

Buch

In einer alten Villa in Jerusalem lebt die kleine Rosa, die zur schönsten aller Frauen heranwächst – und das heißt gemäß orientalischem Schönheitsideal zur dicksten Frau in ganz Israel. Rosas schier unstillbarer Hunger hat seine Wurzeln in ihrer Kindheit, als die Geschichten über Krieg und Hunger sie so verschreckten, dass nur ständiges Essen ihr Sicherheit vermitteln konnte. Alle sind von dem fetten, aber niedlichen Mädchen begeistert, und Rosa wird geweissagt, dass sie in ihrem Leben vier Männer heiraten wird. Mit vierzehn wird sie vom Kinobesitzer Josef verführt. Rosa genießt ihr neues Leben als verheiratete Frau und nascht den ganzen Tag. Sie wird siebenfache Mutter und immer fetter, und die Prophezeiung ihrer Kindheit scheint in weite Ferne gerückt. Doch mit fünfzig schenkt Rosa, inzwischen ob ihrer Körpermaße eine Berühmtheit, einem weiteren Mädchen das Leben. Die kleine Maleach (das bedeutet Engel) hört mit zwei Jahren auf zu wachsen. Josef kann diesen Schock nie überwinden, er stirbt geistig umnachtet. Daraufhin nimmt sich Rosa Ehemann Nummer zwei. Doch sowohl mit ihm wie mit Ehemann Nummer drei hat sie nicht viel Glück, es sind lebensfremde Taugenichtse. Rosa scheint dies egal zu sein, wichtig ist ihr nur die kleine Maleach. Als diese sich eines Tages aus dem Fenster stürzt, weil sie meint, sie könne fliegen, verschwindet Rosa von einem Tag auf den anderen. Niemand in ganz Israel kann sagen, was aus ihr geworden ist. Doch ihre alten Freundinnen behaupten, sie sei mit Ehemann Nummer vier in ein fernes, paradiesisches Land aufgebrochen, um dort ein neues, glückliches Leben zu beginnen…

Wie bereits in ihrem ersten Roman gelingt Shifra Horn auch hier das Kunststück, mit einer märchenhaften Erzählung, in der viel Wahrheit und Einsicht über das Leben im modernen Israel steckt, den Leser in eine bunte, schillernde und exotisch geheimnisvolle Welt zu entführen.

Autorin

Shifra Horn, die einer seit sieben Generationen in Israel ansässigen Familie entstammt, wurde 1951 in Tel Aviv geboren und lebt heute in Jerusalem. Dort besitzt sie eine eigene PR-Agentur. Gleich ihr erster Roman »Das Kupferbett« wurde ein großer Erfolg. Auch »Die Schönste aller Frauen« stand monatelang auf den israelischen Bestsellerlisten.

Außerdem von Shifra Horn bei btb:

Das Kupferbett. Roman (72618)

Shifra Horn

Die Schönste aller Frauen

Roman

Aus dem Hebräischen
von Ruth Achlama

btb

Titel der Originalausgabe:
Hajafá Banaschim (The Fairest Among Women)
Originalverlag: Keshet, 1998

Umwelthinweis:
Alle bedruckten Materialien dieses Taschenbuches sind chlorfrei und umweltschonend.

btb Taschenbücher erscheinen im Goldmann Verlag, einem Unternehmen der Verlagsgruppe Random House

1. Auflage
Deutsche Erstveröffentlichung Oktober 2001

Umschlaggestaltung: Design Team München unter Verwendung eines Fotos von AKG, Berlin
Satz: Uhl + Massopust, Aalen
CV · Herstellung: Augustin Wiesbeck
Made in Germany
ISBN 3-442-72685-9

Für meinen Sohn Gil'ad

Ich will Euch sagen, mit wem die Zeit den Pass geht,
mit wem sie trabt,
mit wem sie galoppiert
und mit wem sie stillsteht.

WILLIAM SHAKESPEARE, Wie es euch gefällt

1

Ali Chamudas Haus der Noten

Das früheste Erlebnis, das sich Rosas Gedächtnis eingeprägt hatte, war ein Geräusch. Ein eigenartiges, dumpfes Schaben, ganz anders als alles bisher Gehörte, ängstigte sie in der Nacht des Umzugs in die neue Wohnung und wurde die erste bleibende Erinnerung ihres Lebens. Dieses Schaben, das mit Leichtigkeit die vertrauten Geräusche – Schussgeballer und Kanonendonner – übertönte, verursachte ihr eine Gänsehaut und raubte ihr den Schlaf.

Wenn sie später einmal ihren Kindern davon erzählte, sagte sie, es habe sich angehört, als würde man Leichen über den Boden schleifen, viele Leichen, leblose menschliche Körper.

Während Rosas Mutter Angela in jener Nacht hastig die wenigen Habseligkeiten in muffige britische Munitionskisten packte, dabei die Sachen ihres umgekommenen Mannes sorgfältig in eine getrennte Kiste tat, auf die sie mit schwarzer Tusche AMAZJA schrieb, hallten noch Schüsse durch die Stadt, untermalt von den dumpfen Schleifgeräuschen und gedämpften menschlichen Stimmen. Was da durch die Gegend geschleift wurde, wusste Rosa nicht, denn sie war ja noch ein kleines Mädchen. Und als sie ans Fenster gehen wollte, um mit eigenen Augen im Dunkeln zu erspähen, was es mit diesen Geräuschen auf sich hatte, scheuchte die Mutter sie ängstlich zurück und machte die Läden zu.

Auch die Palmachsoldaten, die in dem blutigen Gefecht um das Kloster San Simon gesiegt hatten und schließlich in das reiche Jerusalemer Viertel Katamon eingedrungen waren, das sich über Nacht seiner arabischen Einwohner entleert hatte, vermochten dieses Geräusch nicht zu unterbinden. Es rührte von den schweren Teppichen her, die scharenweise – zu dicken, bunten Rollen aufgewickelt – in der Nacht nach dem Gefecht wie gefesselte Gefangene durch die Stadt geschleift wurden. Diese herrlichen Teppiche, die noch niemals ihre Häuser verlassen hatten, wurden von den kühlen Fliesen geschält, auf denen sie Jahre in den Zimmern der eleganten Villen gedöst hatten, und gegen ihren Willen von den Plünderern davongezerrt. Ergeben scharrten sie über den Straßenstaub, ihre strahlenden Farben wurden schwarz vor Dreck, ihre Fäden, von den stahlharten Fingern junger Weberinnen nach Muster eingeknüpft, lösten sich, und sie selbst hinterließen breite Schleifspuren auf dem Boden. Wohin die Teppiche unterwegs waren, wer sie abschleppte, welche Fliesen sie heute bedecken und wer jetzt weich in ihnen versinkt – all das wusste später, als Rosa größer war und hartnäckig das Geheimnis der wandernden Teppiche zu enträtseln suchte, niemand zu sagen.

Wann immer sie, Jahre später, bei Verwandten und Freunden einen wertvollen Teppich liegen sah, hielt sie nach Schleifspuren Ausschau, um zu ergründen, ob er womöglich zu denen gehörte, die in der bewussten Nacht dumpf schabend fortgezerrt worden waren.

Am nächsten Morgen übersiedelten sie aus ihrem engen Zimmer im Stadtteil Mamilla in das neu zugewiesene Haus im verlassenen Katamonviertel, dessen arabische Einwohner Hals über Kopf geflüchtet waren und nun in einer traurigen Kolonne hoch beladener Autos und Karren über die Hebronchaussee einem unbekannten Ziel zukrochen.

Den ganzen Weg von Mamilla nach Katamon ging die kleine Rosa zu Fuß, die eine Hand fest in der Hand ihrer Mutter, die andere nicht weniger fest in der ihres Onkels Josef.

Hausrat, Matratzen, Bettzeug und Kleidung – auch die des verstorbenen Amazja – wurden ihnen auf einem brüchigen, hölzernen Kinderwagen vorausgerollt. Rosa erinnerte sich an den nackten Rücken des Lastträgers, der den Wagen mit den hoch getürmten, schmierigen Munitionskisten vor ihnen herschob. Der breite Rücken glänzte vor Schweiß, und die dunklen Haare, die auf seinen runden Schultern sprossen, klebten an der feuchten Haut. An Ort und Stelle angekommen, feilschte Angela mit ihm um seinen Lohn, worauf er ergrimmt auf den Boden spuckte und fluchend abzog.

Nun standen sie in dem eleganten Villenviertel. Wegen der angespannten Stille in der Luft hörte man umso deutlicher das Zwitschern der Vögel, die sich in den Zweigen der Maulbeerbäume, Palmen und Kiefern tarnten, als fürchteten sie, von einer verirrten Kugel getroffen zu werden. Das zugewiesene Haus, das mitsamt seinen Bewohnern Rosas Schicksal bestimmen und ihr Leben in vorhersehbare Bahnen lenken sollte, war aus sorgfältig behauenen rosa Steinen mit lebhafter roter Äderung erbaut. Schmale, hohe Fenster mit vorspringender Steinumrahmung beäugten die Ankömmlinge neugierig aus ihren bogenförmigen Pupillen und zwinkerten mit den blauen Läden. Als Rosa den Blick hob, entdeckte sie die eiserne Regenrinne, deren Spund ihr wie der Schnabel eines urtümlichen Vogels entgegenklaffte und mit blechernem Klang die Reste des Regens ausspie. Folgte man der Rinne die Hauswand hinauf, gelangte man zu dem mächtigen Dach, das mit seinen schuppenförmig angeordneten Terrakottaziegeln wie ein schmucker Turban wirkte. Das eiserne Eingangstor, mit einem bauchigen Violinschlüssel geschmückt, tat sich in echt orientalischer Gastfreundlichkeit weit auf und brach mit fröhlichem Begrüßungsquietschen die angespannte Stille am Ort. Eine geräumige Halle, ohne Teppiche oder Möbel, hieß die Ankömmlinge willkommen, und Rosa schnupperte den frischen Hauch von Lavendelsträuchern im Hof, vermischt mit dem süßen Duft rankenden Jasmins an den Fenstergittern, die der musikliebende Hausherr mit Noten hatte verzieren lassen. Wie ein Eindringling in fremdem Besitz, voll Furcht, die Hausbewohner könnten jeden Augenblick herauskommen und sie mit Schimpf und Schande davonjagen, ergriff Angela Rosas Hand, drückte so fest zu, dass die Haut unter ihren Fingern weiß wurde, und ging die leeren Zimmer ab, die zu beiden Seiten der Halle abzweigten.

In der Küche wartete ein kaltes Mahl auf dem mit schneeweißem Damast gedeckten, prächtigen Mahagonitisch, der auf geschnitzten Löwentatzen in der Ecke stand. Rosa befingerte die Fladenbrote, die sich überraschend hart anfühlten, senkte den Blick auf die verlockend glänzenden schwarzen Oliven in grünem Öl, musterte den arabischen Weißkäse, dessen säuerlicher Geruch die Luft erfüllte, und versuchte den Duft der dunklen Hackfleischbällchen an den kleinen Eisenspießen zu wittern, die ein schillernder Fliegenschwarm wie toll umschwirrte. Schon wollte sie ein Stück Fladenbrot abreißen und es in den Weißkäse tauchen, doch Angelas knochige Finger schlugen ihr auf die grübchenbesetzte Patschhand. Beleidigt nahm Rosa die Finger von den leckeren Dingen und stimmte das Wehgeheul eines hungrigen Kindes an, dem man das Brot vom Mund weggeschnappt hat.

»Das gehört uns nicht«, erklärte Angela, »es ist nicht unser Essen.«

»Wem gehört's denn dann?«, fragte Rosa, wieder gefasst.

Entgegen ihrer sonstigen Gewohnheit, auf alle Fragen der Tochter einzugehen, blieb Angela ihr diesmal die Antwort schuldig. Benommen, als hätte man sie mitten in der Nacht unsanft aus dem Schlaf gerüttelt, tappte sie dem Uniformierten nach, der sie im Haus erwartet hatte. Sie deutete auf das Zimmer, das sie haben wollte, und erbat es mit zaghafter Stimme. Rosa staunte über ihre Wahl. Der Raum strotzte vor menschlichen Exkrementen und stank penetrant nach Urin. Nachdem Angela das Zimmer gescheuert und Amazjas Sachen darin verstreut hatte, wollte sie Rosa in das nagelneu aussehende rosa Holzbett legen, das sie aus dem Nebenzimmer hereingezerrt hatte. Argwöhnisch betrachtete Rosa das Bett, das mit pausbäckigen kleinen Engelchen in sanften Pastellfarben bemalt war, und setzte sich zögernd darauf. Mit einem müden Wink bedeutete Angela ihr, sich hinzulegen, und Rosa streckte sich auch gehorsam aus, wohlig empfangen von herrlicher Weiche. Doch als der Schlaf über sie kommen wollte, fuhr sie hoch, als hätte sie etwas Verbotenes getan.

»Wem gehört dieses Bett?«, fragte sie.

»Jetzt ist es deins«, antwortete Angela flüsternd, als verrate sie ein Geheimnis.

»Aber vorher hat jemand darin geschlafen, ein anderes Mädchen, wo ist sie?«

»Das Mädchen ist weggegangen, und jetzt gehört das Bett dir«, antwortete Angela.

»Dann ist es aber nicht mein Bett, und ich darf nicht darin schlafen«, sagte Rosa energisch, im Gedanken an das Fladenbrot und den Weißkäse.

»Wenn du nicht darin schlafen willst, dann schlaf halt auf dem Fußboden«, gab die Mutter ärgerlich zurück.

Müde und erschlagen legte Rosa sich wieder in das neue Bett, dachte an die Geräusche der letzten Nacht, an die kleine Prinzessin, die in dem Bett geschlafen hatte, und an die aufgemalten Engel, die ihr den Schlummer mit Harfenklang versüßten. Als dann liebliche Töne in ihren Ohren klangen und goldblonde Prinzessinnen vor ihr tanzten, schloss Rosa die Augen und schlief ein. Die Matratze – voll gesogen mit der Körperwärme und dem Geruch jenes anderen Mädchens, das auf Nimmerwiedersehen fortgegangen war, nachdem es die Wattefüllung in traurigen Momenten mit Tränen genässt und auf dem weichen Lager süße Träume geträumt hatte – empfing nun still ergeben den schweren Körper des neuen Mädchens, das Zuflucht auf ihr gefunden hatte.

In dieser Nacht begegnete Rosa der anderen. Sie war in ihrem Alter, trug ein weißes Batistkleid, luftige schneeweiße

Spitzenhandschuhe, weiße Söckchen und weiße Lackschuhe. Von ihrem Hals baumelte ein großer, schwerer Eisenschlüssel wie ein teurer Anhänger an einem weißen Seidenband. Wäre sie nicht kindlich klein gewesen, hätte Rosa sie für eine Braut gehalten. Erschrocken blickte sie sie an und meinte dabei fast, sich selbst im Spiegel zu sehen. Die beiden Mädchen starrten einander mit weit aufgerissenen Augen an.

»Wer bist du?«, wagte Rosa das lastende Schweigen zu brechen.

»Wer bist du?«, antwortete ihr das Mädchen echohaft.

»Ich hab zuerst gefragt. Wer bist du?«

»Du schläfst in meinem Bett«, erwiderte das fremde Mädchen in ruhigem Ton und mit ausdrucksloser Miene, als hätte man nicht ihr das königliche Bett geraubt.

»Jetzt ist es meins. Das hat Mama mir gesagt«, hielt Rosa ihr trotzig entgegen und umklammerte die Holzstäbe des Betts, als könnte die Matratze ihr unter dem Hintern wegrutschen.

»Aber vorher war es meins«, entgegnete die Fremde leise, um ja nicht Angela und Josef aufzuwecken, die auf ihrem Lager in tiefen Schlummer versunken waren.

Rosa sah ein, dass das Mädchen Recht hatte, und blieb stumm, weil sie keine Antwort wusste. Dann fasste sie Mut und fragte: »Wie heißt du? Ich heiße Rosa.«

Unverständlicherweise weigerte sich die Fremde hartnäckig, ihren Namen preiszugeben. So entschied Rosa für sie: »Wenn du mir nicht verraten willst, wie du heißt, werde ich dich Rina nennen«, erklärte sie, froh, ihr einen Namen geben zu können, den sie damals besonders mochte.

Das fremde Mädchen rollte den neuen Namen wie einen Ball im Mund: »Ri, Rin, Rina«, und akzeptierte ihn mit trübseligem Blick.

»Was ist das denn für ein Schlüssel?«, fragte Rosa und wog ihn in den Händen.

»Das ist der Schlüssel zu meinem Haus«, kam die Antwort nach einigem Zögern.

»Und wo ist dein Haus?«, fragte Rosa, obwohl sie die Antwort kannte.

Das Mädchen antwortete nicht, als hätte sie die Worte gar nicht gehört.

»Wo schläfst du dann jetzt?«, wollte Rosa weiter wissen. »Mama hat mir erzählt, du schliefst heute in dem Bett eines anderen Mädchens, das weggegangen ist.«

Rina schwieg. Mit ihrer weiß schimmernden Hand bedeutete sie Rosa, ihr Platz zu machen. Rosa schlug die Decke zurück, und zu ihrer Verwunderung stieg das Mädchen in voller Kleidung samt Handschuhen und Lackschuhen ins Bett. Rina legte ihren Lockenkopf neben Rosas Kopf auf das pralle Kissen und sagte im Befehlston: »Jetzt müssen wir schlafen.« Rosa kuschelte sich gehorsam neben ihr zusammen und schlief ein.

Als Rosa morgens aufwachte, war Rina weg. An ihrer Stelle lag eine riesengroße Puppe mit hartem Porzellangesicht und weichem Körper, die Wangen rosa angemalt, die Augen aus blauem Glas, die prächtigen Locken von einem roten Seidenband gehalten. Die Puppe trug ein weißes Batistkleid und an den Füßen Spangenschuhe aus weichem Ziegenleder. Rosa blickte erschrocken auf die toten Augen, die sie vorwurfsvoll ansahen, und schleuderte die Puppe schreiend von sich. Sie landete auf dem Fußboden, ihr hohler Kopf schlug dumpf auf die mit Blattwerk und Früchten bemalten Fliesen.

»Was ist denn hier los?«, rief Angela herbeistürzend, hob die verschmähte Puppe vom Boden auf und prüfte sorgfältig, ob der Kopf auch nicht gesprungen war. »Guck mal, was für eine schöne, neue Puppe du hast«, versuchte sie die Tochter mit ihrer eigenen Begeisterung anzustecken.

»Das ist nicht meine Puppe«, erwiderte das Mädchen trotzig.

»Jetzt gehört sie dir«, sagte Angela und legte die Puppe neben sie. Rosa machte sich dünn, um den leblosen Körper, der sie mit kalten Glasaugen anstarrte, nicht zu berühren. Sie versuchte ihrer Mutter von Rina zu erzählen, doch Angela war voll beschäftigt, das Zimmer aufzuräumen und die Kisten auszupacken, und tat nur so, als würde sie zuhören, nickte zwar wie zustimmend, aber Rosa wusste, dass sie kein Wort mitbekam. Später einmal hörte sie ihre Mutter zu Josef sagen: »Wenn wir nicht in dieses Haus gelangt wären, hätten sie uns dort gewiss ebenso abgeschlachtet wie meinen armen Amazja. Ein Glück, dass die Armee rechtzeitig gekommen ist, um die Stadt zu retten, und außerdem wohnen die jetzt in unseren Häusern, schlafen in unseren Betten, tragen unsere Kleider und essen unser Essen. Wir tun ihnen also genau dasselbe an wie sie uns.« Da Rosa nicht verstand, was sie meinte, versuchte sie ihren Onkel Josef auszufragen, aber der verweigerte jede Auskunft. Später hörte sie ihn seiner Schwester Vorwürfe machen: Sie hätte dem Kind unnötig Angst eingejagt.

Bevor Rosa am nächsten Abend ins Bett ging, legte sie die verstoßene Puppe in eine Munitionskiste, die sie im Hof gefunden und gut mit einem alten Handtuch ausgepolstert hatte. Die Kiste mit der Puppe stellte sie neben ihr Bett. »Das ist dein Bett«, sagte sie, »in mein Bett darfst du nicht rein.« Nachts kam Rina erneut auf Besuch. Sie freute sich, die Puppe wiederzusehen, und erzählte Rosa, sie heiße Jaffa – die Schöne –, weil sie die schönste Puppe weit und breit sei. Sie nahm sie auf den Arm – behutsam, »weil sie ein Porzellangesicht hat, das kaputtgehen kann« – und zeigte Rosa, dass die Puppe, wenn man sie auf und ab bewegte, mit schwacher, feiner Stimme » Mama, Mama, Mama« sagte. Danach bat sie Rosa, die Puppe gut zu behandeln, ihre Kleider sauber zu halten, und zeigte ihr, wie man sie kämmen musste.

Fortan erschien Rina beharrlich jede Nacht, legte sich zum Schlafen neben Rosa und wurde ihre beste Freundin – bis Rachel, Ruchama und Ruth, ihre neuen Freundinnen, ins Haus kamen. Als nächtliche Freundin konnte Rina nicht an den täglichen Spielen – Seilhüpfen, Fangen und Verstecken – teilnehmen und wurde ein bisschen aus Rosas Herz verdrängt. Sie kehrte vor allem in einsamen Nächten wieder, wenn der eiskalte Winterwind schrill auf den notenverzierten Fenstergittern schrammelte. Dann trat sie mit ihrem blassen Gesicht ans Bett und erkundigte sich nach Jaffas Befinden. Rosa ließ sie mit ins Bett klettern, sagte ihr beruhigend, sie brauche keine Angst vor dem Grollen der Donner und den grellen Blitzen zu haben, und erklärte ihr, dass es sich nicht um Schüsse und Granaten handele, denn der Krieg sei längst zu Ende. Sobald sie sich beruhigt hatte, erzählte Rosa ihr flüsternd, die ganze Welt sei voll kleiner Mädchen, die in den Betten anderer kleiner Mädchen schliefen, die wiederum in den Betten anderer kleiner Mädchen schliefen, die ihrerseits in den Betten anderer kleiner Mädchen schliefen, und so weiter ohne Ende, denn so müsse es sein.

Einige Tage nach ihrem Einzug in die prächtige Villa, die den schönen Namen »Ali Chamudas Haus der Noten« trug und bei den Behörden als »verlassener Besitz Block 142, Haus Nummer 5« registriert war, trafen Flüchtlingsfamilien aus dem jüdischen Viertel der Altstadt ein – vor Augen noch die Schreckensbilder der Einkesselung durch jordanische Legionäre und in den Ohren das nachhallende Dröhnen des Geschützdonners. Löcherige Kleidung, verwaschene Windeln und von Blut und Körperausscheidungen verfleckte Laken wurden alsbald draußen über die Lavendelsträucher gebreitet und verhängten den eleganten Hauseingang. Stickiger Zigarettendunst, Schweiß vermischt mit süßlichem Billigparfüm, Menstruationsausdünstungen, der Gestank von Babykacke, die Duftnoten von Salzhering, Knoblauch und Kohlsuppe, Mundgeruch, Moder- und Rosthauch eroberten mit einem Schlag das Haus und vertrieben rüde die Lavendel- und Jasmindüfte, die Angela, Rosa und Josef am ersten Tag noch einen herzlichen Empfang bereitet hatten.

Nun gingen Rosa langsam die Augen auf. Sie erkannte die dunklen Vierecke an den Wänden als Hinweise auf Bilder, von unbekannter Hand abgehängt, sah auf den Fliesen die Schleifspuren schwerer Möbelstücke, die gemeinsam mit den aufgerollten Teppichen verschwunden waren, sah die Stapel prächtig gebundener Bücher, die in die Ecke geräumt lagen und den Familien als Brennmaterial und zum Hinternabwischen dienten. Nachts hörte sie die Schreie Mischas, der fünf blaue Ziffern am Unterarm hatte, das Plärren und dünne Wimmern der zahlreichen Babys und die schnaufenden Ächzer der Eheleute Cohen in ihrem Kämmerlein, das nur durch eine graue Militärwolldecke von Angelas Zimmer abgetrennt war.

Später, als sich Zwist und Streit im Haus mehrten, hörte Rosa ihre Mutter den anderen Bewohnern entgegenhalten, ihr stehe das beste Zimmer zu, weil ihr Mann von einem Araber ermordet worden sei und sie noch ihr Kind und ihren verwaisten jüngeren Bruder zu versorgen habe.

Mischa bekam die Küche. Jedes Mal, wenn einer nachts dort einen Schluck Wasser trinken wollte, erwachte Mischa aus unruhigem Schlaf, setzte sich in seinem zerwühlten Bett auf, einen schweißsauren gestreiften Pyjama am Leib, und rieb sich mit den geschundenen Händen die Augen. Sah er dann den Durstigen durch die Küche geistern, ließ er eine Serie polnischer Schreckensschreie los. Schließlich hatte man ein Einsehen und bat alle, sich vorzeitig mit Wasser zu versorgen, um seine Ruhe nicht zu stören, denn seine durchdringenden Schreie mitten in der Nacht rissen nicht nur die Bewohner dieser Villa aus dem Schlaf, sondern auch die der Nachbarvillen.

In die Eingangshalle, den einstigen Festsaal des Hauses, zog Familie Warschewsky aus dem jüdischen Viertel ein. Der Vater, traditionell mit langem Vollbart und schwarzer Kleidung, die Mutter, so mager und eckig, dass man meinen konnte, sie würde bei der geringsten Berührung mit einem Knall in der Mitte durchbrechen, und sechs Kinder in zartem Alter drängten sich im Zimmer und schliefen nebeneinander auf Matratzen. Nachtsüber bedeckten die Matratzen den Boden des

Raums, tagsüber wurden sie zu einem bunten Haufen in der Ecke aufgeschichtet, den die Kinder gern erklommen, um ihn als Rutschbahn zu benutzen. Ruchama, die Älteste, war in Rosas Alter, blass, blondhaarig und so mager wie ihre Mutter. Von allen »die böse Ruchama« genannt, kniff sie insgeheim ihre beiden einjährigen Zwillingsbrüder in den Hintern, wann immer sie ihnen die Windeln wechseln musste, und erzählte Rosa verbotene Dinge über Mann und Frau und was sie nachts miteinander trieben. In diesem großen, fensterlosen Raum hing meist der Dampf von Babykot und feuchten Windeln.

Die fünfköpfige Familie Silcha bewohnte das Zimmer neben Angela. Der Familienvater, der im Irak als hoch angesehener Buchhalter stets Anzüge getragen hatte, arbeitete hierzulande auf dem Bau. Jeden Abend setzte er sich vor die Haustür neben die Lavendelsträucher, ließ geduldig eine gelbe Bernsteinkette durch die Finger gleiten, ertränkte seinen Kummer in Arrak und verfluchte den Augenblick, in dem er beschlossen hatte, mit seiner Familie nach Israel zu übersiedeln. Danach versuchte er sich seiner Frau zu nähern, die ihn jedoch anschrie, er habe eine ekelhafte Fahne und sie lasse ihn erst an sich heran, wenn er diesen schrecklichen Geruch losgeworden sei.

Ihre Tochter Rachel hatte langes, dickes schwarzes Haar, so glatt und glänzend, als würde es jeden Morgen mit dem Kohlebügeleisen bearbeitet. Selbst die Stupsnase und der pockennarbige Teint voll Krater und Hügel konnten dem Eindruck des prachtvollen Haars nur geringfügig Abbruch tun. Ihre braunen Mandelaugen wurden purpurn, wenn sie in Wut geriet, und an Grund dazu fehlte es ihr nie. Rachel war bekannt für ihre Härte, Gescheitheit und Rechthaberei. Im Haus erinnerte man sich vor allem ihrer endlosen Debatten mit der scharfzüngigen bösen Ruchama, bei denen die eine immer wieder sagte: »Stimmt nicht«, und die andere antwortete: »Stimmt doch«. Diese sinnlosen Streitigkeiten endeten erst dann schlagartig, wenn die Hausbewohner Ruhe gebietend dazwischenschrien.

Familie Scharabi – Vater, Mutter, Großmutter und Tochter Ruthi – übersiedelte als Letzte in die Villa und erhielt ein kleines Zimmer am Ende des Gangs. Ruthi, deren smaragdgrüne Augen nur so aus dem milchkaffeebraunen Gesicht leuchteten und nachts wie Katzenaugen funkelten, spielte gern mit Rosa, Rachel und Ruchama. Beim Seilspringen achtete das ernsthafte, verantwortungsbewusste Mädchen mit Luchsaugen auf ihre kleine Großmutter, die auf einem niedrigen Schemel vor der Haustür saß – die spitze schwarze Kapuze nach jemenitischer Art unter dem Kinn zugebunden und an den Beinen eine glänzende Hose mit besticktem Saum. Es hieß, sie sei hundert Jahre alt, und das Geheimnis ihrer Langlebigkeit liege in ihrer Nahrung, die morgens, mittags und abends *Chilbe* – Bockshornklee – und Katblätter enthielt. Stur, wie alte Leute manchmal sind, zermahlte sie die Blätter, die man ihr in den zahnlosen Mund stopfte, mit den Kieferknochen. Hatte sie den Saft völlig herausgelutscht, spuckte sie den blutroten Rest nach beiden Seiten mit einer Wucht aus, die keinen Jüngling beschämt hätte.

Wenn es den Kindern langweilig wurde, scharte Josef, der Älteste des Trupps, die andern um sich und sorgte für Abwechslung. Einmal klauten sie auf seine Anweisung eine kalkverschmierte Holzleiter und stiegen damit auf den geräumigen Hängeboden über der Küche, den man aufrecht begehen konnte. Leise, um ja nicht Mischa zu wecken, der in seiner Küche verschanzt schnarchte, kramten sie dort prächtiges Geschirr hervor, von dessen Vorhandensein sonst niemand etwas ahnte, und liefen damit aufs freie Feld. Dort nahmen sie in langer Schlange Aufstellung und schleuderten einer nach dem anderen, in mustergültiger Ordnung auf Josefs Befehl, Teller mit feinem goldenem oder durchbrochenem Rand, Suppenterrinen, Saucieren, Bleikristallgläser, Kaffeetassen mit Blumendekor und bunte Glasvasen auf die grauen Felsen. Beim

Abzug hinterließen sie einen großen Haufen Porzellanscherben, vermischt mit bunten Glas- und Kristallsplittern, die funkelnd und glitzernd die Sonnenstrahlen zum Himmel zurückwarfen.

Als das Porzellangeschirr aufgebraucht war, entdeckte Josef die Kinos der Stadt. Er nützte die Alltagssorgen seiner Schwester Angela, verdrückte sich vorzeitig aus der Schule und machte die Runde durch die Lichtspieltheater. Erst ging er mitten in der Vorführung hinein und zahlte dementsprechend nur den halben Preis. Am Ende des Films, bevor die Lichter angingen, hastete er zur Toilette und versteckte sich dort – auf der Kloschüssel stehend, damit man seine Beine nicht sah. Sobald die Lichter wieder erloschen, schlich er zurück in den Saal, um sich den zuvor verpassten Anfang des Films anzugucken.

Dann fand er Arbeit in den Kinos. Im Edison verkaufte er Waffeln, im Ron klebte er Plakate, im Zion war er Platzanweiser, und im Orion putzte er den Vorführraum. So konnte er mehrere Filme pro Tag sehen, alle, die in der Stadt liefen. Kam er zum Umziehen und Essen nach Hause, setzte Rosa sich zu ihm, und er erzählte ihr die Filmhandlungen und summte ihr die Melodien vor. Angela tat so, als sei sie völlig in ihre Hausarbeit vertieft, hörte aber insgeheim zu. Erinnerungen durchpulsten ihren Leib, die Sehnsucht nach Amazja drückte ihr das Herz ab, und ihre Augen füllten sich mit Tränen.

Im ersten Jahr in der Villa drang eines Tages ein alter, zahnloser Flüchtling dort ein, polsterte die elegante grüne Marmorbadewanne unverfroren mit seinen verdreckten Wolldecken und kam sieben Tage und sieben Nächte nicht wieder heraus. Eine ganze Woche lang konnten die Bewohner von Ali Chamudas Notenhaus sich nicht waschen, denn wann immer sie es versuchten, verscheuchte der Vagabund sie mit Stockfuchteln, Spucken und Fluchen aus seiner grünen Marmorfestung. Als Herrn Silcha schließlich der schweißverbackene graue Zementstaub wie eine zweite Haut am ganzen Körper klebte, seine Haare staubweiß starrten und die Achselhöhlen penetrant scharf rochen, vertrieb seine geruchsempfindliche Frau ihn von seiner Matratze, wies ihm eine Ecke auf der Kindermatratze zu und schwor, ihn nicht eher anzurühren, bis er sich gewaschen habe. Verzweifelt und splitternackt stieg Herr Silcha in die Badewanne, trat breitbeinig auf den schlafenden Flüchtling und drehte den Kaltwasserhahn voll auf. Mit schmutzgrau triefenden Kleidern sprang der Flüchtling aus der Wanne, raffte seine wasserschweren Lumpen zusammen und ward im Viertel nicht mehr gesehen.

In jenen Tagen erklärte Angela immer wieder jedem, der zuzuhören bereit war, dass das Haus zerbröckle. Der Zerfall habe sich zunächst in den Garten eingeschlichen, um mit seiner dürren Zunge die Grünpflanzen zu belecken. Als er die Pflanzen erledigt hatte, sei er über das Regenrohr zum Dach emporgeklettert, von dort geradewegs zu Fenstern und Läden abgerutscht, in die Zimmer eingebrochen und zum Schluss in die Wände geschlüpft, die er nunmehr durchlöchere, um Wasserrohre und Stromleitungen anzufressen. Rosa erkannte als Erste die Veränderungen im Garten. Die hübschen Lavendel- und Jasminsträucher rings um die Villa verschwanden spurlos und damit still und leise auch der Duft ihrer Blüten. Bald breiteten sich ätzende Brennnesseln, zähes Hundszahngras und spitze Halme über den ganzen Garten aus. Hohes, wucherndes Distel- und Dornengestrüpp bot Vipern und schwarzen Skorpionen Unterschlupf, die in heißen Sommernächten ins Haus vordrangen, um die Kühle seiner dicken Mauern zu genießen.

Die Verantwortung für die gelockerte Halterung des Regenrohrs übernahm Rachels Bruder, Mussa Silcha, der gern daran aufs Dach kletterte. Der trockene Schlund klaffte im Sommer mit der Hilflosigkeit eines Dahinsiechenden, und das wehe Scheppern im Winter, wenn pfeifende Winde das Rohr roh gegen die Wand schleuderten, ließ die Bewohner erschauern.

Die eisernen Läden, von kleinen Metallsoldaten mit Turbanen auf den Köpfen gehalten, saßen starr an den Mauern fest, und die Steine ringsum hatten Rostschlieren bekommen. Als die Läden herausgerissen waren, gingen die Fensterscheiben eine nach der anderen unter den wilden Ballspielen der Warschewsky-Kinder, die sich mit den Silcha-Kindern zusammenrotteten, zu Bruch. Dann stürzten die Ziegel vom Dach, das Wasser floss laut gurgelnd und rostig trüb aus den Hähnen, die Toilette lief über, und das Abwasser nässte einem die Schuhe und beherrschte mit penetrantem Gestank das ganze übrige Duftgemisch im Haus. Zu eben dieser Zeit riss das musikalische Eisentor aus den Angeln, und der Eingang blieb stumm und offen wie eine nackte Wunde den Winden ausgesetzt. Die hohen Decken des Hauses setzten schwarze Schimmelrosen an. Grüne Flechten mit wirbelnden Sporen bescherten Mischa Asthmaanfälle, die an das Bellen hungriger Hunde erinnerten. Sein trockener Husten, der sich vor allem nachts verschlimmerte, brachte die Hausbewohner um den Schlaf.

Zu jener Zeit mehrten sich die Invasionen von draußen. Lange Kolonnen schwarzer Ameisen schleppten in ihren bedrohlichen Zangen die von den Warschewskys übrig gelassenen Matjesschwänze und die den Silcha-Kindern herabgefallenen Fladenbrotkrümel über den Fußboden ab. Wegen der reichlichen Nahrung, die jedem Bedürftigen in dem wohltätigen Haus ausgeteilt wurde, wurden Horden ausgehungerter grauer Feldmäuse angelockt, die ihre Lumpennester tief in den hintersten Schrankwinkeln bauten. Ihnen folgten räudige, flohbefallene Katzen, die auf der ständigen Suche nach den Nagern durch die Zimmer strichen, als wären sie dort zu Hause. Unabhängig davon kamen scharenweise rosige Geckos angepilgert, deren schnelles Herzpulsieren man unter der durchscheinenden Bauchhaut sehen konnte. Mit leisem Rasseln und kurzen, feinen Fiepern machten sie sich auf die nächtliche Jagd nach den grünen Aasfliegen, die in Schwärmen rings an den Zimmerdecken schillerten und dort schwarze Kügelchen hinterließen. Dünnleibige Spinnen mit langen, zuckenden Beinen kamen im Gefolge der Fliegen und begannen mit bedachter Bosheit, ihre herrlich akkuraten Netze in die Zimmerecken zu spinnen, warteten geduldig, dass eine Fliege sich darin finge, und überzogen systematisch Wände und Decken mit engmaschigen Netzen, wahren Wunderwerken der Natur.

Unterdessen streunte der vierjährige Benjamin Warschewsky, bewaffnet mit einem stumpfen Messer und einer krummzinkigen Gabel, unablässig durch die Zimmer. Mit bemerkenswerter Ausdauer lagerte er stundenlang vor einem Stück Wand, das er sich als Opfer ausersehen hatte, schlug die Gabelzinken in den Putz, bohrte ein kleines Loch, setzte dann das Messer an, kratzte mit der Beharrlichkeit eines Erwachsenen die Kalkschicht ab und stopfte sie sich in den Mund. Kleine Häufchen Kalk, die ihm entgangen waren, sammelten sich auf dem Boden, und nackte Wände in Höhe eines Vierjährigen waren die stummen Zeugen für seine eigenartige kulinarische Vorliebe.

Oft hörte Rosa ihre Mutter über ihr bitteres Schicksal und die beengten Lebensverhältnisse seufzen. Mussa Silcha, mit dem Rosa in versteckten Winkeln des Hauses schmuste und knutschte, bis Josef die beiden erwischte und gründlich verprügelte, erzählte ihr eines Tages von einer Familie, die in einer nahen Etagenwohnung gewohnt und großes Glück gehabt hätte. Der Familienvater habe lediglich einen Nagel in die Wand schlagen wollen, dabei jedoch einen verborgenen Schatz gefunden: Unmengen an Goldringen und anderem Schmuck, den sie versilbert hätten, um von dem Erlös eine Wohnung in dem jüdischen Stadtteil Rechavia zu erwerben, in der sie nun ohne Mitbewohner lebten.

Als tagsüber alle mit funkelnden Augen von dem Schatz redeten, suchte Rosa sich einen langen, rostigen Stahlnagel, und sobald spätnachts die Seufzer ihrer Mutter in leichte Schnarcher übergingen, rief sie Rina, um sich mit ihr zu beraten. Rina kam in ihrem Batistkleid und den blanken Lacklederschuhen, die sie nie auszog und die sich wunderbarerweise auch nie abnutzten. Ernsthaft lauschte sie der Geschichte und gab zu, dass es einen Schatz im Haus gebe, weigerte sich jedoch, ihr zu verraten, wo er versteckt war. »Ich brauche auch keine Gefälligkeiten von dir«, sagte Rosa und begann sachte mit dem Nagel an die Wand neben ihrem Bett zu schlagen, während sie angespannt auf den Ton horchte. Als sie eine Stelle ausgemacht hatte, die besonders dumpf und hohl klang und gut hinter dem königlichen rosa Bettgestell verborgen lag, fing sie mit dem Nagel dort zu bohren an. Nach getanem Nachtwerk steckte sie ihn bis zu seinem platten Kopf in die wattierte Matratze. Am nächsten Abend tastete sie nach dem kalten Nagelkopf, zog ihn aus seinem Versteck, trommelte damit an die Wand, lauschte den dumpfen Tönen und setzte ihr Werk fort. So bohrte und grub sie nun Nacht für Nacht in der Wand neben ihrem Bett, auf der Suche nach dem Goldschatz, den die Vorbewohner des Hauses vor ihrer Flucht versteckt haben mussten. Angela, die sehr darauf achtete, das Zimmer sauber zu halten, bückte sich jeden Morgen unter Rosas Bett und konnte nicht verstehen, wo immer neue Häuflein Putz und Kalk herkamen.

»Dieses Haus zerbröckelt«, hörte Rosa ihre Mutter besorgt zu Frau Silcha sagen. »Wo ich hintrete, finde ich Sand, Kalk und abgeblätterten Putz.«

»Bei mir ist es genau dasselbe. Das Haus strotzt vor Sand, ich weiß nicht, wo der herkommt.«

»Dauernd putzt man ihn weg, und dauernd kommt er wieder«, seufzten die Frauen abschließend und hängten weiter ihre Wäsche auf.

Am Ende des ersten Jahres in der Villa hatte Rosa die Wand zu den Warschewskys gänzlich durchbohrt. Nun konnte sie durch das Löchlein beobachten, was dort im Zimmer vorging, die Stimmen und Geräusche der Familie mithören und endlich begreifen, was Ruchama gemeint hatte, als sie ihr erzählte, was ihre Eltern nachts trieben.

Als dann die eisigen Winterstürme durch die bunten Lumpen pfiffen, mit denen man die zerbrochenen Scheiben notdürftig abgedichtet hatte, die Wasserhähne in Küche und Bad rostiges Wasser ausspien und hartnäckig tropften und die zahllosen Löcher und Gänge entdeckt wurden, die die Kinder auf Schatzsuche in die Wände gebohrt hatten, wuchs die Spannung im Haus. Angela meinte, die Krise rühre daher, dass die Wände durchlöchert waren wie ein Schweizer Käse und man deswegen von Zimmer zu Zimmer und von Familie zu Familie alles mithörte und mitsah. Es genügte, ein Ohr ans Loch zu drücken, um zu erfahren, was die Silchas von den Warschewskys hielten, was die Warschewskys im stillen Kämmerlein trieben und letztendlich auch das Rätsel der verschwundenen Fladenbrote der Familie Silcha zu lösen, da ein zufälliger Blick durch das Loch zur Küche ergab, dass Mischa mit seinen gierig zitternden, sehnigen Händen gerade ein Stück von dem heißen Fladenbrot der Silchas abriss, das auf dem kuppelartigen Brotofen in der Küche buk, unter dem soeben zwei dicke Bände der Encyclopaedia Britannica verbrannten.

Das Signal zum Krieg war gegeben, als Angela das Ehepaar Cohen bat, sie möchten sich nachts möglichst zurückhalten und jedes Ächzen und Stöhnen unterdrücken, da sie für Kinder zu sorgen habe und ihnen unziemliche Geräusche ersparen wolle, die man tunlichst nur im hintersten Kämmerlein loslassen sollte. Am nächsten Tag erzählte ihr Schoschana Silcha, Frau Cohen gehe im ganzen Viertel mit der Nachricht hausieren, sie, Angela, mache ihr aus Eifersucht das Leben schwer, weil sie selbst ja nun keinen Mann mehr im Bett hätte.

Am Abend belauerte Angela das Ehepaar Cohen, und als sie in der nächtlichen Stille die sattsam bekannten Laute hörte, riss sie die graue Wolldecke herunter, die die beiden Räume voneinander trennte, und kreischte, so schrill sie nur konnte: »Ruhe! Ich hab genug von euch beiden! Wenn ich einen Mann wie Sie haben wollte – die gibt's wie Sand am Meer«, schrie sie Herrn Cohen an, der sich nackt und verwirrt im Bett aufrichtete.

Er wurde knallrot im Gesicht und versuchte verzweifelt, sein feuchtes, verschrumpeltes Glied zu bedecken, das beschämt zusammensackte. Das Glied vergrub sich in seinem Unterleib wie der Kopf einer betagten Schildkröte, bemüht, tief in den drahtigen schwarzen Schamhaaren zu verschwinden. Der Bettlakenzipfel, den er über seine Lenden zu ziehen versuchte, wurde ihm jedoch von seiner Frau entrissen, die ihre größere Blöße bedecken wollte.

Es brach ein allgemeiner Tumult im Haus aus, bei dem jeder über jeden herfiel. Zuerst gerieten die Warschewskys unter Beschuss. Alle beschwerten sich über den Dreck, den sie hinterließen, über die schmutzigen Windeln und die Matjesreste, die das Haus verstänkerten, und über die schlaflosen Nächte wegen des unaufhörlichen Geplärrs ihres neuen Babys.

Schlomo Silcha musste sich anhören, er sei ein Trinker und seine Kinder seien kriminell. Rosa wurde beschuldigt, die Brotscheiben, die sie unter der Matratze verstecke, hätten Ameisen und Mäuse angelockt. Ja nicht einmal die ruhigen Scharabis kamen ungeschoren davon. Sie stänken nach *Chilbe* und man hätte genug von ihrer ständigen Spuckerei, die überall Flecke auf dem Boden hinterließe, hieß es rüde. Der Gipfel des Tumults war erreicht, als alle Bewohner – plötzlich in schönster Einmütigkeit – über Mischa herfielen und ihm unumwunden erklärten, mit seinem Schrumpfkopf, den entzündeten Augen, der eintätowierten Nummer auf dem Arm und seinen Schauergeschichten über Hunger und Menschen, die zu Seife verarbeitet worden seien, verängstige er die Kinder. Und während alle auf Mischa einbrüllten, setzte Angela hinzu, wegen seiner Geschichten habe ihre Rosa angefangen, nachts Brot zu klauen und es unter der Matratze zu verstecken.

Als Erster kapitulierte Mischa mit seinen ohnehin schwachen Nerven. Stramm wie ein Wachsoldat stand er zwischen den Streitenden, hielt sich mit seinen mageren Händen, deren hervortretende Adern wütend pulsten, die Ohren zu und schrie mit furchtbarer Stimme wie ein verwundetes Tier: »Ruhe!« Danach ging er in die Stadt hinunter, kaufte ein großes Vorhängeschloss, hängte es an die Küchentür und hinderte die Bewohner daran, in seinen Lebensbereich einzudringen und Kochplatte oder Spüle zu benutzen. Nun mussten sich alle Petroleum- und Dochtkocher anschaffen und ihr Gemüse und Geschirr unter dem Wasserhahn im Garten abspülen.

In dieser Zeit wuchs Rosas Heißhunger, den sie ihr Leben lang nicht wieder loswerden sollte. Als hätte sie ein Loch im Bauch, verputzte sie wahllos alles, was ihr in die Quere kam. »Alles wegen Mischa«, beschuldigte Angela den Ärmsten vor ihren Freundinnen. Nachdem er sich in der Küche verschanzt hatte, war Rosa die Einzige, die Wege zu seinem wehen Herzen fand und seine Einsamkeit störte. Mit süßer Stimme rief sie ihn durch die verrammelte Küchentür und bat ihn, ihr von den Lagern zu erzählen. Sie war das hübscheste Mädchen des Viertels. Er öffnete ihr die Tür einen Spalt. Ihre goldblonden Locken, die schrägen Saphiraugen in dem runden Gesicht mit dem durchscheinenden Teint und die Organzakleider, die ihre Mutter den Paketen entfernter Verwandter aus Amerika entnahm und ihr anzog, verliehen ihr das Aussehen einer Puppe. So wurde sie Mischas Liebling. Als fürchtete sie, auf frischer Tat ertappt zu werden, blickte Rosa verstohlen nach rechts und links, schlüpfte durch die halb offene Tür und setzte sich auf Mischas Bett, das ewig von nächtlichen Albträumen und unruhigem Schlaf zerwühlt und mit Angstschweiß getränkt war. Sie zog die schwarzen Lackschuhe aus, schlug die Beine mit den schneeweißen Baumwollsöckchen unter und war bereit für Mischa und seine Geschichten.

Als hätte er von ihr ein Startzeichen erhalten, begann Mischa das feste Ritual, das sie so liebte. Mit magerer, begierig zitternder Hand fischte er unter der Matratze ein paar flache, weiche Kekse mit beachtlicher grüner Schimmelschicht hervor, die er eigens für sie aufhob, nahm auch selbst einen und begann, ihr seine Geschichten zu erzählen. Sie hörte von seiner Frau und seinem Kind, die nicht zurückgekehrt waren, und von dem Hunger in den Lagern, der so schlimm gewesen war, dass man dort Kartoffelschalen und sogar die Rinde des einzigen Baumes aß, der auf dem betonierten Hof wuchs. Er erzählte ihr von Menschen mit geschwollenen Bäuchen, die unter dem kalten ehernen Himmel des Lagers ihre Seele aushauchten. Erschauernd nahm sie dann noch einen mit seinem Schweiß getränkten Keks, schnupperte genüsslich daran, kratzte mit dem Fingernagel den grünen Schimmelbart ab, biss hinein und bat Mischa, ihr von den Menschen, die zu Seife geworden waren, und von seiner ersten Mahlzeit nach der Befreiung zu erzählen, bei der er entgegen ausdrücklicher ärztlicher Anweisung noch und noch gegessen hatte, bis er beinah seinen Geist aufgab. Vor dem Weggehen wollte sie noch seinen Arm sehen. Und er tat ihr den Gefallen, schamvoll errötend, als hätte sie ihn gebeten, sich splitternackt vor ihr auszuziehen. Wenn die blauen Ziffern schmählich entblößt waren, berührte sie mit dem Finger die trockene Haut, glitt systematisch von einer Ziffer zur anderen und streichelte alle fünf Zeichen, die ins Fleisch eingeritzt waren. Und sobald seine Haut stach und prickelte, las er ihr die Zahlen vor und lehrte sie damit addieren und subtrahieren, multiplizieren und dividieren. Sie übte fleißig und konnte schon früh Zahlen lesen und schreiben und damit rechnen, viel eher als ihre drei Freundinnen.

Mit Geschichten gesättigt und nach Brot hungernd, küsste sie ihn zum Abschied auf die eingefallenen, grau stoppeligen Wangen und schlüpfte in ihr Zimmer. Und wenn Angela oder Josef nichts merkten, machte sie sich über den Eiskasten her und begann zielstrebig alle Nahrungsmittel zu vertilgen, die darin lagerten. Aus Furcht, nachts womöglich hungrig zu werden, entwendete sie den Laib Brot, den Angela zum Frühstück und für Josefs Schulbrote vorgesehen hatte, schob ihn tief unter die Matratze und schlief ein, den Mund voll halb gekautem Brot. Morgens wachte sie vom Geschrei ihrer Mutter auf, die das Brot suchte und alle Welt, allen voran Mischa, wegen des mysteriösen Verschwindens beschuldigte. Als sie schließlich die Ameisenkolonne entdeckte, die sich in Rosas Matratze ein mit Brotkrümeln ausgepolstertes Nest gebaut hatte, kaufte sie ein Vorhängeschloss für den Eiskasten, das sie nur bei Bedarf abnahm.

»Ich steh doch nicht stundenlang um etwas Essbares an, bettele um weitere Lebensmittelmarken und Punkte und bring mich auf dem Schwarzmarkt in Gefahr, damit du alles an einem Abend verschlingst«, schimpfte Angela, die sich Essen vom eigenen Mund absparte, um es den Kindern zu geben. Je dicker Rosa wurde, desto mehr magerte Angela ab.

Rosa, nunmehr künstlich von der Nahrungszufuhr abgeschnitten, machte künftig die Runde durch die Zimmer, setzte ihre traurigste Waisenkindmiene auf, die selbst die Hartherzigsten erweichte, und wurde willkommener Gast bei den dürftigen Mahlzeiten der anderen Familien. Das Abendessen eröffnete sie mit Salzhering, Sauerrahm und Bratkartoffeln bei den Warschewskys, gefolgt von einem pikanten Auberginengericht, einer Suppe voll Wildkräutern aus dem Garten und heißem Fladenbrot, das die Silchas auf dem Rundofen buken. Am Tisch der Scharabis tauchte sie schwammige Brotfladen in fette Knochensuppe und schloss mit einem scharfen Salat und schleimiger, leuchtend grüner *Chilbe*. In ihr Zimmer zurückgekehrt, bat sie Angela, ihr Rührei aus Eipulver mit einem Brätling aus Malvenfrüchten zu machen, verputzte ein Gläschen Sauermilch, trank Milch direkt aus dem Topf auf der Flamme, riss sich ein Stück Brot ab und nahm einen halben Laib mit ins Bett, um ihn mit dem neuen Ameisenstaat zu teilen, der sich eingenistet hatte, nachdem der vorherige Angelas giftigem Petroleumspray zum Opfer gefallen war. Die heiß geliebten Kekse hob sie für Mischa auf.

Die üppigsten und längsten Festessen hielt sie mit Mischa am Versöhnungstag ab. An diesem strengen Fasttag, an dem die Hausbewohner wie Gespenster durch die Zimmer geisterten – die trockenen Münder voll der galligen Ausdünstungen eines leeren Magens, die Gesichter bleich und die Zungen weiß belegt –, entfloh Rosa der Hungerstrafe und klopfte an Mischas Tür. Er öffnete einen Spalt, prüfte, wer dahinter stand, streckte die welke Hand hinaus und zog sie in die von Kochdünsten erfüllte Küche. Dort fand sie auf dem gedeckten Tisch Leckerbissen, die sie an normalen Tagen nicht bei ihm sah: Schwarzbrot, dick mit Butter bestrichen, eine rosige Schweinskeule, die er für gutes Geld beim Wachoffizier der nahen griechischen Botschaft gekauft hatte, süße Karotten mit Rosinen in Wein gekocht, fein geschnitzelten Salat, in Öl gebratene Röstzwiebeln, schwarze Oliven und zum Nachtisch frische Kekse. Nachdem sie sich rundum satt gegessen hatten, streckten sie sich auf dem Bett aus, Mischa spielte mit ihren Locken, küsste ihre Grübchen, strich ihr über die Haut und erzählte ihr Lagergeschichten. Danach fragte sie regelmäßig, warum er am Versöhnungstag nie faste. Mischa richtete dann seinen erloschenen Blick auf ihre schimmernden Saphiraugen, streichelte, ohne es zu merken, ihre Arme und Beine, bedachte ernsthaft seine Worte und gab ihr Jahr für Jahr die gleiche Antwort: »Dort in den Lagern war jeder Tag für mich Jom Kippur. Dort haben wir ungewollt fürs ganze Leben, für viele Versöhnungstage im Voraus gefastet, und selbst, wenn ich tausend Jahre alt würde, wären diese Fasttage nicht aufgebraucht. Für den heutigen Versöhnungstag habe ich ganz gewiss schon gefastet«, erklärte er, hob sein Weinglas zur verrußten Küchendecke, zwinkerte Rosa mit einem Auge zu und sprach feierlich: »Auf ein schönes Fest also.«

Manche schrieben Rosas Weigerung, das Badezimmer zu betreten und sich zu waschen, dem Flüchtling zu, der seinerzeit mit seinen Lumpen in der grünen Marmorwanne gehaust hatte. Andere waren bereit, mit der Hand auf der Bibel zu schwören, dass ihre Weigerung von Mischas Geschichten herrühre. Wie dem auch sei, jeden Freitagnachmittag, wenn alle Hausbewohner frisch gebadet und mit glänzendem, weichem Haar herumliefen und nach der würfelförmigen Wäscheseife mit dem aufgeprägten siebenarmigen Leuchter dufteten, kämpfte Rosa laut schreiend gegen Josef und ihre Mutter an. Diese Gefechte hinterließen blaue Flecke auf ihrem üppigen Fleisch und sichelförmige, blutige kleine Bisswunden als Andenken an ihre spitzen Zähnchen auf den Händen ihrer Gegner. Nach langem, zähem Ringen konnten die beiden ihre Hände packen, und Josef trug die Strampelnde auf den Armen ins Badezimmer, wo er sie unsanft auf dem Boden deponierte und ihr mit Angelas Hilfe die Kleider vom Leib schälte. Dann hievten sie sie in die Badewanne, machten sie von Kopf bis Fuß nass und schrubbten ihr mit einem rauen Lifaschwamm den Dreck von der Haut, auf der feine rote Schrammen zurückblieben. Am ganzen Leib puterrot und das Haar frisch gewaschen, wurde sie nach der Prozedur in ein steifes, kratziges Handtuch gehüllt, hinausgeführt und in ihre Schabbatkleider gesteckt.

Viele Jahre später, als Rosa bereits Mutter war, erinnerte Angela sie an diese Zwangswäschen.

»Warum wolltest du dich eigentlich nicht waschen?«, fragte sie.

Rosa überlegte einen Augenblick, wiegte den Kopf und antwortete mit ernster Miene: »Wegen der Lager.«

»Was für Lager denn?«, fragte Angela erstaunt.

»Wegen der Vernichtungslager«, erwiderte Rosa leise.

»Und was haben Vernichtungslager mit Waschen zu tun?«, fragte Angela ungläubig weiter.

»Man hat die Leute zu den Duschen geführt, unter dem

Vorwand, sie müssten sich waschen«, antwortete sie, »und dann hat man sie mit Gas umgebracht und hinterher zu Seife verarbeitet.«

»Mischa hat dir das erzählt, stimmt's?«, forschte Angela.

»Ich weiß es nicht mehr. Kann mich nicht entsinnen, wo ich diese Geschichte gehört habe«, log Rosa mit gesenkten Augen, während die Schreckensbilder, die Mischa ihr ausgemalt hatte, wieder beängstigend vor ihr auftauchten.

Zu jener Zeit wuchs Rosa so schnell, dass sie ihre Altersgenossinnen – Ruthi Scharabi, Rachel Silcha und Ruchama Warschewsky – bald überholt hatte. Schlenderten sie gemeinsam durch die Straßen des Viertels, wirkte Rosa mit ihrem überproportionierten Körper und den bereits schwellenden Brüsten unter der drückenden Bandage, die ihre Mutter ihr vorsorglich zum Flachpressen herumwickelte, wie eine ältere Schwester der drei. Wenn die Mädchen das Seilspringen oder Himmel und Hölle einmal leid waren, versteckten sie sich hinter den löchrigen Bettlaken der Warschewskys im Hof vor den Jungs und besprachen ernsthaft schicksalsschwere Themen. Besonders gern erzählten sie einander, wie ihr Leben aussehen würde, wenn sie einmal groß wären. Rosa, die sich als Einzelkind immer Brüder und Schwestern gewünscht hatte, sprudelte als Erste los und erklärte mit blitzenden Augen, sie wolle vor allem einen Mann und viele Kinder haben, sogar sieben oder acht, je mehr, desto besser. Ruchama, die unter ihren jüngeren Geschwistern litt und das Getrappel der kleinen Füße im Haus nicht mehr ausstehen konnte, schüttelte ablehnend den Kopf und verkündete, natürlich wolle sie einen Mann haben, aber keine Kinder, denn Kinder brächten bloß Sorgen, Kinder bedeuteten Windeln, Lärm, Dreck und strapazierte Nerven, wie ihre Mutter immer sage, und außerdem sei es schade, Geld an sie zu verschwenden. Alles Geld, das sie einmal haben würde, wolle sie für sich und für ein schönes Haus voller Blumen ausgeben. Rachel wünschte sich natürlich einen Mann und auch Kinder, aber nicht zu viele: »Ein oder zwei genügen, denn drei sind schon viele.« Und anders als Rosa und Ruchama wollte sie unbedingt auch einen Beruf haben, nämlich Bankangestellte, und jeden Tag viel Geld zählen.»Wer den ganzen Tag mit Geld umgeht, hat zum Schluss auch welches, weil Geld an den Händen kleben bleibt, sagt mein Papa«, flüsterte sie mit glänzenden Augen. Blickten die drei dann erwartungsvoll Ruthi an, um ihre Zukunftspläne zu hören, senkte sie die smaragdgrünen Augen auf die lockere Erde, pflückte mit zarter Hand einen Stängel Sauerklee, führte ihn an die Lippen und kaute geistesabwesend daran, bis sich der feine säuerliche Geschmack in ihrer Mundhöhle ausbreitete und ihr Gesicht sich rötete.

»Na«, drängten die drei.

»Ich weiß nicht«, sagte sie verlegen, »ich weiß nicht, was ich mir wünschen soll.«

»Wenn du dir nichts wünschst, wirst du gar nichts haben«, brauste Ruchama auf, »keinen Mann, keine Kinder, kein gar nichts. Du musst dir was wünschen.«

Ruthi, ganz verwirrt von dem Druck, der auf sie ausgeübt wurde, starrte auf den angebissenen Sauerkleestängel, der seine Festigkeit verloren hatte und lappig geworden war, und meinte seufzend, man brauche sich nichts zu wünschen.

»Dann wirst du auch nichts haben«, schloss Ruchama die Debatte. Und wie immer, wenn sie Ruthi ärgern wollte, sang sie ihr das bekannte Kinderlied vor:

Einmal war ich, einmal war ich im Jemenland,
Wo ich dann, wo ich dann ein Negerlein fand.
Das bittet bald, bittet bald um Ruthis Hand.

Da keines der Mädchen je einen Neger gesehen hatte und das Wort »Negerlein« sich bei Ruchama wie ein Fluch anhörte, kam ihnen die Idee, dass Ruthi einmal so einen Negermann heiraten würde, reichlich schlimm und bedrohlich vor. Ungerührt von den Tränen der Schmach, die aus den smaragdenen Augen quollen, bestimmte Ruchama, dass sie nun wieder Seilspringen und Himmel und Hölle spielen sollten.

In ihrer freien Zeit begann Angela, aus dem Kaffeesatz zu lesen. Diesen Beruf hatte sie als Kind von ihrer Tante Liz gelernt, die in der Kaffeetasse wie in einem aufgeschlagenen Buch las. Anfangs las sie den Nachbarinnen, und als das Vorausgesagte eintrat, warben die Nachbarinnen Freundinnen, die ihrerseits wieder Freundinnen schickten, alle bang gespannt darauf zu erfahren, was das Schicksal für sie bereithielt. Nach und nach bekam Angela einen schönen Batzen Geld in die Hand, der sich zu Josefs Einkünften gesellte. Er hatte das Gymnasium abgeschlossen und arbeitete bis zu seiner Einberufung zum Wehrdienst in den Kinos der Stadt. Als sie eine ansehnliche Summe beisammen hatte, ging sie damit zum Wohnungsamt. Als Witwe erhielt sie einen geringen Zuschuss und wurde aus der Villa in eine kleine Wohnung im dritten Stock des hastig hochgezogenen Hauses Schabasistraße 10 in der Wohnsiedlung Katamon VII umgesiedelt. Die Außenmauern des Gebäudes waren mit ockerfarbenen Steinplatten verkleidet, von ungeübten Bauarbeitern stümperhaft auf den Putz geklebt.

Die neue Wohnung hatte drei Zimmer, Küche, ein funkelndes Bad und eine eigene Toilette. Unaufgefordert schloss Rosa sich im Badezimmer ein und verbrachte einen ganzen Tag im warmen Wasser, schrubbte ihren Leib und schälte die alten Erinnerungen ab. Am Abend kam sie wieder heraus, die Fingerkuppen aufgequollen und schrumpelig wie die einer Waschfrau, die Haut rosig, blitzsauber und duftend, das lange Haar gewaschen und die Augen strahlend. Plötzlich merkte Angela, wie groß und hübsch sie geworden war, und Josef, anfangs verärgert, weil sie so lange das Bad blockiert hatte, blickte ihr nun in die ruhigen Augen, versank in ihrer schimmernden Bläue und vergaß all seine Vorwürfe.

Trotz Rosas Bitten hatte Rina sich mit unbegreiflicher

Sturheit geweigert, mit in das neue Haus umzuziehen. Auf Rosas Drängen erwiderte sie, die Villa sei ihr Haus, den Schlüssel dazu trage sie um den Hals, und sie ginge da nicht weg. Ihrer langen Schweigepausen, ihres nie schmutzig werdenden Batistkleids und der aufgezwungenen Spiele mit der Puppe Jaffa ohnehin überdrüssig, empfand Rosa keinerlei Sehnsucht nach ihr. In der Villa hatten sie das königliche Bett zurückgelassen, dem sie entwachsen war, und nur die Puppe Jaffa als Andenken mitgenommen, obgleich Rosa sich weigerte, mit ihr zu spielen. Als Angela sie achtlos unter Rosas neuem Bett hingeworfen sah, klopfte sie ihr das schmutzige Kleid aus und setzte sie zur Zierde auf den Kleiderschrank. Von dort blickte die Puppe in stummem Vorwurf kaltäugig auf Rosa herab und erinnerte sie zwangsläufig an das alte Haus, an Rina und an ihre gemeinsamen Nächte. Bald waren Jaffas Haare völlig verstaubt, glitzernde Spinnweben zogen sich von ihrer Frisur bis zur Decke, und ihr Batistkleid bekam einen Grauschleier. Beim gründlichen Frühjahrsputz vor dem Pessachfest nahm Angela sie eines Tages in die Arme und bewegte sie auf und ab. Die Puppe schwieg, rief nicht mehr »Mama, Mama, Mama«. Schweren Herzens schüttelte Angela ihr die Locken aus und kämmte ihr eine prächtige Frisur, passend zu Rosas. Dann wischte sie mit einem Lappen den Staub ab, der ihr Porzellangesicht überpudert hatte, zog ihr das Batistkleid aus und wusch es vorsichtig. Zusammen mit einer beachtlichen Anzahl scharf riechender weißer Mottenkugeln wickelte sie die nackte Puppe und ihre gewaschenen Kleider in ein altes Bettlaken und steckte sie nach längerem Überlegen tief in den Kleiderschrank, zur Winterkleidung des verstorbenen Amazja.

»Wenn du mal heiratest und eine Tochter bekommst, dann gib ihr die Puppe«, sagte sie, sei es zu Rosa, sei es zu sich selbst, und putzte weiter das Haus.

Einige Wochen nach Angela kamen die Warschewskys und die Silchas in die neue Siedlung, und am Ende des Jahres erhielten auch die Scharabis eine eigene Wohnung und zogen schleunigst dorthin um – mit Ruthi, aber ohne die Großmutter. »Sie ist mitten beim Katkauen gestorben, und als man ihren Leichnam zu Grabe bettete, war sie so trocken und leicht, als würde sie nur noch aus Haut und Knochen bestehen«, erzählte Ruthi. Als Rosa in die erste Klasse kam, waren die Mädchen aus Ali Chamudas Haus der Noten wieder zusammen und gingen in dieselbe Klasse.

Später, als Rosa schon Kinder hatte, wurde sie manchmal den Anblick der heruntergekommenen Häuser und der mit Dorngestrüpp und Gerümpel übersäten Höfe ringsherum leid, die ihr in Katamon VII auf die Seele drückten.

Dann ging sie im Abendlicht mit ihren Kindern ins alte Katamon, zu den eleganten Villen der arabischen Effendis, die unter Zurücklassung ihrer Häuser und ihres gesamten Besitzes in Panik geflohen waren. Die Straßen, die einst arabische Namen getragen hatten, waren jetzt nach Heldentaten und historischen Daten benannt. So schlenderten sie von Straße zu Straße, während Rosa die Namen ablas und ihre Bedeutung erklärte. Von der Straße der Sturmtruppe gingen sie zur Palmachstraße hinauf, danach zur Tel-Chai-Straße und der Straße des 29. November hinunter, von dort weiter zur Straße der 35 und der Straße der Eroberer Katamons, der Straße der Konvoys und der Straße der Wasserverteiler. Wenn sie so durch die Straßen des alten Katamons spazierte, dachte sie wieder an die Nacht der fortgeschleiften Teppiche und grübelte, was mit ihnen geschehen sein mochte, in welchen Häusern sie jetzt wohl lagen. Die gepflegten Villen aus sorgfältig behauenem Jerusalemstein kamen ihr vor wie Paläste. Hier und da wehte die Flagge eines fremden Staates auf dem Dach eines eleganten Hauses, und vor der Tür parkte eine Luxuslimousine mit weißem Diplomatenkennzeichen. Rosa deutete dann mit der Hand auf die Flaggen und erklärte ihren Kindern: »Das ist die griechische, das ist die italienische, das ist die schwedische und das ist die tschechische Flagge«, pflückte im Gehen Geißblattblüten, die an den Zäunen emporrankten, und lehrte ihre Kinder, die süßen Nektartröpfchen auszusaugen. Kamen sie an Jasminsträuchern vorbei, steckte sie den Kleinen duftende Blüten ins Haar, und bei den Passionsblumen riss sie die langen, schmalen Blütenblätter ab, um den Kindern das schüchterne kleine Männchen zu zeigen, das sich darunter verbarg. Sie lugte mit ihnen durch die Ritzen der Holzzäune und verschlang mit den Augen die gepflegten Gärten und die gelassenen Menschen, die sich darin ergingen. Und kurz vor Ali Chamudas Haus der Noten verlangsamte sie den Schritt. Umringt von ihren Kindern, streichelte sie das glänzende Eisentor mit dem aufgelöteten Violinschlüssel und sog tief den Duft des üppigen Jasmins und der Lavendelsträucher ein, die wieder ihre lila Blütenpracht dort entfalteten. Dann deutete sie mit bebendem Zeigefinger auf einen halb offen stehenden grünen Fensterladen und sagte im Flüsterton, als gäbe sie ein Geheimnis preis: »Das war unser Zimmer.« Die Kinder starrten mit ungläubig aufgerissenen Augen die elegante Villa mit ihren schmucken Bäumen und Sträuchern an, und Rosa versuchte ihnen zu erklären, dass es damals nicht so gewesen sei wie jetzt. Heute wohne dort nur eine Familie, während sich seinerzeit mehrere Familien das Haus hätten teilen müssen. Die Kinder hörten ihr brav und höflich zu, wollten aber in ihre vertraute Umgebung zurück.

Als Rosa merkte, dass sie ihren Geschichten nicht glaubten, suchte sie das Haus allein auf. An Tagen, an denen die Erinnerungen sie schier zerrissen, versteckte sie sich hinter dem Zaun, drang mit Blicken in ihr Zimmerfenster ein und tastete sich wie eine Blinde zwischen den vertrauten Möbeln hindurch. Dann stieß sie im Geist auf den Eiskasten, die Puppe Jaffa, das königliche Bett und auf Rina. Wenn sie sich in der Fantasie mit Rina auf der Matratze räkelte, roch sie erneut die stickige Luft voll Zigarettenqualm, den Schweiß vermischt mit billigem Parfüm, den Gestank von Babykot, Schimmel und Rost. Und sobald Mischas Gesicht vor ihr auftauchte, flüchtete sie mit nagendem Hunger im Bauch nach Hause und ruhte nicht, ehe sie den Kühlschrank aufgerissen und seinen Inhalt vertilgt hatte. Mit vollem Bauch sank sie auf ihren Sessel und gelobte, nie wieder dorthin zu gehen, doch eine übermächtig Kraft verleitete sie immer wieder aufs Neue.

2

Safranfäden

Wenn in Winternächten der kalte Wind draußen tobte und im dritten Stock des Hauses Schabasistraße 10 durch die Fensterritzen pfiff, kuschelten sich Angela und Rosa in die dicke Steppdecke und spielten Memory. Josef ließ sich partout nicht zum Mitspielen überreden, steckte den Kopf in seine Bücher und ignorierte alle Bitten. Rosa fand immer als Erste Kartenpaare, war dann aber zu schnell mit ihrem Gedächtnis am Ende. Sie sei ja auch noch ein Kind und kleine Kinder hätten noch nicht so viele Erinnerungen, tröstete Angela sie und erzählte ihr wunschgemäß die Erinnerungen, die sie am liebsten hörte – die an ihren Onkel Josef als Baby. Während Angela dann erzählte, schielte Rosa vergnügt nach dem großen Josef mit seiner schwellenden Brust, den sie sich absolut nicht als Baby vorstellen konnte.

»Als Oma Fortuna Josef im Haus zur Welt gebracht hatte und wir uns alle um seine Wiege scharten, um ihn neugierig anzugucken, sahen wir ein völlig normales Baby: lila, runzlig und wütend wie alle Neugeborenen. Nichts ließ auf die Sorgen schließen, die er uns noch machen sollte.« So etwa begann Angela ihre Standardgeschichte von Josef als Baby. Und obwohl Rosa sie zigmal gehört hatte und ganze Passagen auswendig hersagen konnte, wurde sie sie nie leid und wollte sie, ungeachtet der lautstarken Proteste ihres Onkels, immer wieder hören.

In jenen Nächten erinnerte sich Angela an ihre nie gehabte

Kindheit in dem kleinen Dorf Safrana nahe der libyschen Stadt Tripoli und an ihre eigene Geburt, von der ihre Mutter ihr einmal in einem seltenen Moment der Nähe erzählt hatte. Diese Geschichte lief wie ein zu Tränen rührender Film vor ihren Augen ab, erfüllte sie erneut mit tiefer Schmach und schnürte ihr die Kehle zu.

Als Angela geboren wurde, war ihr Vater, Jakob Dschanach, den man in der Synagoge scherzhaft mit hebräisiertem Namen »Senior Knafaim« – Herr Flügel – nannte, tief enttäuscht. Dschanach hatte sich von seiner Frau Fortuna einen Sohn gewünscht, und Fortuna, die wusste, dass sie eine Tochter unterm Herzen trug, denn das hatte ihr ihre Schwester Liz aus dem Kaffeesatz gelesen, wollte sie nicht herauslassen, sondern behielt sie bis zum Ende des zehnten Monats in ihrem Leib. Tag für Tag trat die Tochter verzweifelt gegen die Bauchwände und flehte hinauszudürfen. Als das Baby schließlich mit aller Macht den Sack rammte, in dem es steckte, und ihn mit dcn bereits gewachsenen Fingernägeln aufschlitzte, lief das lauwarme Wasser in einem kräftigen Strom ab und ergoss sich durchs Haus. Nun packte man Fortuna mit Gewalt ins Bett und rief die Hebamme Viktoria. Am ganzen Körper zitternd, presste Fortuna die Beine zusammen, um dem Kopf des Babys den Weg zu versperren. So musste man den Dorfbarbier zu Hilfe holen, der ihr gemeinsam mit Viktoria gewaltsam die Beine spreizte und dabei blaue Druckstellen zufügte. Ungerührt von Fortunas Verzweiflungsschreien schob Viktoria die Hand in die Öffnung, die sich am Unterleib der Gebärenden auftat, und brachte mit Leichtigkeit das Köpfchen zum Vorschein. Mit geübtem Griff befreite sie die Schultern, und auf leichten Armdruck glitt der Körper heraus. Zuerst blickte die Hebamme erschrocken in das wütende kleine Gesicht, das tiefe Furchen aufwies, als sei der Säugling wegen des langen Verbleibs im Fruchtwasser vergreist. Dann besah sie die heftig fuchtelnden Fäustchen, die verquollen, derb und schrumpelig wie die einer betagten Waschfrau waren, und als sie schließlich den Blick auf den Unterleib richtete, merkte sie, dass das ersehnte männliche Glied fehlte. »Ohne dieses Glied aber«, hatte Dschanach ihr eingebläut, »wehe dir und deinem Leben.«

Entsetzt ließ die Hebamme die große Kupferschüssel voll heißem Wasser zu Boden fallen, wobei die Spritzer ihr rote Brandwunden an den Schenkeln verursachten. Selbst nach dem Aufschlagen auf dem Boden kam die Wanne nicht zur Ruhe. Sie schlitterte mit schrillem, metallischem Scheppern über die Fliesen und prophezeite kommende Unbilden. In diesem Moment stürmte Dschanach ins Zimmer und versetzte mit seiner Furcht erregenden Massigkeit die Hebamme am ganzen Leib in Zittern, als sei es ihre Schuld, dass es ein Mädchen geworden war. Unter den wütenden, enttäuschten Augen des gedemütigten Vaters kappte sie hastig die Nabelschnur, holte durch leichten Druck auf den Bauch die Nachgeburt und flüchtete aus dem Haus. Mit wirrem Haar und feuchten, blutbefleckten Kleidern flitzte sie derart schnell durch die engen Gassen, dass die Dorfbewohner, wohl wissend, dass sie vom Haus einer Gebärenden kam, schon glaubten, der Geisterkönig und Lilith seien gemeinsam hinter ihr her, um ihr das Neugeborene wegzuschnappen. Erschrocken rannten sie ebenfalls mit. So stürmte an dem Tag, an dem Angela geboren wurde, eine verängstigte Hebamme durchs Dorf, in der einen Hand das krumme Hebammenmesser, in der anderen die gewundene Nabelschnur, gefolgt von einer ganzen Horde schnaufender Männer und Frauen, die die Augen rollten vor Angst, das Unheil könnte auch sie ereilen.

Am selben Tag nun wurde den Nachbarn – David und Malka Bukovsa, deren armselige kleine Safranfelder an Dschanachs prächtige Felder grenzten – ein Sohn geboren. Dschanach litt furchtbar bei der großen Beschneidungsfeier, die am achten Tag für den kleinen Solomon abgehalten wurde. Zutiefst gedemütigt saß er in der Synagoge »Jakobsleiter«, für deren Bau er Geld gespendet hatte, und verfolgte neidvoll die Beter, die zu Bukovsa traten, ihm auf die Schulter klopften, ihn zur Geburt des Sohnes beglückwünschten und ihn ehrerbietig »Abu Solomon« nannten. Nur wenige gingen zu Dschanach und versuchten ihn mit mitleidigem Blick zu trösten, es sei doch »nicht schlimm«, »eine Tochter kündigt Söhne an« und »beim nächsten Mal klappt's besser«. Seine Hasser beäugten ihn schadenfroh und wünschten ihm in spöttischem Ton, ohne es wirklich zu meinen: »Bald auch in deinem Haus eine Freudenfeier.« Dschanach floh beschämt aus der Synagoge, rief David Bukovsa zu sich und schloss mit ihm einen Bund.

»Da die beiden Kinder, Ihres und meines, an ein und demselben Tag geboren wurden, ist das ein Zeichen des Himmels, dass sie füreinander bestimmt sind. Deshalb müssen sie heiraten, sobald sie herangereift sind«, sagte er, ohne seinem Gesprächspartner ins Gesicht zu sehen.

»Und was ist, wenn sie einander nicht gefallen?«, wagte Bukovsa zögernd einzuwenden.

»Was heißt, nicht gefallen«, imitierte Dschanach verächtlich den zitternden Ton seines Nachbarn. »Nicht gefallen«, wiederholte er laut, »sie haben keine Wahl. Jetzt in der Wiege werden wir sie einander versprechen. Da wollen wir mal sehen, von wegen nicht zustimmen. Das ist ein Verlöbnis, solch einen Bund bricht man nicht, und wer es doch tut, lädt Unheil auf sich.«

David Bukovsa, schmächtiger, schwächer und ärmer als Dschanach, konnte sich ihm nicht widersetzen. Mit Handschlag gelobte er, sein Sohn und Dschanachs Tochter würden einander heiraten, und wehe dem, der diesen Vertrag brechen solle. Zufrieden kehrte Dschanach heim, rüttelte seine Frau Fortuna aus dem Schlaf und forderte sie auf, sich auf die Verlobung vorzubereiten.

»Aber sie ist doch gerade erst zur Welt gekommen«, jammerte sie, als flehe sie um ihr Leben.

»Tu, was ich dir sage«, erwiderte er in energischem Ton.

»Du hast mir keinen Sohn geschenkt, also wird Bukovsas Junge mir Sohn sein«, sagte er und suchte sein Lager auf. Fortuna fand die ganze Nacht keinen Schlaf.

Nach Angelas Geburt verschloss sich Fortunas Schoß. Manche sagten, die Gebärmutter habe sich versiegelt, aus Angst, ein weiteres Mädchen könnte darin Gestalt annehmen und der Gebärenden neue Not bescheren. Acht Jahre lang beharrte der Mutterschoß auf seiner Rebellion, schied alle dreißig Tage – mit der Regelmäßigkeit der Mondphasen – die unbefruchtete Eizelle samt der eigens gebildeten neuen Schleimhaut aus und hinderte im Übrigen die begierig zitternden Samenzellen daran, sich mit der Eizelle zu vereinen. Listig rief er sie herein, nur um sie in seinem schwarzen Innern in einer Falle abzutöten. Doch als Angela acht Jahre alt war, gelang es einer großen Samenzelle mit langem, starkem Schwanz und besonders spitzem, zähem Kopf, der Todesfalle zu entkommen und ans Ziel zu gelangen. Neun Monate später kam Josef zur Welt.

An diesem Punkt der Geschichte wurde Angelas Miene ernst, und ihre Augen verschleierten sich. Rosa kannte dieses Phänomen und schwieg. Mit einer Rücksichtnahme, die ihr sonst nicht eigen war, ließ sie die Mutter ihren Erinnerungen nachhängen. Nach kurzem Schweigen würde sie ja, wie immer, mit neuen Kräften weitererzählen.

Während ihr noch die weithin gellenden Schreie in den Ohren klangen, die ihr Vater bei der Nachricht, dass ihm ein Sohn geboren sei, ausgestoßen hatte, erinnerte sie sich, dass alle fürchteten, es seien Enttäuschungsschreie über die Geburt einer weiteren Tochter. Aber als man die Botschaft aus dem Mund der Hebamme hörte, die hoch erhobenen Hauptes aus dem Haus trat, als hätte sie selbst einen Jungen geboren, die Schürze beladen mit einem großen Bündel Geldscheine und ein paar Säckchen Safran, da schlossen alle, Juden wie Moslems, seinetwegen ihre Geschäfte und gingen ihm gratulieren. So glücklich war der Vater, dass er an jenem Tag mit seinen Gästen sämtliche Flaschen seines Weinkellers leerte und zur Geschmacksveredelung großzügig Safranfäden hineingab.

Angela erinnerte sich schwach an das große Fest, von dem es hinterher hieß, so eines habe das Dorf noch nie gesehen. Sieben Tage und Nächte, bis zum Tag der Beschneidung, wimmelte das Haus von Gästen, die safrangelbe Speisen verzehrten und nach Herzenslust tranken, sangen und Witze erzählten. Frauen, die Hände mit Safran statt mit einfachem Henna eingefärbt, trugen hoch beladene Tabletts durch die Räume, und der Vater, stolz wie ein Pfau, führte seine Festgäste Trupp für Trupp in das Zimmer der Wöchnerin. Als habe seine Frau, noch erschöpft von der schweren Geburt, keinerlei Anteil an der Hervorbringung seines Sohnes gehabt, ignorierte er sie, zog mit einem Schwung dem kleinen Josef die Decke weg, um ihnen das Wunder zu zeigen, das er persönlich gewirkt hatte, und deckte den Kleinen erst wieder zu, nachdem alle Gäste ihre Bewunderungsrufe und Komplimente geäußert hatten, die ihm wie Musik in den Ohren klangen. Lobten die Gäste dann murmelnd das keck aufgerichtete Glied, senkte Dschanach in gekünstelter Bescheidenheit die Augen und flüsterte mit stolz geschwellter Brust: »Ganz der Vater.«

Sieben Tage und Nächte durften die Frauen, die Josef versorgten, ihn auf Dschanachs Anweisung nicht wickeln, sondern mussten ihn mit entblößtem Unterkörper in der Wiege liegen lassen, damit die Botschaft von der aufrechten neuen Männlichkeit laut und deutlich in alle Welt ergehe. Und um den bösen Blick von Josef, dem erstgeborenen Sohn, fern zu halten, kam die Hebamme Viktoria ins Zimmer und verzierte mit safrangefärbten Händen und gespreizten Fingern alle Wände von unten bis oben mit schützenden gelben Handabdrücken. Am Tag der Beschneidung kamen weibliche Verwandte und Nachbarinnen und gaben mit an den Gaumen gelegten Zungen und geöffneten Lippen Freudentriller zum Besten, die sich in das Weinen des Babys mischten, dessen aufrechtes Glied nur wenig beschnitten wurde, weil Dschanach neben dem Mohel stand und mit Argusaugen aufpasste, dass ja nicht zu viel gekappt wurde.

»Und wie war Josef?«, fragte Rosa dann. Worauf Angela, nun wieder gefasst, erwiderte: »Josef war ein Baby wie jedes andere auch, ein völlig durchschnittlicher Säugling, nicht zu groß und nicht zu klein, nicht zu dick und nicht zu dünn, nicht zu hübsch und nicht zu hässlich, ein normales Kind eben. Gleich nach der Beschneidung passierte es dann. Er begann zu saugen. Und das nicht zu knapp. Er trank mehr als jedes andere Baby. Anfangs aß er für mindestens zwei Babys, danach für drei, für vier, und als er anfing für fünf Babys zu futtern, ging Oma die Milch aus.« Angela erinnerte sich, wie der Vater die Mutter angebrüllt hatte, wegen ihrer lächerlich kleinen Brüste bekomme das Kind nicht genug Nahrung. Mit Gewalt riss er ihr den vor Hunger schreienden Josef aus den Armen, steckte ihn in einen der weißen Baumwollsäcke, in denen er gewöhnlich seine Safranpäckchen verstaute, und lief mit ihm durchs Dorf, um eine Amme zu suchen. In dem Moment, in dem er Fortuna das Baby wegnahm, wusste sie, dass sie ihren Sohn für immer verloren hatte. Fortan durfte sie ihn nachts nur durch das Fenster seines Kinderschlafzimmers sehen, in dem er beim Licht der Petroleumlampe schlief, während eine fremde Amme seine Atemzüge zählte.

Schmallippig vor Zorn über seine Frau, deren Milch versiegt war, stapfte Dschanach also durch die Gassen, den von Hunger brüllenden Säugling im Sack auf dem Rücken. Am Ende des Dorfes fand er Allegra. Es heißt, er hätte sie auf Grund ihres lauten Jammerns gefunden, dieses furchtbaren Wehklagens einer Frau, die ihr Kind verloren hat. Er traf sie bitterlich weinend am Grab ihres kleinen Sohns, der plötzlich im Schlaf gestorben war. Ihre schwarzen Kleider waren zerrissen und mit Erde bestäubt, Gesicht und Brust vor Trauer zerkratzt, ausgeraufte Haare lagen um sie her verstreut, und aus ihren entblößten Brüsten rannen große weiße Tropfen auf den losen Erdhügel vor ihr. Als wäre sie schwerelos, hob Dschanach sie von dem kleinen Grab, an das sie sich mit den Nägeln krallte, und trug sie zusammen mit Josef auf seinen starken Armen davon. So kamen die beiden laut schluchzend in Dschanachs Haus an – der eine weinte vor Hunger, die andere über ihr totes Baby. Von diesem Augenblick bis zu dem Tag, an dem ihre Milch versiegte und sie gebeten wurde, das Dschanachsche Haus zu verlassen, weinte sie unablässig. Sie heulte so heftig, dass Dschanach reihenweise Kübel voller Wasser um sie herum aufstellte und sie zwang, sie allesamt auszutrinken. »Schließlich muss ein kleiner Körper, der so viel Flüssigkeit an Milch und Tränen hervorbringt, ja letztendlich vertrocknen.«

Nachts stahl sich das tote Kind in ihren traumgeplagten Schlaf. Mit seinen hohlen Augen blickte es ihr in stummem Vorwurf tief in die Pupillen, rügte sie wegen des neuen Babys, das sie nährte, und löste damit einen heftigen Weinkrampf aus, der sie völlig erschöpfte und um ihr Leben kämpfen ließ.

Mit verstopfter Nase und rot verquollenem Gesicht erwachte Allegra beim Wimmern des hungrigen Josefs, der einen neuen Morgen begann. Die Augen noch verschlossen und die Lider verklebt, griff sie tastend in die Wiege, hob wie nebenbei den Kleinen heraus und legte ihn mit der geübten Geste eines Arztes, der einen blutdürstigen Egel auf ein entzündetes, geschwollenes Glied drückt, an die Brust. Angela erinnerte sich deutlich daran, wie Allegra den großen, dicken Josef gestillt hatte, wobei ihr glühende Tränen über die Brüste rannen und sich mit der süßen Milch vermischten, die in Josefs aufgesperrten Mund floss. Damals hörte Fortuna von allen Seiten, Josef würde ein trauriges Kind werden, weil er Allegras Tränen zusammen mit ihrer Milch trinke. Aber Angela, die ein kluges Mädchen war, sagte ihrer Mutter auf Hebräisch, dass Josefs Gesichtchen wegen Dschanachs Safranblüten immer traurig sei, denn im Hebräischen sei »safrangelb färben« auch ein anderer Ausdruck für »schamrot werden«.

»Als Josef der Allegra alle Milch weggetrunken hatte«, fuhr Angela mit der Geschichte fort, »und ihr mit der Milch auch die Tränen ausgegangen waren, gab man ihr ein kleines Bündel Geld und schickte sie nach Hause.« Angela erinnerte sich noch gut, wie Allegra die trockenen Augen aufgerissen, aus weit offenem Mund gewehklagt, sich mit Macht an Josef geklammert und ohne Tränen geweint hatte.

»Nachdem man die beiden mit Gewalt voneinander getrennt hatte, brachte man ihm eine neue Amme. Als auch der die Milch ausging und sich keine weiteren Ammen im Dorf fanden, ging Dschanach in die benachbarte Stadt und holte für viel Geld drei neue, Georgette, Juliette und Nasima, die alle bei uns im Haus wohnten. Damit Josef ihnen die Milch nicht mit einem Schlag wegtrank, wurde beschlossen, dass Georgette morgens, Juliette mittags und Nasima abends stillen sollte. So ging jede reihum mit lachendem Gesicht und schwellenden Brüsten hinein und kamen mit traurigem Gesicht und trockenen, eingeschrumpelten Brüsten wieder aus dem Kinderzimmer heraus. Noch vor Josefs erstem Geburtstag war allen Ammen in der ganzen Gegend die Milch versiegt, und Dschanach entschied, dass man ihn entwöhnen musste.

Bei seiner letzten Brustmahlzeit biss Josef laut brüllend seine ersten Zähnchen in die trockene Brustwarze der Abendamme Nasima. Als er seinen Mund um die Warze schloss, legte sich einen Moment Stille über das Haus, alsbald gestört durch die Schmerzensschreie Nasimas, die kreischte, als wäre eine ganze Dämonenbande über sie hergefallen und hätte ihr einen ordentlichen Happen Fleisch abgebissen. Aber Josef klebte wie ein Blutegel an ihr und weigerte sich, von ihr abzulassen. Drei Tage und Nächte war ihm der Mund durch die trockene Brustwarze gestopft. Nasima schrie vor Schmerz. Josef schwieg, während ihm vor Trauer und Hunger die Tränen über die Wangen liefen. Warum schwieg er? Weil sein Mund mit der Brustwarze verstopft war, die ihm keine Milch mehr gab. Und wie befreite man schließlich die arme Nasima? Oma

Fortuna holte den Rat der weisen Frauen ein und versuchte alles, was sie ihr rieten. Die eine sagte, man solle ihm Pfeffer, mit Tabak vermischt, auf das Zahnfleisch streuen. Die andere sagte, man müsse ihn in den Mund kneifen und ihn drücken, bis er beinah ersticke. Wieder eine andere sagte, man solle ihm die Füße massieren und ihn an den Fußsohlen kitzeln, bis er lache und ihm die Brustwarze dabei aus dem Mund falle. Alles probierten sie ohne Erfolg. Da schickte Oma sämtliche Ratgeberinnen fort und erhitzte Ziegenmilch auf dem Herd. Als die Milch überlief, stieg dem Kleinen der Geruch in die Nase, weitete seine Nasenlöcher, und er machte den Mund auf, ließ Nasimas zerkaute Brustwarze fallen und brach in so lautes Geheul aus, dass alle Nachbarn ins Haus stürzten, um zu sehen, was passiert war. In dem Moment gossen sie ihm den Mund voll Ziegenmilch, und er trank und trank und trank, bis er einschlief.«

Bei diesem Abschnitt der Geschichte drang der scharfe Ziegenmilchgeruch, der das Haus erfüllte, Angela in die Nase, und sie sah ihren Bruder auf seinen dicken Beinchen in die Küche watscheln, den Duft der Milch, die Fortuna auf der Herdplatte aufkochte, einsaugen und sie eimerweise trinken. Vor ihren Augen betrat der Vater den Hof, gefolgt von einer ganzen Herde gehorsamer schwarzer Ziegen, die Messingglöckchen um den Hals trugen. Mit verschleierten Augen erinnerte sie sich, dass ihre Mutter die Tiere jeden Morgen in Blecheimer gemolken und die noch ziegenwarme Milch aufgekocht hatte, bis sie schäumend weiß überbrodelte und zischelnd das Feuer löschte.

Spürte Angela dann, dass Rosa sie am Ärmel zupfte, raffte sie sich zusammen und erzählte weiter. Mit zwei Jahren wollte er nicht mehr auf die abgekochte Milch warten. Er stahl sich in den Stall, suchte unter den ausweichenden, wässrigen Blicken der Ziegen ringsherum die stillenden, und während die Zicklein sich noch an sie drängten und mit dem Kopf gegen den Bauch stießen, um den Milchfluss anzuregen, betastete er mit den Händen die Zitzen und fand zielstrebig immer die ergiebigsten Muttertiere. Mit einem harten Fußtritt verjagte er das säugende Zicklein, um dann die pralle feuchte Zitze zu packen, die für ihn frei geworden war. Das seiner Nahrung beraubte Ziegenjunge stand neben seiner Mutter und musste hilflos zusehen, wie seine Milch geradewegs in Josefs Bauch floss, stampfte mit den Hufen und stieß hungrig meckernd sein unbehörntes Köpfchen in Josefs breiten Rücken.

Daraufhin beschloss Dschanach, die Zicklein gleich bei ihrer Geburt zu entwöhnen, und führte eine neue Ordnung im Ziegenstall ein. Kaum war ein Ziegenjunges hinter seiner Mutter auf die von Geburtsflüssigkeit durchfeuchtete Heuschicht gefallen und eilte, sein Mäulchen an eine Zitze zu schmiegen, löste Dschanach das Mäulchen und trug das Kleine, dessen kurzes Fell noch vom Fruchtwasser tropfte, trotz lautstarker Proteste der Mutterziege weit weg. Nun brachte er diesem Neugeborenen bei, an einer Gummizitze zu saugen, die er auf das Spundloch eines Holzfasses montiert hatte, das mit Wasser verdünnte Milch enthielt. Während die Ziegenmütter noch derart herzerschütternd um ihre entführten Jungen klagten, dass die Küchenmädchen sich die Ohren zuhielten, lernten die Zicklein, aus der Gummizitze zu trinken, und stießen mit ihren weichen Köpfchen an das Holzfass, als wollten sie den Milchfluss anregen. So konnte Josef sich an die Euter der Muttertiere hängen und ungestört nach Herzenslust Milch trinken, wobei die Tiere ihn manchmal mit ihren eigenen Jungen verwechselten.

Eines Tages kam die Köchin Fatma schnaufend und schreiend in die Küche gelaufen und erzählte jedem, der es hören wollte, ebenso wie denen, die sie baten, ihre Märchen für sich zu behalten, sie habe im Ziegenstall einen Satyr – halb Ziege, halb Mensch – vorgefunden. Auf Bitten, diese Kreatur näher zu beschreiben, erzählte sie, sein Gesicht sei das eines Menschen, auf dem Kopf wüchsen ihm spitze kleine Hörner, die Beine hätten Ziegenhufe, am Hinterteil sei ein wedelndes

Schwänzchen angewachsen und der ganze Leib trage ein dichtes, langes schwarzes Haarkleid. »Ich weiß noch«, erzählte Angela, »dass meine Mutter ihr zur Beruhigung Zuckerwasser zu trinken gab und ihr beizubringen versuchte, dass es Josef gewesen war, der wieder einmal zwischen den Ziegen gelegen, sich an ihren Leibern gewärmt und ihre Milch gesaugt hatte. ›Weil du kurzsichtig bist, hast du den Kopf des Jungen mit den Ziegenköpfen ringsum verwechselt‹, erklärte sie ihr.« Aber Fatma war nicht zu beruhigen. Nächtelang konnte sie nicht schlafen. Und wenn sie doch einnickte, wurde sie von schlechten Träumen heimgesucht, sah vor ihren Augen behaarte Satyre tanzen, deren Miene Übles verhieß, während ihr dickes, langes Glied stocksteif in den Himmel ragte. Dann fuhr sie aus dem unruhigen Schlaf hoch, setzte sich im Bett auf, das Hemd klebte ihr vor Schweiß an der Haut, und ihrem aufgerissenen Mund entrang sich ein Schrei, der das ganze Haus aufweckte. Eilte Fortuna dann herbei, fiel Fatma ihr wimmernd in die Arme und erzählte ihr, der Dämon aus dem Stall sei ihr im Traum erschienen, habe seine spitzen Zähne vor ihr entblößt und ihr höhnisch ein leidvolles Leben vorausgesagt. Fortuna strich ihr beruhigend übers Haar und erklärte ihr erneut, dass sie nicht dem Teufel, sondern Josef begegnet sei. Doch fortan magerte Fatma immer mehr ab, bis sie eines Tages ihre Sachen packte, ihr verdientes Geld nahm und auf Nimmerwiedersehen verschwand.«

»Dann war Josef eigentlich der Sohn einer Geiß«, flüsterte Rosa Angela ins Ohr, damit Josef es nicht hörte.

»So meinten die Kinder im Viertel und in der Schule, sie nannten ihn ›*Ben Isa*‹ – Ziegensohn. Wenn er ihnen nahe kam, hielten sie sich mit zwei Fingern die Nase zu und klagten über seinen Geruch. Obwohl Josef mit fünf Jahren von den Ziegen entwöhnt worden war, behaupteten sie, ihm hafte ihr Geruch immer noch an, und er wurde ihn selbst als großer Junge nicht los. Manche Kinder meinten, seine Augen seien genauso blau und wässrig wie die der Ziegen. Und als er heranwuchs und am

Körper behaart wurde, schrieb man das den Ziegen zu und sagte, er fände gewiss keine Braut.

»Josef wuchs und wuchs und wuchs«, fuhr Angela fort, worauf Rosa mit einfiel und wie im Refrain wiederholte: »Und wuchs und wuchs und wuchs.«

»So sehr, dass die Nachbarn im Nebenhaus klagten, sie hörten Josef nachts wachsen«, fügte Angela hinzu und dachte an Josefs laute Wachstumsgeräusche, vermischt mit dem Quaken der Frösche und dem leisen Wimmern träumender Babys, hungriger Zicklein und sehnsüchtiger Ziegen, die die Nachtruhe der Nachbarn störten.

»Und wie hört man, dass ein Kind wächst?«, fragte Rosa jedes Mal, obwohl sie die Geschichte x-mal gehört hatte.

»Es gibt einen besonderen Laut, den der Körper eines wachsenden Kindes hervorbringt.«

»Was für ein Laut ist das denn?«, fragte Rosa schmeichlerisch.

»Das Wachstumsgeräusch.«

»Und wie hört sich das an?«

»Es gibt ein besonderes Geräusch, wenn Gras wächst, ein besonderes Geräusch beim Wachsen von Bäumen und ein eigenes Wachstumsgeräusch nur bei Kindern«, beendete Angela wieder die Aufzählung der Laute, die es Rosa trotz all ihrer Anstrengungen nie zu hören gelang.

»Womit hat dieses Geräusch denn Ähnlichkeit?«, beharrte sie.

»Das kann man nicht erklären, man muss es hören.«

»Und wann werd ich's hören?«

»Wenn du mal Kinder hast und die ganze Nacht wach bleibst, kannst du sie wachsen hören«, antwortete Angela.

»Hast du mich wachsen gehört?«, fragte Rosa.

»Du wächst schnell, genau wie Josef, und wir alle hören es, Josef und ich und alle Bewohner des Hauses«, erwiderte Angela und erzählte ihr weiter, dass Josef im Alter von einem Jahr die Kleider eines Zweijährigen getragen und mit fünf wie ein

Junge von zehn ausgesehen habe. Opa Dschanach sei indessen auf einmal schnell gealtert und besorgt gewesen, Josefs Wachstum könnte sein Ende sein.

»Warum hat Josefs Wachstum Opa besorgt gemacht?«, fragte Rosa.

»Je größer und stärker ein Kind wird, desto schwächer werden sein Vater und seine Mutter, denn das Heranwachsen eines Kindes bringt den Eltern das Alter. Und dann«, fuhr Angela fort, »hörten sie von einer weisen Frau im Dorf, dass Kinder nur im Schlaf wachsen. Ein Kind wächst nicht tagsüber, wenn es herumrennt und spielt. Deshalb setzten sie sich hin und überlegten, wie man Josefs Wachstum verlangsamen könnte, und kamen zu dem Schluss, dass man ihn nachts zu jeder vollen Stunde wecken müsste.«

Um Josefs Wachstum zu bremsen, kaufte Dschanach eine hölzerne Uhr mit einem spitzen roten Giebeldach und einem geschlossenen grünen Fensterladen vorn in der Mitte. Als sie den Laden aufmachten, fanden sie im Innern der Uhr Federn und Zahnräder und einen kleinen geschnitzten Vogel aus Holz. »Das war ein Kuckuck«, erklärte Angela und fuhr fort, nachdem alle hineingeschaut und dem Geräusch des Pendels und dem Ticken im Innern des Uhrwerks gelauscht hatten, habe Dschanach die Uhr über Josefs Bett gehängt, worauf der Kuckuck auch getreulich seine Arbeit verrichtete. Zu jeder vollen Stunde, Tag und Nacht, sei er herausgeschnellt und habe Josef mit seinem Schnabel direkt ins Ohr trompetet. In den ersten Nächten erwachte Josef bei den Weckrufen des Vogels, fuhr entsetzt im Bett hoch, konnte nicht wieder einschlafen, sondern wartete angstvoll darauf, dass der grausame Vogel wieder seinen Schnabel auftun und ihn aus dem Schlaf reißen würde. Nach einem Monat jedoch hatte er sich daran gewöhnt und schlief, ungeachtet des alle Stunde rufenden Kuckucks, den Schlaf der Gerechten. Josef schlief also weiter, sein Wachstum hörte nicht auf, die Nachbarn beschwerten sich nach wie vor, nun auch über die Kuckucksrufe, und

Dschanach entdeckte weitere weiße Haare in seinem Bart. Er kaufte eine zweite, größere Uhr und hängte sie neben die erste. Die beiden Vögel kamen jede Stunde gemeinsam heraus, standen wie zwei Freundinnen, die sich lange nicht gesehen haben, auf den kleinen Balkonen ihrer Häuschen und riefen einander die genaue Stunde ins Ohr. Da sie jedoch auch mit vereinten Kräften Josef nicht zu wecken vermochten, erklärte Dschanach, dass doppelt zwar besser hielte als einzeln, der dreifache Faden aber nicht so schnell zerreiße, was ja schon in der Bibel stehe, und kaufte eine dritte Kuckucksuhr. Josef, inzwischen an Vogelstimmen gewöhnt, schlief selig, und seine Wachstumsgeräusche, vereint mit dem Kuckuck-Kuckuck, weckten die Nachbarn nach wie vor. Als er im selben Jahr sechs Jahre alt wurde und in die Schule kam, war er so groß wie ein Bar-Mizwa-Junge von dreizehn.

An dieser Stelle brach Angela jedes Mal die Stimme. Die Verbitterung alter Schmach und das Gären nie erloschener Wut brodelten wieder hoch.

Diese Reaktion führte Rosa noch Jahre später immer wieder vor Augen, dass ihre Mutter dieses Erlebnis, das ihre Nächte vergällt, ihren Schlaf unterbrochen, ihren Körper geschwächt und ihre Jugend zerstört hatte, niemals verwinden würde.

»Man hielt Rat, überlegte und befand, dass ich das Wachstumsalter bereits hinter mir hätte, schon fast eine Frau sei, daher nicht mehr wachsen müsse und keinen Schlaf bräuchte«, erzählte sie mit erstickter Stimme. »Deshalb beauftragten sie mich, Josefs Wachstum anzuhalten, und hängten die Kuckucksuhren über mein Bett, ganz dicht an meine Ohren. Jede Nacht fuhr ich alle Stunde entsetzt hoch, weil ich mich nie an die Kuckucksrufe gewöhnen konnte. Dann musste ich zu Josef ans Bett gehen und ihn heftig rütteln, damit er aufwachte und das Wachstum ein Weilchen einstellte. Da ich als braves Mädchen immer alles tat, was Papa und Mama mir auftrugen, hatte ich nicht mehr Tag noch Nacht. Zwei Jahre lang bin ich

Nacht für Nacht alle Stunde aufgewacht, um Josef zu wecken. In der Schule kam ich dann mit schwarzen Ringen unter den Augen an, und wenn du mich fragst, was wir durchgenommen haben, kann ich es dir nicht sagen, denn dort habe ich geschlafen.«

»Und Josef?«, zwitscherte Rosa. »Hat er aufgehört zu wachsen?«

»Josef ist von meinem Rütteln jede Stunde für ein paar Sekunden aufgewacht, hat sich beschwert, dass ich ihn im Schlaf störe, mich manchmal auch geschlagen, und dann hat er das Gesicht zur Wand gedreht und hat weitergeschlafen. Wenn er morgens aufstand, war er größer als zuvor und völlig frisch, ohne jede Spur der mindestens zehn Schlafstörungen. Schließlich konnte ich nicht mehr und habe meinen Vater um Erlaubnis gebeten, nach Israel auswandern zu dürfen. Er hat natürlich nicht eingewilligt. Als ich aufzubegehren versuchte, hat er mich im Zimmer eingeschlossen und meine Schuhe und Kleider versteckt. Mama fand den Schlüssel, gab mir ihre Schuhe und half mir zu fliehen. Als ich dann im Kibbuz Givat Rimonim ankam, wo ich deinen Papa kennen lernte, habe ich den Kopf aufs Kissen gelegt, und später erzählte man mir, ich hätte eine Woche lang durchgeschlafen.«

»Und wer hat Josef aufgeweckt, als du weg warst?«

»Dschanach hat Mustafa ins Haus geholt. Dieser Waisenjunge freute sich über das warme Bett und das gute Essen, das er bekam, kaufte als Gegenleistung für deine Oma auf dem Markt ein und weckte Josef bei Nacht. Josef ist auch zu Mustafas Zeit weiter gewachsen, denn der soll manchmal seine Arbeit ein bisschen vernachlässigt und nächtelang durchgeschlafen haben.«

»Und wer hat Josef geweckt, als er nach Israel kam?«

Angela kicherte auf diese Frage: »Als Josef ins Land kam und bei mir zu Hause wohnte, wurdest du gerade geboren, und da du ein kleiner Schreihals warst, ist er deinetwegen aufgewacht. Damals habe ich ihm auch seine erste Kuckucksuhr gekauft, denn nachdem er einmal daran gewöhnt war, konnte er ohne das Ticken und die Kuckucksrufe nicht mehr einschlafen.«

In bitterem Klageton, als seien diese Dinge erst gestern passiert, beendete Angela dann die Geschichte mit der Feststellung, Josef sei ein ausgewachsener, großer und breiter Mann geworden, während sie klein und mickrig geblieben sei, als ob ihr Bruder auf ihre Kosten gewachsen wäre. Nun wollte Rosa gern das Familienfoto sehen, und Angela zog das in ein Stück weißes Leintuch eingeschlagene Bild aus der Schublade neben ihrem Bett. Das Foto zeigte vier Menschen, von denen Rosa zwei sehr gut kannte. Sie mochte gern mit dem Zeigefinger von Person zu Person wandern, und obwohl sie genau wusste, wer die Abgelichteten waren, fragte sie in verwöhntem Ton: »Und wer ist das?«

»Das ist Opa Dschanach, und die daneben ist Oma Fortuna.« Dann blickte Rosa zum wer weiß wievielten Mal auf den großen, kräftigen Mann mit den harten, grausamen Zügen. Das widerspenstige schwarze Haar stand ihm borstig zu Berge, und der spärliche, pomadisierte Schnurrbart bildete einen dunklen Streifen auf der Oberlippe. Auf dem Gesicht ihrer Großmutter, die wie entschuldigend neben ihm stand und sich möglichst unsichtbar zu machen suchte, lag ein ungemein jämmerlicher Ausdruck. Ihre Mundwinkel waren heruntergezogen, zwei tiefe Furchen hatten sich zu beiden Seiten des Mundes eingegraben, die gesenkten Augen blickten nicht in die Linse, sondern auf den gemusterten Fußboden des Fotoateliers.

»Das ist Josef«, sagte Rosa und streichelte mit dem Finger sanft den kräftigen Jungen, einen Kopf größer als seine Schwester, die in einem Mitleid erregenden Versuch, auf Geheiß des Fotografen zu lächeln, den Mund aufsperrte.

»Und da bist du«, sagte sie und zeigte auf Angela als junges Mädchen. Obwohl das Foto kurz vor ihrer Abreise aufgenommen war, wirkte sie darauf wie ein Kind. Sie steckte in einem formlosen, weiten Kleid, das ihre weiblichen Linien vertuschte und sie magerer und armseliger machte, als sie war. Ihre derben Waschfrauenhände, die nicht zum Pflücken der Safranblüten taugten, baumelten leblos am Körper herunter.

Wenn Angela das Bild wieder in das Stück Leintuch hüllte, erinnerte sie sich an den Moment, in dem Rosa dieses Foto zum ersten Mal betrachtet hatte. Ihre Augen waren aufmerksam von Person zu Person gewandert, bis sie plötzlich in ihr glockenhelles Lachen ausgebrochen war. »Josef war ein Ziegensohn, aber du hast Hörner«, rief sie und deutete auf zwei fleischige Ziegenhörner, die Josef ihr mit seinen zwei Fingern auf den Kopf gesetzt hatte. Angela, die das Bild gewiss hundertmal angesehen hatte, begriff nicht, wieso ihr die Hörner bisher entgangen waren. Jedes Mal, wenn sie Rosa nun das Foto zeigte, suchte sie mit den Augen die Hörner und überlegte, wie er sie ihr wohl unbemerkt gemacht haben mochte und wieso sie ihr selbst dann entgangen waren, als man das Bild entwickelt und ihr nach Israel geschickt hatte.

Viel später, nach Josefs furchtbarer Tat, die ihr und Rosas Leben umkrempeln sollte, grübelte Angela über das nach, was er vor ihrer Nase getan hatte, dachte an die Hörner, die er ihr noch als Kind hinter dem Rücken aufgesetzt hatte, und begriff nicht, wie sie das Unheil verheißende Zeichen hatte übersehen können, das auf dem Foto festgehalten war und Jahre später ihr Schicksal entscheidend bestimmen sollte. Denn hätte sie gewusst, was Josef ihr anzutun beabsichtigte, hätte sie doch entsprechende Vorkehrungen getroffen, und alles wäre anders gekommen.

Jeden Abend vor dem Einschlafen bat Rosa ihre Mutter, sie solle sie unbedingt wecken, wenn sie sie nachts wachsen höre, wenn nötig, sogar mehrmals. Mit trotzig geschürzten Lippen wiederholte sie immer wieder, sie wolle nicht heranwachsen. Ihr Wachstum würde Angela altern lassen. Alternde Menschen stürben zum Schluss, und sie wolle ihre Mama niemals verlieren. Angela, der die Sache jeden Abend wieder neu zu

Herzen ging, küsste Rosa dann auf die schweren Lider, die von allein zufielen, und versprach ihr, sie zu wecken.

Wenn Rosa schließlich in tiefen Schlaf versank und Josef, wie immer, ins Kino ging, gab es weitere Erinnerungen, die stets auf ihren Auftritt warteten und Angela nun orange und gelb vor Augen zu flimmern begannen, schlagartig aufblitzten, sodass es ihr den Magen umdrehte und sie das Gefühl bekam, Kopf, Arme, Beine und Kleider waren mit übel riechenden gelben Schuppen überzogen. Damit wurde auch die erste Erinnerung an ihren Vater hochgeschwemmt. Es waren seine riesigen Hände mit den gelben Vertiefungen, die aussahen, als leide er an chronischer Gelbsucht, und der bitter-süße Geruch, der seiner Kleidung, seinem Haar und Atem anhaftete. Wann immer sie an ihren Vater dachte, verspürte sie einen schlechten Geschmack im Mund, in Erinnerung an Speisen, die sie während ihrer ganzen Kindheit und Jugend gegessen hatte, und leichte Übelkeit zog ihre Mundhöhle und Eingeweide zusammen.

Fast alles, was bei ihrem Vater auf den Tisch kam, war großzügig mit Safranfäden gewürzt, obwohl sie ihr Gewicht in Gold wert waren. Ihr Vater besaß die größten Safranfelder der Gegend, und nur er konnte es sich erlauben, ausschließlich gelbe Speisen auf den Tisch zu bringen. Er pflegte stets zu sagen, Safranfäden steigerten die Potenz des Mannes und die Fruchtbarkeit der Frau. Dschanach, der seine Gesprächspartner gern beeindruckte, weigerte sich, die Blüten, die er anbaute, Safran zu nennen. Anders als alle anderen Safranblüten, die auf den lila Feldern des Dorfes Safrana wuchsen, bezeichnete er die seinen mit ihrem lateinischen Namen, denn der klang in seinen Ohren respektabler, wie es dem König der Gewürze gebührte. Sprach er mit seinen Betgefährten in der Synagoge oder mit seinen Trinkgenossen von seinen Blüten, begann er gewichtig mit »mein Crocus sativus« und war sich des starken Eindrucks auf seine Gesprächspartner sicher. Ja, er benutzte diesen lateinischen Ausdruck so häufig, dass die Leute im Dorf, die ihn sonst mit »Senior Dschanach« oder in der Synagoge mit seinem hebräischen Namen »Senior Knafaim« anredeten, ihn hinter seinem Rücken »Senior Crocus« oder liebevoll »Safrani« nannten. Nachdem sein Sohn Josef geboren war, flocht er stolz die Worte »mein Sohn Josef« in seine Rede ein, weshalb er im Dorf nun auch den Ehrentitel »Abu Josef« erhielt.

Monate vor der Ernte der Staubgefäße wurde Fortuna stets unduldsam und aufbrausend. In diesen Tagen kniff sie Angela ohne jeden Grund, schrie sie an, rüttelte heimlich Josef, Dschanachs Augapfel, und vergällte den Dienstmädchen das Leben. »Sie benimmt sich, als würde ihre Frauengeschichte nicht Tage, sondern Monate dauern«, tuschelten die Küchenmädchen hinter ihrem Rücken. Und während Fortunas Nerven immer gereizter wurden, war Dschanach ruhig und glücklich.

In diesen Monaten machte er mit roten Wangen und blitzenden Augen die Runde durch die Dörfer und ließ sich die zartesten jungen Mädchen vorführen. Dutzende blutjunger Mädchen fanden sich bei ihm ein, und er bat sie, ihm ihre Hände zu zeigen. Ernsthaft und gründlich klopfte er auf die ausgestreckten Hände, drehte und wendete sie mit seinen schweren Pranken und starrte darauf, als wollte er sich in die Geheimnisse ihrer Linien vertiefen und das Schicksal ihrer Besitzerinnen ergründen. Wenn seine Augen sich satt gesehen hatten, strich er sanft über die seidenweiche Haut der Hand, und manche sagten, er habe über die Innenwölbung ihrer Hand geleckt. Zum Schluss maß er ihre Dicke, prüfte die Fingernägel und drückte die vorgezeigten Finger nach hinten, bis dem Mädchen ein schwacher Schmerzensschrei entfuhr. So wählte er die feinsten und zartesten Mädchen, die schmale weiße Hände und lange, biegsame Finger hatten. Denn Dschanachs Safran – der Erlesenste der ganzen Region, sagte er immer und schlug sich dabei an die Brust – wurde nur von den geschicktesten Händen gepflückt.

In den Herbstmonaten, der Zeit der Blütenlese, schwärmten frühmorgens, nachdem der Tau auf den Blüten getrocknet war, diese sich aber noch nicht der wärmenden Sonne geöffnet hatten, junge Mädchen mit durchscheinenden weißen Händen, langen, biegsamen Fingern und tänzelnden Bewegungen über die Felder aus. Wie zarte Schmetterlinge schwebten sie zwischen den lilafarbenen Blüten und lösten sie behutsam aus ihrem Halt. Nachdem die lila Farbe der Safranblüte von den grünen Stängeln getilgt war, knipsten die Pflückerinnen mit den Fingerspitzen äußerst behutsam die Blütennarben ab und zählten sorgfältig drei Narben pro Blütenstand. Dann nahm Dschanach einen der Fäden, verrieb ihn in der Hand und prüfte, ob er das Stigma hinterließ, jenen süß duftenden orangeroten Fleck, der auch dann kaum verging, wenn man ihn mit Wasser und Seife scheuerte. Je intensiver die Farbe des Flecks und je mehr Tage er auf der Hand verblieb, desto höher stiegen Dschanachs Zufriedenheit und der Preis seiner Ware. Wenn alle Mädchen bereits orangefarbene Hände hatten, sammelte er die Blütennarben bei ihnen ein und trocknete sie auf weichen Haarsieben, die er auf wispernde Kohlenglut legte, bis ihm der richtige Duft in die Nase stieg. Nun verpackte er das orangefarbene Gold in winzige Säckchen, die mitsamt den Safranfäden darin nicht mehr als ein Gramm wogen.

In den Tagen nach der Ernte prahlte Dschanach gern, dass er aus hunderttausend eng stehenden Blüten ein Kilogramm Safran gewonnen habe, das sein Gewicht in Gold wert sei. Manchmal überstieg die Ernte den Bedarf der gesamten Stadt und er fand keine Käufer auf dem freien Markt. Dann brachte er die Fülle orangeroter Fäden in ihren Säckchen nach Hause und warf sie auf den Küchentisch. Die Köchin stürzte sich auf die Päckchen, suchte sich ein paar Fäden aus und weichte sie in Wasser oder Milch ein, bis die warme Flüssigkeit einen orangefarbenen Ton annahm. Danach gab sie die gefärbte Brühe an alle Speisen, die an jenem Tag im Haus gekocht wurden. Monatelang gab es nun Reis, dessen Körner in intensivem Orange leuchteten, orangerote Fischsuppe, kürbisfarbene Kuchen und sogar Eis in Farbe der untergehenden Sonne mit leicht bitterem Honiggeschmack. Schlürfte Dschanach dann hörbar die orangefarbene Suppe, seufzte er dankbar, pries Gottes Gnade und stellte Angela, deren Teint so gelb wie das Gewürz wurde, Rechenaufgaben: »Wenn ein Mädchen allein dreitausend Blüten am Tag pflückt und zwanzig Gramm Safran daraus gewonnen werden, wie viel Gramm Safran liefern dann sechs Mädchen, die einen ganzen Tag arbeiten, und wie viele Blüten pflücken sie auf dem Feld?« Fiel die Antwort zu seiner Zufriedenheit aus, fragte er weiter: »Und wenn man aus dreitausend Blüten zwanzig Gramm Safran gewinnt und aus zwanzig Gramm Safran vierzig Teller Fischsuppe zubereitet, wie viele Teller Fischsuppe werden wir dann dieses Jahr aus der Ernte einer Woche essen?« War auch hier die Antwort richtig, stellte er ihr feierlich die Hauptfrage: »Und wie viele Blüten muss man pflücken, um ein Kilogramm Safran zu erzeugen?« Sagte sie nun zur Antwort die größte Zahl, die sie kannte – »hundertfünfzigtausend« –, wurde ihm das Herz weit vor Stolz, und er tröstete sich insgeheim mit dem Gedanken, dass sie – obzwar ein Mädchen und noch dazu eines mit derben Händen, die nicht zum Blütenlesen taugten – doch unverkennbar die Tochter ihres Vaters war, da sie Scharfsinn besaß und gut rechnen konnte.

An Tagen, an denen sie immer wieder Rechenaufgaben mit Safranblüten lösen musste, verursachte der Blütenduft ihr verstärkten Brechreiz. Die Farbe Orange, die ihr während der ganzen Kindheit vor Augen flimmerte, wurde ihr zutiefst verhasst, und als Erwachsene mied sie Speisen mit dieser Färbung. Karotten, Kürbis und Zitrusfrüchte brachte sie während ihrer Ehe mit Amazja nicht auf den Tisch, und Fleischgerichte würzte sie nie mit Senf. Wenn Rosa sie bat, ihr Kürbis zu kochen, eine Karotte abzuschaben oder Orangensaft auszupressen, erfüllte sie den Wunsch ihrer Tochter mit Todesverachtung, bemüht, das Gesicht abzuwenden. Nach getaner Arbeit wusch sie sich schleunigst die Hände und schrubbte sie mit Seife und Desinfektionsmitteln, als hätte sie sich einen unauslöschlichen Makel zugezogen.

3

Die größte Liebe der Welt

Obwohl sie sehr jung verwitwet war, hatte Angela beschlossen, nie wieder zu heiraten. Fragte man sie diesbezüglich, presste sie die Lippen zusammen und gab keine Auskunft. Böswillige stichelten, weil ihr ein Mann im Bett fehle, kümmere sie sich dauernd nur um Rosas Frisur und werde noch ein verwöhntes und undankbares kleines Scheusal heranzüchten. Hinter ihrem Rücken hieß es, aus eben diesem Grund setze sie ihren Zimmernachbarn, den Cohens zu, die Nacht für Nacht lautstark und leidenschaftlich ihre Ehe vollzögen. Moralprediger rügten, es sei ungesund, eine Tochter ohne Vaterfigur aufzuziehen. Und Talmudkenner zitierten ihr den Satz: »Die Weisen gebieten uns, dass eine Frau nicht ohne Mann wohnen soll.«

Schoschana Silcha und Frau Warschewsky, ihre Nachbarinnen, fragten diskret, wie sie es bloß so lange ohne Mann aushalten könne, und versuchten sie mit ältlichen Witwern und Geschiedenen bekannt zu machen. Da sie alle Vorschläge energisch ablehnte, erklärten sie ihr geduldig, sie dürfe nicht wählerisch sein, schließlich sei sie nicht gerade die Schönste der Frauen: klein, mager und flachbrüstig, das Haar spärlich und farblos, die Augen so müde, als hätte sie im Leben keine Nacht durchgeschlafen, die Hände derb wie die einer Waschfrau und die Zähne schlecht. Allen Heiratsvermittlern, die ihr die Tür einrannten, und den vielen anderen, die ihr Glück bei ihr versuchten, gab sie ein und dieselbe Antwort: »Trotz meines Äußeren habe ich eine große Liebe gehabt, eine so große Liebe, dass ihr, auch wenn ihr alle Liebesfilme zusammennehmt, keine ihresgleichen finden werdet. Eine solche Liebe, wie ich sie mit Amazja gehabt habe, werde ich nie wieder bekommen, und ich bin nicht bereit, mich mit weniger zu begnügen.«

Als Rosa sie später fragte, warum sie nicht wieder geheiratet hätte, antwortete sie, eine Witwe – zumal, wenn sie ihren Mann unter tragischen Umständen verloren habe – dürfe nicht wieder heiraten, um nicht dem Andenken ihres geliebten Mannes untreu zu werden. Nach Rosas Hochzeit gestand sie ihr, sie sei keine Verbindung mit einem neuen Mann eingegangen, um ja nicht Amazjas Ruhe zu stören. »Ein neuer Mann in meinem Leben hätte unnötig Eifersucht bei Amazja geweckt, der ohnehin schon so viel gelitten hat«, erklärte sie. »Seine Eifersucht hätte das Leben meines neuen Mannes und womöglich auch dein und mein Leben gefährdet, denn ein gekränkter und eifersüchtiger Mann wird sich letzten Endes rächen, auch wenn er dazu aus den Verliesen der Hölle heraufklettern oder aus den Höhen seines Leviathansdiners im Paradies heruntersteigen muss.« Erst als Rosa schon Kinder hatte, schilderte Angela ihr Amazjas große Liebe: »Eine größere Liebe gibt es nicht auf der Welt, nicht einmal in diesen zu Tränen rührenden Filmen, die Josef in seinem Kino vorführt.«

In leidenschaftlichen Momenten hatte Amazja ihr versichert, sie ganz und gar zu lieben. Obwohl sie wusste, was er meinte, bat sie ihn um ausführlichere Erläuterungen. Dann erklärte er ihr erneut geduldig, zum wer weiß wievielten Mal, dass er nicht nur ihre äußeren, sichtbaren Körperteile liebe, sondern auch die inneren, dem Auge verborgenen. Könnte er doch ihr Herz küssen, ihre spiegelglatte Leber streicheln, dem Säuseln ihrer Lungen lauschen, in ihre Därme lugen und das Dunkel ihrer Gebärmutter von innen verehren. »Wo findest du denn einen Mann, der dein Äußeres ebenso liebt wie deine inneren Organe? Ich hatte das Glück, solch ein seltenes Exemplar zu finden. Und weil seine Liebe so kompakt und konzentriert war, dass sie für tausend Frauen hätte reichen können, hat man ihn mir schnell wieder genommen, denn was er mir in seinem kurzen Leben schenkte, hätten mir andere in Jahrzehnten nicht schenken können. Was ich seinerzeit bekommen habe, war so viel, dass ich bis heute davon zehre. Ich genieße seine große Liebe, gut eingeteilt, Tag für Tag, Stunde für Stunde, Minute für Minute.« Trotzdem wusste Angela und sagte es auch Rosa: Wenn sie zu verschwenderisch mit den Liebesmengen umging, die er ihr so reichlich geschenkt hatte, wären die hinterlassenen Speicher irgendwann leer. Dann wüsste sie, dass es Zeit wurde, sich zu ihm zu gesellen und ihr Leben mit ihm an dem Punkt fortzusetzen, an dem es gekappt worden war.

Kein Mensch verstand seinerzeit die Liebesgeschichte zwischen Angela und Amazja, einem kräftigen, gut aussehenden Kibbuznik, der wunderbar tanzen und Mundharmonika spielen konnte. Selbst Jahre nach seiner Ermordung machten die Genossen im Kibbuz Givat Rimonim sich bei den Mitgliederversammlungen Vorwürfe, weil sie nicht versucht hatten, ihm die Heirat mit diesem Mädchen auszureden, das ihm sein Unheil brachte. Stundenlang kauten sie das Thema durch, um ein für alle Mal zu ergründen, welchen Narren Amazja an Angela gefressen haben mochte, warum er sie tatsächlich zur Frau genommen hatte und wieso ihnen allen die Schrift an der Wand entgangen war. Schließlich hatte er ihr bei der Orangenlese vor aller Augen geholfen, die vollen Körbe zur Sammelstelle zu schleppen, aber kein Mensch war auf die Idee gekommen, es könnte Liebe sein. Die Romantiker behaupteten, der große, starke Amazja hätte sich in ihr zerbrechliches Äußeres verliebt, das seinen Beschützerinstinkt ansprach. Die Schlauen dachten, Angela hätte vielleicht gerade in vollem Bewusstsein ihrer äußeren Mängel als einziges Mädchen im Kibbuz nicht versucht, sich an ihn heranzumachen, und eben dadurch seine Liebe gewonnen. Wieder andere wähnten in seiner Ehe mit Angela eine Rebellion gegen seine Eltern und gegen die Genossen, die auf ihn, als dem ersten Sohn des Kibbuz, besonders große Erwartungen gerichtet hätten. Die Weichherzigen glaubten, er habe sie aus Mitleid geheiratet. Ihre Eltern, die sich von fern her aufgemacht hatten, um sie ihm zu entreißen, waren ja unterwegs an ein und demselben Tag umgekommen, und er, als gewissenhafter Charakter und Mann von Prinzipien, habe sich dafür verantwortlich gefühlt.

Nur wenige wagten zuzugeben, dass es Liebe war, eine große Liebe. Denn obwohl sie ihm Tag und Nacht predigten, er hätte eine Hübschere, Gesündere aus besserer Familie verdient, hatte Amazja gegen seine Eltern und Genossen rebelliert, alles hinter sich gelassen, Angela auf ihren Wunsch traditionell mit Ring und Rabbiner geheiratet und war mit ihr nach Jerusalem ins Mamillaviertel gezogen, wo sie in Armut lebten.

Die schwarzen Prophezeiungen der Kibbuzältesten und die unablässigen Bemühungen, die beiden auseinander zu bringen, schienen seine Liebe zu ihr noch zu verstärken. Und sie, dankbar, dass er sie unter allen Mädchen erwählt hatte, versuchte ihm mit ihrer größten Liebe darauf zu erwidern. Die Alten von Mamilla erinnerten sich an das Paar, das beengt in einem kleinen Zimmer hauste, aus dem man nachts Angelas Lustschreie und Amazjas Stöhnen hörte. Nacht für Nacht fanden die Nachbarn keinen Schlaf, wollten Angela schon eine Abordnung frommer Frauen schicken, die ihr ins Gewissen reden und erklären sollten, dass es sich nach jüdischem Gesetz nicht zieme, allnächtlich den ganzen Monat lang mit seinem Mann zu schlafen, ohne je wegen der unreinen Tage auszusetzen und dann erst die Mikwe aufzusuchen, ehe man weitermachte. Als die Nachbarinnen bei Wassermelonenkernen, die auf bunten Decken zum Trocknen ausgebreitet lagen, Rat hielten, gelangten sie jedoch zu dem Schluss, dass sie wohl schwanger sein müsse, und ließen sie in Ruhe, denn in diesem Fall gab es ja keine unreinen Tage, und der Beischlaf war Nacht für Nacht erlaubt.

Obwohl die beiden solchen Mangel litten, dass Angelas Körper geradezu jämmerlich mager wurde, sich nur ein kleiner runder Bauch unter dem Kleid abzeichnete und sie oft keine warme Mahlzeit auf dem Tisch hatten, verzichteten Amazja und Angela nicht auf ihre zweite Liebe – die zum Film. Einmal im Monat, sobald sie ein wenig Geld zusammengekratzt hatten, kaufte abwechselnd sie oder er eine Kinokarte und sah sich den neuesten Film an. Der andere wartete draußen vor dem Eingang, lauschte hinterher gespannt dem Bericht und lebte die ganze Woche danach von den Geschichten. Gemeinsam summten sie die Filmmusik, und gemeinsam repetierten sie die wichtigsten Stellen – die Liebes- und Kussszenen.

Ihre Liebe – größer als alles, was sie im Kino sahen – endete mit einem Sensenschlag. Ein Warnsignal kam eine Woche vor Rosas heiß ersehnter Geburt. Nachdem sie einander bei Nacht leidenschaftlich befriedigt hatten, kuschelte Angela sich glücklich an Amazja und wartete auf den gesegneten Schlaf, meinte jedoch plötzlich, das Kind in ihrem Schoß weinen zu hören. Lange lag sie mit offenen Augen auf dem Rücken und horchte auf das erstickte Wimmern in ihrem Innern. Als das Weinen und Treten in ihrem Bauch stärker wurde, konnte Angela es nicht mehr aushalten. Sie rüttelte Amazja sanft wach und weihte ihn in ihre Empfindungen ein.

»Amazja, das Baby drinnen weint.«

Verwirrt setzte Amazja sich im Bett auf.

»Bist du sicher, dass es noch nicht so weit ist?«, fragte er, voll Sorge, wegen der nächtlichen Ausgangssperre in der Stadt womöglich kein Verkehrsmittel auftreiben zu können, sodass sie nicht mehr rechtzeitig ins Krankenkaus kämen.

»Nein, es weint nur. Das Kindchen weint. Ich begreif nicht, was es hat«, sagte sie.

Die ganze Nacht blieb Amazja wach neben ihr liegen, streichelte ihr Gesicht, küsste das Baby in ihrem Bauch, ohne das Weinen zu hören, und versuchte die beiden zu beruhigen, bis der Himmel sich rosa färbte und Angela, von Müdigkeit überwältigt, in seinen Armen einschlief.

Als er einige Stunden später hinausging, um Arbeit als Lastträger zu suchen, wurde er von einem fanatisierten Araber ermordet, der an diesem moslemischen Feiertag zum Abschluss des Fastenmonats Ramadan gerade aus der Moschee vom Tempelberg heruntergekommen war. In den Ohren des Arabers gellten noch die Aufrufe des Muftis, Juden zu töten, und seine Hände hielten den Dolch, der Amazja direkt in den Bauch traf, dort auf die Leber stieß und sie entzwei hieb. Lange verströmte er sein Blut in die Gosse neben der Hauptstraße nach Mamilla, sodass eine Blutbahn den Hügel hinabfloss, sich am Eingang des Hinnomtals zu einer Lache sammelte und Menschen alarmierte. Sie hasteten dem roten Rinnsal nach und fanden ihn völlig ausgeblutet auf dem Rücken liegen.

Angela erzählte, an jenem Morgen habe er das Haus leise verlassen, um sie nicht zu wecken. Als sie aus dem Schlaf hochschreckte, war seine Körpermulde neben ihr auf dem Laken schon kalt. Nach dem Morgenkaffee stülpte sie ihre leere Tasse auf dem Unterteller um und verfuhr dann ebenso mit seiner Tasse, die mit trübem Kaffeesatz im Spülstein auf sie wartete. So machte sie es jeden Morgen ohne sein Wissen. Nachdem sie sich das Gesicht gewaschen und die Haare gekämmt hatte, prüfte sie die Ergebnisse. Der trockene Kaffeesatz war an den Wänden ihrer Tasse in körnigen Schlieren erstarrt, deren sonderbare Anordnung sie nicht zu entschlüsseln vermochte. Erschrocken prüfte sie Amazjas Tasse. Auf dem Boden lag ein groß gewachsener Mann, dem ein riesiges Loch im Bauch klaffte. Sofort wusste sie, dass ihm ein Unglück bevorstand. In einem Akt, der unter Wahrsagern als Sakrileg gilt, goss sie den kalten Kaffeerest aus dem Boden des Stieltopfs in ihre Tasse. Hastig trank sie das Unheil verheißende schwarze Nass, und während seine Bitterkeit sie in der Kehle würgte, schüttete sie den Satz auf dem Unterteller in Amazjas Tasse und bedeckte den Fund mit einem neuen Schwung Kaffeesatz. Mit pochendem Herzen prüfte sie das Ergebnis. Die Gestalt des getöteten Mannes blickte ihr höhnisch aus einer neuen Formation aufgequollener Kaffeekörnchen entgegen. Wie wahnsinnig stürzte sie im Morgenrock aus dem Haus und rannte durch die Straßen, in ihrem mächtigen Bauch eine neunmonatige Tochter, die ihr um einen Schritt voraus war. Sie versuchte mit Gebeten und Gelübden das ihm bereits geschehene Unglück aufzuhalten, fragte mit tränenüberströmtem Gesicht Passanten, ob sie ihren Mann gesehen hätten, aber niemand wusste, wohin Amazja gegangen war.

Am Nachmittag verbreitete sich das Gerücht, ein unbekannter junger Mann sei ermordet worden. Gleich danach kam ihr Bruder Josef, der seinerzeit im Kibbuz wohnte, überraschend auf Besuch. Und als am Abend Uniformierte in Begleitung zweier Nachbarinnen und einer Krankenschwester an ihre Tür klopften, erwartete Angela sie schon bleich an der Seite Josefs, der ihre Hand hielt. Ihr Zimmer strahlte vor Sauberkeit, und am Leib trug sie ihr einziges Umstandskleid, an dessen Ausschnitt sie bereits den traditionellen Riss zum Zeichen der Trauer angebracht hatte.

Amazja wurde im Schutz der Dunkelheit auf dem Ölberg beigesetzt. Durch einen Panzerwagen und einen Ring bewaffneter britischer Soldaten gesichert, um blutige Unruhen zu vermeiden, machte die Bahre ihren Weg den kahlen, gräberübersäten Felshang hinauf zu dem hastig geschaufelten Grab, in das man den Leichnam eilig senkte. In jener Nacht hatte das Gedächtnis Erbarmen mit Angela und löschte Bilder, Redefetzen und Gesten, denn wären sie ihr ins Bewusstsein gedrungen und in Erinnerung geblieben, hätte sie sich sehr wahrscheinlich noch in derselben Nacht zu ihrem Mann ins Grab geworfen.

Angela erinnerte sich nicht an die Anklagen und Flüche, die ihre Schwiegermutter ihr, der »Mörderin«, immer wieder hasserfüllt an den Kopf warf.

Sie erinnerte sich nicht, dass die Kibbuzmitglieder, die ihm das letzte Geleit gaben, wie eine feindliche Mauer das Grab umstellt und sie mit jener Geste, mit der man Hühner verscheucht, am Herantreten gehindert hatten.

Sie erinnerte sich nicht, wie sie es geschafft hatte, zwischen ihnen hindurchzukommen, sich mühsam, ihren riesigen Bauch stützend, vorzudrängen.

Sie erinnerte sich nicht, dass das nun vaterlose Kind die ganze Zeit in ihrem Bauch getreten, geweint, getobt und wütend mit den Fäusten an ihre Gebärmutterwand gehämmert hatte.

Sie erinnerte sich nicht, dass sie alle Umstehenden davongejagt, sich auf das Grab gestürzt, die Fingernägel in den losen Erdhügel gekrallt und sich geweigert hatte fortzugehen, bis sie den Schlagstock eines britischen Polizisten leicht auf ihre Schulter klopfen spürte und, als sie nicht freiwillig mitkam, einfach weinend und kreischend von starken Polizistenarmen abtransportiert wurde.

Als sie einige Stunden später – flankiert von zwei Nachbarinnen, die ihr Zuckerwasser einflößten und mit einem großen Taschentuch die Tränen abwischten – bereits Trauergäste empfing, sah sie die schwarzen Ränder unter ihren Fingernägeln und wusste nicht, wie die Erde dorthin gekommen war. Und als sie fragte, ob Amazja nach dem Dolchstoß wohl gelitten hätte, erklärten ihr die Anwesenden, Amazja habe keine Schmerzen gespürt, denn der Gestochene empfinde den Messerstich wie einen schweren Schlag und wenn ihm dann das Blut und damit auch das Leben verrinne, fühle er sich immer leichter im Innern, bis seine Seele entschlüpfe und hoch über allem schwebe. Angela lauschte den Erklärungen und begriff nicht, woher unversehrte Menschen, die noch nie einen Stich abbekommen hatten, so genau wissen wollten, was ein Opfer bei und nach der Tat bis zu dem Zeitpunkt spürte, in dem die Seele den Körper verließ.

Als Jerusalem geteilt wurde und das Grab auf der anderen Seite verblieb, konnte sie es nicht mehr besuchen, bis die beiden Teile der Stadt nach dem Sechstagekrieg wieder vereinigt wurden. Da ging sie zum Ölberg hinauf und suchte, während noch Schusssalven die feuerversengten Höhen erschütterten, sein Grab. Monatelang streifte sie Tag für Tag dort herum, bis sie jeden Stein und jedes Grabmal kannte, die Namen, Geburts- und Sterbedaten der Beerdigten auswendig hersagen konnte und wusste, wer neben wem lag. Aber Amazjas Grab blieb unauffindbar. In jenen düsteren Tagen der Suche, in denen Angela wehen Herzens an Amazja dachte, der aus ihrem Leben verschwunden war, ohne dass ihr auch nur ein Grabstein verblieben wäre, fielen ihr unwillkürlich auch ihre Eltern ein, die keinerlei Andenken hinterlassen hatten.

Diese Tragödie, die einen Monat vor der Hochzeit eingetreten war, tauchte immer wieder schmerzlich vor ihr auf. Dann sah sie ihre Eltern, auf der Seereise nach Israel, gemeinsam mit weiteren fünfundvierzig Menschen in den Fluten untergehen, versenkt von einer englischen Seemine, die eigentlich einem anderen Schiff gegolten hatte. Und wenn sie um Amazjas verschwundenes Grab weinte, vergoss sie auch Tränen für ihre Eltern, die sie seinerzeit nicht wirklich betrauern konnte. Gleich nach Eintreffen der Nachricht von ihrem Tod hatte sie ja Amazja geheiratet, glücklich mit ihm gelebt und nicht gewagt, ihr Glück durch Trauer zu trüben.

Damals wusste Angela noch nicht, dass an Bord des Schiffes, das durch das gefährliche Meer stampfte – von drunten durch Minen und deutsche Unterseeboote, von droben durch feindliche Flugzeuge bedroht –, auch Solomon Bukovsa gereist war, der Junge, der am selben Tag wie sie geboren und ihr mit Handschlag zum Bräutigam bestimmt worden war. Als Kind hatte sie sich die Daumen in die Ohren gesteckt, wenn ihre

Mutter ihr schilderte, wie ihr Vater David Bukovsa gezwungen hatte, einen Bund mit ihm zu schließen, und wie sie einander geschworen hatten, dass sie den Kindern, sobald sie herangereift wären, eine große Hochzeit ausrichten würden, für deren gesamte Kosten der Reichere unter ihnen aufkäme. Und wenn sie ihren Bräutigam sah, den alle wegen seines schwankenden Gangs und seines förmlichen Gebarens beim Gebet »Solomon Gamal Schlomo« – Solomon Gottesanbeterin – nannten, nahm sie vor ihm Reißaus und kam atemlos zu Hause an, unfähig zu glauben, dass sie diesen Jungen einmal heiraten müsste. Aber da die Väter es einander geschworen hatten, bleibe ihr keine andere Wahl, sagte ihr die Mutter, denn es würde ein Fluch über den kommen, der das Gelübde zu brechen wagte. In den schlaflosen Nächten, die man ihr aufzwang, dachte Angela an Solomon Gamal Schlomo und an das Gelübde, das die Väter abgelegt hatten, und wusste, dass sie lieber sterben würde, als ihn zu heiraten und womöglich kleine Gottesanbeterinnen nach seinem Ebenbild zur Welt zu bringen.

Als ihre Eltern den Brief erhielten, in dem sie ihnen ihre Liebe zu einem jungen Mann aus dem Kibbuz Givat Rimonim gestand, fürchteten sie sofort, sie könnte ihn heiraten und damit den Fluch auslösen, und begannen überstürzt mit den Reisevorbereitungen. Ungeachtet der täglichen Rundfunkwarnungen des Inhalts, dass jeder, der zu dieser Kriegszeit übers Meer fahre, sein Leben aufs Spiel setze, packten sie ihre Sachen und schifften sich ein, beladen mit Geschenken und in Begleitung von Solomon Bukovsa, dem ausersehenen Bräutigam. In großen Reisekisten steckten Festkleider für Braut und Bräutigam, Kupfertabletts, Zinnkannen, Teppiche, Amulette, goldene Armreife, rubinbesetzte Ringe, Ziegenhaardecken und viele safrangewürzte Konserven. Seinen ganzen Besitz hatte Dschanach nach Israel mitgenommen, darunter auch vier Säckchen Safran, die Ernte von zwei Jahren, die er in Israel und den Nachbarländern für gutes Geld abzusetzen hoffte. Drei Tage lang fuhr das Schiff Richtung Palästina, bis es auf eine Mine lief, die ein großes Loch in den Schiffsboden riss. In eben diesem Moment kam Sturm auf, und Wasser drang in den Schiffsbauch ein. Völlig vom Salzwasser durchweicht, umarmte Dschanach seinen Sohn Josef in dem Versuch, ihn vor den tosenden Brechern ringsum zu schützen, die in langen Gischtzungen übers Deck spülten und alles mitrissen, was ihnen in die Quere kam. Als er jedoch bis zu den Lenden im Wasser stand, das sich rasch gelb färbte, verlor er den Verstand, vergaß Sohn und künftigen Schwiegersohn, nur noch erpicht darauf, die nassen Säckchen zu retten. Mit Zähnen und Klauen umklammerte er sie, bis ihn eine große Woge überrollte und vom schief liegenden Deck riss. Er sackte schnell in die schwarze Tiefe ab, wobei er über sich die trügerischen Beutel sacht auf den Wellen segeln sah, deren Gischt sich gelb färbte.

Drei Tage später fand ein vorbeifahrendes Handelsschiff den einzigen Überlebenden, den vierschrötigen Bruder Josef, der auf den Säckchen schwamm, deren Inhalt ausgelaufen war, und mit seinen großen Händen die gelben Meereswellen schlug. Noch Monate später berichteten Matrosen, die an der Unglücksstelle vorbeikamen, sie seien unterwegs auf leicht bitter riechende, gelbe Wellen gestoßen und hätten tausende tote Fische mit orangefarbenen Schuppen auf dem Rücken treiben sehen, die aufgeblähten weißen Bäuche himmelwärts gerichtet.

Da er für sein Alter sehr weit entwickelt war und ernst dreinblickte, dachten seine Retter fälschlich, er sei schon ein Jüngling, und konnten nicht begreifen, warum er Tag und Nacht an Deck lag, am Daumen lutschte und unaufhörlich Tränen vergoss. So weinte er, bis er nach Israel kam, wo er seine Schwester fand und ihr das Geleit gab, als sie mit Amazja unter den Hochzeitsbaldachin trat. Im Kibbuz witzelte man damals über seinen hünenhaften Wuchs und seine stets ernste Miene und trug ihm die schwersten Arbeiten auf, die viel Kraft erforderten. Hinter seinem Rücken meinten die Genossen selbstgerecht, es sei eine gute Tat, ihn auszunutzen, da seine Schwester ihnen ja den ersten Sohn des Kibbuz weggeschnappt habe und jeder Ersatz für Amazja nur ein armseliger Behelf sein könne, denn Amazja sei als Einziger auf der Welt unersetzlich.

Als Angela und Amazja schließlich das abweisende Verhalten der Genossen leid waren, beschlossen sie, nach Jerusalem zu übersiedeln, während Josef auf eigenen Wunsch im Kibbuz blieb. Der Schatzmeister des Kibbuz meinte, er sei gewissermaßen als Pfand zurückgeblieben, um Amazjas Weggang auszugleichen, und Angela glaubte, er habe wohl gefürchtet, ihr sonst zur Last zu fallen.

Aber Josef blieb wegen seiner großen Liebe zum Film. Jeden Freitagabend versammelten sich die Kibbuzmitglieder auf dem Rasen vor dem Speisesaal und warteten auf den Film der Woche. Dann setzte sich Josef ein wenig abseits von den anderen, und sobald die Bilder über die Leinwand flimmerten, rannen ihm die Tränen aus den Augen. Nach Ende des Films schlich er sich in sein Bett in einer Ecke des Zelts, wandte das Gesicht mit den tränenverquollenen Augen zur Plane und stellte sich schlafend.

An dem Tag, an dem Amazja ermordet wurde, fuhr Josef nach Jerusalem, und als die Schreckensboten eintrafen, erwartete er sie bereits an der Seite seiner Schwester. All die Jahre versuchte Angela zu ergründen, wie er gewusst haben konnte, was ihr im Kaffeesatz offenbart worden war, doch Josef meinte immer nur achselzuckend: »Ich habe einfach gespürt, dass du mich brauchst.«

Gleich nachdem sie zum Abschluss der Trauerwoche Amazjas Grab besucht hatte, setzten die Wehen ein. Unaufgefordert packte Josef eine kleine Tasche mit Nachthemd, Unterwäsche, Zahnbürste und Seife, ging mit ihr zur Haltestelle, setzte sich im Bus neben sie auf die harte Holzbank und schlang seine starken Arme um ihren mächtigen Bauch, damit er in den Kurven nicht wackelte und rüttelte und dem Kind womöglich Schmerzen bereitete. Als Angela, im Krankenhaus angekommen, schmerzgekrümmt auf eine Bank sank, gab er bei der Aufnahme seine eigenen Personalien an. So wurde in Angelas Papieren als Kindsvater *Josef Dschanach* eingetragen und in Klammern *Kanafi*, der hebräische Name, den man ihm bei seiner Ankunft im Land gegeben hatte, hinzugesetzt.

Von ihrem Bruder gestützt, wankte Angela zum Kreißsaal, wo sie sich auf das Bett legte und die Beine spreizte. Als das Baby versuchte aus dem Dunkel ihres Körpers auszubrechen, um ans Licht zu gelangen, und den Leib seiner Mutter aufriss, durchschnitten Angelas Schreie die Luft des Raums, bohrten sich durch Decke und Dach und wurden zum Firmament emporgetragen, um ihrem Mann im Himmel die Geburt seiner Tochter zu verkünden.

Rosa, die durch eine schwere natürliche Geburt zur Welt kam, war ein großes Baby von sechseinhalb Kilogramm. Alle Ärzte und Schwestern des Krankenhauses kamen, um das Riesenbaby zu besichtigen, das weder weinte, als es geboren wurde, noch als man ihm auf den Po klopfte, ja nicht einmal, wenn es hungrig war. Während alle anderen Babys im Zimmer wegen jeder Kleinigkeit wie Hunger, Lärm oder einer nassen Windel Zeter und Mordio schrien, lag Rosa auf dem Rücken, das Gesicht zu einem Lächeln verzogen, und jeder, der das heitere Kind anblickte, verspürte ein anhaltendes Glücksgefühl. Sie war das berühmteste Baby in Israel. Kaum zwei Tage alt geworden, erschien ihr Bild bereits in der Zeitung.

»Der Fotograf und die Reporterin sind ins Krankenhaus gekommen und haben nach mir gefragt«, berichtete Angela fröhlich ihrer Tochter, »und dann haben sie dich mit deinem Lächeln in der Krippe fotografiert.« Als beginge sie ein wohltätiges Werk, betrachtete Rosa zum wer weiß wie vielten Mal das vergilbte Bild, das Angela in eine steife, rissige gelbliche Plastikhülle gesteckt hatte, um es gegen den Zahn der Zeit zu schützen, und lauschte den immer gleichen Erklärungen ihrer Mutter, wie sie zur Demonstration ihrer außergewöhnlichen Größe einige am gleichen Tag geborene Babys aufgenommen hatten, die im Vergleich zu ihr wie unreife Frühgeburten wirkten. Danach las sie ihr die Bildunterschrift auf der letzten Seite der Zeitung vor: »Im Jerusalemer Hadassakrankenhaus ist das größte Baby Israels zur Welt gekommen.« Der knappe Begleittext beschrieb das Kind, nannte sein Geburtsgewicht und verwies die Leser in der Schlusszeile auf den ausführlichen Bericht im Zeitungsinnern, der sich über zwei Seiten erstreckte. Ihn begleitete ein Bild der kleinen ausgemergelten, untergewichtigen Angela, die das Riesenbaby Rosa, wie eine Mumie gewickelt, auf dem Arm hielt. Unter der reißerischen Überschrift »Zur Waise geboren« folgte die traurige Geschichte Angelas, die kurz vor der Geburt ihrer Tochter den Mann verloren hatte.

Gleich als die Krankenschwester ihr das erschreckend große rote Bündel zeigte, erkannte Angela Rosas Schönheit, die so stark mit ihrem eigenen verbrauchten Äußeren kontrastierte. Schon damals, beim ersten Blick auf das Baby, das man ihr in die Arme legte, wusste sie, dass ihre Tochter die Schönste aller Frauen werden würde. Auf ihrem kahlen Köpfchen sah sie eine Fülle heller Locken sprießen, und als sie ihr in die dunklen, trüben Augen schaute, erkannte sie das Himmelblau, das darin verborgen lag, wohl ahnend, dass sie einmal so tief und durchscheinend werden würden, dass man ihr ins Kopfinnere spähen könnte. Sie untersuchte die zarten Öhrchen, die formvollendet wie Meeresmuscheln am Kopf anlagen, und sah im Geist bereits die Zähne, die bald kräftig, gerade und ebenmäßig aus dem leeren Gaumen wachsen und niemals ihr strahlendes Weiß verlieren würden. Als sie die stramm gewickelte Windel abnahm, erahnte sie die zarten Grübchen, die ihren ganzen Leib einst mit dem Segen der Schönheit überziehen würden, und erkannte, dass ihre Beine dazu ausersehen waren, einmal lang und prall zu werden.

Dann öffnete sie die geballten Babyfäustchen und musterte die Finger. Fünf zählte sie an jeder Hand, und als sie den besonders langen Zeigefinger der Rechten bemerkte, wusste sie, dass ihre Tochter – mit langen schlanken, biegsamen Fingern gesegnet – ein Glückskind war, da sie einmal fähig sein würde, mit Leichtigkeit Burghulteigbällchen zum Füllen auszuhöhlen, was sie zur gerühmten Köchin prädestinierte. Und als die Kleine brabbelte, hörte sie ihr Lachen, das einmal klar, kräftig und eindringlich klingen und den Männern reihenweise den Kopf verdrehen würde. Aber all das verblasste angesichts dessen, was ihr da so keck und aufreizend entgegenragte, dass ihr die Knie zitterten – der prächtige Busen, den Rosa insgeheim in den neun Monaten im Mutterschoß entwickelt hatte, denn sie war wahrlich mit Brüsten zur Welt gekommen.

Als die Schwester das Riesenbaby wieder hinaustrug, lächelte sie die fünf Männer an, die im Wartesaal nervös auf Nachricht warteten, schwenkte das rosige Kind vor ihnen und verkündete lauthals, ohne zu wissen, wen ihr gellender Glückwunsch betraf: »*Masal tov,* Herr Dschanach, Sie haben eine Tochter.«

Die Männer starrten sie schweigend an.

»*Masal tov,* Herr Dschanach, Sie haben eine Tochter«, wiederholte sie, diesmal noch lauter, als habe sie einen Trupp Schwerhöriger vor sich. Interessiert verfolgte sie die Reaktionen. Kein Muskel regte sich im Mienenspiel der fünf, kein Einziger stand auf, um Besitz an diesem wunderhübschen Baby anzumelden. Wie der Auktionator bei einer öffentlichen Versteigerung wiederholte sie ihren Ruf zum dritten Mal, nun schon mit einem Anflug von Verzweiflung in der Stimme: »*Masal tov,* Herr Dschanach, Sie haben eine Tochter.« Die fünf starrten sie weiter erwartungsvoll mit ernsten, besorgten Gesichtern an.

Als der ungewünschte Säugling, den kein Mann anerkennen wollte, ihr langsam schwer auf den Armen lastete, änderte sie spontan ihren Ruf und schrie so laut und vernehmlich, als stände sie in einem riesigen Saal vor hunderten von verschlafenen Menschen: »Wer ist hier Herr Dschanach?«

Langsam hob Josef den rechten Arm, knickte vier Finger ab und meldete sich schüchtern, wie er es früher in der Schule getan hatte. Die Schwester musterte ihn verwundert und fragte: »Haben Sie gehört, was ich gesagt habe?«

»Ja«, antwortete er mit ernstem Gesicht.

»Was habe ich denn gesagt?«, prüfte sie ihn wie eine Lehrerin, die es mit einem begriffsstutzigen Schüler zu tun hat.

»Sie haben gesagt, ich hätte eine Tochter.«

»Freuen Sie sich denn gar nicht?«, fragte die Schwester mit echter Neugier.

»Gewiss freue ich mich«, erwiderte er ihr ernsthaft, ohne die Mundwinkel zu heben.

Ungläubig zuckte die Schwester die Achseln und informierte ihn trocken, wenn er wolle, könne er am Morgen wiederkommen, um die Wöchnerin und das Baby zu besuchen. Und als sie ihm den Rücken wandte und das schwere Kind forttrug, rannte Josef ihr nach und bat, das Gesicht des Babys sehen zu dürfen.

Die Schwester zögerte, als denke sie nach, hielt ihm schließlich das Mädchen unters Gesicht und blickte verblüfft auf die Tränen, die ihm über die Wangen liefen.

»Ist unser frisch gebackener Vater also nun glücklich?«, fragte sie spöttisch.

»Ich bin nicht der Vater«, antwortete er, »ich bin der Onkel.« Damit kehrte er ihr seinen breiten Rücken zu. Den ganzen Weg zur Bushaltestelle rannen ihm die Tränen über die Wangen. Er weinte an der Haltestelle, weinte im Bus und schluchzte bitterlich, als er die Treppe zu dem kleinen Zimmer im Mamillaviertel hinaufging, sodass all die eifrigen Frauen, die ein weiteres Unglück witterten, herbeieilten, ihn an der Schulter rüttelten, ihm zur Belebung Zuckerwasser einflößten und ihm die Zunge zu lösen suchten. Doch er starrte sie nur an, ohne ein Wort herauszubringen.

Als er am nächsten Morgen die Treppe hinuntersprang, drei müde, armselige Rosen in einem Stück Zeitungspapier in der Hand, erzählte er mit seiner gewohnt tristen Miene der ersten Nachbarin, der er begegnete, es sei ein Mädchen geboren, so schön wie ein Engel, und das werde er heiraten. Im Zimmer seiner Schwester angekommen, musterten die Wöchnerinnen ihn aus den Augenwinkeln, und kaum war er weg, sagten sie zu Angela, nachdem sie jetzt ihren Mann gesehen hätten, leuchte ihnen ein, wie so eine kleine, schmächtige Frau ein so großes Mädchen habe zur Welt bringen können. Darauf lächelte Angela stillvergnügt und erzählte Amazja die Geschichte bei dem Gespräch, das sie seit seiner Beerdigung jede Nacht mit ihm führte.

Wieder daheim, legte sie das Kind in den Weidenkorb, den sie einer Araberin, die zuvor darin Feigen zum Markt trug, abgekauft hatte. Von Feigenduft umweht, die wunderbare Brust mit einer Windel flach gewickelt, betrachtete die Kleine die Leute, die in ihr Körbchen blickten, mit ihren klaren, himmelblauen Augen und schenkte ihnen ihr bezauberndstes Lächeln.

Schnell wuchs sie zum schönsten Mädchen des Kindergartens und dann der Schule heran. Immer überragte sie ihre Freundinnen um einen Kopf. Ihr Körper war mollig und wohlgepolstert. Hübsche Grübchen entstanden an Knien, Armen und Rückenwurzel und prägten ihre Wangen, wenn sie lächelte. Ihre Brüste waren rund, schwer und fest, die rosigen Warzen standen stets aufrecht. Die schrägen Augen lachten alle an, und ihr Blondhaar war zu einer herrlichen Lockenfrisur gelegt.

Jeden Morgen weckte Angela sie geschlagene zwei Stunden vor Schulbeginn. Rosa schnellte wie eine federbetriebene Puppe in Sitzstellung, spann mit geschlossenen Augen ihre gestörten Träume weiter, überließ ihren Kopf aber der Mutter, die ihr ausdauernd und geduldig Strähne für Strähne zu allerliebsten Flaschenlocken drehte. Rasch erhielt Rosas Kopf den

Status eines Produkts, das die Frisiersalons des Viertels ihrem Repertoire einverleibten. Neben Färben, Schneiden, Dauerwelle und Glätten kann man in Katamon VII bis heute auch *Flaschenlocken à la Rosa* aufgelistet finden. Nachdem diese Frisur ins Angebot aufgenommen war, verfolgten die Friseusen Rosa mit Luchsaugen. Sie baten sie lobhudelnd in ihren Salon, trennten ihre Lockenröhren voneinander, wogen sie in den Händen, befühlten jede einzeln, rätselten und berieten sich über das Mittel, das sie in Form hielt, schnupperten insgeheim daran und versuchten Rosa darüber auszuhorchen, was Mama ihr auf den Kopf täte. Trotz all ihrer Bemühungen, das Rätsel zu entschlüsseln, gelang es keiner einzigen Friseuse im Viertel, den Köpfen ihrer Kundinnen eine vergleichbare Behandlung angedeihen zu lassen. Damals liefen dutzende kleine Mädchen mit einer ähnlichen Frisur wie Rosas in der Wohnsiedlung herum. »Aber es fehlt ihnen der letzte Pfiff«, sagte Angela immer und verriet niemandem das Geheimnis des Lockenwickelns.

Rosa ging stolz durchs Viertel, und ihr herrlicher Lockenkopf bildete dabei eine süß lockende Todesfalle für Fliegen, Mücken, Bienen, Falter und sonstige schwirrende Gliederfüßer. Abends sammelte die Mutter ihr die Insekten ab, die tief in der Honigfalle ihrer Flaschenlocken den Tod gefunden hatten, und wusch ihr das Haar mit Wäscheseife, und am nächsten Morgen legte sie ihr erneut die unentschlüsselte Lockenfrisur. Wäre Rosa nicht so mollig gewesen, hätte man sie wegen ihrer Schönheit vielleicht aufgefordert, an der Schönheitskonkurrenz für Mädchen teilzunehmen, aber Angela ermunterte Rosa nicht, auch nur ein Kilo abzunehmen, sondern erklärte ihr immer wieder: »So mögen es die Männer. Dick und saftig, damit man was zum Hinlangen hat. Je mehr Frau, desto besser.«

Mit dieser guten Lehre ausgestattet, genoss Rosa das Essen, und während all ihre Klassenkameradinnen in der Schule sich mit Diäten kasteiten, langte sie stets kräftig zu. Ihre Wangen wurden voll, ihre Grübchen tiefer, die Haut spannte sich prall über die Glieder. Um die Schönheit ihrer Tochter zu unterstreichen, achtete Angela darauf, dass Rosa die hübschesten Kleider trug. Riesenpakete mit gebrauchten Festkleidern aus hartem, raschelndem Stoff, die an Schabbat- und Feiertagen die Körper rotwangiger entfernter Cousinen umhüllt hatten, trafen per Post aus Amerika ein. Diese Kleider, durch viele Unterröcke glockenförmig aufgebauscht, trug Rosa auch zur Schule und nachmittags zum Spielen, und da sie viele Kleider besaß, hatte sie keine Angst, sie könnten schmutzig werden oder zerreißen. Beim Spielen auf dem Schulhof stach sie immer von ihren Freundinnen ab, die in weißen Trägerhemden und blauen Shorts mit strammem Gummizug an den Beinen herumliefen. Und wenn die anderen den durchsichtigen, raschelnden Stoff eines neuen Kleides befühlten, hörte sie es von allen Seiten hauchen: »Viel Freude dran«, »wie schön« oder »wenn ich bloß auch so ein Kleid hätte«.

Nur Ruchama, die Rosa mit einer Spur Neid in den Augen verfolgte, trat nicht näher, um den steifen, spröden Stoff ihres duftigen Kleides zu befühlen. Ruthi trug Rosa zu, dass Ruchama von ihr und ihren aufwändigen Kleidern sagte: »Auch wenn ich tausend solcher Kleider geschickt bekäme, würde ich sie nicht mal am Schabbat anziehen, denn sie sind hässlich und machen Rosa noch dicker, als sie ohnehin schon ist.« Rosa versuchte ihre Worte zu ignorieren, die ihr immer wieder wie lange, spitze Nadeln ins rohe Fleisch stachen.

Je schöner Rosa wurde, desto mehr welkte Angela dahin. Aber trotz ihrer jämmerlichen Gestalt, ihres grauen Teints und ihrer nach und nach ausfallenden Zähne strömten die Verehrer ins Haus. Alle waren ihr im Park, auf der Straße oder im Lebensmittelladen begegnet und hatten sofort ein Auge auf Rosa geworfen. Sie wollten ihr über den Lockenkopf streichen, küssten im Geist ihre Grübchen allerorten, streichelten mit Blicken ihre transparente Haut und wiegten sie auf den Knien. Rissen sie sich schließlich von dem Mädchen los und begegneten Angelas misstrauischen Augen, setzten sie eine Wohltätermiene auf und erklärten ihr, sie wollten das hübsche Kind adoptieren, es sollte ihnen in allem wie eine leibliche Tochter sein. Danach kamen sie zu den zweien herauf und überbrachten ihre Gaben: Nahrungsmittel, Spielzeug für das Mädchen, Kleiderstoffe, Bücher und auch Kinokarten, um das Herz Josefs zu gewinnen, der nach Amazjas Ermordung mit eingezogen war und die Aufgabe des Mannes im Haus übernommen hatte. Die Wohlhabenden unter ihnen, die ein eigenes Auto besaßen, luden Mutter und Tochter zu Ausflügen in die Jerusalemer Berge ein. Andere gingen mit den beiden in der Stadt spazieren, denn Angela ging nie mit einem ihrer Verehrer aus, ohne Rosa mitzunehmen. Als Rosa größer wurde und ihre Mutter nicht mehr bei Stadtbummeln begleitete, versiegte der Strom der Verehrer zu einem dünnen Rinnsal, bis schließlich auch die Letzten wegblieben, als seien die ledigen Männer im Land ausgestorben.

Mit einiger Gedächtnisanstrengung erinnerte sich Rosa an nahezu alle. Der große Morduch hatte einen Gemüseladen im Stadtzentrum und brachte ihr die frischesten Früchte mit. Wenn sie sie dann aß, kniff er sie in die Wangen und behauptete, sie röteten sich von den Vitaminen, die sie mit dem Obst bekäme. Damals war Rosa die Einzige im Kindergarten, die zur Zehnuhrpause im Winter rote Äpfel und im Sommer orangefarbene Mispeln auspackte. Danach kam Jakob, der Fleischer. Er hob ihnen die frischesten und saftigsten Hühnerteile auf, legte Rosa heimlich die Hände um die Schenkel, als prüfe er ein Rind vor dem Schächten, und flüsterte ihr ins Ohr, sie würde von dem Fleisch drall, das sie bei ihm zu essen bekäme. Schneider Jona erbot sich, ihnen gratis Kleider zu nähen, und befummelte beim Maßnehmen nebenbei ihren Busen, strich ihr über den Po und blickte ihr mit Unschuldsmiene tief in die Augen, als handelten seine Hände völlig selbstständig. Mordechai, der Klempner, kam allmonatlich ins Haus, schnüffelte mit seiner Hakennase herum, um ein Leck oder ein gelockertes Rohr aufzuspüren, sammelte hinter Angelas Rücken hastig Rosas lockige Haare zusammen, die die Abwasserrohre verstopften, und barg die Knäuel tief in seinen Taschen. Besonders gern erinnerte sie sich an Simcha, den Kastanienverkäufer, bei dem sie sich im Winter die Hände über der großen Waschschüssel voller eingeschnittener Kastanien wärmen durfte, die mit appetitlichem Knacken auf der knisternden Glut rösteten. Rosa spürte gern Simchas glühende Hände, die ihr mit bloßen Fingern die heißen Kastanien herausholten und dann in ihren Taschen verschwanden, um die Kastanien hineinkugeln zu lassen, die ihr die Lenden wärmten. Im Sommer vertauschte Simcha die Waschschüssel gegen einen Wäschetopf, in dem er bärtige gelbe Maiskolben in dampfendem Wasser über einem Feuerchen erhitzte. Wann immer sie wollte, brauchte sie ihm bloß einen Kuss auf die eingefallenen Wangen zu geben, um heiße Maiskolben in ihrer wassertriefenden Blätterhülle zu bekommen.

Rosa erinnerte sich noch an eine lange Reihe von Männern, die alle um Angela warben, von ihr jedoch abgewiesen wurden. Mit den Manieren einer verarmten Königin empfing sie sie im Dornengarten des Hauses, nahm dankend ihre Gaben an, verweigerte ihnen aber ihre Hand. Entschieden erklärte Angela, dass niemals ein Verehrer ihr Zimmer in Ali Chamudas Notenhaus betreten werde. Auch als sie in das neue Haus in Katamon VII umgezogen war und dort stolz über ein eigenes Schlafzimmer verfügte, besuchte keiner der Männer diesen Raum, den sie »Amazjas Zimmer« nannte. Dort bewahrte sie all seine Sachen auf, als sei er nach wie vor bei ihr. An den schwarzen Borsten seines Rasierpinsels klebten noch Seifenreste. In seinem Kamm, dem einige Zinken fehlten, steckten ein paar strohblonde Haare, die ihm am Morgen seines Todes ausgegangen waren. Seine zerschlissenen Schuhe mit den aufgeplatzten Sohlen warteten hinter dem Bettüberwurf auf seine Füße. Seine Kleidung hing im Schrank, die schmutzige Unterwäsche, die er am Abend vor seinem Tod in die Wäsche getan hatte, lag weiterhin ungewaschen unten im Korb, und sein Geruch hing im Raum, als wäre er bloß auf einen Sprung weggegangen. Nur die gerahmten Fotos, die sein Leben im Kibbuz und seine Arbeit im Kuhstall verewigten, sowie das Hochzeitsbild, das das Paar auf einem hohen Heuhaufen zeigte, waren erst nach seinem Tod aufgehängt worden. Angela erzählte Rosa, während der ganzen Trauungszeremonie hätte sie dem Rabbiner ins Gesicht geniest, doch erst Jahre später habe sie durch Zufall entdeckt, dass sie gegen Heu allergisch sei. Jeden Tag zündete sie zum Andenken an Amazja eine Kerze an, bis sie zwei Monate vor der Geburt ihrer letzten Enkelin, Maleach, selbst dahinschied.

Jeden Donnerstagnachmittag, Angelas Markttag, stahl Rosa sich in Amazjas Zimmer. Mit ernstem Gesicht und dem festen Entschluss, diesmal aber bestimmt zu weinen, setzte sie sich aufs Bett und versuchte an ihren Vater zu denken. Doch just in diesen Momenten kamen ihr, wie zum Trotz, erheiternde Gedanken in den Kopf und vertrieben die schmerzliche Trauer, die sie eigentlich hätte empfinden sollen. In diesen Augenblicken des Alleinseins tanzten ihr Sahnetorten, Eiskremberge und gefüllte Poularden vor Augen, und der verlockende Duft frisch gebackenen Brotes stieg ihr in die Nase. Mit großer Anstrengung versuchte sie die erfreulichen Anblicke und lieblichen Düfte zu verscheuchen, die von allen Seiten auf sie eindrangen und sie von ihrem Kummer abzulenken drohten. Gewaltsam konzentrierte sie sich wieder auf die Gestalt des Vaters, den sie nie gekannt hatte, und auf das triste Gefühl, das dieser bitteren Tatsache hätte folgen müssen. Da es ihr jedoch nicht gelang, die verlockenden Essensbilder zu vertreiben oder Trauer zu verspüren, versuchte sie es auf anderem Weg. Wieder und wieder redete sie sich ein, sie sei ein armes Waisenkind, alle ihre Freundinnen hätten einen Papa, nur sie nicht. Aber so sehr sie sich auch auf die Momente der Bedauernswürdigkeit zu konzentrieren suchte, es war vergeblich, denn die fröhlichen Gedanken und hübschen Bilder schlichen sich wieder in ihren Sinn und verjagten Trauer und Elend. In einem letzten Verzweiflungsakt nahm sie das Bild ihres Vaters von der Kommode, blickte es lange an und versuchte sich auf die Gestalt des gut aussehenden fremden Mannes zu konzentrieren, der sie durch das schützende Glas ansah. Doch sobald sie den Blick in das freundliche Gesicht vertiefte, vereinigten sich seine hellen Augen zu einem einzigen, das ihm wie ein einsames Zyklopenauge aus der Stirn ragte – eigens, um ihr Spaß zu machen. Angesichts des neuen Äußeren, das sie ihrem Vater gegeben hatte, brach Rosa in schallendes Lachen aus, stellte das Bild an seinen Platz zurück, ging zu seinem Rasierpinsel und stach sich dessen harte, abgewetzte Borsten in die Finger, um sich wehzutun. Aber auch bei der Berührung mit seinen persönlichen Gegenständen spürte sie den Vater nicht. Nun schloss sie die Augen und flüsterte seinen Namen so oft, bis ihre Kinnmuskeln ermüdeten: »Amazja, Amazja, Amazja, Amazja.« Und wenn sie zum Schluss nur noch *»Maza, Maza, Maza, Maza«* – Matzen, Matzen, Matzen, Matzen – herausbrachte, kugelte sie sich vor Lachen, als hätte sie einen besonders gelungenen Witz gehört. Am Ende ihres »Amazja-Kults« – wie Angela, die manchmal früher als sonst nach Hause kam und sie heimlich beobachtete, es nannte – rutschte Rosa vom Bett und knallte beim Verlassen des Raums hastig die Tür hinter sich zu, damit die Bilder des Vaters ihr nicht weiter ins Leben funkten. Danach setzte sie leichten Herzens ihre Spiele fort, bis zum nächsten Treffen mit ihm am folgenden Donnerstag.

Wenn Angela ihr von Amazja erzählte und ihr die Hochzeitsbilder zeigte, begegnete Rosa den Gesichtern ihrer Großeltern, die wie eine feindliche Mauer neben ihrem Sohn unter dem Traubaldachin standen. Immer wollte sie in Papas Kibbuz fahren und ihre einzigen Großeltern besuchen, aber Angela erklärte ihr zähneknirschend ein ums andere Mal, Opa und Oma wohnten im Ausland und daher ginge es nicht. Dasselbe ereignete sich regelmäßig am Geburtstag und vor dem Neujahrsfest im September, denn dann erhielt Rosa jedes Mal eine offene, unfrankierte Glückwunschkarte von ihnen. Erst als sie älter wurde, begriff sie, dass ihre Großeltern die ganzen Jahre über im Kibbuz gelebt hatten, aber keinen Kontakt zu Angela wünschten, die, wie sie meinten, ihren Sohn ermordet hatte, und sich auch nicht um ihr einziges Enkelkind scherten. Die Glückwunschkarten hatte Angela ihr zweimal jährlich selbst geschrieben.

Auch die Nächte widmete Angela dem Gedenken an Amazja. Jede Nacht hörte Rosa ihre Mutter lange Gespräche mit ihrem verstorbenen Ehemann führen, in denen sie ihm ihre Erlebnisse schilderte, ihm jede Sorge fern zu halten suchte und ihm haargenau von Rosa berichtete – von ihrer Schönheit, ihren ausgezeichneten Schulleistungen, ihren Freundinnen und ihrem Tun. Danach fragte sie ihn erneut – wie zu seinen Lebzeiten Nacht für Nacht, wenn sie seinen warmen Körper in Armen hielt –, was er an ihr gefunden habe, wo er doch jedes Mädchen im Kibbuz hätte heiraten können, denn sie schwärmten alle für ihn, weil er der kräftigste und hübscheste Jüngling der ganzen Jesreel-Ebene war. Nachdem sie dieses Thema mit ihm erörtert und ihm erneut erklärt hatte, dass seine Liebe jeder Logik entbehre, dankte sie ihm, dass er sie von allen Mädchen erwählt hatte, dankte ihm auch für seine Liebe, die ihr bis ans Lebensende ausreichen würde, und verabschiedete sich mit einem Gutenachtgruß von ihm.

Ein paar Minuten später hörte Rosa den Körper ihrer Mutter ruhelos auf und ab über das gestärkte Leintuch wetzen. Mit eigenartigem Flattern und Kitzeln im Unterleib horchte sie auf das Knacken der Sprungfedern, das Knarren des Betts, das in langsamem Takt gegen die Wand schlug, und auf die Reihe der Ächzer zum Schluss, die anzeigten, dass nun Ruhe im Haus einkehren und ihre Mutter in tiefen Schlaf versinken würde. Erst wenn sie sie leise prustend durch den Mund atmen hörte, schlief sie ebenfalls ein. Solange sie im Haus ihrer

Mutter lebte, lauschte sie deren nächtlichen Lauten, und wenn sie gelegentlich bei ihrer Freundin Rachel übernachtete, tat sie kaum ein Auge zu, weil Mama ihr nicht gute Nacht gesagt hatte. Konnte sie keinen Schlaf finden, sprach sie mit Rachel über die Zukunft, über die Männer, die sie beide einmal heiraten, und über die Kinder, die sie gebären würden. Dann kehrte Rosa in der Fantasie zu dem bewussten trügerischen Frühlingstag zurück, fand sich wieder inmitten jenes Blütenfelds stehen, mit den Füßen zarte Grashalme zertreten, mit der Nase den Geruch des zerdrückten Grüns einsaugen und den Körper in den ersten Sonnenstrahlen wärmen, während ein bunter Schmetterlingsregen auf ihren Kopf niederrieselte. Danach schlief sie ein, in den Ohren den schicksalhaften Ruf, der ihr Leben bestimmen sollte: »Rosa wird vier Männer haben, vier, vier, vier.«

4

Vier Schmetterlinge, vier Ehemänner

Rosa wird vier Männer haben. Diese Ansicht vertraten seit ihrer Kindheit alle Bewohner von Katamon VII. Nach dem Grund gefragt, hätten sie nicht erklären können, wie und wann die dumme Idee aufgekommen war, die sich in ein Gerücht verwandelte, zur allgemeinen Überzeugung verfestigte und schließlich eine sich selbst bestätigende Prophezeiung wurde. Aber alle in Katamon VII wiederholten die Zahl wie ein beruhigendes Mantra, flüsterten sie insgeheim in Häusern und Höfen.

Kam Rosa auf der Straße vorbei, bildeten die Lausbuben des Viertels links und rechts ein Ehrenspalier und riefen im Takt ihrer schnellen Schritte: »Vier, vier, vier.« Dieser Scherz missfiel Angela. Sie stürzte sich jedes Mal auf die spottenden Bengel, schlug sie mit drohenden Schreien in die Flucht und wünschte ihnen von ganzem Herzen, dass sie überhaupt keine Frau bekämen. Da sie wie die Hexe im Märchen aussah und für ihre hellseherischen Fähigkeiten bekannt war, stoben die Jungen auch prompt erschrocken kichernd in alle Richtungen davon. Aber auf dem Schulweg hörte Rosa überall hinter Büschen und Strommasten, aus Treppenhäusern und dunklen Zimmern diese Vierzahl, die ihr jedes Mal wie ein gezielter Gummiball ins Gesicht prallte. Ihr Onkel Josef, der damals schon Soldat war, forderte sie auf, ihm bei ihren gemeinsamen Spaziergängen genau zu zeigen, wer Schabernack mit ihr triebe. Aber das lehnte sie trotz aller Kränkung ab. Wohl wissend, dass er mit seinen kräftigen Händen einem Menschen mühelos die Knochen brechen konnte, schluckte sie ihre Schmach lieber herunter, als ihren Onkel hineinzuziehen, der eifersüchtig wie ein liebender Ehemann über sie wachte.

Kein Wunder also, dass die Vier ihr redlich verhasst wurde, so sehr, dass sie sie aus der Zahlenreihe strich, Ersatzwörter benutzte und sie schließlich zu »reiv« verkehrte. Wenn ihre Freundinnen sie ärgern wollten, riefen sie ihr zu, sie solle doch beim Seilspringen mitmachen, und forderten sie dann auf, ihre Sprünge zu zählen. Doch Rosa, die trotz ihres Gewichts in dieser Disziplin konkurrenzlos war, entnervte ihre Freundinnen, da sie »reivzig« und später »reivhundert« erreichte und so lange weitersprang, bis ihr die Handgelenke wehtaten und die anderen sie anflehten, sie auch einmal ans Seil zu lassen. Im Rechenunterricht versuchte Rosa sich vor den Lehrern zu drücken, und sollte sie doch einmal eine Aufgabe mit der verhassten Zahl lösen, gab sie prompt eine falsche Antwort. Angela wiederum konnte nicht begreifen, wieso Rosa, die in allen Fächern, aber besonders in Rechnen, immer so gut gewesen war, nun gerade in diesem Fach stark nachließ.

Auf ihr Drängen hin erzählte Rosa ihr, alles habe drei Wochen nach dem Chanukkafest, an jenem trügerischen sonnigen Frühlingstag, angefangen, an dem die Schmetterlinge schlüpften. An diesem Januartag war der Frühling machtvoll angebrochen und hatte strahlenden Gesichts die trüben Wintertage ausgetrieben. Laue Winde bliesen die Wolken weg, liebkosten die Gesichter aller Lebewesen, drangen in die Knochen und wärmten die Herzen mit lockender Frühlingsbotschaft. Das schöne Wetter verwirrte die Pflanzen, ließ die Gräser sprießen und trieb die Blumen aus der Erde. Die reckten ihre bunten Köpfe empor, entfalteten ihre Blütenblättchen, verströmten ihre betörend süßen Düfte und warteten nun, parfümiert und geschmückt wie eine Braut unterm Hochzeitsbaldachin, auf die segensreichen, fleißigen Mittler, die ihre Befruchtung arrangieren sollten. Mit ihren sanft im lauen Lüftchen fächelnden Blütenblättern und ihrem herrlichen Aussehen lockten sie alles Schwirrende, ja merkten in ihrer momentanen Begeisterung gar nicht, ob Fliege, Biene, Heuschrecke, Käfer, Schmetterling oder geflügelte Ameise zu ihnen kam, denn was die Befruchtung anging, war alles willkommen. Von ihrer Schönheit geblendet, umkreisten die Insekten sie zunächst in gaukelndem Flug, trunken von dem wunderhübschen Anblick, der sich ihnen bot. Dann verschwanden sie tief in den begierig klaffenden Gliedern, bestäubten sich an den Staubgefäßen, saugten den Nektar, der ihnen in breiten Kelchen dargeboten wurde, und entschwirrten weit fort mit den gelben Ewigkeitsstäubchen, die ihnen an Beinen und Flügeln klebten und ihren ganzen Rumpf bedeckten.

In jener Woche hatten Rosa nur so die Ohren geklungen vom heiseren, abgehackten Jaulen rolliger Straßenkatzen, dem Kläffen der Rüden, denen der Duft einer fernen tollen Hündin den Verstand verwirrte, und dem Trommeln sich paarender Schildkröten. Kaum waren die Schildkröten nach beendetem Winterschlaf aus den Tiefen der Erde hervorgekrochen, die kalten Panzer noch gar nicht recht angewärmt, strebten die Männchen auch schon ihren gewölbten Weibchen zu, die in gespannter Stille auf sie warteten. Mit langsamen Schritten näherten sie sich ihnen, die schwarzen Augen trieften vor Schleim, und wenn sie die Gewünschte gefunden hatten, begannen sie laut auf den Panzer der Angebeteten zu klopfen, um sie herauszurufen. Wurden sie nicht erhört, zogen sie Panzer gegen Panzer ins Gefecht, rammten mit ihren harten Leibern die vordere Feste, bis die Schildkröte geruhte, Kopf und Schwanz hervorzurecken. Gewahrte sie dann den hartnäckigen Gast, streckte sie den Schwanz aus und wartete mit Engelsgeduld auf den gepanzerten Ritter, der angestrengt ihr gewölbtes Haus erklomm. Auf dem Gipfel angelangt, schloss der Bergsteiger seine Perläugelchen und presste die Schwanzöffnung an das reglose Weibchen. Aus Mitleid mit den Schildkrötenweibchen hob Rosa die verzweifelten Verehrer herunter, doch die trappelten gleich wieder zurück und pressten sich an die Auserkorene, stur entschlossen, als hinge ihr Leben davon ab.

In dieser besonders lauen Woche, in der allenthalben emsiges Paaren zu hören war, schlüpften an ein und demselben Tag, wie auf ein himmlisches Signal, sämtliche Schmetterlinge. Es regnete Schmetterlinge auf die Erde nieder. Bäume, Steine und Boden waren alsbald mit einer dicken Schicht bunten Schmetterlingsstaubs bedeckt. Alle Jerusalemer strömten aus ihren Häusern aufs offene Feld, sahen dem Schmetterlingsschauer zu und sammelten die Tierchen haufenweise in braune Papiertüten. In jenem Jahr gab es auf dem Machane-Jehuda-Markt Sonnenuntergangsstimmungen aus roten Schmetterlingsflügeln und Bilder von wirbelnden Balletteusen, deren Röcke aus amputierten Gliedern weißer und rosafarbener Schmetterlinge bestanden. Neben Bergen von Sommerfrüchten lagen Riesenschmetterlinge in dicken Holzrahmen unter Glas zum Verkauf, der zarte Leib mit langen Stecknadeln auf steifen Karton gespießt und die bunten Flügel gespreizt.

Unter den Städtern, die wie Schlafwandler durch die Felder tappten, über denen Schmetterlinge und Sonnenstrahlen einen wunderschönen Gaukeltanz vollführten, waren auch Rosa, Rachel, Ruchama und Ruthi, »die vier R aus Ali Chamudas Haus der Noten«, wie sie bei allen auch dann noch hießen, als sie längst in das neue Viertel umgezogen waren.

Ruchama heckte die Idee aus, kraft derer Rosa fortan die Zahl vier anhaftete, die ihr künftiges Geschick bestimmen und vorhersehbar machen sollte: »Wenn wir so dastehen, ohne uns zu regen, denken die Schmetterlinge, wir wären Blumen und schwirren auf uns zu. Dann zählen wir, wie viele Schmetterlinge jede von uns angelockt hat, und sehen daraus, wie viele Männer wir mal heiraten werden.«

»Aber man kann doch nur einen Mann heiraten«, mäkelte Rachel, die ständig schlechter Laune war und immer Recht haben wollte.

»Die Schmetterlinge werden bestimmen, wie viele Männer jede von uns heiraten wird«, wiederholte Ruchama und gab Kommando, eine Reihe zu bilden, die Augen zuzumachen und sich vorzustellen, sie wären Blumen.

Vor unterdrücktem Lachen bebend, standen die Mädchen mit geschlossenen Augen still, umwimmelt von Schmetterlingen, die emsig den einzigen Tag nutzten, der ihnen vergönnt war, und sie mit buntem Staub bepuderten.

Zuschauer berichteten, der stärkste Schmetterlingsregen sei auf Rosa niedergegangen. Sie stand zwischen ihren Freundinnen. Die sirrenden, seidigen Flügel kitzelten sie an den Wangen, ihr Herz pochte heftig, und mit geballten Fäusten betete sie um nur einen. Ruchama erzählte später allen vierzig Kindern in der Klasse – die es vierzig Elternpaaren weitertrugen, die es wiederum Nachbarn und Verwandten erzählten, die die Sache über Jerusalems Stadtgrenze hinaus verbreiteten –, wie Rosa dort von einer weichen, bunt gaukelnden Wolke umschwirrt gewesen sei, und als sie die Augen aufmachten, hätten sie vier große, herrliche Schmetterlinge in ihrem Haardickicht flattern sehen.

»Du wirst mal vier Männer heiraten«, verkündete Ruchama auf Grund eingehender Inspektion, nachdem sich in ihrem eigenen Haar nur ein einziger mickriger grauer Schmetterling gefangen hatte, der mit müden Flügelschlägen ihrem Griff zu entkommen suchte. Auf Rachels Kopf fand sich ein bunter Schmetterling und auf Ruthis gar keiner.

»Und du wirst überhaupt keinen Mann abkriegen«, höhnte Ruchama. Um Salz in die Wunde zu streuen, stimmte sie prompt das bekannte Kinderlied an, das Ruthi heiße Tränen in die Augen trieb, zumal es, den Umständen entsprechend, eigens auf sie umgedichtet war:

Einmal war ich, einmal war ich im Jemenland,
Wo ich dann, wo ich dann ein Negerlein fand,
Das bittet nie, bittet nie um Ruthis Hand.

Danach lief sie eilig weg, um das Gerücht von Rosas vier Schmetterlingen in der Stadt zu verbreiten, wobei sie Rosa beschuldigte, die Schmetterlinge eigens gefangen zu haben. Die seien nämlich nur gekommen, weil Rosa ihr Haar mit Zuckerwasser einriebe. Sie, Ruchama, habe mit eigenen Augen gesehen, wie die Schmetterlinge sie umschwirrt hätten, weil sie meinten, süßen Nektar bei ihr saugen zu können.

Dieser Geschichte entnahmen alle im Viertel, dass Rosas herrliche Locken keineswegs natürlich und angeboren waren. Man erzählte sich, Angela spüle das Haar ihrer Tochter mit Zuckerwasser, um es dann zu einer komplizierten Lockenfrisur zu legen. Als Rosa erfuhr, welche Gerüchte Ruchama über sie verbreitete, brach ein furchtbarer Streit zwischen ihnen aus, in dessen Gefolge sich das Lager »der vier R aus Ali Chamudas Haus der Noten« spaltete. Rachel hielt zu Ruchama, Ruthi zu Rosa. Später lief Rachel in Rosas Lager über und verkündete feierlich, mit der bösen Ruchama sei sie fertig. Einen Monat später überlegte sie es sich jedoch wieder anders, und fortan lavierte sie erfolgreich zwischen Rosa und Ruchama.

So sollte es all die Jahre bleiben, auch nachdem sie heirateten und Kinder bekamen. Rosa sprach erst viele Jahre später, nach dem Tod ihres ersten Mannes, wieder mit Ruchama, als jene eines Tages vor der Tür stand und ihr das postergroße Konterfei ihres verstorbenen Mannes – sorgfältig aufgerollt und mit Gummis versehen – überreichte.

5

Onkelliebe

Von den »vier R aus Ali Chamudas Haus der Noten« heiratete Rosa als Erste. Sie war überhaupt die erste Braut in ihrer Schulklasse, seinerzeit vielleicht gar die jüngste in ganz Jerusalem.

Wäre es nach Rosa gegangen, hätte sie sehr wahrscheinlich ihren Klassenkameraden Schraga Matzliach geheiratet, der am elegantesten gekleidet herumlief und vor allem im Sportunterricht glänzte. Trotz der abfälligen Haltung, die die Jungen den Mädchen und die Mädchen den Jungen in diesem Alter entgegenbrachten, liebte Rosa ihren Schraga unbeirrt während der gesamten Volksschulzeit, volle acht Jahre lang.

Wenn sie neben ihm die Schulbank drückte und er ihr unter dem Tisch die Beine streichelte, glaubte sie fest, dass er für sie ausersehen war. In der mädchenhaften Einsicht, eines Tages seine Frau zu werden, empfand sie Schraga als Teil ihrer selbst – ihres Körpers und ihrer Seele. Nachdem sie Ruthi gedroht hatte, »du sollst im Grab des schwarzen Hitler sterben, wenn du's ausplauderst«, erzählte sie ihr, Schraga und sie würden »sehr bald« heiraten. Und wenn Ruthi ihr vorhielt, dass sie ihn um Kopfeslänge überragte, während der Mann doch immer größer als die Frau sein sollte, erklärte Rosa selbstgewiss, ihre Mutter hätte gesagt, in diesem Alter seien alle Jungen kleiner als die Mädchen, aber nachher wüchsen die Jungen weiter und die Mädchen nicht. Doch selbst wenn umgekehrt Schraga klein bliebe und sie noch wüchse, wäre ihr das egal, denn sie brächte ihm wahre Liebe entgegen, der nichts auf der Welt etwas anhaben könnte, nicht einmal Größenunterschiede.

Endgültig sicher wähnte sich Rosa ihrer Wahl, als er sie in der achten Klasse in der Turnhalle zum ersten Mal küsste. Dieser Kuss öffnete ihnen das Tor zu einer ganz neuen Gefühlswelt voll Empfindungen, Leidenschaften und geheimen Wünschen. Überwältigt verharrten sie an der Schwelle und genossen den Zauber des Ortes. Am ganzen Leib bebend, witterten Rosa und Schraga die allgegenwärtigen Düfte des Verlangens, sahen die aufreizenden Bilder allerorten, spürten neue, nie gekannte Geschmacksempfindungen auf der Zunge und lauschten dem lustvollen Stöhnen und zarten Liebesgeflüster ringsum. Von ungeahnt heftigen Stürmen der Seele und des Körpers gepackt, wurden sie in eine Richtung davongetragen, die kein Zurück mehr kennt. Als Rosa damals seinen schlanken Körper umarmte und ihn an ihre schweren Brüste drückte, schob Schraga seine Zunge zwischen ihre Zähne und versprach ihr die Ehe.

Den Geschmack dieses Kusses, begleitet vom Duft frisch gepflückter Orangen, vergaß sie auch dann nicht, als Schraga aus ihrem Leben verschwand und ihr nur noch einen feinen Hauch verfaulter Orangen auf Händen und Kleidung hinterließ. Erst sehr viel später verflog der Orangenduft, erinnerte sie jedoch immer wieder mit leisem Schmerz an ihre erste Liebe, wenn zu Winteranfang die ersten Orangen an den Marktständen auftauchten. Dann schwebte ihr würziger Hauch in der Luft, drang in jedes Haus ein, kündigte die kalte Jahreszeit an und ließ Rosa wehmütig an ihre entschwundene Liebe denken. Der Schmerz durchwanderte ihren Körper, bahnte sich seinen Weg durch ihr verschlungenes Gedächtnis und tauchte ohne Vorwarnung auf, um abrupt zuzuschlagen.

Der überstürzte Wegzug der Matzliachs aus dem Viertel wurde Josef zugeschrieben, der von dem bewussten Kuss durch Angela erfahren hatte, der die Kunde von Schoschana

Silcha zugetragen worden war, die sie von ihrer Tochter Rachel hatte, die es wiederum von Ruthi wusste, die es ihr unter der Drohung anvertraut hatte, sie »solle im Grab des schwarzen Hitler sterben«, falls sie es jemandem weitersage. Noch am selben Tag marschierte Josef derben Schritts zur Schule, verschreckte Kinder und Lehrer mit seiner nun schon Furcht erregend ernsten Miene, stürmte ohne Vorwarnung ins Zimmer des Rektors und kippte als Erstes dessen Schreibtisch um. Noch Tage später erzählte die Schulsekretärin Levana jedem, der es hören wollte, in heller Aufregung, bei diesem Gewaltakt, den Josef nebenbei mit einer Hand erledigte, habe er genuschelt, falls irgendein Junge in der Klasse es wagen sollte, seiner Nichte zu nahe zu kommen, würde er ihm den Schädel spalten, als wär's eine Kokosnuss. Damals wusste man im Viertel noch kaum, wie eine Kokosnuss aussieht. Die Kinder kannten Kokos als weiche rosa Rolle der Marke Chavilio, innen weiß und fast widerlich süß, und die Erwachsenen kannten Kokosin, den kümmerlichen Margarineersatz der Notstandsjahre, der penetrant nach Seife schmeckte und angeblich aus dem Fett von Kokosnüssen hergestellt wurde. Aber weder Kinder noch Erwachsene hatten je im Leben eine solche Nuss zu Gesicht bekommen, und die Drohung, »einem den Schädel zu spalten, als wär's eine Kokosnuss«, klang ernst und Furcht erregend, zumal bei Josef, der gewiss in einem der Lexika, die er an der Haustür verkaufte, über die Kokosnuss gelesen und womöglich auch eine Abbildung gesehen hatte.

Noch am selben Tag bestellte der Rektor die Eltern Matzliach ein und forderte sie auf, ihren Sohn zu zügeln. Am nächsten Morgen fehlte Schraga in der Schule, und noch in derselben Woche packte die Familie hastig ihre Sachen und übersiedelte in eine andere Stadt. Die Nachbarn behaupteten, Josef und der umgekippte Tisch seien nicht der direkte Grund für ihren überstürzten Umzug gewesen, denn die Matzliachs hätten schon lange vorgehabt, das Viertel zu verlassen. Andere meinten, tatsächlich sei ein Umzug geplant gewesen, aber Josef habe diesen Plänen eben mit einem Schlag zur Ausführung verholfen.

In den Tagen nach der Trennung ging Rosa nicht in die Schule und weigerte sich, ganz gegen ihre Gewohnheit, auch nur einen Bissen Brot zu sich zu nehmen. Der ganze Körper tat ihr weh, und sie meinte zu sterben. Auf die Frage, wo der Schmerz denn sitze, erklärte sie dem Arzt, zu dem man sie nach dreitägiger Nahrungsverweigerung geschleppt hatte, sie hätte Bauch-, Kopf- und Herzweh. Während der Arzt seine geröteten Hände über ihren Körper gleiten ließ, ihr das Herz abhörte, den Bauch abtastete und den Rücken abklopfte, erzählte sie ihm flüsternd, damit Angela es nicht hörte, sie fühle sich, als hätte man ihr Arme und Beine gleichzeitig abgehackt. Und als sie ihn mit ihrer Mutter in der fremden Sprache reden hörte, die Angela auch mit Josef sprach, wenn Rosa nichts verstehen sollte, glaubte sie endgültig, sie sei dem Tod geweiht und eben das teile der Arzt nun ihrer Mutter mit. Hilflos und erschlagen spürte sie seine Hand zu ihren blonden Locken hinaufgleiten, und schon wollte sie ihm sagen, dass ihr auch die Haare wehtäten, fürchtete aber, er würde ihr nicht glauben. Beim Verlassen des Sprechzimmers erklärte Angela, der Arzt wolle ihr keine Medikamente verschreiben, weil »die Zeit das ihre tun« werde.

Auf dem ganzen Heimweg stöhnte Rosa bei jedem Schritt vor Schmerz, unfähig zu begreifen, was der Arzt gemeint hatte und von welcher Zeit er redete. Sie schielte zu ihrer Mutter hinüber, und als sie deren ruhige Züge sah, kam ihr die Wut hoch. Sie stand kurz vor dem Tod, und die Mutter scherte sich kein bisschen darum.

Jahre später, als sie längst selbst Ehefrau und Mutter war, spürte sie gelegentlich wieder diesen dumpfen Schmerz, der sie ohne jede Vorwarnung durchzuckte und ihr peinvoll das Gesicht verzerrte. Dann erzählte sie Angela, sichtbar leidend, im Flüsterton, sie hätte einen weiteren »Anfall von Schraga-Weh«, worauf Angela kopfschüttelnd immer wieder ihren

Standardspruch herbetete: »Seitdem ist viel Zeit vergangen, und außerdem wart ihr noch Kinder.« Doch dann musste sie an ihre Liebe zu Amazja denken, die mit der Zeit keineswegs abgenommen hatte, sondern den schmerzlichen Verlust nur immer deutlicher spüren ließ, und schloss Rosa stumm und mitfühlend in die Arme.

Hätte sie geahnt, was ihrer schönen einzigen Tochter nach Schragas Wegzug aus der Stadt zustoßen würde, hätte sie den Dingen wohl kaum freien Lauf gelassen. Und wenn sie dieses Geschehen in Gedanken Revue passieren ließ, bezichtigte sie sich immer aufs Neue der Blindheit und konnte nicht begreifen, wieso sie nicht erkannt hatte, was direkt vor ihrer Nase ablief. Aber so eindringlich sie dieser peinlichen Frage auch nachforschte, vermochte sie doch nie zu ergründen, wie das Schicksal, das ihr scheinbar offen, klar und voraussehbar vor Augen gewesen war, es fertig gebracht hatte, ihr ein Schnippchen zu schlagen, ihr etwas vorzugaukeln und sie in aller Öffentlichkeit zu verhöhnen und zu peinigen, hoch erfreut, ihre Pläne durchkreuzen zu können.

An solchen Tagen reuiger Einkehr bekam sie heftige Kopfschmerzen, die ihr durch Mark und Bein gingen, sich tief in ihre Zähne bohrten, ihr den Magen umstülpten und mit dem verhassten, grellen Orangeflimmer vor Augen die Sicht trübten. Am Ende eines solchen Anfalls kam sie verwirrt, erschöpft und bleich wieder aus ihrem Zimmer. Und wenn sie sich an Kopfschmerztagen mit Rosa und den Enkeln unterhielt, wechselte sie mit Leichtigkeit, ohne es zu merken, von einer Sprache in die andere – vom Hebräischen ins Französische, vom Französischen ins Italienische, vom Italienischen ins Arabische –, und kein Mensch konnte sie verstehen oder auch nur raten, was sie wollte.

Die Leute im Viertel sagten abfällig: »Angela hat einen Arbeitsunfall erlitten.« Schließlich las sie allen die Zukunft, wusste haargenau, was in jedem Haus geschah, wer wen heiraten würde, welche Frau ihren Mann betrog, wie viele Kinder die eine gebären und warum die andere bis ans Lebensende Jungfrau bleiben würde. »Aber was kann man machen? Schuster gehen bekanntlich immer barfuß«, fügten sie seufzend hinzu. Menschen, die nicht an ihre Gaben glaubten oder die Wahrsagerei aus Sternen, Kaffee und Karten insgesamt verächtlich abtaten, lasteten es Rosas Schönheit an, denn die sei von der gefährlichen Art, die den Männern den Kopf verdrehe und selbst noch die nüchternsten Typen zu verantwortungslosem Tun verleite. Angela sei selber Schuld, habe ja eigenhändig die Schönheit und Weiblichkeit ihrer Tochter gehegt und gepflegt, als wär's das Wichtigste auf der Welt.

Bei solchen Anwürfen dachte Angela an Rosas erste Lebensjahre, an ihren Privatkrieg gegen den schwellenden Busen der Kleinen und an ihre gewaltsamen Bemühungen, die weiblichen Merkmale zu vertuschen, bis sie den Kampf aufgeben musste. Als Angela gleich nach der Niederkunft die Brüste sah, die ihrer Tochter bereits in der Gebärmutter gewachsen waren, stieß sie vor Schreck und Überraschung einen Schrei aus, den Rosa ihrerseits mit Schreien beantwortete. Der beigerufene Arzt erklärte beschwichtigend, das sei eine häufige Erscheinung, vor allem bei weiblichen Babys. Die Schwellung der Brust werde mit der Zeit abklingen. Angela glaubte seinen Worten und wiegte das Baby auf den Armen, um es zu beruhigen. Als die Brüste jedoch im Verlauf des ersten Monats keineswegs kleiner, sondern mit dem Wachstum des Mädchens größer und schwerer wurden und die beigezogenen Ärzte keinen Rat wussten, war ihr klar, dass sie etwas unternehmen musste. Zuerst legte sie das Kind zum Schlafen auf den Bauch, in der Hoffnung, das Körpergewicht würde die vorzeitig gewachsenen Brüste flach drücken. Als das nichts half, umwickelte sie sie tagtäglich fest mit einer Windel, um den prachtvollen Busen einzuengen. So kämpfte sie sich mit dem Bandagieren ab, bis es einfach nicht mehr ging. Als Rosa sieben Jahre alt wurde, gab sie die Sache endgültig auf und ließ die Windel weg. Kaum vom Druck des festen Wickels befreit, der ihre Entwicklung hemmte, wuchsen, blühten und gediehen die befreiten Brüste und brachten Rosa frühe Reife und Unglück.

Gerade Rosas Onkel Josef förderte ihre üppig keimende Weiblichkeit. Er suchte ihr Kleider aus, die ihre Reize unterstrichen, probte mit ihr weibliche Gesten und verführerische Mienenspiele und lehrte sie die Tatsachen des Lebens. Angela erzählte ihren Freundinnen immer wieder, dass er ihr von Rosas Geburt an begeistert beigestanden und beim Aufziehen des Mädchens geholfen habe. Zunächst hütete er sie, wenn Angela zu Besorgungen das Haus verließ, wechselte ihr die Windeln, küsste all ihre Grübchen am ganzen Leib, wiegte sie auf den Knien und erzählte ihr Geschichten.

Als sie in die Schule kam, setzte er sich geduldig mit ihr hin, bestückte den schweren, hölzernen Federkasten, der zwei Fächer und einen Schiebedeckel hatte, mit Radiergummi, Spitzer, Zirkel, Kopierstift und Buntstiften und band ihr die Hefte in braunes Packpapier und die Fibel in ein Stück Stoff ein, dessen Ecken er mit rotem Faden vernähte. Morgens, wenn Angela ihr die Locken legte, machte er ihr das Pausenbrot: dicke Weißbrotscheiben, mit Margarine bestrichen, über die er großzügig weißen Zucker streute. Zum Abschluss steckte er das Brot samt einer reifen Banane in den bestickten Beutel mit ihrem Monogramm und zog mit einem Ruck die rote Kordel zu.

Wenn Rosa in dieses Brot biss, schmeckte sie die Süße der fettdurchweichten Zuckerkörnchen und empfand große Liebe zu ihrem Onkel Josef. Nachts lag sie in dem Bett neben seinem und lauschte seinem herzzerreißenden Ächzen im Schlaf. Schreckte sie aus Albträumen auf, fand sie ihn immer neben sich. Er streichelte ihre Wangen, strich ihr übers Haar. Angela erzählte gern, Josef würde einmal ein wunderbarer Vater, denn er könne gut mit Babys umgehen und sie trotz seines ernsten Gesichtsausdrucks immer zum Lachen bringen. Außerdem merke Josef genau, wann seine Nichte aufwache, und warte schon eine Minute, bevor sie die Augen aufschlage, an ihrem Bett. Deshalb habe Rosa niemals weinend alle Welt alarmiert, denn sie wusste ja, dass er immer für sie da war.

Als sie größer wurde, ging er mit ihr auf die sonnenüberfluteten offenen Felder, die das Viertel umgaben, und lehrte sie alle Geheimnisse der Fortpflanzung von Blumen und Schmetterlingen. Er spreizte die Blütenblätter, zeigte ihr die Staubgefäße und Fruchtknoten und offenbarte ihr die Wunder der Schöpfung. Rosa verglich Josefs Erklärungen über die Blumen mit denen Ruchamas, die ihr heimlich von Mann und Frau und dem, was sie nachts miteinander trieben, erzählte. Dabei fiel ihr das Leibergerangel ein, das sie seinerzeit durch das selbst gebohrte Wandloch in Ali Chamudas Villa gesehen hatte: Ruchamas Papa und Mama rollten auf dem Bett herum, wanden und verschlangen sich und stöhnten dabei. Dieses eindrucksvolle Bild bestätigte Ruchamas Schilderungen, die ihr anfangs fantastisch und abwegig vorgekommen waren.

Als Josef seinen Wehrdienst antrat, war es die zehnjährige Rosa, die ihm die Rangabzeichen auf die Uniform nähte, sich den Finger an der spitzen Nadel stach und ihre Blutspuren auf dem harten Stoff hinterließ. Jeden Freitag wartete sie aufgeregt auf die dröhnenden Schritte seiner schweren Soldatenstiefel im Treppenhaus. Die Augenblicke seiner Heimkehr waren höchste Glücksmomente für sie: Josef schwang sie in die Luft, küsste ihr die rosigen Grübchen, bewunderte ihre Locken und sagte ihr, sie sei so groß geworden, dass sie bald eine richtige Dame wäre. Danach öffnete er seinen Seesack und schüttete Schokolade, Mürbegebäck, Konservendosen und andere gute Dinge aufs Bett, die er sich vom Mund abgespart hatte, um sie den Frauen mitzubringen, die er liebte. Müde vom Anstehen vor halb leeren Geschäften in den mageren Zeiten nach dem Unabhängigkeitskrieg, nahm Angela die Geschenke dankbar an, zumal alle zugeteilten Rationen längst in Rosas Bauch gelandet waren. Nachdem sie ein wenig davon gekostet hatten, versteckte sie den Rest tief hinten in der Speisekammer, damit nicht alles im Nu verschwand. Wohlgesättigt schlenderte Rosa gern Hand in Hand mit Josef durchs Viertel, damit alle es sahen und ihre Peiniger, die ihr sonst die verhasste Zahl ins Gesicht schleuderten, keinen Mucks zu machen wagten, weil Josef sie begleitete.

Es geschah, als Rosa vierzehn Jahre alt war. Schon damals wurde sie sehr viel älter geschätzt. Sie war groß und üppig, die Lockenfrisur ließ ihr Gesicht reifer wirken und die schweren Brüste taten ein Übriges, um den Männern die Sinne zu verwirren, sodass sie auf der Straße stehen blieben und ihr eindeutige Angebote machten. Rosa errötete unter ihren entblößenden Blicken, flüchtete nach Hause und fragte Josef um Rat. Josef beruhigte sie, streichelte ihr zärtlich die Wangen, küsste ihre Grübchen und forderte sie auf, ihm die Männer zu beschreiben, damit er es ihnen heimzahlen könne.

Zu jener Zeit, nach seiner Wehrentlassung, verdiente er sich sein Brot mit dem Verkauf von Lexika und Sachbüchern an den Haustüren. In der Wohnung stapelten sich bändeweise die *Hebräische Enzyklopädie* und das *Jugendlexikon, Hundert berühmte Persönlichkeiten, Die Wunder der Erde, Freuden der Wissenschaft, Länder und Völker* und *Berühmte Komponisten.* Alles Wissen dieser Welt stehe dort auf dem guten, holzfreien Papier, klar gedruckt und reich bebildert, erklärte Josef seiner Nichte. Im Viertel hieß es, nachts studiere Josef die Bücher, die er verkaufe, und bei Tag schliefe er mit den Frauen, die ihm die Wohnungstür aufmachten. Dort standen sie dann vor ihm, den vom nächtlichen Schlaf noch warmen Leib in einen dünnen Morgenrock gehüllt, Lockenwickler und Klemmen im Haar, die schwitzende Haut nach Mann und Morgenkaffee duftend, und schauten ihm amüsiert tief in die traurigen, wässrigen Augen. Sie betasteten seine Muskeln mit Blicken, senkten die Augen zu seinem Hosenschlitz und öffneten erst ihre Geldbeutel, danach ihr Herz und schließlich auch seine Hosenknöpfe und ihre Beine.

Josef, der auf diese Weise stetig Wissen in Weltgeschichte und Erfahrung in Bettgeschichten sammelte, erzählte Rosa von fernen Ländern, großen Entdeckern, berühmten Komponisten und merkwürdigen Tieren, deren Namen sie noch nie gehört hatte. Und direkt in ihre errötenden Ohren flüsterte er alle Geheimnisse der Liebe und Fruchtbarkeit.

Als er etwas Geld zusammengespart hatte, kaufte er ein gebrauchtes Motorrad mit Beiwagen, ließ Angela hinten und Rosa im Beiwagen Platz nehmen und fuhr mit ihnen nach Tel Aviv ans Meer. Unterwegs blieb ihnen in den scharfen Kurven schier die Luft weg, und wenn sie am Strand ankamen, stiegen sie mit zittrigen Beinen und Ohrensausen vom Motorrad, die Augen noch ganz wirr von der Anstrengung, die schnell vorbeifliegenden Bilder zu erfassen. Sobald sie festen Boden unter den Füßen spürten, kämmten sie sich das windzerzauste Haar und wischten sich mit einem sauberen weißen Taschentuch die schwarzen Rußreste aus dem Gesicht. Dann dirigierte Josef sie geradewegs zu den breiten Stufen, die zum Strand hinunterführten, wo sie sich auf ihre Handtücher legten und ihre weißen Körper der Sonne hingaben. Wenn die Haut sich gerötet hatte, führte Josef die beiden Frauen seines Lebens zu Eis und Schokoladenkuchen ins Café Roval in der Dizengoffstraße aus und wartete geduldig, wenn sie vor Schaufenstern stehen blieben, im Geist die neuen Sommerkleider anprobierten und sich ihre Füße in Stöckelschuhen vorstellten. Auf der Rückfahrt machte er in Ramla Halt, kam mit zwei Eisbechern aus dem Café Revaja an und überreichte sie ihnen mit theatralisch galanter Geste.

An dem Tag, an dem es passierte, hörten Angela, Josef und Rosa – gerade erst erschöpft und von der Herbstsonne rotbraun gebrannt vom Meer heimgekehrt – unablässige Meldungen von einem neuen Krieg aus dem Rundfunkgerät, dessen Anzeige im Takt der Märsche und kampfesfrohen Lieder blinkte. Trotz ihrer Müdigkeit rissen Angela und Josef sogleich noch alte Bettlaken in Streifen und überklebten sämtliche Fensterscheiben. Besorgt und am ganzen Leib zerschlagen, ging Angela früher als sonst ins Bett. Nachdem sie Amazja die Ereignisse des Tages erzählt und ihm ihre Befürchtungen wegen des neuen Krieges mitgeteilt hatte, »der zwar weit weg in der Sinaiwüste stattfindet, aber man kann ja nie wissen«, schlief sie wie üblich ein, das heißt, nicht ohne das bewusste Wetzen, Bettrütteln und Ächzen.

Rosa und Josef blieben noch auf. Im Haus war es still. Rosa beobachtete bang ihren Onkel, der wie ein Löwe im Käfig durchs Zimmer lief. Nervös drehte er an den Rundfunkknöpfen und lauschte den Nachrichten, die in mehreren Sprachen aus dem Lautsprecher strömten und spannungsgeladen zu Boden polterten. Der erregte Klang des Sprechers der Stimme Israels beherrschte den Äther und verdrängte die weiche Aussprache des Briten von den BBC-Nachrichten und die donnernden Zornes- und Jubeltöne von Radio Kairo. »Die israelische Armee ist auf dem Vormarsch nach Suez«, »in der ägyptischen Armee herrscht Urlaubssperre«, »Nasser hat seine Truppenbefehlshaber alarmiert«, »alle arabischen Streitkräfte rücken zur Grenze vor«, meldete der Rundfunk auf Hebräisch, Englisch und Arabisch. Zu Tode erschrocken ging Rosa ins Bett und befingerte insgeheim den Laib Brot, den sie wegen des neuen Kriegs in der Sinaiwüste unter der Matratze versteckt hatte. Ihr leichter Schlaf wurde durch gellend laute Schreie »Krieg, Krieg, Krieg« unterbrochen. Es war die alte Nachbarin von gegenüber, die blaue Ziffern auf dem Unterarm hatte. Am nächsten Morgen hieß es, sie sei splitternackt durch die Straßen gelaufen, bis die Weißkittel sie aufgegriffen und ins Krankenhaus gebracht hätten.

Verängstigt flüchtete Rosa in Josefs Bett, am Leib nur den knappen Babydoll, den Angela ihr zum vierzehnten Geburtstag geschenkt hatte. Wie früher als kleines Mädchen bei schlimmen Albträumen kuschelte sie sich zu Josef unter die Decke und erzählte ihm stammelnd die Geschichten, die sie nie ihrer Mutter oder ihren Freundinnen anvertraute. Sie erzählte ihm von Hitler, von Menschen, die mitten in der Nacht aus ihren Häusern verschwanden, von Todeslagern, kahl geschorenen Frauen, Menschen, die zu Seife verarbeitet wurden, und sagte, sie hätte solche Angst, dass ihnen all das hier in Jerusalem von den mörderischen Fedajin angetan werden könnte. Josef küsste sie auf die Stirn, streichelte ihre Wangen, spielte mit ihren Locken und flüsterte ihr ins Ohr, hier, in seinen Händen, sei sie sicher, denn er würde niemanden das Mädchen anrühren lassen, das er liebe.

Ein ungeahnt betörender Schauder ging von seinem Gesäusel aus, strahlte vom Ohr auf den ganzen Körper ab und erfüllte sie wie Zellophanpapier, das sich zusammenknüllen lässt, jedoch sofort wieder auseinander springt, wenn man die Faust öffnet. Vom Scheitel bis zur Sohle spürte sie die neuartige Erregung, die ihre Brustknospen kitzelte, ihre Härchen am ganzen Körper sträubte und ihr schier den Atem raubte. Rosa kicherte genüsslich, grunzte wohlig und bat ihn, ihr noch was ins Ohr zu flüstern, denn das fühle sich wunderbar an. Eilfertig sandte Josef die Zunge nach ihrer zarten Ohrmuschel aus und knabberte mit den Lippen an dem fleischigen Ohrläppchen, das ihm in die Quere kam. Und als ihr leises Lustgezwitscher ihm den Kopf verdrehte, ließ er die Zunge ihren Hals hinuntergleiten, bis er auf eine Brustwarze stieß. Unwillkürlich saugten seine Lippen an den kecken Hügelchen. Er spürte Rosas Körper sich in seinen Händen versteifen. Zögernd tastete er sich mit der Hand zwischen ihre Beine vor. Erfreulich üppiges Nass erwartete ihn. Und als er sie stöhnen hörte, drang er in sie ein und befriedigte sie mit wohl geübtem, wiegendem Auf und Ab, bis ihm ein unterdrückter Aufschrei in den Ohren gellte.

Nach dem Akt schluchzte sie tränenlos in seinen Armen. Josef streichelte ihr Gesicht, strich ihr über die Locken und versuchte ihr einen Kuss auf die Lippen zu drücken. Rosa schob seinen Kopf zurück, entkam seinem Mund, entwand sich seiner Umarmung, glitt aus dem Bett und kroch stumm in ihres. Erschrocken bat er sie, niemandem etwas davon zu erzählen, nicht einmal Rachel. Als die Müdigkeit ihr schließlich die Glieder schwer machte, schlief sie mit einem brennenden Gefühl zwischen den Beinen ein, als hätte sie sich versengt.

Am nächsten Morgen rebellierten Rosas Haare, wollten sich unter Angelas geübten Händen partout nicht in Flaschenlocken verwandeln. Mit einer ungebändigten Lockenmähne auf dem Kopf ging sie in die Schule. Unterwegs spürte sie die besorgt forschenden Augen ihrer Mutter bohrend im Rücken, ihr Fleisch durchdringen und tief in ihren Leib vorstoßen, der über Nacht gealtert war. Im Unterricht bekam Rosa an diesem Tag nichts mit, auch nicht die Zivilschutzanweisungen, die ältliche Uniformträger ihnen erklärten. Als sie – wegen des Krieges früher als sonst – heimkam, erzählte Angela ihr unter Tränen, Josef sei eingezogen und nach Süden geschickt worden. Erleichtert, dass sie ihm nicht zu begegnen brauchte, verzog sie sich in ihr Zimmer und konzentrierte sich auf das eigenartige Pulsieren zwischen ihren Beinen, das immer noch anhielt. Dabei fühlte sie sich einsam und wollte ihn neben sich haben, um das nächtliche Geschehen mit ihm besprechen zu können, doch dann fiel ihr ein, dass er ja überhaupt dessen Urheber war. Verwirrt saß sie auf dem Bett, bemüht, sehnsüchtige und besorgte Gefühle für ihren Onkel aufzubringen, der in der Wüste kämpfte und sie von dort aus beschützte. Doch stattdessen stieg unvertrauter Groll in ihr auf, der ihr die Kehle zuschnürte und derart auf die Brust drückte, dass sie zu ersticken meinte. Sie stolperte aus der Wohnung, schlug die Tür hinter sich zu und murmelte von draußen, sie ginge zu Rachel.

Einige Wochen nachdem Josef mit schweißstarrender Uniform und rotem Wüstenstaub in den struppig gewordenen Locken aus dem Krieg zurückgekommen war, begannen Rosas Brüste rasant anzuschwellen. Als sie auch noch anfing sich morgens zu erbrechen, schöpfte Angela Verdacht und schleppte sie, halb wahnsinnig vor Sorge, zum Arzt. Und als sie danach mit Rosa in der Küche unter der nackten Birne saß, die sich in ihren Augen spiegelte und sie rot färbte, blickte sie Rosa scharf an und fragte unumwunden, wer der Vater sei. In diesem Moment kam Josef herein, bat Rosa, auf ihr Zimmer zu gehen, und tuschelte dann lange mit Angela.

Durch die geschlossene Tür konnte Rosa das Weinen ihrer Mutter und die beschwichtigenden Worte ihres Onkels hören. »Sie ist erst vierzehn. Man wird dich ins Gefängnis stecken. Was hast du bloß getan?«, schluchzte Angela, hin und her gerissen zwischen der Liebe zu ihrem Bruder und der Liebe zu ihrer Tochter. Später im Bett, als sie Amazja die Tagesereignisse berichtete, würzte sie ihren Vortrag mit Unheil verheißenden Schluchzern und Seufzern, die stundenlang in den Wänden des Hauses widerhallten.

Rosa kuschelte sich unter die Decke und spürte in vollkommenem Einklang mit dem Weinen ihrer Mutter zum ersten Mal im Leben – denn so hatte sie vorher ja noch nie geweint – heiße Tränen über ihre Wangen rinnen. Verschämt wandte sie Josef den Rücken zu, steckte die Hände zwischen die Beine und ließ mit tränenfeuchten Wangen die neuen schmerzlichlustvollen Gefühle auferstehen, die sie mit ihm empfunden hatte. Am Morgen trat er an ihr Bett, strich ihr über die Locken, rüttelte sie sanft an der Schulter, und ehe sie noch ganz wach war, bat er sie, seine Frau zu werden. Verwirrt setzte sie sich im Bett auf, zog das Laken über die Brust, und da sie ihm noch nie einen Wunsch abgeschlagen hatte, antwortete sie auch jetzt mit einem schwachen Ja.

Den ganzen Tag verkroch sie sich im Bett und wimmerte wie ein Baby, das eben gerade das Weinen entdeckt hatte, schluchzte über Vergangenheit, Gegenwart und Zukunft, rückwirkend für all die Jahre, in denen sie nicht geweint hatte. Ihr Tränenreservoir, bisher unangezapft, war nun aufgebrochen, lief über und überflutete sie. Rosa wusste nicht, warum sie weinte.

Anfangs meinte sie, es hätte wegen des nie gekannten Vaters begonnen und ginge wegen Rina aus Katamon, die aus ihrem Haus vertrieben worden war, weiter. Unterdessen fiel ihr Mischa, der Flüchtling, ein, und bei dem Gedanken an Schraga, ihren verschwundenen Geliebten, schluchzte sie heftiger. Als sie mit Schraga fertig war, weinte sie über ihren Onkel Josef, der ihr Mann werden sollte. Die Liebe, die sie für ihn empfand, war ganz anders als ihre Liebe zu Schraga, ohne dass sie den Unterschied näher zu ergründen vermochte. Nachdem sie über Josef genug geweint hatte, begann sie vor Angst um das Baby zu wimmern, das sie zur Welt bringen würde, ohne zu wissen, was sie mit ihm anfangen sollte, und zum Abschluss beweinte sie sich selbst, ihre abrupt beendete Jugend und ihre Träume, die nie in Erfüllung gehen würden. Als ihr die Gründe ausgingen, hörte sie auf zu weinen.

Ihr Tränenreservoir blieb während ihrer ganzen Ehe mit Josef trocken. Erst bei der Geburt ihrer letzten Tochter, Maleach, hätten sich die ungenutzten Tränen wieder gesammelt und sie überflutet, erzählte man sich im Viertel.

Fünf Rabbiner setzten sich zusammen und erörterten, wie man die Heirat der Minderjährigen zulässig machen könnte. Am Ende entschieden sie: »Wenn sie zwei Haare vom Unterleib beibringt, von den Stellen, an denen bekanntlich Haare wachsen, dann ist sie ein junges Mädchen und fortan reif.« Danach berieten sie lange über die Stellung der verwitweten Mutter, über deren Bruder Josef, der schon in zartem Alter verwaist war, und über Rosas heikle Lage und gestatteten die Eheschließung.

Einen Monat später stand Rosa unter dem Traubaldachin, umgeben von ihren Freundinnen. Ihr kleiner Bauch ragte keck vor, Josefs steifes Glied drohte in Vorfreude auf die Nacht, die er mit seiner dann rechtmäßig angetrauten Frau verbringen würde, seine Hose zu sprengen, und Rabbiner Elbaz ließ – totenbleich – den Blick vom Ausschnitt der Braut zur Hosenausbuchtung des Bräutigams wandern.

Die Eheschließung machte Rosa berühmt. Eine Woche vor der Hochzeit kam unangemeldet eine Zeitungsreporterin ins Haus, die sich mit dem Namen Galia vorstellte, Rosas Schönheit pries, ihr sagte, sie wirke weit älter, als sie sei, und ihr viele Fragen stellte. Danach wollte sie die Fotoalben sehen. Froh über die unverhoffte Aufmerksamkeit, setzte Rosa sich neben sie, erzählte haargenau, wer jeweils abgebildet war, und überließ ihr gern auch ihre Aktaufnahme als Einjährige, die im Atelier Rachamim aufgenommen war. Sie zeigte ein großes, wohlgepolstertes Baby mit einer Windel um die Brust, drallem Po, goldenem Lockenkopf, offenen Augen und einem lächelnden Mund, aus dem zwei Zähnchen in die Linse blinkten. Später kam Galia in Begleitung eines Fotografen in die Schule, auf deren Hof sich alle Kinder, besonders aber die Mädchen, sofort um sie scharten.

Der ausführliche Bericht, der sich über zwei Innenseiten erstreckte, erschien genau am Tag der Hochzeit. An den festlich gedeckten Tischen gingen die Zeitungen von Hand zu Hand. Die Geschichte war mit Bildern versehen und schilderte die jüngste und hübscheste Braut von Jerusalem, die im vierten Schwangerschaftsmonat heiratete. Man hatte auch ihre Busenfreundinnen Ruthi und Rachel interviewt, die von dem Schmetterlingsspiel und ihren geheimsten Träumen erzählten und damit prahlten, dass Rosa ihre beste Freundin sei. Das Konkurrenzblatt brachte zu Rosas Hochzeit Interviews mit einem Psychologen, der vor den unheilvollen Auswirkungen einer Verheiratung in so jungem Alter warnte, und mit einem Arzt, der die Gefahren einer Verwandtenehe und die gesundheitlichen Folgen einer Entbindung in früher Jugend darlegte. Außerdem hatte man Rosas Klassenlehrerin befragt, die den Wunsch äußerte, die junge Braut – eine ausgezeichnete Schülerin – möge ihre Ausbildung fortsetzen, wenn auch natürlich nicht an ihrer alten Schule. Es empfehle sich ein Abendgymnasium. Abschließend gab sie ihrer Hoffnung Ausdruck, Rosa möge trotz ihrer Stellung als Königin der Klasse und soziale Leitfigur ihren Freundinnen kein schlechtes Vorbild sein.

Unter dem Traubaldachin konnte Rosa Ruchamas Gesicht nicht aus den Augen vertreiben. Obwohl nicht zur Hochzeit geladen, war sie in den Festsaal gekommen, hatte sich mit ihren spitzen Ellbogen bis nach vorn durchgeboxt und stand nun wie selbstverständlich zwischen Rachel und Ruth, einen Zeigefinger emporgereckt, als Zeichen für den ersten Ehemann.

Rosa blickte in Josefs angespannte Züge. In diesem Moment hatte sie das Gefühl, dass sie ihn liebte und niemals einen weiteren Mann haben würde. Doch als sie ihre Liebe zu ihm bedachte, wusste sie, dass sie nicht wie ihre Liebe zu Schraga war. Sie war anders. Wenn sie sich aber klar zu machen versuchte, worin sich ihre Liebe zu Josef von der zu Schraga unterschied, konnte sie ihr Hirn noch so anstrengen, sie verstand es nicht. Sehr viel später erst erfasste sie, dass sie Josef aus Gewohnheit liebte und dass Liebe aus Gewohnheit nicht so wie wahre Liebe ist.

Als sie zu Hause ankamen – Josef mit dem traditionellen Ehevertrag in der Hand voran, Rosa und Angela, mit Geschenken beladen, hinterher eilend –, rannte er als Erstes in das gemeinsame Schlafzimmer, schob mit großem Lärm die Eisenbetten zusammen und vertäute sie mittels eines dicken Drahtendes, das er mit seinen starken Händen mühelos bog. Danach bat er Angela um ihre dickste Nadel, mit der man sogar Leder nähen konnte. Mühsam fädelte er ein Ende Bindfaden durch das Öhr, und während Angela und Rosa die Geschenke auspackten, nähte er die halbe Nacht – unter beißendem Seegrasgeruch, der aus den Einstichlöchern drang – seine und ihre Matratze aneinander. »Damit keiner mitten in der Besucherritze landet«, erklärte er auf die Bitte seiner Frau, doch auch Geschenke mit auszupacken.

Als er fertig war, ging er ins Wohnzimmer, wünschte seiner Schwester gute Nacht, griff sich seine Nichte aus dem Wust von Kartons, Töpfen, Wasserkesseln, Tabletts, Schüsseln, Gläsern und Tellern, die Polstermöbel und Boden übersäten, trug die Braut mit großem Zeremoniell auf den Armen über die Schlafzimmerschwelle und legte sie behutsam auf die vereinten Matratzen, die das Paar mit Meeresdüften umwehten.

Von dieser Nacht an unterblieb das Sprungfederknacken und Betttrütteln an der Wand im Nebenzimmer, als hätte Angela ihr Privatleben zugunsten des frisch verheirateten Paars aufgegeben. Und wenn die Sehnsucht nach Amazja sie schier zerriss, vergrub sie den Kopf im Kissen und rief seinen Namen in einem Schmerzensschrei, der vage und gedämpft bis ins eheliche Schlafzimmer drang und die beiden Körper im nächtlichen Liebesakt sekundenlang innehalten ließ. Danach erzählte Angela ihm flüsternd die Ereignisse des Tages. Rosa und ihr Mann, mittlerweile aus ihrer Umschlingung gelöst, lagen ruhig und zufrieden da und horchten auf Angelas Gemurmel, bis der Schlaf sie überwältigte. Sie erwachten zu den Düften des starken Kaffees und des Mandelgebäcks, das Angela ihnen in aller Herrgottsfrühe gebacken hatte, als die beiden noch aneinander geschmiegt wie zwei verlassene Katzenjunge in tiefen Schlummer versunken lagen.

Am nächsten Morgen, zwei Stunden bevor der Schuldiener die große Messingglocke läutete, marschierte Angela resolut ins Eheschlafzimmer und weckte ihre Tochter wie gewohnt. Während Rosa im Sitzen weiterschlief, drehte die Mutter ihr die Flaschenlocken, brachte ihr den starken Frühstückskaffee und schickte sie, mit Pausenbrot versehen, zu einem weiteren Unterrichtstag, von dem Rosa nichts behielt, weil sie ihn damit verbrachte, schläfrig das Liebesspiel mit ihrem Ehemann zu rekapitulieren. Erst nach wochenlangem Ringen mit Rosa und der Schulleitung, die keine Schülerin bei sich dulden wollte, deren schwellender Bauch von unerhörtem Verhalten zeugte, gab Angela die Sache auf und schickte Rosa auf eine Abendschule. Dort war sie eine Exotin unter den abgeschlafften, bildungshungrigen Arbeitern in öl- oder kalkfleckigen Blaumännern. Der penetrante Schweißgeruch, den sie nach einem harten Arbeitstag verbreiteten, schlug ihr gleich beim Betreten der Klasse entgegen und drehte ihr die empfindlichen Eingeweide um.

Eine Hand stützend unter ihren Bauch geschoben, kehrte sie bei Nacht heim und verkündete, dies sei ihr letzter Unterrichtstag gewesen, mehr davon übersteige ihre Kräfte. Hätte Angela sie nicht stur weiter als Schulmädchen behandelt, hätte Rosa wohl kaum einen Abschluss erreicht, denn Ausreden, um sich vor dem Lernen zu drücken, fand sie genug: Mal musste sie sich als Ehefrau um ihren Mann kümmern, mal war sie schwanger, mal stillte sie, dann war sie erneut schwanger, und wer hatte jetzt überhaupt Muße zum Lernen. Aber Angela weckte sie tagtäglich zwei Stunden vor Schulbeginn, drehte ihr die Locken, als ginge sie in die Tagesschule, nötigte sie zum Hausaufgabenmachen an den Schreibtisch und schickte sie nachmittags fast mit Gewalt in den Unterricht. Klaglos kochte Angela für Rosa und Mann und wusch die Babywindeln. Bei der Schulabschlussfeier, vier Jahre nach der Hochzeit, bestieg Rosa hochschwanger, eine krummbeinige Dreijährige am Rockzipfel, die Bühne und nahm ein Zeugnis in Empfang, das ihr den Gymnasialabschluss mit Auszeichnung bestätigte.

Beim Anblick der schwangeren Tochter kamen Angela Erinnerungen an ihre eigene Schwangerschaft. Wenn sie nachts mit Amazja über die Geschehnisse des Tages redete, spürte sie ihren schweren Leib und Rosas Tritte darin. Je größer und dicker Rosas Bauch wurde, desto schwerer fühlte Angela ihren eigenen Schoß, und die Schmerzen von früher peinigten wieder ihren mageren Körper und die müde Seele. Fortan verfiel sie physisch langsam in jenem unabänderlichen Kreislauf des Lebens, der schließlich das vorbestimmte Ende bringt. Während Rosas Brüste sich füllten und aufrichteten, kapitulierte Angelas Busen schlaff und leer vor der Schwerkraft. Als Rosas Haar sich in immer dickeren Wellen über ihren Rücken ringelte, wurde Angelas weiß und schütter. Und je mehr die Augen der Tochter zu funkeln begannen, desto tiefer sanken die müden Augen der Mutter, von einem Faltennetz umgeben, in ihre Höhlen. Vor allem litt Angela unter ihren schlechten Zähnen, die ihr einer nach dem anderen ausfielen. Nichts half, weder die Eierschalen, die sie mit ihren paar verbliebenen Stummeln zerkaute, noch die Sardinen, die sie samt Gräten aß, nicht die Hühnerknochen, die sie knabberte, und auch nicht das glibberige Mark, das sie aus den Rinderknochen saugte, die in der selbst gekochten Suppe schwammen. Die Ärzte sagten, ihr fehle Kalzium in den Knochen, und hätte sie sich früher darum gekümmert, wäre alles vielleicht nicht passiert. An dem Tag, an dem ihr der letzte Zahn ausfiel und ihr nun zahnloser Gaumen nur noch leere Mulden als Andenken aufwies, schritt sie zur Tat und ließ sich ein prächtiges, strahlend weißes Porzellangebiss anfertigen. Mit majestätischem, wenn auch künstlichem Lächeln blendete sie nunmehr ihre Kundinnen, die Auskunft über ihr Schicksal einholten.

Morgens, wenn Rosa in ihrem Zimmer Hausaufgaben machte und Josef aus dem Haus ging, um Lexika zu verkaufen, trank Angela ihren Kaffee, stülpte, wie alle Tage, die leere Tasse auf den Unterteller und vertiefte sich lange in die Figuren, die das Los ihr für den betreffenden Tag vorgezeichnet hatte. Danach nahm sie Rosas und Josefs Tasse und konzentrierte sich ausgiebig auf beider Schicksal, bis ein leises Klopfen an der Tür ihr die erste Kundin des Morgens ankündigte. Dann schüttelte Angela ihre Gedanken ab, öffnete die Tür und begrüßte die Eintreffende freundlich. Als handele es sich um einen Höflichkeitsbesuch, bat sie die Besucherin, an dem zerschrammten Holztisch in der Küche Platz zu nehmen, eilte zur Kochplatte, setzte den Kessel auf und roch an der neu aufgemachten Kaffeepackung. Wenn die beiden Eheleute von ihren Besorgungen heimkehrten, stand Angelas Spüle schon voll mit dutzenden Gläsern und Tassen, deren schlammig trüber, körniger Bodensatz eines schwarzen Schicksals bis zum Rand geflossen war. Spätabends setzten sie sich zu dritt in die von Essens- und frischen Kaffeedüften erfüllte Küche, und während die jungen Leute noch emsig kauten, erzählte Angela ihnen ihre Tageserlebnisse.

Die Nöte der Ärmsten, deren Mann sie ohne ihr Wissen betrog, derjenigen, die ein totes Baby im Schoß trug, und der, die nie ein Kind bekommen würde, wandelten nebst den Sorgen vieler anderer wie eigenständige Wesen durch die stickige Küche, vertrieben mit saurem Atem und Angstschweißgeruch Angelas liebliche Essensdüfte und flößten Rosa Grauen ein. Doch wenn sie mit ihrer Mutter darüber redete und die Befürchtung äußerte, anderer Leute Sorgen könnten an ihnen haften bleiben, winkte Angela mit verächtlicher Geste ab und erklärte, was im Himmel verzeichnet stehe, sei unterschrieben und besiegelt, keine Macht der Welt vermöge das vorbestimmte Los zu ändern. Man könne es nur voraussehen und dann wohlvorbereitet erwarten, um den Schlag zu mildern. Und auf Rosas ungläubige Miene hin sagte sie erneut, dass sie keine andere Wahl habe. Das Los, einmal Wahrsagerin aus dem Kaffeesatz zu werden, sei ihr von Geburt an oder noch früher vorbestimmt, denn ihr Onkel habe ja ein Café in der Stadt gehabt, in dem sie und ihre Tante Liz Unmengen an Kaffeetassen hatten spülen müssen, die die Männer zurückließen. Da habe sie gemeinsam mit Liz den Kaffeesatz betrachtet, die Anordnung der Körnchen an den Seiten und ihre Laufrichtung untersucht und mit Gewissheit die Musterung erkannt, die auf dem Porzellan erstarrt war. Immer habe sie unerklärliche, sonderbare Gefühle verspürt und künftige Geschehnisse – Unglücke oder Freuden, die denjenigen bevorstanden, die ihr den trüben Kaffeesatz als Andenken hinterließen – vorausgeahnt. »Als sprächen die Geister aus den Tassen und erzählten mir Geschichten über die Menschen vor mir. Und immer hatte ich Recht«, erzählte sie Rosa zum wer weiß wie vielten

Mal. »Der, bei dem ich einen Unfall voraussah, ist prompt im türkischen Bad ausgerutscht und hat sich beide Beine gebrochen, der, dem ich viel Geld voraussagte, hat tatsächlich großen Gewinn gemacht, und bei einer anderen habe ich gesehen, dass ihr Mann sie betrügt.« Danach erklärte sie Rosa erneut, dass der Blick in den düsteren Kaffeesatz ihr wie ein zu Tränen rührender Kinofilm vorkomme, als der das Leben ihres Gegenübers vor ihr ablaufe. Doch als Rosa einmal zu sehen versuchte, was ihre Mutter sah, und den Blick in den schwarzen Satz versenkte, sah sie nichts als feuchte Körnchen, in beliebiger Form erstarrt.

Häufig zankte sie mit ihrer Mutter und predigte, sie solle aufhören, in den Nöten anderer Leute zu stochern. Sie habe es nicht nötig, aus Unglücksfällen Geld zu schlagen, sollte sich jetzt lieber pflegen und ausruhen, statt das Innenleben von armen Tröpfen durchzuwühlen. Angela, deren Bankkonto wie ein Hefeteig aufging, sodass sie eine geräumigere Wohnung, die genau gegenüber frei geworden war, auf Abzahlung kaufen konnte, schimpfte, sie solle sich um ihre eigenen Angelegenheiten kümmern, statt sich in ihr, Angelas, Leben einzumischen. Darauf zuckte Rosa die Achseln und musste sich beim Abendessen zum x-ten Mal die Schauergeschichten über all die Ärmsten anhören, die ihre Mutter tagsüber aufgesucht hatten.

Ein halbes Jahr nach der Hochzeit – Rosas Bauch war schon sehr schwer, und alle sagten, es müsse jeden Tag so weit sein – erzählte Rachel ihr weinend, alle Schüler der Klasse seien plötzlich in die Aula gerufen worden, und dort habe der Direktor ihnen traurig mitgeteilt, die liebe Ruth sei in der Nacht gestorben, ohne dass man wisse, wieso. Sie sei doch immer ein gesundes Mädchen gewesen, das nie beim Arzt war. Und als die Klassenkameradinnen sich dann angstwimmernd in die Arme fielen, habe sie von hinten Ruchama laut etwas flüstern hören, das alle mit einer schwarzen Wolke düsterer

Prophezeiung überschattete: »Ich wusste ja, dass es so kommen würde. Auf Ruthi ist kein einziger Schmetterling gelandet.«

Wegen ihrer Schwangerschaft wollten ihre Mutter und Josef sie nicht zur Beerdigung gehen lassen, aber Rosa stahl sich aus dem Haus und folgte der Bahre mit dem kleinen Leichnam. Als sie durch ihren Tränenschleier Ruthis funkelnde Smaragdaugen vor sich sah und ihr Ruchamas boshaftes Spottlied »Einmal war ich, einmal war ich im Jemenland« in den Ohren dröhnte, stützte sie sich schwer auf Rachel und spürte, dass ihr Bauch sie erdwärts zog. Schmerzlich schrie sie Ruthis Namen und drängte sich bis an den Rand des Grabes vor. Just als der kleine Körper, der noch keine weiblichen Merkmale entwickelt hatte, in die dunkle Grube gesenkt wurde, spürte sie das Treten des Kindes, das ans Licht der Welt drängte. Nach Hause wankend beschloss sie, das Kind, falls es ein Mädchen würde, Ruthi zu nennen, auch wenn ihre Mutter immer sagte, es sei ein schlechtes Omen, Lebende nach den Toten zu benennen.

6

Kino Rosa

Ein paar Wochen nachdem Ruthi, ein hübsches, ruhiges Baby, geboren war, wurde Josefs großer Traum Wirklichkeit: Er eröffnete sein eigenes Lichtspielhaus, das Kino Rosa, in dem er seine Lieblingsgattung vorführen konnte – traurige Filme über verlorene Menschen. Obwohl er eine glückliche Ehe führte und sein neugeborenes Kind liebte, hatte er Rosa immer gesagt, es fehle ihm etwas in seinem Leben. Doch wenn sie dann genau wissen wollte, was, vermochte er es ihr nicht zu erklären und fürchtete, sie könnte gekränkt sein. Er empfand einfach das Bedürfnis, zu weinen und zu weinen, bis ihm die Augen wehtaten und die Luft wegblieb.

Diesen ebenso starken wie unverständlichen Drang, sich richtig auszuweinen, konnte seine neu gegründete Familie, die ihm viele prickelnde, honigsüße Glücksmomente bereitete, nicht befriedigen. Daher ließ er, als er die Annonce fand, die sein Leben verändern sollte, all seine Enzyklopädien, mit denen er von Haus zu Haus gezogen war, und die Frauen, die ihm Tür und Geldbeutel geöffnet hatten, sein und bekniete Angela abendelang, bis sie ihm schließlich den gewünschten Betrag lieh. Der Traum erfüllte sich durch einen Gelegenheitskauf von Alfredo, einem Neueinwanderer aus Italien. Dieser hatte eine überdimensionale Holzkiste mitgebracht, in der – rundum in Stroh verpackt wie ein rohes Ei – ein schwarz glänzender Filmprojektor stand. Über der Nummer 6325 war der ehrwürdige Name Prevost Milano eingraviert. Wenn Josef diesen Namen immer wieder langsam mit süßer Stimme vor sich hersagte – »Prevost Milano, Prevost Milano« –, als wolle er sich ihn unverrückbar einprägen, dann spürte er einen anderen Geschmack auf der Zunge, das Flair elegant gekleideter Herren und Damen, die in einer lieblich melodischen, vertrauten Sprache parlierten.

Fünf kurdische Lastträger transportierten die Kiste vorsichtig vom Lastwagen ins zweite Stockwerk eines Gebäudes in Katamon VII, das zuvor einen Jugendklub beherbergt hatte und nun von Josef angemietet war. Nach kurzer Verschnaufpause zogen sie mit rostigen Zangen die vorstehenden Nägel heraus und nahmen die Kiste Latte für Latte auseinander. Auf Josefs Wunsch zimmerten sie aus den flachen Brettern lange, schmale Bänke, die alsbald das Sitzfleisch derer, die in kurzen Hosen oder dünnen Kattunkleidern darauf Platz nahmen, gefährdeten, denn ihre gemein spitzen Splitter bohrten sich ins zarte Fleisch, blieben hartnäckig darin stecken und wollten partout nicht wieder heraus.

Nachdem das Gerät endlich im zweiten Stock am Boden befestigt war, saß es wie ein Ungeheuer mit zwei runden Köpfen da und füllte den ganzen Raum mit seiner beklemmend stummen, schwarzen Präsenz, bis Josef ihm Leben einzuhauchen lernte. Er erleuchtete den darunter liegenden Saal mit einem Bilder werfenden Lichtstrahl und ließ den Zelluloidfilm über zahllose Rädchen surren, die ihn wie funkelnde Zähne in ewigem Lächeln anblitzten. Lange Tage saß er mit Alfredo zusammen, der ihm geduldig erklärte, wie man den Film über die vielen Räder spannte, die scheinbar ohne Sinn und Verstand angeordnet waren. Liebevoll zeigte er ihm, welches das erste und welches das letzte Rädchen war, wie man die schwere Filmdose stemmte, ohne das Gleichgewicht zu verlieren oder sich, Gott behüte, das Rückgrat zu brechen, wie der Film durch Wasserzirkulation in der bauchigen Trommel des Apparats gekühlt wurde, wie man mit der Kohle umging, die die Scharfeinstellung regulierte, was geschah, wenn der Film,

Gott bewahre, mittendrin versengte, und wie man ihn mit acetonhaltigem Nagellackentferner und durchsichtigem Lack wieder flicken konnte. Josef bat ihn außerdem darum, ihm Italienisch beizubringen, damit er die Bedienungsanleitung lesen, die Funktionsweise des Projektors besser verstehen und künftig auftretende Störungen beheben könnte. Rasch eignete sich Josef diese Sprache seiner frühesten Kindheit wieder an, die er im Laufe der Jahre verlernt und vergessen hatte. Wie eine verlassene Geliebte kehrte die italienische Sprache zu ihm zurück, belebte die Erinnerung mit melodischen Sätzen, die ihm wie Musik in den Ohren klangen, und mit Worten, die wie süße Trüffeln auf der Zunge zergingen.

Als er die Sprache zurückgewonnen hatte, wusste er, dass er bereit war, und lieh den ersten Film. Im ganzen Viertel wurden Plakate geklebt, die die Einwohner Katamons zu einer Gratisvorführung des bekannten italienischen Films »Die Fahrraddiebe« einlud. Bei der ersten Vorführung gab Josef die Eintrittskarten aus, verkaufte Erfrischungen und bediente den Projektor. Mit vor Aufregung zitternden Knien gelang es ihm, einen flimmernden Lichtstrahl auf die Leinwand zu richten und die Bilder laufen zu lassen, die die Zuschauer prompt zu den ersten Tränenausbrüchen rührten. Und als die Leute zum Schluss feuchten Auges den Saal verließen, wusste er, dass er es geschafft hatte.

Damals sagte Josef, in sein Kino Rosa käme man, um zu weinen, und fügte hinzu, viele Menschen in der Stadt Jerusalem wollten gern weinen, seien aber unfähig, den Tränen freien Lauf zu lassen. Einige wollten nicht einsam im stillen Kämmerlein heulen, andere schämten sich ihrer Schwäche und schluckten die Tränen lieber hinunter, als sie in aller Öffentlichkeit vor den Augen des ganzen Viertels über die Wangen rollen zu lassen. Wenn jedoch nichts mehr helfe, die Tränen schon in der Kehle würgten, das Herz beschwerten und auf die Seele drückten, dann eile man als letzte Rettung ins Kino Rosa. Die Kunde von dem Lichtspieltheater und den

Wundern, die es wirkte, um den Menschen das Leben zu erleichtern, verbreitete sich im ganzen Viertel. Zufriedene Besucher erzählten ihren Freunden freitagabends bei Schüsselchen mit gesalzenen, gerösteten Wassermelonenkernen von dem Kino, worauf diese nun ihrerseits hingingen, sich die Augen mit dem Hemdsärmel abwischten und wiederum ihre Freunde schickten, mit dem Erfolg, dass alsbald tränenselige Leute vor der Kinokasse Schlange standen. Der Ort erlangte derartige Berühmtheit, dass »Kino Rosa« gleich bedeutend mit »Weinen« wurde. Noch heute, viele Jahre nach seiner Schließung, brummeln alte Katamoner, denen das Leben übel mitgespielt hat, zuweilen mit viel sagender Gestik »Kino Rosa«, und alle wissen, dass ihnen zum Heulen ist.

Im Kino Rosa sah man niemals junge Paare, die Händchen halten oder einander im Schutz der Dunkelheit begrapschen wollten. Fanden sich Paare ein, war es sonnenklar, dass sie vor der Trennung standen und gemeinsam gekommen waren, um über zerschlagene Hoffnungen, unerfüllte Träume und Kinder, die sie nie haben würden, zu weinen. Im Kino Rosa suchte man keine Komödien, Musicals oder Wildwestfilme. Gangsterfilme interessierten das Rosa-Publikum nicht, und Kriegsfilme, Krimis und Actionfilme fanden nur dann Anklang, wenn die Helden die Besucher mitweinen ließen.

Manche suchten nach dem Grund für Josefs besondere Gabe, stets Filme zu finden, die alle Zuschauer wie aus einem Mund im Chor schluchzen ließen. Wer Angelas Erzählung ihrer Familiengeschichte kannte, fand das Phänomen nicht verwunderlich, denn die Milch, die Josef als Säugling getrunken hatte, war ja mit den Tränen der Amme gesättigt gewesen, die ihr totes Söhnchen beweinte. Diese Tatsache vermochte auch das trübselige Gesicht des Kinobesitzers zu erklären, den man niemals lachen oder lächeln sah. Andere meinten, auch diese trübe Miene nähme nicht wunder, denn seine Eltern seien ja an ein und demselben Tag bei dem Schiffsuntergang umgekommen, während er bis zu seiner Rettung ganz allein mitten im gelb gefärbten Meer schwamm, und seitdem habe er eben diesen ewig traurigen und ernsten Gesichtsausdruck.

Wie dem auch sei, die Filme sprengten die Tränenschleusen sämtlicher Zuschauer. Wer sich schämte, neben seinen Banknachbarn zu weinen, bekam Schützenhilfe und Ermutigung von den Schauspielern, die in Griechisch, Indisch, Arabisch, Italienisch, Französisch oder Englisch auf der Leinwand hemmungslos jammerten und schluchzten. Und das Publikum im Saal tat es ihnen lauthals auf Hebräisch nach. Am meisten weinten Schauspieler wie Zuschauer bei türkischen Filmen. Dann reichte die Schlange vor der Kasse bis zu Zadoks Lebensmittelladen. Bald hörten die Spekulanten, dass im Kino Rosa gute Filme liefen, die Leute vor der Kasse Schlange standen und es schwierig war, Karten zu ergattern. Deshalb kamen sie lange vor den anderen, kauften eine Menge Karten auf, und wenn das Kassenfenster dann herunterdonnerte und den Enttäuschten ein Schild mit der Aufschrift *Ausverkauft* vor der Nase baumelte, winkten die Schieber die Ärmsten, die leer ausgegangen waren, in eine dunkle Ecke und verkauften ihnen die Sitzplätze auf den splitterigen Holzbänken für den drei- oder vierfachen Preis.

Nicht nur aus Katamon kamen die Besucher. Kaum hatte sich herumgesprochen, dass man im Kino Rosa weinen könne, strömten die Leute aus allen Enden der Stadt herbei: Flüchtlinge mit eintätowierten blauen Nummern, die dem Inferno entkommen waren, misshandelte Frauen, verlassene Männer, unheilbar gebrochene Herzen, erwerbslos gewordene Ernährer, Menschen, die erfahren hatten, dass sie an einer schweren Krankheit litten, nervöse Frauen vor der Monatsregel und einsam umherirrende Seelen, die alle Gründe zum Weinen bereits ausgeschöpft hatten und neue Vorwände suchten. Sie alle kamen in Josefs Kino, setzten sich auf die harten Holzbänke, zogen sich Splitter ein und begannen den Tränenkult. Ganz Eifrige weinten schon, ehe die Lichter erloschen und der Vorhang aufging. Andere fingen an zu schniefen, wenn es im Saal dunkel wurde. Die Zurückhaltenden ließen die Tränen rollen, sobald die Reklamedias für Bavlis Kiosk und Frumas Büstenhalter- und Korsettsalon aufleuchteten. Wenn Josef den Mickeymausstreifen vor dem Hauptfilm vorführte, zückten alle Zuschauer im Saal wie auf Kommando die Taschentücher. Bei der Karmel-Wochenschau hörte man die ersten Schluchzer, und wenn die hebräischen Untertitel mit der Ankündigung *Jeruschalajim Segal, Tel Aviv* anliefen, brandete im Saal ein bitterliches Heulen und Wehklagen auf, begleitet vom trompetenden Schnäuzen der Nasen, die vor Schleimüberschuss kaum noch Luft bekamen. Begann schließlich der Hauptfilm, waren die Augen verquollen und tränenblind, sodass viele Zuschauer nur den Ton hörten, ohne die Bilder zu sehen. Und wenn die Lichter im Saal angingen und die Vorführung zu Ende war, schlichen die rotäugigen Zuschauer mit gesenkten Köpfen, tropfenden Nasen und leichteren Herzen ins Freie.

Josef blickte durch die Sichtluke den letzten Besuchern nach, trocknete sich die tränennassen Augen mit einem weißen Taschentuch von Kopfkissengröße, putzte sich geräuschvoll die Nase, stopfte das herausgerutschte Hemd wieder in die Hose und ging hinunter zur Kasse, um den Tageserlös zu zählen. Dort sortierte er die zerschlissenen Scheine und abgegriffenen Münzen zu säuberlichen Stapeln, stellte komplizierte Berechnungen auf der Rückseite eines alten Plakats an, und sobald das Ergebnis feststand, zweigte er mit trübseliger Miene ein paar Banknoten für Vergnügungssteuer, Lustbarkeitsabgabe, Sicherheitsmarke, Einwandererintegrationsanleihe und Kaufsteuer ab.

Die rechte Hosentasche voll Geld für Rosa und in der linken den Betrag für die Steuern, ging er wieder in die Vorführkabine hinauf, flickte mit Aceton und farblosem Lack den Film, der an mehreren Stellen gerissen war, was prompt empörte Pfiffe aus dem Publikum ausgelöst hatte, und machte ihn so für die Vorführung am nächsten Tag bereit. Dann legte er den neuen Film ein, der in der nächsten Woche vorgeführt werden sollte, sah ihn sich weinend an, spulte ihn zurück, kühlte zum Abschluss den Projektor und sperrte die Tür hinter sich zu.

In die Wohnung, die Angela ihnen gekauft hatte, gelangte er erst, wenn der Himmel schon hellrosa wurde. Bevor er sich zu Rosa legte, betrat er das Zimmer der kleinen Ruthi, blickte sie bewundernd an und benahm sich wie der liebende Vater in einem seiner Filme. Behutsam, um sie nicht aufzuwecken, küsste er sie auf die Stirn, hob ein herabgerutschtes Kissen auf oder stopfte die Decke wieder rundum fest, auch wenn Ruthi noch gut zugedeckt war. Als über die Jahre weitere Kinder zur Welt kamen, behielt er diese allnächtliche Gewohnheit bei. Reinen Gewissens tappte er dann auf Zehenspitzen in das gemeinsame Schlafzimmer, sog die von Rosas Atem parfümierte Luft ein, schaltete die Nachttischlampe an, die weiches Licht verbreitete, und betrachtete lange seine Frau. Rosa lag entspannt auf dem Rücken, die Beine gespreizt, die Arme seitlich ausgestreckt, die Brust hob und senkte sich unter ihren schweren Atemzügen, und ihr Bauch, der manchmal ein neues Baby reifen ließ, wölbte sich vor seinen Augen.

Dann fühlte er sein Glied steif werden, zog sich schnell aus, um keine Zeit zu vergeuden, hängte die geldschwere Hose über die Stuhllehne und verstreute den Rest – Hemd, Unterhose, Unterhemd, Schuhe und Socken – in alle Richtungen. Behutsam legte er sich neben sie auf den schmalen Streifen, der ihm übrig blieb, umfing sie mit den Armen und flüsterte ihr in hebräischer Übersetzung die Liebesworte ins Ohr, die die Helden des gerade vorgeführten Films ihren Geliebten zugeflüstert hatten. Wenn die Liebeserklärungen zu Ende waren, befummelte er ihre Brustknospen und führte einen Finger tief in ihre Scham, worauf Rosa im Schlaf stöhnte. Sobald er die Feuchtigkeit an seinen Fingerspitzen fühlte, drang er von hinten in sie ein, schaukelte in dem ihnen so wohl bekannten Takt mit dem Hintern auf und ab, und sie nahm ihn tief in ihren Leib auf und spann die gestörten nächtlichen Träume weiter.

Am Morgen wachte sie vor ihm auf, stöberte in seiner rechten Hosentasche und fischte die Scheine und Münzen für den Tagesbedarf heraus. Nachdem sie Ruthi in den Hort gebracht hatte, gesellte sie sich wieder zu dem schlummernden Josef und holte nach, was sie in den späten Nachtstunden versäumt hatte. Josef flüsterte ihr im Schlaf die neuesten Liebeswendungen ins Ohr und ließ sich von ihr in ihren Körper einführen.

Wenn Leute ihm sagten, er werde letzten Endes seine Ehe zerrütten, da er ja Tag und Nacht arbeite und seine arme Frau Nacht für Nacht allein ins Bett gehe, verzog er das Gesicht zu seinem krampfhaften Lächeln und schwieg. All die Jahre, in denen im Kino Rosa insgesamt über tausend Filme liefen, hielt Josef treu an seinem nächtlichen Ritual mit Rosa und den Kindern fest, bis das Lichtspieltheater eines Tages schließen musste, die gewohnte Routine über den Haufen geworfen wurde und ein neues Leben begann.

Angela ging als Einzige der Familie gern ins Kino Rosa und kehrte jedes Mal mit leuchtendem Gesicht, weichen Augen und leichtem Herzen zurück. Dort im Saal könne sie im Schutz der Dunkelheit in höchsten Tönen Amazjas Tod beweinen, erklärte sie Rosa. Einmal blieb Rosa Josef zuliebe mit ihm im Saal, um den neuen türkischen Film »Die Jungfrau aus Istanbul« anzuschauen, der gute Kritiken bekommen hatte. Sichtlich gelangweilt verfolgte sie die Geschichte der jungen Braut, deren Bräutigam sie in der Brautnacht, unter der Behauptung, er sei nicht der erste Mann bei ihr gewesen, verstieß, worauf sie erst wieder zusammenkamen, nachdem sie ihm jahrelang die Treue gehalten hatte. Als Rosa am Ende trockenen Auges herauskam und die bohrenden Blicke der Tränenseligen auf sich gerichtet sah, erklärte sie, dieses überflüssige erste Mal reiche ihr fürs ganze Leben, und da sie keinen Grund zum Weinen habe, würde sie solche Filme künftig meiden.

Viele Jahre später, als das Kino längst geschlossen war, Josef das Zeitliche gesegnet hatte und die Sorgen über sie hereinzubrechen begannen, fahndete sie in der ganzen Stadt nach einem ähnlichen Kino, in dem sie ihre Tränendrüsen erleichtern könnte. Doch ihre Suche blieb vergeblich.

7

Ein geregeltes Leben

In den Jahren, in denen Josef mit seinem Kino beschäftigt war, Filme in den Projektor einspannte und mit den Zuschauern weinte, führte Rosa »ein geregeltes Leben«, wie sie es Rachel gegenüber nannte. Eine nach der anderen kamen die Schwangerschaften, die allesamt auf ihre Initiative zurückgingen, und die Geburten, die alle sehr leicht verliefen. Wenn sie mit einem neuen Baby im Arm aus dem Krankenhaus kam, standen die Geschwister nebeneinander, spähten neugierig auf das neue Familienmitglied, küssten es in festem Ritual der Reihe nach auf die Wangen und übten den neuen Namen, den Josef ihm gegeben hatte. Das Haus füllte sich mit Kindern, Säuglingen und Babygerüchen.

Seinerzeit war Rosa damit beschäftigt, dralle Bäuchlein zu küssen, stramme Popos anzuknabbern und nach winzigen Händen zu schnappen. Glücklich sah sie das rührende erste Lächeln, hörte das feine, gurgelnde Lachen und beschnupperte den kleinen Körper, der diesen unverwechselbaren Duft nach Milch, guter Seife und Waschpulver verströmte. War das Kind entwöhnt, beeilte sie sich, wieder schwanger zu werden und ein neues in die Welt zu setzen, bis sie in fünfzehn Jahren ihre sieben geboren hatte, die ihr nach und nach mit vereinten Kräften ein Doppelkinn, Fett auf den Hüften und einen üppig gerundeten, äußerst reizvollen Busen bescherten. Als das Haus sich mit sieben Kindern gefüllt hatte, wusste Rosa, dass der Wunsch, den sie einst bei dem Mädchenspiel mit Rachel, Ruthi und Ruchama ausgesprochen hatte, in Erfüllung gegangen war.

Gut, ruhig und vorhersehbar verlief Rosas Leben in diesen Zeiten. Wann sie nur wollte, waren Angela oder ihre Freundin Rachel zur Hilfe bereit. Als Ruthi, die Älteste, herangewachsen war, sprang sie ebenfalls gern mit ein und passte rührend auf die kleinen Geschwister auf, als sei sie die Mutter und nicht die große Schwester. Hörte Rosa die Frauen im Viertel über die harte Arbeit klagen, die mit Kindern verbunden sei, wusste sie gar nicht, was sie meinten, denn zu Hause mit ihren sieben verlief das Leben doch ruhig und gemütlich, und jedes neue Baby fügte neues Glück hinzu. Die anderen Frauen hielten ihr damals entgegen, sie hätte leicht reden, denn »bei dir daheim zieht eins das nächste groß, deine Mutter und Rachel helfen, und du dirigierst nur das ganze Orchester und teilst Anweisungen aus«.

Die Schwangerschaften und Geburten wären restlos angenehm für sie verlaufen, hätte Josef sich nicht darauf versteift, seine Kinder nach Filmhelden und Filmstars zu benennen, und zwar am liebsten nach den bedauernswertesten unter ihnen. Dachte sie in den ersten Tagen nach der Niederkunft an den Namen, den Josef dem neuen Baby verpasst hatte, wurde sie richtig wütend und sann über ihr Leben nach, das anders hätte aussehen können, wenn sie Josef nicht immer blind gehorcht und jeden Wunsch erfüllt hätte. Während sie den Kindern schöne neue hebräische Namen geben wollte, etwa die ihrer Lieblingsblumen und -bäume, nötigte er ihr seinen Willen auf.

In festem Zeremoniell erschien Josef nach jeder Entbindung im Krankenhaus, das Gesicht hinter einem Riesenstrauß von Blumen der Jahreszeit verborgen, setzte sich mit trübseliger Miene, als freue ihn das neue Baby gar nicht, zu ihr ans Bett, streichelte ihre Hände, blickte ihr tief in die Augen und wollte das Neugeborene sehen, »um ihm genau den passenden Namen zu geben«. Nachdem er sich für einen Namen entschieden hatte, blieb er stundenlang bei ihr sitzen und besänftigte und versöhnte sie, bis sie seinen flehenden Bitten nicht mehr widerstehen konnte und seine seltsam geartete Namenswahl akzeptierte.

Jahre später, als ihr die Namen geläufig geworden waren und untrennbar mit ihren Kindern verbunden schienen, gab sie im Stillen zu, dass er vielleicht Recht gehabt hatte und ihre Kinder mit den ungewöhnlichen, eigenartigen Namen tatsächlich etwas Besonderes waren und sich von den anderen Kindern des Viertels abhoben.

Ruthi, die Älteste, die ihrer Großmutter Angela ähnlich sah, hatte als Einzige einen normalen Namen bekommen, weil sie kurz nach Ruthi Scharabis Tod geboren wurde. Ruthi war ernsthaft und fleißig und bekam als Älteste viele der im Haushalt anfallenden Arbeiten aufgetragen. Es hieß immer, sie sei ihren Geschwistern eine zweite Mutter.

An dem Tag, an dem der Massenmörder Adolf Eichmann zum Tode verurteilt wurde, kam ein großer Junge zur Welt, der die schwarzen Haare und den trübseligen Gesichtsausdruck seines Vaters geerbt hatte. Josef beschloss, ihn Leslie zu nennen – nach Leslie Howard aus »Vom Winde verweht«, seinem Lieblingsfilm, der in seinem Kino viele Male gelaufen war. »Das ist ein völlig koscherer Name«, sagte er zu Rosa, als er ihre Miene sah. »Leslie war nämlich ein geborener Jude, Sohn einer jüdischen Mutter.« Und da sie es mit einem fremden Namen allein schwerlich bewenden lassen konnten, ließ er zusätzlich den hebräischen Namen Schimon eintragen. Leslie-Schimon war ein ernster, in sich gekehrter Junge, der gern mit Autos spielte und davon träumte, Kraftfahrer zu werden.

In dem Jahr, in dem alle Welt nach dem von ultraorthodoxen Juden entführten kleinen Jossele Schuhmacher fahndete, wurde Jackie geboren, benannt nach Jackie Coogan, dem Jungen, der mit Charlie Chaplin in »The Kid« gespielt hatte. Und als hebräische Entsprechung erhielt er, gegen Angelas Widerstand, auch den Namen Jakob, nach dem Vater und Großvater, der im Meer ertrunken war. Jackie wuchs zu einem hoch aufgeschossenen Lausebengel mit goldenen Händen heran.

Während des Spionageprozesses gegen Eli Cohen in Syrien kam Scarlett zur Welt, benannt nach der Heldin von »Vom Winde verweht«. Da dieser Name Rosa jedoch schier die Zunge brach, rief sie sie auch Masal – Glück, nach Großmutter Fortuna. Scarlett-Masal war ein hübsches, stilles und schüchternes blondes Mädchen, das viel Zeit allein vor dem Spiegel verbrachte und dauernd damit beschäftigt war, Hüte, Schals, alte Kleider, Perücken und übergroße Stöckelschuhe von Rosa anzuprobieren, denn sie wollte liebend gern Schauspielerin werden.

Im Jahr des Sechstagekriegs wurde Lana Turner geboren, die den hebräischen Namen Ilana erhielt. Lana-Ilana wuchs zu einem nervösen, empfindlichen jungen Mädchen heran, das schnell in Tränen ausbrach, was Rosa ihren ersten Lebenstagen zuschrieb. Sie war gerade ein paar Wochen alt, als der Krieg ausbrach und Rosa sich mit ihr in den dunklen Luftschutzkeller des Hauses drängte, der den Lärm der ringsum explodierenden Granaten nicht fern zu halten vermochte. Fortan war Lana-Ilana ein ängstliches Kind, das sich vor geschlossenen Räumen, lauten Stimmen und groben Menschen fürchtete.

Während des Zermürbungskrieges erblickte James Dean, hebräisch Gad, das Licht der Welt, ein ruhiges, freundliches Riesenbaby, das zu einem klugen Jüngling heranwuchs, der sich besonders im Mathematikunterricht auszeichnete und zum Schwarm der Mädchen des Viertels avancierte.

In einem historisch unbedeutenden Jahr wurde die letzte Tochter, Laura, geboren. Sie verdankte ihren Namen einem gleichnamigen tragischen Film, der im Kino Rosa lief, und hieß auf Hebräisch Liora. Laura-Liora, das verwöhnte Nesthäkchen, versuchte Rosas Wunsch zu erfüllen und klein zu bleiben. Als sie größer wurde, plapperte sie weiter wie ein

Kindergartenkind, lispelte und trug gern niedliche Kleinmädchenkleider. Selbst nach ihrer Hochzeit weigerte sie sich, die Kindheit endgültig hinter sich zu lassen, und flocht ihr Haar zu neckischen Zöpfen.

Obwohl Rosa den Duft der Haut eines neuen Babys über alles liebte und daher bekümmert das rasche Heranwachsen ihrer Kinder verfolgte, beschloss sie, nach der siebten Niederkunft aufzuhören. Fragte man sie, warum sie trotz ihrer Liebe zu Babys nicht mehr schwanger werden wolle, redete sie sich mit dem Personalausweis heraus, »denn der hat doch nur sieben Rubriken für die Eintragung von sieben Kindern, für ein achtes ist da kein Platz mehr«. Sagte man ihr darauf, dass sich immer noch ein weiteres Blatt einlegen ließe, erklärte sie, dann wäre sie ja verpflichtet, das neue Blatt auch gänzlich zu füllen, müsste also noch weitere sieben Kinder gebären, und wer hätte wohl je von einer Frau mit vierzehn Kindern gehört? Dem fügte sie noch die dürftige Ausrede hinzu, sieben sei eine Glückszahl, die man lieber nicht überschreiten sollte.

Gut und ruhig verlief ihr Leben mit Josef. Während bei ihr daheim alles seinen gewohnten Gang ging, Tag auf Tag, Woche auf Woche, Schwangerschaft auf Schwangerschaft folgte, fanden fern draußen Ereignisse statt, die die Welt veränderten: Der Sechstagekrieg erweiterte die Staatsgrenzen, die Friedensverträge verengten sie, Hunger und Seuchen rafften ganze Bevölkerungsgruppen auf der Welt hinweg und veränderten die Farben auf den demographischen Landkarten. Revolutionen brachen aus, Regierungen bildeten sich und stürzten, Regierungschefs wurden ermordet, was neue Geschichtsbücher erforderte. Erdbeben und andere Naturkatastrophen löschten Städte aus, flachten Berge ab, lenkten Wasserläufe um und brachten entfernte Kontinente einander um Millimeter näher. Doch all dies verharrte an Rosas Türschwelle, drang nicht in ihren Lebensbereich ein. Bei ihr änderte sich nichts, denn sie hatte Ordnung und System in ihr

Leben gebracht, das folgerichtig in gesegneter, vorbestimmter Regelmäßigkeit dahinplätscherte.

Nur die sieben Geburten, die Feiertage und Jahreszeitenwechsel und vor allem der Speisezettel, den Rosa für jeden Wochentag festlegte, unterschieden einen Tag vom nächsten und fanden Eingang in ihre Gedächtniszellen, bildeten die Schichten in ihrer grauen Gehirnmasse. Neue Erinnerungen bahnten sich mit Gewalt ihren Weg hinein, lagerten sich über den alten ab, verdrängten sie und formten eine neue Schicht, die die vorige zusammendrückte. Eine Erinnerung jagte die andere, bis Rosas sämtliche Gedächtniszellen voll waren mit Babylachen und Babyweinen, den süßen Düften eines frisch gewaschenen Kindes und dem abstoßenden Geruch von Kot und Urin. Milchfläschchen, nasse Windeln, sprießende Zähne, Kinderkrankheiten, Kindergartenbeginn und erster Schultag, Schulfeiern, Purimkostüme, Elternversammlungen, Zeugnisnoten, Frisuren, Guaschzeichnungen, Schulabschlussfeiern, Reifeprüfungen, steife Uniformen, Rangabzeichen an Khakiärmeln, Hochzeiten, Geburten, Beschneidungsfeiern und der Hautkontakt mit einem neuen Baby wurden gespeichert. Wenn sie manchmal versuchte ein altes Bild, einen vertrauten Klang oder einen geliebten Geruch aus den Gedächtniszellen abzurufen, kam ihr eine neuere Erinnerung in den Kopf und drängte die alte beiseite, sodass sie bald nicht mehr wusste, wen ihrer sieben Kinder oder zehn Enkel die Sache betraf und wann sie gewesen war. Fischte sie Fakten und Daten aus dem Erinnerungsbrei, der sich in Schwindel erregendem Durcheinander in ihrem Kopf gesammelt hatte, konnte es schon vorkommen, dass sie einen Sohn mit dem Namen seines Bruders, eine Tochter mit dem Namen ihrer Schwester oder die Enkel mit den Namen ihrer Kinder anredete. Gelegentlich schlug sie ein Ereignis, das mit dem einen Kind zusammenhing, einem anderen zu oder war dem einen wegen des Streichs eines anderen böse. Und als sie sich bemühte, endlich Ordnung in ihre Gedächtnisschubladen zu bringen, merkte sie, dass alles einander ähnelte, das Heranwachsen des einen Kindes dem des anderen glich, wie schon der biblische Prediger sagte: »Was geschehen ist, wird wieder geschehen, was man getan hat, wird man wieder tun, und es gibt nichts Neues unter der Sonne.« Nichts würde sich in ihrem täglichen Leben mit Josef ändern.

Rosa liebte weder Veränderungen noch Überraschungen. »Soll's nur so bleiben«, antwortete sie jedem, der fragte, wie es ihr gehe und was es Neues gebe. Solange es ihr gut ging, konnten Veränderungen nur von Übel sein, lautete ihre Devise. Selbst eine Veränderung zum Guten zöge notgedrungen etwas Schlechtes nach sich.

»Was fehlt mir denn?«, sagte sie zu ihrer Freundin Rachel, die inzwischen geschieden war und sich und ihren einzigen Sohn mit Mühe als Kassiererin in einer Bank ernährte. »Was fehlt mir?«, fragte sie erneut, wobei sie vorsichtshalber nach links und rechts spuckte und die Finger vorm Gesicht zur Fatimahand spreizte. »Ich habe Mann und Kinder, habe meine Mutter, und ein Dach überm Kopf und ein Einkommen habe ich, Gott sei Dank, auch. Falls sich etwas verändern sollte, wäre es bloß zum Übel.«

Deshalb glaubte sie, wenn sie in ihrem geregelten Lebensablauf ein Möbelstück unnötig verrücken, an einem anderen als dem Waschtag waschen, ihre Lebensmittel anderswo kaufen, ihr Haar anders frisieren oder ihre Kinder abends eine halbe Stunde später ins Bett bringen würde, zöge diese Veränderung eine zweite und diese wiederum eine dritte nach sich. Letzten Endes würde ihr ganzes Leben durcheinander geraten, nichts wäre mehr, wie es war, ihr Schicksal würde sich zum Schlechten wandeln, und Unheil käme über sie. Daher achtete sie peinlich darauf, dass ein Tag dem anderen glich, als hinge ihr Leben davon ab.

Nach ihrer Tagesordnung könne man die Uhr stellen, hieß es im Viertel. Wer Rosa in Zadoks Lebensmittelladen sah, wusste, dass es Punkt neun Uhr morgens war. Mit den Einkäufen heimgekehrt, widmete sie sich dem Kochen und den jeweiligen Tagesaufgaben: Am Sonntag wurde die Wohnung aufgeräumt und geputzt; am Montag kam Nechama, um ihr mit Wachs Beine und Achselhöhlen zu enthaaren; Dienstag wurde Wäsche gewaschen, aufgehängt und gefaltet; Mittwoch war Bügeltag; Donnerstag kochte und putzte sie für den Schabbat, und am Abend kam die Friseuse Alisa, um ihr das Haar zu waschen und eine komplizierte Lockenfrisur zu legen.

Von halb ein Uhr an kamen die Kinder zum Mittagessen, das fertig auf dem Tisch stand. Auch Josef hielt mit. Nach dem Essen durften die Kinder zwei Stunden spielen, während Rosa die Zeit nutzte, um Angela im Haus gegenüber und Rachel in der Wohnung unten zu besuchen. Nachmittags setzte sie die Kinder an den großen Küchentisch, passte auf, dass die Großen ihre Hausaufgaben machten, überprüfte sie und half denen, die sich mit den Rechenaufgaben oder der Auslegung einer Bibelstelle schwer taten. Danach machte sie ihren täglichen Spaziergang und lud die Kinder ein mitzukommen.

Manchmal gingen sie ins alte Katamon, und sie zeigte ihnen wieder Ali Chamudas Haus der Noten, die ausländischen Konsulate und die neu gebauten Häuser. Gelegentlich fuhr sie mit ihnen per Bus in die Stadt und kaufte ihnen amerikanisches Eis im Café Allenby in der King-George-Straße. Wieder daheim, brachte sie Salat, Omelette und Sauermilch zum Abendbrot auf den Tisch. Vor dem Schlafengehen bat sie die Kinder, die Kleidung für den nächsten Tag auf dem Stuhl bereitzulegen, half, wenn nötig, bei der Auswahl und der Zusammenstellung der Farben, nähte einen abgefallenen Knopf oder einen losen Rocksaum fest oder stopfte einen Strumpf über dem hölzernen Stopfpilz. Bei der Arbeit hörte sie sich mit den Großen Hörspiele im Rundfunk an. Wenn der Sturm an den Fensterläden rüttelte, kuschelten sie sich am liebsten zusammen und lauschten angstschlotternd einem Rundfunkkrimi von Paul Tempel. Am Ende des Tages brachte sie die Kinder je nach Alter zur vorgesehenen Stunde ins Bett, stopfte ihnen die Decke ringsum fest, küsste sie von groß bis klein auf die Stirn und wünschte ihnen eine gute Nacht voll schöner Träume.

Sobald sie die ruhigen Atemzüge hörte, stellte sie sich neben die Schlummernden, schnupperte den kindlichen Duft, den sie verströmten, und horchte auf die Wachstumsgeräusche, die Kinder im Schlaf produzieren. Und wenn sie diese Geräusche erlauschte, bat sie wieder jedes einzeln, nicht allzu schnell heranzuwachsen, sondern so zu bleiben, wie sie seien: klein und süß.

Nachdem die Kinder morgens in ihre Schulen und Kindergärten ausgeschwärmt waren, verließ Josef das Haus zu seinen Geschäften – nicht ehe er Rosa wie gewohnt im Bett gekugelt und seine morgendliche Erektion und die Ruhe der kinderleeren Wohnung so recht genossen hatte –, und Rosa widmete sich der Zubereitung des feststehenden Tagesmenüs für den betreffenden Wochentag – eines ihrer sieben Standardmenüs, die sich Woche für Woche wiederholten.

Wenn Josef zum Mittagessen mit der Familie nach Hause eilte, wusste er genau, was Rosa ihm gekocht hatte. Vor allem mochte er den Sonntag, denn da gab es andalusische Mandelsuppe, die milchweiß und sämig war, obwohl sie keinen Tropfen Milch enthielt, und – mit Knoblauch und Olivenöl gewürzt – paradiesisch schmeckte.

Als Kind hatte sie diese Suppe bei Schoschana Silcha in der Katamoner Villa gekostet, und später bestellte sie sie in dem Jerusalemer Restaurant, in dem Josef und sie Jahr für Jahr am selben Tag zu gleicher Stunde ihren Hochzeitstag feierten. Als sie die Suppe an ihrem ersten Hochzeitstag probierte, erwachten all ihre Sinne und überfluteten sie mit Erinnerungen. Sie bestellte einen zweiten, danach noch einen dritten Teller, und als Josef die Rechnung bezahlte, erklärte sie dem Wirt Mosche Basson, ohne das Rezept würde sie das Lokal nicht verlassen. Den Finger an die Lippen gelegt, als gebe er ein kulinarisches Geheimnis preis, das nur wenigen bekannt sei, verriet er ihr widerwillig, es sei eine andalusische Suppe, und diktierte ihr hastig Zutaten und Zubereitungsweise. Aus Angst, er könnte es sich anders überlegen, kritzelte Rosa das Rezept in krummen Zeilen auf eine Papierserviette.

Triumphierend heimgekehrt fand sie, dass diese Suppe würdig war, den wöchentlichen Speisezettel zu eröffnen, und so wurde die andalusische Mandelsuppe zur Suppe für den Sonntag. Den ganzen Schabbat über fieberte Rosa dem Sonntagmorgen entgegen, und um Punkt neun Uhr eilte sie zu Zadoks Lebensmittelladen. Die zweihundert Gramm erstklassige Mandeln suchte sie in einer langen, mühseligen Prozedur Stück für Stück aus, was Zadok – mit der Geduld am Ende – allsonntäglich mit der Bemerkung quittierte: »Ein Glück, dass die Frau Rosa heute nicht beschlossen hat, Reis zu kochen, sonst wäre sie gewiss erst morgen früh mit dem Verlesen fertig geworden.«

Daheim legte sie die Mandeln in eine breite Schüssel und übergoss sie mit kochendem Wasser. Die dicken Häute quollen auf, wurden weich, bekamen lange Risse und lösten sich. Vorsichtig, um sich nicht die Finger zu verbrennen, befreite sie die Mandeln von ihren beengenden Hüllen, die im Wasser dunkel geworden waren. Nachdem sich auf der marmornen Arbeitsfläche ein Häufchen nackter Mandeln mit glänzend elfenbeinweißem Fleisch gesammelt hatte, weichte sie zwei Scheiben trockenes Schabbatbrot in Wasser ein. Im Nu sogen die Scheiben die Flüssigkeit auf, ließen sich in ihren Händen wie ein Badeschwamm ausdrücken und gesellten sich zu dem Mandelhäufchen. Bemüht, durch den Mund zu atmen, schälte sie sechs Knoblauchzehen und stellte eine Kanne mit fünf Tassen Eiswasser bereit. Dann warf sie alles in den Fleischwolf und drehte schnell die Kurbel, bis die Masse glatt war. Genüsslich probierte sie die Kreation, gab drei Esslöffel Weinessig und einen Teelöffel Salz an das schaumige Gemisch und träufelte vorsichtig drei Esslöffel kalt gepresstes grünes Olivenöl hinein, das sie bei dem Olivenpflanzer Mohammed aus dem Dorf Beit Zafafa kaufte. Sobald die Masse eine dünne weiße Schaumschicht ansetzte, goss sie das paradiesische weiße Nass in Suppenschalen und stellte sie fürs Mittagessen auf den Tisch. Alles, was diese Suppe begleitete, war weniger wichtig, aber immer gab es dazu Pasteten mit Fleisch- und Kartoffelfüllung, Frikadellen, gekochtes Gemüse und einen fein geschnittenen arabischen Salat mit viel Petersilie, Korianderkraut und Zitrone.

Die einzigen Veränderungen, die unweigerlich in ihrem Umkreis eintraten – abgesehen von selbstverständlichen Dingen wie dem Heranwachsen der Kinder, wechselnden Moden und körperlichen Umstellungen –, waren bauliche Veränderungen an dem Haus, in dem sie seit ihrem Auszug aus der Villa im alten Katamon wohnte. Innerhalb weniger Jahre hatte das würfelförmige vierstöckige Haus Schabasistraße 10 seine klaren Linien verloren. Wenn sie es gelegentlich einmal eingehender betrachtete – über den flüchtigen Blick hinaus, den man gewöhnlich beim Kommen und Gehen seinem Wohngebäude gewährt –, dann dachte sie, falls sie ein paar Jahre fort gewesen und dann zurückgekehrt wäre, hätte sie es gewiss nicht wieder erkannt.

Wahllos wurden Balkons mit Schiebejalousien geschlossen, Anbauten angeklebt, neue Fenster in die Wände gebrochen, Läden abmontiert, Blumenkästen angebracht und Sonnenboiler und Antennen aufs Dach montiert. Neue Familien zogen ein, alte aus. Jeden Tag staunte sie von neuem angesichts der Veränderungen von unsichtbarer Hand. Eines Tages waren alle Briefkästen aus der Wand gerissen oder zumindest ihrer Türen beraubt. Nur ihr Briefkasten hing noch unversehrt an Ort und Stelle, dank des großen Nagels, den Josef in der Mitte eingeschlagen hatte, und als dann die Herbststürme ins Treppenhaus fegten, schlenkerte er mit schrillem Scheppern hin und her. Rosa verfolgte auch aufmerksam das Abblättern des Kalks im Hauseingang. Zuerst warf der Kalkanstrich kränkliche Blasen, die von selbst platzten und feinen gelben Staub zu Boden rieseln ließen. Manchmal entdeckte sie runde graue Flecke, die dicht an dicht von hundertmal an dieselbe Stelle gekickten Fußbällen herrührten. Dazu kamen die rauen Turnschuhabdrücke aggressiver Jugendlicher, die ihre Wut durch Fußtritte gegen die Wand abreagierten. Rosa meinte, es seien gewiss dieselben, die die Lampe im Eingang zerschmettert und in Treppenhaus und Gängen sämtliche Glühbirnen geklaut hatten, sodass alle Bewohner sich wie Blinde vorantasten mussten. Wie Rosa wusste, hatten sie auch die Inschrift aufgesprüht, die sich von einem Ende zum andern über die unbehauenen orangefarbenen Steine der Außenwand zog und traurig verkündete: *Das Leben ist wie meine Arschhaare kurz hart schwarz und stinkig.* Zu diesem Satz gesellten sich im Lauf der Jahre philosophische Sprüche, die Nöte oder hehre Gedanken ausdrückten, pfeildurchbohrte Riesenherzen, heftige Liebes- und Hassbezeugungen und kolossale Nahansichten intimer Körperteile. All das war mit resistenter schwarzer oder roter Farbe aufgesprüht, die nicht zu entfernen war.

An dem Tag, an dem sich der süße Babyduft ihrer letzten Tochter in normalen penetranten Schweißgeruch verwandelte, fürchtete Rosa, ihr Leben gehe einer Veränderung entgegen. Mit Kochen, Putzen und Waschen war sie schnell fertig, und bis alle Kinder aus dem Kindergarten oder der Schule zurückkehrten, wanderte sie auf der Suche nach einer neuen Beschäftigung in der Wohnung herum und grummelte, jetzt, da kein neues Baby im Haus sei, das ständig umsorgt werden wollte, würden die Tage immer länger.

Die neue Beschäftigung fiel ihr durch gelenkten Zufall zu, als Josef sie bat, für die Hawdalazeremonie, die er an jedem Schabbatausgang zur Trennung zwischen Heiligem und Profanem vornahm, einen wohlduftenden Strauch zu ziehen, »egal, welchen«. In Kenntnis seiner Schwäche für Lavendel, dessen Duft ihm von ihrem ersten Tag im »Haus der Noten«

im Gedächtnis haften geblieben war, fuhr sie zur Gärtnerei Parchi und Söhne nach Talpiot und verlangte einen Lavendelstrauch im Topf. Man führte sie in ein großes, mit Sackfetzen abgedecktes Gewächshaus, drückte ihr ein winziges Töpfchen mit einem mickrig aussehenden grauen Spross in die Hand und erklärte ihr, dass diese Pflanze auch einen hebräischen Namen habe und seine duftenden Blüten nicht nur für den Trennsegen verwendet werden könnten, sondern auch als Bratengewürz und zur Zubereitung eines aromatischen Tees, der gegen Husten, Schnupfen, Lungenentzündung und Schlaflosigkeit helfe. Ehe Rosa den Setzling noch in einen großen, dauerhaften Kübel umtopfen konnte, wuchs er zu einem kräftigen, verzweigten Strauch heran und überzog sich mit behaarten, zart duftenden lila Blüten. Kaum hatte sie einen Zweig für Josefs Hawdalazeremonie abgezwickt, sprossen an seiner Stelle zwei neue, die wiederum unzählige lila Blütchen trugen.

Als der Strauch trotz reger Verwendung für Ritus, Kochkunst und Teezubereitung immer größer und kräftiger wurde, beschloss sie, Trockengewürz daraus herzustellen. Sie pflückte die Lavendelblüten gegen Abend, wenn sie sich öffneten, nachdem die Sonne ihnen morgens den nächtlichen Tau abgeleckt und tagsüber auf den Kopf gebrannt hatte. Dann breitete sie die Blüten auf einem Drahtsieb aus und schützte sie vor Sonne und Tau. Manchmal bündelte sie sie zu einzelnen Sträußchen und hängte sie mit den Köpfen nach unten in der Küche zum Trocknen auf. Wenn Josef nachts wie immer spät aus dem Kino kam, sog er den geliebten Duft tief in die Lungen ein, erholte sich von den traurigen Szenen, die er auf der Leinwand gesehen hatte, und küsste Rosa, die ihn schlafend im Bett erwartete, dankbar den Rücken.

Nach ihrem Erfolg mit dem Lavendel ging sie erneut zur Gärtnerei von Parchi und Söhnen und verlangte weitere wohlriechende Gewürzkräuter. Auch die neuen Setzlinge gediehen prächtig, denn Rosa hatte »einen grünen Daumen«, wie es im

Viertel hieß. »Was sie nur anfasst, blüht und gedeiht. Auch wenn du ihren Besenstiel tief in den Asphalt rammst, braucht sie ihn nur ab und an zu streicheln, zu gießen und anzusprechen, damit er ihr zuliebe von selbst Blätter und Blüten ansetzt und sogar Duft entwickelt«, sagten die Nachbarn.

Sie zog die Pflanzen auf dem kleinen Küchenbalkon. Jedes offene Gefäß diente ihr als Blumentopf. Und als der Töpfe immer mehr wurden, baute Josef ihr Holzregale an den drei Wänden der Loggia, damit sie Stellplatz für weitere Pflanzen bekam. Den Syrischen Majoran zog sie in einem riesigen Saure-Gurken-Kanister, und aus seinen getrockneten Blättern braute sie Mittel zur Gedächtnisstärkung und Darmentwurmung. Den Salbei setzte sie in eine Heringstonne, weswegen man Rosas Salbei einen paradiesischen Matjesbeigeschmack nachsagte. Basilikum spross in einem uralten Wasserkessel. Außerdem hatte sie Selleriekraut, dessen Knollen der Suppe Aroma verliehen, während die Samen gemahlen als Fischwürze dienten. Zitronenmelisse wurde ihres feinen Aromas wegen als Tee und Salatwürze verwendet, Kamille half gegen Bauchweh und zur Aufhellung des Haars, und alle Sorten Minze kamen an den Salat und in Erfrischungsgetränke für heiße Sommertage.

Nicht nur bekannte Pflanzen wuchsen auf ihrer Loggia. Viele seltsame Gewächse schlugen in ihren Töpfen Wurzeln, wucherten wild und sprenkelten das Grün mit bunten Blättern und Blüten, die kein Mensch je gesehen hatte. Jeden Morgen ging Rosa in ihren hängenden Garten hinaus und fand dort wieder einen neuen Siedler vor, den sie nicht gepflanzt hatte und dessen Namen sie nicht kannte, denn sobald sie einen Topf voll lockerer Erde auf der Loggia stehen ließ, um später etwas hineinzupflanzen, entdeckte sie am nächsten Morgen eine aufrechte neue Pflanze darin, die es bei Parchi und Söhne nicht zu kaufen gab.

Als Dr. Jevaschem, ein Botaniker, von dem sie viel gehört hatte, einmal ihren blühenden Garten besichtigte, studierte er lange die Pflanzen, befühlte die exotischen Blätter, legte die Stirn in Falten und überlegte laut, wie dieses oder jenes seltene Gewächs aus fernen Ländern auf Rosas Balkon gelangt sein mochte, wenn man es dort nicht mit voller Absicht eingepflanzt hatte. Rosa lauschte seinen mit lateinischen Namen gespickten Worten und schwor lachend, dass sie diesen oder jenen Strauch weder gepflanzt habe noch mit Namen kenne und seinesgleichen in Jerusalem auch noch nie begegnet sei, sodass er wohl vom Heiligen Geist abstammen müsse. Rosa konnte ja nicht wissen, dass Zugvögel, die ihre letzte Mahlzeit in einem glutheißen tropischen Land eingenommen hatten, im Versteck ihrer fermentierenden Eingeweide speziell für sie einen Schatz an seltenen Samen von Speisc- und Duftpflanzen eingeflogen hatten. Und als sie dann eine Ehrenrunde über ihrem Balkon drehten, hatten sie dort ihre Exkremente abgeworfen, gesprenkelt mit Samen, die in ihrem warmen Innern gereift waren. Diese klammerten sich nun mit Macht an die fruchtbare Erdschicht, samten sich in den wartenden Töpfen auf ihrem Balkon aus und ließen neue Pflanzen keimen, die man in der Stadt noch nie gesehen hatte.

Über solch einem Blumentopf, der scheinbar von selbst gekeimt hatte, fand sie einmal Angela angestrengt werkeln, ächzen und murmeln. Die Finger der einen Hand gruben in der Erde, zwei Finger der anderen rupften mit wütendem Hass eine bescheidene lila Blüte mit purpurnen Staubgefäßen aus.

»Was machst du denn da?«, schrie Rosa den stumm gebeugten Rücken ihrer Mutter an. »Warum reißt du meine Blüten ab?«

Sehr langsam, als wäre sie eine mechanische Puppe, drehte Angela sich zu Rosa um, die Hände mit lockerer Erde und purpurnem Blütenstaub bedeckt und in den Augen einen harten Blick, den Rosa an ihr nicht kannte. Ohne Rosas immer lauteres Kreischen zu beachten, wühlte und rupfte sie wie besessen weiter und warf alles, was sie fand, über die Balkonbrüstung nach unten. Bastumhüllte Knollen, schmale grüne Blätter mit einem Silberstreifen und zarte lila Blüten flogen durch die Luft und landeten zerfetzt auf den Dornbüschen im Hof. Nach getaner Arbeit stemmte sie die erdigen Hände in die Hüften und murmelte scheinbar zu sich selbst: »Die muss man ausreißen, solange sie noch klein sind.«

»Wen?«, fragte Rosa nun behutsam, voll Sorge, ihre Mutter könnte den Verstand verloren haben.

»Diese Knollen da.«

»Und warum musst du sie ausreißen?«, fragte Rosa weiter.

»Wenn man sie nicht gleich ausreißt, vermehren sie sich. Jedes Jahr noch eine Knolle, noch eine und noch eine und noch eine«, lautete die Antwort,

»Aber warum ausreißen? Was haben dir diese Knollen denn getan?«

»Daraus kommen diese Blüten«, erwiderte Angela mit angeekelter Miene, als bekäme sie gleich einen Brechanfall.

»Welche Blüten?«, flüsterte Rosa und nahm die Hände ihrer Mutter in ihre.

»Die Safranblüten«, erwiderte sie und ging hinein. Und im Dämmern des Raums hörte Rosa sie wie irrsinnig murmeln: »Hundertfünfzigtausend Blüten plus hundertfünfzigtausend Blüten plus weitere hundertfünfzigtausend Blüten…«

Als die Gemüter sich beruhigt hatten und Rosa ihre Hände mit dem Wasserschlauch auf dem Balkon abspülte, merkte sie, dass sie gelb geworden waren und bittersüß rochen. Erst nach Tagen und starkem Rubbeln mit Chlorbleiche und desinfizierenden Mitteln ließ sich die gelbe Farbe von ihren Händen abwaschen. Rosa wagte nicht, mit ihrer Mutter über diesen Zwischenfall zu sprechen, achtete fortan jedoch auf ihr Verhalten. Einige Wochen später beobachtete sie wieder, wie ihre Mutter auf den Balkon schlüpfte, sich einen Weg durch die üppige Vegetation bahnte, die Blätter der Sträucher auseinander schob und mit gebeugtem Rücken und verschlossener Miene nach den lila Blüten fahndete. Als sie nichts dergleichen fand, beruhigte sie sich und kehrte mit befriedigtem Gesicht in die Küche zurück.

»Was hast du dort zu suchen?«, fragte Rosa.

»Die Samen des Unheils«, antwortete Angela und verstummte.

In jener Zeit füllte sich der Balkon mit hunderten von duftenden Blumentöpfen, die von weitem wie ein dunkelgrüner Fleck auf der orangefarbenen Steinfläche wirkten. Die Leute unten hoben die Köpfe, genossen den Anblick und sagten, wenn Rosa ein Blatt abzupfe, setze die Pflanze schleunigst zwei an seiner Stelle an, wenn sie ein Reis abschneide, wachse stattdessen ein Zweig, und wenn sie die ganze Pflanze ausreiße, würden die dabei verstreuten Samen sich über die Erde hermachen und schnellstens keimen, Wurzeln schlagen und eine neue Pflanze hervorbringen, noch größer, schöner und kräftiger als die vorige.

Die Kunde von den Gewürzkräutern verbreitete sich im Viertel, und die Nachbarinnen kamen bei Rosa vorbei. Die eine erbat einen Zweig Salbei für eine Wöchnerin, deren Milchstrom zum Versiegen gebracht werden sollte, die andere wollte einige Basilikumblätter zur Entwurmung. Eine nächste bestürmte sie, ihr einen Rosmarinzweig für den Braten abzuschneiden, und viele baten um Samen zum Würzen.

Den praktisch veranlagten Josef reute es, dass Rosa ihre Zeit mit der Aufzucht von Pflanzen und der Gratisverteilung von Gewürzen vergeudete. Eines Tages brachte er ihr kleine Zellophantütchen mit. Am Abend kehrte er früh aus dem Kino zurück, und nachdem er ihr versichert hatte, dass in diesem Tun keine bedrohliche Veränderung ihrer Lebensweise liege, machten sich die beiden über den hängenden Garten her, schnitten Zweige, pflückten Blumen und zupften Keimlinge aus. Danach verpackten sie den ganzen würzigen Ertrag in die raschelnden Tütchen und berieten die halbe Nacht über Rosas neues Gewerbe, wobei ihnen vor lauter abgekappten Pflanzen grüne Kringel vor den Augen tanzten.

Am nächsten Morgen machte Josef die Runde unter den Gemüsehändlern des Viertels und verkaufte ihnen die frische Ware. Als die Händler alle Tütchen abgesetzt hatten, bestellten sie Nachschub bei ihm, denn Rosas Kräuter welkten und faulten nicht, sondern blieben frisch und saftig, wie gerade erst gepflückt. Bald war sie vollauf mit ihrer neuen Tätigkeit beschäftigt: Sie zog Pflanzen, schnitt Zweige oder Stängel ab, verpackte sie gebündelt in Zellophantüten, und jeden Tag kamen Laufburschen mit Bestelllisten und Bargeld aus den Läden, um frische Ware bei ihr zu holen. Wenn Josef nachts mit wohlgefüllten Taschen aus dem Kino zurückkehrte, fand er auf dem Küchentisch Rosas eigenes Geld, legte ihren Erlös mit seinem zusammen und zählte freudig erneut die Ausbeute. Und wenn er dann zu ihr ins Bett stieg, die Fingerkuppen mit dem Geruch der Münzen und abgegriffenen Geldscheine behaftet, flüsterte er ihr die neuesten Liebesbeteuerungen ins Ohr, die er im letzten Film gelernt hatte, streichelte sie und zog dabei unsichtbare Bahnen lieblichen Geldgeruchs über ihre Haut. In jener Zeit sagte er stolz zu den Männern, die sich bei Rotwein und billigem Weinbrand auf den Holzbänken in Mussas Baracke drängten: »Mit ihren komischen Pflanzen wird Rosa noch mal mehr verdienen als ich.«

8

Engelsschwingen

Rosas achte und letzte Schwangerschaft kam wegen einer Störung von Josefs Filmprojektor zu Stande. In der Nacht ihrer Empfängnis verbrannte der Film in Rosas Kino, und Josef kehrte früh heim. Und noch in derselben Nacht wurde sie plötzlich hellsichtig und wusste mit Sicherheit, dass sie ein andersartiges Kind im Schoß trug. Über die Vision, die sie erlebte, hieß es im Viertel, es sei ein Aufruf höchster verborgener Mächte gewesen, die über sie wachten und sie davon abhalten wollten, bis ans Ende zu gehen. Doch obwohl Rosa das Kommende voraussah und erkannte, dass dieses Kind ihr Leben auf den Kopf stellen würde, unternahm sie nichts, um es zu verhindern. Und wenn sie geistesabwesend ihren sich zusehends wölbenden Bauch streichelte, empfand sie ein eigenartiges Kribbeln in den Fingerspitzen, das sie bei den sieben vorausgegangenen Schwangerschaften nicht gespürt hatte.

Sieben Kinder hatte sie ihrem Mann in fünfzehn Jahren in Katamon VII geboren, und als sie dreißig wurde, fand sie, dass es nun genug sei, und begann aufzupassen. Als die Kinder dann viel zu schnell heranwuchsen, das Haus verließen und nach eigenen Partnern Ausschau hielten, hoffte sie auf Enkelkinder. Die kamen auch eins nach dem anderen, zehn an der Zahl, brachten ihr ungekannte neue Freuden und Erlebnisse, und Rosa machte Dinge mit ihnen, die sie mit ihren Kindern nicht getan hatte. Sie päppelte sie mit Süßigkeiten, erzählte ihnen Geschichten, führte sie ins Kino, spielte Karten- und Brettspiele mit ihnen und hütete die Kleinen gerne nachts, während die Eltern ausgingen, zusammen mit Angela, die seinerzeit schnell alterte.

Diese Schwangerschaft im fünften Lebensjahrzehnt kam völlig überraschend für sie. Denn an dem Tag, an dem das Letzte ihrer Kinder das Haus verließ, um sein eigenes Leben zu führen, und sie freudig begann ihre Enkel auf dem Schoß zu wiegen, hatte die Monatsblutung bei ihr aufgehört. Nun konnte sie sich Abend für Abend ihrem Mann hingeben, ohne Furcht vor einer neuen Schwangerschaft, die ihren schlaffen Bauch erst stramm, dann lappig machen, die Zähne schwarz färben, ihr das Kalzium aus den Knochen saugen und Haarausfall und braune Flecke im Gesicht bescheren würde.

In der Nacht jenes Geschehens, das den vorhersehbaren Ablauf ihres Lebens verändern und ihr Unheil bringen sollte, fiel mitten bei einem besonders traurigen Film das Kühlgebläse aus. Der Film verbrannte an mehreren Stellen und ließ sich nicht mehr zusammenflicken. Josef musste mit besonders trübseliger Miene dem pfeifenden und murrenden Publikum unten das Eintrittsgeld erstatten und kam dann früher als sonst nach Hause.

Rosa empfing ihn frisch gewaschen, wohlduftend und hellwach im Bett. Ihr Tageserlös vom Kräuterverkauf wartete auf dem Küchentisch vergeblich auf den Erlös vom Kartenverkauf jenes Abends, denn das Geld war den Besuchern ja restlos zurückgezahlt worden. Nachdem er ihr traurig von der Störung berichtet hatte, tröstete sie ihn lange in ihren Armen, bis sie die Versteifung zwischen seinen Lenden spürte, und genau in dem Augenblick, in dem die Kuckucke der Uhren in allen Zimmern der Wohnung einschnäblig Mitternacht verkündeten, drang er in sie ein. Nach seinem Erguss, bei dem im ganzen Haus eine heilige Stille herrschte, spürte sie die Samenzellen mit behänden Schwanzschlägen durch die dunklen

Tunnel ihres Körpers geradewegs in ihre Gebärmutter paddeln, die zwanzig Jahre öd und leer geblieben war, und dort mit ihren spitzen Köpfen am ersehnten Ziel anklopfen: der einen Eizelle, die durchgeschlüpft und erhalten geblieben war. Als Rosa den Durchbruch und die Einnistung des siegreichen Samens spürte, teilte sie ihrem Mann ihre Befürchtungen mit. Josef, der gerade den Kopf im Kissen vergraben und ihr den breiten Rücken zukehren wollte, ging verblüfft auf die Knie hoch, entblößte seine nikotingelben Zähne in einer Grimasse, die bei ihm als Lächeln galt, und meinte wegwerfend: »Du weißt doch, dass das ausgeschlossen ist. Die Pforte ist zu, es gibt keine weiteren Kinder.«

Als sie am nächsten Tag wie immer ihre Mutter besuchte und dort die übliche Tasse Kaffee getrunken hatte, die Angela dann – um sie nicht zu ärgern – hinter ihrem Rücken untersuchte, entdeckte sie einen neuen schmerzlichen Ausdruck auf dem welken Gesicht der Mutter. Von nun an umsorgte Angela sie in allen wichtigen und unwichtigen Dingen, erkundigte sich öfter als sonst nach ihrem Befinden, fragte sie, ob sie gegessen habe, und legte ihr noch ofenwarme Backwaren auf den Teller.

Zwei Monate später wurden Rosa die Brüste schwer, und sie hatte allmorgendlich mit Brechreiz zu kämpfen. Als sie daraufhin eine Reihe von Untersuchungen machen ließ, um die Ursache festzustellen, bat sie zaghaft auch um einen Schwangerschaftstest. Der Arzt, der Laura-Liora auf die Welt geholfen hatte, blickte sie mitleidig an und sagte in süßlichem Ton, als kläre er ein begriffsstutziges junges Mädchen über die Tatsachen des Lebens auf: »Ihre Patientenkarte verzeichnet, dass die Menstruation bei Ihnen vor zwei Jahren aufgehört hat. Sie sind eine vernünftige Frau, Rosa. Es kann nicht sein.« Außerdem riet er ihr, Kalorien einzusparen, denn sie sei recht korpulent, und wenn sie nicht ihr Gewicht reduziere, würde die bevorstehende körperliche Umstellung während der Wechseljahre ihre Gesundheit gefährden.

Am Ende des dritten Monats spürte sie das Kind schwimmen, und nachdem die Ärzte, die sich um sie scharten, zungenschnalzend mit eigenen Augen das Pulsen der Herzkammern und die fischartigen Bewegungen des Embryos vor sich auf dem Monitor verfolgt hatten, wurde ihr Fall in dem Gesundheitsblatt *Völlige Genesung* veröffentlicht und kam von dort in alle Tageszeitungen. Als ihre Geschichte dann auch in ausländischen Fachzeitschriften erschien, erlangte sie Berühmtheit. In einer Fernseh-Talkshow drückte der junge Moderator Dani Bareket »der schwangeren Oma« seinen Krauskopf auf den Bauch und sagte, falls es ein Mädchen sei, würde es gewiss so schön wie seine Mutter. Danach überreichte er ihr mit theatralischer Geste seine Visitenkarte und bat, die Kleine solle sich bei ihm melden, sobald sie sechzehn würde. Rosa, die trotz der dicken Schminkschicht, die die Fernsehvisagistin ihr aufgetragen hatte, sichtbar errötete, versprach es mit stummem Nicken. Nachdem sie mit dem Taxi, das man ihr bestellt hatte, heimgekehrt war, warf sie die Visitenkarte aus dem Fenster.

Als die Untersuchungen ergaben, dass sie tatsächlich ein Mädchen unter dem Herzen trug, wusste sie, dass es ein außergewöhnliches Kind werden würde, denn ihre Schwangerschaft verlief anders als alle vorigen. Zuerst spannte sich ihre Haut am Körper, dann im Gesicht. Die Brüste füllten sich, ihr Haar wurde dicker, das Gesicht glättete sich wie nach einer Reihe von Schönheitskuren, die Augen glänzten freudig vor süßer Erwartung, und sie konnte ihre nunmehr gehärteten Fingernägel endlich rot lackieren, ohne fürchten zu müssen, dass sie brachen. All das schenkte ihr das kleine Baby, das in ihrem Innern Gestalt annahm, sozusagen als Entschädigung für sein zähes Festhalten am Leben.

Saß Rosa im Wartezimmer des Frauenarztes, warfen ihr die anderen Frauen keine schrägen, verblüfften Blicke zu, tuschelten nicht hinter ihrem Rücken und hoben nicht in stummem Vorwurf die Brauen, um ihr zu bedeuten, dass Fruchtbarkeit das alleinige Vorrecht der Jugend sei. Da sie wie eine von ihnen aussah, war sie nicht genötigt, ihr Gesicht hinter einer Frauenzeitschrift zu verbergen und so zu tun, als spiele sich die Sache gar nicht in ihrem Körper ab und als gehöre der Bauch, den sie da vor sich hertrug, nicht ihr.

Während ihrer Schwangerschaft vernachlässigte Josef das Kino und kümmerte sich in erster Linie um sie. Er brachte nicht mehr die neuesten Filme, die die Tränendrüsen der Zuschauer anregten, und blieb gegen seine Gewohnheit den Abendvorstellungen fern. Stattdessen setzte er sich vor sie hin, streichelte geistesabwesend ihren schwellenden Bauch, rundete die Hände um ihre schweren Brüste und küsste sie mehr denn je. Er begehrte sie jeden Tag. Und je schwerer sie wurde, desto besser gefiel ihm ihr Äußeres. Es kam so weit, dass er sie in den letzten Monaten ihrer Schwangerschaft den ganzen Tag begehrte und kaum lange genug von ihr ablassen wollte, damit sie Haushalt und Pflanzen versorgen konnte. Am Morgen nach der Freudennacht nützte er die Versteifung, die ihn geweckt hatte, umfing Rosa, die ihm den Rücken zuwandte, von hinten, schmiegte sich an sie und drang unter Umgehung des Bauches, der wie ein Hefeteig aufging, behutsam in sie ein. So wälzte er sich den ganzen Morgen mit ihr im Bett und ließ sie nur los, wenn sie ihn anflehte, sie freizugeben, um Wasser zu lassen. Dann forderte er sie eindringlich auf, gleich wieder ins Bett zurückzukommen, und vergnügte sich bis in die Mittagsstunden an ihrem runden Bauch und den schweren Brüsten. Wenn sie hungrig wurden, lief er ihr zur Spüle nach, fasste sie von hinten um die breiten Hüften, rieb sich an ihren Pobacken, biss ihr in den bloßen Nacken, hauchte ihr Anzüglichkeiten in die errötenden Ohren und legte ihr, wenn sie dann verlegen wie ein junges Ding kicherte, die Lippen über den Mund und sog an ihrer Zunge. Wollte sie in der Wohnung herumlaufen, drückte er ihr seine Lenden an die Poritze und watschelte schwerfällig hinter ihr von der

Spüle zum Herd und zum Kühlschrank, von der Waschmaschine zu den Wäscheleinen und vom Schlafraum ins Wohnzimmer. Notgedrungen riss er sich für die Mahlzeiten von ihr los. Dann saß er ihr gegenüber, starrte in ihre funkelnden Augen, tätschelte ihr reines, glattes Gesicht und murmelte mit vollem Mund Lobsprüche auf ihre wiedergewonnene Schönheit.

Entzückt über die Aufmerksamkeit und Verjüngung, die sie mitten in den Wechseljahren erfuhr, wälzte Rosa Gedanken über das neue Baby, das sie zur Welt bringen würde, und über die entsprechenden Veränderungen in ihrem Leben. Wenn sie um Punkt neun Uhr in Zadoks Lebensmittelladen ging, starrten die Männer auf der Straße ihr in den Ausschnitt, entblößten gewissermaßen ihre schwellenden Brüste, warfen durchdringende Blicke auf ihre vibrierenden Körperpolster und bohrten ihr im Geist ihre Männlichkeit in den Unterleib. Dabei weiteten sich die vor unterdrücktem Verlangen bebenden Nasenflügel der Männer, und sie sogen unter herz- und seelenerweichendem Schnaufen und Stöhnen die leidenschaftlichen Düfte ihrer Scham, vermischt mit Josefs Lavendelseifenhauch ein. Grüppchenweise trabten sie ihr auf dem Heimweg nach und verfolgten offenen Mundes das Spiel ihres wohlgefüllten Umstandskleides, das über ihren strammen Po auf und ab rutschte und vorn über dem Bauch spannte. War sie dann im dunklen Treppenhaus verschwunden, schwelgten sie in der Erinnerung noch lange in ihrem Duft und grübelten im stillen Kämmerlein, was sie wohl mit ihr anfangen würden, wenn sie ihnen in die Hände fiele. Als das Gerücht Josef zu Ohren kam, verkündete er allen, die Fantasien über seine Frau nachhingen, wenn sie ihm in die Hände fallen sollten, »würde er ihnen den Schädel spalten, als wär's eine Kokosnuss«. Da er ein massiver, kräftiger Typ war und das ganze Viertel seine Unheil verheißend düstere Miene fürchtete, konnte Rosa in aller Ruhe ihre Besorgungen machen und bedenkenlos zwischen den Männern des Viertels hindurchgehen, deren stechende

Blicke, aufgesperrte Münder, schwere Atemzüge und vibrierende Hosenschlitze nur stummes Zeugnis von dem ablegten, was sich im Dunkel ihrer Köpfe tat.

Und nicht nur Männer hängten sich an ihre Fersen. Auch die Hunde des Viertels fanden sich in ihrem Hauseingang ein, reckten die Köpfe himmelwärts und stießen die sanftesten Sehnsuchtsjauler aus, die sie ihren straffen Kehlen zu entlocken vermochten. Wenn Rosa durch die Straßen ging, folgte ihr eine Kolonne Vierbeiner, deren harte Pfotenballen monoton über den Asphalt tappten, was sich anhörte, als rollten Glasmurmeln die Straße entlang. Selbst die struppigen, narbenübersäten Mülleimerkatzen umschwänzelten Rosa, fraßen ihr trotz ihrer misstrauischen Natur aus der Hand und ließen sich manchmal sogar das räudige Fell streicheln oder die zerbissenen Ohren kraulen. Am auffälligsten benahmen sich jedoch die Krähen, die mit schrillem, blechernem Krächzen feierlich Meldung erstatteten, sobald Rosa die Straße betrat, und ihr dann mit majestätischem schwarzem Flügelschlag das Geleit zu Zadoks Lebensmittelladen und zurück gaben. Rosa, die nicht begriff, was sie von ihr wollten, zerkrümelte ihnen trockenes Brot und kleine Essensreste auf dem Fenstersims in der Küche. Mit einer Schüchternheit, die ihnen sonst nicht eigen war, flogen die Krähen an und pickten höflich, aber appetitlos die angebotenen Speisereste auf. Und daheim wartete Josef schon sehnsüchtig auf Rosa und trieb Dinge mit ihr, die die Männer des Viertels sich nicht einmal in ihren wildesten Träumen ausmalten.

Auch nachdem die Untersuchungen ergeben hatten, dass das Mädchen sich nicht normal entwickelte und man an Abtreibung denken sollte, befruchtete Rosa weiterhin die Fantasie der Männer des Viertels, und Josef verwirklichte mit Freuden deren illusorische Hoffnungen.

Rosa erzählte Josef nichts von den Befunden, sondern suchte geradewegs den Kabbalisten Peretz in Katamon IX auf.

Seinen Namen hatte sie zuerst von Rachel gehört, die gleich nach ihrer Scheidung zu ihm gegangen war, damit er ihr die Zukunft weissagte, sie vom bösen Blick befreite und ihr Amulette schrieb, die allein für sie passten. Er stand im Ruf, ein großer Leser von Mesusot zu sein. Dazu nahm er das kleine beschriebene Stück Pergament aus der Türpfostenkapsel, die man ihm brachte, studierte es mit einem Vergrößerungsglas und offenbarte alle Probleme des betreffenden Menschen. Seine Seherkraft wurde seiner Abstammung zugeschrieben. Peretz war Abkömmling einer berühmten Mystikerfamilie aus Bagdad und Urenkel eines großen Kabbalisten, von dem es hieß, er habe Tote wiederbeleben und mit Seelen kommunizieren können. Trotz seiner besonderen Kräfte hatte Peretz jedoch nichts gegen die Krankheit seiner Frau auszurichten vermocht, ein Leiden, das ihr das Mark aussaugte, ihren Körper vertrocknen ließ und ihr einen frühen Tod bescherte. Nachdem man ihre sterblichen Überreste – nichts als Haut und Knochen – beigesetzt hatte, konnte er keinen Ersatz für sie finden und beweinte sie mitten in der Nacht so laut und herzzerreißend, dass Babys, Hunde und Katzen in Angst und Schrecken gerieten und die Nachbarn im Viertel keine Ruhe fanden.

Alle dort kannten Peretz, und Kinder zeigten ihr den sandigen Weg, ausgetreten von den Füßen Heilssuchender und beidseitig gesäumt von hohen trockenen Disteln und Nesseln, die ihre scharfen Krallen reckten. Dieser dornenbewehrte Weg führte die Leute von der Bushaltestelle über den verlassenen Schrottplatz direkt auf einen schmalen Sandpfad, der sich zwischen niedrigen Häusern hindurchschlängelte und vor einem Haus endete, das sich von den anderen nur darin unterschied, dass zahlreiche Frauen mit verhärmten Gesichtern und trüben Augen den Eingang belagerten. Ihre gedämpften Stimmen vermischten sich in der Luft mit dem schamlosen Kreischen magerer, rolliger Katzen, die sich zusammen mit den Frauen um die verbeulte Mülltonne drängten, die umgestürzt vor dem Hauseingang lag.

Rosa verscheuchte die Katzen und öffnete die niedrige Eisenpforte, die schief in ihrer einzigen Angel hing und beim Aufgehen leise rostig knarrte. Eine auffallend schwarze Inschrift mit tanzenden Buchstaben verkündete ihr: *Hier wohnt Peretz der Kabbalist,* und die zweite Zeile verhieß in Rot: *Vertreibt den bösen Blick treibt Zauber und Dämonen aus und bringt Liebe zurück und deutet Träume.* Die abblätternde Haustür stand halb offen, und Rosa fand sich verlegen in einer Art Wohnzimmer stehen. Scharen heiliger Männer, ihr zumeist unbekannt, blickten sie mit gütigen Augen aus Fotografien an, die in schiefer Reihe an den Wänden prangten, und verhießen ihr wortlos ein glückliches Leben. Pergamentblätter mit allerlei Segenssprüchen, in schwarzer Tusche eng beschrieben, hingen in goldschimmernden Holzrahmen bei den Heiligen und linderten Rosas Ängste.

Im Eingangsbereich stand ein Mann im blauen Nadelstreifenanzug, in der Hand eine teure Ledertasche, die er so fest umklammerte, dass seine Fingerknöchel vor Anstrengung weiß waren. Er sah aus, als wolle er jeden Augenblick losstürzen und um sein Leben rennen. Rosa musterte ihn neugierig. Sie wusste, dass er berühmt war, konnte sich aber nicht erinnern, woher sie seine Züge kannte. Neben ihm stand eine elegant gekleidete Frau, die einen mageren, blassen kleinen Jungen auf dem Arm hielt. Der Körper des Kindes war von Krämpfen geschüttelt, und der Speichel, der ihm in durchsichtigen Fäden aus dem Mund rann, wurde von einem übergroßen Lätzchen aufgesogen, das man dem Kleinen um den Hals gebunden hatte. Von den abgewetzten Sesseln und Sofas ringsum starrten ihr Augen entgegen. Gedämpftes Gemurmel hing wie Bienensummen im Raum. Als die Frauen sie erkannten und respektvoll grüßten, spürte sie von allen Seiten die bohrenden Blicke, die sich auf ihren Bauch richteten, als wollten sie dessen Inhalt ergründen.

In ihrer geselligen Art erzählte Rosa den anderen Frauen ihre Probleme und bekam im Gegenzug deren Sorgen zu hören. Junge Mädchen erzählten, sie seien gekommen, um sich einer guten Partie zu versichern, und unfruchtbare Frauen wünschten sich, der Kabbalist möge den bösen Blick von ihnen abwenden und ihren Schoß auftun. Die neben ihr Sitzende, genauso groß und dick wie sie, erzählte ihr flüsternd, sie wolle Peretz ersuchen, ihr ihren Mann, der sie verlassen habe, zurückzuschicken. Rosa musterte die Frau, sah ihre schlampige Kleidung, ihre tiefen Runzeln im Gesicht, die rissigen, schwieligen Hände, das strohig hennarot gefärbte Haar, das sichtbar weiß nachwuchs, und sagte behutsam, sie täte gut daran, erst einmal neue Kleider zu kaufen, etwas für ihr Gesicht zu tun und sich die Haare nachzufärben, ehe sie Peretz' Segen erbitte, denn falls ihr Mann jetzt zurückkäme und sie so sähe, würde er ihr vermutlich erneut Kummer bereiten. Als Rosa sich später das Gespräch in Erinnerung rief, verstand sie nicht, warum sie der Ärmsten dann auch noch hatte erzählen müssen, dass ihr eigener Mann sie im Leben nicht betrogen habe, sie vielmehr tagtäglich rund um die Uhr begehre, aber das eben nur, weil sie sich pflege, auf körperliche Hygiene und ihre Kleidung achte und ihr Äußeres nicht vernachlässige. Bei diesen Worten schrumpfte die große Frau förmlich, wandte das Gesicht ab, presste gequält die Lippen zusammen, und als sie dann aus Peretz' Zimmer kam, liefen ihr die Tränen aus den Augen.

Als Rosa an der Reihe war, betrat sie ein Zimmer, das vom Warteraum durch einen Vorhang aus dicken Holzperlen abgetrennt war, die den Schall leiteten und die Wartenden an den Sorgen und Nöten ihrer Gefährtinnen teilhaben ließen. Im Dämmerschein der vielen Seelenlichter, die rings auf dem Boden flackerten, weiteten sich ihre Pupillen. In ein langes weißes Gewand gekleidet, empfing Peretz sie freudig, als wären sie alte Bekannte, die, als Kinder getrennt, einander nun nach vielen Jahren wieder begegneten. Er musterte sie mit durchdringenden Blicken, die ihr Gänsehaut verursachten, und fragte mit einer für seinen massigen Leib seltsam dünnen

Stimme, worum es ginge. Danach erkundigte er sich nach ihrem Namen und den Namen ihrer Mutter, ihres Mannes und sämtlicher Kinder und stellte komplizierte Berechnungen auf einem vergilbten Stück Karton an. Mit einem Seufzer, der ihr schier das Herz zerriss, forderte er sie dann auf, siedendes Blei in kaltes Wasser zu gießen. Nachdem er die Bleigebilde mit einem gelochten Löffel aus dem Wasser geschöpft hatte, versenkte er sich lange in die grauen Augen, die ihm mit weit geöffneten Pupillen böse entgegenstarrten. Als er fertig war, erbat er ihren Ehering und band ihn an einen Faden. Vorsichtig nahm er das Fadenende zwischen die Finger. Der Ring begann über ihrem Bauch zu schwingen, erst in weiter werdenden Kreisen, dann in harten Schlägen hin und her wie ein Uhrpendel.

Am Ende blickte er in ihre erwartungsvollen Augen, wog im Geist ihre Brüste, gab ihr Kräuter zum Verbrennen und eine Flüssigkeit zur Scheidenspülung, schrieb ihr mit lila Tinte die Namen von Engeln auf ein Stückchen Pergament und erklärte ihr, sie müsse es in eine Schüssel Wasser legen, bis alle Buchstaben restlos verblasst seien, und das Wasser dann unmittelbar vor dem Einschlafen trinken. Zum Schluss stattete er sie mit einem blauen Glasauge aus. Als er ihren verwirrten Gesichtsausdruck sah, setzte er sich mit ihr hin und erklärte ihr, jedes Kind, auch das ihre dort, habe einen Auftrag auf der Welt. Daher dürfe sie um Himmels willen nicht an Abtreibung denken. Andernfalls würde sie die Seele der Leibesfrucht daran hindern, auf dieser Welt Gestalt anzunehmen und ihren Auftrag zu erfüllen. Daraufhin würde die Seele ihr in Albträumen wiederkehren, ihre Ruhe stören und ihr das Leben und das ihrer Angehörigen zur Hölle machen, »denn jede abgetriebene Leibesfrucht wird eine irrende Seele in der kommenden Welt«. Außerdem erzählte er ihr, eine Frau, die abgetrieben habe, müsse am 17. Tammus, einem der Fasttage zur Erinnerung an die Zerstörung Jerusalems und des Tempels, »einen *Tikkun Nefaschot,* das heißt eine Seelenheilung, für den abgetriebenen Embryo« vornehmen lassen, denn das Blutvergießen, das es heute auf der Welt gebe, sei eine Folge der tausenden Abtreibungen, die alljährlich zu verzeichnen seien.

Aus Neugier bat Rosa ihn, ihr den Ablauf eines solchen *Tikkun* zu beschreiben. Peretz schloss die Augen, wippte mit dem Oberkörper und schilderte ihr eine erhebende, eindrucksvolle Zeremonie, deren Teilnehmer Widderhörner bliesen, um die Dämonen auszutreiben, von denen die Körper der Frauen, die abgetrieben hatten, nur so wimmelten.

»Und wenn die Frau eine Fehlgeburt erlitten hat?«, beharrte Rosa.

»Wenn sie auf Grund eines Unfalls eine Fehlgeburt hatte, muss sie ein ganzes Jahr fasten, und wenn sie absichtlich abgetrieben hat, dreieinhalb Jahre.«

»Man kann doch nicht jahrelang fasten«, sagte Rosa besorgt.

»Deshalb machen wir den *Tikkun*«, beruhigte sie der Kabbalist, »dann muss sie nur einen Tag fasten und an den übrigen Tagen je einen Schekel als Almosen geben. Aber da Sie das Kind zur Welt bringen werden, gilt das alles ja nicht für Sie.«

Bei diesen Worten bestaunte er mit aufgerissenen Augen ihre Schönheit, fuhr ihr mit den Händen über Busen und Bauch, zögerte einen Moment und sagte schließlich, er sehe ein Mädchen, das wie ein Engel sei. Als sie ihm trotz seines Abwinkens und seiner protestierenden Beteuerungen sein Honorar entrichtete, forderte er sie auf, nach der Geburt mit dem Kind wiederzukommen, damit er den bösen Blick von dem Mädchen abwenden könne, das bei dieser Inkarnation schöner als in all ihren früheren und späteren Leben sein werde.

Da sie von Peretz keine klaren Antworten erhalten hatte, wollte sie zum ersten Mal in ihrem Leben den Rat der Geister ihrer Mutter einholen. Angela, der die Jahre den Körper geschwächt, die Knochen ausgehöhlt und ihr Äußeres ruiniert hatten, tat so, als höre sie den flehenden Unterton in der

Stimme ihrer Tochter nicht Als Rosa sie wieder einmal inständig bat, erklärte sie ihr, es stehe nicht in ihrer Macht, hier einzugreifen. Während dieser Zeit besuchte Rosa tagtäglich ihre Mutter im Haus gegenüber, bat sie, ihr noch und noch Kaffee zu machen, und hinterließ beim Weggehen wie zufällig viele Tassen mit trübem Bodensatz. Sobald Angela sie schweren Schritts forttappen und die Haustür zuklappen hörte, stülpte sie hastig die Tasse auf den Unterteller in ihrer skelettartigen, altersfleckigen Hand, beugte den Kopf, der auf dem Stängel ihres Halses schwankte, und widmete sich seufzend den Fingerabdrücken des Schicksals.

Wenn Rosa am nächsten Tag wissen wollte, was sie gefunden habe, tat Angela naiv und wiederholte jedes Mal: »Du glaubst doch nicht daran und hast mich gebeten, nicht mehr im Kaffeesatz zu lesen. Was willst du dann jetzt von mir?«

Und auf Drängen erklärte sie erneut: »Was im Himmel beschlossen ist, steht geschrieben und besiegelt. Der Mensch kann sein Schicksal nicht ändern.«

»Aber was ist denn nun für mich vorgezeichnet?«, fragte Rosa flehentlich. »Was werde ich zur Welt bringen? Damit ich wenigstens darauf vorbereitet bin.«

Doch Angela hielt ihren Mund, ließ ihre Tochter nicht wissen, was sie in ihrer Zukunft gesehen hatte, und erzählte ihr nichts von ihrem neuen Los, das sie in Wirrnisse stürzen und ihr Leben umkrempeln sollte.

Trotz aller Bedenken beschloss Rosa, das Kind zu behalten. Wenn Gott es so wollte – schließlich war sie entgegen aller Wahrscheinlichkeit schwanger geworden –, dann kam der Sache besondere Bedeutung zu, die man nicht leichtfertig abtun durfte. Und als hätte sie vergessen, dass sie es schon siebenmal erlebt hatte, freute sie sich an dieser Schwangerschaft und hegte sie, als wäre es ihre erste. In den Monaten, in denen das Kind sich in ihrem Innern entwickelte, achtete Rosa aufmerksam auf seine Bewegungen. Es waren nicht die Regungen, die sie in den früheren dreiundsechzig Schwangerschaftsmonaten ihres Lebens oder, wenn man so will, den fünfeinhalb Jahren, die sie schwanger herumgelaufen war, gekannt hatte. Rosa spürte kein Treten, Umdrehen oder Aufstoßen. Die Bewegungen in ihrem Innern waren zart und angenehm, wie der Flaum eines Singvögelchens. Allen Interessierten sagte sie, das Mädchen schwebe in ihrem Innern, und nur Josef und ihren Kindern erzählte sie von dem Gefühl des Flügelschlagens und Federplusterns und von den Zwitscherlauten, die aus ihrem Bauch drangen. Sie alle stimmten mit ihr überein, dass die neue Tochter ihre Mutter, die unverhofft in fortgeschrittenem Alter empfangen hatte, sehr schonte und sie von innen her mit den feinen, schwebenden Berührungen eines im Nest hüpfenden Vogeljungen erfreute.

Bestärkung für ihre seltsamen Gefühle erhielt sie von ihrem geliebten ersten Enkel, Ruths achtjährigem Sohn Dror, der mit prüfendem Blick ihren Bauch musterte, als hätte er gläserne Wände, durch die man den Fötus im Dunkel der Gebärmutter schwimmen sehen könne. Danach fuchtelte er mit den Händen, legte die Stirn in Falten und erklärte fachmännisch: »Du hast einen Engel im Bauch, und die da drin ist ein Geschenk für mich, die wird mal meine Frau.« Bei seinen Worten spürte Rosa ein Ziehen, als schlüge die Kleine dort drinnen mit den Flügeln, um ihm zuzufliegen. Dror strich oft mit den Händen über den gespannten Kleiderstoff und streichelte seine zukünftige Frau mit liebevollem Gurren. Dann wurde es ruhig im Innern, und das Schlagen an den Gebärmutterwänden hörte auf.

»Jetzt schläft sie«, erklärte Dror darauf mit sanfter Stimme, legte den Finger auf den Mund und tappte auf Zehenspitzen aus dem Zimmer. Und um das Baby nicht beim Schlafen zu stören, stellte er im Nebenzimmer den Fernseher leiser. Rosa grübelte über ihren ältesten Enkel und das Heiratsversprechen nach, das er seiner noch ungeborenen Tante gegeben hatte. Dabei musste sie unwillkürlich an die seltsame Ironie des Schicksals denken, denn sie hatte ja selbst ihren Onkel geheiratet, und trotz der schlimmen Prophezeiungen der Ärzte, sie werde wegen dieser Verwandtenehe schwachsinnige und verbildete Kinder zur Welt bringen, waren sie alle – unberufen – gesund und munter, wohlgeraten und unversehrt, und auch diese letzte Tochter, das Schlusslicht, würde makellos geboren werden, wie ein Engel.

Zwei Monate vor dem voraussichtlichen Geburtstermin trafen mitten am helllichten Tag alle sieben Kinder ein, störten sie und Josef aus ihren Bettgeschichten und Fleischeslüsten auf und berichteten, Angela sei tot. Sie war im Badezimmer ausgerutscht und hatte sich die hohlen Beckenknochen zerschmettert, die zerfressen und spröde wie Glas gewesen waren.

Völlig auf das Leben in ihrem Innern konzentriert, gab Rosa ihrer Mutter das letzte Geleit, konnte jedoch trotz des bitterlichen Weinens der Frauen, denen Angela geweissagt hatte, keine einzige Träne für sie vergießen. Wieder heimgekehrt, beobachtete sie trockenen Auges Josef, der nun außerhalb seines Kinos lauthals weinte, als fände er eben darin höchsten Genuss. Während der ganzen Trauerwoche erklärte sie den Beileidsbesuchern gleichmütig, dass sie dem Kind nicht den Namen ihrer verstorbenen Mutter geben würde, denn diese habe es ihr selbst mit der Begründung untersagt, es bringe Unglück, wenn man das Ungeborene nach Verstorbenen benenne. Außerdem erzählte sie, ihre Mutter sei in den Himmel geholt worden, weil der vorhandene Vorrat an Amazjas Liebe zu Ende gegangen sei, von dem sie bis zur Neige verschwenderischen Gebrauch gemacht habe, und nun sei sie zu ihm aufgestiegen, um frische Liebesrationen von ihm zu erhalten. Josef blickte seine Frau mit feuchten Augen an, lauschte ihren Worten, umarmte ihren Leib, in dem sich neues Leben regte, wanderte mit ihr umher und trauerte, als sei er erneut verwaist.

Nach Ende der Trauerwoche ging sie in die Wohnung ihrer

Mutter, um sich die Fotoalben des Vaters und seine Sachen, die er am Morgen seines Todes zurückgelassen hatte, zu holen. Als sie die Kleiderschränke aufmachte, um Angelas Kleidung zu sortieren, fand sie dort die vergessene Puppe Jaffa in Totenschleier gewickelt. Eine weiße Wolke zarter Motten schwirrte von der Puppe auf, hinterließ kleine Kahlstellen in deren üppigem Goldhaar und bepuderte Rosa im Flug mit seidig weißem Staub. Rosa zog Jaffa die löchrigen, zerfressenen Kleider an, die sie neben ihr fand, strich ihr über die ausgedünnten Locken und schüttelte sie auf und ab. Die Puppe rief nicht mehr »Mama, Mama, Mama«. Dann betrachtete sie die Puppe lange von nahem, die schönen Züge, die man dem Porzellangesicht verliehen hatte – rote Wangen, blaue Glasaugen mit dunklen Wimpern, gerade Nase, volle Lippen, die freigebig lächelnd weiße Zähne entblößten –, und wünschte sich, ihre Tochter möge so puppenschön werden.

Schweren Herzens nahm sie die Puppe, die Sachen ihres Vaters und den Glasbehälter, in dem Angela ihr Gebiss mit dem rosa Plastikgaumen aufbewahrt hatte. Den Behälter stellte sie aufs Waschbecken neben den Becher, in dem ihre und Josefs Zahnbürsten steckten. Allmorgendlich, ehe sie sich das Gesicht wusch, wandte sie sich nun den im Wasser sitzenden Zähnen zu, die sie mit freundlichem Lächeln begrüßten, und erzählte ihnen die Ereignisse des Vortages. Danach fischte sie sie aus dem Glas und putzte sie gründlich, genau wie Angela es für jeden neuen Tag getan hatte. Die geputzten Zähne klapperten und klimperten in ihren Händen eine Erwiderung, die nur sie verstehen konnte. Josef beobachtete sie besorgt und sagte leise zu den Kindern, die sie nun häufiger als früher besuchen kamen, wegen der heiklen Lage ihrer Mutter müsse man ihr Rücksicht und Verständnis entgegenbringen, ihr nicht widersprechen und sie nicht fragen, was ihr Tun zu bedeuten habe.

Zwei Monate später, an einem Morgen, an dem ihr ihr Bauch

sehr groß und tief hängend vorkam, sprach sie wie gewohnt minutenlang mit Angelas Zähnen. Mit dem Waschen und Zähneputzen fertig, ging sie wieder ins Bett und erhielt ihren Morgengruß von Josef, der wie alltäglich in sie eindrang. Im Moment der Berührung hörte Rosa jedoch ein Platzen, und augenblicklich wurden sie beide von einem Schwall klaren, warmen Wassers überspült. Das Wasser sickerte in die dicke Federkernmatratze, tropfte auf den Fußboden und spülte graue Staubflusen, verknäult mit langen, ausgefallenen Haaren von Rosa, unter dem Bett hervor. Josef fuhr erschrocken aus ihr heraus, wischte hastig ihre und seine Lenden ab, half ihr auf, brachte ihr ihre Festtagskleidung und rief Leslie-Schimon an, er solle mit seinem Taxi kommen.

Unter Hinterlassung kleiner Wasserpfützchen marschierte Rosa geradewegs in den Kreißsaal, und als sie sich auf das schmale Eisenbett legte, wusste sie, dass es diesmal eine schwere Geburt werden würde. Während alle anderen Frauen in dem kalten, edelstahlblitzenden Saal in höchsten Tönen schrien und kreischten und ihre Ehemänner verfluchten, die sie in diese Lage gebracht hatten, biss Rosa die Zähne zusammen und rief Angela um Hilfe an.

Dann brach ein großer Tumult um sie herum aus. Rosa erinnerte sich nur an die Spritze, die man ihr in die Rückenwurzel jagte, und an das schwarze Loch, in das sie mit angenehm anmutender Leichtigkeit versunken war.

Als sie aufwachte, sah sie Josefs verweintes Gesicht vor sich. Er erzählte ihr, man habe sie in Narkose versetzt, ihr dann in seinem Beisein den Bauch aufgeschnitten, die Ränder ihrer riesigen Gebärmutter aufgeklappt, die wie ein purpurner Ballon gebläht gewesen sei, und das Baby herausgeholt, das partout nicht aus eigener Kraft habe herauskommen wollen. Erst nach der Entlassung aus dem Krankenhaus wagte er ihr zu erzählen, dass die Nabelschnur um den Hals der Kleinen geschlungen war, als habe sie sich schon vor der Geburt das Leben nehmen wollen.

»Ihre Tochter wird klein bleiben«, teilten ihr die Ärzte wenige Stunden nach der Niederkunft mit. Von der Operation erschöpft, war Rosa in tiefen Schlaf gesunken und erst aufgewacht, als sie den orangefarbenen Vorhang raschelnd über seine Schiene gleiten hörte, woraus sie entnahm, dass die Visite sich um ihr Bett versammelte. Es waren der Kreißsaalarzt, ihr privater Gynäkologe, der Kinderarzt und die Hebamme.

Sie blickte ihnen in die Augen und begriff, dass sie richtig vorausgesehen hatte: Ihr Kind war anders. In den Blicken der Ärzte lag eine seltsame Mischung von Trauer, Mitleid und Medizinerfreude über die seltene genetische Abnormalität, die ihnen wie ein Geschenk des Himmels in den Schoß gefallen war. Lange erklärten sie ihr die DNA-Deformierungen infolge der Verwandtenehe und meinten, welches Glück sie habe, mit sieben gesunden Kindern gesegnet zu sein. Im Geist schon die vielen Fachartikel, die sie veröffentlichen, und die Vorträge, die sie auf Ärztekongressen halten würden, im Visier, sagten sie mit blitzenden Augen, die Kleine sei bucklig zur Welt gekommen, ihr Wachstum würde im Alter von etwa zwei Jahren aufhören und es könne auch sein, dass sie geistig zurückbliebe, ihr Leben lang auf ihrem krummen Rücken läge und den Mund nur zum Essen auftäte.

Trockenen Auges musterte Rosa die Abordnung der bösen Engel – so nannte sie sie später, wenn sie interessierten Zuhörern die Ereignisse schilderte – und sagte ihnen, sie sollten ihre weißen Flügel zusammenklappen, sie in Ruhe lassen und ihr sofort das Kind bringen. Darauf rauschten sie in ihren steif gestärkten Kitteln ab und eilten über den Korridor ihrer nächsten Mission zu.

Kaum waren sie weg, wurde der Vorhang erneut geräuschvoll aufgerissen: Rachel stand vor ihr, einen müden Rosenstrauß in der Hand, und beäugte sie mit einem Blick, der bei ihr jenen besonderen Momenten vorbehalten war, in denen sie Trauer oder Mitgefühl ausdrücken wollte.

»Ich hab sie sagen hören, deine Tochter wär bucklig und würde klein bleiben«, waren ihre ersten Worte. Im kalten Neonlicht der Wachstation sah Rosa klar die kleinen Krater in ihrem pockennarbigen Gesicht und das rote Funkeln in ihren sichtlich frohen Augen. Rachel war zwar ihre beste Freundin, aber Rosa wusste auch, dass sie ihr gern schlechte Nachrichten überbrachte, und wartete ungeduldig darauf, dass sie wieder ging.

Nach einer langen Weile, als ihre vollen Brüste schon schier zu bersten drohten und sie gellend in die Gänge schrie, brachte man ihr endlich das Kind. Die dunklen Augen des Mädchens, die in einem Riesenschädel steckten, blickten sie forschend und ohne Wimpernzucken an, und der Kopf schwankte ein wenig auf dem Hals. Sobald sie das Baby im Arm hielt, machte sie es genauso wie mit ihren sieben anderen Kindern, die viele Jahre früher zur Welt gekommen waren. Behutsam, als fürchte sie, den zerbrechlichen Körper zu beschädigen, löste sie die Bänder der vielen Flanellsachen, die das Kind am Leib trug. Schwacher Waschmittelgeruch, vermischt mit dem Duft eines neuen Babys und dem Gestank des schwarzen Stuhls eines Kindes, das noch nie gestillt worden war, breitete sich im Zimmer aus. Als wolle es mithelfen, strampelte das Kind die weißen Totenkleider los. Mit geübten Händen, die ihr Handwerk nicht vergessen hatten, wickelte sie die Windel ab, die die Kleine ganz und gar einhüllte, als wäre sie die antike Mumie eines früh verstorbenen ägyptischen Babys.

Nackt und bloß lag sie nun auf dem Bett, ihr Makel offen sichtbar vor den tränenerfüllten Augen ihrer Mutter. Mit Bauchgrimmen sah Rosa die zwei Buckelchen oder das, was die Ärzte als »genetischen Fehler« bezeichneten. Sie holte tief Luft und prüfte, ob alle anderen Glieder an Ort und Stelle saßen. Erleichtert aufseufzend entdeckte sie den Nabel, der sich wie ein rosa Tauende genau mitten auf ihrem Bauch rundete. Die Ohren lagen eng am Schädel an, die Nase befand sich an der richtigen Stelle, Arme und Beine saßen dort, wo sie hingehörten. Einen Moment vergaß Rosa das Angststechen im Bauch und freute sich, genau wie bei den sieben Malen zuvor, an den winzigen Fingernägeln, die perfekt die Fingerenden bedeckten. Nachdem sie sich an diesem Wunder satt gesehen hatte, nahm sie das Kind hoch und führte es, als wäre sie kurzsichtig, ganz nah an die Augen. Mit bebenden Nasenflügeln schnupperte sie den geradezu schmerzlich vertrauten Geruch eines Neugeborenen und bereitete der Kleinen ihr ureigenes Willkommen. Als zelebriere sie einen geheimen Mutterkult, küsste sie ihr in feststehender Reihenfolge Wangen und Stirn, die halb geschlossenen Augen und jeden der winzigen Finger einzeln. Und ehe sie sie neu wickelte, suchte sie eingehend nach Merkmalen und Zeichen, die sie als Tochter der Familie ausweisen könnten.

Wenn sie später Rachel davon erzählte, gab sie zu, dass sie nach Zeichen ihrer verstorbenen Mutter bei ihr gesucht hatte. Als sie nichts Augenscheinliches fand, das auf eine Wiedergeburt hätte schließen lassen, wiegte sie das nackte Kind auf den Armen und legte es an die Brust. Der kindliche Körper fühlte sich warm an, und die seidenweiche Haut verhieß schönere Zeiten. Die Kleine hampelte zwischen den Brüsten herum, schnupperte wie eine Blindmaus nach der Nahrungsquelle. Und als sie den Nippel gefunden hatte, packte sie ihn triumphierend mit ihren starken Kiefern. Ein scharfer Schmerz durchzuckte Rosas Leib. Sie blickte in das ihr so nahe Gesichtchen und verspürte einen schmerzlich wohligen Schauder. Die Lust ging von der Brustwarze aus, die sich im Mund des Säuglings versteift hatte und ihm einen dünnen Strahl süßen Nasses einflößte, lief von dort in Kreisen wohligen Schmerzes zum Bauch hinunter und drückte und presste die entleerte Gebärmutter. In diesem Augenblick erwachte ihre starke Liebe zu diesem Kind, stärker noch als jene, die sie für ihre gesunden Kinder empfand.

Als sie dieses Phänomen später zu erklären versuchte, erzählte sie, dass die Buckel der Kleinen gewissermaßen ihr Herz durchbohrt und es zum Bluten gebracht hätten.

Am nächsten Tag kam Josef zu Besuch, brachte ihr aber, anders als bei den vorigen sieben Geburten, keine Blumen. Auf seinem sonst stets glatt rasierten Gesicht sprossen harte graue Stoppeln, und in seinen Augen saß ein mitleidiger Blick, den sie noch nie gesehen hatte. Ihm nach tappte ein ganzer Schwarm Ärzte, die Mienen so ernst und feierlich, als hätten sie gerade eine besonders schlechte Nachricht erfahren. Josef wollte sein Töchterchen nicht sehen. Er setzte sich ans Bett seiner Frau, nahm ihre Hand in seine große und blickte ihr nunmehr tieftraurig in die Augen. Da er sie nicht zu überreden versuchte, dem neuen Baby den Namen eines seiner Lieblingsfilmstars zu geben, sondern ihr die Wahl überließ, wusste Rosa, dass dieses letzte, geschädigte Kind ihr allein gehören würde. Josef nahm keinen Anteil daran.

Nachdem er gegangen war, drängten ihre sieben Kinder samt Enkeln herein und wollten ihr Schwesterchen sehen. Mit säuerlicher Miene erfüllte die Schwester im Säuglingszimmer ihren Wunsch. Sie riss das Kind aus dem durchsichtigen Plastikkasten und schwang es, den Blick fernab gerichtet, hoch, als hätte sie absolut nichts mit diesem Baby zu tun. Und als Ruthi es unbedingt halten wollte, drückte sie es ihr grob in die Arme, als wollte sie sagen: »Nichts zu machen, das ist es nun mal.« Dann kehrte sie den sieben den Rücken zu, legte die säuerliche Miene ab und kümmerte sich mit freundlichem Gesicht um die anderen Babys, die, fest gewickelt wie kleine Mumien oder bleiche Schmetterlingspuppen, aufgereiht lagen.

Als Rosa spätabends auf den Besuch ihrer Mutter wartete, fiel ihr schlagartig ein, dass Angela ja zwei Monate vor der Geburt ihrer letzten Enkelin gestorben war. Vom Gefühl der Mutterlosigkeit überwältigt, setzte sie sich im Bett auf und brach in so bitterliches Weinen aus, dass alle Nachtschwestern herbeieilten. Sie schüttelten ihr Kopfkissen auf, massierten ihr die Schläfen, schenkten ihr Kräutertee ein und legten ihr schließlich, als nichts anderes half, das geschädigte Kind in die Arme, vielleicht könnte das sie beruhigen.

Rosa nahm das Baby, wiegte es im Schoß, und die aufgestauten Tränen sprengten die Schleusen. Sie weinte wie noch nie im Leben, für all die Jahre, in denen ihre Augen trocken geblieben waren. Sie weinte über ihre Vaterlosigkeit, über das Flüchtlingskind Rina, über Mischa, den Holocaustüberlebenden, über ihre unerfüllte Liebe zu Schraga, über den Tod ihrer Freundin Ruthi, über ihre Jugend, die sie nie gehabt hatte, über ihre verstorbene Mutter, über das andersartige Kind, das sie geboren hatte, über Josef, der auf Distanz zu ihr ging, und über die schreckliche Veränderung, die in ihrem Leben stattfinden würde. Und als die Tränen auf den kahlen Kopf des Babys rollten und ihm die Windeln nässten, nahmen es die Schwestern ihr weg und gaben ihr ein Schlafmittel.

»Das kam, weil sie ein zurückgebliebenes Kind zur Welt gebracht hat«, hörte man es zwischen den Betten der Wöchnerinnen tuscheln. Das Gewisper sickerte durch die dünnen Holzwände, wanderte von Zimmer zu Zimmer, breitete sich über die Flure aus und ängstigte die Frauen, die in den kalten, sterilen Räumen auf den schmalen Eisenbetten lagen, den Bauch vor sich gewölbt und die Beine auf die angewinkelten Eisenhalter hochgeschnallt, in der Geburtsstellung, die für die Ärzte bequem ist. Später erzählten die Nachtschwestern den Tagesschwestern, dass Rosa trotz des verabreichten Schlafmittels die ganze Nacht hindurch untröstlich geweint habe. Gegen Morgen versiegten ihre Tränen, und sie nahm lächelnd und mit ausgebreiteten Armen das Baby in Empfang, das man ihr reichte, entblößte die Brust, stillte es und redete so sanft, als ob nichts geschehen wäre. Nach dem Stillen hielt sie es in den Armen und küsste es zärtlich von Kopf bis Fuß. Das Baby machte ein Bäuerchen, gab ihr einen schläfrigen Blick zurück, und Rosa spürte, wie der Kleinen der Atem stockte und die Glieder erstarrten, ja wie der ganze Körper sich mobilisierte, die reine Wonne aufzunehmen und mit allen Fasern gierig die ganze Liebe ihrer Mutter einzusaugen.

Als sie mit dem Baby auf dem Arm heimkehrte, empfingen die Kuckucke sämtlicher Uhren sie mit einem Willkommensruf, der zehnmal erschallte, und die grauen Krähen des Viertels umkreisten das Haus und ließen aufgeregt ihr kaltes, blechernes Krächzen ertönen. Beim abendlichen Babybad drückte Josef sich entgegen seiner sonstigen Gewohnheit davor, ihr zu helfen, doch Dror erbot sich bereitwillig, seine Stelle einzunehmen.

»Ich hab's ja gesagt«, brüllte er freudig, als sie die Kleine auszog. »Meine Frau ist ein Engel.«

»Woher weißt du denn, dass sie ein Engel ist?«, fragte Rosa mit belegter Stimme.

»Schau, hier.« Der Junge deutete auf die winzigen hervorstehenden Schulterblätter seiner zukünftigen Braut und streichelte sie in der Luft. »Hier sind ihre Flügel eingefaltet.« Rosa blickte auf die zwei kleinen Speckfalten, die sich auf den Schulterblättern wölbten, und schon tropften heiße Tränen in die Badewanne und salzten das Wasser, in dem die Kleine strampelte.

»Warum hat sie denn Flügel?«, fragte sie ihn.

Dror blickte seine Großmutter mitleidig an. »Damit sie damit fliegen kann«, antwortete er selbstsicher.

»Und wann wird sie fliegen?«, fragte Rosa mit tränenerstickter Stimme weiter.

»Wenn die Zeit gekommen ist und sie's will, wird sie die Flügel ausbreiten und fliegen«, sagte er und fügte leicht zögernd hinzu: »Und wenn sie wegfliegt, flieg ich mit.«

Nach längerem Schweigen fragte er: »Wie willst du sie nennen?«

»Ich habe mir noch keinen Namen ausgedacht«, antwortete sie, die triefenden Augen auf das lauwarme Wasser gesenkt. »Hast du eine Idee?«

»Ich möchte, dass du sie Maleach – Engel – nennst«, sagte er eifrig.

Rosa murmelte geistesabwesend den Namen, als leiere sie ein beruhigendes Mantra vor sich hin: »Maleach – Engel, Engel Gottes, Dienstengel, Engel vom Himmel, mein Engelchen«, und dachte nicht an den Todesengel, den Engel des Verderbens, den Würgeengel und den Engel des Bösen. Das winzige Töchterchen, das ihr ernst in die Augen blickte, erschien ihr in diesem Moment wie ein himmlisches Geschöpf. Als sie sich an den Namen zu gewöhnen begann, erschrak sie jedoch. Es war der hebräische Name ihrer Mutter, und die hatte ihr ja noch zu Lebzeiten verboten, ihren lebenden Kindern die Namen von Toten zu geben, da das ein schlechtes Omen sei. Aber bei intensivem Nachdenken fand sie Argumente für die Idee. Da das Kind anders war, sie es gegen alle Wahrscheinlichkeit zur Welt gebracht hatte und ihre Mutter kurz vor seiner Geburt gestorben war, gab es doch Anzeichen dafür, dass sie die mütterliche Anordnung übertreten durfte. Diesen wohl erwogenen Tatsachen fügte sie noch an, dass Dror, ihr ältester Enkel, es sich so gewünscht hatte, und ihm konnte man diese Bitte doch wahrlich nicht abschlagen.

Den hebräischen Namen MALEACH, den fremdsprachigen Namen ANGELA, das Geburtsdatum und die Personalnummer vermerkte die Beamtin des Innenministeriums sorgfältig an der Spitze eines sauberen, neuen Blattes mit sieben Feldern unter der Überschrift KINDER, das in Rosas Personalausweis eingelegt wurde. Und Rosa heftete das neue Blatt an das vorige abgewetzte, auf dem in unterschiedlichen Handschriften die Namen ihrer sieben Kinder verzeichnet standen und alle sieben Felder mit Erwartungen füllten.

Als sich später Kummer und Sorgen häuften, schrieb ihre Freundin Rachel das allein dem Namen zu, den sie ausgesucht hatte. »Wenn du ihr den Namen eines Engels geben wolltest, hättest du sie Erela, Gabriela, Rafaela, Michaela nennen können. Aber Maleach? Wieso Maleach? Du hast Engel gemeint und Teufelswerk bekommen.«

Kaum war sie mit dem Baby auf dem Arm aus dem Krankenhaus heimgekehrt, setzte die gefürchtete Veränderung ein. Voll Angst vor dem Bevorstehenden ignorierte sie die Unheil verkündenden Vorzeichen ringsum und versuchte, wie gewohnt weiterzuleben.

Manche behaupteten, die Krähen seien ausgesandt worden, ihr die Veränderung anzuzeigen, denn als Rosa zum ersten Mal mit dem Baby im Kinderwagen aus dem Haus kam, hätten die Krähen von allem Tagewerk geruht. Allesamt seien sie wie zu einem himmlischen Appell von Würgeengeln reihenweise auf den Stromdrähten gelandet, hätten sich flügelschlagend ausbalanciert und das Baby mit Blicken begleitet. Rosa wiederum meinte gesehen zu haben, dass Maleach die Augen hob, den Blick der Krähen auffing und ihnen mit den Armen zuwedelte, als wollte sie mit ihnen fliegen.

Beweis für die Ehrengarde sei der viele Kot gewesen, den die Krähen vor Aufregung fallen ließen, sodass die Gehwege unter den Stromdrähten streifenweise gesprenkelt waren, erzählte man später denen im Viertel, die der Geschichte nicht trauten. Diese Streifen seien tagelang nicht wieder wegzukriegen gewesen, so sehr die Straßenfeger auch mit ihren Besen schrubbten. Außerdem hieß es, bei den Autos, die den Krähenkot von oben abbekamen, habe der Lack auf Dächern und Motorhauben Blasen geschlagen, als hätte man ätzende Säure darauf gespritzt, und zwei Tage später sei er abgeblättert und habe hässliche runde Kahlstellen hinterlassen, die die Autos ganz pockenfleckig machten.

Von nun an setzte bei Josef eine Veränderung ein. Der sonst so kinderliebe Vater vermied jeden Kontakt mit seiner neuen Tochter und ignorierte ihr Vorhandensein, als wäre sie gar nicht geboren worden. Von seinen Nächten im Kino zurückgekehrt, suchte er nicht das Zimmer der Kleinen auf, um ihr die Decke festzustecken. Nie weckte er sie morgens mit sanftem Rütteln, nie schwang er sie hoch, wie er es bei seinen anderen Kindern getan hatte, nie nahm er sie auf den Arm oder sog ihren frischen Duft ein. Sah er sie zufällig, sauber gewickelt auf Rosas Schoß, wandte er die Augen ab und tat so, als wäre sie Luft. Außerdem enthielt er sich weitmöglichst jeder Berührung mit Rosa, damit sie seinen Samen nicht etwa dazu missbrauchte, noch ein entstelltes Geschöpf in die Welt zu setzen.

An dem Tag, an dem die Ärzte ihr den Verkehr mit ihrem Mann wieder erlaubten, wusch Rosa sich von Kopf bis Fuß und ließ die Friseuse Alisa ins Haus kommen, die ihr eine elegante Lockenfrisur legte und mit viel Spray fixierte. Danach bereitete sie Josefs geliebte sonntägliche Mandelsuppe zu. Glückstrahlend saß sie ihm am Tisch gegenüber und verfolgte jeden Löffel, den er zum Mund führte. Doch Josef brockte wie besessen eine Scheibe Brot in die Suppe, um die Flüssigkeit aufzusaugen, und schlang lustlos alles hinunter, geflissentlich bemüht, seine Frau nicht anzublicken. Und als Rosa den Bettüberwurf abzog und ihm bedeutete, dass die Zeit gekommen sei, entwich er ihr unter allerlei Ausflüchten, wanderte durch die Zimmer und zog erneut die Kuckucksuhren auf, die die Wände in Wohnzimmer, Küche, Flur und Schlafzimmer bedeckten. Als dann alle Kuckucke einmütig neun Uhr ausriefen, verließ er türknallend die Wohnung, um im Kino Rosa nach dem Rechten zu sehen und danach in Mussa Silchas Baracke Arrak zu trinken. Mit einer penetranten Anisfahne endlich heimgekehrt, machte er die Runde durch die Kinderzimmer, in denen die sieben leeren Betten der fortgegangenen Kinder standen, kuschelte sich in Ruthis Bett und schlief unter einem verblichenen Poster ein, auf dem zwei Katzenjunge mit einem Wollknäuel spielten.

Als er Rosa morgens in der Küche traf, sagte er ihr, er sei nicht ins Bett gekommen, weil er sie nicht aufwecken wollte. So machte er es auch in der folgenden Nacht und in den übrigen Nächten der Woche. Damals kam es Rosa vor, als sei er über Nacht gealtert. Ihr blühender Körper und die vollen Brüste ließen seine Lenden nicht mehr wie einst prall werden. Hartnäckig mied er das Ehebett und hütete sich vor jeder Berührung mit ihr. In einem abgewetzten Flanellpyjama, dessen Hose vorn aus den Nähten platzte und von einer alten seidenen Vorhangschnur um die dicke Taille gehalten wurde, wanderte er wie mondsüchtig durch die Zimmer. Hatte Rosa abends Maleach in ihrer Krippe schlafen gelegt – platt auf den Rücken, um ihre Buckel zu glätten –, lockte sie Josef mit ihrer verführerischsten Stimme, aber er stellte sich taub, wanderte in ein Kinderzimmer und schlief gekrümmt wie ein Embryo in einem der sieben Betten ein.

Schnell wurde es ihm zur Gewohnheit. Jede Nacht, nach dem Uhrenaufziehen, suchte er ein anderes Bett auf. Und da er für System und Ordnung war, entschied er sich für eine feste Reihenfolge: Sonntags schlief er in Ruthis Bett, montags in Leslie-Schimons, dienstags war Jackie-Jakobs Bett an der Reihe, mittwochs Scarlett-Masals, donnerstags ging es in Lana-Ilanas Bett, freitags in James-Gads, und am Schabbat beschloss Laura-Lioras Bett die Woche. Wenn sich in der Nacht von Freitag auf Samstag das Haus mit den sieben Kindern samt Ehepartnern und Enkeln füllte, schlug Josef sein Lager auf dem Boden des Schlafzimmers auf, das früher auch seines gewesen war, rollte sich wie ein verlassenes Katzenjunges zusammen und schlief ein. Dann drang sein pfeifendes Schnarchen in Rosas Ohr und störte ihre Nachtruhe. In solch schlaflosen Stunden dachte sie an jene fernen Tage, in denen er allabendlich in ihr gerammelt hatte und nachher eingeschlafen war, die Arme von hinten um sie geschlungen, die Nase an ihr linkes Ohr gedrückt, wobei ihr die Fanfarenstöße, die er dort hineinblies, wie süße Schlaflieder in den Ohren geklungen und nicht nur Schlaflosigkeit vertrieben, sondern auch Albträume der schlimmsten Sorte fern gehalten hatten.

9

Das Lächeln eines Toten

Das Kino Rosa wurde bald nach Maleachs Geburt geschlossen. Nicht dass Josef es hatte schließen wollen – ihm war ja dieser Tage mehr denn je nach Weinen zu Mute –, sondern der Publikumsstrom versiegte. Josef schrieb das seinem alten Projektor zu, der nicht mehr so lichtstark wie früher sei und seine Bildschärfe eingebüßt habe, dessen Bild manchmal gar ganz verschwand. Außerdem käme der Ton jetzt dumpf und krächzend aus den Lautsprechern, sodass man die Helden, die ihre Nöte auf der Leinwand ausbreiteten, nicht mehr klar verstehen könne. Die Stammgäste des Rosa, die nun nach und nach ausblieben, behaupteten, Josef treffe eine schlechte Auswahl und die neuen Filme, die er bringe, könnten einen nicht mehr zu Tränen rühren.

Zur Rechtfertigung der Fortbleibenden sei gesagt, dass die konkurrierenden neuen Lichtspielhäuser starke Anziehungskraft auf die Bewohner des Viertels ausübten, die lieber auf weichem Samtpolstergestühl sitzen, scharfe Bilder auf Breitwand sehen und klare Töne aus modernen Stereoanlagen hören wollten. Die Krise war wohl auch dem harten Winter jenen Jahres zuzuschreiben. Die treuen Besucher des Kinos Rosa wanderten in Scharen aus dessen eiskaltem Saal in die geheizten Säle der neuen Kinos ab.

Nur Rosa kannte den wahren Grund. Als sie eines Tages den klammen, halb leeren Saal aufsuchte, Maleach gut eingemummt auf dem Arm, bemerkte sie, dass Josef sich neuerdings mit der Reihenfolge der Spulen vertat. Er brachte den Schluss am Anfang, den Anfang zum Schluss, und manchmal überging er den Mittelteil, sodass kein Mensch die Filme verstehen konnte.

Zuerst sah man es ihm nach, dachte, es handele sich womöglich um Avantgarde. Doch als die Handlungen immer verwickelter erschienen, wurde es den Zuschauern zu bunt. Vor allem gerieten die anerkannten Filmexperten unter ihnen in Verlegenheit, da sie den Werdegang der Helden nicht kapierten und deshalb außer Stande waren, schlichten Gemütern den Film zu erklären. So blieben die Leute halt weg, trugen ihre tränenseligen Augen zu neuen Orten. Als Rosa eines Tages den weinenden Josef als einzigen Zuschauer in einem wirren Film ohne Anfang, Mitte und Ende antraf, beschloss sie aus eigenem Antrieb, das Kino zuzumachen, und hängte ein großes Schild auf: *Zu verkaufen.*

Nach der Schließung verschwand Josef immer gleich nach dem Abendessen mit der Bemerkung, er ginge zu Mussa Silchas Baracke, kam spätnachts wieder und legte sich volltrunken und mit penetrantem Zigarettengeruch im Haar in das Bett eines seiner Kinder.

Seit Maleachs Geburt verbrachte er jeden Abend in der Kneipe, becherte, rauchte und klagte sein Leid den Männern, die dort qualm- und trübsalumwölkt auf groben Holzbänken saßen und leer vor sich hinstarrten. Mit schlaffen Lippen, die feuchte Zigarette stur im Mundwinkel, erzählten sie einander traurige Geschichten von unglücklicher Liebe und vergeudetem Leben. Schulter an Schulter drängten sich die Männer allabendlich in der kleinen Holzbaracke mit dem welligen grauen Asbestdach, durch dessen Risse machtvoll ein riesiger, ausladender Feigenbaum wuchs. Wie der Baum dorthin gekommen war, konnte keiner erklären. Eines Tages habe ein spitzer kleiner Trieb den dicken Betonfußboden durchbohrt, erzählte Mussa den Neugierigen. Frech und kühn hatte der

Baum den beengenden Beton zerkrümelt und seinen Weg nach oben angetreten, genährt durch Tropfen roten Weins, mit denen die Trunkenbolde ihn besprengten. Als er in die Größe und Breite wuchs, Zweige ansetzte und erstarkte, begann er von oben auf die Lallenden herabzublicken. Nun sammelte er auch Mut und stieß – wie ein Betrunkener schwankend – durch die Asbestdecke, die ihm den Weg zur Sonne versperrte. Seinerzeit schwor Mussa den Gästen, denen durch das löchrige Dach Regentropfen auf den Kopf fielen oder Winterwinde in die Kleider pfiffen, dass er den Baum nicht gepflanzt habe; möglicherweise sei er aus den Resten von Feigen gekeimt, die die Arbeiter beim Gießen des Fußbodens gegessen hätten. Aber die Alteingesessenen des Viertels erzählten einander in kalten Winternächten, während sie sich die morschen Knochen an knisternden Holzkohlen in leeren Olivenölkanistern wärmten, diesen Feigenbaumsetzling hätte Rosa ihm gebracht, »denn Rosa und Mussa sind gemeinsam in jenem Haus im alten Katamon aufgewachsen und haben sich als Kinder vor den Erwachsenen versteckt, um miteinander zu schmusen, bis Josef sie erwischte und durchprügelte. Und weil sie gemeinsam Schläge bezogen, blieben sie einander für ewig verbunden«. Zur Untermauerung ihrer Worte verwiesen sie auf den kreisrunden Ring, der den Baumstamm vom Betonfußboden bis zur Erde umgab – ein schlagender Beweis dafür, dass der Baum absichtlich gepflanzt worden war, ehe man den Fußboden goss, und nicht etwa zufällig hier Wurzeln geschlagen hatte. Andere hatten es gern mit ausholenderen Erklärungen und meinten, »wenn Rosa dem Mussa einen Feigenbaumsetzling mitgebracht hat, dann muss doch Liebe zwischen ihnen bestanden haben, die sie wegen Josefs blinder Eifersucht auf seine schöne Frau nicht ausleben konnten«. Jedenfalls waren sich alle einig, dass Mussa dem Baum starke Zuneigung entgegenbrachte. Es hieß, nachts würde er ihn insgeheim mit den Weinresten gießen, die die Gäste in den Gläsern hinterließen. Wenn er in Stimmung sei, umarme und küsse er seinen Stamm. In kalten Nächten hülle er ihn mit einer dicken Wolldecke ein. Und er wispere ihm seine geheimsten Geschichten direkt in die Astlöcher, die sich vor ihm auftäten. Auch das Geheimnis von seiner Liebe zu Rosa vertraue er ihm an, wollten die guten Seelen wissen.

Wenn im Sommer die ersten Früchte reiften, standen die Einwohner des Viertels vor der Baracke mit dem löchrigen Dach Schlange, um die weichen, saftigen Feigen mit dem zarten Weingeschmack zu kaufen. Die besten Feigen legte Mussa in eine braune Papiertüte und gab sie Josef für Rosa mit. Und von diesem Geschenk gab sie ihren Kindern nichts ab. »Die sind voller Most und riechen nach Alkohol, als wären sie in Wein eingeweicht. So was sollten Kinder nicht essen«, redete sie sich heraus und nahm sie mit ins Bett. Da sie wusste, dass sie wurmfrei waren, weil Würmer ja in Wein nicht überleben können, riss sie sie nie auf, um ihr Inneres zu untersuchen, wie argwöhnische Feigenesser es sonst tun. Sie schlug einfach die weißen Zähne in das weiche, rosige Fleisch, und die Süße breitete sich in ihrem ganzen Körper aus, machte ihr die Glieder schwer und den Kopf schwindlig.

Etwa ein halbes Jahr nach Maleachs Geburt sprach Josef nicht mehr mit ihr, weder im Guten noch im Bösen. Auch wenn sie ihn zum Reden animieren wollte, hielt er den Mund. Als er eines Nachts wieder aus Mussas Baracke heimkam – nach billigem Arrak riechend, Jacke und Haar mit Zigarettenqualm voll gesogen, machte Rosa ihm die Wohnungstür auf und empfing ihn mit offenen Armen in Vorbereitung auf eine Umarmung, aus der nichts wurde, weil Josef den Kopf senkte und ihr geschmeidig entschlüpfte. Traurig folgte sie ihm ins Kinderzimmer, setzte sich zu ihm auf Jackie-Jakobs Bett und erklärte energisch, sie müssten endlich miteinander reden. Josef starrte sie an, doch Rosa spürte, dass er an ihr vorbei die Wand anglotzte. Als sie ihn zu einem Gespräch nötigen wollte und von ihrem gemeinsamen Leben, Maleach und den Geschehnissen im Haus anfing, reagierte er nicht, als hätte er nichts gehört. Und als er die Jacke ablegte und nur noch den verdreckten Pyjama am Leib behielt, den er nicht einmal zum Waschen auszog, sah sie schmerzlich erschaudernd, was er ihr bisher erfolgreich verborgen hatte. Der kräftige Körper des Vaters ihrer Kinder war zusammengefallen und verschrumpelt. Mit seiner ernsten Miene stand er vom Bett auf und wanderte durch die Wohnung, auf der Suche nach einer anderen Lagerstatt, auf der er sein Haupt zu seiner unruhigen Nacht niederlegen könnte. Ins Ehebett gekuschelt, hörte Rosa ihn in Hausschuhen von Zimmer zu Zimmer schlurfen. Sie wollte schon aufstehen und ihn daran erinnern, dass es Sonntag war und er daher in Ruthis Bett nächtigen müsste, aber der Schlaf drückte ihr die Lider zu. Als sie ihn am Morgen in Leslie-Schimons Bett vorfand, einen Daumen im Mund, die andere Hand fest um sein Glied geklammert und emsig dabei, es zu reiben und zu melken, begriff sie, dass etwas geschehen war und Josef neuerdings die Tage verwechselte.

Nachdem er sich endlich aufgerappelt hatte, sah sie, dass das Bett feucht und klebrig war, durchnässt von vergossenem Samen. Sie bezog es neu und versuchte ihn zu überreden, den Pyjama auszuziehen, damit sie ihn waschen könnte. Doch wie ein bockiges Kleinkind hielt er die ausgefransten Ränder fest, den einen Daumen immer noch im Mund, und die dumpfen Laute, die er von sich gab, sagten ihr, dass das Ringen vergebens war. »Warten wir bis zum Schabbat, wenn alle zum Mittagessen kommen. Dann ziehen wir ihn mit vereinten Kräften aus und waschen den Pyjama«, sagte sie am Telefon zu Leslie-Schimon, der seit der Erkrankung seines Vaters völlig natürlich seinen Platz übernommen hatte und seither als oberste Instanz in allen Familienangelegenheiten fungierte.

Montagnacht wiederholte sich das Phänomen. Josef schlurfte von Zimmer zu Zimmer, hielt den ausgefransten Hosenlatz zusammen und suchte ein anderes Bett, auf das er seinen schweißverklebten Leib legen könnte. »Heute ist Montag, das ist Leslie-Schimons Nacht«, erinnerte ihn Rosa. Josef hörte ihre Worte gar nicht, verstieß gegen die heilige Ordnung und kroch in Jackie-Jakobs Bett, wobei ihr der Duftschwall eines seit Tagen ungewaschenen Körpers in die Nase stach.

Als er in den folgenden Wochen noch verwirrter wurde, sah Rosa ein, dass es keine Hoffnung mehr gab. In seinem letzten Lebensjahr lief er abends wie ein Schatten seiner selbst herum. Ein ergrauender Bart zierte sein Gesicht, am Leib trug er stinkende Lumpen, und Rinnsale trüben Urins troffen ihm von den Hosenrändern und dehnten sich als nasser Fleck über seine Lenden aus. Wie ein Irrender in der Wüste suchte er nach einem Ort, um seinen Leib zu betten. Da er als systematischer, ordnungsliebender Mann bekannt war, versuchte Rosa seiner neuen Übernachtungsmethode auf die Schliche zu kommen, konnte aber keinerlei Ordnung oder Logik darin entdecken. Sogar der Freitagabend, an dem alle Kinder und Enkel immer zu einem großen Festmahl zusammenkamen, drang nicht über die Schwelle seines verworrenen Bewusstseins und vermochte ihn nicht in das Bett seines sechsten Kindes zu lenken.

Seinerzeit, als Josef zwischen den Zimmern umhertappte und Zuflucht im Bett eines seiner Kinder suchte, erinnerte sie sich wehmütig an den anderen Josef, der die Kinder früher am Schabbatmorgen weckte, sie mit starker Hand aus dem Bett hob, jedes einzeln in seinen Armen in die Zange nahm, und wenn sie dann wie Fische auf dem Trocknen zappelten, sein Stoppelkinn an ihren zarten Wangen rieb. Die jungen Gesichter röteten sich unter dem erzwungenen Rubbeln, und die Kinder flehten mit Jauchzen und Wehgeschrei um ihr Leben. Auch die Schabbatnachmittage fielen ihr ein, an denen er seine dicke Wintermütze mit den Ohrenklappen aus Fell aufsetzte, wie betrunken torkelnd auf allen vieren lief und sich dann in drohender Pose mitten im Wohnzimmer auf dem Teppich niederließ. Während die Kinder mit unterdrücktem Kichern um ihn herumsprangen, schüttelte er den Kopf so heftig, dass die Fellklappen auf und ab wippten, wälzte sich dann mit besonders bösartigem Gesichtsausdruck auf den Rücken, brüllte vor Wut und schlug mit Armen und Beinen in die Luft. Bei diesem Spiel, dessen Regeln alle kannten, reizten die Kinder ihn, hoben ihm die Mütze ein wenig vom Gesicht und entdeckten mit Freudengeschrei seine ewig traurige Miene und den Mund mit den prächtigen, starken Zähnen, die er in echter Raubtiermanier fletschte. Mit schrillen Schreien stoben die Kinder daraufhin in alle Richtungen auseinander und versteckten sich in der ganzen Wohnung. Dann trottete Josef in schlingerndem Gang auf allen vieren hinter ihnen her. Mit bedrohlich klappernden Zähnen fand er sie eins nach dem anderen in den Zimmerecken kauern oder unter den Betten versteckt, sammelte sie alle in den Armen ein und warf sie in einem strampelnden Gewirr von Köpfen, Armen und Beinen ins Doppelbett, genau auf Rosa, die ein Schläfchen zu halten versuchte. Mit einem Satz, der die Sprungfedern erzittern ließ, hechtete er letzten Endes zu dem wimmelnden Haufen und begrapschte dann insgeheim alle fassbaren Körperteile seiner Frau, die ihm gerade in die Quere kamen.

Rutschte der Kinderhaufen schließlich vom Bett und flüchtete mit gespielten Panikrufen in die anderen Zimmer, flüsterte er ihr mit besonders trübseligem Gesicht und tränentriefenden Augen zu, er liebe sie und wisse gar nicht, was anfangen mit all diesem Glück, das größer als er selbst sei und für vier von seiner Sorte ausreichen würde. Darauf hielt Rosa ihm den Mund zu und sagte, er solle den Teufel nicht herausfordern und womöglich Sorgen und Nöte über sie beide bringen.

Wenn sie später einmal bedachte, was er ihr da unter Tränen vom Glück gesagt hatte, verstand sie nicht, was ihm solches Glück bereitet hatte und warum ein glücklicher Mensch weinen musste.

Trotz seiner geistigen Verwirrung und der tief greifenden Wandlung, die in seinem Leben eingetreten war, zog er stets sorgfältig alle Uhren auf. Jeden Abend, wenn die Kuckucke einschnäblig sieben Uhr ausriefen, ging er von einem zum anderen, schüttete ihnen sein Herz aus, strich ihnen über die hölzernen Flügel, zog die Uhrwerke auf und stellte sie für die Rufe des nächsten Tages. Nach vollbrachtem Werk suchte er sich ein Bett. Am nächsten Morgen fand Rosa ihn mit dem linken Daumen tief im Mund, während seine Rechte sein Glied derart fest umklammerte und presste, dass die Fingerknöchel weiß geworden waren. Damals lief Rosas Waschmaschine ununterbrochen, um Maleachs Kleidung und Josefs uringetränkte und spermaverkrustete Bettlaken auszukochen.

Als man ihn schließlich an einem besonders kalten Wintertag splitternackt durch die schmalen Straßen der Katamon-Siedlungen tippeln sah, verfolgt von einer Horde johlender Kinder, die Kieselsteinchen nach ihm warfen, erkannten die Leute in dieser Kreatur, die unverständliche halbe Sätze stammelte, nicht mehr den großen, stolzen Josef, Rosas Ehemann. Barmherzige Menschen brachten ihn in ein Obdachlosenasyl, und da er seine Wohltäter schlug, schnallten sie ihn mit Lederriemen an ein Eisenbett. Auf einer eigens angelegten Karteikarte notierte man die Umstände, unter denen man ihn aufgefunden hatte, und ordnete sie dann unter *Unbekannt* ein.

In der Zeit, die er im Asyl verbrachte, steckten die Kuckucke vor Scham nicht die Köpfe heraus, um die Uhrzeit zu verkünden. Drei Tage lief Rosa mit einem Foto von ihm aus besseren Zeiten Polizeiwachen, Krankenhäuser und Obdachlosenheime ab, bis Leslie-Schimon sein Konterfei auf der letzten Seite der Zeitung in einem Kasten mit dem Vermerk entdeckte: »Streunender Greis aufgefunden. Seine Familie wird gebeten, sich auf der nächsten Polizeiwache einzufinden.« Josef starrte den Fotografen mit verwirrtem Blick an, hatte den Daumen im Mund und die Mundwinkel heruntergezogen. Begleitet von ihren Kindern, mit Maleach auf dem Arm, fand Rosa ihn in einem riesigen Saal voller Eisenbetten, in dem die Gerüche ungewaschener Körper noch das scharfe

Desinfektionsmittel übertrafen. Seine Kleidung war mit Körperausscheidungen voll gesogen, die in der Vermengung ihre typischen Duftmerkmale eingebüßt hatten, und sein ganzer Leib wies blutige kleine Stiche auf. Ringsum sah sie ähnlich abgerissene Gestalten ohne klare Identität: obdachlose Neueinwanderer, Fremdarbeiter mit zersetzter Leber und Gehirnausfall, die nicht mehr wussten, wie sie hießen, und penetrant nach billigem Fusel und Zahnfäule stanken, verwirrte Greise mit irrendem Blick, um deren Schicksal sich kein Mensch scherte und deren Kinder die Aufrufe ignorierten, die ihnen allwöchentlich durch die Zeitungen zugeschickt wurden.

Sie brachte ihn in Leslie-Schimons Taxi heim, wusch ihn liebevoll, verband die vielen Wundstellen und Risse seiner welken gelblichen Haut und bettete ihn in das breite Ehebett. Als sie ihn zudeckte, blitzte in seinen Augen ein Funken Selbsterkenntnis auf, und gleich darauf trat Todesangst in sein Gesicht. Wie ein Jüngling sprang er vom Bett, schlurfte dann wieder wie zuvor herum, zog die Uhren auf und streichelte mit seinen geäderten Händen die starrhälsigen Kuckucke.

Rosa, die schon alle Hände voll damit zu tun hatte, Maleach aufzuziehen, hatte nun noch ein weiteres hilfloses, quengelndes Wesen zu versorgen, das ihre Ruhe störte und viel Aufmerksamkeit verlangte. Fütterte sie Maleach mit Gemüsebrei, erschien Josef in der Küche und machte ernsthafte Anstalten, seiner Tochter den Essnapf wegzuschnappen und ihn selbst zu leeren. Da ihm die Zähne einer nach dem anderen ausfielen, konnte er keine feste Nahrung mehr zu sich nehmen, und so begann Rosa für Maleach und ihn dasselbe zu kochen. Stundenlang stand sie am Herd und rührte in großen Töpfen mit entbeintem Hühnerfleisch, Karotten, Kartoffeln, Zucchinis und Sellerieblättern. War alles gar, gab sie es in den Mixer, um eine nahrhafte, sämige Suppe zu erhalten. Nachdem sie das Baby gefüttert hatte, setzte sie sich lange zu Josef, fütterte ihn und wischte ihm mit dem Handtuch, das sie ihm um den Hals geschlungen hatte, immer wieder den Mund ab, bis sein Rülpsen ihr anzeigte, dass er genug gegessen hatte. Dann blickte Josef ihr staunend ins Gesicht und versuchte die Frau zu erkennen, die so gut zu ihm war. Manchmal nannte er sie bei ihrem Namen, meist jedoch Ruthi. Als sich sein Bewusstsein noch mehr vernebelte, hörte sie ihn Ruchama zu ihr sagen. Das war der Name ihrer früheren Freundin, der gut aussehenden Witwe aus der Nachbarschaft. Schon als Josef noch ein höchst vitaler Mann war, hatte Rachel ihr mit säuerlicher Schicksalsgenossinnenmiene das Gerücht zugetragen, Josef hätte ein Techtelmechtel mit Ruchama. Rosa wollte nichts davon hören und wünschte im Stillen allen Neidern und Klatschmäulern den Tod an den Hals, denn ihr Mann begehrte sie ja den ganzen Tag, wie sollte er dann wohl noch Kraft für eine weitere Frau haben. Jetzt, da sie den Namen deutlich aus seinem Mund vernahm, fielen ihr jedoch Ruchamas ausweichende Blicke ein, und sie erinnerte sich, dass die Exfreundin immer auf dem Absatz kehrt machte und rasch ins Haus zurückeilte, sobald sie Rosa unten auf der Straße erspähte. Plötzlich stieg ihr der billige Jasminduft in die Nase, der mit Josef ins Haus geweht war und keck den Geruch seiner geliebten Lavendelseife übertönt hatte. Und sie sah auch wieder die schwarzen, blauen und roten Flecke vor sich, die sie damals an seinen Hemdkragen entdeckt hatte, und begriff, dass es Reste von fremder Schminke gewesen waren.

Vielleicht war damals doch etwas an dem üblen Gerücht, dachte sie, und die Wut, die wie Schlangengift in ihr pochte, schnürte ihr in jähem Hass auf ihren Mann die Kehle zu. Als er sie erneut mit dem Namen ihrer Rivalin anredete, schlug sie ihm auf den Mund und nahm ihm das Essen weg, worauf er auf der Suche nach seiner Schüssel im ganzen Haus herumschrie. Und als er eines Freitags, im Beisein ihrer Kinder, wieder nach Ruchama rief, fragte Rosa jene, was das zu bedeuten hätte. Wie auf höheren Befehl hielten sie den Mund, ignorierten die Frage einfach, und als sie nachhakte, amüsierten sie sich auf ihre Kosten und sagten, sie sei immer misstrauisch gewesen und was wolle sie jetzt wohl noch von dem armen Vater, der in seinem Zustand keiner Fliege mehr etwas zu Leide tun könne. Als sie später allein in der Küche war, kam Dror, der ihr von allen am nächsten war, und flüsterte ihr direkt ins Ohr, er habe die Eltern daheim von Opa Josefs Freundin Ruchama reden hören. Rosa schloss Dror in die Arme, schwenkte ihn hin und her und weinte vor Eifersucht und vor Wut über jene Minuten, Stunden, Tage, Wochen und Monate der Liebe, die Josef ihr weggenommen und einer anderen gegeben hatte. Mehr noch als die Untreue ärgerte sie, dass er ihr nichts davon erzählt hatte, denn er hatte ihr doch sonst immer alles erzählt, weil sie seine beste Freundin war.

Kaum waren ihre Kinder gegangen, brachen erneut die Tränenschleusen. In jenen Minuten des Weinens, die sich zu Stunden auswuchsen, vergaß sie all das Gute, das zwischen ihnen gewesen war, und erinnerte sich nur an das Schlechte: Wie er sie in jener Nacht verführt und mit ihr geschlafen hatte, als sie erst eine verängstigte Vierzehnjährige war, und wie er dann seinen Einfluss auf sie ausgenutzt und sie zur Ehe überredet hatte. Wütend warf sie ihm vor, dass sie zwar mit Ach und Krach die Oberschule abgeschlossen, jedoch wegen der Kinder, die Schlag auf Schlag zur Welt kamen, nie einen Beruf erlernt hatte. Das Weinen schwoll zum Heulen an, als sie an all die Nächte dachte, in denen er angeblich im Kino oder in Mussas Baracke gewesen war, obwohl er sie gewiss an Ruchamas Busen durchgebracht hatte.

In solchen Augenblicken glaubte Rosa sicher, dass er sich nicht mit Ruchama begnügt, sondern noch weitere Frauen gehabt hatte. Dann dachte sie an ihre eigenen einsamen Nächte. Während er sich amüsierte, war sie daheim geblieben, um auf die Kinder aufzupassen. Vor allem aber weinte Rosa über ihre gegenwärtige Lage. Wie ihr Mann gerade jetzt, da sie ihn mehr denn je gebraucht hätte, aus ihrem Leben verschwunden war, sich davongestohlen hatte mittels einer Alterskrankheit, die er absichtlich über seinen Körper und Geist gebracht hatte, um sie mit dem geschädigten Kind allein zu lassen. An diesem Punkt bemitleidete sie sich selbst, dachte an ihr vergeudetes Leben und stellte sich jenes andere Leben vor, das sie hätte führen können, wenn er in der bewussten Nacht, als der Krieg ausbrach, nicht mit ihr geschlafen hätte. Sie weinte, bis ihr schier die Tränen ausgingen. Dann wimmerte Maleach vor Hunger, und sie wischte sich die Augen und trat ans Kinderbett, bereit, jeden Wunsch zu erfüllen.

In jenen Tagen, in denen sie ihrem Mann harte, anklagende Blicke zuwarf, verschlechterte sich Josefs Zustand rapide. Benebelt wie jemand, dem man mitten in der Nacht eins über den Kopf gezogen hat, tappte er in seinen großen Windeln in der Wohnung herum und wollte sich von ihr partout nicht waschen lassen, obwohl er nach Stuhl und Urin stank. Er spuckte das Essen, das sie ihm in den Mund stopfte, wieder aus, starrte sie verwundert an, als sähe er sie zum ersten Mal im Leben, schrie wie am Spieß in italienischer Sprache, die ihm plötzlich wieder eingefallen war, und rief nach Ruchama. Der beigezogene Geriater erklärte, da sei nichts mehr zu machen. Josefs Hirn sähe jetzt aus wie ein Schweizer Käse. Man müsse ihn ins Krankenhaus einliefern, ehe er ihr oder dem Baby Schaden zufüge. Aber Rosa sagte stur, aus ihrem Haus werde Josef nur noch ins Grab gehen. Jeden Abend vor dem Schlafengehen wechselte sie seine verkoteten Windeln, wischte mit einem in Olivenöl getränkten Wattebausch seinen verschrumpelten Körper ab, puderte ihm den schlaffen Hintern mit den einstmals schwarzen Stoppeln, die nun weiß geworden waren, und blickte mitleidig auf sein Glied, das sich völlig nutzlos versteifte. Wenn sie ihm dann die Windel gut feststeckte und ihm gute Nacht sagte, dachte sie jedes Mal, es könnte seine letzte Nacht bei ihr sein. Danach ging sie zu Maleach und versorgte sie auf genau die gleiche Weise.

Als die letzte Nacht seines Lebens gekommen war und Rosa ihm wie jeden Abend gute Nacht sagte, wollte er nicht schlafen gehen. Er lockerte die Windel ein wenig und wankte mit seinen geäderten Beinen durch die Zimmer, wobei ihm die Windel wie ein schmuddeliger weißer Schwanz im Schritt schlenkerte. In weiser Voraussicht verrammelte Rosa die Wohnungstür mit sämtlichen Schlössern und Riegeln, damit er nicht wieder in der Stadt herumstreunte, und versuchte ihn in ihr Bett zu lotsen. Mit Gewalt entwand er sich ihrem Griff. Schließlich gab sie es auf, legte ihm im Eheschlafzimmer eine Matratze auf den Boden, half ihm, sich darauf auszustrecken, und deckte ihn gut zu. Josef rollte sich zusammen und schlief sofort ein.

Diese ganze Nacht tat Rosa kein Auge zu. Das Reiben seiner Finger, die Schnarchlaute aus seiner verstopften Nase und das schmatzende Daumenlutschen seines zahnlosen Mundes störten ihren Schlaf. Als sie ihn morgens ruhig schlummern sah, hatte sie Mitleid mit ihm und weckte ihn nicht zum Kaffeetrinken.

Erst später, gegen Mittag, hörte sie die Stille. Als sie aufmerksam auf die befremdliche Ruhe im Haus lauschte, merkte sie, dass das Ticken aller Uhrwerke verstummt war, die Pendel ihr ewiges Schwingen eingestellt hatten und die Kuckucke die neue Stunde nicht mehr ausriefen. Erschrocken eilte sie ins Schlafzimmer. Die Decke bis an die Nase hochgezogen, lag Josef auf dem Rücken, umsummt von einem Schwarm grün schillernder Fliegen, die wie beutelüsterne Raubvögel über ihm kreisten. Rosa hob die Decke und sah seinen Mund. Um den tief steckenden Daumen herum waren seine Lippen in einem breiten, lustvollen Lächeln erstarrt, als hätte er sein Leben lang auf diesen Moment gewartet. Entsetzt blickte sie auf dieses Lächeln, rüttelte ihn an den Schultern, worauf sein verschrumpelter Körper mit kaltem, steifem Gehorsam reagierte. Nun zog sie ihm die Decke ganz weg und fand die Finger seiner rechten Hand fest um das steife Glied geklammert, das wie ein eigenständiges Wesen aus dem Schlitz seiner Pyjamahose hervorlugte. Sein ganzer Leib schwamm in einer Lache frischen Samens, der größten, die Rosa je gesehen hatte, als hätte er beim letzten Mal im Leben den gesamten Samen verströmt, den er noch hätte ergießen können, falls er Tage und Jahre weitergelebt hätte.

»Und im Tod hat er sich erlaubt, für all die Jahre mitzulachen, in denen er nie gelacht hat«, sagte sie zu ihren Kindern, als sie ihnen unter Tränen seinen Tod mitteilte.

Nachdem man ihn zur Totenwaschung abgeholt hatte, erzählten ihr die Totenwäscherinnen, zuerst hätten sie Mühe gehabt, ihm den Daumen aus dem Mund zu ziehen, aber als es ihnen schließlich gelang, sei sein verwaister Mund in breitem Lächeln verharrt, als hätte der Tote wenige Sekunden vor Aushauchen seiner Seele eine besonders gute Botschaft vernommen. Dann versuchten die Totenwäscher seine Rechte vom Unterleib zu lösen, vermochten es aber nicht, obwohl der eine die Hand, der andere das Glied packte und beide in entgegengesetzte Richtungen zerrten, bis sie fürchteten, ihm seine Männlichkeit abzureißen. Auch der Arzt, den man beigerufen hatte, um die verkrampfte Hand zu öffnen, erklärte sich dazu außer Stande, weil Hand und Glied miteinander verschweißt und zu einem Fleisch geworden seien.

Weiter erzählten die Wäscherinnen, Josefs lächelnder Mund und die Fröhlichkeit des Toten hätten alle angesteckt, die mit dem heiligen Werk der Totenreinigung beschäftigt gewesen seien. Dank seiner hätte im Reinigungsraum solche Freude und Heiterkeit geherrscht, dass sie sogar das Radio angestellt und den liturgischen Gesängen im ersten Programm gelauscht hätten, die Kantor Malbeski mit seinem Knabenchor vorgetragen habe. Im Takt der Musik hätten sie Josefs Leichnam von oben bis unten und von einer Seite zur anderen abgeschrubbt. Und als sie Wasser in seine Körperöffnungen gossen, um ihn auch von innen zu waschen, hätten sie einen derartigen Lärm und Tumult veranstaltet, dass die Rabbiner herbeieilten, um die Ausgelassenen mit strenger Miene zurechtzuweisen. Als sie jedoch Josefs seliges Lächeln sahen und anerkennend das steife Glied in seiner Rechten musterten, seien sie wieder abgezogen, ein ähnliches Lächeln auf den Gesichtern.

Sie bahrten ihn in der Trauerhalle auf, seinen duftenden Leichnam in Leichenkleider ohne Taschen gehüllt, denn der Tote nimmt ja keinerlei Besitz mit ins Grab, wobei die Leistengegend, ungeniert hochgewölbt, das Leichentuch wie ein stolzer Mast anhob und seine Männlichkeit vor aller Augen keck verkündete. Mit betretenem Staunen starrten die Leute, die gekommen waren, ihm das letzte Geleit zu geben, auf die bewusste zeltartig aufragende Stelle. Unterdrücktes Kichern entwich den halb zugehaltenen Mündern junger Frauen, die in geheimem Verlangen mit bebenden Fingern auf ihn deuteten. Die Jünglinge fielen mit anerkennenden Lauten ein, während die Greise vor Selbstmitleid seufzten und vitalerer Tage gedachten.

Der Rabbiner, kaum fähig, die Stimmen der Menge, die übernahe an die Bahre herandrängte, zu übertönen, begann näselnd die Gebete zu rezitieren. Mit ungewohnter Schnelligkeit murmelte er seine Worte, nach besten Kräften bemüht, die Augen nicht auf das Wunder zu richten. Hinterher setzte er sich erschöpft und bat, ihm ein Glas Wasser zu holen, ehe er noch in Ohnmacht fiele.

Trotz ihrer tiefen Trauer bemerkte Rosa aus den Augenwinkeln ihre Rivalin Ruchama, die Haare mit einem Kopftuch bedeckt, die Augen hinter einer Sonnenbrille verborgen. Nur die schwarz nachgezogenen Brauen verrieten sie, ragten erschrocken über das Brillengestell, als wollten sie mit der Stirn verschmelzen. Ruchama stand schluchzend an der Bahre und streichelte mit ihren dünnen Fingern die Luft über dem Glied. Rosa wollte schon auf sie zustürzen und sie mit Fäusten bearbeiten zur Vergeltung für all die Minuten, Stunden und Tage großer Liebe, die ihr geraubt und Ruchama geschenkt worden waren, aber die starken Arme ihrer Söhne hielten sie fest und hinderten sie daran, der Familie an diesem Tag Schande zu machen. Ruthi, die Älteste, die ihr Leid nicht mit ansehen konnte, trat zu Ruchama und flüsterte ihr etwas ins Ohr. Darauf senkte die Angesprochene schnell den Blick und machte, dass sie davonkam, unter Zurücklassung einer süßen Wolke billigen Jasminblütendufts, der Rosas Nase schmerzlich vertraut war.

Mit panikartiger Geschwindigkeit trugen die Totengräber Josef zu Grabe, ängstlich bemüht, den abertausend Teufelchen zu entgehen, die aus dem unnötig vergossenen Samen entstanden, sich in Liliths Schoß einnisteten und in Form von bösen Geistern wieder daraus hervorkamen. Als sie ihn in die Grube hinabließen, stak die Erektion wie eine freche Pflanze in Totenschleiern aus den Tiefen der Erde und spottete den Versuchen der Totengräber, sie mit Erde abzudecken. Da sie seiner Männlichkeit nicht Herr wurden, baten sie ihn um Verzeihung, drehten seinen Leichnam mit starken Armen um und begruben ihn mit dem breiten Lächeln nach unten und dem Hinterteil nach oben, während das steife Glied sich fieberhaft in die Erde grub, als wollte es sie befruchten. Notgedrungen verschwand es unter der Erdschicht, mit nichts als der schwachen Hoffnung, zu wachsen und zu gedeihen, um die umhüllenden braunen Schollen doch noch zu durchstoßen.

Mit weichen Knien, von ihren Kindern gestützt, passierte Rosa das Friedhofstor, an dem ein großer, schlanker Herr im schwarzen Anzug sie erwartete, in den Händen ein lila Plastiktablett, auf dem ein Glas kaltes Wasser stand. Wortlos reichte er ihr das Glas und verfolgte ihre Gesten mit ausdruckslosen Fischaugen, wobei der kugelförmig vorstehende Adamsapfel an seinem dürren, großporigen Hals im Takt ihrer Schlucke aufgeregt auf- und abrollte. Als sie ihm mit schwacher Stimme dankte, stellte er sich als Jochai, der Totengräber, vor, oder richtiger, als Friedhofsdirektor, und sagte ihr in seinem ruhigen Ton, begleitet von leichter Röte auf seinen ernsten Zügen, er nehme Anteil an ihrem Leid, und wenn sie eines Tages Hilfe brauche, würde er mit Freuden ihren Wünschen nachkommen. Rosa atmete den Duft frischer Erde und zerquetschter Pflanzenwurzeln, der seiner Kleidung entstieg, und heftete den Blick auf die tiefen Rillen, die seine Wangen zu beiden Seiten des herabgezogenen Mundes durchfurchten und ihm einen berufsadäquaten Gesichtsausdruck verliehen. Sie nickte leicht zum Dank, versprach ihm, seine Worte in Erinnerung zu behalten, und stieg in Leslie-Schimons Taxi. Jochai eilte ihr nach, hob ihren schwarzen Rocksaum hinein und schloss sanft den Wagenschlag hinter ihr.

Zu Hause angekommen, bat sie ihre Kinder, sie in ihrer Trauer in Ruhe zu lassen, und ging unbemerkt das letzte Laken wechseln, das noch die Samenspuren ihres Mannes trug. Nach einigem Überlegen faltete sie es zu einem kleinen Paket, band es mit einem weißen Seidenband zusammen und versteckte es tief im Wäscheschrank.

Als sie die dünnen Wehlaute des Babys hörte, ging sie zu Maleachs Bett und schickte Ruthi, die versucht hatte, sich an ihrer Stelle um das Kind zu kümmern, aus dem Zimmer. Schweren Herzens betrachtete sie die Kleine, deretwegen alles passiert war. Ihre Geburt, die weder erwartet noch geplant gewesen war, hatte ihr Leben auf den Kopf gestellt und seine Regelmäßigkeit und Vorhersehbarkeit empfindlich gestört. Damit war die erste Veränderung eingetreten, die die zweite und die dritte und dann alle weiteren Veränderungen nach sich gezogen hatte, bis hin zu Josefs Tod. Trockenen Auges und mit harter Hand hob sie die Kleine aus der Wiege, wechselte ihr hastig und schweigend die Windeln, fütterte sie mit dem Essen, das Ruthi schon vorgekocht hatte, und legte sie schlafen. Entgegen ihrer sonstigen Gewohnheit schlug sie keinen zärtlichen Ton an, streichelte sie nicht und küsste sie nicht aufs Haar. Und während sie sie mit geübten, feststehenden Griffen versorgte, starrte die Puppe Jaffa, die mit dem Rücken zur Wand auf der Kommode saß, sie mit ihren blauen Glasaugen an, verfolgte ihr Tun mit hartem, kaltem Blick und ließ sich nicht das Geringste entgehen. Von einem Unheil verkündenden Schauder überlaufen, beschloss Rosa, sich dieser Puppe zu entledigen, die nie wirklich ihr gehört hatte und sie an vergangene Dinge erinnerte. Doch als sie die Puppe in der Küche in den Mülleimer werfen wollte, riss Ruthi sie ihr aus den Händen und schrie: »Bist du verrückt geworden? Eine so schöne Puppe willst du in den Müll werfen? – Warte, bis die Kleine heranwächst, dann kann sie mit ihr spielen«, fügte sie ruhiger hinzu und setzte sie, ohne Rosa zu fragen, oben auf den Kleiderschrank.

Während der Trauerwoche sah Rosa ihn jeden Abend um Punkt sieben Uhr die stummen Kuckucke abschreiten und die Uhrwerke aufziehen. Trotzdem ließen die Kuckucke nicht ihre vertrauten Rufe ertönen, sondern vergruben sich während der gesamten Trauerzeit tief in den Innereien ihrer Uhren. Als sie merkte, dass auch die Pendel ruhten, erzählte sie es dem Kabbalisten Peretz, der von Josefs Tod erfahren hatte und eilig gekommen war – auch um bei dieser Gelegenheit wieder einmal ihre Reize in Augenschein zu nehmen. Er wog mit kosendem Blick ihre schweren Brüste, die den Stoff ihres Trauerkleids spannten, schielte durch den Riss, den man ihr zum Zeichen der Trauer am Kleiderrevers gemacht hatte, und erklärte ihr unterdessen mit Freuden, dass die Seele des Toten noch sieben Tage lang im Haus der Trauernden schwebe. Der Tote sehe die Familie und die Beileidsbesucher und versuche wichtige Tätigkeiten im Haus zu verrichten. Erst nach der Trauerwoche verlasse die Seele das Haus und wende sich den Angelegenheiten der kommenden Welt zu. Bei diesen Worten hätte sie ihm erzählen können, dass Josef, der mit Uhren aufziehen fertig war, jetzt neben ihr saß, sich über die Besucher lustig machte, seine Kinder verfluchte, besonders Maleach mit üblen Schimpfworten überhäufte und ihr durch den Riss in den Ausschnitt griff.

Peretz machte ein ernstes Gesicht und blickte ihr gerade in die Augen. »Sie sollten nicht ununterbrochen Gedanken an ihn wälzen«, sagte er. »Natürlich denken Sie jetzt an ihn, aber Sie müssen diese Gewohnheit so früh wie möglich ablegen. Ständige Grübeleien über Verstorbene schaden letzten Endes den Lebenden.« Um von ihren Gedanken an den Toten loszukommen, müsse sie Josefs Namen auf einen Zettel schreiben und diesen vor ihrer Türschwelle in der Erde vergraben, fuhr er fort. Später solle man ein wenig Regenwasser nehmen, es außerhalb des Hauses verschütten und dazu sprechen: »Wie dieses Wasser ausgegossen wird, so sollen auch alle Gedanken an Josef aus mir hinausfließen.«

Obwohl sie wusste, dass sie es nie einhalten würde, versprach sie Peretz, nach Ablauf des ersten Monats nach Josefs Tod seine Worte zu befolgen. Während der Trauerwoche, in der Josefs Geist wie gewohnt in der Wohnung herumstrich, murmelte Rosa nachts vor dem Einschlafen, dass sie ihm vergeben habe und ihn einlade, jetzt zu ihr zu kommen. Um keine wertvolle Zeit zu vergeuden, hüpfte Josef neben sie ins Bett, das ihn mit fröhlichem Schwingen empfing, und schlang in vertrauter Stellung von hinten die Arme um sie. Sofort fühlte sie seine Hände über ihren ganzen Körper gleiten, seine Zunge in ihr Ohr dringen, sein Glied in ihr Inneres stoßen. Da verzieh sie ihm die Affäre mit Ruchama und erwachte mit ihm zu einem Morgen, der nichts als Liebe war. Nach den dunklen Ringen um ihre Augen befragt, erzählte sie den Kindern seufzend, sie hätte aus Sehnsucht nach Vater die ganze Nacht kein Auge zugetan. Die Zeichen der Liebesbisse und Küsse, die Josef ihr als Andenken am Hals hinterlassen hatte, verdeckte sie mit Kleidung und Schals. Nur beim Waschen erlaubte sie sich, freudig ihren Anblick zu genießen.

Einen Monat nach seinem Fortgang aus dem Haus erwachte sie frühmorgens aus ihrem leichten Schlaf, geweckt durch einen unvertrauten, hellen Ton, der wie das zarte Läuten gläserner Glöckchen durchs Zimmer schwang. Überrascht setzte sie sich im Bett auf und horchte auf die Quelle des Klangs. Sie tastete sich zur Krippe der Kleinen hin, die seit dem Tag ihrer Geburt kein einziges Mal gelächelt hatte, und fand sie auf dem Rücken liegen, die Augen auf eine graue Krähe gerichtet, die an die Scheibe klopfte, als wollte sie eine milde Gabe erbetteln. Der Mund war zu einem hohen, schallenden Lachen geöffnet. Mit Tränen in den Augen nahm Rosa die lachende Kleine in die Arme. An jenem Morgen erwachten alle ihre sieben Kinder, lange bevor ihre Wecker klingelten, von dem Lachen der kleinen Schwester, das ihre Mutter ihnen durch den Telefonhörer übermittelte.

»Maleach lacht«, verbreitete Rosa eiligst im Viertel. »Sie lacht. Sie wird sich normal entwickeln«, erzählte sie den Nachbarinnen.

»Wir werden's diesen Ärzten noch zeigen«, sagte sie später zu Dror, der abends wie gewohnt kam, um seiner Großmutter beim Baden seiner Tante zu helfen.

»Ich hab auch keinen Augenblick Sorge gehabt«, antwortete er ihr. »Sie lacht, und sie wird auch sprechen, und außerdem wird sie das schönste Mädchen im ganzen Land werden.«

10

Das Bild eines Ehemanns

Nach Josefs Beisetzung gab Rosa ihren geregelten Tagesablauf auf und begann ihre Kleidung, die Wohnung und Maleach zu vernachlässigen. Von nun an tat sie nur noch das Nötigste. Sie fütterte Maleach und wechselte ihr die Kleider, goss die Pflanzen, kaufte bei Zadok ein, traf sich zum Nachmittagsschwatz mit Rachel – aber alles mit einem Würgen in der Kehle, das ihren Atem behinderte. Den größten Teil des Tages lief sie untätig herum. Ihr Kleid war schmuddelig, das fettige Haar wuchs weiß nach, der Nagellack blätterte. Jeden Abend machte sie die Runde durch die Zimmer und stöberte in den sieben Betten ihrer Kinder nach letzten Spuren von Josef, seinem Geruch und dem Abdruck seines Körpers. Wurde die Sehnsucht unerträglich, ging sie an den Schrank und zog behutsam das befleckte Laken heraus, befingerte den Stoff und sog mit bebenden Nasenflügeln den Geruch ihres Mannes ein.

Vor allem fehlten ihr die Kuckucksrufe der pünktlichen Holzvögel, die früher aus ihren Nestern geschnellt waren, um die Uhrzeit zu verkünden. In einem jähen Sehnsuchtsanfall versuchte sie die Kuckucke wieder in Gang zu bringen, stellte die Uhren mit Hilfe zierlicher Eisenschlüsselchen und zog sie auf. In Loyalität zu ihrem früheren Eigentümer jedoch verweigerten die Vögel ihr hartnäckig den Dienst. Wie auf Absprache legten sie es darauf an, sie zu verwirren: Sie riefen die falsche Uhrzeit aus, kamen zu völlig unerwarteter Stunde aus ihren Häuschen und erfüllten die Wohnung mit einem Chor auf- und abschwellender Rufe, die Maleach entsetzt losheulen ließen. Resigniert beschloss Rosa, sie in Ruhe zu lassen, doch ab und zu, wenn die Stille im Haus ihre Nerven zerrüttete, öffnete sie die kleinen Luken und spähte mit einem Auge auf die leblosen Vögel, die ihr daraufhin die hängenden Hälse entgegenreckten und mit einem einzigen schwachen, heiseren Ruf antworteten.

In den langen, einsamen Nächten hörte sie bald ein Kauen und Mahlen, das sie sich nicht erklären konnte, bis sie einige Tage später unter der ältesten Uhr im Haus ein Häufchen feines Sägemehl anwachsen sah. Nach einer Woche fand sie ein ähnliches Häufchen unter der Uhr daneben, und binnen weniger Tage füllte sich ihre einst immer blitzsaubere Wohnung mit gelbem Holzstaub, der im Raum schwebte, die Möbel mit einer feinen Schicht bedeckte, in die Nahrungsmittel eindrang und ihr die Kehle ausdörrte. Da sie die Kuckucke verdächtigte, öffnete sie die Türchen und fand im Innern der Uhren angefressene, halb ausgehöhlte Holzvögel, die keinen Ton mehr herausbrachten. Bald fielen die Uhrengehäuse samt ihren Vögeln den starken Kiefern von Kreaturen zum Opfer, die Rosa niemals zu sehen bekam. An den Wänden blieben nur noch komplizierte Mechanismen mit Zahnrädern, Pendeln, Federn, Zifferblättern und Zeigern aus Metall hängen, und jeder Besucher im Haus stand verblüfft vor den nunmehr freigelegten Uhrwerken.

Mit dem Verschwinden der Kuckucke endete auch die Familientradition des gemeinsamen Schabbatmahls am Freitagabend. Und eines Tages wurde Rosa sogar Zadoks Lebensmittelladen untreu und kaufte emsig im Konsum des Viertels ein. Unsägliche Fertiggerichte, Tiefkühlpizzen, bratfertige Hackfleischbällchen, vegetarische Sojafrikadellen und Babynahrung in Gläschen, auf denen ein breit lächelndes, dralles Kleinkind prangte, eroberten ihre Küche. Die Speisekammer füllte sich mit Konserven, Kekspackungen und allerlei Süßigkeiten, die Rosa früher nie ins Haus gebracht hatte.

An den öden Abenden – nach den alltäglichen sieben Telefongesprächen mit ihren sieben Kindern – schlug sie mit Maleach das Familienalbum auf, zeigte ihr ihren Vater und streichelte Josefs Gestalt auf den Bildern: beim Baden in den Thermalquellen von En Gedi, im Stehen vor dem Davidsturm in Jerusalem, beim Biertrinken im Jaffaer Hafen und beim Spielen mit den Enkeln. Maleach blickte in das fremde Gesicht und schrumpfte förmlich zusammen, als spüre sie, dass er ihretwegen von ihnen gegangen war. In jenen Momenten schonte Rosa die Kleine nicht, sondern erklärte ihr in einem Ton, in dem Liebe, Vorwurf und Belehrung mitschwangen: »Bis du kamst, war alles ordentlich und geregelt. Seit du auf der Welt bist, hast du mein Leben bloß durcheinander gebracht.«

Oft kam Dror auf Besuch und bereitete den beiden ein paar glückliche Momente. Er las Maleach Geschichten vor, die sie mit glockenhellem, fröhlichem Lachen quittierte, spielte mit ihr Hoppereiter, wie Opa Josef es mit ihm getan hatte, versuchte ihr Händeklatschen beizubringen, badete sie und legte sie schlafen. Wenn er weg war und wieder Stille in der Wohnung herrschte, ging Rosa eilig ins Bett und versuchte mit Gewalt, schlimme Gedanken zu verscheuchen – an Maleach und an ihr eigenes Leben, das seit der Geburt dieses Kindes so verändert war.

Im ersten Jahr nach Josefs Tod besuchte Rosa regelmäßig sein Grab. Einmal im Monat, gegen Abend, kletterte sie feierlich in Leslie-Schimons Taxi, und er fuhr den kurvigen Weg entlang, den die eng stehenden, stummen Grabsteine absteckten. An Ort und Stelle angekommen, legte Leslie-Schimon ein Steinchen aufs Grab, und Rosa bat ihn, sie ein bisschen in Ruhe mit seinem Vater allein zu lassen und sie nach einer Stunde wieder abzuholen. Ohne auf Totengräber Jochai zu achten, der sie mit seinen ausdruckslosen Augen verfolgte, musterte sie die Umgebung, um sicherzustellen, dass sie am

Grab ihres Mannes allein war. Dann goss sie aus einer mitgebrachten Flasche Wasser über die Steinplatte, entfernte die angewehten Kiefernnadeln und putzte mit einer krummborstigen Zahnbürste die schwarz nachgezogenen Buchstaben. Wenn sie mit dem Stein fertig war, beschnitt sie die rings ums Grab gepflanzten Lavendelsträucher und ordnete die Steinchen, die auf der Grabplatte abgelegt worden waren, auf ihre Weise zu einer langen Reihe, Stein neben Stein, wie Soldaten beim Appell. Nachdem sie ihr Werk begutachtet hatte, blickte sie sich erneut um, zog dann schnell die Unterhose hinunter, hob den Rock, setzte sich mit nacktem Hintern auf die feuchte Grabplatte und erklärte Josef, sie sei mit dem Saubermachen fertig, jetzt könne er zu ihr herauskommen und ihre Nähe schnuppern.

Totengräber Jochai erwartete sie bebend vor Erregung am Friedhofstor, reichte ihr untertänig ein Glas kühles Wasser und beobachtete ihre vollen Lippen beim Trinken, wobei sein Adamsapfel im Takt ihrer Schlucke auf- und abrollte. Ohne ein Wort des Dankes gab Rosa ihm das leere Glas zurück. Er umklammerte es mit seinen Spinnenfingern und machte ihr dann energisch fuchtelnd den Weg frei, als wären sie mitten im Stadtgewühl oder im dichten Wald. Danach führte er sie zu Leslie-Schimons Taxi und öffnete ihr den Wagenschlag. Kaum war das Taxi seiner Sicht entschwunden, eilte er an Josefs Grab. Eine lange Weile streichelte er den frisch gesäuberten Stein, der ihre Geruchsnote trug, dann führte er seine durchsichtigen Finger schnüffelnd an die Nase und suchte mit rollenden Augen argwöhnisch die Umgebung ab, aus Angst, der Tote könnte mit seinen Knochenarmen die Platte anheben, sich auf ihn stürzen und ihm an den geäderten Hals gehen. Und wenn die Erregung seinen mageren Körper übermannte, sodass ihm die Beine versagten, setzte er sich schwerfällig auf Josefs Grabplatte, als wollte er Rosas Reize mit ihrem toten Ehemann teilen.

Monat für Monat befolgte sie sorgfältig das selbst erdachte

Zeremoniell, bis es Herbst wurde und der kalte Jerusalemer Abendwind ihr das Gesäß abzufrieren drohte. Bei ihren langen Friedhofsbesuchen hatte sie nie Josefs Anwesenheit spüren können. Häufig versuchte sie es damit zu erklären, dass sein Fleisch schon den Würmern anheim gefallen und seine Knochen zu Staub zerbröselt seien, sodass er spurlos verschwunden war. Und ein verschwundener Leib, der keine eigenen Wünsche und Gelüste mehr hatte, konnte sie schließlich nicht anrühren, und sei es auch nur auf unwirkliche Art. Niedergeschlagen kehrte sie dann heim, ging früher als sonst ins Bett und ignorierte Maleach, als hätte das Kind dieses ganze Unheil über sie gebracht.

Als ein Jahr seit Josefs Tod vergangen war, seine Präsenz im Haus immer mehr nachließ und der Geruch, den er auf dem Laken hinterlassen hatte, nur noch schwach ausgeprägt war, befand Rosa, dass sie etwas tun müsse, um sein Andenken zu bewahren. Nachdem sie Maleach abends schlafen gelegt hatte, entleerte sie sämtliche Schubladen und Schuhkartons, in denen sie Fotos aufbewahrte, und suchte alle Alben ab, bis sie das beste Bild von ihm gefunden hatte – das Hochzeitsfoto, aufgenommen in Nissims Atelier, neben Frumas Brautsalon, in dem man ihr das vielstufige Hochzeitskleid genäht hatte. Das Bild, vor dem Hintergrund einer Tapete mit rotem Herbstlaub aufgenommen, verewigte sein trübseliges Gesicht, dessen Mund weit offen stand, als hätte er mit Gewalt ein Lächeln versucht, ohne Erfolg damit zu haben. Sie schnitt Josef mit einer scharfen Schere aus dem Bild heraus, eilte anderntags damit in das hypermoderne Fotogeschäft, das im nahen Einkaufszentrum aufgemacht hatte, und bat dort, Josefs Gesicht auf Posterformat zu vergrößern, so groß wie irgend möglich.

Nach erfülltem Auftrag starrte ihr der tote Gemahl in verblassten Farben entgegen, und sein klaffender Mund drohte sie zu verschlingen. Vor ihren Argusaugen rollte die junge Verkäuferin das Bild zusammen und steckte es in eine dicke runde Kartonhülse. Damit ging Rosa zu Zarfatis Rahmengeschäft, das als das Beste der Stadt galt. Sie besah sich die leeren Rahmen, die rings an den Wänden hingen und sie hohlen Blicks anstarrten, und bat Zarfati, ihr die teuersten Modelle zu zeigen. Ein Haufen Holz- und Plastikrahmen in allen Formen und Farben türmte sich im Nu vor ihr auf. Mit verächtlichem Blick überflog sie allesamt und stieß sie von sich. »Mein Josef hat nur das Allerbeste verdient, den würdigsten und teuersten Rahmen, den es gibt«, hörte man sie sagen.

Da sie das Gewünschte nicht fand, wollte sie – das Bild in der Papprolle wie ein Baby auf den Armen wiegend – gerade den Laden verlassen, als sie Zarfati hinter sich schnaufen hörte. »Da wäre noch ein Rahmen, einer, in dem einmal ein Ölgemälde aus der Renaissance gehangen hat«, sagte er. »Das Bild ist in einem Museum in Florenz gestohlen worden«, fügte er in so entschuldigendem Ton hinzu, als hätte er das Verbrechen eigenhändig begangen, »und den Rahmen habe ich für viel Geld erworben. Seither suche ich das passende Bild dafür.« Wenn ihr nun gerade an dem teuersten Rahmen gelegen sei, könne er ihn ihr zum Einkaufspreis überlassen, erklärte er. Neugierig machte Rosa kehrt, und Zarfati führte sie in den hinteren Teil des Ladens, um feierlich den Rahmen herauszuziehen, der mit seinem Goldglanz das Dunkel des Raums erhellte und ihre Augen blendete. Es war ein schwerer Rahmen aus stabilem Holz mit aufgesetzten Stuckornamenten in Form von Blüten und Musikinstrumenten und funkelnder Goldlackierung. Sofort erklärte sie, dies sei der Rahmen, von dem sie geträumt habe, und um Preisnachlass zu erwirken, deutete sie auf ein paar Stellen, an denen der Goldlack abblätterte und die weiße Gipsschicht darunter freigab. Eilfertig bemüht, den Handel abzuschließen, versprach er, den Rahmen kunstvoll zu renovieren, sodass alles Weiß überdeckt würde und das Stück wie neu aussehe. Als sie nach dem Preis fragte, stammelte er ihn leise, aus Angst, sie könnte einen Rückzieher machen. Doch obwohl die geforderte Summe fast dem gesamten

Jahresbetrag ihrer Witwenrente entsprach, zuckte sie nicht mit der Wimper. Ich habe sieben berufstätige Kinder, überlegte sie, die werden sich alle an dem Erinnerungswerk für ihren Vater beteiligen. Sie leistete eine Anzahlung und erkundigte sich, wann sie das Bild abholen könne.

In den folgenden Wochen suchte sie regelmäßig den Laden auf, um sich nach dem Wohl des Rahmens zu erkundigen, und als das Werk schließlich beendet war, bat sie Leslie-Schimon, es mit ihr abzuholen. Eine gute Woche lief Rosa um das Bild herum, das, mit einem weißen Laken abgedeckt, an der Wohnzimmerwand lehnte, dann entschied sie, dass die Aufhängung feierlich erfolgen sollte, verschob das Ereignis jedoch eine Woche, damit es mit Maleachs zweitem Geburtstag zusammenfiele.

Zu diesem hohen Anlass arbeitete sie den ganzen Tag in der Küche, machte einen Geburtstagskuchen, Mandelgebäck und Marzipankugeln, und am Abend versammelten sich alle Kinder und Enkel bei ihr. Nachdem sie Maleach auf ihrem Stuhl dreimal in die Höhe geschwungen und ihr gutes Wachstum gewünscht hatten, wandten sich alle dem monumentalen Bild zu, das an der Wand lehnte. Ein Seufzer der Bewunderung entrang sich ihren Kehlen, als Rosa das Packpapier abnahm. Sie betasteten die erhabenen, goldglänzenden Blumen und Musikinstrumente, streichelten Papas Gesicht, das ihnen unter dem Schutzglas entgegenblickte, und versicherten ihr, das sei der schönste Rahmen, den sie je gesehen hätten. Mit vereinten Kräften hielten Jackie-Jakob und James-Gad das Bild an die Schlafzimmerwand und schoben es auf Rosas Anweisungen nach rechts und links, auf und ab. Nach langem Familienrat, bei dem Rosa die ausschlaggebende Entscheidung zugebilligt wurde, fand man, das Bild gehöre an die Wand gegenüber von ihrem Bett. So könnte sie Josef jeden Abend vor dem Einschlafen sehen, ihm gute Nacht wünschen und morgens mit ihm aufwachen.

Als Rosa sich an jenem Abend ins Bett kuschelte, hatte sie

Josef vor Augen. Seine Zähne blinkten in der Grimasse eines glücklichen Lächelns, und seine Augen, die sie liebevoll anblickten, reflektierten den lichten goldenen Schimmer des Rahmens. »Gute Nacht«, flüsterte sie, warf ihm eine Kusshand zu und knipste die Nachttischlampe aus.

Am Morgen erwachte sie mit dem Gefühl, nicht allein zu sein. Bang öffnete sie die Augen und stieß auf Josef, der vor ihr an der Wand hing und sie mit seinem vertrauten warmen Blick durch das Glas anstrahlte. Das war genau der Blick, der Rosa all die Jahre ihres Ehelebens morgens beim Aufwachen förmlich eingesogen hatte. So musterte Josef früher zu Beginn eines jeden neuen Tages ihr Gesicht, umrahmt vom Strahlenkranz ihrer hellen Haare, die auf dem Kissen verstreut lagen, bis er bei Maleachs Geburt aus dem Ehebett auszog.

An diesem Morgen begann Maleachs erster Tag im Sonderkindergarten. Aufgeregt wartete Rosa mit Maleach auf dem Arm auf den Kleinbus, der sie hinbringen sollte. Als die Wagentür aufging, stieg sie mit ein und sah die behinderten Kinder, die in Rollstühlen und auf den Wagensitzen dicht an dicht saßen. Einige waren kleiner als Maleach, und im Gegensatz zu ihrem hübschen blonden Mädchen hatten manche platte Gesichter, einen grauen Teint und Glupschaugen, die aus ihren Höhlen zu springen drohten. Manchen baumelte die dunkle Zunge aus dem Mund, und sie sabberten dicklichen Speichel auf das vorgebundene Lätzchen. Kleine Jungen mit langen glatten Haaren glotzten sie mit schrägen Augen an und begrüßten die Neue mit Wortfetzen, die sich zu unverständlichen Sätzen reihten. Ein paar Kinder waren in ihren Rollstühlen festgeschnallt, starrten auf ein und denselben Punkt und wackelten in einer Art Veitstanz mit Armen und Beinen, bei dem Rosa der Kopf schwindelte.

Mitleidig betrachtete sie die Behinderten mit ihren verschiedenen Gebrechen. Dann nahm sie weinend Abschied von Maleach, die wie eine noch nicht erblühte Knospe zwischen ihnen saß. Aufgewühlt ging sie nach Hause. Um sich zu beruhigen und die plötzlich freie Zeit zu nutzen, füllte sie die Badewanne mit warmem Wasser, gab Rosmarinöl hinein, nahm Lavendelseife und verbrachte lange Zeit allein in der Badewanne, deren öliges Wasser ihren Körper benetzte und ihre Haut weich machte. Besondere Aufmerksamkeit widmete sie ihrer Scham. Sie zupfte mit einer Pinzette hasserfüllt alle weißen Härchen aus, die sich dort unten kräuselten, schrubbte alles gründlich mit Seife und spülte die Scheide auch von innen. Dann untersuchte sie die Operationsnarbe, die als tiefe, schmale Rille quer über ihren Bauch verlief, und rieb sie mit Körperlotion ein. Der Wanne entstiegen, suchte sie ihr schönstes Kleid aus, zog es über und ging in das Stockwerk darunter, um ihre Freundin Rachel zu besuchen.

11

Tanzschule

Gelobt sei der, der die Toten auferweckt«, begrüßte Rachel sie freundlich. Sie machte ihr Kaffee, bewirtete sie mit Mandelkeksen und versuchte mit ihr über die Zukunft zu reden. »Damit du wieder fit fürs Leben wirst, kommst du jetzt mit in den Tanzkurs für Tänze der Sechzigerjahre«, schloss Rachel und erzählte ihr von dem wunderbaren, viel gerühmten Lehrer, der alle Frauenherzen erobere, nun eine Tanzschule im Schutzraum des Nachbarhauses eröffnet habe und dort Frauen ihres Alters gegen geringes Entgelt Tanzunterricht gebe. Das bringe die Wangen wieder zum Glühen und wecke neue Lebensgeister. »Höchste Zeit, sich zu amüsieren«, sagte sie. »Du musst bedenken, dass damals, als alle Welt hier fröhlich getanzt und gefeiert, gegessen und getrunken hat, du damit beschäftigt warst, Babys im Bauch rumzuschleppen, Windeln zu waschen, Essen zu kochen und auf die Rückkehr deines Ehemanns zu warten.«

»Aber ich hab doch nie getanzt.« Rosa erinnerte sich mit einem Stich im Herzen an die Schulzeit, in der die Wände der Turnhalle sie jedes Mal zu erdrücken drohten, wenn ihre schlanken Klassenkameradinnen beim Volkstanz mit Neid erregender Leichtigkeit von den Jungen emporgewirbelt wurden. Nur an Rosa wollte sich keiner verheben. In der Schule erzählte man sich von einem mutigen, entschlossenen Jungen, der in sie verliebt war und sie – in dem Wunsch, allen seine Kraft zu beweisen und bei ihr Eindruck zu schinden – zum

Paartanz aufgefordert hatte. Als in der dritten Runde jedoch alle Jungen ihre Partnerinnen leichthändig in die Luft hoben, waren ihm die Beine weggeknickt, und zum lauten Gejohle aller Anwesenden hatte sie ihn unter sich begraben.

»Die Situation hat sich geändert«, zischte Rachel, als hätte sie ihre Gedanken gelesen. »Wir tanzen keine Volkstänze, niemand braucht dich in den Himmel zu heben«, sagte sie grimmig und schleppte sie mit zum Tanzstudio im Schutzraum.

Der Lehrer begrüßte die beiden mit Freudengezwitscher an der Tür, hörte aber gleich wieder auf zu zwitschern und musterte Rosa mit aufgerissenen Augen.

»Du?«, flüsterte er mit erstickter Stimme.

»Du?«, fragte sie. Die Röte stieg ihr in die Wangen, und der stechende, berauschende Duft frisch gepflückter Orangen wehte ihr in die Nase.

»Ich«, flüsterte er zurück, als wären sie beide allein im Raum.

Rosa fasste sich als Erste wieder und blickte zu ihm hinunter. Er war sehr klein und dünn, als wäre sein Wachstum seit ihrer letzten Begegnung stehen geblieben. Das schüttere, schwarz gefärbte Haar – sorgfältig zurückgekämmt und mit starkem Gel an die Stirn geklebt – ließ rosa Schädelstreifen frei und endete in einem Pferdeschwanz. Seine schwarzen Perlaugen konnten sich einfach nicht von ihr lösen, und sein Mund schenkte ihr ein breites Lächeln, bei dem der schmale, schwarze Lippenbart in die Höhe ging und die weißen Zähne betonte. Sein sich nähernder Leib steckte in einem lila Samtanzug mit roter Fliege und duftete stark nach süßem Orangenparfüm. Verlegen senkte Rosa den Blick auf den Betonboden des Schutzraums und sah zierliche, weiblich anmutende Lackschuhe in der Größe ihres zehnjährigen Enkels Dror.

In diesem Moment spürte Rosa starken Druck auf der Brust und Schwäche in den Beinen. Eine Hitzewelle durchflutete ihren Körper und trieb ihr salzige Schweißperlen ins Gesicht. Sie meinte, alle sähen jetzt, dass sie am liebsten auf der Stelle ihre Hüllen abwerfen und ihm die Kleider vom Leib reißen würde, um sich mit ihm auf dem abgetretenen, staubigen Teppich heimischer Produktion zu wälzen, der den Betonboden des Schutzraums zierte. Halb ohnmächtig schloss sie die Augen, lehnte sich an die Wand und betete, dass keiner merken möge, was sie durchmachte.

»Wo hast du denn deine schöne Freundin die ganze Zeit versteckt gehabt?«, fragte er Rachel vorwurfsvoll, als er sich wieder gefasst hatte, und gab ihr einen leichten Klaps auf den Po.

»Diesen Monat ist das Trauerjahr für ihren Mann zu Ende gegangen«, antwortete sie und warf Rosa einen schrägen, vorwurfsvoll fragenden Blick zu. »Sie hat ihn sehr geliebt«, fuhr sie leiser fort, »hat sich überhaupt nicht trösten wollen. Deshalb habe ich sie nun mitgebracht.«

»Wunderbar, hast du gut gemacht«, jubelte er, biss sich aber sofort auf die Lippen. »Ich bedauere, das zu hören«, sagte er artig zu Rosa, wobei allerdings merkliche Freude in seiner Stimme mitschwang. »Es tut mir wirklich Leid. Aber hier werde ich dich froh machen«, versprach er.

Schweißnass schritt Rosa an Schragas Seite, gefolgt von einem Schwarm missgünstiger Frauen, die ihre Gesten verfolgten, die feuchten Stellen unter ihren Achselhöhlen registrierten und laut genug tuschelten, dass sie und er es hörten: »Eben hat sie eine Hitzewallung bekommen.« Stolz zeigte Schraga ihr sein Reich, geschmückt mit Vasen voll Plastikrosen in schreiend grellem Rot und Gelb und Postern von kühlen grünen Berghängen, an denen ziegelgedeckte Holzhäuser klebten. Er lachte und redete viel und führte ihr seine schönsten Tanzfiguren vor, die er sonst nur bei besonderen Gelegenheiten – Tanzwettbewerben oder Darbietungen in Anwesenheit des Bürgermeisters – zum Besten gab.

Die ganze Stunde blieb Rachel in Rosas Nähe, verfolgte ihre Blicke und zählte, wie oft sie sein Lächeln erwiderte. Als sie es nicht mehr aushalten konnte, fauchte sie ihr ins Ohr:

»All die Frauen hier sind ganz verrückt nach ihm. Pass auf, dass du nicht zu sehr seine Aufmerksamkeit auf dich lenkst, sonst tun sich alle hier gegen dich zusammen und schneiden dich künftig im Viertel.«

»Mach dir keine Sorgen«, antwortete Rosa mit gequältem Lächeln. »Er ist ja so klein neben mir.« Doch im Stillen betete sie, er möge sie zu seiner Tanzpartnerin küren.

Die Frauen nahmen paarweise Aufstellung – verhärmte Gestalten mit Hängebrüsten und dicken Schenkeln, angetan mit ihren schönsten und grellfarbigsten Kleidern und den schmalsten und spitzesten Stöckelschuhen, die ihre plumpen Fersen ein wenig anhoben. Rosa blickte schüchtern auf die Spitzen ihrer überdimensionalen Schuhe, als Schraga leichtfüßig und galant auf sie zutanzte und sie aufforderte. »Aber ich bin doch erst neu dazugekommen«, stotterte sie, wobei die Röte ihr erneut ins Gesicht stieg, bis in die Haarwurzel kroch und ihre Ohren zum Glühen brachte. »Ich kann nicht tanzen«, flüsterte sie, »erinnerst du dich?«

»Mit Schraga wirst du's können«, versprach er ihr. Energisch fasste er sie um die mollige Taille und demonstrierte unter den vernichtenden Blicken der übrigen Frauen mit ihr die Figuren des Slowfox zu den Klängen Frank Sinatras, die in süßlich weichem Tremolo durch den Schutzraum perlten. Rosa, im Tanzen völlig ungeübt, brachte die Beine durcheinander und verhaspelte sich, aber er führte und drehte sie mit einer Entschlossenheit, die kaum zu seiner Größe passte, die Augen geradewegs in die Rille ihres Busens versenkt.

Als Rosa die nächste Hitzewallung und das vertraute Pulsen im Unterleib spürte, wusste sie, dass sie Josef untreu wurde. Hastig verscheuchte sie diese störenden Gedanken und versuchte alte Vorwürfe gegen ihn aufzuwärmen. Schließlich hatte er Schraga aus der Stadt vertrieben. Sonst wäre sie heute vielleicht mit ihrer Jugendliebe verheiratet und ihr Los sähe anders aus. Als sie ihren Ärger auf Josef abreagiert hatte, beruhigte sie sich, gab sich ganz Schragas Armen und seiner Körperwärme hin, die sie durch den Kleiderstoff spürte, und atmete in vollen Zügen genüsslich und ohne Angst seinen Orangenduft ein.

Auf dem Heimweg sprach Rachel kein Wort mit ihr. An ihrer Wohnung angelangt, sagte sie Rosa mit bissiger Miene auf Wiedersehen, ging hinein und knallte in stummem Vorwurf die Tür hinter sich zu. Rosa stieg eine Treppe weiter hinauf, schnupperte dabei an ihren Fingerspitzen und genoss erneut den betörenden Duft ihrer Jugendliebe.

Am nächsten Tag hörte Rosa von Chana, Rachels früherer Schwägerin, die wie zufällig auf Stippvisite bei ihr vorbeischaute, dass die anderen Frauen des Tanzzirkels wütend auf sie waren, weil sie ihnen den Liebsten wegschnappte, den seit Eröffnung seines Tanzsalons alle mit Liebesdiensten überhäuften.

Bracha, die Frau von Friseur Baruch, sei dafür zuständig, ihm die Schuhe zu putzen. Levana, die Frau des Gemüsehändlers, bügele ihm die Hemden und mache ihm Abend für Abend einen fein geschnipselten Salat aus den frischesten Zutaten, die sie aus dem Laden ihres Mannes schmuggeln könne. Von Rachel erzählte Chana abfällig, sie wüsche ihm die Leibwäsche und beschnüffle vorher mit großem Genuss seine Socken und Unterhosen. Jardena, die dreißigjährige Junggesellin, brächte ihm jeden Morgen Kaffee, salzige Blätterteigtaschen und braun gekochte harte Eier ans Bett, ziehe ihm die Decke weg und schüttele sie draußen zum Lüften aus – sicher alles, weil er nackt schliefe. Nechama sei direkt zu ihm an die Badewanne gekommen, um ihm den Rücken zu schrubben, damit er dort keine Pickel bekäme, und viele Frauen riefen ihn mehrmals täglich an, um ihm anzügliche und verführerische Worte in die Muschel zu flüstern.

»Und da wunderst du dich noch, dass dich jetzt alle hassen?«, fragte sie am Ende ihrer Schilderungen, die Rosa tiefe Röte ins Gesicht getrieben hatten.

Noch am selben Tag klopfte Rosa bei Rachel an die Wohnungstür, in der Hand einen Teller mit gefülltem Gebäck, dessen Zubereitung sie seinerzeit von Schoschana Silcha, Friede ihrer Seele, gelernt hatte. Mit unbeweglicher Miene nahm die Freundin ihre Versöhnungsgabe an.

»Was wollte er denn von dir? Wieso hat er sich plötzlich so an dich rangemacht?«, fragte sie, während sie mit ihren starken Zähnen die Erdnuss- und Pistazienfüllung eines Kekses zermalmte.

»Erinnerst du dich nicht mehr an Schraga?«, antwortete Rosa mit einer Gegenfrage.

»Woher soll ich ihn denn kennen?«

»Er war mal in unserer Klasse. Ich kann nicht glauben, dass du keine Erinnerung an ihn hast. Deinetwegen ist er weggegangen. Du hattest die Geschichte über ihn und mich von Ruthi, seligen Angedenkens, gehört und hast sie deiner Mutter weitererzählt, die sie meiner Mutter weitertrug, sodass sie schließlich Josef zu Ohren kam«, erwiderte Rosa, in dem Versuch, das Gedächtnis der Freundin aufzufrischen, die viele Jahre zuvor die Trennung von Schraga ausgelöst hatte. Als Rachel nach wie vor stur behauptete, sich nicht erinnern zu können, erzählte Rosa ihr, dass Schraga die ganze Grundschulzeit in ihrer Klasse gewesen war. Schon in der ersten Klasse hatten sie sich ineinander verliebt und wollten auf derselben Bank sitzen, und als die Lehrerin das untersagte, rief Schraga die ganze Klasse zu einem Schulstreik auf. »Denn obwohl er sooo klein war«, Rosa zeigte seine Größe mit Daumen und Zeigefinger, »hatte er einen Rieseneinfluss auf die Lehrerin und auf die Mitschüler.« Weiter sprach sie von den Liebesbriefen, die er ihr auf den Heftdeckel geschrieben hatte, und erzählte, dass er jeden Abend unten am Haus gewartet habe, bis sie die Läden schloss und das Licht ausmachte. Als sie Rachels Stielaugen sah, ergänzte sie schnell, um nicht etwa einen Rückzieher zu machen, dass er sie ein einziges Mal auch auf den Mund geküsst, seine Zunge zwischen ihre Zähne geschoben und ihr dann versprochen habe, nur sie zu heiraten. Mit

Orangengeschmack auf den Lippen gestand sie Rachel, trotz ihrer abertausend Küsse mit Josef habe sie nie diesen ersten Kuss und Schragas süßen Speichel vergessen.

Rosa war sicher, dass Rachel sich sehr wohl an die Geschichte erinnerte und nur Vergessen vorschützte, weil sie damals indirekt den Bruch zwischen ihnen herbeigeführt hatte. Deshalb fügte sie hinzu, seit der brutalen Trennung damals hätte sie jede Nacht mit schmerzendem Körper an ihn gedacht – bis zu ihrer Hochzeit. Auch danach sei der Schmerz gelegentlich wieder aufgeflackert und habe sie an Schraga erinnert, vor allem zu Winterbeginn, wenn die frischen neuen Orangen in die Gemüseläden kamen und mit ihrem Duft alle anderen Gerüche verdrängten.

Mit glasigen Augen hörte Rachel ihr zu, schenkte noch einmal Kaffee ein und sagte vorwurfsvoll, als hätte die Geschichte sie kein bisschen beeindruckt: »Du musst wissen, dass du als Einzige die ganze Zeit mit Schraga getanzt hast. Er wechselt sonst immer, sodass jede von uns mindestens einmal pro Stunde drankommt. Wir haben seinen Annäherungsversuch an dich nicht gern gesehen, zumal du erst kürzlich verwitwet bist. Wir konnten nicht verstehen, warum er sich gerade an dich gehängt hat. Vielleicht solltest du künftig lieber wegbleiben, damit die anderen, die auch mit ihm tanzen möchten, nicht zu kurz kommen.«

Aber Rosa kam wieder in den Tanzsalon. Ein paar flehende Anrufe von Schraga brachten sie eine Woche später dazu, sich das Haar zu waschen und zu einer komplizierten Frisur zu legen, das grüne Kleid mit den lila Pailletten, das sie zu Scarlett-Masals Hochzeit getragen, und die schwarzen Lackschuhe, die sie zum letzten Pessachfest vor Josefs Tod gekauft hatte, anzuziehen und Schragas Salon aufzusuchen. Diesmal war sie, wie versprochen, seine einzige Schülerin.

»Paartanz will gelernt sein, denn man tanzt ihn ja nicht allein, sondern hat einen Partner, mit dem völlige Übereinstimmung in der Bewegung herrschen muss«, erklärte er ihr.

Danach brachte er ihr bei, wie man die Tanzfläche betritt und so leicht und elegant mit dem Partner tanzt wie eine frisch gebackene Braut, die unter den kritischen Blicken der gesamten Hochzeitsgesellschaft den Hochzeitstanz mit ihrem Bräutigam absolviert. Als sie Fortschritte machte, sagte er ihr, da sie wie eine Prinzessin aussähe, würde er ihr Walzer empfehlen. Dazu erklärte er, dramatischen Paaren würde er den Tango nahe legen, der vor über hundert Jahren in Argentinien aus lodernden Flammen geboren sei. Den Sinnlichen brächte er die Rumba bei, den Romantikern mit ihrem von Natur aus schnellen Rhythmus den Salsa und mit den Übermütigen tanze er Rock 'n' Roll und Cha-Cha-Cha.

Bald lernte sie, sich im Takt jeden Tanzes mit ihm zu drehen. Sie war eine Prinzessin im Walzertakt, dramatisch beim Tango, übermütig beim Cha-Cha-Cha, romantisch beim Salsa und sinnlich bei der Rumba. Und als sie weiter vorankam, sagte er ihr, der Tanz mit einem Partner spiegele die Beziehung zwischen den beiden wider: »Wenn ich Paare tanzen sehe, erkenne ich an ihrer Tanzweise, wer daheim das Sagen hat.« Deshalb riet er ihr, immer den Mann führen zu lassen, denn der müsse Ton und Takt angeben. Und wenn er sie nach der Stunde heimbegleitete, erzählte er ihr unterwegs von seinem Leben und dass er eigens nach Frankreich gefahren sei, um sich im Tanzen fortzubilden und mit einem Tanzlehrerdiplom zurückzukehren. Außerdem redete er ausführlich von den Frauen im Schutzraum, denen die Stunden bei ihm als Zuflucht vor dem harten Leben und dem Alltagselend dienten. Er spreche jede ganz speziell und persönlich an, als wäre sie die Märchenprinzessin und sein Ein und Alles im Leben. »So schenke ich ihnen eine romantische Illusion und eine Stunde Zuflucht vor dem Ehemann und ihrem öden Leben. Kein Wunder, dass alle mich lieben und viel für mich zu tun bereit sind.« Rosa hörte ihm zu und wusste im Innersten, dass sie die Prinzessin und sein Ein und Alles war.

Nach einem Monat wollte er sie zum Kaffeetrinken in ein Café einladen – ein Ereignis, das Rosa unvergesslich blieb. Lange beriet er mit ihr, welches Café es sein sollte, das Nawa oder das Atara im Stadtzentrum oder vielleicht lieber eines der modernen, neuen, die in der Emek-Refaim-Straße in der deutschen Kolonie aufgemacht hatten? Noch unvertraut mit ihm, aber aufrichtig bedacht, es ihm recht zu machen, beging sie einen Fehler. Großherzig erklärte sie ihm, ihr sei es gleich, wohin sie gingen, er solle entscheiden. Schraga machte plötzlich ein langes Gesicht, seine ohnehin schon kleine Gestalt schrumpfte zusammen. Er sah aus, als hätte man ihm mit der Pistole auf der Brust befohlen, vor einem lauten, feindseligen Publikum einen ihm unbekannten Tanz vorzuführen. In diesem Moment begriff sie, dass Schraga nur in seinem Tanzkeller der führende Mann war, nur dort Ton und Takt angab. Sobald er in die Außenwelt trat, sollte lieber sie die Sachen in die Hand nehmen.

Von aufwallendem Mitleid gepackt, das ihr beinah die Kehle zuschnürte, erlöste sie ihn aus seiner Qual und erklärte entschieden, sie sollten in das neue Café in der Emek-Refaim-Straße gehen. Augenblicklich leuchtete sein Gesicht auf, als wäre ihm ein Stein vom Herzen gefallen. Aus Erfahrung klug geworden und um weitere Peinlichkeiten zu vermeiden, die den ersehnten Abend beeinträchtigen könnten, erklärte sie, sie sollten zu Fuß dorthin gehen. Als Schraga seinen sicheren Schutzraum verlassen hatte und neben ihr schritt, wurde der redegewandte Tanzlehrer auf einmal wortkarg und einsilbig. Eine lange Weile spazierten sie stumm, bis kurz vors Café.

Später erzählte sie Rachel, dass sie zwar beide gern ins Café kommen wollten, sich aber trotzdem wie müde Ameisen fortbewegt hätten.

»Das wundert mich nicht«, sagte Rachel mit unbeweglicher Miene. »Ihr seid langsam gegangen, weil ihr Zeit gewinnen wolltet.« Danach erklärte sie ihr, verliebte Paare wollten jeden Moment auskosten und immer wieder jene Minuten wiederkäuen, die lang erschienen, in Wirklichkeit aber doch sehr kurz seien. Und als Rachel sie bat, ihr den Verlauf des Treffens zu schildern, zögerte Rosa einen Augenblick, ehe sie sagte: »Du wirst es nicht glauben, worüber er mit mir gesprochen hat, als er in der griechischen Kolonie endlich den Mund aufmachte.«

»Worüber denn?«

»Über Wirtschaft und Politik. Auch als wir schließlich im Café waren, ist er nicht vom Thema abgekommen, sondern hat über Inflation, Arbeitslosigkeit, Zinsen und Devisenhandel geredet.«

»Willst du mich auf den Arm nehmen?«, fragte Rachel und bekam einen Lachkrampf.

»Was ich dir sage – Wirtschaft und Politik.«

Erst nachdem Rachel stundenlang allein zu Hause über das erste ernsthafte Gespräch zwischen Schraga und Rosa nachgedacht hatte, gelangte sie zu einem Schluss, mit dem sie triumphierend bei Rosa ankam.

»Jetzt verstehe ich!«, rief Rachel entdeckerfroh. »Schraga wollte mit dir über etwas Wichtiges reden, über ein ernsthaftes Thema. Deshalb ist er auf Wirtschaft und Politik gekommen. Das ist das einzige Thema, das ihm für den Abend eingefallen ist. Sonst hätte er gewiss nur stumm seinen Kuchen gemampft.«

»Aber ich wollte, dass er über andere Themen mit mir redet, über das Leben, über die Liebe, über die Zukunft«, sagte Rosa schmollend, errötete jedoch, als täte es ihr im selben Moment schon wieder Leid. »Und worüber hat er dann geredet? Über Wirtschaft und Politik. Die Dinge, die hätten gesagt werden sollen, sind unausgesprochen geblieben.«

»Fass dich in Geduld«, riet Rachel. »Schraga wird dir die Dinge noch sagen, die du gern hören möchtest.«

Und als wäre Rachel mit hellseherischen Fähigkeiten gesegnet, handelte Schraga nach ihren Worten und bestätigte ihre Prognose. Eine Woche später lud er sie in ein Restaurant ein, und obwohl Rosa das Essen nicht mochte, weil sie das gefüllte Gemüse fad und das Lammfleisch trocken fand, freute sie sich an dem Gedanken, dass jemand anderes hinterher das Geschirr spülte, und genoss ganz besonders die Unterhaltung mit Schraga, dem ein Schlückchen Rotwein mehr die Zunge gelöst hatte. Er wollte etwas über ihr Leben wissen, erkundigte sich nach jedem ihrer Kinder, weinte vor Schmerz, als sie ihm von Maleach erzählte, und drückte ihr amüsiert sein Beileid aus, als er hörte, wie Josef gestorben war. Als sie ausgeredet hatten, sah er ihr tief in die Augen, streichelte mit Schleierblicken ihr Gesicht und sagte: »Ich habe nichts zu erzählen. Ich bin unverheiratet und kinderlos geblieben, habe bloß dagesessen und darauf gewartet, dass du zu mir zurückkommst.«

Nach drei Monaten der Blumen und Geschenke, der Cafébesuche und der langsamen Tänze im Tanzkeller hielt er, als sie sich gerade im Park des Elischevahauses auf einer Bank ausruhten, um ihre Hand an.

»Und damit du's weißt«, fügte er gleich nach seinem Antrag, der Rosa die Knie zittern ließ, hinzu, »du schuldest mir was. Erstens hatten wir uns einander versprochen, und zweitens habe ich deinetwegen nichts gelernt in all den Jahren, in denen wir dieselbe Schulbank drückten.«

Rosa riss verblüfft die Augen auf. »Warum?«, brachte sie schließlich heraus.

»Ich konnte mich nicht konzentrieren«, antwortete er mit gesenktem Blick. »Erinnerst du dich nicht mehr? Ich musste dir in den Schulstunden dauernd die Beine unterm Tisch streicheln. Vier Stunden täglich, sechs Tage in der Woche, sechsundzwanzig Tage im Monat, zehn Monate im Jahr, ganze acht Jahre lang.«

»Das weiß ich nicht mehr«, antwortete sie, erstaunt, dass ihr etwas so Wichtiges entfallen sein sollte.

»Wie kann das denn sein? Acht Jahre habe ich dir unter dem Rock die Beine gestreichelt, und du kannst dich nicht erinnern? Wenn ich aufhörte, weil mir die Hand müde wurde, hast du mich unter dem Tisch getreten – in der ersten Klasse mit deinen hohen Schuhen, diesen Schnürstiefeln aus rotem Leder, und zum Schluss, in der achten Klasse, mit den spitzen Lackschuhen. Vor lauter Fußtritten waren meine Beine ganz voll blauer Flecken. Und außerdem habe ich dir vor einer Minute einen Heiratsantrag gemacht, und du hast keine Antwort gegeben.«

Aufgeregt kehrte Rosa nach Hause zurück, vergeblich bemüht, sich an die besagten Schuhe zu erinnern. Am Abend sprach sie lange mit ihren Kindern, die daraufhin eilig zu einer Krisensitzung bei ihr zusammenkamen. Die Töchter waren für die Ehe, die Söhne dagegen. Und da keine Einigung zu erreichen war, schickte sie alle nach Hause, weil sie allein sein wollte.

In jener Nacht informierte sie ihren verstorbenen Ehemann von ihren Heiratsabsichten. Josef kniff erschrocken die Augen zusammen, und das grimassenhafte Lächeln auf seinen Lippen wirkte vor Verblüffung noch starrer. Sie ignorierte sein Klopfen an die Glasscheibe, hinter der er gefangen saß, löschte die Nachttischlampe, wünschte ihm eine gute Nacht, kuschelte sich glücklich in ihr Bett und träumte von Schraga.

Am nächsten Morgen entschlüpfte sie Josefs beleidigtem und betrogenem Blick, und nachdem sie Maleach in den Sonderkindergarten geschickt hatte, zog sie ihr bestes Kleid an und ging zum Tanzsalon, um Schragas Heiratsantrag anzunehmen. Sie fand ihn kerzengerade auf einem Stuhl sitzen, der vor zwei Jahrzehnten wohl einmal ein grünes Samtpolster bekommen hatte. Als ihre Augen sich an das Halbdämmer im Raum gewöhnt hatten, sah sie Girlanden aus Goldpapier von der Decke hängen und leicht und festlich über ihrem Kopf wippen.

»Ich hatte dich erwartet«, sagte Schraga. Majestätisch erhob er sich vom Stuhl und legte ihr die Arme um die Taille.

Rosa brauchte ihm nicht zu antworten. Mit der Grazie

eines geübten Tänzers ging Schraga auf die Zehenspitzen, beugte ihren Nacken ein wenig und drückte ihr einen Zungenkuss auf, der überraschende Ähnlichkeit mit jenem ersten Kuss besaß, den er ihr damals in der Turnhalle geschenkt hatte, in der es nach dem Schweiß pubertierender Körper roch und eine Spur auch nach dem Gummi neuer Turnschuhe. Und als wäre Josef nie in ihr Leben getreten, öffnete Rosa die Lippen, schob ihre Zunge in Schragas Mund, saugte an seinen Lippen, als gehörten sie seit jeher ihr, und schnupperte den süßen Orangenduft, von dem sie ihr Leben lang geträumt hatte, obwohl Josefs Nikotin- und Lavendelduftgemisch ihn aus ihrem Gedächtnis zu verdrängen gesucht hatte.

12

Liebe im Tanzschritt

In der Nacht vor der Hochzeit erhielt Rosa überraschend Besuch. Ihre Mutter erschien zum ersten Mal, seitdem sie in die Gefilde der Seligkeit eingegangen war. Rosa erwachte von schmerzlich vertrauten Geräuschen – dem Wetzen und Stöhnen und den erstickten Schreien, die aus ihrem Kissen drangen – und setzte sich schwerfällig im Bett auf. Ihre Mutter, im leuchtenden Nachthemd, befand sich neben ihr. Und als wäre sie nicht längst verschieden, tat sie den zahnlosen Mund auf und sagte frei heraus, was sie auf dem Herzen hatte. »Du musst die Hochzeit absagen. Wozu brauchst du das? Nimm dir ein Beispiel an mir. Als dein Vater starb, war ich allein, bin aber gar nicht auf die Idee gekommen, mir Ersatz zu suchen, obgleich ich sehr viel jünger war als du und nur ein einziges Kind hatte. Außerdem wird es Josef ärgern. Er hat mir schon gesagt, dass er dir aus Rache das Leben verbittern will. Noch kannst du einen Rückzieher machen. Was willst du dir Kummer aufhalsen? Denk auch an Maleach. Statt dich ganz der Sorge um deine Tochter zu widmen, müsstest du dich noch um einen fremden Mann kümmern. Vielleicht liebt er sie auch gar nicht und tut euch beiden nur Übel?« Damit hatte Angela ihre Meinung gesagt, und als sie merkte, dass ihre Worte auf taube Ohren fielen, entschwand sie.

Am Morgen erblickte Rosa das frohe Lächeln ihrer Mutter, das die strahlend weißen Porzellanzähne im Glasnapf ihr entboten, und war sich nicht sicher, ob sie Angela wirklich gesehen oder nur von ihr geträumt hatte. Um sich nicht wieder Rügen und Vorwürfe aus ihrem Mund anhören zu müssen, beschloss sie sicherheitshalber, die Zähne, die sie seit dem Heimgang ihrer Mutter allmorgendlich geputzt hatte, nun nicht länger zu pflegen. Energisch goss sie das Wasser aus und stellte das Glas mit dem Gebiss unters Waschbecken, zu den Putzmitteln. Die mütterlichen Warnungen klangen ihr allerdings erneut in den Ohren, als sie den mit kleinen Brillanten besetzten Ehering – Josefs Geschenk zur Silberhochzeit – abzog und tief in ihrem Nachtschrank versteckte. Dann betrachtete sie lange den nackten Finger, dessen weiß gebliebener Hautring an ein vergangenes Leben erinnerte, und probierte schließlich freudig den Ehering, den Schraga ihr gekauft hatte, wohl wissend, dass dieser Ring ihr ein anderes Leben und neue Verheißungen bringen würde. Als sie ihn vom Finger zog und in das Kästchen zurücklegte, tauchte jedoch wieder der weiße Hautring vor ihren Augen auf, erinnerte sie an Vergessenes und tadelte sie wegen des neuen Glücks, das sie begehrte.

Schraga, für den es die erste Ehe war, hatte eine große Hochzeit mit vielen Gästen gewünscht. Und als Rosa über die Farbe ihres Brautkleids nachdachte, da eine Witwe in den besten Jahren bei der zweiten Verehelichung wohl schwerlich Weiß tragen konnte, bestand er nun gerade darauf.

Froh über diese unverhoffte Gelegenheit, zum zweiten Mal im Leben ein richtiges Brautkleid tragen zu können, stieg Rosa an dem großen Tag in Leslie-Schimons Taxi, um zum Hochzeitspalast zu fahren, wobei sie mit den Hinterbacken Ruthi zur Seite drängte, die neben ihr saß und Maleach auf dem Schoß hielt. Rosa blickte die Kleine versöhnlich an, strich ihr über die Locken, zupfte das Rüschenkleidchen gerade, das passend zu ihrem Brautkleid genäht worden war, und wischte ein fast unsichtbares Stäubchen von ihren weißen Puppenschuhen. Aufgeregt über ihre neuen Schuhe, strampelte Maleach mit den Beinen und trat ihrer Mutter dabei leicht gegen die Knie. Aus Angst, ihr Kleid könnte schmutzig werden, gebot Rosa ihr Einhalt und hielt ihr, als das nichts fruchtete, einfach die Beine fest. Schreiend und tretend versuchte das Mädchen sich zu befreien, doch Rosa ließ mit Rücksicht auf ihr Kleid nicht locker. So kam sie erschöpft im Festsaal an, auf den spitzenbedeckten Knien graue Spuren von kleinen Schuhen und in den Ohren noch das Weinen ihres Kindes.

Groß, stramm und entschlossen stand sie mit Schraga unter dem Hochzeitsbaldachin im Festpalast »Diadem«. Dror hielt die Schleppe ihres vierstufigen Brautkleides aus schimmernder elfenbeinfarbener Seide. Während süße Ohnmacht ihr alle Sinne vernebelte und ihr einen schweißigen Lustschauder durch den Leib jagte, malte sie sich aus, was ihrer daheim, im Bett, in Schragas leidenschaftlichen Armen harrte.

Aus luftiger Höhe herab blickte sie liebevoll auf ihren frisch gebackenen Ehemann, der einen Anzug in der Größe eines Bar-Mizwa-Jungen trug. Schraga ging auf die Zehenspitzen, reckte die Arme und spreizte die Hände, um an ihren Schleier zu reichen, den es nun von ihrem Gesicht zu entfernen galt. Rosa beobachtete die Annäherungsversuche ihres Mannes, der vor ihr herumhüpfte. Dann breitete sie die Arme aus, umschlang ihn fest und hob ihn an, bis ihre Augen sich trafen. Mit Mühe befreite er einen Arm aus ihrem Griff und schlug ihr den Schleier zurück, wobei er ihr klammheimlich einen raschen, feuchten Kuss auf die knallrot geschminkten Lippen drückte. Errötend stellte sie ihren Bräutigam sanft auf den Boden, linste nach unten, musterte seine rot gewordenen Lippen und fuhr erschrocken zurück, als sie plötzlich Josef neben sich stehen sah, der – in seinen Hochzeitsanzug gezwängt – mit seinen großen Händen und Füßen Schraga beiseite drängte und sich zu allem Überfluss auch noch herausfordernd sein steifes Glied reckte. Sie versuchte die Bilder der Vergangenheit zu verscheuchen und sich mit aller Macht auf die Gegenwart und Rabbi Meirs Worte zu konzentrieren, die wie das irritierende

Getröpfel eines nur halb geschlossenen Wasserhahns dahinplätscherten. Unwillkürlich drängten sich jedoch die Bilder ihrer ersten Trauung dazwischen und verjagten die Gestalt ihres neuen Ehemanns. Da waren wieder die Blicke ihrer drei blutjungen Freundinnen, Rachel, Ruchama und Ruth, die im Stehen herumhampelten, Tränen vergossen und sich die Hände vor den Mund hielten, um ihre Lachanfälle zu ersticken. Schraga warf seiner lächelnden Frau neben sich einen verstohlenen Blick zu und trat ihr sanft auf den weißen Seidenschuh, den der russische Schuhmacher Grischa im Gewerbegebiet für sie nach Maß angefertigt hatte. Wie aus einem fernen Traum erwacht, blickte sie erneut auf Rabbi Meir, der vor ihnen stand und unverständliche Worte murmelte, begegnete aber ärgerlicherweise dem Blick Rabbi Elbaz' von der ersten Hochzeit, der sie mit unverhohlenem Begehren musterte. Seine Augen hatten seinerzeit an ihren vollen Lippen gehangen, waren dann zu ihrem Busen gewandert, hatten das Gewicht ihrer Brüste geschätzt, die wegen ihrer Schwangerschaft wie Hefeteig aufgegangen waren, und waren schließlich auf ihrem Unterleib zur Ruhe gekommen. Rosa errötete verlegen und kicherte erneut, da sie Rabbi Elbaz' Augen von ihr zu Josef schweifen und die Wölbung in seiner Hose wahrnehmen sah, ja prustete laut los, weil Rabbi Elbaz mit einem Aufschrei den Blick auf den Zipfel seines schneeweißen Gebetsmantels abwandte und bat, man möge ihm sofort ein Glas Wasser bringen.

Die Gäste im Festsaal »Diadem« starrten verwundert auf Rosa, die so herzhaft kicherte, dass all ihre Fettpolster wackelten, und tuschelten einander zu, das zeige, dass die Braut, die heute zum zweiten Mal heirate, sehr glücklich über ihren neuen Bräutigam sei. Auf einen weiteren Fußtritt Schragas wurde Rosa ernst und bemühte sich, den Worten Rabbi Meirs zu lauschen, der ihre Fähigkeiten als Hausfrau und Köchin in den höchsten Tönen pries. Aber in ihren Ohren stotterte Rabbi Elbaz, bemüht, den Heiratsvertrag vorzulesen, während die verbotenen Bilder ihm wie Lanzen in die Augen stachen.

»*Masal tov* – viel Glück«, riefen die Gäste, die das Brautpaar nun in einem erdrückend engen Kreis umscharten. Rosa sah die Leute nicht. Sie war in die Vergangenheit versunken, sah Rabbi Elbaz fluchtartig die Hochzeitsfeier verlassen, als hätte seine Hose Feuer gefangen. Genau in diesem Moment hakte Schraga sie ein und führte sie zur Tanzfläche, auf der die Fünf-Joker-Band lautstark einen zündenden argentinischen Tango spielte. Schraga legte ihr den Arm um die Taille, drückte ihren Körper an sich und fand seinen Kopf in der Rille zwischen ihren Brüsten stecken, während seine Füße sich in der Schleppe ihres langen Brautkleids verhedderten. Die Gäste an den Tischen starrten verlegen auf die Teller voll Oliven, Kichererbsenmus und Krautsalat mit Mayonnaise und unterdrückten den drohenden Lachanfall. Wie berauscht tanzte sie mit ihrem Mann die komplizierten Figuren, die er ihr in Privatstunden im Schutzraum und bei den unzähligen Proben vor der Hochzeit beigebracht hatte, ignorierte seine Schuhe, die gegen ihren Kleidersaum traten, und zählte in Gedanken Schritte, damit sie nicht durcheinander kam. Als auf Einladung des Bandleaders die Gäste auf die Tanzfläche strömten, führte Schraga Rosa an den Familientisch zu ihren sieben Kindern mit deren Frauen und Männern, den sieben Enkeln und der kleinen Maleach, die auf Ruthis Schoß saß und sich an ihren neuen Schuhen freute.

Schraga schenkte ihr immer wieder das Glas nach und häufte ihr Riesenportionen auf den Teller, und sie aß, bis sie meinte, gleich aus den Nähten zu platzen. Als ihr das Kleid schon so spannte, dass sie kaum noch Luft bekam, ermunterte sie ihre Sprösslinge zum Essen und beobachtete zufrieden die lustige Gesellschaft, die sie in die Welt gesetzt hatte.

Beladen mit Geschenken und Scheckumschlägen, angesäuselt und kichernd wie zwei Jugendliche, die etwas im Schilde führen, kamen Rosa und ihr frisch gebackener Ehemann zu

Hause an. Als Rosa den Schlüssel ins Schlüsselloch steckte, betrachtete sie das Gesicht ihres Liebsten und überlegte belustigt, ob er sie nicht auch über die Schlafzimmertürschwelle tragen sollte, wie Josef es in Nachahmung romantischer Hollywood-Filme getan hatte. Doch dann musterte sie mitleidig seine magere Statur, die dünnen Arme und seinen unsicheren Stand und fand, dass dem romantischen Abend nichts abginge, wenn sie als neu vermählte Braut nicht über die Türschwelle getragen würde.

Mit perfekten kleinen Tanzschritten, einen Strauß-Walzer auf den Lippen, nahm Schraga Rosas Hand und wirbelte mit ihr geradewegs ins Schlafzimmer. Danach trillerte er ein Lied von Um-Khultum, schwang nach Bauchtanzmanier die Hüften und zog seinen Bar-Mizwa-Anzug aus. In einem winzigen Tanga in Tigerfellimitat, den er eigens für den Anlass gekauft hatte, wedelte er wie eine geübte Tänzerin sein festes Gesäß und ließ die eng anliegende Unterhose ohne Hilfe der Hände zu Boden fallen.

Ein kleines Rinnsal glatter schwarz glänzender Haare zierte seine Brust, floss abwärts in schmaler, gerader Linie, die seinen Körper bis zum Bauch in zwei gleiche Hälften teilte, ergoss sich von dort in einem breiten Delta mit vielen Nebenarmen weiter und mündete schließlich in dem schwarzen Meeresdreieck unten. Ein spitzes, rosiges Glied durchbrach das üppige Haar und vibrierte ihr erregt entgegen.

Rosa beobachtete fasziniert den Tanz, den er ihr zu Ehren tanzte, und versuchte mit der Scheu einer blutjungen Braut, die noch nie einen nackten Mann gesehen hat, den Blick nicht auf die Lenden ihres Ehemanns zu richten. Wie ein Tier, das seine Beute vor dem Zubiss begutachtet, schritt der Bräutigam auf sie zu, das Bett einmal von rechts, einmal von links umrundend, und verfolgte ihren Blick, der bewundernd auf ihm ruhte. Dann schnellte er mit einem flinken Akrobatensprung unter die Daunendecke und verlangte in verwöhntem Ton von seiner Frau, schleunigst an seine grüne Seite zu kommen. Errötend wie eine Jungfrau zog Rosa langsam das Brautkleid aus, das ihr die Brust abschnürte, und schnalzte mit der Zunge angesichts der Schleppe, die unter den Füßen ihres Mannes ganz schwarz geworden war. Dann zog sie den Schildpattkamm heraus, der ihre festliche Hochfrisur fixiert hatte, und schüttelte die blonden Haare, die ihr weich und gefügig über den Rücken flossen. Schamhaft wandte sie ihrem Bräutigam, der ihre Gebärden mit leidenschaftlichem Schnaufen und Stöhnen verfolgte, den Rücken zu und bog die Arme nach hinten, um ihren Büstenhalter mit den gewaltigen Körbchen aufzuhaken. Tiefe rote Rillen zeichneten sich auf dem nunmehr befreiten weißen Fleisch ab. Mit einem weiten Seidenschlüpfer auf den Hüften und Kaskaden lustvoll vibrierenden Fleisches gesellte sie sich zu dem Mann, der unter der Bettdecke ihrer harrte. Als ihr Körper seinen berührte, schleuderte Schraga die Decke zu Boden und umfing mit beiden Händen behutsam ihre linke Brust, ächzte ein wenig unter ihrer Last und begann sie spiralförmig zu streicheln, bis er an die rosige Warze kam, die sich sofort versteifte. Nun ließ er los und nahm sich die zweite Brust vor.

Rosa streifte ungeduldig die Unterhose ab und versetzte ihr einen Fußtritt, der sie in die Höhe wirbelte. Die weite Hose schwirrte über ihren Köpfen empor, stieß an die Zimmerdecke und schwebte federleicht, von einer gefangenen Luftblase getragen, wieder herab. Aufgebläht wie ein silbrig seidener Fallschirm segelte das Dessous dahin, bis es sich an Josefs Goldrahmen verfing. Gespannt verfolgte Rosa Flugbahn und Landung und blickte dann forschend in Josefs Augen, die ihr durch eine Beinöffnung entgegenlugten, ganz rund vor Schreck über das bewegte Schauspiel.

Rosa lachte kreischend, blickte auf ihren neuen Ehemann, der neben ihr zusammenschrumpfte, hob ihn an und platzierte ihn behutsam auf ihren Körper. Schraga versank in ihrem Fleisch, sein Gesicht verschwand in der tiefen Rille zwischen ihren Brüsten und seine bescheidene Erektion sackte mit einem Schlag zusammen. Panikartig, wie ein Ertrinkender, arbeitete er sich aus ihren Leibestiefen heraus, schwamm zu ihr auf und rollte sich neben sie.

»Ich kann mich nicht konzentrieren, wenn der mich durch die Unterhose anguckt«, murmelte er entschuldigend.

»Die Toten braucht man nicht zu fürchten«, sagte sie mit einem schrägen Blick auf das Bild, »nur die Lebenden.«

»Rosa, ich bring's nicht fertig. Häng das Bild ab«, flehte er, als ginge es um sein Leben.

»Morgen, mein Liebster«, antwortete sie und rollte ihn erneut auf sich, drückte seinen Kopf zwischen ihre Brüste und wiegte ihn auf ihren Fettmassen, die ihn wie bodenloser, wabbelnder Moorboden einsogen.

Als seine Nase in ihrem Busen keine Luft mehr bekam, verwandelte sich sein Atem in mühsames Röcheln. Mit großer Anstrengung hob er den Kopf auf seinem stängeldünnen Hals, nahm einen tiefen Atemzug und befreite sich aus ihrem Griff. Danach bat er sie, sich auf den Bauch zu drehen, und versuchte sein Glück von hinten. Sein begieriger Körper prallte an ihrem gewaltigen Gesäß ab. Nach diesem Fehlschlag bat er sie, sich wieder auf den Rücken zu legen, setzte sich auf ihre Lenden und versuchte sich in sie hineinzuzwängen. Eine dicke Speckschicht, die ihren vibrierenden Bauch wie ein weißer Wackelpudding überzog, hielt ihn ab. Er versuchte die Speckfalte, die ihren Unterleib schutzartig bedeckte, hochzuschieben, schaffte es jedoch nicht. Ungeduldig wandte Rosa sich ihm zu, schob ihre Schenkel unter seinen Körper, spreizte sich weit vor ihm und präsentierte ihm freudig ihre Gabe, doch er blieb unerreichbar weit von ihr.

Lange rangelten sie in einem Gewirr von Gliedern, während Josef unter seiner Schlüpferzipfelmütze auf sie herabblickte und mit abschätzigem Grinsen Schragas Agieren begutachtete. In diesem Moment hätte Rosa schwören können, dass sie ein gereiztes Pochen an der Glasscheibe hörte, und fürchtete schon, ihr hitzköpfiger toter Ehemann könnte die

Scheibe zerschmettern, den üppig verzierten Goldrahmen sprengen und geradewegs auf das Körperknäuel vor sich hechten, um Schraga eine Lektion in Bettangelegenheiten zu erteilen.

»Ich kann nicht«, flehte Schraga um sein Leben. »Erst muss der aus dem Zimmer weg«, bat er erneut. Aber Rosa war schon energisch damit beschäftigt, seine Schamteile zu massieren, die mit viel versprechendem, leichtem Beben reagierten. Als die Versteifung ihr hinlänglich erschien und seine Männlichkeit in ihrer Hand pulste, spreizte sie die Beine, warf Schraga auf ihren Leib und führte ihn mit sicherer Hand. Das Glied zitterte erbärmlich, pochte an ihre Schamlippe, spie mit kurzem Hüsteln weißes Nass aus und schrumpfte zusammen.

»Nichts passiert«, sagte sie zu ihm, als wollte sie sich selber trösten. »Morgen früh versuchen wir's wieder – und jetzt schlafen.« Sie rollte ihn neben sich, umschlang ihn und hüllte mit ihrem Fett seinen Körper ein, der in ihr verschwand. Geschützt, gewickelt und umgeben von ihrem warmen Fleisch, schlief Schraga friedlich ein, während Rosa, in deren Scham der Sturm noch tobte, in Josefs ernstes Gesicht blickte, das ihr aus der Unterhose entgegensah. Danach betrachtete sie ihren mageren Bräutigam, der nach der Anstrengung schwer atmend neben ihr schnarchte, und versprach ihm, dass sie Josef daran hindern werde, sie beide zu stören, ihr Liebesspiel zu kritisieren und sich in ihr Leben einzumischen.

Erschöpft von den Ereignissen des Tages, löschte sie das Licht und versank in schweren Schlaf, aus dem sie hochfuhr, als die ersten Sonnenstrahlen durch die Ladenritzen drangen und das Bett mit goldenen Lichtstreifen überfluteten, in denen glitzernde Staubkörnchen tanzten. Erschrocken hob sie den Oberkörper und blickte auf den fremden Mann, der neben ihr lag. Das Gefühl verbotenen Tuns durchrieselte sie. Im ersten Moment wollte sie den Menschen neben sich aus dem Schlaf rütteln und durch die Tür entkommen lassen, ehe ihr Ehemann nach Hause käme und sie alle beide verprügelte.

Verwirrt blickte sie erneut auf den schlafenden Mann, und nun fiel ihr, unter Josefs aus der Seidenwäsche höhnendem Auge, die Hochzeit wieder ein. Sie kuschelte sich hinter den Rücken ihres frisch gebackenen Ehemanns, überhäufte seinen Nacken mit feuchten Küssen und ignorierte heldenhaft Josefs dringlich bittende Augen.

Noch am selben Morgen, ehe Schraga aus dem nächtlichen Schlaf erwachte, kletterte sie mühsam auf einen Stuhl und riss, trotz Josefs lautstarker Proteste, sein Bild samt Dessous mit solchem Schwung von der Wand, dass der Dübel aus dem Putz brach. Die Proteste verwandelten sich erst in Schimpfen, dann in Drohungen, und als Josef sah, dass er nicht gegen sie ankam, schob er heftige Flüche nach. In Windeseile, um sich durch Josefs Drohungen nicht doch noch beeinflussen zu lassen, wickelte sie das Bild in das Laken, auf dem er den Tod gefunden hatte, und versteckte es auf dem Hängeboden über dem Schlafzimmer. Den rechteckigen Fleck an der Wand verdeckte sie später mit dem neuen Hochzeitsbild im glänzend weißen Plastikrahmen, das sie und ihren Bräutigam im Stehen vor einem roten Samtvorhang zeigte. Nur Scharfäugige konnten erkennen, dass der Bräutigam auf einem schwarz verkleideten Schemel stand, während die Braut auf Geheiß des Fotografen gehorsam die Knie beugte, damit sie beide gleich groß wirkten.

Josef landete also auf dem Hängeboden, und Rosa hätte schwören können, dass sie ihn mit den Fäusten gegen die Glasscheibe donnern hörte, weil er dort herauswollte. Ihrer Tochter Ruthi, der sie nie etwas verheimlichte, erzählte sie, zuerst hätte er sie mit süßen Worten gebeten, ihn zu befreien, doch als sie seinen Bitten nicht nachkam, hätte er sie als Hure beschimpft und fluchend gedroht, sie bekäme seinen starken Arm noch zu spüren, denn er würde sie letztendlich erwischen und ihr das weiche weiße Fleisch verdreschen, auch wenn er dazu aus den tiefsten Höllengründen aufsteigen müsste.

Kaum hatte Schraga mit Maleach auf dem Arm das Haus

verlassen, um sie in den Kleinbus zum Sonderkindergarten zu setzen, stürmte Rachel ins Haus.

»Sag, wie war die Nacht?«, fragte sie ungeduldig.

Rosa schlug die Augen nieder und errötete.

»Was errötest du denn wie eine Jungfrau?«, spottete Rachel. »Wie war sie?«

»Sie war«, antwortete Rosa knapp, kehrte ihr den Rücken und setzte den Kessel auf.

»War, war, aber wie war sie denn?«, beharrte Rachel. »Du bist doch so groß und er ist so klein«, fügte sie boshaft hinzu.

»Es war prima«, erwiderte Rosa. »Schraga ist ein wunderbarer Mann.«

»Aber dein Leben lang warst du doch mit Josef zusammen, und nun kommt da plötzlich ein neuer Mann ins Haus. Hattest du keine Scham, dich vor ihm auszuziehen?«, fragte Rachel mit Unschuldsmiene.

»Nein«, antwortete Rosa knapp.

»Hattest du keine Bedenken, dass er dich mit all deinen Speckfalten sieht? Hast du dich nicht bemüht, vor ihm den Bauch einzuziehen? Warst du nicht in Sorge, er könnte erschrecken, wenn er deinen Riesenhintern sieht? Und die Schenkel mit den Grübchen – hast du die nicht zu verstecken versucht? Hat es dich nicht gestört, dass er dich in Natura sieht?«

»Nein«, antwortete Rosa und versuchte das Gespräch auf die stark gestiegenen Tomatenpreise zu lenken.

Erst als Rachel gegangen war und sie allein in der Küche saß und Salzgebäck knabberte, bedachte sie die vergangene Nacht und Rachels Worte. Sie sah nicht ein, warum sie sich ihres Körpers schämen sollte. Schraga war ja ihr Mann und liebte sie sehr, und eine Frau brauchte sich doch vor einem liebenden Ehemann nicht zu schämen. Womöglich sollten sich gerade die schlanken Frauen ihres Körpers schämen, denn sie hatten ja weder Po noch Busen, hungerten sich zu Tode, aber eine hungrige Frau war nicht froh, und eine unfrohe Frau gab sich nicht so gern der Liebe hin, wie sie, Rosa, es tat. Nachdem sie alle Kekse in der Dose verputzt hatte, machte sie mit den Resten der Hochzeitstorte weiter, die man ihr im Hochzeitspalast eingepackt hatte, und gelangte nun zu dem Schluss, dass Männer bei einer Umfrage auf die Frage, ob sie eine schlanke oder eine dicke Frau vorzögen, allesamt einstimmig erklären würden, eine üppige Frau im Bett sei ein Sinnesschmaus. Und überhaupt, redete Rosa sich ein, seien Männer schließlich keine Hunde, hätten also keine Vorliebe für Knochen, Männer liebten es groß und üppig. Denn mit einer dicken Frau zu schlafen sei doch, wie mit vielen Frauen im Bett zu sein, während man von einer schlanken, hungrigen Frau mit spitzen Beckenknochen, Streichholzfingern, Rosinenbrüsten und saurer Miene wahrlich nicht viel hätte.

Voll Stolz auf ihren Körper dachte sie an die Bilder, die Josef ihr in den Kunstlexika gezeigt hatte, üppige Frauenbildnisse von Rubens, Rembrandt und Renoir, und sagte sich genüsslich erneut, was man ihr ein Leben lang vorgebetet hatte: »Männer mögen's mollig.« Daraufhin widmete sie sich weiter der Hochzeitstorte mit dem rosa gefärbten Marzipanüberzug. Als sie sie vertilgt hatte, tippte sie mit der Fingerspitze die Krümel vom Teller, verdrängte mit Macht die Gedanken an Josef und redete sich ein, diese Nacht werde es mit Schraga schon klappen.

13

Die Schuhschwemme

Noch nie hatte Rosa außerhalb eines Schuhgeschäfts so viele Paar Herrenschuhe gesehen wie an dem Tag, an dem Schragas Sachen ins Haus strömten. Neugierig stürzte sie sich auf die Kisten, die die Lastträger auf den Schultern anschleppten, löste ihre Deckel und lugte hinein. In jeder neu geöffneten Kiste befanden sich dutzende aufeinander gestapelter Schuhe aller Sorten, Stile und Farben. Auf Ballettschuhe aus rosa, weißer und schwarzer Seide mit verstärktem dunklem Vorderteil für Spitzentanz folgten Turnschuhe verschiedener Formen, Farben und Marken, die meisten ausgetreten. Einige Kisten enthielten elegante Lackschuhe mit breiten Schnürsenkeln. Vor ihren staunenden Augen purzelten weiter zu Boden: weiche Mokassins, derbe Armeestiefel, reguläre Stiefel, Stiefeletten, eisenbeschlagene Arbeitsschuhe, Sandalen aller Art aus Leder oder Plastik, Strandlatschen, Hausschuhe, Holzpantinen und zahlreiche Paare Gesundheitsschuhe.

Mit stockendem Atem blickte Rosa auf die Schuhe, die sich alsbald paarweise wie Soldaten beim Appell vor ihr aufreihten, und überlegte, wo sie die alle unterbringen sollte. Eine solche Fülle an Schuhen, die alle einer einzigen Frau gehörten, hatte sie vor vielen Jahren einmal im Fernsehen gesehen; sie erinnerte sich noch, wie die Kamera über lange, hohe Regale gewandert war, allesamt voller Schuhe, wie in einem riesigen Schuhmarkt.

Hastig, ehe sie sich womöglich besann, machte sie ihre

Schränke frei, schob ihre Kleider zusammen und stopfte stattdessen Schragas Schuhe hinein. Dabei merkte sie auch, dass die meisten in erbärmlichem Zustand waren. Ballett- und Turnschuhe hatten Flecke und Löcher, viele Mokassins waren verschlissen und aus den Nähten geplatzt. Rosa sortierte die kaputten Paare aus, packte sie in Müllsäcke und marschierte damit mehrmals zu dem großen grünen Müllcontainer, der sie mit weit offenem Maul gierig verschlang. Als Schraga gegen Abend nach Hause kam und nach seinen Schuhen fragte, führte Rosa ihn mit sichtlichem Stolz zu den Wandschränken ihrer Wohnung, machte die Türen auf und zeigte sie ihm, paarweise und nach Art und Farbe geordnet in den Fächern aufgereiht. Schraga erbleichte. Wie ein Irrer stürzte er sich auf die Schränke, riss erregt alle Türen auf und suchte dort Schuhe, die sich seinen Augen verbargen.

»Wo sind meine gelben Turnschuhe mit den blauen Schnürsenkeln?«, fragte er in Unheil verheißendem Ton. »Und wo sind die roten Mokassins und die rosa Ballettschuhe?« Ehe er Luft holen konnte, schmiegte sie sich an ihn, um ihn zu beschwichtigen, und antwortete mit süßer Stimme: »Ich hab sie weggeworfen. Sie waren nicht mehr gut. Sie waren verschlissen. Wenn du möchtest«, flötete sie noch süßer, »kaufen wir dir neue Schuhe.« Schraga sank auf einen Küchenschemel, barg das Gesicht in den Händen, und Rosa sah seine Schultern zucken.

»Wie hast du mir das antun können?«, stieß er schließlich schluchzend hervor. »In den rosa Ballettschuhen habe ich den dritten Preis beim Tanzwettbewerb in Aschdod gewonnen, mit den roten Mokassins habe ich zum ersten Mal französischen Boden betreten, in den gelben Turnschuhen bin ich in der zwölften Klasse gegen den Landesmeister im Kurzstreckenlauf angetreten, und noch viele andere Paare fehlen mir. Wie konntest du mir so was bloß antun?« Seine Lippen bebten, seine Augen waren rot. Rosa, die sein Leid nicht mit ansehen konnte, rannte nach draußen und zerrte die Säcke aus dem Container.

In jener Nacht ging Schraga nicht mit ihr ins Bett. Als Rosa um vier Uhr morgens aufstand, um Wasser zu lassen, sah sie ihn inmitten von Schuhbergen, aus denen gerade noch seine Schädeldecke hervorragte, damit beschäftigt, sie nach eigenen Regeln zu sortieren. Am nächsten Morgen erklärte er ihr, dass alle Schuhe, die er vor vierzehn Jahren während seines Frankreichaufenthalts getragen habe, in der einen Schublade seien. Seine Militärschuhe ständen mit den Zivilschuhen aus seinen Wehrdienstjahren zusammen. Alle Tanzschuhe, mit denen er Preise eingeheimst hatte, waren nach einem nur ihm bekannten System geordnet. Und der Rest – Schuhe ohne nachweislichen historischen Wert – war nach dem Kaufjahr arrangiert. So machten sich die Schuhe in Rosas Schränken breit, während ihre Sachen hinausflogen und sich mitten in der Wohnung zu einem bunt gemischten Haufen von Kleidern, Röcken, Blusen, Schals, weiten Schlüpfern und großkörbigen Büstenhaltern sammelten.

Am Morgen nach Schragas großer Nachtaktion stand Rosa zeitig auf, auf Zehenspitzen, um ihren Mann nicht zu wecken, dessen müder Leib reglos im Bett lag. Sie eilte zu Maleach hinüber, damit er nicht durch ihr Hungergeschrei gestört wurde, wusch und fütterte sie und sah dabei hin und wieder nach dem Schlummernden, der sich unter die Bettdecke gekuschelt hatte. Dann schickte sie Maleach in den Kindergarten, und während Schraga noch schlief, schnürte sie die Kleidung, die sie nicht dringend brauchte, zu einem Bündel zusammen und schob es auf den Hängeboden. Das, was sie in der laufenden Jahreszeit ständig trug, kam gefaltet ins Wohnzimmerbuffet, dessen angestammter Inhalt – Fotoalben, zwei großformatige Prachtbände über den Sieg im Sechstagekrieg, Tischdecken, halb geleerte Kidduschweinflaschen, Kristallgläser und ein großer Pessachteller – zusammenrücken musste.

In den ersten Nächten nach der Hochzeit, in denen Schraga immer wieder in ihren Leib einzudringen versuchte, vor Aufregung aber vorzeitig ejakulierte und sofort in ihren Armen einschlief, probierte die Sehnsucht nach Josef ihr Glück und pochte an ihr Herz, doch Rosa verscheuchte sie in Gedanken an all das Gute, das ihr neuer Mann ihr schenkte, der nie mit leeren Händen heimkam, sondern immer Leckerbissen oder Süßigkeiten für sie und ein Spielzeug für Maleach mitbrachte. Vor allem freute sie sich über sein gutes Verhältnis zu der Kleinen. Schraga ließ es sich nicht nehmen, nachts selbst aufzustehen und zu ihr zu gehen, wenn sie weinend aufwachte. Er nahm sie auf den Arm, ging mit ihr spazieren und verfolgte ihre Fortschritte im Sonderkindergarten, ganz wie ein leiblicher Vater. Rosa bedachte ihr neues Glück und hoffte, dass ihre Mutter, die so vehement gegen diese Ehe gewesen war, das alles von ihrem Sitz droben im Himmel sehen möge. Danach bat sie Josef, sie in Ruhe zu lassen und ihr nicht mit Vorwürfen und Forderungen zu kommen, denn es sei hier doch eine Wiedergutmachung eingetreten, eine Heilung des Unrechts, das zuvor wegen seines Eingriffs in ihr Leben geschehen war. Nun, da Gerechtigkeit geschehe, dürfe er ihr nicht zusetzen. Schließlich sei sie jetzt mit ihrem geliebten Jugendfreund vereint, nachdem das Schicksal sie erneut zusammengeführt hatte.

Kaum einen Monat nach der Hochzeit kam Schraga eines Abends mit der Nachricht nach Hause, dass er den Tanzsalon schließen müsse. Seitdem er verheiratet sei, bemerkte er leicht vorwurfsvoll, als gebe er ihr die Schuld an seiner Lage, kämen die Frauen nicht mehr in seinen Schutzraum, zumal Charlie, ein Junggeselle aus Paris, im nahen Wohnblock V ebenfalls einen Tanzsalon eröffnet habe und alle möglichen neuen Schritte und Figuren kenne. Als die finanzielle Lage drückend wurde und keine andere Wahl mehr blieb, setzte er eine Anzeige ins Stadtteilblatt, dass er eine Ballett- und Salontanzschule speziell für Mädchen eröffnen werde.

Tatsächlich hüpften alsbald rotwangige kleine Mädchen mit durchsichtiger Haut in weißen oder rosa Tüllröckchen –

von ihren Müttern selbst genäht – auf Zehenspitzen über den Schutzraumboden, wetteiferten darum, mit ihm tanzen zu dürfen, hopsten unter seiner Führung die Schwanensee-Ouvertüre, Strauß-Walzer und sinnliche argentinische Tangos und standen am Ende der Stunde bei ihm Schlange, reckten die zarten Hälse und stießen und pufften einander um das Recht, von Schraga einen väterlichen Anerkennungskuss auf die Wange zu bekommen.

Ein halbes Jahr lang ernährte er seine Familie in Ehren, bis man im Viertel munkelte, er habe insgeheim die knospenden Brüste seiner besten Schülerin, Jael Busaglo, gestreichelt, die er besonders förderte. Jaels Vater, im ganzen Viertel als Wüterich bekannt, stürmte in den Schutzraum, packte Schraga vor den Augen der in ihren Schwanenkleidern schwebenden jungen Elevinnen, prügelte wild auf ihn ein und verscheuchte damit die kleinen Tänzerinnen, die wie verschreckte Küken vor dem Schatten eines Falken auseinander stoben. Später kamen Polizisten ins Haus, legten Schraga Handschellen an, deren Kälte ihm schaudernd in die Knochen fuhr, und führten ihn in aller Öffentlichkeit schmählich ab. Gefesselt und geschlagen ging er mit, tappte auf Zehenspitzen in seinen weißseidenen Ballettschuhen und konnte, da ihm die Hände auf dem Rücken gebunden waren, nicht einmal einen Abschiedsgruß zu Rosa und Maleach hinaufwinken, die ihm weinend vom Balkon nachblickten.

Rosa, von seiner Unschuld überzeugt, brachte das Geld auf, um ihn gegen Kaution frei zu bekommen. Als er nach zwei Tagen heimkehrte, war seine elegante Kleidung fleckig und ausgebeult, und seine Handgelenke rochen abstoßend nach Schweiß und Metall. Schluchzend erzählte er Rosa, dass er die Tanzschule für Mädchen schließen müsse. Noch am selben Abend warf er seine »Gefängnisschuhe«, wie er sie nannte, in den Mülleimer. »Denn auf solche Erinnerungen kann ich verzichten«, kommentierte er.

Nach einem halben Jahr fand die Hauptverhandlung statt,

bei der Jael Busaglo – notgedrungen – und drei weitere Mädchen, die sich von ihm zu kühl behandelt gefühlt hatten, gegen ihn aussagten. In einer Zeitungsmeldung über den Prozess mit der Überschrift »Der Mädchenfreund aus Katamon VII« wurde Rechtsanwalt Jonatan Harel, den sie für viel Geld beauftragt hatten, mit den Worten zitiert: »Möglicherweise kann ein Tanzlehrer, der naturgemäß seine Schülerinnen anfassen muss, um ihre Pose zu korrigieren, einen solchen Verdacht erregen. Vielleicht können seine unwillkürlichen Bewegungen als Überschreitung jener feinen Linie ausgelegt werden, die zwischen einer notwendigen Berührung im Rahmen des Unterrichts und einer Geste, die sich als Versuch einer unsittlichen Handlung darstellen könnte, scheidet.« Danach zitierte der Artikel einige seiner erwachsenen Schülerinnen, die in der Verhandlung hervorragende Leumundszeugnisse für ihn abgelegt hatten, als sie unter Eid aussagten, der Angeklagte sei ein ausgebildeter Berufstänzer, ein erstklassiger Lehrer und ein feiner, sanfter Mann, der sie niemals auf ungehörige Weise angefasst habe. Die höchsten Töne schlug Rachel an. Sie schilderte Schraga als einen Heiligen, der trotz der täglich und stündlich bestehenden Verlockungen nie versucht habe, sich an seine Schülerinnen heranzumachen, bis er die große Liebe seines Lebens getroffen habe, seine Rosa, mit der er heute das Leben teile. Nach Vernehmung der Frauen, die sich auf dem Zeugenstand mit längst voll geschnäuzten Papiertaschentüchern geräuschvoll die Nase putzten, wurde eine Pause eingelegt. Als die Verhandlung fortgesetzt wurde, sagte Rechtsanwalt Harel: »Die Zeugenaussagen weisen den Angeklagten erneut als einen väterlich warmherzigen Menschen aus, der gut mit Schülerinnen allen Alters umzugehen versteht. Daher liegt hier mit Gewissheit ein Missverständnis vor. Es drängt sich die Annahme auf, dass die jungen Schülerinnen ihre Anschuldigungen aus psychologischen Beweggründen erhoben haben, die tief schürfender gutachterlicher Untersuchung bedürfen.« Zum Abschluss der Verhandlung, hieß es in dem Aufsatz, habe die Richterin Sohara Jardeni erklärt: »Ich bin nicht sicher, ob der Angeklagte die Mädchen wirklich tanzen gelehrt hat. Möglicherweise unternahm er den Versuch, seinen unschuldigen, blutjungen Schülerinnen eine neue Sprache beizubringen, die sie lieber erst als reife Menschen auf ihre Weise hätten lernen sollen.« Des Zweifels wegen verurteilte sie ihn zu einem halben Jahr Gefängnis auf Bewährung für zwei Jahre und untersagte ihm, Mädchen unter sechzehn Jahren Tanzunterricht zu erteilen.

Umringt von Frauen seines Tanzzirkels, ging Schraga an Rosas Arm durch die Gerichtskorridore dem Ausgang zu, vor dem sie Leslie-Schimon mit seinem Taxi erwartete. Zu Hause angekommen, machte Rosa ihm rasch Kamillentee, um seine Nerven zu beruhigen, stellte ihm Zuckerkekse dazu und blickte ihn mitleidig an, als er schweigsam die Kekse aß, deren süße Krümel ihm an den Lippen kleben blieben oder auf die Kleidung rieselten.

»Wieso hat dir diese Richterin bloß nicht geglaubt«, sagte sie traurig. »Alle wollen dich und machen sich an dich ran, und wenn du dich weigerst, rennen sie hin und erfinden Anschuldigungen gegen dich.«

Schraga gab keine Antwort, blickte nur an ihr vorbei, als sähe er sie gar nicht.

»Du hast es doch nicht getan, oder?«, fragte sie, plötzlich von Zweifel beschlichen.

»Wie kann ich denn?«, antwortete er mit dünner Stimme, dem Weinen nahe. »Du bist meine einzige Liebe. Nur dich liebe ich. Wer sind diese unreifen Mädchen? Wie können sie bloß so was von mir sagen?«, klagte er.

Darauf schloss Rosa ihn in die Arme, flüsterte ihm »scha, scha, scha« ins Ohr und wiegte ihn sanft wie einst ihre Kinder, wenn sie nachts aus Angstträumen aufschreckten.

Dann wusch er sich, zog saubere Kleidung an, und die beiden saßen erschöpft und eingeschüchtert, die Zeitung mit dem Artikel auf den Knien, beieinander und berieten lange über ihre finanzielle Zukunft. Nach eingehender Erörterung bis tief in die Nacht hinein beschlossen sie, Schraga solle in der großen Tanzschule für die Tänze der Sechzigerjahre arbeiten, die in Givataim bei Tel Aviv eröffnet worden war. Tagtäglich fuhr Schraga nun in aller Frühe mit dem Stadtbus der Linie achtzehn zum Busbahnhof und von dort weiter per Überlandbus direkt nach Givataim. Abends kam er mit schmerzenden Knochen, niedergeschlagenem Gesicht, abgelaufenen Schuhsohlen und dicken Blasen an den Zehen zurück. Rosa richtete ihm zum Empfang ein heißes Bad mit etwas Mandelöl, das ihm körperliche Linderung brachte. Danach half sie ihm in einen weichen, wohligen Bademantel, verarztete seine Zehen, servierte ihm das Abendessen zu den Fernsehnachrichten um einundzwanzig Uhr und verfolgte mit tiefer Befriedigung jeden Bissen, den er in den Mund steckte.

Die ganze Woche über wartete er auf den Freitag, seinen arbeitsfreien Tag, denn dann ging er für sie auf den Markt. Mit großem Zeremoniell zog er seine hohen »Machnejuda-Schuhe« mit der dicken Kreppsohle und seine ärmellose Khakiweste mit den vielen Taschen an. Wie ein Jäger, der auf Pirsch ausgeht, fuhr er mit vielen anderen Männern mit dem Bus zum Machane-Jehuda-Markt, bewehrt mit den obligatorischen rosa oder lila Plastikeinkaufstaschen, die wie Fischernetze oder an den Flügeln aneinander gehängte Schmetterlinge aussahen. Auf dem Markt zwängte er sich gewaltsam zwischen seine sämtlich größeren und breiteren Geschlechtsgenossen, stellte sich auf die Zehenspitzen und umdrängelte in männlicher Kauflust mit ihnen die Karren in den überdachten Marktgassen. Genüsslich befühlte er Tomaten, spreizte Artischockenblätter, patschte auf den Hintern einer prallen Wassermelone, drückte eine Avocado, befummelte die Nippel der Zitronen, schnupperte an den Netzmelonen, wog mit den Augen die Grapefruits, streichelte die samtene Haut der Pfirsiche, kostete Trauben und betastete den Spalt der Nektarinen. Im Kreis seiner Mitkunden prüfte er die Größe der knackfrischen Karotten, die sich zu leuchtenden Stapeln auf den Ständen häuften, und maß auf der gestreckten Handfläche die Länge der grünen Spargelstangen. War er mit Obst und Gemüse fertig, ging er zum Fleischmarkt, beugte sich über die bluttriefenden Stände, wühlte gründlich in den offen aufgeschichteten Haufen von Putenkeulen und Hähnchenschlegeln, fahndete mit den Händen nach den besten und saftigsten, überging die durchgeschnittenen Hälse und gekappten Flügel und prüfte mit Argusaugen die Putenbrust, die für ihn in dicke Scheiben geschnitten wurde. Mit blutigen Taschen schlenderte er zu Zidkijahu, der Käse und Eingelegtes feilbot, diskutierte mit ihm über Politik, probierte eine Olive, kaute eine saure Gurke und entschloss sich zum Kauf des fetthaltigsten Käses, der einem wie süße Butter auf der Zunge zerging. In der Fischecke wählte er aus dem sprudelnden Bassin voll Schwänze und aufgerissener Mäuler einen dickbauchigen, gereizt wirkenden Karpfen. Deutete er dann mit dem Finger darauf, grinste der Verkäufer, dessen Hände, Kopf und Schürze ständig mit grauen Schuppen übersät waren, und fragte zwinkernd: »Wie bringen Sie's bloß fertig, immer die schönsten und dicksten Fische im Bassin rauszupicken?« Flink folgte er mit seinem Käscher Schragas Fingerzeig und schnappte mit Triumphgeheul »die Kärpfin voller Rogen«. Mit einem kräftigen Hieb auf den Kopf des Fisches, dessen fleischige Lippen sich abwechselnd öffneten und schlossen, stellte der Verkäufer den Karpfen ruhig, um ihn nun an die Decke hochzuwerfen und mit Wonne den unvermeidlichen Absturz auf seinen mit Zeitungen abgedeckten Tisch abzuwarten. Mit der Gewandtheit eines Zauberers wickelte er den erschlagenen Karpfen in Zeitungspapier, drückte es gut um den Fischleib fest und ließ nur den verwaisten Schwanz frei, der in blinder Wut weiter auf die feuchte Theke peitschte.

Schier in die Knie gehend unter der Last seiner Plastiktaschen, ging Schraga zum Blumenstand, um Rosa einen Riesenstrauß roter und weißer Gladiolen zu kaufen, und bat den Verkäufer, ein wenig Spargelkraut dazuzugeben, »damit sie auch was Grünes sieht«. Dann kletterte er mit Sack und Pack in den Bus, drückte sich zwischen seine Sitz- und Wohnungsnachbarn, stellte mit den Augen Qualitätsvergleiche zwischen der jeweils erstandenen Ware an und gelangte zu dem Schluss, dass ihm der Einkauf auch diesmal wieder geglückt war. Auf dem Rest des Heimwegs legte er sich die Schlüsselsätze zurecht, die er Rosa gleich an der Tür sagen wollte. Manchmal wiederholte er sich im Stillen die Geschichten der Standinhaber, die mit diesem oder jenem Politiker oder auch einem Fußballer von Betar Jerusalem, der an ihrem Stand stehen geblieben war und mit ihnen die politische Lage diskutiert hatte, voreinander prahlten. Daheim erzählte er Rosa, wie er, Schraga, mit dem betreffenden Politiker lautstark darüber debattiert habe, dass man die besetzten Gebiete behalten müsse und keinen Fingerbreit nachgeben dürfe. Gelegentlich prägte er sich die neuen Verse ein, die an den Ständen geschmettert wurden, vor allem solche, die einen Sieg von Betar Jerusalem über den Hapoel Tel Aviv besangen, und bemühte sich, keine Einzelheit auszulassen und keinen einzigen Satz zu vergessen. Von süßen Gefühlen überkommen, sah er schon unterwegs Rosas strahlendes Gesicht vor sich und spürte ihre Arme ihn sanft in die Rippen puffen, damit er ihr noch mehr Marktgeschichten erzählte, Lieder vorsang und die Gerüche an den Ständen mit dem voll reifen Sommerobst beschrieb.

Rosa erwartete ihn mit brodelnden Schabbattöpfen, fertigem Blätterteig für würzige Teigtaschen, dünnem Filoteig für pikante »Zigarren« und samt Zwiebeln, Wein und Knoblauch gebratenen Hühnerlebern, deren Duft ihr wohligen Schwindel verursachte, während sie ein Stückchen zum Abschmecken herauspickte. Und da sie derart gut schmeckten, genehmigte sie sich weiter gehäufte Löffel voll gebratener Leber aus der Pfanne, bis sie merkte, dass der Pegel Besorgnis erregend sank. Hastig stopfte sie nun alles in den Fleischwolf und verarbeitete die mit Wein und Zwiebeln gewürzte Leber zu einer glatten Farce, würzte sie mit Salz und Rosenpaprika, rollte sie in die hauchzarten Filoteigblätter und buk die »Zigarren« in schwimmendem Öl, bis der Teig außen goldfarben wurde und damit anzeigte, dass sie gar waren.

Mit solch einer glühend heißen Zigarre im Mund empfing sie Schraga an der Wohnungstür, und während er die Taschen auspackte, musterte sie die reiche Ausbeute, die er ihr mitgebracht hatte, und dachte voll Stolz bei sich, dass ihr Ehemann Schraga besser auf dem Markt einkaufen konnte als sämtliche Nachbarn im Haus. Sobald sie mit Kochen fertig war, setzte sie sich in ihren Sessel, und Schraga kuschelte sich auf ihren Schoß, sang ihr die Marktreime vor, beschrieb ihr das Sommerobst, ließ sie die Gerüche riechen und würzte alles mit Liebesworten für sie.

Wenn Rosa dann am Freitagabend mit ihren Töchtern das Geschirr gespült hatte, alle Kinder und Enkel wieder nach Hause gegangen waren und Maleach sauber und kuschelig im Bett lag, erwartete sie Schraga auf ihrem Lager. Doch er trödelte noch herum. Zuerst ging er zu Maleach und sah nach, ob sie auch gut zugedeckt war, ja keine Mücke sie umsummte oder gar ihr Blut saugte. Danach inspizierte er energischen Schritts alle Zimmer, machte die Läden zu, schloss die Türen ab und prüfte zuletzt erneut in der Küche, ob die Wasserhähne auch nicht tropften und der Gashahn hinter dem Herd abgedreht war. Verlief die Prüfung zufrieden stellend, nahm er das Insektenspray zur Hand, sprühte die heiklen Ecken ab, stellte besonders den Ameisen nach und stöberte mit Raubtiergeduld nach verborgenen Nistplätzen von ihnen oder ihren Verbündeten, den Küchenschaben. War er mit den Insekten fertig, widmete er sich seiner eigenen Körperpflege. Eine lange, schier endlos dauernde Weile hörte Rosa ihn Wasser lassen, gurgeln und Zähne putzen.

Nachdem die Toilettengeräusche verklungen waren, ging er ins Schlafzimmer und setzte sich locker auf die Matratze, die sein festes Gesäß mit zartem Federn willkommen hieß. Langsam zog er die Schuhe aus und stellte sie nebeneinander unters Bett. Sodann rollte er die Socken systematisch und wohl bedacht die Wade hinab, beschnüffelte sie genüsslich und verknotete sie schier unlösbar, »damit sie in der Wäsche nicht verloren gehen«. War er mit den Socken fertig, griff er sich an den Hals, lockerte die Krawatte, wickelte sie zu einer festen Rolle auf und steckte sie in die Schublade. Rosas Herz drohte zu springen, wenn Schraga sich das Hemd vornahm. Er knöpfte es bedächtig auf, befühlte andächtig jeden Knopf einzeln, um zu prüfen, ob er auch nicht am seidenen Faden hing und auf der Stelle festgenäht werden musste. Nach dieser eingehenden Inspektion faltete er das Hemd exakt nach den Bügelfalten, selbst wenn es schmutzig war und in den Wäschekorb gehörte. Rosa stockte der Atem, sobald er bei der Hose anlangte. Er schnallte den braunen Schlangenledergürtel mit der blanken goldenen Dior-Schnalle ab, rollte ihn sorgfältig zu einer festen Schnecke auf, öffnete nun den Hosenknopf und fasste behutsam mit Daumen und Zeigefinger die Zunge des Reißverschlusses. In der Stille des Hauses hörte Rosa das befreite Ratschen der winzigen Metallzähnchen, die sich nach einem langen Tag des Zusammenlebens gewaltsam voneinander trennten. Nachdem er die Hose ausgezogen hatte, legte er sie Naht auf Naht, strich sie sorgfältig glatt und hängte sie auf einem Bügel in den Schrank.

Kurz bevor Rosa der Geduldsfaden endgültig riss, schlüpfte er zu ihr unter die Bettdecke. Nun betastete er ein wenig ihren mächtigen Busen, presste die Warzen, streichelte ihren in alle Richtungen fließenden Bauch, verschloss ihr den Mund mit einem Kuss und versuchte, sobald sie aufstöhnte, sich in sie hineinzuzwängen. Ächzend vor Lustqualen, öffnete Rosa sich ihm ganz und gar, während Schraga – schwer keuchend, als müsse er einen Berg ersteigen – ihren hügelartigen Bauch erklomm, sich mit den Händen an ihre Brustspitzen klammerte und an ihrer Körperöffnung herumrutschte. Gelang die Penetration, nässte er sie sofort mit seinem Sperma, entschlüpfte ihrem Griff und rutschte von ihr auf sein Kissen. Dort gelandet, kuschelte er sich unter die Bettdecke und schlief friedlich wie ein Baby ein. Rosa horchte auf sein leises Schnarchen und auf das Pulsieren ihres Blutes im Unterleib.

Bald lernte sie, ihren Finger zu befeuchten und den Brennpunkt dort unten zu reiben, mit aller Macht bemüht, die dumpfen, erstickten Laute, das Pochen ans Glas und die Hilfsangebote aus dem Hängeboden zu ignorieren. Die verzweifelten Signale von dort schwollen an, sobald starke Schauer ihren Leib schüttelten und ihr Trost, Wärme und Ruhe spendeten. Dann drückte sie den schlafenden Schraga an sich und versuchte trotz der Geräusche einzuschlafen.

Eines Nachts, als er neben ihr schnarchte und sie den Brennpunkt ihrer Lust rieb, klangen die Geräusche besonders laut und dreist, und der Hagel erstickter Flüche und Schmähungen riss sogar Schraga aus seinem tiefen Schlaf. Verwirrt setzte er sich im Bett auf, worauf die Geräusche mit einem Schlag verstummten.

»Es sind Mäuse im Schrank«, kreischte er mit schriller, dünner Stimme. »Dass sie mir bloß nicht die Schuhe zerknabbern«, jammerte er, nahm sich dann aber zusammen und verkündete in männlich festem Ton, am Freitag werde er eine Mausefalle vom Markt mitbringen.

Am nächsten Morgen war der Zwischenfall vergessen, doch sofort nachdem Schraga mit Maleach das Haus verlassen hatte, nahm Rosa die Aluminiumleiter und kletterte schwerfällig zur Hängebodentür hinauf. Mit großer Mühe zerrte sie Josefs Bild heraus und stieg damit wieder hinunter. Josefs Augen blitzten ihr durch die Scheibe fröhlich und erwartungsvoll entgegen. Rosa versuchte seinem Blick auszuweichen, lockerte die Metallklammern, die das Bild in dem Goldrahmen hielten, und riss es gewaltsam heraus. Ein erleichterter Seufzer entfuhr Josef, nunmehr aus seinem Gefängnis befreit. Ungeachtet seiner flehenden Augen rollte sie sein Konterfei auf und drückte dabei sein Gesicht platt, als ginge sie mit einem Wellholz darüber. Als sie fertig war, hatte sie nur noch eine steife Rolle Papier in der Hand. Mit einem Ruck zog sie den Gummiring ab, der ihr Haar zusammenhielt, wobei sie ein paar helle Kräuselhaare mit ausriss. Dann spannte sie den Gummi gut um die Rolle und verließ mit ihrem seligen Mann das Haus. Den ganzen Weg bis zu Ruchama flehte Josef um sein Leben, versprach ihr hoch und heilig, sie nicht weiter zu ärgern, ihren neuen Ehemann nicht mehr zu verspotten, ihre Ehe nicht zu stören, ja sogar nach besten Kräften Sympathie für Schraga aufzubringen, der mit seinen Schuhen Schränke und Speisekammer verpeste, sodass der Gestank auch ihm in die Nase gestiegen sei. Mit ungewöhnlicher Sturheit ignorierte sie seine Versprechungen und drückte entschlossen auf den Klingelknopf, über dem in verschnörkelten Buchstaben auf einem Messingschild stand: *Hier wohnen glücklich und reich Ruchama und Nissim Levi.*

Ruchama erbleichte, als sie sah, wer da vor ihr auf der Schwelle stand und sie freundlich anlächelte. Sofort erlangte sie jedoch die Fassung wieder und bat Rosa mit den Gebärden einer verarmten Aristokratin herein. Rosa musterte die armselige Wohnung, die schon bessere Tage gesehen hatte, und witterte mit bebenden Nasenflügeln den Schwall an Gerüchen, die mit einem Schlag ohne Vorwarnung auf sie einstürmten. Es war eine unerträgliche Kakophonie von Rosen und Narzissen, angereichert mit Jasmin, verdünnt mit Veilchenduft und verstärkt durch exotisch süßliche Nuancen. Die Duftpartikel der Blumen waren eine seltene, untrennbare chemische Verbindung eingegangen und hatten mit ihrer gesammelten Wucht einen schweren Dunst erzeugt, der auf die Lunge schlug, den Atem behinderte und Beklemmungen in der Brust auslöste. Als sie sich ein wenig erholt hatte, waberte ihr – alles überlagernd, scharf, lieblich und spöttisch – der Duft von Josefs lila Lavendelseife in die Nase.

Zu diesem Zeitpunkt war sie sicher, Josef würde jeden Augenblick den Kopf aus dem Badezimmer dieser Lotterwohnung stecken, sah ihn schon sie beide verwirrt anblicken, den Mund zu dem Lächeln verzogen, das im Todesmoment auf seinem Gesicht erstarrt war. Als sie sich schwerfällig auf das Sofa niederließ, fiel ihr Blick auf die Zimmerwände. Was ihr zunächst wie fröhliche Farbkleckse einer bunten Tapete erschienen war, entpuppte sich als Plastik- und Seidenblumendekoration, die mit kleinen Stahlnägeln an die Wand geheftet war. Es gab Rosen, Narzissen, Veilchen, Gladiolen, Ringelblumen, Nelken und merkwürdige andere Blumen, die sie noch nie gesehen hatte. Sie alle präsentierten schamlos ihre künstlichen Fortpflanzungsorgane, als warteten sie geduldig und verzweifelt auf Bestäubung.

Ruchama folgte Rosas neugierigen Blicken und beantwortete ihre nicht gestellte Frage: »Wo Blumen sind, sind auch Schmetterlinge.« Schwindlig im Kopf von der Fülle an Bildern und Gerüchen und mit unsteten Augen, vor denen es Schmetterlinge regnete, fand Rosa sich bereit, einen Kaffee zu trinken. Mit grandioser Geste öffnete Ruchama die Tür des Kühlschranks, um die Milch herauszunehmen, griff jedoch ins Leere. Aus dem trostlosen Kühlschrankinnern starrten ihr mit blinden Augen ohne Pupillen und Netzhaut zwei Eier entgegen. Eine einsame Karotte hing ziemlich lappig und verschrumpelt schräg im Gemüsefach. Da keine Milch zu finden war, begnügte sie sich mit Tee, da aber auch der Zucker in der Speisekammer ausgegangen war, trank sie lauwarmes Leitungswasser aus einem schmuddeligen Glas, das ihr so feierlich kredenzt wurde, als enthalte es ein teures Nass.

Ruchama beendete den Strom ihrer gemurmelten Erklärungen mit einer Entschuldigung, dass kein Kuchen vorrätig sei, denn es gäbe niemanden, der ihn äße, und sie wolle nicht backen, damit sie den Kuchen nicht ganz allein aufessen müsse und dadurch dick würde. Rosa musterte interessiert Ruchamas schlanke Figur und begriff nicht, was ihr Josef an dieser Frau gefunden haben mochte, wo er ihr, Rosa, doch immer gesagt hatte, er liebe sie dick und saftig. Doch als sie ihren Blick in die dunklen Augen ihrer Rivalin versenkte und deren Schönheit gewahrte, war sie wiederum stolz auf den guten Geschmack ihres seligen Mannes, der seine Frauen kompromisslos nach ihrer Schönheit ausgesucht hatte. Und als sie sich an ihn erinnerte, erinnerte sie sich auch an den Zweck ihres Besuchs und drückte Ruchama das aufgerollte Bild in die Hand.

»Gehört dir«, sagte sie. »Ich bin schon verheiratet und brauche ihn nicht mehr.«

Ruchama wurde schneeweiß, als sie das Bild entrollte und das Gesicht ihres Liebhabers entdeckte.

»Der erste Schmetterling«, konnte sie sich nicht enthalten zu sagen.

Rosa überhörte die Bemerkung heldenhaft und folgte dafür Ruchamas stumpfen Augen, die lange Josefs Züge betrachteten. Heiße Tränen tropften auf das dicke Papier und malten feuchte, runde Flecke auf Josefs Gesicht.

»Ich sehne mich so nach ihm«, heulte sie mit zusammengebissenen Zähnen los. »Ich habe ihn immer geliebt. Sein ernstes Gesicht. Schon als wir noch in der Villa wohnten, hab ich mich von ihm anfassen lassen, weil er mir versprochen hatte, mich zu heiraten.«

Rosa hielt an sich. Ermutigt durch das Schweigen ihrer Rivalin, redete Ruchama weiter, versuchte das entstandene Vakuum zu füllen. »Du hast keine Ahnung, wie ich gelitten habe, als du ihn geheiratet hast. Ich war regelrecht krank. Mir blieb nichts anderes übrig, als Nissim zu nehmen, aber Josef habe ich immer weiter geliebt.«

»Wie hat es angefangen?«, fragte Rosa brüsk.

»Als er das Kino Rosa eröffnete. Wie hab ich dich beneidet, dass er das Kino nach dir benannt hat. Jeden Abend habe ich dort gesessen und ihm nachgeweint. Bis wir anfingen gemeinsam im Vorführraum zu sitzen und dort zu heulen und zu schmusen.«

Die beiden Frauen saßen in der Küche, Rosa fragte und Ruchama antwortete. Sie verglichen Daten, Tage und Stunden und rechneten nach, bei wer er mehr Zeit verbracht hatte. Da sie zu keiner Übereinstimmung gelangten, einigten sie sich darauf, dass Josef, gerissen wie der Teufel, seine Schritte sehr klug gelenkt und sie beide hereingelegt hatte.

»Mir hat er erzählt, er würde dich nicht anrühren, ihr hättet längst keinen Verkehr mehr miteinander«, sagte Ruchama und erstickte schier vor Lachen, ohne es sich erklären zu können.

»In der Zeit, als er dir das sagte, hat er mich keinen Augenblick in Ruhe gelassen, ist mir sogar in der Küche nachgetappt und hat mir ständig am Hintern geklebt«, gab Rosa zurück.

»Und wenn er dir sagte, er ginge ins Kino, um zu prüfen, wie der Film läuft, war er in Wirklichkeit bei mir«, fuhr Ruchama fort.

»Aus dem Kino ist er immer wer weiß wie geil zurückgekommen, als hätte er kein türkisches Rührstück, sondern einen Porno gesehen, hat mich prompt gleich bestiegen, und am Morgen hat er weitergemacht, als ob in der Nacht nichts gewesen wäre«, fügte Rosa an.

Prustend vor Lachen verglichen sie Stellungen, Szenen und Situationen. Danach meinte Ruchama, sie begreife nicht, warum Rosa es so eilig gehabt habe, zu heiraten. »Ich wollte bloß, dass mein Mann mich verlässt, dass er mich frei gibt, damit ich anfangen könnte, das Leben zu genießen«, erklärte sie Rosa offenherzig. »Tief drinnen wollte ich, dass er stirbt, zumal mir Schwarz bestens steht. Als er endlich ging und mich befreite, konnte ich machen, was ich wollte, auch mit Josef zusammen sein«, sagte sie mit einem verstohlenen Seitenblick auf Rosa.

Die beiden Feindinnen trennten sich als Freundinnen. Ruchama versprach Rosa, sich gut um das Bild zu kümmern und es bei Zarfatis Rahmenhandlung rahmen zu lassen. Da Ruchama kinderlos war, bot Rosa ihr Jackie-Jakobs Dienste an. Der Sohn mit den goldenen Händen könnte ihr Löcher in die

Betonwand bohren und das Bild dort aufhängen, wo sie es haben wolle.

Wieder zu Hause, kamen ihr alle möglichen alten Vorwürfe gegen Josef in den Sinn, und sie wusste, fortan würde sie sich nicht mehr von ihm stören lassen, sondern alle lästigen Gedanken, Schuldgefühle und Gewissensbisse verdrängen, zu denen sie sich wegen ihrer Ehe mit Schraga manchmal verleiten ließ. In jener Nacht, als Josef fest verpackt und mit Gummiring versehen fern von ihr in Ruchamas Haus weilte, gab sie sich Schragas Streicheleien hin, und in der Stille, die plötzlich in ihr Leben getreten war, liebte sie ihn mehr denn je.

Am nächsten Morgen erschien Ruchama bei ihr, das Bild in der Hand. »Ich hab die ganze Nacht nicht geschlafen«, gestand sie. »Die ganze Nacht habe ich geträumt, dass er mich Hure nennt, verflucht und auffordert, ihn dir zurückzubringen.« Stumm nahm Rosa ihr das aufgerollte Konterfei ihres verstorbenen Mannes ab, und als wäre nichts geschehen, bot sie ihr Kaffee mit Milch an und bewirtete sie mit Dörrobstkuchen frisch aus dem Ofen. Als Maleach aus dem Kindergarten kam, spielten sie mit ihr, bis Schraga von der Arbeit zurückkehrte. Dann lud Rosa Ruchama zum Abendessen ein und beobachtete mitleidig, wie sie Riesenmengen in sich hineinschaufelte, als habe sie die längste Zeit ihres Lebens Hunger gelitten.

In dieser Zeit nahm Rosa weiter zu, das Gehen fiel ihr schwer, und sie schnaufte beim Treppensteigen. Schraga montierte ihr zwischen dem zweiten und dritten Stock einen kleinen samtbezogenen Klappsitz an die Wand, den sie herunterklappen konnte, wenn sie sich unterwegs einen Moment ausruhen wollte. Als sie Herzbeschwerden bekam, befand die Kassenärztin Dr. Sternschuss, sie müsse Gymnastik machen, sonst würde sich ihr Zustand verschlimmern. Daraufhin schrieb sich Rosa beim Fitnessinstitut der Rabbinersfrau Lea-Techia ein, das nur Frauen aufnahm und in einer muffigen Souterrainwohnung in der Mädchenschule »Helferinnen der Gerechten« im Stadtzentrum, nahe dem frommen Ge'ulaviertel, untergebracht war. Rosa gesellte sich zu Frauen, deren Bäuche nach zahlreichen Schwangerschaften schlaff geworden waren. Dunkle Kopftücher verhüllten ihre blank rasierten Schädel und ausgeblichene, schlabbernde Hauskittel ihren Leib. Reihenweise standen sie dort, vergeblich bemüht, den Rumpf weit genug zu beugen, um mit den Fingerspitzen, die vom vehementen Hantieren mit dem Küchenmesser auf dem Holzbrett dunkle Schnittspuren trugen, die Zehen zu erreichen. Im Gefolge älterer Frauen mit runzligen Gesichtern und fahlen Lippen trippelte sie langsam über das Laufband. Und sobald sie an die Reihe kam, streckte sie sich auf einer der vibrierenden Gummimatten aus, die ihren Körper unwillkürlich hin und her wogen ließ, schwang die Beine hoch, spreizte die Arme und mit Gewalt auch die Beine, hob den Kopf an und schüttelte ihre Speckfalten.

Mit einem Bärenhunger kam Rosa aus dem Institut nach Hause und folgte daher mit Vergnügen Schragas sanften Ermahnungen, ordentlich zuzulangen. »Du musst doch essen, weil du heute viel Energie verbraucht hast«, sagte er. An den Gymnastiktagen verschlang sie gierig alles, was vor ihr stand – bis man sie taktvoll bat, nicht mehr ins Institut zu kommen, weil sie mit ihrem Körpergewicht die teuren Gummimatten ruiniere und die Laufbänder ausrasten ließe.

Da ihr die Hausarbeit sauer wurde, fanden sich Ruthi und Dror täglich bei ihr ein und halfen ihr mit Maleach, deren Wachstum im Alter von zwei Jahren zum Stillstand gekommen war, genau wie die Ärzte es vorausgesagt hatten. Ruthi fütterte, wusch und wickelte die Kleine, Dror spielte mit ihr und ermunterte sie, auf ihren dünnen Beinchen zu laufen. Und da sie sich mit dem Sprechen schwer tat, brachte er ihr mit großer Geduld die Namen der Gegenstände um sie herum bei.

In der Zeit, in der sie nun der Sorge um das Kind ledig war, schleppte sie sich auf ihren Pflanzenbalkon, knipste welke

Blätter ab, goss, düngte und schnitt die würzigen Kräuter, verpackte sie in raschelnde Zellophantüten und übergab sie Ruthi zur Verteilung an die Läden.

Damals beschloss sie auch, ihren Liebsten tagtäglich mit abwechslungsreichen Mahlzeiten zu erfreuen, und als sie mit den Rezepten, die sie kannte, am Ende war, begann sie neue zu erfinden. Stundenlang benutzte sie den Topf mit dem Siebeinsatz, verarbeitete Grießkörner eigenhändig zu Couscous, säuberte und schmorte Lammfleisch, kochte Kartoffeln, Rüben und Zucchinis als Beilagen. Danach briet sie Tauben und Hühner, gefüllt mit Reis, Mandeln und Rosinen, und zum Nachtisch zuckerte sie Mandeln und Nüsse.

Am liebsten bereitete sie Sesamkonfekt zu. Sie bräunte ein paar Hand voll Sesamkörner in der Pfanne, rüttelte die feinen Kerne dabei mit geübter Hand und sog mit bebenden Nasenflügeln ihren öligen Duft ein. Danach gab sie zwei Tassen Zucker, in einer Tasse Wasser gelöst, in einen Topf und brachte die süße Masse zum Kochen. Sobald sie glasige Blasen zu schlagen begann, gab sie ein wenig durchgeseihten Zitronensaft hinzu und kochte das Ganze weiter, bis zu dem Zeitpunkt, den Angela als den »richtigen Moment« bezeichnet hatte. Dieser flüchtige, schwer fassbare Augenblick lässt sich nur intuitiv erspüren, nicht durch präzise Zeitmessungen bestimmen. Es ist der Bruchteil einer Sekunde, in dem ein Tropfen der Masse, auf die marmorne Arbeitsplatte gespritzt, einen strammen, schimmernden Wachsoldaten von ureigener süßer Präsenz verkörpert. Das war der Moment, in dem sie die honigfarbene, klebrige Masse vom Feuer nahm, die geröstete Sesamsaat hineingab und unterrührte. Gleichzeitig präparierte sie die Arbeitsfläche für die klebrige Aufgabe, die ihrer harrte: Sie besprühte sie mit Wasser, spachtelte die Masse darauf und ging mit dem Wellholz darüber, um die Sesamkörner festzudrücken und unauflöslich miteinander zu verkleben. Nachdem die kernige Masse abgekühlt war, schnitt sie sie mit sicherer, präziser Hand und einem besonders scharfen Messer in Dreiecke und Rhomben. Die überstehenden Ränder krachten alsbald zwischen ihren starken Zähnen, und die Stapel Dreiecke und Rhomben, die sich auf der Marmorplatte anhäuften, verstaute sie in einer großen Blechdose, die züchtig und bescheiden die Aufschrift *Teegebäck* trug, was ihren wahren Inhalt tarnte und diejenigen irreführte, die nicht zu den Hausinsassen zählten, sondern einfach so hereinschauten, »um zu sehen, ob alles in Ordnung ist«, und mit den Augen nach etwas zum Knabbern fahndeten. Wenn Schraga dann von der Arbeit heimkam, schnupperte er genüsslich die feinen Düfte, die aus der Küche wehten, aß wie ein Spatz und saß bis spät in die Nacht mit ihr auf, redete ihr gut zu, sie müsse essen, weil sie ja geschwächt sei, flehte sie an, noch einen Löffel voll und noch ein Stückchen Fleisch und noch etwas Süßes zu nehmen, und sah ihr mit schmachtenden Augen zu, bis alles in ihrem Mund verschwunden war.

Rosa wurde dicker und dicker. Nur Hände, Füße und Kopf wuchsen dabei nicht mit. Zu Schragas Freude ging sie nur selten aus dem Haus und saß stundenlang schwer atmend auf dem Riesensessel, den er eigens für sie gekauft hatte. Ihr Fleisch, das tagelang nicht an die Sonne kam, wurde elfenbeinweiß, und wenn sie die Läden aufmachte, blendete der helle Sonnenschein manchmal ihre ans dämmerige Wohnungsinnere gewöhnten Augen. Abends half Schraga ihr beim Ausziehen, begutachtete mit den Augen die neuen Fettreifen, die sie angesetzt hatte, und war glücklich über seine große, schöne Frau, die nur er sehen und anfassen konnte, ohne dass ein anderer Mann sie mit Blicken oder Gedanken besudelte.

Da sie kaum noch das Haus verließ, kamen Ruthi und Dror jeden Morgen, um Maleach anzuziehen und zu füttern. Danach ging Dror zur Schule, Ruthi blieb bei Rosa, um ihr ein wenig im Haushalt zu helfen, und Schraga brachte Maleach hinunter. Bis der Bus zum Sonderkindergarten kam, hielt Schraga sie an der einen Hand und wedelte mit der anderen heftig, um die anschwirrenden Krähenschwärme zu verscheuchen. Am Abend wartete er unten auf die Kleine, hob sie, da sie kaum laufen konnte, auf seine Schultern und stieg leichtfüßig die Treppen bis zum dritten Stock hinauf. An der Tür rief er: »Wir sind da«, trug Maleach zu Rosas Sessel und hielt sie ihr so hin, dass Rosa sie auf die Wange küssen konnte. Nach dem Abendessen nahm er Maleach auf den Arm, badete sie in der Babywanne, strich mit seiner seifigen Hand über ihre durchschimmernde Haut, kitzelte sie unter den Achselhöhlen und erzählte ihr lustige Geschichten, die sie ihm mit ihrem glockenhellen Lachen lohnte. Wenn sie dann vor Sauberkeit strahlte, zog er ihr ihre Schlafsachen an, und erst nachdem er sie ins Bett gebracht hatte, widmete er sich Rosa.

In der Nacht, in der Schraga aus dem Bett verdrängt wurde, weil Rosas Speckmassen es nunmehr bis zum Rand ausfüllten und ihn auf den Boden beförderten, reifte in seinem Herzen ein Entschluss, und er erklärte ihr behutsam, um sie nicht zu verletzen, er werde die Nacht notgedrungen im Bett eines ihrer Kinder verbringen. Jeden Abend vor dem Schlafengehen ging er nun zu ihr, deckte sie gut zu, küsste sie auf die Lippen und streichelte ihren Leib. Und nachdem er ihr seine Liebesworte zugeflüstert hatte, versprach er ihr, aufzustehen und Maleach zu trösten, falls sie weinen sollte. Sie sollte deswegen nicht extra aufwachen. Rosa lag mit ausgebreiteten Gliedern auf dem Rücken und schlief mit einem zufriedenen Lächeln auf den Lippen ein.

Als sie sich eines Morgens schwerfällig aus dem Bett rollte und zur Toilette watschelte, merkte sie, dass sie nicht mehr durch die Tür passte. Mit großer Mühe zog sie den Bauch ein, drückte den Busen platt und versuchte seitwärts durchzukommen, aber ihre Anstrengungen fruchteten nichts. Mit voller Blase tappte sie zum Jungenzimmer, in dem Schraga auf Leslie-Schimons Bett schlief, und rüttelte ihn wach. Er fuhr im Nu hoch und versuchte ihr zu helfen, sich durch die Tür zu quetschen, doch vergeblich. Weinend und durchnässt sank Rosa auf ihren Sessel, während Schraga den Bauunternehmer

Schlomo alarmierte, der auch prompt mit seinem Arbeiter Daud anrückte. Mit Schlaghämmern bewaffnet, verbreiterten sie den Eingang, worauf Rosa sich hineinzwängte und den ganzen Tag nicht wieder herauskam. Als sie ein paar Tage später darüber klagte, dass sie mit ihrer Leibesfülle Mühe hätte, in die Küche und in die anderen Zimmer zu kommen, wurde Daud erneut gerufen, um sämtliche Türen der Wohnung zu verbreitern, mit Ausnahme der Eingangstür, die nach Schragas Meinung nicht verändert zu werden brauchte. Nachdem Rosa das Haus ja ohnehin nicht mehr verlasse, sei es schade, eine Tür zu verbreitern, die sie nicht täglich benutze. Da Rosa auch nicht mehr in die Badewanne hineinkam, mauerte Schraga die Badezimmerloggia bis auf ein Fenster zu, riss die Trennwand zum Badezimmer ein und installierte ihr in dem vergrößerten Raum noch im selben Sommer einen großen Whirlpool.

Jeden Abend, nachdem er Maleach ins Bett gebracht hatte, zog Rosa sich vor seinen Augen aus, wobei er den Kopf himmelwärts reckte und ihr die Erregungs- und Bewunderungslaute zuflötete, die sie so gern hörte. Stand sie dann nackt vor ihm, bückte er sich und küsste ihr in feststehendem Zeremoniell die Narbe des Kaiserschnitts, mit dem Maleach herausgeholt worden war. Er strich mit Lippen und Zunge die Narbe entlang, die ihren Bauch von einem bis zum anderen Ende zierte, und küsste sie, als wolle er einen Teil der erlittenen Schmerzen aufsaugen. Mit frisch gekostem Bauch kletterte Rosa vorsichtig die eine Stufe hinunter, plumpste in das sprudelnde Wasser, ließ sich mit einem Wasserschwall wie ein Riesennashorn nieder und genoss die angenehmen Wasserströme, die ihren Leib umschmeichelten, ihre Brüste kitzelten und ihrem Hinterteil wohl taten. Schraga saß dabei, blickte sie voll Bewunderung an, streichelte Stück für Stück ihr glattes, von der Hitze gerötetes Fleisch und versicherte ihr immer wieder, dass man unbesorgt in die Badewanne pinkeln dürfe, sie solle es ruhig tun. Sah er dann ihre glasigen Augen, ihre erleichterte Miene und das gelbe Bächlein, das sich im warmen Wasser um sie herum verlief, küsste er sie auf den Nacken und seifte ihr liebevoll den Rücken ein, der keine Büstenhalterabdrücke aufwies, weil es in ihrer Größe keine Halter mehr gab.

Sobald der ganze Rücken mit einer Schaumschicht bedeckt war, lehnte er sich zurück und bestaunte die Wunder der Körperwäsche: Rosa fasste mit beiden Händen eine Brust, warf sie sich über die Schulter und schrubbte die darunter liegenden Hautflächen. Danach verfuhr sie mit der anderen ebenso. Er betrachtete das Ganze von hinten und blickte fasziniert in die Augen der rosigen Warzen im dunklen Strahlenkranz, die ihr plötzlich auf dem Rücken gewachsen waren.

Während die Brüste auf ihrem Rücken ruhten, half er ihr, die Achselhöhlen einzuseifen. Wie bei einer wichtigen Opferhandlung nahm er dann sein eigenes teures Rasiermesser französischen Fabrikats, blies ein hängen gebliebenes Härchen weg und führte die Klinge vorsichtig und behutsam über ihre Achselhöhlen, erst die rechte, dann die linke, kitzelte sie dabei, was ihr unkontrollierte Lachausbrüche entlockte, und ließ nicht ab, bis beide sauber ausrasiert waren. Kokett hob sie die Arme und legte sie sich über den Kopf, worauf Schraga sein Werk aus der Nähe prüfte, zufrieden mit der Zunge schnalzte und – wenn er kein Härchen mehr fand – zur nächsten Aufgabe schritt.

Nun stellte er sich vor sie hin und bat sie, ihm erst den einen, dann den anderen Fuß in den Schoß zu stemmen. Behutsam spreizte er ihre Zehen, knipste ihr sorgfältig Zeh für Zeh die Nägel ab und sammelte die harten Sicheln in seiner hohlen Hand. Nachdem er sie in die Toilettenschüssel geworfen und die Spülung betätigt hatte, nahm er den Bimsstein zur Hand und rubbelte ihr alle Hornhaut von den Füßen.

Dann erst wandte er sich der Haarpflege zu. Mit der Expertise eines erfahrenen Friseurs befeuchtete er ihr langes, helles Haar, ohne ihr Wasser in die Augen laufen zu lassen, goss sich etwas duftendes Shampoo in die Hand, rieb es in ihr Haar ein und brachte es ordentlich zum Schäumen, sodass sie aussah, als hätte sie eine Schaumhaube auf dem Kopf. Dabei massierte er ihr behutsam die Kopfhaut und lauschte erregt und dankbar ihrem wohligen Glucksen, das ihn mit dem Massieren fortfahren ließ, bis seine Fingerknöchel und -kuppen aufgequollen und schrumpelig wurden wie die einer Waschfrau. Nach dem Ausspülen rieb er feinen Conditioner in ihr williges Haar und kämmte es mit einem weitzinkigen Kamm, traurig über jedes Haar, das dabei ausging.

War sie dem Bad entstiegen, rieb er ihren Körper sorgfältig mit vier Handtüchern ab, und wenn sie dann nackt und trocken vor ihm stand, betrachtete er aufmerksam ihr gekräuseltes Haar am Unterleib und suchte nach einer widerspenstigen Locke. Hatte er eine entdeckt, nahm er die dünne Nagelschere, die zum Kürzen besonders harter Nägel diente, bückte sich und kappte enthusiastisch die überflüssige Locke zwischen den Beinen. Nach vollendetem Werk reckte er den Kopf empor, und sie erwartete ihn mit geschürzten Lippen, um sein Gesicht, seinen Hals und Mund mit Dankesküssen zu überschütten.

Am ersten Hochzeitstag kam Schraga früher als sonst nach Hause und überreichte ihr zwei mit roten Schleifen verschnürte Päckchen. Aufgeregt wie ein kleines Mädchen, das zum ersten Mal ein Geschenk bekommt, zog sie die Schleifen auf und zerriss das Schmuckpapier des ersten Päckchens. Mit angehaltenem Atem hob sie den Deckel ab und blickte lange auf zwei dicke, gleiche Armbänder aus verschlungenen Goldgliedern, die funkelnd auf Samtgrund ruhten. In dem anderen Päckchen fand sie ein passendes Goldkollier.

»Das hättest du nicht tun müssen, das hättest du nicht tun müssen«, murmelte sie und hielt ihm mit ausgestreckten Armen die Kästchen hin. Schraga nahm das erste Armband, legte es ihr um das rechte Handgelenk und tat dann hastig, als fürchte er jeden Zeitverlust, dasselbe mit dem linken. Langsam rückwärts schreitend musterte er die Armbänder, die wie goldene Handschellen Rosas Gelenke umschmiegten, und wandte sich der Kette zu. Vorsichtig hob er das schwere Kollier hoch und legte es ihr um den Hals. Es schloss genau ab, ohne auch nur einen Fingerbreit Raum zu lassen.

»Ich möchte, dass du die Schmuckstücke, die ich dir gekauft habe, immer trägst«, verlangte er, worauf Rosa – schwindlig im Kopf und rot im Gesicht wegen des Kolliers, das ihr den Hals abschnürte – wortlos nickte.

Einen Monat später, zu ihrem Geburtstag, kam er mit einer großen, wohlverpackten Schachtel an, in der ein Paar feine rotlederne Riesenschuhe mit hohen Pfennigabsätzen lagen.

»Wie hast du denn meine Größe gewusst?«, fragte sie schüchtern, als er mit dem Schwung eines geübten Schuhverkäufers vor ihr niederkniete und ihr galant wie der Prinz, der in Aschenputtel abgebildet war, die Schuhe über die Füße streifte. Sie saßen perfekt, wie eigens für sie genäht.

»Ich möchte, dass du diese Schuhe trägst, wenn du mich zu Hause empfängst«, flüsterte er ihr mit Schleierblick ins Ohr. »Hohe Absätze machen schöne Beine und einen schönen Po.«

Verschämt kichernd strampelte sie mit den Beinen, fuhr wonnevoll Rad in der Luft.

»Steh mal auf, damit wir sehen, ob sie nicht drücken«, flüsterte er heiser.

Rosa erhob sich vom Sessel und stand turmhoch neben ihm.

»Wenn Maleach nicht zu Hause wäre, würde ich dich jetzt gleich ins Bett entführen«, säuselte er ihr ins Ohr. »Komm, geh mit mir bis zum Zimmer. Ich bin ganz verrückt danach, die Absätze auf dem Boden trommeln zu hören. Das ist sooo sexy.«

Rosa trippelte ihm nach, strauchelte und vertrat sich erst den linken, dann den rechten Fuß. Schraga nahm sie in die Arme, um sich gleich darauf mit ihr im Walzertakt zu drehen. Schwerfällig torkelte sie neben ihm her. Bei der dritten Drehung knickten die Absätze unter ihr weg, brachen in schnurgerader Linie ab, sodass sie nun in flachen Schuhen dastand. Schraga starrte auf die dünnen Pfennigabsätze, die nicht standgehalten hatten und jetzt am Boden lagen, und versprach ihr, neue, stärkere Schuhe zu kaufen. »Dieses Klacken mit den Absätzen hat mich ganz verrückt gemacht, und außerdem sahst du so unsicher aus, als ob du mir jeden Augenblick in die Arme fallen würdest. So erregt war ich schon lange nicht mehr«, sagte er später bei Nacht, als er versuchte sich in ihren Leib zu zwängen. Am nächsten Morgen besah Rosa die nunmehr flachen Stöckelschuhe, und weil sie so bequem waren, schlüpfte sie hinein und trug sie fortan als Hausschuhe.

Da sie nicht hinausgehen konnte, um ihre Freundinnen zu besuchen, kamen Rachel und Ruchama jeden Nachmittag zu Kaffee und salzigen Sesamkeksen zu ihr. Glücklich, ihre Freundinnen aus der Kinderzeit nun wieder vereint zu sehen, erzählte Rosa ihnen von Schragas Gutherzigkeit, von den Geschenken, die er ihr kaufte, und davon, dass er ihr nicht erlaubte, irgendwelche Arbeiten im Haushalt zu verrichten, außer der Zubereitung der Mahlzeiten. Die beiden musterten ihre Leibesfülle, die von Tag zu Tag wuchs, und sagten ihr taktvoll, dieses ganze Fett wirke ungesund, es sei an der Zeit, dass sie sich mit dem Essen einschränke. Dann blickte sie die Freundinnen mitleidig an und sagte: »Aber Schraga mag mich so.«

»Wieso?«, platzte Ruchama heraus. »So kommst du ja gar nicht aus dem Haus. Du wirst zur Gefangenen deines eigenen Körpers.«

Rachel nickte zustimmend.

Nachdem sie gegangen waren, saß Rosa in ihrem Sessel und hing dem Gedanken nach, dass die beiden zwar ihre besten Freundinnen waren, sie aber, da sie selbst keinen Mann hatten, gewiss um ihr glückliches Leben mit Schraga beneideten. Danach schlich sich Josef listig in ihre Gedanken ein. Sie stellte Vergleiche zwischen ihrem früheren Leben mit ihm und ihrem jetzigen mit Schraga an, zermarterte sich das Hirn und überlegte im Stillen, bei wem sie es besser gehabt hatte. Bei Josef erinnerte sie sich an das geregelte Leben, an die guten Momente, die sie gehabt hatte, und an ihre lustvollen Empfindungen im Bett, wenn ihre Körper nachts und morgens in wahrhaft schöner Vollkommenheit umeinander und ineinander verschlungen gewesen waren. Danach verscheuchte sie die Erinnerungen an Josef und dachte an ihre Jugendliebe, an Schraga, der sie zwar nicht wie ihr voriger Mann befriedigte, aber doch der Bessere war, denn er behandelte sie ja wie ein liebender, sorgender Vater, zog sie an, kaufte ihr Geschenke und erfüllte umsichtig alle ihre und Maleachs Bedürfnisse. Und wenn sie die zwei so miteinander verglich, überlegte sie, wie schön es doch wäre, wenn man die guten Eigenschaften beider vereinigen und einen neuen Mann daraus machen könnte, der dann der Allerbeste wäre.

14

Die dickste Frau Israels

Im selben Jahr erlebte Rosa eine weitere Publizitätswelle, die sie zu einer der berühmtesten Frauen Jerusalems machte. Alles fing damit an, dass ein Reporter einer Jerusalemer Lokalzeitung durch seinen Schwager Elimelech, Inhaber des Gemüseladens »Frischobst«, von Rosa hörte und – ob ihrer Leibesfülle beeindruckt – einen langen Artikel im Mittelteil der Zeitung über sie veröffentlichte. Der Beitrag trug die Überschrift »Die dickste Frau der Stadt«, enthielt Fotos von ihr, Schraga und Maleach und brachte ihr das Lokalfernsehen ins Haus. Ein vierköpfiges Team – Reporterin, Kameramann, Beleuchter und Tontechniker – suchten sie in ihrer Wohnung auf und benahmen sich dort wie zu Hause. Sie verrückten Möbel, machten Läden auf und zu, überhäuften Rosas Bett mit bestickten Seidenkissen und baten sie, sich dazwischenzulegen. Dann stöberten sie in den Schränken, begutachteten Schragas Schuhsammlung und lachten über Rosas große Unterhosen. Zum Schluss wurde die Reporterin dreist und forderte Rosa auf, sich in den Whirlpool zu legen, »mit Kleidern, aber so, dass die Leute denken, Sie wären ohne«. Bei diesem Ansinnen explodierte Schraga. Er schrie das Team an und sagte der Reporterin, sie solle sich was schämen. Auch das kam in dem Beitrag, der um 19.30 Uhr im Regionalprogramm ausgestrahlt wurde.

Zwei Tage nach der Sendung erschien Dani Bareket, der Talkshowmaster, der sie während ihrer Schwangerschaft interviewt hatte. Er platzte mit seinem Team ins Wohnzimmer und krönte Rosa mit einem neuen Superlativ: die dickste Frau Israels. Wegen seiner ungeheuren Popularität füllte sich das Haus mit Nachbarinnen und Kindern, weitere Gaffer drängten sich unten und starrten hinauf, um ihn womöglich kurz am Fenster zu sehen. Rosa saß in ihrem besten Seidenkleid auf dem Sessel und wischte sich eine Träne der Rührung ab, als Dani ihr die zarten, kleinen Hände streichelte, ihre reine Haut pries, ihre Schönheit rühmte und sie bat, nur ja kein einziges Gramm abzunehmen.

»So soll eine Frau aussehen«, brüllte er, in dem Versuch, den Lärm ringsum zu übertönen. »Viel Frau – mollig, glatt und schön, wie auf Rubens' Gemälden.« Danach flüsterte er Schraga ins Ohr, er beneide ihn. »Rosas Hautfläche langt ja für fünf Männer, und ihre Glieder können sich zehn Männer teilen. Wenn ich so eine Frau hätte, würde sie mir fürs ganze Jahr genügen. Da bräuchte ich keine andere mehr anzugucken.« Dann wollte er Maleach sehen, schreckte aber bei ihrem Anblick zurück. Seine Bitte, sie sollte sich bei ihm melden, wenn sie herangewachsen sei, war offensichtlich hinfällig geworden, stellte Rosa betroffen fest.

Vor lauter Aufregung bekam sie bei Nacht kaum Luft. Ihr hörbares Pfeifen weckte Schraga, der im Jungenzimmer in Jackie-Jakobs Bett schlief. Er fand sie, blau angelaufen um Atem ringend, und alarmierte angstvoll den Roten Davidstern. Die Sanitäter rückten auch prompt mit Bahre und Sauerstoffflaschen an und wollten Rosa zur Generaluntersuchung ins Krankenhaus mitnehmen. Da sie es jedoch nicht fertig brachten, sie auf die Bahre zu legen, baten sie sie, zu Fuß mitzukommen. Mit einem starken Pfeifen in der Brust, das Maleach erschreckte, rappelte sie sich mühselig aus dem Bett und wankte wie eine Schlafwandlerin zur Wohnungstür, durch die sie jedoch nicht hindurchpasste.

Mitten in der Nacht wurde Daud gerufen, der beim schummrigen Licht der Treppenhausbeleuchtung die Öffnung mit ein paar Hammerschlägen erweiterte. Unterdessen verschlechterte sich Rosas Zustand zunehmend. Sie lag auf dem Küchenboden, die Sauerstoffmaske über Mund und Nase gestülpt. Nachbarinnen wischten ihr das Gesicht mit einem feuchten Lappen ab, und sie rang mit wogender Brust um jeden Atemzug.

Inzwischen hatte die Erste-Hilfe-Mannschaft einen Feuerwehrkran angefordert. Damit der Kran an die Wohnung herankam, riss man mit vereinten Kräften den Gartenzaun ab. Langsam glitt der Arm auf seinen Rollen zum Schlafzimmerbalkon empor, und auf Knopfdruck schwenkte der Tragkorb auf Balkonhöhe aus. Mit zwei Hammerschlägen legte Daud das Eisengeländer platt. Rosa stolperte, von ihren Nachbarinnen gestützt, auf die Ladefläche, legte sich mit gespreizten Beinen auf den Boden und hielt sich mit den Händen gut am Gitter fest. Vor den Augen der Menschen, die unten zusammengelaufen waren und ihr begeistert zujubelten, holte man sie im Morgengrauen aus dem Haus. Der Kran ächzte zunächst unter ihrem unerwarteten Gewicht, holte dann aber erleichtert stöhnend seinen Arm ein und ratterte mit Rosa bis zum Eingang der Notaufnahme.

Mit viel Mühe konnten die herbeigeeilten Ärzte und Schwestern ihre Atmung wieder regulieren. Aber sie sprachen auch eine ernste Warnung aus: Wenn sie nicht sofort ihr Gewicht reduziere, müsse sie schwere Schäden gewärtigen. Außerdem rieten ihr die Ärzte, auf der Seite zu schlafen, denn in Rückenlage würden ihre Fettschichten Lunge und Herz unter sich begraben. Mit Ratschlägen, Medikamenten und Diätrezepten wohl versehen, wartete sie mit Schraga auf den Kran. Sie winkte unterwegs schwach den Stadtbewohnern zu, die ihren Heimweg säumten und Beifall klatschten, da alle sie aus Fernsehen und Presse kannten, und wurde dann über den Balkon direkt in ihr Bett gehievt.

In jener Nacht beschloss Schraga besorgt, die Atemzüge seiner Frau zu kontrollieren. Er zerrte geräuschvoll Leslie-

Schimons Jugendbett ins Schlafzimmer, schob es an das Doppelbett und machte sich auf eine durchwachte Nacht gefasst, um seine Frau vor dem Ersticken zu bewahren. Glücklich, ihren Mann an ihrer Seite zu haben, wandte Rosa sich in der ärztlich empfohlenen Seitenlage Schraga zu, schnupperte genussvoll seinen Orangenduft und streichelte ihn zärtlich, bis er einschlief.

Am Morgen fand sie ihn blau und leblos unter ihrem Leib zerquetscht.

Wieder kamen die Feuerwehrleute in Begleitung eines Ambulanzwagens, dessen gellendes Sirenengeheul das Viertel erschreckte. Später hieß es, Rosa habe den Leichnam einfach nicht herausgeben wollen. Sie lag lange neben Schraga, wärmte seinen kalten Leib mit ihren Händen, legte ihre Lippen auf seine und blies ihm Luft in den offenen Mund, bis seine zerquetschte Brust sich anhob, jedoch gleich wieder einsank. Dann streichelte sie seinen Leichnam, dessen weit aufgerissene Augen sie in stummem Vorwurf anblickten und dessen Mund zu einem nie verlauteten Schrei offen stand, flüsterte ihm Liebesworte in die Ohren, wusch sein Gesicht und kämmte sein Haar.

Als man ihn schließlich doch abholte, wollte sie ihm vorher unbedingt seine geliebten Schabbatschuhe anziehen. Aber seine geschrumpften Füße rutschten wieder heraus, und heftig schluchzend musste Rosa mit ansehen, wie die Männer ihn barfüßig in einen steifen schwarzen Plastiksack packten. Das laute »Ratsch«, mit dem der Reißverschluss über ihm zuschnappte, klang ihr noch viele Tage später in den Ohren. Mit Schragas Leiche verschwand auch der Orangenduft, den sie so liebte, und der Geruch faulen Obstes breitete sich in der Wohnung aus.

»Ehemann vom Busen seiner Frau erdrückt«, lautete die reißerische Schlagzeile am nächsten Morgen. Der Reporter berichtete ausführlich über die tragische Geschichte Rosas, der dicksten Frau Israels, die versehentlich ihren Mann getötet hatte. Weiter hieß es dort, bei der Obduktion der Leiche habe man mehrere gebrochene Rippen entdeckt, deren eine in die rechte Lunge eingedrungen sei und damit den Tod beschleunigt habe. Der mit dem Fall befasste Pathologe hatte dem Reporter trocken berichtet, Rosa sei im Schlaf versehentlich aus ihrem Bett auf das ihres Mannes gerollt und habe ihn erdrückt.

Am nächsten Tag kam der Feuerwehrkran, holte die vor Trauer benommene Rosa durch die Balkontür herunter und fuhr mit ihr an der Spitze der Wagenkolonne, die Schraga mit eingeschalteten Scheinwerfern das letzte Geleit gab. In der Trauerhalle bat sie, man möge sie zum Leichenwaschhaus führen und dort allein lassen. Unter Ausnutzung ihrer guten Beziehungen zu den Totenwäscherinnen, die sie noch von deren hingebungsvoller Versorgung ihres ersten Mannes kannte, drückte sie ihnen einen dicken Geldschein in die Hand und äußerte dafür einen Wunsch, den nur sie erfüllen konnten.

»Bevor Sie ihm die Totenkleider anlegen, ziehen Sie ihm bitte diese Schuhe an«, flüsterte sie und entnahm dem mitgebrachten Plastikbeutel behutsam eine elegante, schwarz glänzende Schachtel mit goldenem Schriftzug. In der gespannten Stille des kleinen Raums hob Rosa den Deckel und zauberte mit einem Griff Schragas beste Schuhe daraus hervor, die beim Licht der nackten Glühbirne nur so funkelten. Den Totenwäscherinnen stockte der Atem angesichts der Krokodillederschuhe, die der Verstorbene in dem noblen italienischen Schuhgeschäft in der Diezengoffstraße für die Summe von drei Monatsgehältern gekauft und nur einmal – an seinem glücklichsten Tag – getragen hatte.

»Mit diesen Schuhen hat er bei unserer Hochzeit mit mir Tango getanzt«, erzählte sie ihnen und wischte sich dabei die Tränen ab, die ihr unaufhaltsam über die runden Wangen rannen. Und als ihr einfiel, was diese Schuhe mit der Schleppe ihres Brautkleids gemacht hatten, lächelte sie traurig.

»Ich möchte, dass er dort im Himmel weitertanzt«,

schluchzte sie mit bebendem Leib. »Er soll nie aufhören, sondern all die Witwen froh machen, die neben ihm begraben liegen«, fügte sie hinzu, wobei ihr nunmehr unpassenderweise Heiterkeitstränen übers Gesicht kullerten.

In diesem Moment, als Rosa den Leichenwäscherinnen seine teuerste Hinterlassenschaft übergab, konnte sie nicht ahnen, dass Schraga seine Hochzeitsschuhe nie mehr tragen würde.

Die Totenwäscherin Bracha, die einen arbeitslosen blinden Mann und fünf hungrige Mäuler daheim hatte, begehrte die Schuhe. Sie schmuggelte sie unter ihrem fleckigen Kittel aus dem Leichenwaschraum und verschacherte sie für ein paar Schekel an Menachem, den Lumpenverkäufer vom Machane-Jehuda-Markt, der seine Ware, auf einem weißen Betttuch ausgelegt, nur mittwochs in dem Gässchen gegenüber von Rachamus *Humus*-Imbiss feilbot. Mit der zähen Behauptung, es würde sich kein Mann mit solch kleinen Füßen finden, hatte er sie ihr besonders billig abgeschwatzt. Eine Stunde später überlegte er, wie der Neuerwerb am besten zu präsentieren wäre. Schließlich stellte er die Schuhe in eine angestoßene Emailleschale volkschinesischen Fabrikats mit verkratztem Blumendekor und platzierte als Pendant ein Paar Damenschuhe aus weißem Ziegenleder mit besonders hohen Absätzen daneben. Noch am selben Tag gelang es ihm, Schragas Schuhe zum doppelten Preis einer gebeugten und verhärmten Frau anzudrehen, die gekommen war, um einen gebrauchten Bar-Mizwa-Anzug für ihren Sohn zu suchen. Hartnäckig wühlte sie in dem Haufen alter Kleider, die den Körpergeruch von Menschen, die es nicht mehr gab, ausdünsteten, bis sie das Gewünschte gefunden hatte. Als sie dann mit dem Anzug in den mageren Armen zu Menachem trat, wedelte er ihr mit den Schuhen vor den sehnsüchtigen Augen herum und sagte, ohne solch elegante Schuhe wäre die Bar-Mizwa-Feier nicht komplett. Die Frau neigte den Kopf, befingerte mit ihren spröden, von scharfen Putzmitteln ausgezehrten Händen die Größe, die auf den blanken Ledersohlen eingraviert stand, und verkündete Menachem mit einem Seufzer, ihr Sohn trage, Gott sei Dank, schon Größe siebenunddreißig.

»Dann soll er eben die Zehen einziehen«, bellte er. »Solche Schuhe finden Sie nirgendwo sonst. Das ist ein Glücksgriff. Wär jammerschade, wenn jemand anders damit herumliefe.«

Die Frau seufzte erneut, entnahm den Tiefen ihres Büstenhalters ein abgewetztes, fest verknotetes Plastiksäckchen, zupfte den Knoten auf, feilschte ein bisschen mit Menachem und zahlte ihm schließlich, was er verlangte.

So trug der Bar-Mizwa-Junge zum gebrauchten Anzug erstklassige neue Krokolederschuhe, die ihn an den Zehen drückten, während Schraga – wie Jochai, der Friedhofswächter, in Kenntnis der Geschichte erklärte – sich barfuß im Grab wälzte, nach seinen entwendeten Hochzeitsschuhen suchte und mit seinen Beschwerden die anderen Toten aufweckte. Um Rosa nicht zu betrüben, hielt man im Viertel dicht und berichtete ihr nichts von der Geschichte. Auch Schraga, der sich zuweilen in ihre Träume schlich, beklagte sich nie bei ihr und erzählte ihr nicht, dass er letzten Endes, trotz all ihrer Bemühungen, barfuß im Himmel angekommen war.

Während der ganzen Trauerwoche schlug Rosa sich an die linke Brust und murmelte vor sich hin: »Ich habe meinen Mann ermordet. Ich habe Schraga ermordet.« Und wenn man sie trösten wollte, erklärte sie schluchzend: »Vierzig Jahre habe ich auf ihn gewartet, und als er kam, habe ich ihn umgebracht. Schade, dass wir einander begegnet sind. Wir hätten uns nicht treffen sollen. Wir hätten nicht heiraten sollen. Ich habe meinen Mann ermordet, ich habe Schraga ermordet.« Danach schilderte sie jedem, der zuzuhören bereit war, den Hergang des Vorfalls und schnupperte dabei an ihren Fingerspitzen, in dem Versuch, seinen längst verwehten Duft einzusaugen.

»Ich töte Männer. Wer mich heiratet, stirbt«, rief sie Peretz, dem Kabbalisten, zu, als er auf Kondolenzbesuch kam.

»Man muss mich ins Gefängnis stecken«, schleuderte sie

dem Journalisten entgegen, der die Geschichte recherchieren wollte, und spürte in ihrem Fleisch jenes alte »Schraga-Weh«, das sie all die Jahre seit seinem plötzlichen Verschwinden gespürt hatte, bis er dann ebenso plötzlich mit vollendeten Tanzschritten wieder aufgetaucht war.

Tagsüber wartete sie ungeduldig, bis der letzte Trauerbesucher das Haus verließ, und bei Nacht weinte sie bitterlich, schlug sich an die Brust und widmete sich Schragas Schuhen. Während die Tränen rannen und ihre Kleider mit Flecken durchfeuchteten, polierte sie seine Lederschuhe, bis ihr tränenverquollenes Gesicht sich darin spiegelte, bürstete die Ballettschuhe und wusch die Turnschuhe, ständig bemüht durchzuhalten, ohne auf Josefs hämisches Lachen vom Hängeboden zu achten. Nach der Schuhpflege setzte sie sich auf den schmalen Küchenschemel und sortierte auf dem Resopaltisch all die wohlgefüllten Teller und Tabletts, die die Trauergäste ihr traditionsgemäß mitgebracht hatten. Erst nachdem die Anordnung der Teller perfekt war, erinnerte sie sich seufzend an ihr bitteres Los, und die heißen Tränen, die ihr aus den Augen liefen, nässten die pikanten Fischköpfe, salzten das Couscousgemüse und verdünnten die Suppe. Nun begann sie zu schlingen, wobei sie aus Angst vor Störungen immer wieder über die Schulter blickte. Bald merkte sie jedoch, dass das Essen nicht rutschen wollte und ihr Magen sich schmerzhaft verkrampfte.

Neidisch und verzweifelt beobachtete sie die endlose Kolonne der Ameisen in Schwarz, die an ihrem Teller mithielten. Die Ameisen, die bereits Wind von Schragas Verschwinden bekommen hatten, nutzten klugerweise den willkommenen Abgang der feindlichen Instanz im Haus, eben des Mannes, der in allen Erdnestern als Hasser sämtlicher Gliederfüßer berüchtigt war, der sie erbarmungslos mit dem Absatz zertreten und allerlei tödliche Sprühmittel an ihnen ausprobiert hatte. In langem, unbeirrtem und gefahrenreichem Marsch waren sie nun mühselig bis zu Rosas Küche im dritten Stock emporgeklettert. Erschöpft von dem Weg und ausgehungert wie eine Horde Termiten, machten sie sich über die Reste des Trauermahls her und fraßen alles, was ihnen in die Zangen kam. Hin und wieder starrte Rosa wie hypnotisiert auf einen Trupp schwarz glänzender Ameisen, die sich wie abgezirkelt um einen unsichtbaren, kreisrunden süßen Fleck geschart hatten. Eine lange Weile, die Rosa wie eine Stunde und den Ameisen wie eine Ewigkeit vorkam, standen sie auf ihren Gliederfüßen, ihre Fühler bebten vor Aufregung über die kulinarische Entdeckung, und ihr Bauch füllte sich mit Leckerbissen, die dem menschlichen Auge verborgen waren.

Wenn sie mit der Beobachtung der Ameisen fertig war und deren Freude über die Nahrungsentdeckung am eigenen Leib nachempfand, gelobte sie, nie mehr Ameisen zu töten, auch wenn sie ihr zusetzten und bei ihrem Essen mithalten wollten, denn sie waren ja so klein und zerbrechlich und lebten ohnehin nicht lange. Dann nahm sie sich auch vor, beim Gehen aufzupassen, damit sie diese Winzlinge nicht etwa versehentlich zertrat. Selbst beim Zubettgehen sann sie weiter über die Ameisen nach und gelangte zu dem Schluss, dass Gott sie erschaffen hatte, um den Menschen zu prüfen und seine Barmherzigkeit zu erproben. Denn das Leben einer Ameise gleicht doch dem Leben eines Menschen. Auf beide wartet zum Schluss der Tod, und wer bin ich denn, dass ich ihr Leben auslösche, ehe ihr Tod im Himmel bestimmt ist? So, mit schmerzendem Bauch, erstickter Kehle und den Kopf von Gedanken und Ameisen wimmelnd, deckte sie sich mit ihrem schweren Federbett zu, bat Schraga in Gedanken zu sich, zählte ihm entschuldigend all die Speisen auf, die sie heute nicht hinuntergebracht hatte, und versprach ihm, am nächsten Tag möglichst mehr zu essen.

Frühmorgens, vor Eintreffen der Besucher, wenn ihr Körper noch voll Schraga-Weh war, weckte sie Maleach, öffnete ihr das Fenster, damit sie die Krähen begrüßen konnte, und erzählte ihr bei jedem Löffel Brei, den sie ihr in den Mund schob, dass Papa Schraga weggegangen sei und nicht wiederkommen würde. Maleach schlug die blauen Augen auf, blickte ihre Mutter an, als verstehe sie, und machte ein trauriges Gesicht. Rosa strich ihr über das blonde Haar und bat sie, immer klein, unschuldig und liebevoll zu bleiben.

Danach kam Ruthi, brachte Maleach zum Kleinbus hinunter und fand bei ihrer Rückkehr Rosa bereits mit ihrem Putzritual beschäftigt, das sie die ganze Trauerwoche über beibehielt. Ruthi half ihr, die Teppiche aufzurollen, hob die Stühle auf die Tische, füllte den Wassereimer und schrubbte mit ihr die Wohnung. Immer wieder putzten sie den Boden, wienerten die Fenster und räumten die Schränke auf. Wenn die Gäste dann bei ihr saßen, wartete Rosa ungeduldig, dass der letzte gehen möge, damit sie die hinterlassenen Krümel vom Boden auffegen und die fettigen Fingerabdrücke von ihren blanken Resopalmöbeln wischen konnte.

Während sie auf ihrem Sessel saß und die Beileidsbesucherinnen empfing, die mit Tabletts voll Fleischbällchen, Couscous, Fisch, Süßigkeiten und Gebäck ankamen, musste sie deren harte Blicke und ihr giftiges Tuscheln hinter halb vorgehaltener Hand ertragen.

Nach der Trauerwoche folgten erst Witze, dann Karikaturen. Rosas Haus wurde zum Wallfahrtsort für Neugierige, bis gerade Ruchama sich entschlossen im Eingang zum Treppenhaus postierte, um mit ihrer scharfen Zunge und einem Besenstiel jeden zu vertreiben, der nach ihrer Ansicht nichts im Haus zu suchen hatte. Sobald sie den letzten Störenfried verjagt hatte, ging sie zu Rosa hinauf und bemerkte seufzend mit einer Spur Neid in der Stimme: »Du hast noch zwei Ehemänner zu erwarten, die gewiss nicht ahnen, dass sie dich heiraten werden.« Darauf blickte Rosa sie an und fragte unter Tränen: »Meinst du nicht, dass ich genug habe? Wer mich heiratet, stirbt zum Schluss.« Doch tief im Innern betete sie, Ruchamas Schmetterlingsprophetie möge sich erfüllen.

Als der Trubel im Haus vorüber war und sie allein blieb, erfasste sie endlich, was geschehen war, sank kraftlos aufs Bett, drehte das Gesicht zur Wand und stand nicht wieder auf. In jenen Tagen hörte sie auf zu essen, und da sie sich nicht um Maleach kümmern konnte, übernahmen Ruthi und Dror wieder diese Aufgabe. Rosa blickte ihre Tochter an, die man ihr morgens ans Bett brachte, küsste sie auf die Stirn, drehte das Gesicht erneut zur Wand und wachte erst gegen Abend auf, wenn sie Ruthi mit Maleach auf den Armen die Treppe heraufkommen hörte.

Am Tag der Grabsteinenthüllung, nach Ablauf des ersten Trauermonats, kamen die Töchter, um sie aus dem Bett zu holen, und schmatzten beifällig mit den Lippen, als sie sahen, dass sie abgenommen hatte. Wie ein Kleinkind, das seine ersten Schritte zu machen lernt, watschelte Rosa bis zum Grab. Und dort, vor den Augen der großen Trauergemeinde, bat sie Schraga um Vergebung. Am Friedhofstor trank sie das Glas kühles Wasser, das Totengräber Jochai ihr auf einem lila Tablett reichte. Dann geleitete er sie zum Taxi, drapierte mit theatralischer Geste das Kleid um sie und machte den Schlag hinter ihr zu.

Nach Hause zurückgekehrt, wollte sie Maleach gebracht bekommen. Gemeinsam mit dem stummen Mädchen sah sie nun die Fotoalben durch. Sobald sie das Gesuchte – ihr Hochzeitsbild mit Schraga – gefunden hatte, nahm sie es heraus und schnitt es zwischen ihnen beiden durch. Danach bat sie Ruchama, das Bild zum Vergrößern in den Fotoladen zu bringen. Und als Ruchama mit dem aufgerollten Poster zurückkehrte, bat sie, die Bilder von Schraga und Josef genau gleich rahmen zu lassen und beide gegenüber ihrem Bett aufzuhängen. »Denn nur so hindere ich die beiden daran, sich nachts zu streiten«, sagte sie.

An den öden Abenden, die nun folgten, nachdem die täglichen Telefongespräche mit ihren sieben Kindern beendet waren, nahm sie Maleach auf den Schoß und erzählte ihr von ihren Vätern, beginnend mit Josef und endend mit Schraga, und Maleach lauschte ihr still, duckte ihren kleinen Körper, als mache man sie für beider Tod verantwortlich.

Rund zwei Monate nach Schragas Tod geschah das Wunder. Als Rosa morgens Maleachs Zimmer betrat, um die Kleine für den neuen Tag im Sonderkindergarten fertig zu machen, fand sie sie im Bett sitzen und auf eine Krähe deuten, die vorm Fenster flatterte und mit dem Schnabel an die Scheibe pochte.

»Vogel!«, zwitscherte die Kleine das erste Wort, das sie in ihrem Leben aussprach.

Rosa erstarrte vor Staunen.

»Vogel?«, fragte sie.

»Vogel!«, wiederholte Maleach selbstsicher und lächelte Rosa an.

»Vogel, Krähe«, brachte Rosa noch heraus, während ihr die Tränen über die Wangen rollten.

Eine Stunde später, als Maleach zum Kindergarten fuhr, rief Rosa reihum ihre Kinder an und erzählte ihnen von dem Wunder, das da geschehen war.

»Ihr werdet sehen«, wiederholte sie siebenmal in den sieben Gesprächen, »wir werden noch Überraschungen mit diesem Mädchen erleben. Zum Teufel mit allen Ärzten samt ihren Theorien.«

Nachdem Maleach das erste Wort ihres Lebens gesprochen hatte, widmete Rosa ihr besondere Aufmerksamkeit. Sie guckte mit ihr das Kinderprogramm im Fernsehen an, las ihr Geschichten vor, übte Worte mit ihr, sah zu, dass sie Papier und Farbstifte bekam, und heftete ihre Zeichnungen ab. Bald merkte sie, dass Maleach nur Vögel und Schmetterlinge malen konnte. Wenn sie ihr zeigen wollte, wie man Häuser mit roten Dächern und rauchenden Schornsteinen malte, rebellierte sie, fing an zu schreien, warf sich auf den Boden, und sobald sie sich beruhigt hatte, füllte sie die Blätter wieder mit Vögeln und Schmetterlingen.

Zu dieser Zeit erfuhr Rosa mit Gewissheit, dass Maleach nicht weiter wachsen würde. Sie war nun fast vier Jahre alt, sah aber aus wie eine Zweijährige.

»Diese Größe wird sie beibehalten«, sagten die Ärzte, die sie reihenweise aufsuchte. »Ihre Tochter wird nicht weiter wachsen. Sie wird immer klein bleiben. Daran lässt sich nichts ändern.«

Wieder zu Hause, küsste Rosa ihr kleines Mädchen, das immer klein bleiben würde, und wusste, dass die Bitten an ihre sieben vorherigen Kinder nun geballt bei ihrem letzten Kind in Erfüllung gingen.

Wenn sie im ersten Jahr nach Schragas Tod die alten leiblichen Schmerzen aufkommen fühlte, die Sehnsucht ankündigten, öffnete sie die Schuhfächer und sog genussvoll den vertrauten Duft ein, der ihr in die Nase schlug, ihren Körper vor Erinnerungen erschauern ließ und ihr altvertraute Regungen im Unterleib verursachte. Dann verbrachte sie lange Stunden mit den Schuhen und ordnete sie neu in Schubladen und Fächern. So machte sie es, bis sie eines Tages die Schublade mit seinen Ballettschuhen aufzog und dem lieblichen Duft eine unbekannte säuerliche Note beigemischt fand. Erschrocken zerrte sie die Schublade bis zum Anschlag heraus und entdeckte in ihren Tiefen ein Paar angeknabberte Schuhe, die Abdrücke winziger Zähne trugen. Am nächsten Tag war noch ein Paar betroffen, und als eine Woche später die Schuhe ganz aufgefressen waren, fand sie in der Schublade mit den Lederschuhen ein Nest, säuberlich ausgepolstert mit Seidenfetzchen, grauer Militärsockenwolle und einigen Trikotstückchen von Schragas Winterunterhemden.

Entsetzt bat sie Ruchama, ihr ein paar Mausefallen vom Markt mitzubringen, doch als sie dann jeden Morgen nachschaute, musste sie feststellen, dass nicht einmal die Schwanzspitze einer Maus darin gefangen saß. Der herbeigerufene Kammerjäger erklärte ihr feierlich, als vermelde er ihr eine besonders gute Nachricht, dass sie einen Mitbewohner im Haus habe, und beschrieb ihr langatmig die Hausmaus, auch *Mus musculus* genannt, die von allen Häusern der Gegend nun gerade ihr Haus beehrt und sich entschlossen habe, hier mit ihr zusammenzuleben. Er führte aus, die Maus sei besonders bei Nacht aktiv, fräße alles und Rosa müsse sich damit abfinden, dass sie zum Nestbau für ihre Jungen weiche Materialien benutzen müsse, die in ausreichender Menge in ihrem Umkreis vorhanden seien. Als Rosa erschrocken nach Jungen fragte, antwortete er fröhlich, offenbar sei ein trächtiges Weibchen zu ihr gekommen, denn die Maus habe ja ein Nest für ihren Wurf gebaut. Weiter erklärte er ihr enthusiastisch, als rede er liebevoll von seinen eigenen Kindern, dass die Jungen nach drei Monaten selbst Eltern würden und neue Nester für die neue Generation bauten. Auf Grund des bewundernden Tons, der nunmehr in seine Stimme kam, verdächtigte sie ihn, ein Mäuseliebhaber zu sein, und wie sollte ein Mäuseliebhaber wohl Mäuse vernichten? Ergo war er sicher zu deren Rettung ins Haus gekommen und kaum zu ihrer Beseitigung.

Als höfliche Frau dankte sie ihm für seinen aufschlussreichen Vortrag und beschloss, aus eigener Kraft mit den Mäusen fertig zu werden. Nachdem sie einige Monate die Wohnung mit ihnen geteilt hatte, sah sie erneut Schragas Schuhfächer durch und fand auf ihren Böden nur mehr Ledersohlen, Plastiksohlen und die Gummisohlen der Turnschuhe. Rosa packte die ihres Oberleders beraubten Sohlen zusammen in einen Karton und stellte ihn auf den Hängeboden neben den Prachtrahmen, der einst Josefs Bild enthalten hatte und jetzt mit dem befleckten Bettlaken verhängt war. Seit dem Tag, an dem die Nager Schragas Schuhe vollständig verputzt hatten, waren sie aus der Wohnung verschwunden und ließen sich nicht mehr dort blicken.

15

Jakobs Traum

Nachdem Schraga dahingegangen war und Rosa sein Bild neben Josefs gehängt hatte, kam es ihr vor, als hätte Josef sich beruhigt. Er störte und beschuldigte sie nicht mehr, und wenn sie nachts einsam im Bett lag – nach ärztlicher Anordnung weiterhin auf der Seite, damit ihre Fettschichten nicht auf die inneren Organe drückten und sie abwürgten –, sann sie über ihre beiden Ehemänner nach, bemüht, keinen zu kurz kommen zu lassen. Um beim Erinnern Gerechtigkeit walten zu lassen, blickte sie auf die Uhr und bestimmte gleich viel Zeit für Gedanken und Erinnerungen an Josef und an Schraga. Bei aller Anstrengung gelang es ihr jedoch nicht, sich strikt daran zu halten. Immer schaffte es Josef, Schraga teure Erinnerungszeit zu rauben. In der Schraga gewidmeten Erinnerungsstunde tauchte plötzlich Josefs Gesicht auf, und während sie sich Schragas zarte Hände auf ihrer Haut zu vergegenwärtigen versuchte, spürte sie stattdessen Josefs große, schwielige Hände ihr Gesicht streicheln. In solchen Momenten machte sie die Augen zu und konzentrierte sich mit aller Macht auf Schraga und seine kleinen Füße, doch wieder stieg Josefs Gesicht auf, zwängte sich durch eine winzige Lücke in der Konzentration, und schon roch sie wieder seinen Nikotinhauch und seine Lavendelseife, die Schragas Orangenduft roh verdrängten. Dann gab sie den Erinnerungen nach, bat Schraga um Verzeihung, dass er ihretwegen zu Tode gekommen war, und um Nachsicht, da sie mit Josef rund fünfzig Jahre mehr verbracht hatte als mit ihm.

Wenn sie ganz in Trauer versunken war, ließ sie unwillkürlich Mahlzeiten aus, bis sie eines Tages merkte, dass ihre alten Kleider ihr am Leib schlotterten. Nach einigen Monaten Gewichtsabnahme – »in zufrieden stellendem Tempo«, wie die Ärztin ihr sagte – wurde sie auch die ständige Beklemmung auf der Brust los, von der sie nicht immer wusste, woher sie rührte: von ihrem Übergewicht oder von den Gewissensbissen, die sie seit Schragas tragischem Tod empfand.

Jeden Morgen wog sie sich und stellte fest, dass sie ein wenig abgenommen hatte. Dann trat sie nackt vor den Spiegel und hielt Ausschau nach rosa Dehnstreifen, die man auf der Haut dünn gewordener Dicker zuweilen findet. Erst suchte sie die Schenkel ab. Von dort wanderten ihre Augen zum Bauch empor. Dann schlenkerte sie die Brüste auf und ab und drehte sie nach allen Seiten, um auch an den verborgenen Stellen nachzusehen. Befriedigt vom Ergebnis drehte sie sich um und betrachtete ihre Rückseite sorgfältig im Spiegel. Bei diesen Untersuchungen fand Rosa ihre Haut glatt und glänzend, ihre Brüste voll und ihren Po noch fest.

Zufrieden kümmerte sie sich nun um Maleach. Bei jedem Löffel Brei, den sie ihr in den Mund schob, übte sie mit ihr neue Wörter oder sagte alte Reime auf, die sie liebte. Machte die Kleine mit und beantwortete ihre Fragen, nahm Rosa sie in die Arme und bewunderte ihre raschen Fortschritte.

Jeden Nachmittag kam ihr Enkel Dror und brachte Maleach bei, was er morgens in der Schule gelernt hatte. Begleitet von dem schützenden schwarzen Baldachin eines aufgeregt krächzenden Krähenschwarms ging er mit ihr auf den freien Feldern spazieren, die das Viertel umgaben und bis an die Häuser des arabischen Dorfs Beit Zafafa reichten. Die Krähen kreisten über den Kindern und verscheuchten konkurrierende Vögel, sodass Spatzen und Wildtauben Maleach nur von fern anhimmeln konnten. Setzte sie sich mit Dror auf die Erde, ließen auch sie sich nieder, scharten sich um die beiden und redeten laut und aufgeregt in ihrer kehligen Sprache. Maleach streute ihnen Krumen hin von dem Fladenbrot mit Schokoladenaufstrich, das Rosa ihnen eingepackt hatte, und die Krähen hüpften freudig auf sie zu, um mit demütig gesenkten Häuptern ihre Gaben entgegenzunehmen, wie Untertanen die Geschenke ihrer hochverehrten Königin.

Danach zeigte Dror ihr Blumen, nannte ihre Namen und ließ sie sie nachsprechen, erzählte ihr von Bienen und Schmetterlingen und sagte, sie solle dicht vor einer Blume reglos stehen bleiben und dem Schmetterling zusehen, der Nektar aus ihr saugte. Flimmerten ihnen die Augen vor lauter bunten Blumen und Faltern, erzählte er ihr von der Unterwelt, dem Totenreich, jenem dunklen Ort, den kein Mensch kenne und in den alle Seelen eingingen. Zur Illustration seiner Worte lief er mit ihr über das offene Feld, bis er gefunden hatte, was er suchte – einen Felsbrocken, der in der Erde versunken lag. Mit großer Anstrengung wälzte er ihn vom Fleck, und gemeinsam starrten sie nun auf die wunde Stelle der Erde, die ihren Augen all das enthüllte, was der Fels zu verstecken gesucht hatte. Viele kleine weißliche oder silbrige Wesen, zu denen noch nie ein Strahl Sonnenlicht gedrungen war, tappten wie Blinde in dem gleißenden Licht, das jäh auf sie einflutete, und suchten eine Ritze, durch die sie wieder im Dunkel der Erde verschwinden könnten. Graue Käfer mit Schuppenpanzern auf dem Rücken rollten sich erschrocken ein, verwandelten sich im Handumdrehen in winzige, rundum gepanzerte Kugeln. Durchsichtige Schnecken streckten ihre Fühler aus, krochen langsam davon, um möglichst der Sonne zu entkommen, die ihr ungeschütztes Weichgewebe ausdörren konnte, und hinterließen eine glitzernde Schleimspur. In das Getümmel fliehender Insekten ragten weiße Wurzeln unsichtbarer Pflanzen, manche fein gefiedert, andere dick, holzig und rau.

Wenn die untergehende Sonne Maleachs Köpfchen golden und das Felsland rot färbte und ringsum das vielstimmige Zirpen und Sägen der Grillen und Zikaden einsetzte, die verzweifelt nach Partnern Ausschau hielten, erzählte er ihr leise, direkt ins Ohr, die biblische Geschichte von Jakobs Traum, was er in Gegenwart seiner Großmutter geflissentlich unterließ. Denn als sie einmal hörte, dass er Maleach diese Geschichte erzählte, bat sie ihn, das zu unterlassen und ihr keine Flausen ins ohnehin schon verwirrte Köpfchen zu setzen. Doch dort auf den verlassenen Feldern, die das Viertel einsäumten, lehnte er – fern von Rosas aufmerksamen Ohren – in festem Ritual seinen Kopf an Maleachs, sodass sein Kraushaar ihren Goldschopf berührte, und flüsterte ihr die Geschichte ins Ohr.

Er erzählte ihr von Stammvater Jakob, der – des Weges müde – auf einem Stein eingeschlafen war. Im Traum nun sah er eine hohe Leiter, deren Spitze an den Himmel reichte. Engel stiegen sie auf und nieder. Alle Engel trugen lange Seidengewänder, hatten langes, glänzendes Haar und liefen mit ihren winzigen Füßen die aus reinem Gold gegossene Leiter auf und ab. »Und in dieser ganzen Engelschar dort war ein besonderer Engel«, fuhr Dror fort und drückte seinen Kopf an ihren. »Das war der kleinste und schönste Engel von allen. Seine Augen waren himmelblau, genau wie deine, und sein langes goldenes Lockenhaar wallte ihm bis zum Boden. Da der Engel so klein war, hatte er Höhenangst. Auf Rat seiner Gefährten bemühte er sich deshalb beim Hinaufklettern, ja nicht auf die Erde runterzugucken. Aber weil er sehr neugierig war und genau wissen wollte, wie die Menschen auf den Feldern dort unten aussahen, spähte er doch hinunter, bekam einen Schwindelanfall und bumm … war er von der Leiter gefallen. Der Krach, den er dabei machte, weckte Jakob auf, und als er wach wurde, war der Traum weg und die goldene Leiter samt allen Engeln im Himmel verschwunden. Der gefallene Engel konnte nun nicht in den Himmel zurückkehren, denn er hatte ja keine Leiter mehr, um hinaufzukommen. Jahrelang wanderte er in der ganzen Welt umher auf der Suche nach einem Weg zurück zu seinen Engelsgefährten. Jede Nacht besuchte er träumende Menschen, aber keiner träumte Jakobs Traum. Manche träumten von Leitern, andere von Engeln, aber niemand träumte genau den Traum, den Jakob geträumt hatte, den Traum von der goldenen Leiter, deren Spitze an den Himmel reicht und auf der Engel auf und nieder steigen. Da er keine Leiter fand, suchte er sich einen neuen Körper, in dem er leben könnte, bis er in den Himmel zurückkäme. Viele Jahre prüfte er viele Kinder, fand aber nicht das Richtige. In allen Ländern der Welt suchte er. Bei jedem Kind, das geboren wurde, eilte der Engel herbei, stellte sich daneben und prüfte, ob es für ihn passte. Aber alle Kinder wuchsen schnell und passten nicht für den kleinen Engel. Bis du auf die Welt kamst. Als du geboren wurdest und er dich noch vor deiner Mutter sah, war er sehr froh und beschloss, in deinen Körper zu schlüpfen, denn er wusste, dass du nicht wachsen würdest und er mit deiner Hilfe in den Himmel aufsteigen könnte. Und um in den Himmel zurückzukommen, hat er dir auch ein Paar Flügel geschaffen.«

Am Ende der Geschichte streichelte Dror ihr die kleinen Buckel und sagte den letzten Satz, den er Maleach gern wie ein beruhigendes Mantra wiederholte: »Eines Tages wirst auch du die Flügel ausbreiten und geradewegs in die Wolken fliegen. Dann kehrst du in den Himmel zurück und kannst mit all den Engeln spielen.« In diesen Momenten blickte Dror ihr lange in die Augen, und sie plapperte ihm nach: »Maleach fliegt in den Himmel und spielt mit den Engeln.« Dann umarmte Dror ihren kleinen Leib, küsste sie auf die Stirn und sagte noch einmal. »Ja, Maleach wird in den Himmel fliegen und mit Engeln spielen.«

Wenn das Insektengesumm auf den Feldern erstarb, schwarze Schatten sich in Maleachs Haar stahlen und seine Farbe verdunkelten, der kühle Wind ihnen unter die Kleider kroch und ihr Fleisch frösteln machte, kehrten sie nach Hause und die Krähen in ihre Nester zurück.

An solchen Tagen sah Rosa Maleachs Wangen von der Sonne gerötet, ihr Haar voller Strohhalme und trockener Laubkrümel und ihre Augen glänzend, als hätte sie auf den

Feldern neue Welten entdeckt, von denen sie ihr nichts erzählen konnte. Dann drückte sie Maleach ans Herz und spürte die Sonnenwärme, die der kleine Körper gespeichert hatte, auf sie übergehen und ihr in die Knochen sickern. Wenn sie sie auszog und ihr das Haar kämmte, witterte sie den frischen Feldduft, der ihr anhaftete, und vor ihren Augen, die sich in Erinnerung verschleierten, regnete es bunte Schmetterlinge.

16

Fröhliche Hände

Am Morgen nach einer besonders quälenden Nacht voll Erinnerungen, schwerer Reuegefühle und immer neuer Bitten an Schraga, er möge ihr verzeihen, dass sie ihn aus Versehen umgebracht hatte, erwachte Rosa nur mühsam, als es an der Wohnungstür klopfte.

Schwerfällig schleppte sie sich zur Tür und lugte durch das Guckloch. Ein großer, hagerer Mann in den besten Jahren, eine große Kartenmappe in der Hand, stand davor und trat nervös von einem Fuß auf den anderen. Da er ihr nicht gefährlich aussah, öffnete sie ihm die Tür.

Der Fremde schreckte ein wenig zurück und blickte sie mit unverhohlener Bewunderung an. Rosa musterte das braune Barett, das grau melierte schwarze Haar, das darunter hervorlugte, und das abgetragene weiße Hemd, auf dem eine rosa Fliege mit schlaffen Flügeln prangte. Dann senkte sie den Blick auf die verwaschene Hose und die Schuhe, deren Oberleder unter unzähligen Schuhcremeschichten gesprungen war, und vermerkte überrascht seine Hände, die groß, stark und fröhlich wirkten.

Wenn sie später einmal zu verstehen suchte, was sie mit »fröhlichen Händen« gemeint hatte, erinnerte sie sich, dass sie mit bunten Tupfern aller erdenklichen Farben gesprenkelt gewesen und ihr seinerzeit wie die Riesenflügel eines exotischen Schmetterlings von nie gekannter Schönheit vorgekommen waren.

Die grauen Augen des Fremden, fächerförmig von feinen Runzeln umrahmt, lachten sie warmherzig an, und sein schmallippiger Mund öffnete sich zu einem zögernden Lächeln, das eine Reihe schneeweißer Zähne entblößte. Rosa versank in den Augen des Fremden, blickte auf seine starken Zähne, musterte seinen Körperbau und dachte, dass er sehr gut aussah.

»Du bist es, Rosa«, rief er freudig in tiefem Bariton, als hätte er eine verlorene Verwandte wieder gefunden. »Du bist so schön, wie ich es mir vorgestellt hatte«, setzte er hinzu und rang nach Luft, sei es vor Aufregung, sei es vom Treppensteigen. Auf ihren fragenden Blick streckte er ihr die Rechte hin. Zögernd ergriff Rosa seine Hand, deren Finger sich begierig um ihre schlossen. Bei dem Händedruck spürte sie ihrer beider Schicksalslinien perfekt miteinander verschmelzen. Der Fremde stellte sich hastig vor.

»Schmuel. Schmuel Evron. Vielleicht hast du von mir gehört.« Und als er merkte, dass sein Name nicht den gewünschten Eindruck machte, fügte er leicht enttäuscht hinzu: »Ich bin Kunstmaler.«

Ihre Hand noch in seiner, blickte sie ihn schweigend an und entdeckte den leichten Tick, ein Zucken der Oberlippe, das ihr Mitleid erregte und ihr Herz eroberte.

»Darf ich eintreten?«, fragte der Maler, dessen Selbstbewusstsein einen Dämpfer erlitten hatte, was seine Oberlippe noch stärker zucken ließ.

»Ja, Verzeihung, bitteschön«, sagte sie und gab die ganze Tür frei, damit er passieren konnte.

Seine weit aufgerissenen Augen – offenbar begierig, sich keinen Deut von der Krönung der Schöpfung, die da vor ihm wandelte, entgehen zu lassen – fixierten den bewundernswerten Riesenhintern, der wie Meereswellen vor ihm wogte. Das Hinterteil, verbunden mit dem breitesten Rücken, den er je gesehen hatte, führte ihn ins Wohnzimmer. Aus einer Zimmertür im Flur lugte ein Lockenköpfchen hervor. Die Miniatur eines blonden Mädchens, so ebenmäßig gebaut, wie die Maler der Klassik einst ihre Liebesboten, die Kupidos, darstellten, stand in der Tür und guckte ihn neugierig an. Trotz ihres niedlichen Aussehens spürte Schmuel ein unangenehmes Kribbeln im Nacken, das die Wirbelsäule bis zum Gesäß hinabkroch und ihm unerklärlicherweise einen schmerzhaften Stich ins Herz versetzte. Schnell blickte er Rosa ins Gesicht. Geblendet von der Weiße ihres Fleisches, versanken seine Augen bis auf den Grund in den ihren und verharrten dann berückt auf ihrem mächtigen Busen, der ungezwungen, in vollendetem Einklang mit ihren Gebärden vor ihm hüpfte. Rosa bat ihn um Entschuldigung, beugte sich zu der Kleinen hinab, nahm sie auf den Arm und wisperte ihr beruhigende Worte ins Ohr. Das Mädchen schloss wohlig die Augen und kuschelte sich an Rosa. Schmuel betrachtete die mütterliche Szene und bemerkte schaudernd die kleinen Wölbungen am Rücken der Miniaturgestalt, ein Kainsmal, das die schöne Harmonie ihres Körpers störte.

»Wer ist das?«, fragte das Kind im Flüsterton.

»Das ist ein Freund«, antwortete Rosa und blickte ihm in die Augen.

»Ich bin Maler«, sagte er erneut, nunmehr auf dem Sessel sitzend, den Rosa eigens von einem Stapel Weißwäsche, die des Bügelns harrte, geräumt hatte, und fixierte die Riesenmutter mit ihrer winzigen Tochter, wobei ihm einfiel, dass er sich ja bereits vorgestellt hatte. Er wurde glühend rot im Gesicht und kam sich reichlich dumm vor.

Rosa blickte ihn mitleidig an, denn sie wusste, wie er wegen ihres Äußeren litt, das stärkere Männer als ihn zu lähmen vermochte. Die Erfahrung hatte sie gelehrt, dass ihre Ausmaße selbst stattliche, wohlgebaute Männer veranlassen konnten, sich vorübergehend mickrig, armselig und physisch unterlegen vorzukommen. Sie wurden dann rot, begannen zu stottern, redeten Unsinn und machten sich vor ihren Augen lächerlich.

»Ich möchte dich gern malen«, würgte Schmuel endlich den einen Satz hervor, den er sich auf den drei Treppen zu ihrer Wohnung unablässig vorgesprochen hatte. Das Zucken entstellte seinen Mund nun vollends, während er bang den erzielten Eindruck zu ermitteln suchte. Scheinbar hatte Rosa seine Bitte nicht erfasst. Deswegen wiederholte er sie, diesmal lauter, als hätte er eine schwerhörige oder begriffsstutzige Frau vor sich.

»Ich möchte dich malen.«

»Was möchte der Mann?«, zwitscherte Maleach.

»Der Mann möchte mich malen«, antwortete Rosa, und als ihr dämmerte, was sie eben gesagt hatte, huschte ein leichtes Zittern über ihr Kinn. Das Zittern griff auf ihr Doppelkinn über, schüttelte die Fettwülste ihres Halses, kroch in ihre halterlosen Brüste, die wie Gummibälle auf und ab hüpften, kämpfte sich verbissen zu ihrem Bauch vor, der bald wie ein riesiger Wackelpudding wogte, glitt ihre Schenkel hinab und rutschte schließlich in ihre Füße, die freudig zuckten. Mit einigen Sekunden Verzögerung erbebte Rosas ganzer Körper vor Schmuels gerötetem Gesicht unter einem Lachen, das ihm in diesem Moment wie das Muhen eines Kalbes vor dem Schlachten klang. Maleachs kleiner Körper auf ihren Armen bebte in glockenhellem Lachen mit.

»Mich? Malen?«, brüllte sie. Und nachdem sie sich beruhigt und für ihren Ausbruch entschuldigt hatte, fragte sie ihn: »Wozu soll das gut sein?«

»Du bist eine schöne Frau«, wiederholte er die Worte, die er während der langen Busfahrt eingeübt hatte. »Du bist eine große, schöne Frau. Schon seit Jahren möchte ich dich malen«, gestand er und zog beim letzten Schnaufer einen Stapel Zeitungsausschnitte über ihre Vita aus seiner abgewetzten Kartonmappe.

»Ich verfolge seit jungen Jahren deinen Werdegang«, erklärte er mit schamhaft gesenkten Augen wie ein verliebter Jüngling, der zum ersten Mal im Leben seine Liebe gesteht.

»Leider konnte ich dich bisher nur nach Zeitungsfotos malen. Aber ich träume schon viele Jahre davon, dich als Modell zu haben, seit meiner Ankunft im Land«, sagte er verlegen. Und als sie fragend die Augen aufriss, fügte er hinzu, jetzt, nachdem er sich in seiner Kunst vervollkommnet und einen Namen gemacht habe, auch bereits auf einige Einzelausstellungen im In- und Ausland zurückblicken könne, habe er endlich gewagt, bei ihr an die Tür zu klopfen und das zu erbitten, wovon er nun schon seit bald vierzig Jahren träume.

Danach zog er einige große Blätter aus einem Fach seiner Kartonmappe und zeigte Rosa seine Bilder. Rosa starrte verschämt auf die große Frau in Aquarell, die in einer Pose hingegossen lag, die ihr die Röte in die Wangen trieb. Die Frau warf ihr einen neugierigen Blick zurück. Rosa konnte nicht leugnen, dass die Abgebildete ihr überraschend ähnlich sah. Schmuel verfolgte Rosas Blick, nahm das Blatt wieder und entschuldigte sich, dass er sie so gemalt hatte.

»Versteh«, versuchte er zu erklären. »Da ich das Original nicht abmalen konnte, habe ich dich so dargestellt, wie du auf den Zeitungsbildern aussahst, und dabei viel aus der Fantasie hinzugefügt.«

»Sie sieht mir wirklich ähnlich«, gestand sie schließlich nach langem, verlegenem Schweigen.

»Möchtest du noch mehr meiner Bilder sehen?«, fragte er schüchtern.

»Mit Freuden«, antwortete sie und beobachtete ihn, als er mit zitternden Händen die Blätter aus der Mappe nahm. Langsam und vorsichtig breitete er sie auf dem Wohnzimmertisch aus, und als dort kein Platz mehr blieb, ließ er sie auf den Boden gleiten oder lehnte sie neben Rosa aufs Sofa und auf einen nahen Stuhl. Von allen Bildern blickten ihr dicke Frauen entgegen, die meisten nackt, einige zur Hälfte entblößt.

»Das ist Eva«, erklärte er, während er das Bild einer Frau von gewaltigen Ausmaßen hoch hielt. Ihr Unterleib und der schwere Busen waren symbolisch mit winzigen Feigenblättern geschmückt, und eine dicke bunte Schlange mit besonders boshaftem Gesichtsausdruck kroch ekelhaft auf ihrem glatten, schlüpfrigen Bauch.

»Das ist unsere Stammmutter Sara«, sagte er unter Hinweis auf das Bild einer Riesin, deren Gesicht starke Ähnlichkeit mit Rosas Zügen aufwies. »Dies hier ist Batseba beim Baden auf dem Dach, das da die Königin von Saba und die hier Isebel«, erklärte er weiter und deutete mit dem Kinn jeweils auf die Mammutgestalten, die die Bilder bevölkerten. Dabei kam es Rosa vor, als mache Schmuel sie mit seinen weiblichen Verwandten und engsten Freundinnen bekannt.

Nachdem er ihr all seine Frauen vorgestellt hatte, sammelte er die Blätter hastig wieder in seine Mappe ein, als bereue er, die Blöße seiner Geliebten zur Schau gestellt zu haben, und hege im Stillen den Vorsatz, ihre Privatsphäre fortan vor aller Augen zu wahren. Beim Abschied an der Türschwelle vermied er es geflissentlich, das geschädigte Kind, das sein Schönheitsempfinden beleidigte, anzusehen, und fragte Rosa erneut, ob sie bereit sei, ihm Modell zu sitzen. Röte breitete sich über ihre Wangen und flutete zur Brust hinab. Dann antwortete sie flüsternd, als vertraue sie ihm ein Geheimnis an, sie müsse darüber nachdenken, er solle am nächsten Tag wiederkommen.

Am Abend beriet sie sich telefonisch mit ihren sieben Kindern. Die Töchter meinten aufgeregt, sie hätte ein Riesenglück. Solch eine Gelegenheit dürfe man sich auf keinen Fall entgehen lassen, denn nur europäische Fürstinnen und Königinnen würden so gemalt. Die Söhne klangen eher skeptisch. Leslie-Schimon, Jackie-Jakob und James-Gad forderten einstimmig, wie abgesprochen, wenn sie ihm Modell sitzen wolle, dürfe sie das nur voll bekleidet tun. Und wehe, wenn sie sich auszöge, fügten sie in drohendem Ton hinzu. Rosa, der solches überhaupt nicht in den Sinn gekommen war, knallte bei allen dreien wütend und beleidigt den Hörer auf.

Als Schmuel am nächsten Tag wiederkam, erteilte sie ihm ihre Zustimmung.

»Dann komm morgen in mein Atelier«, sagte er schnell, bevor sie womöglich einen Rückzieher machte.

»Ich gehe höchstens zum Einkaufen aus dem Haus. Wenn du mich malen möchtest, dann nur hier«, erklärte sie, auf seine Zustimmung hoffend.

Schmuel öffnete den Laden, schob die Gardine zur Seite, prüfte die Lichtverhältnisse und willigte ein. Doch vor dem Weggehen sagte er, sie müsse sehr viel Geduld aufbringen, denn die Arbeit könne Tage und Wochen dauern.

Als Ruthi kam, um Maleach zum Kindergarten abzuholen, begutachtete sie ungeniert Schmuel, der mit großem Getue seine Staffelei aufstellte. Sie blickte auf seine farbenfrohen Hände, musterte ihn von unten bis oben und von oben bis unten, zwinkerte Rosa beifällig zu und verließ das Haus mit Maleach auf dem Arm. Rosa, die ihr mit Riesenanemonen bemaltes Seidenkleid angezogen hatte, ließ sich schwerfällig auf dem Sofa nieder. Schmuel betrachtete sie mit strahlenden Augen und einem Lächeln, das von einem Ohr zum anderen reichte. Dann trat er zu ihr und korrigierte behutsam ihre Sitzhaltung, wobei er wie zufällig ihre Hand berührte.

Später erzählte sie Rachel und Ruchama, die alles genau hören wollten, dass es sich in dem Moment, in dem seine Hand über ihre strich, angefühlt habe, als hätte sie sich an einer Flamme versengt. Stundenlang saß sie wie versteinert vor ihm, und als ihr Herzklopfen nachließ, schlief ihr ein Glied nach dem anderen ein, bis sie selbst einnickte. Beim Geräusch der Staffelei, die zusammengeklappt wurde, und der Farbtuben, die in die Holzkiste fielen, wachte sie auf.

»Zeig mir, wie ich auf dem Bild aussehe«, bat sie verschlafen.

Schmuel lehnte ab. »Das darf man nicht«, sagte er mit verschmitztem Lächeln. »Man darf eine Arbeit nicht zeigen, ehe sie fertig ist, sonst weigerst du dich noch, weiter für mich zu sitzen.«

Am nächsten Morgen erschien er um Punkt acht Uhr, wie

nun stets die nächsten Monate über, und Rosa fand wieder Geschmack am Leben. Jeden Morgen wachte sie rund zwei Stunden vor seinem Eintreffen auf und machte sich für ihn zurecht. Sie begann den Tag mit einem Bad im Whirlpool. Sobald das heiße Wasser ihre Haut gerötet und ihren Kreislauf angeregt hatte und sie die sprudelnden Ströme ihre Glieder umschmeicheln spürte, rubbelte sie mit dem Bimsstein die Hornhaut von den Füßen. Danach spreizte sie die Zehen, wusch jede Zehe einzeln und rieb gründlich die Zwischenräume sauber. Wenn sie mit den Füßen fertig war, nahm sie die Achselhöhlen in Angriff, rasierte und schrubbte sie erbarmungslos. Von dort ging sie zu den Brüsten über, massierte sie mit Seifenschaum in weiten Runden, die enger und enger wurden, bis sie in einem kleinen Kreis um die sich versteifenden Brustwarzen endeten. Dann wendete sie sich, von Lustschaudern überlaufen, dem Unterleib zu, schäumte ihr Haardickicht ein und wusch jede Locke. Zum Abschluss tauchte sie einen Finger in Seife, bog den Arm nach hinten, strich sich wie geistesabwesend über den Po und steckte den eingeseiften Finger tief in den After, um auch diesen Ort gründlich von innen zu reinigen.

Von innen und außen blitzsauber, widmete sie sich dem Haar, schäumte es mit einem Shampoo ausländischen Fabrikats ein, gab Festiger darauf und legte es zu ihrer Lieblingsfrisur. Lange hantierte sie mit Lidschatten und Wimperntusche. Und wenn sie sich dann das Gesicht schminkte, hatte sie das gleiche Gefühl körperlicher Reinheit, Frische und Erwartung wie seinerzeit dank Schragas Händen, die ihren Leib so oft gewaschen hatten. Rosa verscheuchte hastig die Erinnerungen an ihre vorherige Liebe, aus Angst, diese könnte keinen Platz für die neue Liebe lassen, die in ihrem Innern zu pulsieren begann. Nach dem Frühstück malte sie sich die Lippen leuchtend rot an, korrigierte das Augen-Make-up, zog ihr Seidenkleid mit dem Anemonenmuster über und wartete aufgeregt auf sein Eintreten. Stellte er dann seine Staffelei mit ihrem Bild darauf vor sie hin und sah sie mit bewundernden Augen an, quälte sich ihr Körper mit dem süßen Schmerz des Leerraums, der gefüllt werden möchte. Mit verschleierten Augen setzte sie sich in Positur und harrte der ersten Pinselstriche auf der Leinwand, die ihr Fleisch mit Tupfern nie gekannter Lust kitzelten, als gleite der Pinsel über ihre Haut und kose sie an den empfindlichsten Stellen.

Als Schmuel ihr nach Ablauf von drei Wochen verkündete, dass das Bild fertig sei, bat sie ihn, es ihr zu zeigen. Schüchtern und ängstlich, als stehe er selbst im Begriff, sich vor ihr zu entblößen, nahm er behutsam das weiße Tuch herunter, das ihr Abbild verdeckte. Rosa betrachtete sich lange.

»Bin ich das?«, fragte sie zögernd, als sie die Sprache wieder gefunden hatte.

Schmuel lachte erleichtert auf. Er merkte, dass es Rosa gefiel. »Ja, du«, flüsterte er, als verriete er ihr ein Geheimnis.

»Sehe ich so aus? Bist du sicher?«, fragte sie erneut, wobei ihr Herz vor Aufregung pochte, als wollte es den Damm des riesigen Busens sprengen.

»Genau so.«

Die große Frau, die ihr entgegenblickte, erschien Rosa unvorstellbar schön. Sie ruhte wie eine Haremsprinzessin in müßiger Seitenlage auf einem roten Seidendiwan, die lächelnden, schrägen Blauaugen halb geschlossen. Ihr Kopf war von einer Fülle glänzender Locken umgeben und ihr Gesicht leuchtete glatt und rein, frei von Falten und sonstigen Zeichen des Alterns.

Am nächsten Morgen kam er mit einer neuen Leinwand an, und diesmal wollte er ihren Kleiderschrank inspizieren. Nach kurzem Stöbern fischte er ein buntes Kleid mit Schleifen und Rüschen heraus, dessen Saum kürzer und dessen Ausschnitt tiefer war. Als sie in dem Kleid seiner Wahl und in der von ihm gewünschten Pose vor ihm saß, eine große Schale schimmernder Sommerfrüchte neben sich, bat er sie, den Rocksaum ein wenig zu lüften, damit er ihre Beine von den Füßen bis zu den

Oberschenkeln malen könne. Rosa gehorchte. Nach einem Monat sah sie das Bild einer schönen, üppigen Zigeunerin, halb sitzend, halb liegend, mit einem verführerischen Blick in den dunklen Augen.

In den vielen Stunden, in denen er sie malte, beobachtete sie seine farbgesprenkelten Hände und stellte sich vor, sie zögen ihr die Kleider aus, streichelten ihren Leib und massierten ihre Brüste. Erwartungsvoll fixierte sie seinen Mund, fühlte seine Lippen auf den ihren und seine Zunge über ihre Zunge gleiten. Während er sich über sie beugte, um ihre Pose zu korrigieren, musterte sie seinen Hosenschlitz, spähte ihm in die grauen Augen, die unter ihrem Blick sanfter wurden, und schnupperte seinen Terpentin- und Ölfarbengeruch.

Ohne zu begreifen, wie es geschah, entblößte sie sich mehr und mehr vor seinen Pinseln, bis sie sich in Seitenlage auf dem Sofa wiederfand, die eine Hand auf der Sofalehne, die andere als Stütze unter ihrem Busen, die Beine ein wenig nach hinten gezogen und sie selbst im Evakostüm.

Ihre Nacktheit machte ihm zu schaffen. Stundenlang saß Schmuel wie gelähmt mit dem Pinsel in der Hand vor ihr, auf dem Gesicht den zögernden Ausdruck eines Menschen, der nicht weiß, wo anfangen und wie. Lange Stunden verharrte sie in der von ihm gewünschten Pose, aber Schmuel schien nicht zufrieden zu sein. Unzählige Male raffte er sich aus seiner Erstarrung auf, trat zu ihr, strich ihr eine verrutschte Locke aus dem Gesicht, korrigierte die Haltung der Hand, die den Busen stützte, und musterte sie mit bewundernden Augen.

Am fünften Tag in Aktstellung verlor sie die Hoffnung. Sie war sicher, es würde ein weiterer Tag vergehen, ohne dass Schmuel einen einzigen Pinselstrich täte. Trotzdem lagerte sie sich wie gewohnt auf das Sofa, und Schmuel korrigierte, ebenfalls wie gewohnt, ihre Pose. Seine Hand rutschte, scheinbar versehentlich, ab und strich ihr über die Schulter. Wie von glühender Kohle versengt, schreckte er vor der zarten, glatten

Haut zurück. Doch entschlossen packte Rosa seine Rechte und führte sie erneut an ihren Körper. Scheinbar willenlos betastete die Hand nun in kreisförmigen Bewegungen ihre Schultern, glitt den Arm hinab und fuhr federleicht über ihre rechte Brust. Rosas Brustknospen versteiften sich, und sie selbst streckte – in Durchbrechung der Pose, an der sie beide so lange gearbeitet hatten – beide Arme aus, schlang sie ihm um den Hals und drückte ihre Lippen auf seine. Die Zunge weit in seinen Mund vorgeschoben, fühlte sie die Glätte seiner blanken Zähne und schmeckte das Pfefferminzaroma seines Kaugummis.

Nach einem Moment, der ihr wie eine Ewigkeit vorkam, befreite sich Schmuel abrupt aus ihrer Umarmung, holte unwillkürlich einmal tief Luft und stürzte sich auf ihre Lippen, drückte seinen Mund fest darauf und knabberte wie verhungert an ihrem glatten, fleischigen Teil. Mit breitem Lächeln öffneten sich Rosas Lippen dem Kuss, ihre Zunge verschwand in den Tiefen seines Mundes, befühlte seinen rauen Gaumen, rieb über seine Zähne und streichelte das Innere seiner Wangen. Nun drückte er seine Zunge gegen ihre, begann in ihrer Mundhöhle zu tasten, schlug, presste und streichelte abwechselnd in vibrierendem Drang.

Rosa wusste, dass sie sich nicht mit seiner Zunge begnügen würde. Sie wollte Mund, Kopf und Körper, wollte ihn ganz und gar. Freigebig sperrte sie den Mund auf, bis ihr die Kiefer wehtaten, und ließ Schmuels Zunge in diesem Kampf siegen. Triumphierend lag seine Zunge auf ihrer, bebend, streichelnd, massierend, flatternd, umfangend träufelte sie süßen Speichel in ihren Mund.

Eine Minute später wälzten sich die beiden schon auf dem Fußboden. Rosa riss und zerrte Schmuel die Kleidungsstücke vom Leib, die ihrer Lust im Weg waren. In den Momenten ihres Ringens mit ihm spürte sie den Schmerz in ihrer Körperöffnung, die sich weit aufgetan hatte, danach schrie, gefüllt zu werden, und nur das eine begehrte. Und als das harte Zepter sich in ihren Körper bohrte, sie mit seiner Liebe, seinem Fleisch und seiner Wärme erfüllte, sog sie ihn in sich ein und genoss die elektrischen Ströme, die ihren Körper wieder und wieder von Kopf bis Fuß und umgekehrt durchpulsten. Mal war sie die Eindringende, mal die Durchdrungene, mal sank sie ein, mal quoll sie auf, bis sie nicht mehr zwischen ihm und sich zu unterscheiden vermochte, nicht mehr wusste, was er ihr und was sie ihm gab, was sie von ihm und was er von ihr bekam. Gemeinsam mit ihm erklomm sie die Höhen der Lust, Stufe um Stufe, eine und noch eine, bis sie deren Ende erreichte und nun keinen Halt mehr kannte, sondern freudig den Abgrund unter sich klaffen sah.

Luftig und leicht, die Glieder gespreizt, warf sie sich zusammen mit ihm in das schwarze Loch, das sie beide genussvoll aufsog, und hörte sich mit seltsam fremd klingender Stimme betteln und schreien: »Noch, noch, noch.« Nach einer langen Weile lag sie wieder in Modellpose auf dem Sofa, der Körper gesättigt, die Brustknospen noch steif vor Lust, die Wangen rosig und das Kinn von seinen Bartstoppeln zerkratzt. Mit blitzenden Augen sah sie Schmuel zu, der hastig in Unterhose und Hose stieg, wieder seine vorherige Miene aufsetzte und sie mit bebenden Händen zu malen versuchte.

Fortan erwartete sie ihn morgens mit schmachtendem Fleisch. Wenn er hereinkam, führte sie ihn zum Sofa, ging ein wenig auf Abstand, blickte ihm in die Augen und entledigte sich ihrer Kleider hüftschwenkend in Stripteasemanier, wie sie es einmal in einem Film im Kino Rosa gesehen hatte. Stück für Stück warf sie ihm alles zu: weiche Hausschuhe, noch warm von ihren Füßen, elektrisch knisternde Nylonstrümpfe, Haarklemmen, die noch ein paar eigens für ihn ausgerissene lange Seidenhaare fest hielten, und das riesige geblümte Kleid. Die Unterhose sparte sie für das Ende auf, streifte sie mit theatralischer Geste ab und schleuderte sie ihm schwungvoll zu. Er fing sie noch in der Luft auf, versenkte das Gesicht in die warme Stelle, die sich an ihrer Scham gerieben hatte, kostete die ihrem tiefsten Innern entsprungenen Partikel, berauschte sich an ihrem Duft.

Nackt und bloß stand sie vor ihm, wartete angespannt auf die Berührung seiner farbenfrohen Hände. Und wenn sie über ihren Körper zu wandern begannen, wollte sie ihn an sich geschmiegt, verschmelzend, in ihrem Innern pulsieren fühlen. Dann streifte Schmuel Hose und Unterhose ab, behielt jedoch immer sein langärmeliges Hemd am Leib und drang hastig und machtvoll in sie ein.

Nachdem die Körper befriedigt waren, streckte sie sich in der vertrauten Pose auf dem Sofa aus, ein gelassenes Lächeln um die Augen, der Leib in Erwartung der Pinselstriche. Als das Bild fertig war, enthüllte er es mit besonders feierlichem Schwung. Rosa betrachtete sich mit wachsendem Staunen. Ihr Körper, den sie ja aus nächster Nähe aufs Intimste kannte, war in allen Einzelheiten abgebildet, als hätte die Leinwand Schmuel als Spiegel gedient. Die Grübchen, die über ihren ganzen Leib verstreut saßen, waren an den exakten Stellen aufgetupft, ihre gewaltigen Brüste wie in Natur vom Spitzenmuster ihrer blauen Venen überzogen. Schmuel hatte ihren Gesichtsausdruck, das Funkeln ihrer Augen, das Lächeln auf ihren Lippen und die entspannte Haltung ihrer Hand abgebildet. Die Detailgenauigkeit war derart groß, dass sie im ersten Moment hätte schwören mögen, er hätte sogar die Haare, die ihr auf dem Kopf und am Unterleib wuchsen, einzeln abgezählt.

Als sie Rachel in ihre Erlebnisse einweihte, berichtete sie, beim Anblick des Bildes habe sie gewusst, dass Schmuel sie genauestens kenne, und zwar nicht nur die äußere Hülle, sondern auch das Innere. Er wisse, wie ihre inneren Organe aussähen, habe sich mit dem Herzen angefreundet, das unter ihrer mächtigen Brust poche, habe die ihren Lungen entweichende Luft eingeatmet, kenne eingehend den Weg, den die zerkaute Nahrung durch ihre Gedärme nehme, sei über ihre Hirnströme und die Größe und Breite ihrer Gebärmuttermuskulatur informiert. Und in diesem Moment wusste Rosa, dass sie ihr Leben mit diesem Mann teilen wollte.

»Aber du weißt doch gar nichts über ihn«, sagte Rachel, von Natur aus misstrauisch. »Du weißt nur, dass er Maler ist. Aber du hast keine Ahnung, wer er ist, wo er geboren wurde, wer seine Eltern sind, ob er verheiratet oder ledig ist, ob er Kinder hat, wie alt er ist, wo er wohnt, was er verdient. Ich muss mich über dich wundern. So viele Monate malt er dich schon, und du hast ihm nie diese Fragen gestellt. Da ist was faul. Er ist bestimmt verheiratet. Ich versteh wirklich nicht, wieso eine Frau in deinem Alter wieder mal den Kopf verliert und sich wie ein dummes Ding benimmt, das sich zum ersten Mal im Leben verliebt.«

»Was soll ich denn machen?«, fragte Rosa hilflos nach diesem ganzen Fragenkatalog.

»Wenn du ernste Absichten hast, dann frag ihn«, sagte Rachel entschieden.

Am nächsten Morgen kam Schmuel mit einer riesigen, abgeschabten Zeichenmappe beladen an und sagte – als hätte er ihre Gedanken gelesen und ihr Gespräch mit Rachel belauscht –, da sie einander sehr nahe gekommen seien, würde es Zeit, dass sie alles über ihn erführe. Mit wütendem Schwung stülpte er die Mappe um und schüttete den Inhalt vor ihren Augen aus. Rosa starrte entsetzt auf die Bilder vor sich, gemalt auf Sackfetzen, auf verschlissene Stoffstücke, auf Plakate mit verschnörkelten Frakturbuchstaben. In dem Moment, in dem sie die Bilder bewusst wahrnahm, wusste sie mit Sicherheit, dass sie sie schon früher gesehen hatte, ja schlimmer noch – sie selbst war eine der Gestalten in den Horrorszenen, die in schonungslos hartem Strich mit Kohlestift auf Papier gezeichnet waren.

Plötzlich verspürte sie nagenden Hunger, und der asketische Schädel Mischas, des Bewohners der Küche im alten Katamon, verdrängte Schmuels Züge aus ihrem Sichtfeld. Mischas Geschichten klangen ihr erneut in den Ohren, dröhnten ihr im Kopf, zerbröselten ihren Körper von innen, fraßen ihr Fleisch und ließen sie als Haut und Knochen, als wandelndes Gerippe zurück. Sie war die Frau auf dem Bild, die mit schlaff und leer baumelnden Brüsten in die Todesduschen geführt und hinterher auf der Bahre zum klaffenden Schlund des Feuer speienden Brennofens getragen wurde. Sie war die dürre Leiche, der ein ausgemergelter Mann im gestreiften Pyjama die Goldzähne zog, während ihre Augen mit dem verwunderten Blick einer Toten an ihm vorbeiblickten. Sie sah ihren skelettartigen Körper nackt ausschreiten, ihre Füße blutige Abdrücke in der dicken Schneedecke hinterlassen, neben sich einen großen, beleibten Mann in schwarzer Uniform, der ihr mit einer Peitsche über die knochigen Schultern hieb.

»Als junger Bursche, im Krieg, habe ich in einem Sonderkommando in Auschwitz gearbeitet«, sagte er mit weicher Stimme, die ihr in diesem Moment schrill und schreiend klang. »Ich musste die Leichen aus den Gaskammern holen und sie zum Ofen Nummer fünf des Krematoriums schaffen. Ich war damals ein Junge von zwölf Jahren, aber weil ich weit reifer wirkte und mich als Siebzehnjährigen ausgab, bekam ich diese Arbeit, die mich überleben ließ. Damals habe ich angefangen, wie verrückt zu malen, auf jeden Fetzen Papier oder Stoff, den ich fand. Ich zeichnete die Frauen, die ich in den Gaskammern und in den Krematorien nackt und abgemagert sah, zeichnete geschlechtslose Gestalten und weibliche Gerippe. Da ich keine Farben hatte, habe ich mir selbst welche gemischt: aus dem Zichoriekaffee, den wir bekamen, vermengt mit Erde, Baumrinde und Pflanzen«, erklärte er schroff. Und als er ihren Körper unter seinen Händen erschauern spürte, fügte er mit verkrampftem Lächeln hinzu: »Vielleicht male ich deshalb heute gern dicke Frauen, die so gesund und schön sind wie du.«

Danach saß er noch eine lange Weile bei ihr und erzählte, dass sein Vater zu Beginn des Krieges in ein Arbeitslager deportiert worden sei und man seither nie wieder etwas von ihm gehört habe. Er selbst war mit seiner Mutter und seinen zwei kleinen Brüdern nach Auschwitz gekommen, wo man sie getrennt hatte. Anfangs schaufelte er Massengräber und sah den Deutschen zu, die Männer, Frauen und Kinder bei lebendigem Leib dort hineinwarfen. Später erhielt er den Auftrag, die Gaskammern auszuräumen und die Leichen in den Öfen zu verbrennen. Weiter erzählte er, die Nazis hätten sein Zeichentalent und seine schöne Handschrift gesehen und ihn deshalb Schmuckbriefe an die Liebchen der Lagerkommandanten schreiben lassen. »Da habe ich Vögel, Schmetterlinge und Engel auf ihre Liebesbriefe gemalt.« Am schlimmsten sei es gewesen, als die Kommandantin des Frauenlagers seine Begabung für Engelbilder entdeckt und ihn gezwungen habe, Engel auf Lampenschirme aus Menschenhaut zu zeichnen.

»Während ich die Lampenschirme bemalte, überlegte ich immer, wessen Haut es wohl gewesen sein mochte, und hatte Angst, es könnte womöglich die Haut meiner Mutter oder einer meiner Brüder sein, die ich seit der Selektion in Auschwitz, gleich nachdem wir aus dem Zug geklettert waren, nicht mehr gesehen hatte.«

Rosa umarmte ihn fest und schob den linken Ärmel seines Hemdes hoch, das er nie, nicht einmal beim Liebesakt, auszog. Die Nummer, die ihren Augen zuvor entgangen war, stand mit blauen Ziffern in seine Haut eingeritzt und wurde nun schüchtern und traurig freigelegt. Wieder sprang ihr Mischas Kopf entgegen und verscheuchte Schmuels Züge. Mit dem Geschmack Mischas angeschimmelter Kekse im Mund las sie die Zahlenreihe, die krumm auf Schmuels Arm tätowiert war, lernte sie im Stillen auswendig und verglich sie mit Mischas Nummer. Als sie sicher war, dass sie die Zahlen behalten hatte, küsste sie sie mit den Lippen, fuhr mit der Zunge Ziffer um Ziffer ab, leckte, sog, knabberte, in dem Versuch, sie mit der Zunge fortzuwischen und den Schmerz zu bedecken.

Den Kopf in ihren Armen, erzählte er, er könne die Nummer, die ihm ins Fleisch geritzt und in die Seele gebrannt sei, nicht mehr ansehen. Er wisse sie nicht mehr, und wegen dieser verfluchten Ziffern, die er sein Leben lang am Körper tragen müsse, könne er nicht mit Zahlen umgehen. Selbst bei simplen Rechenaufgaben lasse er sich helfen, weil er sich prompt verrechne. Wegen der Tätowierung trüge er auch bei der größten Hitze keine Kurzarmhemden, und noch nie habe er sich in der Badehose gezeigt. Er meine, aller Blicke fielen immer gleich auf diese bloßstellenden Zahlen an seinem Arm, die jedem sagten, woher er käme und was er dort durchgemacht habe.

Als sie ihn bat, ihr noch mehr vom Lagerleben zu erzählen, erklärte er, auch wenn sie alle Geschichten aus den Mündern der sechs Millionen hören, alle Zeugnisse lesen, sämtliche Lager besichtigen und Tag und Nacht in Jad Vaschem wohnen würde, könnte sie sich das Grauen nicht vorstellen. Und auf ihr Drängen gab er preis, dass er sich wegen der furchtbaren Arbeit, die er hatte tun müssen, nun selbst zuwider sei. »Als wir bei Kriegsende von der russischen Armee befreit wurden und ich in den Spiegel blickte, sah ich einen groben, kranken und abstoßenden Mann vor mir.«

In diesem Moment hatte Rosa das Gefühl, ein breiter Stacheldrahtzaun verliefe zwischen ihnen, er stände auf der einen, sie auf der anderen Seite, und sie streckten die Hände nacheinander aus, ohne zusammenkommen zu können. Dann verscheuchte sie diese Gedanken aus ihrem Kopf und lauschte mit Erregung, Mitleid und Schmerz seinen Geschichten. Und als sich der Kloß in ihrem Hals aufgelöst hatte, reifte in ihrem Herzen der Entschluss, dass sie den armen Schmuel für all das, was er im Leben durchgemacht hatte, entschädigen und ihn zum glücklichsten Menschen der Welt machen müsste. Sie erkundigte sich zögernd nach seinem Familienstand, und als er ihr sagte, er sei kinderlos geschieden, atmete sie erleichtert auf. Neugierig fragte sie ihn, wer seine Frau gewesen sei. Schmuel schloss schmerzlich die Augen und erzählte ihr von einer den Lagern Entronnenen, einer Überlebenden des Höllenwahns, die er auf der Schiffspassage nach Israel kennen gelernt hatte. Da sie das Gefühl hatten, allein auf der Welt zu sein, verliebten sie sich und heirateten noch an Bord, wobei ihnen der Kapitän den Rabbiner ersetzte. Als sie dann, in Israel angekommen, ihr Leben lebten, merkten sie jedoch, dass sie in Todeserinnerungen schwelgten, unfähig aus dem Kreis des Grauens auszubrechen. Deshalb beschlossen sie, sich zu trennen und ihr Glück bei einem Partner zu suchen, der die Gräuel nicht miterlebt hatte. »Sie hat gleich wieder geheiratet und eine Familie gegründet«, erzählte er, »und ich habe dich gemalt und auf den Augenblick gewartet, in dem wir uns begegnen würden.«

Als er sie beim Abschied fragte, ob er eine Ausstellung mit ihren Bildern arrangieren dürfe, konnte sie nicht Nein sagen. Und als sie es abends bei den obligaten sieben Telefongesprächen ihren Kindern erzählte, verschloss sie ihre Ohren vor den Warnungen der Töchter und den lauten Vorhaltungen der Söhne und fand, dass sie mit Schmuel durch dick und dünn gehen müsse.

Die Ausstellung »Rosa« wurde im Künstlerhaus gezeigt und erregte großes Aufsehen in der Stadt. Die festliche Vernissage verlief angespannt wegen der zahlreichen Anrufer, die drohten, man werde die Galerie samt Besuchern in Brand stecken, Säure auf die Leinwände schütten oder die Gräuelbilder mit einem Klappmesser aufschlitzen. Je mehr solche Drohanrufe einliefen, die ausführlich im israelischen Rundfunk, in der Presse und in den Nachrichten des Lokalfernsehsenders zitiert wurden, desto sicherer wusste Schmuel, dass seine jetzige Ausstellung erfolgreicher als alle vorherigen verlaufen würde. Und tatsächlich, seit Eröffnung des Künstlerhauses hatte man nie so viele Besucher gezählt, wie nun Tag für Tag herbeiströmten. Aus allen Landesteilen kamen sie. Schicke junge Leute, nach der neuesten Mode gekleidet, trafen grüppchenweise aus Tel Aviv ein. Leute aus Haifa und aus dem Norden, Bewohner der südlichen Regionen und Landwirte mit schwieligen Händen standen geduldig neben Jerusalemern, die mit randvollen Plastiktaschen geradewegs vom Machane-Jehuda-Markt vorbeigekommen waren, um »unsere Rosa« zu betrachten. Alle standen stundenlang in der glühenden Sonne vor dem Eingang Schlange und erzählten später am Freitagabend über Schüsseln voll Knabberkernen ihren Freunden von den Aktbildern der großen Rosa.

Erstmals in seinem Künstlerleben erhielt Schmuel Evron freundliche Kritiken in der Presse. In einem Riesenartikel mit Bildern unter dem Titel »Mutter Erde« schrieb Debby Jivan im Jerusalemer Lokalblatt:

Schmuel Evrons Ausstellung zeigt eine einzige Gestalt in mehreren Variationen. Eine Frau entblößt sich mehr und mehr. Schichten der Verstellung, des Verbergens werden abgelegt. Rosa unterscheidet sich von anderen Aktmodellen in der ungeschliffenen Art ihrer Nacktheit, fern aller anerkannten Schönheitsideale. Diese Nacktheit findet im letzten, eindringlichsten Bild vollsten Ausdruck. Auf dem Sofa hingestreckt, ist Rosa äußerst detailgetreu in einem naturalistischen Stil dargestellt, der nichts zu kaschieren sucht. Sie zeigt sich, wie sie ist – eine sehr dicke Frau: Der schlaffe Bauch lässt unzählige Speckwellen fließen, zwei schwammige Fetthügel bilden die Brust, die Schenkel haben ihre ursprüngliche Form eingebüßt, und oben prangt ein feines, melancholisches, anrührendes Gesicht. Anders als gewöhnlich, enthält dieses Gesicht keine offenen Augen, die den Betrachter einladend anblicken und ihm das Paradies auf Erden verheißen. Im Gegenteil. Ihre ganze Betrachtung ist nach innen, auf die Erkenntnis des eigenen Körpers, gerichtet. Unter ihren geschlossenen Lidern liegt ein inneres Horchen auf den Körper, auf das Leid, auf die Vergangenheit. Es sind hingebungsvolle Züge, weil sie offenherzig Rosas Leben darlegen. Sie zeigen keinerlei Anstren-

gung, zu gefallen oder zu verführen. Sie verraten Stärke, und das ist es, was Nähe schafft.

Evron vermittelt uns endlich das intime Gefühl der Annäherung. Er berührt das Fleisch dieser Frau, erlaubt uns, unsere Hand in seine zu schieben, und dergestalt berühren auch wir Rosas üppiges Fleisch – wir, Frauen wie Männer, denn ihre Weiblichkeit wirkt Vertrauen erweckend mütterlich. Schließlich ist Rosa ja die ultimative Große Mutter, die eine und einzige.

Man erkennt, dass Evron Rosa begehrt. Die geduldige Zuwendung, die er jedem Quadratzentimeter ihres Fleisches widmet, ist das Bemühen eines Menschen, der die Berührung ihrer Haut genießt und uns gern am Geheimnis seines Genusses teilhaben lässt. Aber er sieht auch, wer sie wirklich ist. Er dringt in ihre Seele ein und akzeptiert sie so, wie sie ist – eine leidgeprüfte, kinderreiche Frau, die die Schwere ihres Körpers wie die Schwere ihres Lebens trägt. Denn wo Akzeptanz ist, dort keimt Liebe.

Trotz der ausdrücklichen Ächtungserklärung ihrer Söhne stahlen sich die Töchter in die Ausstellung. Verlegen betrachteten sie die riesigen Leinwandbahnen, die unter dem Gewicht ihrer Mutter schier zusammenzubrechen schienen. Die abgebildete Rosa blickte ihren Töchtern herausfordernd in die Augen. Von Bild zu Bild verfolgten sie betreten die langsame Entblößung, bis sie ans Ende des Saales gelangten, wo sich viele Menschen um »das Bild« scharten. Die Töchter boxten sich mit spitzen Ellbogen durch, trampelten hasserfüllt auf die Füße der Menschen, die dort standen und der großen Frau in ihrer augenfälligen Blöße huldigten, starrten verblüfft auf die Schar der Männer, die stumm vor der bemalten Leinwand verharrten, wie Gockel die Hälse reckten, ihre Adamsäpfel spielen ließen und die Augen ohne jede Verlegenheit auf die üppigen Intimpartien ihrer liebeserfüllten Mutter richteten.

Mit sorgenvoll gefurchter Stirn schlug Ruthi sich zu Rosa

durch, die in einem eleganten neuen, purpurfarbenen Kleid und mit glänzenden Augen im Eingangsbereich der Ausstellung herumlief. Wütend zischte Ruthi ihr ins Ohr: »Wag bloß nicht, noch mal zu heiraten. Wir haben genug von deinen Dummheiten.«

Rosa schien aus einem süßen Traum aufzuschrecken. Sie blickte ihre älteste Tochter an, die ihr in diesem Moment schmächtig, grau und armselig vorkam und damit eine frappante Ähnlichkeit zu ihrer Großmutter Angela aufwies. »Woher weißt du's?«, fragte sie erstaunt.

»Ich kenne diese Blicke bei dir schon«, antwortete sie. »Du machst die ganze Familie lächerlich, wenn du zum dritten Mal heiratest. Außerdem hast du schon zwei Männer um die Ecke gebracht. Willst du auch das Leben dieses gefährden?«

»Man hat mir gesagt, ich würde viermal heiraten, und bisher hab ich's erst zweimal geschafft«, erwiderte Rosa betont gleichgültig und hielt nach Schmuel Ausschau, der in einem geliehenen Smoking mit schwarzer Samtfliege, die ihn am Hals würgte, zwischen den Besuchern herumlief. Sie nahm Ruthi an die Hand und trat zu ihm.

»Wollt ihr heiraten?«, fragte Ruthi und blickte ungläubig auf die Farbtupfer, die seine Handrücken sprenkelten.

Schmuel errötete. »Ich habe noch nicht darüber nachgedacht, aber wenn du schon fragst...«, sagte er, fiel sogleich auf die Knie, nahm Rosas Hand in seine und fragte vor versammeltem Publikum und vor Ruthis schmelzenden Augen: »Heiratest du mich, Rosa?«

Als Antwort griff Rosa ihm unter die Achselhöhlen, hob ihn zu sich empor, drückte ihm einen Kuss auf, und ihr »Ja« war noch an der nächsten Straßenecke zu vernehmen.

Jene Nacht sprach Rosa lange und ausdauernd mit ihren verstorbenen Ehemännern, erzählte ihnen von ihrer neuen Liebe und begründete ihren erneuten Heiratsbeschluss. Josef, mitnichten bereit, die Sache stillschweigend hinzunehmen, fixierte sie mit seinem härtesten Blick, den er jenen raren Sonderfällen vorbehielt, in denen er mit Rosa absolut geteilter Meinung war. Einstmals hatte dieser gewisse Blick genügt, um sie von ihrem Willen abzubringen. Wohl wissend, dass Josef in der Erde ruhte, ignorierte sie ihn jetzt jedoch und überhörte auch heldenhaft sein unflätiges »Hure«, das er ihr an den Kopf warf. Schraga vernahm die Botschaft mit saurer Miene und schien notgedrungen mit ihr einverstanden zu sein, da er im Gegensatz zu Josef ja nur äußerst kurze Zeit mit ihr zusammen gewesen war, wenn er auch sein Leben lang auf sie gewartet hatte.

Vor dem Schlafengehen warf sie einen letzten Blick auf den dicken Ehering, den Schraga ihr gekauft hatte. Sie drehte den breiten goldenen Gliederring spiralförmig um den Finger und zog ihn dann mit einem Ruck ab, was den Finger nackt und leicht werden ließ. Ohne den Ring noch eines weiteren Blicks zu würdigen, ließ sie ihn in die Nachtschrankschublade rollen, legte die Armbänder und das Kollier dazu, die Schraga ihr zum ersten Hochzeitstag geschenkt hatte, und hörte beim harten Zuschieben die Ringe aneinander schlagen. Rosa versuchte nicht daran zu denken, welcher Ring welchen anderen getroffen haben mochte und was in dieser Ringschublade überhaupt vor sich ging.

In der Nacht vor der Hochzeit kehrten ihre vorigen Ehemänner zurück. Zur Verstärkung hatten sie Angela mitgebracht. Wie Leibwächter bauten die beiden Männer sich links und rechts von ihrer Mutter auf, wechselten belustigte Blicke und kicherten wie zwei Lausbuben, die einen besonders schändlichen Streich planten. Sie trauten sich nicht, Rosa direkt in die Augen zu blicken, und ließen Angela für sie reden. Mit Unheil verkündender Miene, die sie allein den schlimmsten Prophezeiungen vorbehielt, starrte sie ihre Tochter an und ließ theatralisch ihr löchriges schwarzes Seidenkleid rascheln, das mit Staub und Spinnweben übersät war.

»Sag mal, bist du verrückt geworden?«, fauchte sie mit zahnlosem Mund. »Haben dir zwei Ehemänner nicht genügt?

Willst du noch einen dritten? Woher willst du die Kraft nehmen, noch einen zu begraben? Möchtest du eine fatale Frau werden? Was wird mit Maleach? Ich sehe, dass er das Mädchen nicht leiden kann. Willst du noch ein Unglück? Hast du noch nicht genug davon? Was wird man im Viertel von dir sagen?«

Rosa hielt sich die Ohren zu und redete sich ein, einen besonders schlechten Traum zu träumen.

Angela ließ nicht locker. »Komm mir hinterher nicht heulend an und sag, du hättest es nicht gewusst«, warnte sie. »Ich sehe ein Unglück voraus. Nimm dich in Acht. Sag alles ab.« Und als sie begriff, dass ihre Worte auf taube Ohren stießen, bat sie die beiden Männer neben sich, ihr bei der Überzeugungsarbeit zu helfen. Josef und Schraga zogen hilflos die Schultern hoch, blickten einander an und kicherten wieder wie zwei junge Kerle, die sich besonders schlüpfrige Geheimnisse erzählen.

»Genug damit, stört wenigstens nicht«, herrschte Angela die beiden an, fuchtelte mit ihrem krummen Finger vor Rosas Gesicht herum und wiederholte ihre Warnung ein paar Mal, bis ihre Worte wie ein fernes Echo aus der Erde klangen. »Du kannst es dir anders überlegen, bevor ein Unglück geschieht.«

Rosa wachte erschrocken auf, sah vor ihren Augen einen gleißenden orangefarbenen Lichtball langsam verblassen und roch den bittersüßen Duft der Unheilsblüten ihrer Mutter.

Mit schlotternden Knien ging sie ins Badezimmer und musterte das Glas mit dem Gebiss darin. Die Zähne waren dort, trocken und verstaubt, doch anders als sonst öffneten sich die Kiefer bei ihrem Anblick nicht zu einem heiteren Morgenlächeln.

Diesmal hatte Rosa sich für eine bescheidene Hochzeit auf dem Rabbinat entschieden. In einem schlichten Kleid, umgeben von ihren Töchtern, Enkeln und den Freundinnen Rachel und Ruchama, blickte sie liebevoll auf Schmuel, der mit einem greisen Verwandten, der einen verschossenen Anzug trug, neben ihr stand. In diesem Moment war sie zufrieden mit ihrer Entscheidung und wusste, dass sie richtig gehandelt hatte: Auch wenn ihre Söhne sie und ihren neuen Mann boykottierten – ihr eigenes Glück ging vor.

Als Schmuel ihr den Ehering ansteckte, gelobte sie sich, ihn für die Schreckensjahre im Lager zu entschädigen, ihn bis zu seinem letzten Atemzug zu lieben und trotz Ruchamas Schmetterlingsprophetie ihr Leben mit ihm zu beschließen.

17

Engel an der Decke

Nach der Hochzeit logierte das neu vermählte Paar im King-David-Hotel, das dem berühmten Maler und seinem Modell als Hochzeitspräsent die Königssuite für eine Nacht und einen Tag zur Verfügung gestellt hatte. Dort, in dem weichen Bett, in dem sich gemeinhin Präsidenten und Staatschefs, Könige und Fürsten, Filmstars und Milliardäre rekelten, sank Rosa auf die breite Matratze und drückte die Sprungfedern platt. Mit großer Mühe hielten die Stahlfedern ihr stand, verteilten ächzend, aber wacker das Gewicht möglichst gerecht und gerieten in Schwingung, als sie stöhnend und mit Tränen der Dankbarkeit ihren neuen Ehemann empfing.

»Hättest du geglaubt, dass wir uns auf einem Bett lieben würden, das Prinzen und Prinzessinnen, Könige und Königinnen angewärmt haben?«, fragte sie ihren Schmuel, während sie mit gespreizten Fingern das Laken streichelte und mit den Fingerkuppen die Abdrücke der Majestäten auf der Matratze zu ertasten suchte. Dann steckte sie die Nase tief in das pralle Kissen und beschnupperte es in dem Bemühen, die Schweiß-, Toilettenseife- oder Rasierwassergerüche zu wittern, die die gekrönten Häupter dort eigens für sie zurückgelassen hatten.

»Du bist meine Königin«, murmelte Schmuel und küsste sie auf den Mund. Als sie die Lippen schürzte, um seine Lippen zu fassen, ließ er ab und kroch mit der Zunge zu ihrem Hals. Und als sie genüsslich den Hals bog, rutschte er auf ihre Brüste weiter, glitt darüber hinweg, setzte seinen Weg zum Bauch fort, schnüffelte mit der Nase an ihrem Unterleib herum und beteiligte alsbald auch Lippen und Zunge an der Detektivarbeit in ihren Tiefen. Rosa kicherte schüchtern und stöhnte dann mit tiefen, kehligen Lauten, deren Vehemenz ihn überraschte. Durch die warme Aufnahme ermuntert, machte er weiter, bis eine starke Erschütterung über ihren Körper lief und ihre Glieder nacheinander in unwillkürliches Beben und Zucken versetzte. Als die Welle abgeebbt war, lag sie erschöpft auf dem Rücken, alle viere von sich gestreckt, und flüsterte schwach: »Noch.«

In diesem Moment war Schmuel unfähig, ihrem Wunsch zu entsprechen. Nach Luft ringend, hob er sein feuchtes Gesicht aus ihrem Fleisch, räusperte sich halb erstickt, machte Kau- und Schluckgeräusche und versuchte seine Kehle von ein paar dreisten Härchen zu befreien, die ihm durch den Mund direkt in den Hals gerutscht waren und ihn dort nun erbarmungslos kitzelten. Da er sie nicht herausbekam, schmatzte er mit den Lippen und gab merkwürdige Töne von sich, die Rosa trotz ihrer Mattigkeit verblüfft den Kopf vom Kissen heben ließen. Ungeachtet seiner frisch gebackenen Braut bohrte er sich zwei Finger in den Mund, um ein besonders störendes Haar aus dem Rachen zu entfernen, zog es dann auch mit einem Triumphschrei heraus und wandte sich auf der Stelle dem nächsten zu, einem krausen Härchen, das sich listig in den Spalt zwischen seinen Schneidezähnen gezwängt hatte und dort partout nicht wieder herauskommen wollte.

»Du bist meine Königin«, fuhr Schmuel an dem Punkt fort, an dem er aufgehört hatte, und flüsterte ihr nun eine Reihe fürstlicher Koseworte zu, die er für sie zusammengestellt hatte. »Meine Zarin, meine Herzogin, meine Kaiserin, meine Gräfin, meine Prinzessin.« Aber Rosa hörte nicht hin. Sein Kampf mit den in den Hals geratenen Haaren, das Räuspern und Hüsteln dabei und sein Erbleichen, als er nach Atem rang, beunruhigten sie und riefen bei ihr altbekannte, unbequeme Empfindungen wach, die nichts Gutes verhießen.

Und so, ihren Ehemann in den Armen, die Hände, an denen die funkelnagelneuen Eheringe schimmerten, ineinander verschlungen, sank sie in Schlaf. Am Morgen erwachte sie früher als sonst, im Vorgefühl nahenden Unheils. Dieses Gefühl war derart konkret, drohend und unheimlich, dass Rosa es mit Händen greifen, derben Schritts durchs Zimmer tappen hören, seinen faulen Atemhauch riechen und seinem höhnischen Kichern lauschen konnte. Sie versuchte entsetzt ihre Gedanken auf die amüsante Hochzeitsnacht zu lenken, die sie gerade verbracht hatte, und blickte liebevoll auf die Züge ihres neuen Ehemanns, der neben ihr lag, die Arme unter dem Nacken verschränkt, die Gesichtshaut rosig und gesund und die Atemzüge ruhig und regelmäßig.

Plötzlich sah sie an Stelle seines Gesichts Josefs und Schragas Züge, erinnerte sich schreckerstarrt an die Prophetie ihrer Mutter und an den vierten Schmetterling und wusste, dass Schmuel nicht der Letzte sein würde. Als wollte sie ein schmollendes Baby trösten, streichelte sie ihm zärtlich das Gesicht, küsste seine Lippen und strich ihm übers Haar. Schmuel drehte sich ihr im Schlaf zu, schlang die Arme um sie und drückte sie an die Brust, als wäre sie drauf und dran, ihm zu entschlüpfen.

Die eintätowierten Ziffern stachen schmählich hervor und tanzten ihr vor den Augen. Sie las sie von links nach rechts und von rechts nach links, versuchte sie zu addieren und zu subtrahieren, zu multiplizieren und zu dividieren, auf der Suche nach der neuen bedeutsamen Geheimzahl ihres Lebens. Unwillkürlich verglich sie Schmuels Ziffern mit Mischas, bemüht, den ins lebendige Fleisch eingeritzten Kode zu entschlüsseln. Da sie den Geheimcode nicht zu knacken vermochte, fuhr sie mit der Fingerspitze behutsam über die blauen Ziffern, als versuche sie allen Schmerz, den er im Leben erlitten hatte und noch erleiden würde, zu sühnen. Und als er ihr seine Liebesworte direkt in den Mund wisperte, spürte sie drückende Schwermut ihren Körper erfassen und das Lustgefühl verdrängen, das sie in der vergangenen Nacht empfunden hatte.

Mit erschreckender Nüchternheit erkannte sie die schleichende Zerstörung der starken Liebe, die sie für ihren neuen Ehemann empfand. Gerade in dieser Glücksstunde, als ihr Mann sich warm in ihren Armen wiegte, konnte sie den schmerzlichen Erinnerungen an die Vergangenheit nicht entfliehen, die ihr Schlimmes voraussagten. Wehmütig dachte sie an Rina und an Mischa, an die nie gehabte Kindheit und an die Geburt der geschädigten Maleach, an Josefs Verfall und an Schragas kalten Leichnam unter ihrem Leib. Als ihr dann noch ihre Freundin Ruthi, die so jung gestorben war, einfiel, brachen die Tränenschleusen. Sie weinte haltlos und weckte Schmuel mit ihrem Schluchzen auf. Blind für das, was sich vor seinen Augen abspielte, schaukelte er sie zärtlich in den Armen, murmelte ihr beruhigende und beschwichtigende Worte zu, und das Herz floss ihm über vor Liebe zu seiner frisch gebackenen Ehefrau, die vor lauter Glück weinte.

»Ich liebe dich«, brummelte er ihr in die Ohren, in deren Muscheln sich ihre Tränen zu salzigen Zwergseen sammelten. »Ich liebe dich«, wiederholte er, als übe er den Satz. »Für mich bist du alle Frauen der Welt, ein ganzer Harem in einer Frau konzentriert, meine Königin«, wisperte er und leckte die Tränenpfützchen aus ihren Ohren begierig auf, als koste er einen raren Tropfen.

Als sie später einmal Rachel von dem Horror erzählte, den sie ausgerechnet in den größten Glücksmomenten durchlebt hatte, meinte Rachel, neben jeder Liebe niste die Zerstörung, denn nichts bleibe ja so, wie es sei. Alles im Leben gehe vorüber, und auch die größte Liebe verschwinde und mache einer anderen Platz. Es wundere sie auch keineswegs, dass Rosa dies gerade in der Hochzeitsnacht gespürt habe, denn mit dem größten Glück komme auch die Angst, dass es einem genommen würde. Außerdem erklärte sie ihr, dass Liebe und Weh siamesische Zwillinge des Schicksals seien. Sie träten immer als unzertrennliches Paar auf, eine Erinnerung an das frühkindliche Gefühl des Verlassenseins.

Nach dem großen Tränenausbruch am Morgen brachte Rosa ihre verquollenen Augen mit Eiswürfeln zum Abschwellen, und dank der Sonnenstrahlen, die durch die Jalousien zu sickern begannen, gelang es ihr, die düsteren Gedanken zu vertreiben und sich eine rosige Zukunft voller Glück, Blumen und Vogelzwitschern auszumalen. Nach dem Frühstück, das ihnen auf einem Teewagen ins Zimmer gerollt wurde, gingen sie wieder ins Bett, kuschelten bis in die Mittagsstunden und flüsterten einander Liebesworte ins Ohr. Am frühen Nachmittag ließen sie warmes Wasser in die riesige Badewanne laufen und gossen den Inhalt aller vorhandenen Badeschaumfläschchen dazu. Dann setzten sie sich hinein, sodass nur ihre Oberkörper aus dem luftigen Schaum ragten, der fröhlich über den Wannenrand schwappte, plätscherten im Wasser, bewarfen sich mit Schaumfetzen und seiften einander ein, bis ihnen die Finger schrumpelig wurden. Dem Bad entstiegen, futterten sie ausgehungert die Obstschale mit exotischen Früchten leer, wickelten die Bademäntel, die sie bekommen hatten, um die Sektflasche, stopften sie nebst der Schokolade, den Shampoofläschchen, der Bodylotion, den Duschkappen und dem unbenutzt gebliebenen Nähzeug in die Reisetasche und kehrten glückstaumelnd heim.

Ruthi, Dror und Maleach erwarteten sie in einem Haus voller Blumen. Und als Maleach in ihrem reich verzierten Festkleidchen, das sie bisher nur einmal, auf Rosas Hochzeit mit Schraga getragen hatte, ihnen entgegensprang, wollte Rosa sie vor Sehnsucht schier erdrücken und bat sie dann, auch Schmuel zu begrüßen. Gehorsam löste Maleach sich aus ihrer Umarmung, stellte sich schüchtern vor ihn hin und hob schweigend die Arme in die Luft, in der stummen Bitte, sie hochzunehmen. Errötend und verlegen wandte Schmuel das

Gesicht von dem kleinen, buckligen Mädchen, das ihm ergeben die Arme entgegenreckte, sodass die Ränder des neuen Spitzenunterhöschens, das man ihr angezogen hatte, unter dem Rocksaum hervorblitzten. Rosa verfolgte seinen ausweichenden Blick, und eine nagende, Unheil verkündende Sorge riss ein Stück von dem Glück ab, das er ihr schenkte. Stille, schwere, klebrige Spannung legte sich wie eine beklemmende graue Schicht über das Zimmer. Unausgesprochene Worte hingen in der Luft, drohten herabzufallen und Köpfe einzuschlagen. Rosa eilte zu Maleach, ergriff ihre noch erhobenen Ärmchen, zog sie zu sich empor und küsste sie aufs Haar.

»Maleach ist doch das hübscheste Mädchen der Welt, nicht wahr?«, wandte sie sich an Schmuel, eine Spur Unsicherheit in der Stimme.

»Ja, gewiss«, antwortete er unwillig, ohne das Kind anzusehen, und ein weiteres Stückchen Glück sank still zu Boden und zerrann dort wie eingeschmolzen, unter Hinterlassung einer trüben Lache von Enttäuschungen.

Am nächsten Morgen trafen Schmuels Pappkartons ein, viele Kartons, seine ganze irdische Habe, die er in seiner lecken Atelierwohnung in Nachlat Schiva angesammelt hatte. Rosa war nur ein einziges Mal in dieser Behausung gewesen und hatte dann geschworen, nie wieder einen Fuß dort hineinzusetzen. Damals hatte sie verblüfft das eine Zimmer betrachtet, das neben zahllosen Kartons und einer nackten Matratze auf dem Fußboden vor allem Kübel voll mit Pinseln, ausgequetschten Tuben und farbverkrusteten Lumpen enthielt – ein buntes Sammelsurium, das den Ort ein ganz klein wenig nach Hölle aussehen ließ.

»Muffig, stinkig, dunkel, unheimlich und voller Spinnweben«, hatte sie gesagt, als Ruchama und Rachel Schmuels Wohnung beschrieben haben wollten. Und als sie dann weg war, hatten die beiden bei weiterer Erörterung des Themas gemeint, es könne nicht angehen, dass ein berühmter Maler unter solchen Bedingungen hause. Gewiss verdiene er gut, gebe aber ungern Geld aus. Sie überlegten, ob sie Rosa vor seiner Knauserigkeit warnen sollten, entschieden aber einstimmig dagegen.

Jetzt standen all diese Kartons bei ihr in der Wohnung. Der erste Karton, den sie gemeinsam mit Schmuel öffnete, enthielt seine Kleidung – einige vergraute Langarmhemden, an Kragen und Manschetten abgestoßen, ein Paar Schuhe, deren dicke Sohlen geflickt waren, und zwei blank gescheuerte Hosen mit ausgefransten Säumen. »Nicht mal einem Bettler an der Tür hätte ich das Zeug gegeben, aus Angst ihn zu beleidigen«, sagte sie später zu Rachel. Schmuel hängte die Sachen in Rosas Schrank und ging mit Freuden daran, den Rest auszupacken.

Dutzende steif getrockneter Pinsel und Bürsten purzelten aus dem nächsten Karton, den er öffnete. Einige feine Pinsel hatten nur noch wenige Haare, andere waren gänzlich kahl, nur ein farbverkleckster Holzstumpf zeugte noch von ihrer schöpferischen Vergangenheit. Es gab auch mittelgroße flache Pinsel und andere so dick wie der borstige Schwanz eines alten Gauls. Der nächste Karton war ähnlichen Inhalts und so auch die übrigen. Bald füllte sich die Wohnung mit seltsamen Behältnissen aller Art – Schraubgläsern, Henkelbechern, abgeschnittenen Plastikflaschen, Scheuereimern, Vasen, Wäschekörben und leeren Konservendosen. In allen waren Pinsel und Bürsten wie zu einem ungewöhnlichen Blumengesteck angeordnet – die Holzstiele ins Gefäß gepflanzt und die haarigen Köpfe emporgereckt.

»Wozu so viele Pinsel?«, fragte Rosa niedergeschlagen, als sich ihre Wohnung zusehends mit trockenen Pinselgestecken füllte.

»Ich hebe alle Pinsel auf, die ich je benutzt habe«, antwortete Schmuel, der – einen Eimer voll Pinselstielen in den Armen – nach einem passenden Platz dafür Ausschau hielt.

»Aber warum hast du denn die steifen und kahlen nicht

weggeworfen? Die benutzt du doch ohnehin nicht mehr«, fragte sie, plötzlich tränenlos weinend. Noch ein winziges Stückchen Glück fiel von ihr ab.

»Wie kann man Pinsel wegwerfen, die mir so viele Jahre gute Dienste geleistet und sogar noch ein Einkommen gebracht haben?«, fragte er zurück. »Wir schicken ja auch keine alten Familienangehörigen zum Teufel, die keinen Nutzen mehr bringen. So empfinde ich ihnen gegenüber. Ich kenne sie alle, weiß noch, wann ich was mit ihnen gemalt habe, und wenn ein einziger Pinsel wegkäme, würde ich es sofort merken«, sagte er mit warnendem Unterton.

Doch das Schlimmste für Rosa kam erst noch, als seine Pinsel ihre Pflanzen schädigten. An besonders produktiven Tagen schwenkte Schmuel seine Pinsel in Wasserbehältern, bis alle Farbe ausgespült war. Diese trübe Brühe in Krügen und Gläsern schüttete er geradewegs in ihre duftenden Kräutertöpfe. Das Ergebnis ließ nicht lange auf sich warten. Merkwürdige Krankheiten befielen ihre kostbaren Pfleglinge. Zuerst bekamen die zarten Blätter welke, verätzte Ränder. War ihre Farbe ganz versengt, fielen sie mit einem Mal vom Stängel und sprenkelten den Loggiaboden mit vorzeitig abgestorbenem, dürrem Laub. Vertrocknete der Stängel dann ebenfalls, saß die Wurzel nur noch locker im Boden, sodass Schmuel sie leicht herausreißen konnte. Danach kippte er den Topfinhalt mit heftigem Schütteln auf die Straße hinunter, ließ einen Schauer bunter, mit Öl-, Wasser- und Goaschfarben angereicherter Erde über die Passanten unten niedergehen. Den nunmehr erbeuteten Behälter spülte er gründlich aus, bestückte ihn mit einem neuen Haufen Pinsel und hütete ihn mit Argusaugen. Die blühenden Lavendelsträucher schwanden dahin, die Minze verwelkte, die Melisse wurde ausgerissen und der syrische Majoran in der Heringstonne machte Riesenbürsten Platz, deren Köpfe bunten Besen glichen. Wurde Rosa dann puterrot im Gesicht, ohne ihn jedoch vor Maleach zusammenzustauchen, erklärte er ihr erneut die Bedeutung der Pinsel in seinem Leben.

Als auch die letzte Topfpflanze vertrocknet war, versprach er Rosa, sie dafür zu entschädigen. Er erklärte, mit manchen Pinseln könne er auf allen möglichen Untergründen, nicht nur auf Leinwand malen und fragte mit angehaltenem Atem, als fürchte er ihre Ablehnung, ob er die Wände bemalen dürfe.

»Bisher habe ich in Mietwohnungen gelebt, in denen ich nicht an die Wände malen durfte. Gib mir die Chance«, bat er. Rosa, deren Glück durch sein kühles Verhalten zu Maleach getrübt war, stimmte unter der Bedingung zu, dass er in Maleachs Zimmer anfinge. Vielleicht würde er dadurch ihrem Kind näher kommen, dachte sie. Auf Grund des Ergebnisses würde sie bezüglich der übrigen Zimmer entscheiden, versprach sie ihm.

Schmuel bat sie, ihn dort im Zimmer allein zu lassen, ihm sein Essen auf einem Tablett vor die Tür zu stellen und ihn nicht bei der Arbeit zu stören. Drei Tage und drei Nächte war er mit Malen beschäftigt. Maleach schlief glücklich im großen Bett ein, während Rosa wach neben ihr lag und ihre Atemzüge zählte. Danach nahm sie sie hoch und trug sie in eins der Betten im Jungenzimmer. Nun erst legte sie sich selbst hin, und vor dem Einschlafen überlegte sie, was Schmuel wohl in Maleachs Zimmer machte.

Am vierten Tag kam er bleichgesichtig heraus, seine farbverfleckte Kleidung schlotterte ihm am Leib, als hätte er mehrere Kilo abgenommen. Mit breitem, glücklichem Lächeln bat er die beiden, einzutreten und sich das Ergebnis anzusehen.

»Vögel, Krähen«, kreischte Maleach selig, als sie ihr renoviertes Zimmer sah.

»Engel«, schnaufte Rosa verblüfft, als sie mit aufgerissenen Augen die ganze Schönheit aufnahm. An der Decke des kleinen, sonst gänzlich rosa gestrichenen Zimmers schimmerte ein blauer Himmel mit weichen Schäfchenwolken, so täuschend echt, dass Rosa im ersten Moment fürchtete, Schmuel hätte die Zimmerdecke herausgerissen, um die Wolken in ihr Leben einzulassen. An dem blauen Himmel zwischen den

Wolken schwebten freundlich aussehende graue Krähen, bei denen Rosa das Gefühl hatte, ihre scharfen Augen folgten ihr überallhin, um sie unter genauso enger Bewachung zu halten, wie ihre wirklichen Schwestern es taten, wenn sie mit Maleach draußen spazieren ging.

Hoch am Himmel, knapp unterhalb der Decke, hatte Schmuel eine Schar pausbäckiger Engel gemalt. Sie trugen weiße Gewänder, ihr glänzendes Goldhaar war sauber gekämmt, ihre Gesichter lächelten und in den drallen Händen hielten sie Musikinstrumente. Rosa hätte schwören können, dass sie ihr Spiel hörte. Aufgeregt wandte sie sich Schmuel zu, blickte ihn an, als sähe sie ihn zum ersten Mal im Leben, unfähig, einen Ton zu sagen.

»Schön?«, fragte er sie mit nagendem Zweifel im Herzen.

Rosa brachte keine Antwort heraus.

»Gefällt dir, was ich gemalt habe?«, fragte er, nun schon der Verzweiflung nahe.

Rosa, der die Worte im Hals stecken blieben, umarmte ihn fest.

In diesem Moment fiel ihr seine Geschichte aus dem Lager ein – dass man ihn gezwungen hatte, Lampenschirme aus Menschenhaut mit Engeln zu bemalen –, und ihre Freude trübte sich bei der Vorstellung, dass genau die gleichen Bilder jetzt im Zimmer ihrer Tochter an der Decke prangten. Erschrocken verscheuchte sie die störenden Gedanken. Und als sie abends endlich die gesuchten Wort fand, wiederholte sie immer wieder wie ein Automat: »Das ist dein schönstes Bild.«

»Soll ich weitere Wände bemalen?«, fragte er, wieder selbstsicher geworden.

Rosa erwog ernsthaft sein Angebot und bat ihn dann, die mit weißem Resopal beschichteten Küchenschränke zu bemalen. »Den ganzen Tag verbringe ich dort, da möchte ich wenigstens mal was Fröhliches vor Augen haben«, begründete sie ihren Wunsch.

Schmuel ließ sich das nicht zweimal sagen. Eine geschlagene Woche blieb die Küche zu, und Rosa ging mit Maleach bei Rachel essen, bis er ihr mitteilte, die Schränke seien trocken, sie dürfe die Bilder sehen.

Schmuel hatte die Küchenschränke im strahlenden Rot der untergehenden Sonne angemalt und darauf ein ganzes Feld voll Blumen, Kräutern und Duftpflanzen wachsen lassen. Das Feld erstreckte sich über alle Schränke, einschließlich Kühlschrank, und sparte auch Herd, Tür, die weißen Kacheln und die Spüle nicht aus. Rosa blähte die Nasenflügel und hätte in diesem Moment schwören mögen, dass die aufgemalten Kräuter und Blumen ringsum sie mit einem starken, nie gekannten abendlichen Duftgemisch überfluteten. Nun wusste sie, dass ihr privater Kräutergarten nicht umsonst zerstört worden war: Ihr Mann hatte ihr die Entschädigung in ihre eigene Küche gemalt.

So schön und echt sahen die Blumen aus, dass im Viertel das Gerücht kursierte, Rosas Küche schwirre vor Bienen, Schmetterlingen und Nektar saugenden Insekten aller Art, die die Blumenwiese entdeckt hätten und sie anflögen, um das süße Nass dort zu saugen. Mit leerem Magen und schwindligem Kopf zogen die Insekten tatsächlich ihre taumelnden Kreise durch die Küche, versuchten mit Gewalt in das Feld vor sich einzudringen und knallten dabei gegen Glasscheiben, Schränke und Kacheln, bis Rosa sich ihrer erbarmte und ihnen Tellerchen mit Zuckerwasser aufs Fensterbrett stellte, auf dem Schmuel ein Veilchenfeld hatte sprießen lassen.

»Wenn sie schon so einen langen Weg bis in meine Küche zurückgelegt haben, sollen sie wenigstens nicht ganz leer ausgehen«, erklärte sie den überraschten Nachbarn.

Fortan vergnügte sich Rosa am liebsten in der Küche und tischte Speisen auf, die man vorher nie bei ihr gesehen hatte. Die Augen auf das Blumenfeld gerichtet, kochte sie bereitwilliger und lustvoller denn je. Und die vielen Gäste, die herbeiströmten, um ihre blühende Küche zu bestaunen, schworen Stein und Bein, dass alle Speisen, die sie ihnen vorsetzte, stark nach Blumen dufteten – in einer völlig neuen Duftkomposition von seltener Qualität.

Rosa sprach viel über ihre Küche und erlaubte einem Fotografenteam der Zeitschrift *Bauen und Wohnen* sogar, sie für das Heft zum Thema »Küchen« aufzunehmen. Auch lud sie gern jeden ein, der sich die Küche von nahem anschauen wollte, und ließ ihn an der Schönheit des Werkes Anteil nehmen. Aber nur Rachel und Ruchama verriet sie, was sie beim Geschirrspülen erlebte. Unter dem Deckmantel der Verschwiegenheit erfuhren sie, dass Rosa beim Spülen nur den Blick in das Spülbecken zu senken brauchte, um am Abflussrand vier bunte Schmetterlinge um eine besonders schöne Blume fliegen zu sehen, deren Blütenkopf genau im Abfluss steckte.

»Wie konnte er das bloß wissen?«, schloss sie dann mit einer Frage, auf die sich keine Antwort fand.

18

Lust auf Knoblauch

Als er mit den Wandbildern fertig war, Rosas Bewunderung erregt hatte und sich ihrer Liebe sicher fühlte, wagte Schmuel, ihr seine andere Liebe einzugestehen. Rosa war völlig überrumpelt von dieser Konkurrenz und zweifelte, ob sie ihn in deren Kenntnis überhaupt geheiratet hätte. Zumindest hätte sie ihm dann vor der Trauung sicher einige Bedingungen gestellt. Seine andere Liebe, die wohl eher den Namen Lust oder Begierde verdiente, offenbarte sich ihr eines Abends aus heiterem Himmel, als er in der bebilderten Küche saß und ihr Hinterteil bewunderte, das vor ihm nur so hüpfte und tanzte, während sie noch am Herd hantierte. Geistesabwesend pflückte Schmuel eine große, saubere Knoblauchknolle aus dem Zopf, den Rosa immer am Rahmen der Küchentür hängen hatte. Dieser Zopf besaß für sie vielerlei Vorzüge. Er hing dort ein bisschen als Schmuck, ein bisschen wegen des Geruchs, ein bisschen zum Kochen, und vor allem glaubte Rosa an seine Macht, den bösen Blick, Geister und Krankheit von ihrer Küche fern zu halten.

Mit zarten, präzisen Gesten vergnügte Schmuel sich mit der abgepflückten Knoblauchknolle, spielte das Vorspiel, das Rosa später einmal derart ärgern und ermüden sollte, dass sie schier ihres Lebens überdrüssig wurde. Er legte die weiße Knolle auf seine Handfläche, rollte sie hin und her, wie eine Katze, die mit ihrer Beute spielt, warf sie in die Luft und fing sie flink wieder auf, schloss die Faust um sie und kugelte sie auf der Hand, als wolle er ihr Gewicht schätzen. Nachdem er dieses Spiel leid wurde, drehte er die weiße Knolle langsam auf der Handfläche und betrachtete ihre Struktur von allen Seiten, als habe er vor, sie genauestens zu porträtieren. Dann fuhr er mit den Fingerspitzen über das äußere Gewand des Knoblauchs und bestaunte dieses Wunderwerk der Natur. Die Finger nunmehr um die Knolle gelegt, fragte er Rosa unvermittelt, ob er ihr ein paar Zehen schälen solle.

»Im Moment brauche ich keine, danke«, lautete die Antwort, doch seine Hände schälten bereits eine besonders fleischige, gewölbte Zehe, die sorgfältig ausgewählt worden war. Seine flinken Fingerspitzen zogen von allein das durchscheinende, mürbe Gewand ab, das die Zehe schützte. Langsam und vorsichtig, als führe er eine komplizierte Operation durch und wolle den Augenblick voll auskosten, wurde die einzelne Zehe ihrer trockenen Hülle entkleidet. Winzige halbmondförmige Hautstückchen landeten achtlos durcheinander auf der bemalten Tischplatte. Nackt und bloß ruhte die glänzend weiße Zehe schließlich auf seiner bunt gesprenkelten Hand.

Er musterte sie höchst aufmerksam von allen Seiten, ehe sie zu Rosas Verblüffung in seiner Mundhöhle verschwand, unmerklich hineinkatapultiert durch einen flinken Taschenspielertrick. Vor Rosas erschrocken aufgerissenen Augen wurde die Zehe von seinen starken Zähnen zermalmt, dann in den Rachen hinuntergeschlungen. Rosa blickte ihrem Mann entsetzt in die Augen und entdeckte den glasigen Ausdruck, den sie von ihren vielen Liebesakten her kannte. Gekränkt und beleidigt zermarterte sie sich den Kopf, ohne zu begreifen, wie er Liebe und Knoblauch völlig gleichermaßen genießen konnte. Noch ein Partikelchen Glück fiel von ihr ab und zerrann am Boden.

Als nichts mehr von der Zehe übrig war, rülpste er leise, stieß einen Schwall verräterischen Mundhauchs aus und trank ein Glas Wasser auf seine Untat. Gleich danach, als könne er der Versuchung nicht widerstehen, kam die nächste Zehe an die Reihe. Und als Rosa alles für den Schabbat vorgekocht hatte, war die ganze Knoblauchknolle in Schmuels Bauch verschwunden. Zurück blieb als belastendes Indiz der penetrante Geruch, der ihm aus allen Poren drang.

»Liebst du Knoblauch?«, fragte Rosa überflüssigerweise, nachdem sie wieder Luft schnappen konnte. Wie auf frischer Tat ertappt, wurde Schmuel rot und nickte, als seien ihm alle Worte verglüht.

Spätabends, vor dem Schlafengehen, bat sie ihn höflich, sich gründlich die Zähne zu putzen. Er küsste sie entschuldigend auf die Wange, vermied jeden Mundkontakt und erläuterte ihr seine alte Liebe, die er bisher habe verbergen müssen, wie man eine Geliebte verheimliche, mit der man sich nicht unter Menschen wage. Mit seinem widerlichen Mundgeruch wisperte er in die Luft, die wie eine Mauer zwischen ihnen stand, er könne seinem Trieb nicht abhelfen, denn der Geschmack des Knoblauchs sei stark und wild, glühend und stechend, rabiat und brennend. Besonders liebe er das Gefühl nach dem Verzehr, fuhr er fort, den Schweiß, der ihm aus allen Poren breche, die Tränen, die von alleine flössen, den Drang, noch eine Zehe zwischen den Zähnen zu zermahlen, ja dieses unüberwindbare Verlangen, das einem durch die Knochen riesele und den ganzen Körper schmerzen ließe, bis man es befriedige.

Seit dem Tag, an dem sich seine Schande offenbart hatte, wurde Rosa notgedrungen zur Beteiligten seiner Untaten, die er am Knoblauch beging. Abend für Abend musste sie mit angewidertem Blick das Ritual des Schälens und Verschlingens der Zehen mit ansehen. Und nachts bekam sie natürlich ihren Teil an dem Geruch ab, der ihm aus dem Mund und allen Poren drang.

Als sie es wagte, Rachel ihr Leid darüber zu klagen, sagte die Freundin unter schadenfrohem Lachen: »Du musst doch wissen, dass Knoblauch Liebe reinbringt und Lust rausholt.« Und entgegen ihrer sonstigen Gewohnheit war sie nicht zu weiteren Erläuterungen bereit. Als Rosa schon beinah ihres Lebens überdrüssig wurde, zog sie Herrn Abadi, den Apotheker des Viertels, zu Rate, der Knoblauch als sehr gesund bezeichnete, sie jedoch mit einem hoch wirksamen Mundwasser ausstattete und ihr erklärte, wie Schmuel allabendlich damit gurgeln solle, bevor er das gemeinsame Schlafzimmer aufsuche. Außerdem sagte er ihr, Petersilie mildere Knoblauchdüfte, und drückte ihr ein paar durchsichtige gelbe Petersilienölpillen in die Hand, die gleich nach dem Verzehr eingenommen werden müssten. Und damit ihr Mann mit seinem Geruch nicht allein sei, empfahl er ihr, vor dem Schlafengehen ebenfalls ein paar Knoblauchzehen zu kauen, dann würde sie sich an der Ausdünstung ihres Gemahls nicht mehr stören. Weiter meinte Herr Abadi, wenn sie rohen Knoblauch koste, würde sie merken, dass man seinen Geschmack nicht wahrnehmen könne. Die Zunge habe keine Geschmacksknospen für sein scharfes Aroma erklärte er. Sie könne süß, sauer, bitter und salzig unterscheiden. Scharf sei jedoch keine Geschmacksnote, sondern ein Schmerz, der im Gehirn als Geschmack interpretiert würde. Und es gäbe nun mal Menschen, die Schmerz empfinden müssten, sich aber vormachten, es sei ein Geschmack. Bevor sie sich verabschiedete, fügte er geheimnisvoll hinzu, wissenschaftliche Untersuchungen am Weizmann-Institut hätten ergeben, dass Knoblauch ein höchst wirksames Vorbeugungsmittel gegen Entzündungen, Herzerkrankungen und Arterienverkalkung sei. Rosa wollte jedoch nichts von Forschungsergebnissen hören. Sie schnitt ihm das Wort ab, dankte höflich und ging mit den Geruchsvertilgern nach Hause, in der Hoffnung, Schmuel werde sich kooperativ verhalten.

Gleich in den ersten Tagen ihrer Ehe hatte Rosa gemerkt, dass ihre Kinder sich vor dem traditionellen Familienmahl am Freitagabend zu drücken begannen. Bestürmte sie die Säumigen, doch zu kommen und etwas Neues zu probieren, erschienen sie zwar wunschgemäß, saßen aber eher widerwillig am Tisch, aßen stumm und entschuldigten sich gleich nach der Mahlzeit. Ein paar Wochen später erzählten sie ihr, sie hätten viel um die Ohren und wüssten nicht, ob sie es einrichten könnten. Und wenn sie dann weggeblieben waren, rechtfertigten sie es mit immer neuen Ausreden, bis Rosa beschloss, sie in Ruhe zu lassen.

Nur Ruthi hielt ihr die Treue. Sie kam von Zeit zu Zeit auf Besuch, beobachtete aufmerksam Schmuels Tun und Lassen, warf einen Blick auf seine Bilder, befühlte die Pinsel in den Behältern, musterte die welkenden Topfpflanzen und sah ihre Mutter besorgt an. In diesen Momenten spürte Rosa, dass sich die Dinge verkehrt hatten. Ihre Tochter Ruthi übernahm gewissermaßen die Mutterrolle und behandelte sie wie eine Tochter. Doch wenn Ruthi ihr erklären wollte, dass alle Geschwister sehr in Sorge seien und ihnen besonders Schmuels Verhalten gegenüber Maleach missfiele, schnitt Rosa ihr wütend das Wort ab, behauptete, glücklich zu sein, und verbat sich jede übertriebene Einmischung in ihre persönlichen Angelegenheiten.

Wenn Dror nach der Schule vorbeikam und betroffen die Streitigkeiten zwischen Mutter und Tochter mit anhörte, nahm er Maleach, ging mit ihr über die freien Felder spazieren und erzählte ihr von Jakobs Traum. Kam er dann abends mit ihr zurück, roch Rosa den frischen Duft, den Maleach mitbrachte, und streichelte ihr die sonnendurchglühten Wangen. Später aßen sie allein in der bemalten Küche, weil Schmuel jeden Kontakt mit Maleach mied und daher so tat, als sei er mit seinen Bildern beschäftigt. Und wenn Rosa sie schließlich in ihrem Engelzimmer schlafen legte, steckte sie ihr gut die Decke fest, küsste sie auf die Stirn, überschüttete sie mit doppelter und dreifacher Liebe und versuchte ihr auch die Zuneigung zu schenken, die Schmuel ihr vorenthielt.

Maleach lag auf dem Rücken und starrte an die Decke, von der die Krähen und Engel sie ringsherum anlachten. Und in dem Moment, in dem Rosa das Licht löschte, kam eine goldblitzende Leiter aus den Wolken zu ihr hinab. Die Leiter, deren Spitze die Zimmerdecke durchbrach, winkte ihr, sie zu erklimmen und mit ihr in den Himmel zu gelangen, um mit den Engelchen zu spielen.

Als Schmuel die Einladung erhielt, seinen Rosa-Zyklus in einer angesehenen Galerie in Rom auszustellen, herrschte Aufregung im Haus. Rosa, die das Land noch nie verlassen hatte, fing schon einen Monat im Voraus mit den Reisevorbereitungen an. Ruthi übernahm natürlich die Fürsorge für Maleach, und Dror versprach, gut auf sie aufzupassen, sodass sie sich keine Sorgen zu machen brauche. Vor der Abfahrt zum Flughafen prüfte Rosa noch einmal sorgfältig, ob alle Läden geschlossen, der Gashahn abgestellt, der Boiler abgeschaltet und der Kühlschrank leer waren. Dann stieg sie mühsam die Treppen hinunter.

Leslie-Schimons Taxi wartete unten, und in ihrer Aufregung über die bevorstehende Reise ärgerte sie sich diesmal nicht über das beklemmende Schweigen im Wagen. Schmuel und Leslie-Schimon wechselten die ganze Fahrt über kein Wort miteinander, aber das tat ihrem Glück keinen Abbruch.

Wenn sie sich später ihren ersten Flug ins Gedächtnis rief, bei dem sie zu ihrer Bequemlichkeit zwei Sitze, deren trennende Armlehne hochgeklappt war, eingenommen hatte, konnte sie sich nur noch an den furchtbaren Druck im Bauch erinnern, der ihr den vierstündigen Flug wie eine Ewigkeit hatte erscheinen lassen.

Ihre Blase drohte erst überzulaufen und war dann dem Platzen nahe, denn so sehr die Stewards und Stewardessen ihr auch zu helfen versuchten – sie kam in die Flugzeugtoilette einfach nicht hinein. Während des ganzen Fluges saß sie schmerzverkrampft da, wies alle angebotenen Getränke zurück und blickte wehmütig auf die Passagiere, die – Erleichterung in Sicht – vor der Toilette Schlange standen. Als sie endlich gelandet waren, drängte Schmuel sich mit Rosa im Schlepptau durch die Menge, steuerte die Herrentoilette an und schloss sich dort mit ihr ein, nachdem er die Männer, die in eigener Sache vor den Urinbecken standen, gebeten hatte, die Örtlichkeit auf der Stelle zu räumen. Dort hockte sie sich vor die Pissoirs, deren scharfer Ammoniakgeruch ihre Nase reizte und ihr die Tränen in die Augen trieb. Und als sie mit nunmehr erlöster Blase um sich blickte, fand sie Rom wunderbar.

Die Stadt empfing die beiden mit blauem Himmel und angenehmer Wärme. Die Ausstellung »Rosa« erhielt ausgezeichnete Kritiken. Eine Woche lang besichtigten sie die Stadt, vom Trevibrunnen bis zum Kolosseum, von den Caracallathermen bis zu einer Freilichtaufführung der Oper »Madame Butterfly«. Als Schmuel ihr später im Hotel mit einem großen Stofftaschentuch die unaufhaltsam strömenden Tränen abwischte, sagte sie ihm, sie sei so glücklich, dass sie sich lieber umbringen würde, wie die arme Madame Butterfly, als auch nur eine Minute ohne ihn zu leben. Und als Schmuel ihr zuflüsterte, er würde dasselbe tun, wenn sie, Gott behüte, vor ihm das Zeitliche segne, hatte sie das Gefühl, dass ihr Glück vollkommen war – obwohl Josef sie auch im fernen Rom erreichte, bei ihrem Ausspruch gegenüber dem neuen Ehemann seine nikotinzerfressenen Zähne entblößte und grinsend sagte: »Na, das zeig erst mal.«

Am zweiten Tag der Ausstellung kam »der Genius«, so nannte man in der Filmstadt einen Regisseur, dessen Filme Weltruhm genossen. Der Genius starrte Rosa volle fünf Minuten lang an. Seine Glatze leuchtete rosig, das verbliebene gelb gefärbte Haarbüschel stand wie die Federhaube eines Kakadus zu Berge, und seine Augen wollten schier aus den Höhlen kugeln. Dann sagte er ihr mithilfe eines Dolmetschers, sie sei »die pfundigste Frau«, die er im Leben gesehen habe, nannte sie »meine Fruchtbarkeitsgöttin«, streichelte mit den Augen ihre Brüste, blickte ihr im Geist unter den Rock, schluckte, wieder einigermaßen gefasst, und flüsterte seinem Assistenten ins Ohr: »Die ist mir fünf Frauen wert.« Als die Aufregung ein wenig nachließ, blickte er ihr durch seine Brille, deren Linsen die Dicke von Weinflaschenböden hatten, tief in die Augen, seufzte herzzerreißend, scheinbar von einer Welle heftigen Schmerzes überkommen, und erzählte ihr, dass er just dieser Tage einen neuen Film drehe und sie gern für nur einen Drehtag engagieren wolle, den er ihretwegen sogar vorzuverlegen bereit sei. Sie brauche nichts weiter zu tun, als in einer weißen Toga am Himmel zu schweben – natürlich von unsichtbaren Gurten gehalten – und Rosenblätter über die Köpfe der unten Versammelten auszustreuen, die bewundernd zu ihr aufblicken würden.

Rosa sah Schmuel Antwort heischend an. Schmuel fragte den Dolmetscher, wie viel Rosa dafür bekäme, und willigte, als er den Betrag hörte, sofort ein, ohne seine Frau zu fragen.

Ins Hotel zurückgekehrt, brach der schwelende Streit zwischen ihnen aus.

»Wie konntest du es wagen, zuzustimmen, ohne mich vorher zu fragen?«, schrie sie so vehement, dass ihre Speckfalten allesamt wackelten. »Seit wann bin ich denn ein Ding, das du nach Belieben herumschiebst? Hältst du mich für einen Zirkuselefanten, den man zur Schau stellt? Nur um dich nicht in aller Öffentlichkeit zu blamieren, habe ich an mich gehalten, aber jetzt rufst du diesen Genius an und sagst ihm, ich wäre nicht einverstanden. Es hat alles seine Grenzen. In einer Toga am Himmel schweben – ich meine, das geht zu weit.«

Schmuel wurde schreckensbleich, räusperte sich und hauchte schwach: »Rosale, von dem Betrag, den er dir anbietet, können wir ein ganzes Jahr leben, ohne dass ich auch nur ein einziges Bild zu verkaufen brauche. Bedenk das mal.«

Rosa stellte sich taub und ließ sich erst erweichen, als er ihr sagte, wenn sie in dem Film aufträte, würden Millionen Menschen in aller Welt sie kennen lernen. Doch um das Gesicht zu wahren, erklärte sie, sie sei zwar bereit, über den Köpfen ihrer Verehrer zu schweben, aber nur unter der Bedingung, dass man ihr die Toga vorher zeige.

Nach langen Verhandlungen und sichtlich ungehalten stimmte der Genius ihrer Bedingung zu. Der Vertrag wurde unterzeichnet, und Rosa bekam als Vorschuss einen Scheck über eine Riesensumme mit vielen Nullen ausgehändigt. »Vergiss nicht, dass es keine Dollars, sondern Lire sind«, versuchte Schmuel ihre Begeisterung zu dämpfen, als sie triumphierend in Roms Nobelkaufhaus zog und alles kaufte, was ihr in die Hände fiel: weiße Kaschmirpullover für ihre Söhne, Ledertaschen und Schuhe für ihre Töchter und einen Haufen Spielsachen für Maleach und die Enkel. Als sie jedoch Schmuels Garderobe erneuern wollte, lehnte er ab mit der Begründung, er fühle sich wohl in dem, was er habe.

Am letzten Tag ihres Romaufenthalts fuhr eine Riesenlimousine vor, Rosa zwängte sich hinein und kicherte vor Glück. Ihr Tag in der Filmstadt sollte ihr unvergesslich bleiben. Man zog ihr eine weiße Toga mit weitem Faltenwurf über, stylte ihr das Haar zu einer Flaschenlockenfrisur, und als sie sich im Spiegel betrachtete, erinnerte sie sich wehmütig an die ähnliche Frisur, die ihre Mutter ihr einst gelegt hatte. Dann schnallte man ihr starke Ledergurte um, die durch die Falten des Gewandes kaschiert wurden, und hob sie mittels eines Krans in den Himmel hinauf. Anfangs kreischte sie vor Angst. Die Ohren gingen ihr zu. So überhörte sie die Anweisungen des Genius, die ein junger Israeli, der in Italien Medizin studierte und sich mit allerlei Jobs durchschlug, für sie aus dem Italienischen ins Hebräische übersetzte. Auch als sie die Worte, die ihr direkt in ein Mikrofon im linken Ohr übertragen wurden, schließlich akustisch aufnahm, verstand sie nicht, was man von ihr wollte. Erst nach drei Stunden, als alle schon drauf und dran waren, die Sache aufzugeben, hatte sie sich an ihren luftigen Aufenthaltsort gewöhnt und streute auf Anweisung des Genius gelbe Rosenblätter über die große Menge, die in römischen Uniformen mit lächerlichen roten

Federbüschen auf den blanken Helmen drunten stand. Die Legionäre begafften mit offenen Mündern die fliegende Matrone und wurden alsbald mit duftenden, samtigen Rosenblättern aus ihrem goldenen Sack überrieselt.

Als man Rosa wieder herunterlassen wollte, bettelte sie, am Himmel bleiben zu dürfen, und machte eindrucksvolle Schwimmbewegungen, die den Speck unter ihren Armen schwabbeln ließen. Nachdem sie schließlich wieder festen Boden unter den Füßen hatte, dachte sie an ihren verstorbenen Mann Josef. Wie gern hätte sie ihn jetzt von unten zu ihr aufschauen sehen, da sie seinen geheimsten, nie ausgesprochenen Traum erfüllte – in einem Film mitzuwirken, egal welchem. Wäre er noch am Leben, dachte sie, hätte er ihren Film mit Vergnügen im Kino gezeigt, auch wenn es kein trauriger Streifen war.

Als sie sich später im Hotel zu erklären versuchte, warum sie den Aufenthalt in der Luft so genossen hatte, spürte sie erneut das Gefühl der Schwerelosigkeit und Befreiung dort am Himmel und erinnerte sich sehnsüchtig an die Zeiten, in denen sie leichter gewesen war. Als sie jedoch Schmuel zu Rate zog und ihn fragte, ob sie vielleicht zu kleineren Essensportionen übergehen sollte, zischte dieser mit wütender Miene: »Dass du es bloß nicht wagst. Deine ganze Schönheit beruht auf deiner Größe.« Rosa fügte sich seiner Auffassung und nahm Abstand von ihrer Idee.

Als der Film dann auch in den israelischen Kinos anlief, standen die Leute Schlange, um »unsere Rosa« in einem italienischen Film mitwirken zu sehen, und begleiteten ihren Himmelflug mit Bewunderungsrufen und rhythmischem Applaus. Auch die Filmkritiker lobten Rosa in den höchsten Tönen und priesen die Regie des Genius.

Nach ihrer Heimkehr wandelte sich Rosas Verhältnis zu Schmuel. Sie wurde ungeduldig und abweisend. Alsbald schrie sie ihn mit oder ohne Grund an, rügte ihn, fand an allem, was er tat, etwas auszusetzen, schämte sich seiner farbgesprenkelten Hände und seiner fleckigen Kleidung und stritt sich fast jeden Tag mit ihm. Dabei konnte sie nicht begreifen, was diese Zwistigkeiten auslöste. Selbst wenn sie ihren Erinnerungsschatz zu Hilfe nahm, vermochte sie nicht im Einzelnen nachzuvollziehen, was ihre Ehe zerrüttete, einen Keil zwischen sie und ihren Partner trieb und ihr ihren Mann derart verhasst machte, dass sie es nun schon bereute, einen Menschen geheiratet zu haben, den sie kaum kannte. Manchmal, wenn ihr der Knoblauchduft in die Nase stieg, war sie sicher, dass sie ihn dieses Geruchs wegen nicht mehr mochte. Blickte sie auf das Zerstörungswerk, das er unter ihren Pflanzen angerichtet hatte, meinte sie, alles habe wegen ihrer Kräuter angefangen, die dem Spülwasser seiner Pinsel zum Opfer gefallen waren. Stieß sie auf seine Pinselgestecke, die überall in der Wohnung herumstanden, hielt sie die für den Auslöser, und wenn sie freitagabends mit Maleach allein am Esstisch saß, hätte sie schwören mögen, dass ihre Kinder wegen ihres Mannes fernblieben.

Doch vor allem fand sie, dass sein abweisendes Verhalten gegenüber Maleach ihre Liebe ins Gegenteil verkehrt hatte. Rosa verfolgte voll Schmerz die Mitleid erregenden Anstrengungen des kleinen Mädchens, das nicht mehr wuchs, Schmuel zu gefallen und ihm näher zu kommen, und beobachtete tagtäglich tränenerstickt, wie Maleach sich an der Tür von Schmuel verabschiedete, ihn »Vater« nannte und ihre kleinen Ärmchen um seine Beine zu schlingen versuchte. Unwillkürlich stieß er sie weg, als litte sie an einer ansteckenden Krankheit. Er nahm sie nie auf den Arm, ging nie mit ihr spazieren, fragte sie nicht, wie es ihr ginge, machte ihr keine Komplimente und schenkte ihr nichts zum Geburtstag. In den lastenden Schweigepausen, die damals im Haus eintraten, sah Rosa, dass Maleach sich noch mehr zusammenduckte, um sich möglichst unsichtbar zu machen, und ein bitterer Kloß würgte sie im Hals.

Als sie schließlich Rachel ihr Herz ausschüttete, erzählte die Freundin, sie habe Schmuel einmal forsch auf der Straße ausschreiten sehen, während Maleach mit ihren kurzen Beinchen verzweifelt versuchte, mit ihm Schritt zu halten, und ihn anbettelte, doch langsamer zu gehen. »Schmulik, wart auf mich, Schmulik, wart auf mich«, imitierte sie Maleachs zwitschernde Stimme. Aber er habe sie ignoriert, als höre und sehe er nichts, sogar als sie auf dem Gehsteig hinfiel und sich die Knie aufschlug. Auch als sie in Tränen ausbrach, habe er weder den Kopf gewandt noch innegehalten, sei einfach weitergegangen, als wäre nichts passiert. Fremde Menschen hätten sie aufgehoben und verarztet. Rachel sagte, sie habe es Rosa verschwiegen, um sie nicht zu betrüben, habe sich auch nicht in Eheangelegenheiten einmischen wollen, aber da das Thema nun einmal auf dem Tisch sei, müsse sie auch diese Geschichte erfahren. Bevor Rosa nach Hause ging, fügte Rachel hinzu, dass damals viele Leute im Viertel das Geschehen mit angesehen und sie später gefragt hätten, wie Rosa einen derart herzlosen Mann habe heiraten können.

An diesem Abend versuchte sie sein Verhältnis zu Maleach und den bewussten Vorfall anzusprechen. Schmuel antwortete ihr grob und ungeduldig, so sei er nun mal, er könne sein Verhalten nicht ändern, das Kind müsse sich halt daran gewöhnen. Rosa brachte keine Antwort heraus, denn alles, was sie ihm hatte sagen wollen, blieb ihr nun im Halse stecken.

Das letzte Stückchen Glück, das sie mit aller Macht gehütet hatte, blätterte von ihr ab, fiel zu Boden, schmolz mit widerlichem Zischen dahin und hinterließ eine trübe, stinkende Lache von Enttäuschungen.

In der Nacht blieb sie lange am Bett der schlafenden Maleach stehen und beruhigte sich mit den ruhigen Atemzügen des Kindes. Erst als sie Schmuel schnarchen hörte, ging sie ins Bett und wandte ihm den Rücken zu. Fortan redete sie mit ihm nur noch das Wenige, das für die Haushaltsführung unerlässlich war.

Schmuel versuchte sie zu versöhnen. Er aß keinen Knoblauch mehr vor dem Schlafengehen und malte ein paar besonders schmeichelhafte Bilder von ihr, ohne dass sie ihm Modell sitzen musste. Da sie sich nicht erweichen ließ, brachte er ihr leckere Sachen, die sie gern mochte, und als auch das nichts half, beschritt er den letzten Ausweg und nahm Maleach zu Hilfe.

Eines Tages kehrte Rosa von ihrem Besuch bei Rachel zurück und sah zu ihrem Entsetzen Maleach nackt vor ihm sitzen. Ihr langes helles Haar bedeckte ihren Körper, in den Händen hielt sie Pfeil und Bogen, und Schmuel erteilte ihr Befehle wie »nicht bewegen«, »schön lächeln« und »die Zähne entblößen«. Froh über die Aufmerksamkeit, die sie plötzlich von ihm erhielt, befolgte Maleach seine Anweisungen genau und bemühte sich mit aller Kraft, ihn zufrieden zu stellen. Rosa blickte schaudernd auf die Leinwand, die er vor sich aufgespannt hatte, und sah Maleach in Gestalt eines feisten rosigen Cupidos mit Speckfalten und Grübchen Form annehmen. Ihre Buckel waren mit Flügelchen aus schneeweißen Flaumfedern kaschiert, ihr helles Haar verlieh dem Bild goldenen Glanz, und ihr Gesicht, das aus dem Haarvorhang hervorlugte, schien Rosa das Schönste zu sein, das ihr je vor Augen gekommen war, vielleicht auch das Schönste, das Schmuel im Leben gemalt hatte. Bei eingehenderer Betrachtung des Bildes entdeckte sie ein kleines männliches Glied, vorwitzig und unbeschnitten, das mit ein paar Pinselstrichen ihrem Unterleib angefügt worden war.

Rosa brach in Wehgeschrei aus, schlug und stach Schmuel mit dem Pinsel, den sie ihm aus der Hand gerissen hatte, und wütete so lange, bis ihr Kreischen und Maleachs erschrockenes Heulen die Nachbarn alarmierten, die die Streitenden trennten und mit ihren starken Fingern rote Druckstellen auf Rosas weißen Armen hinterließen. Den Körper durchlöchert wie ein Sieb, die Beine infolge der erlittenen Fußtritte mit blauen Flecken übersät und das Gesicht verkratzt, als seien sämtliche Katzen des Viertels gegen ihn zu Felde gezogen, sagte er ihr an jenem Abend im Bett kleinlaut, nachdem sie den ganzen Tag über kein Wort mit ihm gewechselt hatte: »Maleach und ich wollten dir doch nur eine Überraschung zum Geburtstag bereiten. Ich wollte dir einen hübschen Amor zur Stärkung unserer Liebe malen.« Rosa, ganz erschöpft vor Wut, blickte ihn mitleidig an und sagte: »Also, reden wir nicht davon, dass du sie nackt gemalt hast, du alter Lüstling, lassen wir auch die Flügel gelten, aber ein Penis? Einen Penis hast du ihr angehängt, du Idiot!«

»Hast du je einen Amor ohne Penis gesehen?«, antwortete er mit Unschuldsmiene.

Das war zu viel für Rosa. Mit einem scharfen Fußtritt in den Hintern, den er ihr zugewandt hatte, rollte sie ihn aus dem Bett auf den Vorleger.

Von jener Nacht an begehrte sie ihn nicht mehr und verbannte ihn aus ihrem Bett. Elend und einsam lief Schmuel durch die Zimmer, auf der Suche nach einem Plätzchen für sein müdes Haupt. Stur und entschlossen blieb Rosa blind gegenüber seinem Leid, ignorierte die Mitleid heischenden Blicke seiner feuchten grauen Augen, mit denen er sie wie ein geprügeltes Hündchen ansah, und widmete ihre Zeit dem Haushalt und dem Großputz, bis alle Fenster und Böden vor Sauberkeit strahlten.

»Bestimmt würdest du dich lieber umbringen wie die arme Madame Butterfly, als eine Minute ohne deinen Ehemann zu leben«, bemerkte Josef feixend. »Na, lass mal sehen. Du lebst schon zwei Wochen ohne ihn, und mir scheint nicht, dass du besonders leidest. Mit einem Schlag hast du dich von ihm und seinem Knoblauchgeruch befreit.«

»Soll er sich lieber selbst umbringen«, schnaubte sie und wienerte mit kräftigen, hasserfüllten Bewegungen weiter den Boden, bis sie ihr verschwitztes Gesicht darin spiegeln sah und Josefs zufriedenes Grinsen ihr aus einem Meister-Proper-Pfützchen entgegenleuchtete.

19

Staubschmetterlinge

Hätte Rosa die Folgen ihres Tuns vorausgesehen, wäre sie vielleicht anders mit Schmuels Bürsten und Pinseln verfahren, die ihre Wohnung erobert und jedes freie Fleckchen als spitzige Dekoration belegt hatten. Alles begann mit Rachels täglichem Besuch bei ihr und dem Ritual des gegenseitigen Sorgenabladens, das sie immer dann veranstalteten, wenn Rosa traurig und verzweifelt war. An solchen Tagen brachte Rachel viel Geduld für sie auf, umgab sie mit Herzlichkeit und bemühte sich, ihr mit gutem Rat beizustehen.

Als Rachel an dem bewussten Nachmittag bei ihr Kaffee trank und salzige Sesamkekse knabberte, die Rosa frisch aus dem Ofen genommen hatte, blickte sie Schmuel nach, der tatenlos durch die Zimmer wanderte. Er ging gebeugt, als hätte er die ganze Nacht auf einem niedrigen Nagelbett zugebracht, seine Füße, in ausgetretenen Hausschuhen, tappten unmutig wie von selbst dahin, seine Augen waren auf den Boden gerichtet, als suchten sie nach einer abhanden gekommenen Münze, sein Mund dünstete schwach nach Knoblauch, und seine farbfleckigen Hände betasteten mit nervösen, misstrauischen Gebärden die Pinsel und Bürsten in den allgegenwärtigen Vasen und Behältern, als zählten sie sie nach.

Die Mundwinkel boshaft herabgezogen, sagte Rachel zu Rosa: »Wirf sie weg.«

»Was wegwerfen?«, fragte Rosa mit aufgerissenen Augen.

»Seine Malerbürsten. Hast du nicht genug von diesen irrwitzigen Blumengestecken in Kristallvasen und Scheuereimern? Genug. Weg damit und fertig.«

»Das würde ihn umbringen«, erwiderte Rosa leise, aus Angst, er könnte ihrem Gespräch lauschen .

»Umso besser«, kicherte Rachel boshaft.

Rosa starrte sie entsetzt an und lachte dann so hysterisch los, dass die Kaffeetasse in ihrer Hand überspritzte und ihr Mund kaffeegetränkte Sesamkekskrümel versprühte. Dabei strampelte sie mit den Beinen in der Luft und prustete: »Warum eigentlich nicht? Ich hab ja noch einen auf Lager.«

Worauf Rachel, von ihrem Lachen angesteckt, eiligst einfiel: »Noch einer, noch einer, noch ein Schmetterling. Komm, lieber Schmetterling, aus weitem Land.«

»Setz dich hier auf meine Hand, ruh dich aus, hab keinen Schreck«, zwitscherte Maleach, die nun mit von der Partie war.

»Und flieg dann hurtig wieder weg«, schmetterten Rachel und Rosa, fielen sich in die Arme und winselten und schluchzten vor Lachen, sodass Rosa hinterher noch lange nach Luft schnappte.

»Worüber habt ihr denn so gelacht?«, fragte Schmuel am Abend, als er in die Küche kam, zusah, wie Rosa und Maleach sich das Abendbrot schmecken ließen, und nicht verstehen konnte, warum seine Frau so ausgelassen war, wo sie doch schon seit über einem Monat nicht mehr das Bett teilten.

»Weibergeschichten«, bemerkte sie, um ihn abzuwimmeln, und trieb Maleach an, ihren Teller leer zu essen.

»Stimmt nicht, Mama«, verbesserte Maleach mit kindlicher Ehrlichkeit. »Du hast mit Tante Rachel über Schmetterlinge geredet.«

Froh, etwas erzählen zu können und vielleicht Schmuels Sympathie zu gewinnen, begann das Mädchen, den Mund voll Brot, das bekannte Kinderlied aufzusagen, wobei sie die Worte selig mit Gesten unterstrich:

Komm, lieber Schmetterling, aus weitem Land,
Setz dich hier auf meine Hand,
Ruh dich aus, hab keinen Schreck,
Und flieg dann hurtig wieder weg.

»Schmetterlinge?« Schmuel blickte sie ungläubig an.

»Schnell, iss hinunter!«, schimpfte Rosa, der die Verse von den Lippen ihrer Tochter drohend in den Ohren klangen.

»Wir müssen uns aussprechen«, sagte Schmuel, als sie Maleach ins Bett gebracht hatte und mit wütendem Scheppern und Klirren das Geschirr zu spülen begann.

»Was haben wir denn schon zu reden«, erwiderte sie, das Gesicht tief über der vollen Spüle.

»Du verweigerst dich mir, schläfst nicht mit mir, gehst mir aus dem Weg. Zum Schluss wirst du mir noch meine ganzen Pinsel und Bürsten wegwerfen«, sagte er prophetisch.

»Wenn das passiert, hast du's verdient. Ich hab genug von deinen verfluchten Bürsten überall im Haus. Gestern hätte ein kahler Pinsel Maleach beinah ein Auge ausgestochen, als sie unters Bett guckte, und ich wäre fast über die Bürsten im Putzeimer gestolpert. Außerdem hast du mir mit deinem Dreckwasser sämtliche Pflanzen umgebracht. Und dann wieder dieser Knoblauchgeruch. Ich schäme mich, Freundinnen einzuladen, wenn du hier herumschlurfst und mir die Wohnung voll stänkerst. Und schau dir doch deine Kleidung an, und deine Hände. Bist du es nicht leid, mit diesen Farbklecksen herumzulaufen? Es wird Zeit, dass du sie mit Terpentin entfernst.«

Schmuel antwortete kleinlaut und geduckt: »Früher hast du sie ›fröhliche Hände‹ genannt und sie geliebt. Sag, was hast du?«

Rosa blieb die Antwort schuldig, weil sie es selbst nicht wusste. Einen vollen Monat zerbrach sie sich schon den Kopf, um zu ergründen, warum sie jetzt alles hasste und verabscheute, was sie früher an ihm geliebt hatte. Dachte sie nun an die große Liebe, die über Nacht in Hass, Armseligkeit, Verzweiflung, Hilflosigkeit und Unsicherheit umgeschlagen war, konnte sie nicht begreifen, woran das lag und was sie aufgezehrt hatte.

Manche Leute im Viertel sagten, Rosa sei mit dem bösen Blick belegt worden. Ihr offensichtliches Glück mit dem dritten Ehemann hätte gewiss alles Unheil über sie gebracht. Die Anhänger dieser Meinung behaupteten, elende Menschen täten sich im Umgang mit glücklichen Menschen schwer und hängten ihnen – möglicherweise sogar unwissentlich – den bösen Blick an. Wäre Angela noch am Leben, hätte sie ihr bestimmt gesagt, alles käme nur von ihren verstorbenen Männern, die ihrem Unmut über ihre derzeitige Ehe Luft machten. Angela hatte ihr ja immer gepredigt, eine Witwe sollte lieber nicht wieder heiraten, sonst bekäme sie den starken Arm des Verblichenen zu spüren, der auf den lebenden Ehemann eifersüchtig sei. Würde ihre Mutter jetzt im Nachhinein mit ihr reden, dachte Rosa, würde sie sicher mit dem verhassten alten Spruch schließen: »Siehst du, ich hatte es dir ja gesagt.«

Rachel und Ruchama meinten, das Scheitern ihrer Ehe sei voraussehbar gewesen, und begründeten ihre Diagnose mit den Worten: »Ihr passt einfach nicht zusammen. Wir haben von Anfang an nicht verstanden, was ihr aneinander fandet.«

In dieser Zeit ständigen Streits weigerte sie sich, ihm Modell zu sitzen, und so malte er sie aus der Erinnerung, die er noch lebendig und liebevoll bewahrte. Wenn er aus dem Haus ging, um Luft zu schnappen, schlich Rosa in das Jungenzimmer, das seines geworden war, betrachtete die neuen Bilder, die er gemalt hatte, und entwickelte weiteren furchtbaren Hass auf ihn, als sie entdeckte, dass er sie nicht mehr schonte. Schmuel betonte ihr Doppelkinn, tupfte ihr graue Strähnen ins Haar, zeichnete die feinen Linien nach, die sich um ihre Augenwinkel einzugraben begannen, verewigte ihre Hängebrüste und malte die Venen, die sich unter der durchschimmernden Haut an ihren Beinen verästelten. Kam er von seinen

Streifzügen zurück, empfing sie ihn mit saurer Miene, ohne zu fragen, warum er sie so malte. Doch wenn sie sich abends wieder einmal nackt vor dem Kleiderschrankspiegel musterte und ihr Konterfei mit dem Gemälde verglich, sah sie ein, dass Schmuel Recht hatte. Gründlich und genau bildete er die Veränderungen ab, die sich mit der Zeit an Gesicht und Körper einstellten. Er vertuschte nichts.

An dem Tag schließlich, an dem sie vor einem neuen Bild stand, das wie ein Leichnam mit einem weißen Laken verhüllt war, wusste sie, dass das Ende, das ihr in der Hochzeitsnacht erschienen war, um sie an seine Existenz zu erinnern, vor kurzem bei ihnen Einzug gehalten hatte. Wie ein Denkmal, das seiner feierlichen Enthüllung harrte, wartete das Unheil verkündende Bild auf sie. Mit einem Ruck zog sie das weiße Laken weg, und lange hingen ihre Augen an dem aufgerissenen Mund, dessen Schrei ihr noch viele Tage lautlos in den Ohren hallte.

Die Augen der abgebildeten Gestalt sprangen schier aus den Höhlen, grauenvoll aufgerissen, als wären sie Zeugen einer Untat. Rosa blickte angstgelähmt auf die eingefallenen Wangen, bedeckt mit harten weißen Bartstoppeln. In diesem Moment schien es ihr, als nage der zahnlose Mund die Wangen von innen an, sauge deren Saft und schlinge alles hinunter. Mit einem unheimlichen Gefühl sah sie plötzlich Mischas Gesicht vor sich aufsteigen und Schmuels Züge von der Leinwand verdrängen. Entsetzt starrte sie auf das Bild: Vor ihren Augen rangen die Männergesichter miteinander, kämpften um den Platz auf der gespannten Leinwand. Mal siegte Mischa, mal gewann Schmuel die Oberhand.

Als die Gesichter sich beruhigt hatten und sie den Blick wieder in die abgebildete Gestalt vertiefte, konnte sie nicht sagen, ob sie männlich oder weiblich war. In diesem Moment, in dem die Zeit stehen blieb, um dann rückwärts zu fließen, wusste sie, dass sie diese Gestalt vor vielen Jahren im Vernichtungslager gesehen hatte. Und als sie die Augen schloss, um den Anblick loszuwerden, flimmerte sie ihr als helles Geviert auf schwarzem Grund vor Augen, auf ihren Sehnerv eingeprägt, und wollte auch unter den geschlossenen Lidern nicht weichen.

Plötzlich erkannte Rosa, dass Schmuel in diesem Bild die Gesichter aller Opfer, der gesamten sechs Millionen Ermordeten, zu verewigen gesucht hatte. Sie sah sie alle übereinander liegen, sechs Millionen Mal eins über dem anderen. Als sie später am Tag noch einmal verstohlen, wie bei verbotener Tat, das Bild betrachtete, sah sie Schmuels Totenmaske darauf und war sicher, dass er den Augenblick seines Todes gemalt hatte. Dann hörte sie seine Schritte im Treppenhaus, deckte hastig das Porträt wieder ab und vermied es den ganzen Abend, ihrem Mann in die Augen zu sehen.

Anderntags, als sie die Sprache wiedergefunden hatte, richtete sie ein einziges Mal das Wort an ihn, mit der Bitte, das Grauen erregende Bild ständig verhüllt zu lassen, weil es Maleach erschrecken könnte. Später überlegte sie, ob sie bei dieser feierlichen Gelegenheit, als sie ohnehin schon mit ihm sprach, ihn nicht auch hätte fragen sollen, was er da gemalt habe. Doch sofort ließ sie diesen Gedanken wieder fallen, denn eine solche Frage hätte notgedrungen ein ernsthaftes Gespräch ausgelöst, und Rosa hatte das Gefühl, mit ihrem Mann über kein Thema der Welt reden zu können, ganz gewiss nicht über die sechs Millionen.

Eines Tages fand sie, das Maß ihrer Leiden sei nun voll, sie könne Schmuels Anwesenheit, seinen Geruch, sein Äußeres nicht mehr ertragen, erst recht nicht seine Pinsel, die ihr Haus mit Beschlag belegt und sie daraus verdrängt hatten. Sie flüchtete zu Rachel, die ihr erneut vorschlug, die Sachen einfach wegzuwerfen.

»Was kann denn schon passieren?«, fragte Rachel leichthin. »Ich habe noch nie gehört, dass jemand sich wegen Pinseln umgebracht hätte.«

Als Schmuel am nächsten Morgen zu Besorgungen ausging, war die perfekte Zeit zum Handeln gekommen. Rosa blickte aus dem Fenster und sah Kindertrupps im Gerümpel der Höfe Holzscheite für die traditionellen Lag-ba-Omer-Feuer zusammenlesen. »Kommt rauf, ich hab viel Holz für euch«, rief sie schnell, ehe sie ihren Schritt bereute. Wie ein ausgehungerter Heuschreckenschwarm stürzte sich die Meute auf die Wohnung und leerte sämtliche Behälter. Wenige Stunden später sollten die Bürsten und Pinsel Teil eines riesigen Scheiterhaufens werden, den die Kinder auf einem brachen Grundstück am Rand des Viertels errichteten. Die allergrößte Bürste, deren Kopf auf einem Besenstiel steckte und hochstehende rote Borsten im Stil einer Punkfrisur hatte, bekam alte Kleider – mit Zeitungspapier und Lumpen ausgestopft – angezogen und eine abscheuliche Maske aufgesetzt. Danach stritten die Kinder lange darüber, ob diese Vogelscheuche böser Haman, schwarzer Hitler oder Saddam Hussein heißen sollte.

Das, was sich im Haus abspielte, als Schmuel von seinen Besorgungen zurückkehrte, bildete noch tagelang Gesprächsstoff im Viertel. Gleich beim Eintreten bemerkte er die Leere und schrie derart los, dass sämtliche Hausbewohner herbeistürzten, um zu sehen, wer wen umbrachte. Wie ein Ballon, dem alle Luft entweicht, schnurrte er in sich zusammen, sodass ihm seine Kleider am Leib hingen, als seien sie drei Nummern größer geworden. Rosa fürchtete, wenn er so weiterschrumpfe, blieben zum Schluss nur noch ein Häuflein zerschlissene Kleider und ein Paar verwaiste Schuhe in der Zimmermitte zurück. Als Schmuel fertig geschrumpft war, sank er auf seine mageren Hinterbacken, kauerte sich am Boden zusammen, barg das Gesicht in beiden Händen und weinte bitterlich.

Rosa konnte sein Leid nicht mit ansehen. Reumütig ob ihres Tuns und wütend auf Rachel, die sie dazu angestiftet hatte, stürmte sie ins Freie, lief, soweit es ihre Fettpolster erlaubten, die fertig errichteten Scheiterhaufen des Viertels ab, die noch in derselben Nacht in Flammen aufgehen sollten, und suchte nach den Pinseln ihres Ehemanns. Der vertraute rote Borstenschopf, der weit über alle anderen Holzstapel emporragte, führte sie zu dem Pinselscheiterhaufen.

Mithilfe eines besonders langen Pinsels bohrte sie in den Holzhaufen und stocherte die Pinsel, die auf ihren Feuertod warteten, wieder heraus. Doch als sie die Riesenbürste zu fassen bekam und sie ihrer Despotenuniform zu entkleiden versuchte, sträubte sich die harte Borstentolle bösartig und rief die Kinder auf den Plan, die sie nun belagerten und aus ihren Flitzbogen mit Pinseln beschossen, die ihr wie spitze Pfeile ins Fleisch drangen.

Während Schmuels Pinsel sich an Rosa rächten, riss Schmuel alle Fenster auf und fing an, wie ein Besessener seine sämtlichen Bilder auf die Straße zu schleudern. Zuerst warf er alle Rosas hinaus. Die bekleidete Rosa, die Zigeunerin Rosa, die nackte Rosa und die rote Rosa schlugen unsanft und mit großem Getöse im distelübersäten Vorgarten auf. Die Holzrahmen zersplitterten auf den Steinen, die straff gespannten Rücken lösten sich, die Disteln, Dornen und Nesseln schlossen sich dem Zerstörungswerk an, zerschlitzten die Leinwände, durchbohrten die Bilder und rissen Rosas gemaltes Fleisch in Fetzen. Nach den Rosas flogen die üppigen biblischen Frauengestalten in den Hof, als Erste Eva, dann die verführerische Batseba und so weiter, bis sich Schmuels Bilderharem geleert hatte. Als er mit den dicken Frauen fertig war, stülpte er die abgewetzten Kartonmappen um und schüttelte all die skelettartig abgemagerten Frauen, die er im Lager gezeichnet hatte, hinunter. Übermalte Plakate, verblichene Papierbögen, Pyjamafetzen mit Kohlezeichnungen, bekritzelte Lumpen und bemalte Borkenstücke sprenkelten die Bilder der dicken Frauen mit Schwarz und Braun. Zum Abschluss beförderte er erst den Amorengel, dann das Gemälde der sechs Millionen hinaus.

Ein Haufen zerrissener, zerfetzter und zerbrochener Bilder

bedeckte die Disteln und Dornen mit einem bunten Flickenteppich. Im Gefolge der Bilder kamen die Kinder. Triumphierend stürzten sie sich auf die reiche Beute, schnappten alles, was ihnen in die Finger kam, und zerbrachen die Rahmen nun vollends mit ihren kleinen Händen, die sich an widerspenstigen Disteln und Dornen stachen. In gestohlenen Einkaufswagen aus dem Supermarkt fuhren sie ihre Beute ratternd zu den Scheiterhaufen und verstärkten diese mit den Rahmensplittern und den Papieren, Lumpen und Leinwänden, die die Reste von Schmuels Bildern trugen.

Als Rosa nach Hause kam, war dort kein einziges Bild mehr übrig. Noch wund von dem Beschuss, die Arme mit Pinseln beladen, trat sie ein und fand Schmuel auf dem Boden sitzen. Reuig warf sie ihm seine Pinsel in den Schoß, aber Schmuel starrte Rosa nur teilnahmslos an, ohne sie zu sehen.

Da es ihr nicht gelang, seine Aufmerksamkeit zu erregen, kitzelte sie ihn mit einem Pinsel, der sich eines dicken, spitzigen Haarbüschels erfreute. Sie fuhr ihm damit über die nackten Füße, ließ ihn zum Oberschenkel hinaufwuseln, über seine Arme spazieren, in die Achselhöhlen dringen, seine Brust pieksen und wedelte ihm zum Schluss leicht übers Gesicht, wobei sie ihm die Pinselhaare auch in Ohren und Nasenlöcher steckte. Unempfindlich gegenüber dem Reiz, rührte er sich nicht vom Fleck. Ärgerlich drehte sie den Pinsel um und stach ihm die Spitze in den Hintern. Schmuel zuckte nicht mit der Wimper. Verzweifelt versuchte sie ihn an den Schultern zu rütteln, tat es so heftig, dass sein Kopf hin und her schlenkerte wie der einer Puppe. Seine ausdruckslosen Augen starrten an ihr vorbei auf einen unsichtbaren Punkt an der Wand.

Als er auf ihr Rufen nicht reagierte und sich weigerte, die Suppe zu essen, die sie ihm gekocht hatte, beschloss sie, ein erprobtes Mittel anzuwenden, »das Tote aufzuwecken vermag«, wie sie später Rachel erklärte, der sie ihr Vorgehen schilderte, worauf Rachel erwiderte, sie hätte Rosa immer schon für verrückt gehalten, aber jetzt sei sie sich dessen sicher.

Schwerfällig setzte sie sich vor ihn auf einen Stuhl, bemüht, mit ihrem Körper sein ganzes Sichtfeld auszufüllen. Wie ein Jäger, der sein Opfer anvisiert, beobachtete sie ihn gründlich. Dann begann sie mit ihren Samtpantoffeln, auf denen rote Papageienfedern prangten. Sie schüttelte leicht die Füße. Die Pantoffeln fielen ab und entblößten schmale, lange weiße Füße mit gepflegten, braun lackierten Zehennägeln. Sie rückte den Stuhl näher heran, wedelte mit den Füßen vor seinen toten Augen, hielt ihm die Zehen vor den Mund. Schmuel öffnete nicht die Lippen, um sie zu schnappen und einzeln abzulutschen, wie er es in guten Zeiten gern getan hatte. Enttäuscht kehrte sie ihm den Rücken und knöpfte langsam das Kleid auf, ließ es zu Boden fallen. Nur noch mit dem Schlüpfer am Leib, tanzte sie im Walzerschritt durchs Zimmer, wie sie es von Schraga gelernt hatte, ihre Brüste hüpften im Takt mit, wippten wie bleiche Luftballons auf und ab. Schmuels Augen, die vorher auf einen unsichtbaren Punkt an der Wand gestarrt hatten, glotzten jetzt auf ihre tanzenden und springenden Brustwarzen, die ihn an guten Tagen erregt hatten, und ein glänzender Speichelstreifen rann ihm aus dem halb geöffneten Mund. In einem letzten Akt der Verzweiflung streifte sie mit langsamem Po- und Schenkelkreisen die Unterhose ab. Nun stand sie splitternackt im Zimmer, schwang das Dessous kreisförmig über ihrem und seinem Kopf, als wäre es ein Sühneopferhuhn vor dem Versöhnungstag, und reichte es ihm mit energischem Schwung zum Schnuppern. Doch der stumme Schmuel verweigerte sich dem Geruch, weitete nicht die Nasenflügel. Nackt wie am Tag ihrer Geburt befummelte sie seinen Unterleib, um die Wirkung ihres Tuns zu prüfen. Doch sein Glied baumelte schlaff und willenlos herum und erwachte nicht unter ihren kosenden Händen.

Beschämt zog sie sich wieder an und wartete auf Maleachs Rückkehr aus dem Kindergarten. Auch als sie sich schlafen legte, blieb Schmuel dumpf auf dem Boden sitzen, taub für ihre inständigen Bitten, doch mit ins Bett zu kommen.

Die ganze Nacht loderten die Lagerfeuer, verbrannten die Tyrannenpuppen, die wie Aufseher hoch über sie aufragten, und verzehrten mit fröhlichem Prasseln auch Schmuels beigesteuertes Material. Halb versengte Stoff- und Papierfetzen, sprühende Funken und schwarze Rußpartikel flogen durch die offenen Fenster herein, schwebten durch die Zimmer und befleckten die Hände eines jeden, der mit ihnen in Berührung kam. Noch und noch graue Schmetterlinge schwirrten durch die Räume, sanken ermattet herab, bedeckten mit ihren dunklen Flügeln den Boden und streuten schwarzen Schmetterlingsstaub über alles, was ihnen in die Quere kam.

Ungestört senkte sich der Staub auf Schmuels farbige Hände, sprenkelte seine Kleidung, setzte sich in den vielen Falten seines müden Gesichts fest, füllte sie mit greisenhafter, düsterer Schminke, betonte seine tief eingegrabenen Leidensfurchen.

Am nächsten Tag ging Rosa mit Putzeimer und Lappen gegen die dicke Staubschicht allenthalben vor und rügte sich dabei selbst, weil sie diesmal nicht – wie sonst vor Lag-ba-Omer – alle Fenster zugemacht hatte. Als sie das Wohnzimmer putzen wollte, der am Boden kauernde Schmuel sie aber dabei störte, rief sie ihre Söhne zu Hilfe. Sie griffen ihm unter die Achselhöhlen, trugen seinen verkrampften Körper fort, zogen ihm die verkoteten, staubbedeckten Kleider aus und steckten ihn gewaltsam unter die Dusche. Das klare Wasser rann ihm über den Leib, durchnässte sein Haar, drang in seine Runzeln, spülte ihm die schwarze Farbe aus den Poren und bildete zu seinen Füßen trübe dunkle Rinnsale, die im Abfluss verschwanden. Als er sauber und trocken war, zogen sie ihm einen gestreiften Pyjama an und brachten ihn ins Bett. Schmuel drehte das Gesicht zur Wand, und die Tränen, die ihm aus den Augen rannen, sickerten durch den Kissenbezug in die Federn.

Nach drei Tagen, in denen Schmuel das Bett nicht verließ, das Essen verweigerte und auf Ansprache nicht reagierte, holte man den Arzt.

»Wie ist es passiert?«, erkundigte er sich bei Rosa.

»Ich habe keine Ahnung. Ich hatte ihm seine Pinsel versteckt. Da ist er ausgerastet und hat all seine Bilder weggeworfen. Aber jetzt ist er ruhig. Wenn er doch bloß ein bisschen schreien würde. Diese Stille macht das ganze Haus verrückt.«

Der Arzt führte ihm seine gespreizte Hand an den Augen vorbei und sprach ihn mit Namen an. Schmuel reagierte nicht.

»Er befindet sich im Zustand der Katatonie«, sagte er schließlich, nachdem er seine Reflexe geprüft und den Blutdruck gemessen hatte. »Er zeigt keinerlei Reaktion«, fügte er erklärend hinzu, als hätte Rosa das nicht ohnehin schon gewusst. »Er muss ins Krankenhaus.«

Rosa, die den stummen Klotz samt seinen Pinseln redlich leid war, willigte unter der Bedingung ein, dass man ihm nicht zu sehr wehtäte. »Er ist ja an sich ein guter Mensch«, sagte sie später zu Rachel, als sie ihr den Vorgang schilderte.

Noch am selben Abend, als der Himmel sich violett färbte und es aus allen Häusern nach Rühreiern und frischem Salat mit Öl und Zitrone roch, kamen weiß gekleidete Männer an, schnallten Schmuel mit starken Stoffgurten auf eine Bahre und trugen ihn zu dem unten wartenden Krankenwagen.

»Na, was ist jetzt mit dir?«, begrüßte Josef sie boshaft grinsend mit gefletschten Zähnen, als sie mühsam wieder die Treppe hinaufgestiegen war. »Ich würde mich lieber umbringen wie die arme Madame Butterfly, als eine Minute ohne dich zu leben«, sagte er, ihre Stimme nachäffend, und wiederholte es gleich noch einmal. Rosa verschloss die Ohren vor den Lauten, die ihr im Kopf dröhnten. Aber die ganze Nacht und den ganzen nächsten Tag klang ihr dieser Satz in den Ohren. Sie versuchte die Stimme zu verdrängen und arbeitete weiter im Haushalt, bemüht, nicht an ihren Mann zu denken, den man, wie ein Kalb gefesselt, abgeholt hatte, um jetzt wer weiß was dort im Krankenhaus mit ihm anzustellen.

Als ihre Sehnsucht nach Schmuels Präsenz schließlich überhand nahm, sammelte sie die Pinsel zusammen, die sie vor der Vernichtung hatte bewahren können, bündelte sie mit einem dicken Gummi und stellte sie in ihre schönste Kristallvase. Sollte Schmuel aus dem Krankenhaus zurückkehren, würde ihn der Pinselstrauß willkommen heißen. Den besonders dicken Pinsel, dem man die Kleider des bösen Haman, des schwarzen Hitler oder vielleicht Saddam Husseins angezogen hatte, requirierte sie für den Eigengebrauch. Sie benutzte seinen starren roten Borstenschopf, um Spinnweben und Staubflusen von der Decke zu entfernen. Der Pinsel versah seinen Dienst treu und ergeben. Und je stärker seine prächtige Tolle abnutzte und ergraute, desto mehr überwand Rosa die Kränkung und den Schmerz jenes Tages, als er sie der Kinderhorde verraten und diese ihre Pinselpfeile auf sie abgeschossen hatte.

Einmal die Woche besuchte sie Schmuel. Mit beredtem Schweigen und dem Satz »wir hatten es dir ja gesagt, aber du wolltest nicht hören« ins Gesicht geschrieben, fuhr Leslie-Schimon sie zu dem Krankenhaus, das wegen seiner vielen Baracken wie ein Gefangenenlager wirkte. Dort quartierte man jene Überlebenden des Infernos ein, deren gequälte Seelen in einer inneren Welt ohne Wirklichkeitsbezug gefangen waren. Mit Selbstgekochtem beladen, ging sie den Pfad entlang durch das rauschende alte Kieferngehölz, dessen Bäume zu ihrer Begrüßung so erregt mit den Armen fuchtelten, dass die weichen, haarigen Raupenpuppen, die in ihren Zweigen hingen, ins Schwingen gerieten. Die Kiefern gaben ihr bis zur Baracke III das Geleit, bestreuten sie mit gelbem Blütenstaub und bewarfen sie mit reifen Zapfen.

Kurzatmig bei der Baracke angekommen, stieß sie am Eingang erstmals auf Fejge, die Rosa aus vollem Hals anschrie, sie trample ihr den frisch geputzten Boden dreckig, und mit dem Stiel ihres Gummischiebers und dem feuchten Lappen auf sie losgehen wollte. Fejge trennte sich niemals von ihrem einzigen Besitz auf Erden: Eimer, Putzlappen und Gummischieber, die – gewissermaßen mit ihren Händen verschweißt – unlösbare Verlängerung ihrer Arme geworden waren. Es hieß sogar, sie ginge nachts damit schlafen. Dort in den Lagern, erzählten die Schwestern, habe man erst ihr Baby vor ihrer und ihres Mannes Augen mit dem Bajonett aufgespießt, dann sie vor den Augen ihres Mannes vergewaltigt und schließlich ihn vor ihren Augen erschossen. Danach habe man sie gezwungen, das Blut ihrer Angehörigen fortzuspülen, das den Kies des Hofes rötete. Nach einwandfreier Erfüllung dieser Aufgabe sei sie dem Putzdienst zugeteilt und genötigt worden, die Latrinen und Stuben der Offiziere zu säubern, die zum Lohn ihre brennenden Zigaretten auf ihrer Haut ausgedrückt hätten. Seitdem putze sie. Sie scheuerte, als die Russen das Lager befreiten, und wollte bei dessen Räumung nicht mit den anderen Überlebenden abziehen, ohne vorher alle Ecken und Enden auf Hochglanz gebracht zu haben, sodass man sie schließlich gewaltsam abtransportierte, die Desinfektionsmittel noch in Händen. Sie putzte auf dem Schiff nach Palästina weiter, fegte das Internierungslager auf Zypern sauber und hätte dort auch noch die Wachbaracken und die Zimmer der britischen Offiziere geputzt, wenn man sie gelassen hätte. Tatkräftig wienerte sie den Kibbuz, der sie aufnahm. Und so putze sie bis zum heutigen Tag. Sogar wenn sie nachts im Bett liege, seien ihre Arme weiter krampfhaft in Bewegung, als scheuere und schrubbe sie im Schlaf, sagte die Schwester zu Rosa. Ihre Hände waren verschrumpelt und gichtverkrümmt, die Haut rot, aufgesprungen und durch Desinfektionsmittel verätzt. Aber Fejge spürte nichts. Ihr schmerzgewohnter Körper blockte die Notsignale ab, die zum Hirn ausgeschickt wurden.

Nachdem Rosa das feuchte Bodenstück unbeschadet überquert hatte, betrat sie Schmuels Zimmer. Immer saß er auf einem Stuhl, den Rücken ihr, das Gesicht dem Fenster zugewandt, und seine inzwischen weiß gewaschenen Hände malten mit Pinseln, die nur er sehen konnte, ihr Abbild in der Luft. Wenn sie dann vor ihm stand, blinzelte er voll Bewunderung, sperrte den Mund auf und konnte doch kein einziges Wort herausbringen.

Auf dem Rückweg schüttelte sie ihr mit gelbem Blütenstaub überpudertes langes Haar, trat auf dem Pfad die haarigen Raupen platt, die zu ihrem Empfang von den Bäumen herabgekrochen waren, dachte an Schmuels einst fröhliche und nun weiße Hände, spürte deren lustvolle Berührung auf ihrer Haut und döste dann auf dem Taxisitz, bis Leslie-Schimon sie weckte und ihr sagte, dass sie daheim angekommen sei. Schwerfällig stieg sie die Treppe hinauf, sank mitsamt der Kleidung aufs Bett und verbrachte eine schlaflose Nacht voller Erinnerungen.

Als sie einmal gegen Morgen doch noch Schlaf fand, war sie plötzlich schwarz uniformiert und trug hohe Schaftstiefel an den Beinen. Mit einem harten Stiefeltritt trat sie die Tür der Baracke III ein. Häftlinge in verschlissenen gestreiften Pyjamas, darunter auch Schmuel, drängten sich auf den hölzernen Pritschen und blickten sie entsetzt an. Wütend knallte Rosa ihre lange Peitsche, wie sie es einmal einen Löwendompteur im Zirkus hatte tun sehen. Die Häftlinge stiegen gehorsam von den Pritschen herab und bildeten einen Kreis um sie, als erwarteten sie ihren Spruch. Schmuel war nicht mit heruntergekommen. Er saß weiterhin auf seinem Platz, starrte an ihr vorbei und malte hartnäckig ein unsichtbares Bild in die Luft. Sie spürte den Zorn in sich aufwallen und hieb erneut mit der Peitsche. Die bleibeschwerte Peitschenspitze traf Schmuel ins Gesicht. Er stürzte zu Boden und blieb dort schmerzgekrümmt liegen, aber seine Hände zeichneten weiter die endlosen Linien seiner Bilder.

Rosa schreckte weinend und mit einem bitteren Geschmack

im Mund aus dem Schlaf. Verstört setzte sie sich im Bett auf, vergeblich bemüht, ihr rasendes Herz zu beruhigen und den Traumbildern zu entfliehen. Aber die Traumbilder umringten und attackierten sie von allen Seiten, zielten mit steifem Mittelfinger geradewegs auf ihre Augen, zwickten ihr Fleisch, zersägten ihr die Knochen, erschwerten ihren Atem und rissen ihr das Herz aus dem Leib. In diesem Moment wurde ihr klar, dass sie versagt hatte, dass alles ihretwegen geschehen war. Schmuel war ihr anvertraut worden, damit sie mit ihrer Liebe zu ihm all das Leid sühne, das er im Leben durchgemacht hatte, aber sie war diesem Auftrag nicht gerecht geworden. Ja schlimmer noch, sie hatte Schmuels Verfall ausgelöst und seinen jetzigen Zustand herbeigeführt, ihretwegen hatte ihn dieses neue Leid ereilt, das für ihn vielleicht schlimmer als alles war, was er in seinem früheren Leben durchgemacht hatte, denn dieses Leiden brachte ihn seinem Ende näher.

Bestürzt tappte sie in die Küche, trank Wasser vom Hahn und versuchte den furchtbaren Gestank loszuwerden. Doch er wurde stärker, grub sich tief in die Geschmacksporen der Zunge ein und wollte nicht weichen. Zu ihrem Entsetzen roch sie plötzlich einen Gestank undefinierbarer Herkunft, der sich dem Geschmack wie ein Zwilling zugesellte, untrennbar mit ihm verbunden. Sie putzte sich die Zähne, gurgelte mit Schmuels pfefferminzhaltigem Mundwasser, trank starken Kaffee. Aber noch immer blieben der Grauen erregende Geschmack und Geruch, die sich in ihr festgesetzt hatten, ein Teil von ihr geworden waren und nicht weichen wollten.

Mit einem Gefühl schweren Versagens ging sie in Maleachs Zimmer und blickte gleichgültig auf eine alte Krähe, die mit dem Schnabel ans Fenster pochte und um Einlass bat. Als sie die Augen abwandte, spürte sie die schwarzen Knopfaugen der aufgemalten Krähen bohrend und hasserfüllt aus allen Zimmerecken auf sie gerichtet und weckte Maleach für einen neuen Tag.

20

Der Wundertäter

Eines Tages wird Schmuel den Mund auftun und mit mir sprechen«, redete Rosa sich immer wieder ein, bemüht zu glauben, sie müsse diesen Satz nur oft genug wiederholen, damit er in Erfüllung gehe. Oft teilte sie auch Ruchama, Rachel und den Schwestern im Krankenhaus diese Überzeugung mit: »Nach meiner Ansicht ist Schmuel immer noch böse und will deshalb nicht mit mir sprechen«, erklärte sie ihnen. »Aber weil unsere Liebe so stark gewesen ist, wird sie alles überwinden. Ich bin sicher, wenn ich ihm eines Tages tief in die Augen sehe, ihm ins Ohr flüstere, dass ich ihn liebe, und ihn um Verzeihung bitte, wird er aus diesem seltsamen Schlaf, den er sich auferlegt hat, erwachen, den Mund auftun und mit mir reden.«

Darauf blickten ihre Gesprächspartnerinnen sie mitleidig an und fragten sich hinter ihrem Rücken, wie es nur sein könne, dass sie die Schrift an der Wand nicht sah. Alle wussten, dass es Schmuel nach jedem ihrer Besuche schlechter ging, sein Zustand sich sogar derart verschlimmerte, dass der Krankenhausdirektor erwog, ihr Besuchsverbot zu erteilen.

Bei allem Optimismus merkte sie jedoch, dass die Krankheit, die seine Seele zerrüttete, auch seinen Körper angriff. Sein Rücken begann sich zu krümmen, die Hände schwollen teigig an, das Gesicht wurde aufgedunsen, schwarze Ringe zeichneten sich, wie mit derbem Pinselstrich gezogen, unter seinen Augen ab, und von Körper und Kleidung ging Totenhauch aus.

Mohammed, der ihn den ganzen Tag pflegte, erzählte für ein paar Schekel bereitwillig das, was die Ärzte und Schwestern ihr verschwiegen.

»Schmuel geht jede Nacht mit Kleidung und Schuhen ins Bett. Wenn ich ihn ausziehen will, schreit er rum und schlägt nach mir«, flüsterte er ihr ins Ohr, damit die Stationsschwester es nicht hörte. Außerdem erzählte er ihr, dass ihr Mann den Plastikbeutel, der seine ganze Habe enthielt, tagsüber wie trunken in der ganzen Station herumtrage und dann abends mit ins Bett nehme. In diesen Beutel werfe er alles, was ihm in die Hände gerate. An diesem Punkt beschrieb Mohammed den Inhalt des Beutels, als führe er genauestens Inventur: feuchte, stinkige Putztücher, die er Fejge geklaut hatte, selbst gesammelte Kiefernzapfen aus dem Hof, gebrauchtes Toilettenpapier, leere Zahnpastatuben und Shampooflaschen, vom Brett entwendete Schachfiguren, schimmlige Brotscheiben, eine Breischüssel, einen halb gegessenen Apfel und einen krummen Suppenlöffel. Mohammed meinte, dass Schmuel tagtäglich gewiss noch viele weitere Dinge dort hineinstecke, denn er horte gern, und es lasse sich schwer überprüfen, weil er den Beutel immer eng an sich drücke und keinen Augenblick loslasse. »Mit dem Beutel und allem geht er ins Bett, und dann schläft er auch noch mit Kleidung und Schuhen. Kein Wunder, dass er krumm aufsteht und stinkt.«

»Habt ihr versucht diesen Beutel verschwinden zu lassen?«, fragte Rosa flüsternd, als sei sie Komplizin eines Verbrechens.

»Aber sicher haben wir das. Als er schlief, hab ich ihm den Beutel weggenommen, aber er ist aufgewacht und hat gebrüllt und all die Verrückten geweckt. Das war ein Mordslärm, und zum Schluss habe ich alles abgekriegt. Deswegen können wir jetzt nichts machen, er hält die ganze Zeit seinen Beutel fest und packt noch mehr Müll hinein.«

Wenn Rosa die Ärzte drängte, ihr doch zu sagen, wann er nach Hause entlassen werden könne, antworteten sie ihr mit gesenktem Blick, dass Schmuel nach ihrem Dafürhalten ein hoffnungsloser Fall sei. Er würde nie wieder der Alte werden, weder sprechen noch Reaktionen zeigen. Er sei aus der Wirklichkeit ausgestiegen und in seinen Irrsinn versunken, der ihm Zuflucht biete.

Hoffnung kam von Zilla, der leitenden Schwester von Baracke III.

»Schmuel redet«, verkündete sie Rosa eines Tages mit vor Aufregung erstickter Stimme am Telefon.

»Ich komme sofort«, sagte Rosa. Der Kloß, der ihr so lange in der Kehle gesessen hatte, löste sich in Tränen auf. Sie rief Leslie-Schimon an, er solle sie augenblicklich mit dem Taxi abholen, egal, ob Fahrgäste auf ihn warteten oder nicht. »Schmuel hat angefangen zu reden, und ich fahre zu ihm, und zwar jetzt«, erklärte sie ihm klar und deutlich.

Dann strebte sie im hartnäckigen Nieselregen atemlos der Baracke III zu, steckte ergeben Fejges Schläge mit dem Gummischieberstiel ein, ließ das Geschrei über sich ergehen, dass sie »ihr den frisch geputzten Boden versaue und Schlamm reintrüge«, und atmete den üblen Geruch verfaulten Abfalls vermischt mit leichtem Knoblauchdunst, der ihr in Schmuels Zimmer entgegenschlug. Sie fand ihn in seiner üblichen starren Haltung sitzen, den Rücken ihr zugewandt. Sein Gesicht spiegelte sich in der Fensterscheibe, durch die man niedrige graue Regenwolken sah, und seine Hände zeichneten ihr nimmer endendes Porträt in die Luft.

»Schmuel«, rief sie ihm an der Schwelle zu. Er zögerte einen Moment. Seine Rechte, die gerade in schmerzlich vertrauter Geste die Umrisse ihrer Brüste skizzierte, erbebte, sodass sie eine zittrig krumme Linie in die Luft beschrieb. Doch schon hatte er sich wieder gefangen und malte vehement weiter, als müsse er die vergeudete Zeit aufholen.

»Schmuel, ich bin's, Rosa, ich bin dich besuchen gekommen«, rief sie.

Schmuel zeichnete weiter die endlose Linie ihres Busens.

»Schmuel, red mit mir«, brüllte sie ihm ins Ohr, als sei er schwerhörig.

Geradezu verzweifelt tupfte seine weiße Hand den Strahlenkranz um ihre Brustknospen.

»Schmuel, Verzeihung, ich bitte dich um Verzeihung, ich hätte deine Pinsel nicht wegwerfen dürfen. Ich habe dir viele neue Pinsel gekauft«, flötete sie ihm zu.

Schmuel zuckte nicht mit der Wimper, als spreche sie eine ihm fremde Sprache. Seine Hand senkte sich, um ihren Bauch zu malen.

Rosa stürzte tränenüberströmt nach draußen. »Er redet nicht«, beklagte sie sich bei Zilla, die an der Empfangstheke auf sie wartete, und fuchtelte dabei heftig mit den Armen, als sei die Schwester an Schmuels Schweigen schuld.

»Jetzt nicht mehr, aber vorhin hat er gesprochen«, erwiderte sie und erzählte ihr von dem Spinner, der ins Krankenhaus gekommen war, um die Insassen zu erfreuen.

»Sie hätten ihn sehen sollen«, sagte sie, »ein großer, schlanker Mann mit hübschen Augen, der ein uraltes Akkordeon anschleppte. Kaum war er da, geschahen Zeichen und Wunder hier bei uns auf der Station. Sehen Sie Salman dort?« Sie deutete mit der Hand auf einen skelettartig abgemagerten Greis, der zusammengesunken im Rollstuhl saß. »Was der in den Lagern durchgemacht und gesehen hat, lässt sich überhaupt nicht beschreiben. Seit seiner Ankunft im Land vor vierzig Jahren will er weder reden noch gehen. Jedes Jahr sackt er mehr in seinem Stuhl zusammen, und wenn er in ein paar Jahren nicht gestorben ist, finden wir ihn sicher platt und zerknittert wie ein altes Leintuch vor und bekommen ihn nicht wieder glatt. Er ist so uralt, dass wir es fast mit ihm aufgegeben haben. Aber da kam dieser Mann mit dem Akkordeon und dem goldenen Herzen, sah Salman mitfühlend an und fragte ihn, woher er stamme. Ich habe in seinem Krankenblatt nachgeguckt, dem ältesten in unserer Kartei, da steht, dass er aus Österreich-Ungarn stammt und sogar noch den Ersten Weltkrieg als Soldat mitgemacht hat. Und was tut jener Mann? Packt sein altersschwaches Akkordeon aus und spielt einen Marsch aus der Donaumonarchie, so einen fröhlichen Hüpfer. Und raten Sie mal, was da passiert ist. Salman hob ganz langsam das Gesicht, wie in Zeitlupe, streckte den Rücken, stellte sich vorsichtig auf seine dürren, verschrumpelten Beine, die das Laufen längst verlernt hatten, und fing an stramm durchs Zimmer zu marschieren. Nachdem er fast eine Stunde so marschiert war und uns alle verrückt gemacht hatte, fiel er um wie eine Laufpuppe, der die Batterien ausgegangen sind. Hätt ich's nicht mit eigenen Augen gesehen, würd ich's nicht glauben.

Und Itzik«, Zilla zeigte auf einen jungen Mann, der in der Ecke saß, die wässrigen Augen auf einen unsichtbaren Punkt an der Wand gerichtet, während sein geschwelltes Glied ihm aus dem weit klaffenden Hosenladen ragte. Steifhändig und verkrampft, aber zärtlich streichelte Itzig den fleischigen roten Kopf, der wie eine besonders seltene Blume aus ihm hervorwuchs. »Itzik war nicht dort, aber seine Eltern waren es. Sie haben ihm den Namen ihres ersten Sohns gegeben, der als Baby im Ghetto verhungert ist, und haben ihm Geschichten erzählt, bis er verrückt wurde. Seither streichelt er sich Tag und Nacht, nimmt die Hand nicht mal zum Essen dort weg. Wir müssen ihn mit dem Löffel füttern, weil ihn nichts sonst interessiert, nicht einmal Nahrung. Und dann kam dieser Mann mit dem Akkordeon, spielte ein paar Melodien, und Itzik vergaß, was ihm dort in der Hose brennt, und zum ersten Mal sah ich ihn die Hände wegnehmen und Beifall klatschen. Nachdem der Mann mit ihm fertig war, spielte er für die ganze Baracke, und Sie hätten sehen sollen, wie die da getanzt haben. Sogar Fejge hat ihre Putzwut vergessen und getanzt. Alle tanzten. In Hausschuhen, in Pantoffeln, barfuß – plump, aber mit viel Freude im Leib.«

»Aber Schmuel, was hat er denn mit Schmuel gemacht?«, wollte Rosa endlich wissen.

»Bei Schmuel war es sehr viel schwieriger. Der Mann hat sich neben ihn gesetzt und ihm Lieder vorgespielt, doch Schmuel reagierte nicht. Bis dieser Mann, dieser Engel, merkte, dass Schmuel in der Luft malte. Da hat er sich vor ihn hingestellt, als würde er das Bild in Händen halten, und ihm gesagt, das wäre das schönste Bild, das er je gesehen hätte, und wer denn die wunderschöne Frau sei, die er da male.«

»Und Schmuel hat geredet?«, fragte Rosa ungeduldig.

»Und wie er geredet hat. Das erste Wort, das er sagte, war ›Rosa‹.«

»Ich glaub's nicht«, rief Rosa aufgeregt.

»Warten Sie, hören Sie weiter. Dann hat der Mann ihn gefragt: ›Wer ist Rosa?‹«

»Und was hat er geantwortet?«, fiel Rosa ihr ins Wort.

»Er hat von Ihnen gesprochen. Hat Sie mit viel Liebe und Wärme beschrieben. Hat ihm gesagt, Sie seien die größte und schönste Frau der Welt. Hat erzählt, wie er sein ganzes Leben auf Sie gewartet habe. Sein Leben lang habe er Ihre Spur verfolgt, habe jede Zeitungsnotiz über Sie ausgeschnitten, bis er sich getraut habe, bei Ihnen an die Tür zu klopfen. Danach schilderte er, wie er Sie zum ersten Mal in Natura sah und vor Aufregung weder atmen noch reden konnte, sich wie gelähmt fühlte.«

Rosa liefen die Tränen herunter, sie barg das Gesicht in beiden Händen und bat flüsternd um weiteren Bericht.

»Und dann hat er angefangen zu weinen«, fuhr Zilla fort. »Er sagte, er könne Sie nicht sehen. Als dieser Mann ihn fragte, warum nicht, erklärte ihm Schmuel, Sie seien in den Öfen verbrannt. Und als der Mann weiter fragte, wie das passiert sei, erzählte Schmuel, er sei selber schuld gewesen, denn er habe Sie verbrannt, habe Ihren Körper mit eigenen Händen in den Ofen geworfen und zugesehen, wie das Feuer Ihr Haar versengte und Ihr Fleisch schmolz, bis nur noch ein Häuflein Asche von Ihnen übrig war. Danach bezeichnete er sich als Mörder und weinte derart laut, dass alle herbeistürzten, um zu sehen, was ihm passiert war. Nachdem er sich beruhigt hatte, erzählte er dem Mann, seit er Sie verbrannt habe, würde er Sie nur noch aus dem Gedächtnis malen. Sie hätten hören sollen, wie er Sie beweint hat. Er kann einem wirklich Leid tun. Er hat richtiggehend um Sie getrauert und erneut behauptet, er wäre schuld.«

»Und warum schweigt er jetzt?«, fragte Rosa, von Schluchzen geschüttelt. »Warum redet er nicht mit mir?«

»Weil der Mann gegangen ist. Kaum war er weg, hat Schmuel den Mund geschlossen und ist an seinen alten Sitzplatz am Fenster zurückgekehrt. Wenn der Mann wieder herkommt, werde ich Sie rufen«, versprach die Schwester.

Einen Tag nach ihrem Besuch in der Baracke klopfte es frühmorgens leise an die Tür. Rosa lugte durchs Guckloch, sah Rachel und öffnete erschrocken. Anders als sonst stürmte Rachel nicht gleich in die Wohnung, weckte auch nicht Maleach mit ihrer lauten Art, sondern blieb still an der Schwelle stehen und blickte Rosa mitleidig und verlegen an. Und als Rosa hinter ihr Weißbekittelte sah, wusste sie wieder einmal, dass Rachel zwar ihre beste Freundin war, ihr aber gern schlechte Nachrichten überbrachte. Zilla, die Schwester von Baracke III, und Dr. Cohen, die Chefärztin des Krankenhauses, blickten sie besorgt an. Sie baten sie, sich auf den Küchenstuhl zu setzen, auf den Schmuel eine Anemonenwiese gemalt hatte, und während Rachel ihr ein Glas Wasser reichte, berichtete ihr die Ärztin, Schmuel sei in der letzten Nacht, bei besonders trübem und regnerischem Wetter, aus seiner Baracke verschwunden. »Wir haben ihn überall gesucht, aber keine Spur von ihm gefunden«, sagte sie leise, als vertraue sie ihr ein Geheimnis an. Erst morgens, als der Regen aufhörte, habe man ihn unter einer alten Kiefer liegen sehen, begraben unter einem Haufen trockener Zapfen. Seine Hände hätten immer noch seinen voll gestopften Plastikbeutel festgehalten, der erstaunlicherweise bei seinem Sturz nicht aufgerissen sei. »Die

Ermittlungen haben ergeben, dass er auf den Baum klettern wollte, doch die Kiefer war schon alt und morsch. Sie konnte sein Gewicht nicht tragen, wurde umgerissen und stürzte mit ihm zu Boden«, sagte sie, »ein wahrer Doppelselbstmord von Baum und Mensch.«

Rosa blickte auf die Abordnung böser Engel, die gekommen waren, ihr die Nachricht zu überbringen, auf die sie schon seit ihrer Hochzeitsnacht vorbereitet gewesen war. Ihre Brust bebte vor Zorn.

»Sie sind schuld«, kreischte sie ihnen in die verblüfften Gesichter. »Ihretwegen ist er gestorben. Sie haben nicht auf ihn aufgepasst. Wie konnten Sie ihn in seinem Zustand rauslassen. Dieser Mann war Gold wert. Er hat niemandem geschadet.«

Nachdem sie mit hängenden Köpfen abgezogen waren, merkte sie, dass Rachel bei ihr geblieben war. Rosa blickte sie feindselig an, entdeckte plötzlich die harten schwarzen Stoppeln, die ihr auf der Oberlippe sprossen, das schüttere, mit Henna karottengelb gefärbte Haar, unter dem hier und da die Kopfhaut durchschimmerte, die braunen Pigmentflecke, die sich zwischen den Pockennarben auf ihren Wangen gebildet hatten, und die gichtverkrümmten Finger, deren krumme Nägel an Raubvogelkrallen erinnerten. Wütend schüttelte sie den Kopf, um die hässlichen Bilder zu verscheuchen. Dann erinnerte sie sich wieder an das Unglück, das über sie hereingebrochen war, und verfiel in derart heftiges Schreien und Kreischen, dass Maleach aufwachte, aus dem Bett kroch und sich zitternd vor Angst in Rosas Schoß kuschelte.

»Deinetwegen ist es passiert«, schrie sie. »Du hast den Tod über ihn gebracht. Du mit deinen Ratschlägen. ›Kein Mensch bringt sich wegen Pinseln um‹«, äffte sie verächtlich ihre Stimme nach. »Ich hätte nicht auf dich hören dürfen. Ich hab immer gewusst, dass du eifersüchtig auf mich bist, und hier ist der Beweis. Ich sollte einsam und allein sein wie du, das wolltest du, und das hast du erreicht.« Heiße Schmerzenstränen rollten ihr über die vollen Wangen, tropften herab, sammelten sich in der tiefen Rille zwischen ihren Brüsten und nässten den Kopf Maleachs, die sich ängstlich an sie drückte.

Als Rachel weg war und Rosa mit Maleach allein in der bemalten Küche saß, sagte sie ihr, Papa Schmuel sei gegangen und würde nie mehr wiederkommen.

»Wie Papa Josef und Papa Schraga?«, fragte das Mädchen in echter Trauer.

»Ja, wie Papa Josef und Papa Schraga«, hörte sie sich wie ein Echo wiederholen.

Am Abend bat sie ihre Kinder und ihre Nachbarinnen, nicht auf Besuch zu kommen, da sie lieber allein sein wolle. Und als sie dann im Bett lag, neben sich Maleach, die mit ihren kleinen Händchen tröstend die Hand ihrer Mutter umklammerte, spürte sie Zorn in sich aufwallen. Diesmal war sie wütend auf sich selbst, weil sie auf Rachels Rat gehört und Schmuels Pinsel weggegeben hatte. Als sie mit der Wut auf sich selber fertig war, zürnte sie Schraga, weil er von ihr gegangen war, denn wegen seines Todes hatte sie ja Schmuel geheiratet. Und als sie tiefschürfender über ihr Leben nachdachte, fand sie schließlich den wahren Schuldigen – Josef, denn ohne seinen Heimgang wären ihr all diese Unglücksschläge vermutlich erspart geblieben.

Spätnachts, als beklemmende Stille im Haus lastete und schwarze Schatten sie mit boshaften Mienen belauerten, blickte sie in die ruhigen Züge der Kleinen neben sich und entdeckte nun wiederum, dass alles mit Maleachs Geburt angefangen hatte. Erschrocken verdrängte sie diese schlimmen Gedanken und wartete mit schmerzendem Leib und tränenverschwommenen Augen auf den Morgen, ängstlich bemüht, nicht einzuschlafen, damit sie nicht etwa das Kind unter sich erdrückte, das ihr Leben durcheinander gebracht hatte. Als dann der Morgen anbrach, erste zögernde Strahlen durch die Ladenritzen schickte, Staubkörnchen golden färbte, sie vor ihren Augen tanzen ließ und in Streifen und Vierecken zu Boden schüttete, weckte sie Maleach für einen neuen Tag.

An diesem Tag suchte sie erneut die Baracke Nummer III auf, um genauer nachzufragen, was Schmuel zugestoßen war, und seine wenigen Sachen abzuholen. Rücken und Hinterteil hart angeschlagen von Fejge, die ihren Gummischieberstiel diesmal besonders vehement handhabte, kam sie außer Atem in Schmuels Zimmer an. Das Bett war frisch bezogen, ein neuer Greis saß daneben im Rollstuhl, den Rücken ihr zugewandt, und starrte in den bewölkten Himmel. Rosa blickte auf den Nacken des Mannes und spürte einen unvertrauten stechenden Schmerz in der Brust. Zögernd fasste sie die Griffe des Rollstuhls und drehte ihn zu sich um. Augen voller Asche musterten sie aufmerksam, und der schmallippige, zahnlose Mund klaffte weit auf. Rosa sah den alten Mann an und rollte dann langsam, als wolle sie Zeit gewinnen, seinen Pyjamaärmel hoch. Fünf blaue Ziffern sprangen ihr in die Augen. Rosa las sie laut ab, und schon wirbelten sie wie die Lottozahlen bei der Fernsehziehung unter ihrem Blick, addierten und multiplizierten, subtrahierten und dividierten sich.

Nachdem alle Rechenarten durch waren und Rosa das Endergebnis, die letzte Zahl erreicht hatte, sank sie aufs Bett, blickte den Alten an und nannte seinen Namen. Mischa blinzelte mit den Augen und murmelte ihr Grauenvolles zu – über Menschen, die zu Seife wurden, Babys, denen man die Schädel zerschmettert hatte, und Brennöfen, die Menschenstaub ausspien. Doch Rosa wollte es nicht hören. Mit bebenden Händen stopfte sie die letzten Monate im Leben ihres verstorbenen Mannes in zwei schwarze Müllbeutel. Dann verließ sie das Zimmer, in dem Wissen, dass sie nicht mehr helfen konnte. Selbst wenn sie sich bemühen würde, das zu sühnen, was ihnen dort in den Lagern angetan worden war, ja wenn sie auch nur einem einzigen Menschen beizustehen versuchte, müsste sie daran scheitern. Denn das dort geschehene Grauen war größer und schwerer als sie, und selbst wenn sie all ihre körperlichen und seelischen Kräfte aufböte, würde es nichts nützen.

Niedergeschlagen suchte sie Mohammed. Und als sie ihn fragte, was geschehen sei, sagte er, Schmuel sei auf einen Baum geklettert, weil er hoch hinauswollte, und wer hoch hinauswolle, steige eben hoch – mal gelänge es ihm, mal stürze er ab. Rosa pflichtete ihm nicht bei, sondern meinte, Schmuel sei auf einen hohen Baum geklettert, weil er gewiss einen guten Ausblick finden wollte, um seine Frau zu suchen, die im Schornsteinrauch zwischen den Wolkenfetzen verschwunden war. Unter Patienten und Krankenhauspersonal kursierten jedenfalls allerlei seltsame Vorstellungen über Schmuels Motiv für seine letzte Tat, und die Zeitungen berichteten anderntags trocken über Schmuel Evron, den Maler, der dicke Frauen geliebt habe, aber einsam und allein in der Psychiatrie gestorben sei.

Mit weichen Knien, das Gesicht tränennass, die Augen geblendet von der grellen Sonne, die zwischen den Wolkenfetzen hervorkam, trottete sie schwerfällig zum Tor, vor dem stumm das Taxi ihres Sohns auf sie wartete. Zwei zerschlissene Hemden, ein paar abgetretene Schuhe, ein neuer Pyjama, den sie gekauft, er aber nicht mehr getragen hatte, lange Unterhosen, Flanellunterhemden und eine Uhr mit gesprungenem Glas lasteten ihr racheschwer in den Armen. Feuchte tote Kiefern, vom Gärtner abgesägt aus Sorge, sie könnten wie Schmuels Kiefer entwurzeln, lagen ihr kreuz und quer im Weg. Im Zickzack schlängelte sie sich zwischen den gefällten Stämmen hindurch, deren scharfer Harzgeruch ihre Nasenschleimhaut reizte und deren zähflüssige Bernsteintränen ihr spitze Nadeln unter die Schuhsohlen klebten. Jeden Stamm, der ihr im Wege lag, beäugte sie feindselig und hasserfüllt, ob er wohl der Mörder sei, der das Unheil über Schmuel gebracht hatte. Am Ende des Pfads stolperte sie über einen gefällten Stamm voll erstarrter Tränenbäche. Sie schlug über ihm hin, drückte mit dem Bauch trockene Zapfen platt und ihr Gesicht klebte an Harz. Als sie die Augen aufschlug, fand sie ihren Kopf in einer wundartig klaffenden Grube liegen, die von dickem, zerrissenem Wurzelgeflecht wie ein warmes Adlernest im Boden ausgepolstert war.

»Das ist Schmuels Baum«, flüsterte ihr ein sehr großer, schlanker Mann mit hübschen hellen Augen zu, der ihr unbemerkt gefolgt war. Behutsam beugte er sich zu ihr herab, griff ihr mit seinen starken Händen unter die Achseln und hob sie hoch, als sei sie eine Lumpenpuppe ohne jedes Gewicht. Wieder auf den Beinen, klopfte sich Rosa den Staub aus den Kleidern, zog die Kiefernnadeln aus den Haaren und versuchte sich mit den Fingernägeln das Harz von der Nase zu kratzen. Als sie sich nach diesen umfangreichen Vorbereitungen wieder wohler in ihrer Haut fühlte, musterte sie ihren Retter interessiert und legte dabei die Stirn in Falten, um zu überlegen, ob sie ihm jemals begegnet war. Sie konnte sich nicht entsinnen, bemerkte dann aber, dass er ein Akkordeon auf dem Rücken trug. Geschmeidig bückte sich der Mann, setzte das Akkordeon auf dem Boden ab und las vorsichtig das imaginäre Bündel Leinwände und Pinsel auf, das in Schmuels Wahn existiert, sich aber bei seinem Sturz zerstreut hatte.

»Sie haben vergessen, seine Bilder und Pinsel mitzunehmen«, sagte er mitfühlend. Behutsam führte er sie zum Taxi, als sei sie ein zerbrechlicher Gegenstand, und als sie sich schwerfällig auf den Rücksitz setzte, legte er ihr den Haufen luftiger Leinwände und Pinsel in den Schoß. Rosa wollte nicht mitmachen, versuchte sich Schmuels imaginärer Last zu entziehen, aber als sie sich von der Spitze eines unwirklichen Pinsels gestochen fühlte, breitete sie erschrocken die Arme aus, um alles in Empfang zu nehmen.

»Wenn Sie nichts dagegen haben«, sagte der Fremde höflich, eine Luftrolle in der Hand, »dann werde ich dieses Bild für mich behalten.« Mit feierlicher Geste entrollte er das Gemälde vor ihr. »Das ist das letzte Bild von Ihnen, das er aus dem Gedächtnis gemalt hat«, erläuterte er den mit beißendem Harzgeruch getränkten leeren Luftraum, den er in Händen hielt. »Das ist sein schönstes Bild«, sagte er, während seine langen Finger Gebärden des Wiederaufrollens und Verschnürens einer nicht existenten Leinwand vollführten. »Ich hoffe, es ist nicht ungehörig von mir, Sie um dieses letzte Bild zu bitten. Ich glaube, Schmuel wäre einverstanden gewesen.«

Verlegen blickte Rosa dem Mann in die hübschen Augen und sagte ihm, jedes Bild, das Schmuel gemalt habe, sei sein schönstes gewesen. Den Schoß voll imaginärer Pinsel und nicht existenter Bilder, bat sie Leslie-Schimon loszufahren. Während der ganzen Fahrt blickte sie auf den stummen Nacken ihres Sohnes, wobei sie plötzlich eine überraschende Ähnlichkeit mit Josefs Nacken feststellte. Jetzt fielen ihr die Warnungen ihrer Söhne wieder ein, und sie dachte, manchmal sollten die Eltern doch auf ihre Kinder hören.

Daheim angekommen, steckte sie die imaginären Pinsel in eine rote Tonvase, die in einer Ecke stand, und stellte die Kristallvase voll realer Pinsel daneben. Von nun an blieb die Tonvase leer, und wenn Gäste ihr vorschlugen, Baumwollzweige, trockene Disteln oder frische Blumen hineinzustellen, lächelte sie vor sich hin und sagte, diese Vase sei für Schmuels Pinsel reserviert. Fragte man sie daraufhin, wo denn diese Pinsel seien, erklärte sie langmütig: »Wir können sie zwar nicht sehen, aber er, Schmuel, sieht sie von seinem Platz im Himmel.«

Die imaginären Leinwände, die der Mann, dessen Namen sie nicht kannte, ihr in den Schoß gelegt hatte, rollte sie auf, band sie fest zusammen und schob sie vorsichtig zu ihrer Kleidung in den Schrank. Damit die Motten nicht Appetit auf Schmuels letzte Bilder bekämen, streute sie Naphtalinkugeln dazwischen. Rosa wusste zwar, dass dies keine Bilder waren, die man sehen und anfassen konnte, aber wenn sie für zwei Menschen existierten, hatten sie wohl doch etwas Reales.

21

Ein Mädchen und drei Väter

Wie gelähmt und mit ausdrucksloser Miene saß Rosa während der ganzen Trauerwoche zwischen den vielen fremden Menschen, die ins Haus strömten. Die meisten kamen aus echtem Mitgefühl, einige aber auch aus Neugier auf die Frau, die drei Männer unter die Erde gebracht hatte, oder aus Schadenfreude. Im Lauf dieser Woche überhäuften die Beileidsbesucher sie mit einem guten Dutzend Brathähnchen, mehreren Kilogramm gekochten Kartoffeln sowie massenweise harten Eiern, frischen Salaten und Backwaren aller Art. Mit matten Augen, fettigem Haar und eingefallenem Gesicht saß Rosa stumm vor all den guten Sachen, die Arme um die Kristallvase mit Schmuels realen Pinseln geschlungen, die zwischen ihren Schenkeln stand. Die ganze Wohnung war mit frischen Knoblauchzöpfen geschmückt, in Erwartung des Ehemanns, der sich nach Belieben daraus bedienen sollte.

Da sie mit Rachel, wegen deren üblen Ratschlags, jede Verbindung abgebrochen hatte, erzählte sie nur Ruchama von ihren Empfindungen. Wenn sie so mit der Vase zwischen den Beinen dasitze und dem deutlichen Rascheln der Pinsel darin lausche, habe sie das Gefühl, Schmuel suche sich einen neuen Pinsel aus, um ein Bild damit zu malen, sagte sie. In jeder Nacht der Trauerwoche stellte sie die Vase neben ihr Bett, zählte die Pinsel nach, prägte sich abermals deren Farbe und Reihenfolge ein und betete, er möge sie von weitem riechen, sich verlocken lassen, zu ihnen zu kommen, und dabei vielleicht auch sie, Rosa, wieder nachts aufsuchen.

Morgens, bevor sie sich das Gesicht wusch, zählte sie die Pinsel erneut, prüfte ihre Anordnung und hätte schwören können, dass er sie benutzt hatte. Als sich dann am letzten Morgen der Trauerwoche die eine Pinselspitze bei Berührung mit den Fingerkuppen feucht anfühlte und Rosa an einem anderen Pinsel dunkle Farbe entdeckte, wusste sie, dass Schmuel nicht fortgegangen war, sondern genauso bei ihr weilte wie Josef und Schraga.

Sie scheute sich ein wenig, auch sein Bild rahmen zu lassen, und teilte Ruchama ihre Bedenken mit. Die Freundin meinte, sie dürfe keinen ihrer Ehemänner benachteiligen, auch Schmuel stehe sein Gedenkbild zu. Wieder stöberte Rosa also in Bildern, bis sie das fand, auf dem Schmuel am besten getroffen war – das Hochzeitsfoto aus dem Fotoatelier, auf dem er mit glückstrahlendem Gesicht neben ihr stand, die Arme um ihre Schultern gelegt. Rosa schnitt vorsichtig ihr eigenes Abbild heraus, beließ Schmuel dabei aber seine breite bunte Hand, die nun in ziemlich unbequemer Pose im freien Raum hing. Dann ging sie zum Fotogeschäft, kam mit einem aufgerollten Poster heraus und brachte es zum Rahmen. Eine Woche später schickte man ihr das sympathische Gesicht und die eine Körperhälfte ihres letzten Ehemanns in dem gleichen Rahmen wie die, die Josefs und Schragas Bilder im Zaum hielten, ins Haus.

Ungeduldig wie ein kleines Mädchen zitierte sie Jackie-Jakob noch am selben Abend herbei, und unmutig vor sich hinbrummelnd, bohrte er denn auch ein Loch in die Wand und hängte das Bild in haargenau gleicher Höhe neben Josef und Schraga. Durch ihre Scheiben blickten die dienstältesten Ehemänner hochmütig auf den Neuling herab, und obwohl zwischen den beiden ersteren nicht gerade Frieden herrschte, schien es Rosa, als wollten sie sich gegen den dritten verschwören. Der schüchterne Schmuel spürte sehr wohl die finstere, feindselige Stimmung, die sich gegen ihn zusammenbraute, und machte sich daher möglichst dünn, wäre wohl gar am liebsten im Dunkeln des Bildes verschwunden.

Als Maleach am nächsten Morgen aufwachte und zu Rosa ins Bett kletterte, wie sie es seit Schmuels Heimgang neuerdings immer tat, lugte sie unter der Decke hervor auf die drei Männerköpfe, die wie die Trophäensammlung eines Skalpjägers vor ihr an der Wand hingen, deutete mit ihrem dünnen Fingerchen darauf und posaunte: »Das ist Papa Josef, und das ist Papa Schraga, und das ist Papa Schmuel.« Danach wiederholte sie diese Deklaration noch mehrere Male, sagte sich die Namen vor, als fürchte sie, versehentlich einen auszulassen.

Und während Rosa ihr beim Ankleiden half, sang die Kleine ein erschütterndes Lied: »Erst ist Papa Josef gegangen, dann ist Papa Schraga gegangen, dann ist Papa Schmuel gegangen, und jetzt sind sie alle im Himmel.« Bei »alle im Himmel« reckte sie die Arme über den Kopf, und Rosa streifte ihr den Pullover über. Maleach summte das Lied auf der Treppe und in dem Kleinbus, der sie abholte, und von dieser Schauermelodie begleitet, stieg Rosa mühsam wieder zu ihrer Wohnung hinauf.

An diesem Tag wollte ihr die Hausarbeit nicht von der Hand gehen. Rosa lief ruhelos in der Wohnung herum, summte das Lied, das ihr partout nicht aus dem Kopf ging, und war wütend auf sich selbst, weil sie es nicht schaffte, den Ohrwurm loszuwerden und sich wichtigeren Dingen zuzuwenden. Schließlich stellte sie das Radio an, lauschte seinen fröhlichen Weisen und hoffte verzweifelt, sie könnten das hartnäckige Lied übertönen. Aber sie kam nicht davon frei. Das schreckliche Lied setzte sich durch, überdröhnte alles und fing höhnisch immer wieder von vorne an. Und da es nicht weichen wollte, dachte sie an Maleach, rief die Kindergärtnerin Dvora an und erkundigte sich nach dem Befinden des Mädchens.

»Bei ihr ist alles seltsam«, schoss Dvora gleich los, als dürfe sie endlich aussprechen, was sie auf dem Herzen hatte. »Also, lassen wir diese Krähen, die tagtäglich am Kindergartentor auf sie warten und mit denen sie redet, oder diese Geschichte von Jakobs Leiter, die sie uns allen erzählt, mit dem Zusatz, sie sei ein gefallener Engel. Aber jetzt hat sie uns zur Abwechslung auch noch ein Lied über ihre toten Väter verfasst und singt es den ganzen Tag. Beim Spielen, beim Lernen, während des Mittagessens, sogar jetzt, nachdem ich alle zur Mittagsruhe hingelegt habe, summt sie es weiter und stört die Ruhe der anderen Kinder. Und was noch schlimmer ist … dieses Lied hat sich uns so im Kopf festgesetzt, dass wir es nun alle singen, die Kindergärtnerinnen, die Helferinnen und die Kinder, die sprechen können. Es geht einem einfach nicht mehr aus dem Sinn. Das ist es.«

Als Rosa das Lied abends im Bett vor sich hin sang, verschwand Josef in einer stillen Protestaktion aus ihrem Leben und zog Schraga mit seinem weichen, beeinflussbaren Wesen nach. Rosa, schon so an seine Sticheleien und Zoten gewöhnt, dass sie gar nicht mehr ohne sie sein konnte, lag wach, konzentrierte sich auf Josefs Bild und versuchte ihn zu rufen. Als er ihren stürmischen Bitten nicht nachkam, flehte sie ihn demütig an, doch wiederzukommen, und machte ihm alle möglichen Versprechungen. Da er bei seiner Weigerung blieb, drohte sie ihm, sein Grab nicht mehr aufzusuchen, sein Bild zu verbrennen und die Erinnerung an ihn aus ihrem Herzen zu löschen. Aber Josef kümmerte sich nicht um ihre Drohungen und dachte gar nicht daran, ihr Zimmer aufzusuchen.

Als sie Josef aufgegeben hatte, begann sie mit Schraga zu verhandeln, konzentrierte sich auf sein Bild, rief ihn mit süßer Stimme. Da er nicht reagierte, rief sie Schmuel und raschelte mit den Pinseln in der Vase. Und als das nichts fruchtete, schälte sie ihm ein paar besonders fleischige Knoblauchzehen, kratzte sie ein wenig mit ihren langen Fingernägeln an, spritzte ihren Saft auf die Pinsel. Aber Schmuel weigerte sich, zu ihr zu kommen, den Knoblauch zu kosten oder die Pinsel zu benutzen.

Sie merkte, dass alle sie im Stich gelassen hatten, dass ihre verstorbenen Ehemänner gemeinsame Sache gegen sie machten. Sie ignorierten ihre Existenz, fixierten sie eiskalt mit glasigen, distanzierten Blicken und ächteten sie auf besonders schmerzliche Weise. Trotz der Unheil verheißenden Zeichen wusste Rosa jedoch, dass sie noch wiederkommen würden. Sie brauchten sie schließlich genauso, wie sie die drei brauchte.

Vor Schmuels Grabsteinenthüllung, dreißig Tage nach seinem Tod, fuhr Rosa zu einem Bürowarengeschäft in der Stadt und kehrte mit einem Bündel neuer Pinsel zurück. Sie steckte die Pinsel, die weiche, glänzende Haarbüschel in mehreren Farben hatten, in die Handtasche, legte einen frischen Knoblauchzopf dazu und fuhr zum Friedhof. Ungeduldig wartete sie, bis alle Teilnehmer an der Zeremonie gegangen waren. Sobald sie allein war, nur Totengräber Jochai sie noch mit dunklen Blicken von fern beobachtete, zog sie die neuen Pinsel aus der Tasche. Nun stand sie verlegen am Grab, drehte die Pinsel in Händen und wusste nicht, was sie damit anfangen sollte. Ratlos umfasste sie alle mit einer Hand, sodass sie sich zu einer dicken Bürste verbanden, blickte auf die vereinten Pinsel und fegte dann, jäh entschlossen, den Friedhofsstaub und die eigens abgelegten kleinen Steinchen von der neuen Marmorplatte. Da sie weiter nichts mit ihnen anzufangen wusste, steckte sie sie bis zum Schopf in die lockere Erde rings ums Grab.

Umringt von einem kleinen Wald wirrer, weicher Hahnenkämme, wandte sie sich an Schmuel. Nachdem er jetzt auch im Grab mit Pinseln versorgt sei, erwarte sie, dass er im Himmel viele Engel und viele schöne Frauen malen werde, sagte sie und bat ihn dann, die Bilder für sie aufzuheben, damit sie sie sehen könne, wenn sie zu gegebener Zeit wieder mit ihm vereint wäre.

Nach beendeter Unterredung legte sie ihm den Knoblauchzopf hin und ging zu Schragas Grab. Schwerfällig setzte sie sich auf die Grabplatte, und obwohl sie sicher war, dass er es wusste, erzählte sie ihm vom Tod ihres neuen Ehemanns. Um ihm eine Freude zu machen, tanzte sie neben ihm seinen Lieblingstanz, den Walzer, haargenau so, wie sie ihn auf der Hochzeit getanzt hatte. Sie hüpfte und kreiselte zwischen den Gräbern und spürte seine zarten Füße dabei auf ihre treten und sich in der Schleppe ihres Kleides verheddern. Ganz außer Atem setzte sie sich schließlich aufs Grab, und nachdem sie sich ein wenig erholt hatte, nahm sie Abschied von ihm und suchte Josef auf.

Josefs Grab war von Lavendelsträuchern mit langen lila Blütenzweigen beschattet. Rosa pflückte ein paar duftende Blüten und rieb sie zwischen den Händen. Ein starker, eindringlicher Geruch, der Tote aufzuwecken vermochte, verbreitete sich über den Friedhof, stieg ihr in die Nase und erinnerte sie an Josef und die Berührung seiner Hände. Sie raffte den Rock hoch und setzte sich auf das kühle Grab. Ihr Eigengeruch, vermischt mit dem schweren Blütenduft ringsum, wurde begierig von den fetten Erdschollen am Rand aufgesogen und drang in die Tiefen der Unterwelt.

Flüsternd bat sie den dienstältesten Ehemann, die beiden anderen herbeizurufen und mit ihnen heimzukehren. Josef, damit beschäftigt, die unersetzlichen Düfte einzusaugen, die den Verwesungshauch des tiefen Jammertals verdrängten, gab keine Antwort, aber Rosa wusste, dass ihre Gabe angenommen worden war.

Mit ernster, würdevoller Miene, so aufgesetzt wie die Maske eines griechischen Tragödienschauspielers, wartete Totengräber Jochai schon auf sie, in den Händen ein Glas kühles Wasser zur Erquickung ihrer Seele. Er öffnete ihr feierlich die Taxitür, nahm ihre Hand, half ihr mit theatralischer Geste beim Einsteigen, schob sorgfältig ihren langen Rock mit hinein und schloss sanft den Wagenschlag. Dann begleitete er sie mit seinem leblosen Blick, und als er das Taxi davonfahren sah, eilte er mit flinken Schritten, die seinem düsteren Beruf wenig entsprachen, in den Friedhof zurück.

Als Erstes suchte er Josefs Grab auf, sog den Duft ein, den Rosa dort hinterlassen hatte, und streichelte mit seinen dürren Fingern die glatte Grabplatte, in der ihre Körperwärme gespeichert war. Dann wandte er sich Schragas Grab zu und strich mit gespreizten Händen zart die Abdrücke ihrer tanzenden Füße in der Erde glatt. Solchermaßen in ihre Fußstapfen getreten, ging er zu Schmuels frischem Grab, das mit einer funkelnden neuen Steinplatte abgedeckt war, rümpfte seine schmale, empfindsame Nase, als er Knoblauchgeruch witterte, und streichelte die Pinselköpfe, die sich ihm zu Ehren im Wind spielten.

Am nächsten Morgen erwachte Maleach wonnig lächelnd. Mit tränenblinden Augen erkannte Rosa sofort die Veränderung, die bei ihr eingetreten war. Das lange Lockenhaar, das ihr bis zu den Knien reichte, öffnete sich wie ein Vorhang, aus dem ihr das Gesicht des Kindes entgegenstrahlte. Es war das schönste Gesicht, das Rosa je gesehen hatte. Und als sie, ihren Augen kaum trauend, erneut hinblickte, erkannte sie die frappante Ähnlichkeit mit den Zügen des Cupidos, in dessen Gestalt Schmuel sie gemalt hatte. Ihre offenen hellen Augen blickten verträumt, die reifen roten Lippen öffneten sich zu einem engelhaften Lächeln, und es schien, als hätte ihre Nase über Nacht jene klassisch gerade Form angenommen, die Maler gern auf ihren Bildern verewigen. Erschrocken untersuchte sie den Rücken des Mädchens, ob den Buckelchen womöglich die kleinen Daunenflügel gewachsen waren, die Schmuel ihr angefügt hatte, doch zu ihrer Erleichterung fand sie die Auswölbungen unverändert vor.

Die Kleine erwiderte ihren Blick und verlangte zwitschernd nach ihrem Frühstück. Rosas Glück war beinah vollkommen. Maleach wuchs nicht wie ein normales Kind, aber entgegen den düsteren Prophezeiungen der Ärzte veränderte sie sich buchstäblich vor ihren Augen. Sie konnte lachen, sprechen, laufen und war das schönste Geschöpf, das Rosa je gesehen hatte, wahrlich ein Engel aus den Gemälden.

Abends, nach der Runde Telefongespräche mit ihren sieben Kindern, musste Rosa unbedingt auch ihren toten Ehemännern von dem Wunder erzählen. Wie auf Absprache beschlossen die drei, zu ihr zurückzukehren, und schon wurde die Ruhe in ihrem Schlafzimmer dreistimmig gestört. Wieder begannen Josefs Anwürfe, Belästigungen, Beschwerden und Zoten, nach denen sie sich so gesehnt hatte, und wieder hörte sie Schragas schmeichelndes Zwitschern und das Trommeln seiner nackten Füße im flotten Tanzschritt. Diesmal gesellte sich auch Schmuel dazu, aber da er neu im Bunde war, drängten Josef und Schraga ihn rüde beiseite und kränkten ihn. Josef verhöhnte seine Aktbilder, bezeichnete sie als billige Pornografie und mäkelte an seinen Pinseln herum. Und Schraga, dem Schmuels abgetretene Schuhe aufgefallen waren, hielt sich nun darüber auf, redete den ganzen Abend davon und fragte Schmuel, warum er sich keine neuen gekauft habe. Dann spotteten beide einhellig über seine farbenfrohen Hände und verwaschenen Kleider. Als sie seinen Aufzug durchgehechelt hatten, rümpften sie die empfindsamen Nasen und beschwerten sich über seinen Knoblauchgeruch. »Sogar die Würgeengel und der Todesengel, die an üble Gerüche gewöhnt sind, halten sich von ihm und seinem Knoblauchgestank fern«, erklärten sie Rosa süffisant. Danach ließ Josef sich über Schraga aus, erinnerte ihn an seine schwachen Leistungen im Bett und an die peinlichen Umstände seines Todes, worauf Schraga sich mit der Geschichte von Josefs letzten Tagen auf Erden revanchierte und hämisch seine sonderbare Stellung im Grab schilderte, die auch im Himmel Gesprächsthema sei, wobei selbst die Engel sich vor Lachen kaum halten könnten. So ging es weiter, bis Rosa der Geduldsfaden riss, sie die drei wie unartige Jungen ausschimpfte und ihnen drohte, wenn sie nicht sofort aufhörten zu streiten, dürfe kein Einziger von ihnen nachts bei ihr im Bett bleiben.

Sobald sie in jenen Nächten mit ihren Männern, einzeln oder gemeinsam, sprach, versuchten alle drei, sich zu ihr ins Bett zu drängen. Schweren Herzens entschied sie dann, mit wem sie die Nacht verbringen wollte. Die anderen beiden musste sie hinauswerfen. Da ihr die Wahl schwer fiel, warf sie eine Münze, bis sie merkte, dass Josef, der Stärkste der drei, sich dabei einen Vorteil verschaffte. Als der Schwindel aufflog, beschloss sie, Ordnung in die Besuchstage zu bringen. Fortan tanzten die drei in fester Reihenfolge an. Sonntag und Mittwoch war sie für Josef da, Montag und Donnerstag für Schraga, Dienstag und Freitag für Schmuel. Und um unnötige Querelen zu vermeiden, entschied sie, den Samstag einsam und besinnlich zu verbringen, obwohl Josef diesen Tag für sich beanspruchte, da er ja der Dienstälteste unter den dreien war und auch die weitaus meisten Jahre mit ihr verlebt hatte.

»Das wär's. Fertig, aus. Ich heirate im Leben nicht wieder«, erklärte sie Ruchama feierlich, von einem weiteren Gang an Schmuels Grab zurückgekehrt, bei dem sie gleich auch die beiden anderen besucht hatte.

»Das hängt nicht von dir ab«, erwiderte ihr Ruchama in trockenem, Unheil verheißendem Ton.

»Ich halt's nicht mehr aus, dieses Heiraten und Begraben, Heiraten und Begraben, Heiraten und Begraben«, sagte sie flehentlich, als könnte Ruchama, die Erfinderin des Schmetterlingsspiels, das ihr Schicksal bestimmt hatte, dessen bösen Spruch abwenden. »Ein Glück wenigstens, dass sie alle drei auf demselben Friedhof liegen«, fuhr sie fort. »Stell dir mal vor, ich müsste zwischen drei Friedhöfen im ganzen Land rumkutschieren. Jetzt geht alles ganz leicht. Ich fahre zum Grab des einen und besuche bei der Gelegenheit auch gleich die beiden anderen, sodass keiner sich beklagen kann, er käme zu kurz. Aber ein viertes Grab, daran mag ich gar nicht denken. Wer hätte dazu wohl Kraft.«

»Aber wer sagt denn, dass du auch den vierten unter die Erde bringst. Vielleicht bringt er dich unter die Erde, schließlich wird er dein letzter Mann sein«, antwortete Ruchama boshaft.

Rosa brannten die Worte auf der Haut. Sie kicherte verlegen und sagte in entschuldigendem Ton: »Sieh mich doch an: dick, alt, ein geschädigtes Mädchen am Bein und Mutter von acht Kindern. Wer nimmt denn so eine?«

Ruchama gab keine Antwort, musterte nur neidisch Rosas makelloses Gesicht, sog förmlich ihre Schönheit ein und speicherte sie tief im Dunkel ihres Körpers. Vielleicht würde etwas von Rosas massiver Schönheit verdunsten und in ihr aufgehen. Und bevor sie sich verabschiedete, sagte sie, Rosa müsse froh sein, weil sie drei Männer gehabt habe und noch Ahnen hätte, während der einzige Mann, der in den letzten Jahren, nach Josefs Tod, neben ihr, Ruchama, geschlafen habe, ein unscheinbarer Typ mit vielen Plastikeinkaufstaschen gewesen sei, der sich auf dem Rückweg vom Markt in der Linie Achtzehn neben sie gesetzt habe, wonach ihm vor Müdigkeit der Kopf auf ihre Schulter gesunken sei. Sie sei so glücklich gewesen, weil endlich ein Mann neben ihr schlief, dass sie ihn nicht abgeschüttelt habe, nicht mal, um an ihrer Haltestelle auszusteigen. Als er dann aufwachte und in Katamon IX den Bus verließ, sei sie mit ausgestiegen. »Aber er hat sich nicht mal umgeschaut, um zu sehen, wer ihm als Kopfkissen gedient hat«, sagte Ruchama verbittert. »Er ist ausgestiegen und weggelaufen, als würde ich gar nicht existieren, als hätte er nicht halb auf mir geschlafen. Man könnte meinen, er wär sonst wer gewesen. Dabei war er nichts als ein müder Heini mit alter, stinkiger Kleidung, Bartstoppeln und roten Augen. Wenn man bedenkt, dass ich ihm auch noch nachgelaufen bin, bloß weil er an meiner Schulter geschlafen hat«, sagte sie schmerzerfüllt. Und als bereue sie, die Geschichte erzählt zu haben, verließ sie schnell die Wohnung.

In diesen Tagen ignorierte Rosa die Lebenden und konzentrierte sich auf die Toten. Maleachs hübsches Gesicht, das sie morgens anlächelte, versetzte sie nicht mehr in Erregung, und auch die Enkel, die zu Besuch kamen, brachten sie nicht zum Schmunzeln. Babys, deren Gewicht, Wärme und Wohlgeruch zu normalen Zeiten starke Liebe bei ihr geweckt hätten, sobald sie sie nur auf den Schoß nahm, vermochten ihr jetzt nicht das Herz zu erwärmen. Rosas Leben verlief von einem Gedenktag zum nächsten. Sie besuchte Gräber, pflegte die Erinnerungsstücke ihrer heimgegangenen Männer und achtete darauf, dass ständig drei Seelenkerzen im Wohnzimmer brannten.

Kaum hatte sie sich von Schmuels Jahrestag erholt, stand Schragas vor der Tür, gefolgt von Josefs Jahrestag, nach dem wieder Schmuels kam. Sie überlegte langsam, ob ihre Mutter nicht Recht daran getan hatte, auf eine Wiederheirat zu verzichten, denn war es schon schwer, einem einzigen toten Ehemann Aufmerksamkeit zu schenken, so war es bei dreien fast ein Ding der Unmöglichkeit.

»Man kann seine Aufmerksamkeit einfach nicht auf drei tote Ehemänner verteilen, ohne einen dabei zu benachteiligen«, klagte sie Rachel, mit der sie sich inzwischen ausgesöhnt hatte, und Ruchama, die seit eh und je gern von ihren Sorgen hörte. Ganze Nächte bekam sie wegen der unaufhörlichen Streitigkeiten, Prahlereien und Vorwürfe der drei kein Auge zu.

Die Tage vergingen ihr so schnell, dass sie Rachel vorjammerte, ihre Jahre würden immer kürzer, kaum hätte sie sich einmal umgedreht, seien schon wieder drei Totengedenktage vorüber und ein Jahr vorbei, und diese geschrumpften Jahre würden ihr noch einen frühen Tod bescheren. Rachel sann ernsthaft über ihre Worte nach und erklärte zustimmend, auch sie spüre dieses Phänomen, auch ihre Jahre würden immer kürzer, rasten eins schneller als das andere dahin, das nächste würde gewiss noch kürzer und das danach ratzekurz.

Stutzig geworden begann Rosa die Tage des laufenden Jahres mit kleinen Strichen hinter ihrem Bett zu verzeichnen, je ein Strichlein pro Tag. Als sie am Jahresende die Striche zählte, merkte sie, dass sie zwar keinen einzigen Tag ausgelassen hatte, das Jahr ihr aber auch diesmal schneller als das vorherige vergangen war.

»Ich fürchte, dass ich mal nachts schlafen gehe und morgens wieder aufstehe, und schon ist noch ein Jahr vorbei«, sagte sie zu Rachel. Nun zogen sie Ruchama zur Beratung bei, wärmten Erinnerungen aus alten Zeiten auf, als ein Jahr noch ein Jahr war, und erzählten mit wehmutsumflorten Augen, wie langsam das Jahr dahingegangen war und wie sie – schier berstend vor Erwartung – die Tage bis zu den großen Ferien gezählt und als Kinder die wahre Ewigkeit von einem Geburtstag zum nächsten ertragen hatten.

Danach sprachen sie wieder lange und ernsthaft über die schwindenden Tage, bis Rosa der fruchtlosen Erörterung ein Ende setzte und beschloss, sich mit Peretz, dem Kabbalisten, zu beraten. »Er ist der weiseste Mensch, den ich kenne«, sagte sie, »er wird sicher die Antwort wissen. Außerdem habe ich ihn lange nicht mehr gesehen, und gewiss hat er mir viel zu erzählen«, fügte sie halb entschuldigend hinzu.

Diesmal musste Rosa nicht draußen unter den zahlreichen Frauen warten, die seine Haustür belagerten. Als er hörte, dass sie da war, schickte er seinen Assistenten, um sie hereinzuholen. Peretz blickte Rosa in die Augen, linste in ihren Ausschnitt, wog im Geist ihre Brüste und lauschte dem Problem der verkürzten Tage. Trotz ihrer Bitte verweigerte er standhaft die Auskunft, wann es Zeit für sie wäre, sich mit ihren Männern zu vereinen, aber er war bereit zu erklären, warum ihre Tage kürzer wurden, und beruhigte sie mit der Versicherung, dass viele in ihrem Alter dasselbe Gefühl hätten.

»Der Grund ist ganz einfach«, sagte er. »In der Kindheit vergeht uns jedes Jahr langsam. Das ist eine Tatsache. Ihr Jahr und das eines Kindes umfasst zwar dieselbe Anzahl von Tagen, aber das des Kindes ist sehr lange und Ihres sehr kurz.

Bei einem Vierjährigen macht ein Jahr ja ein Viertel seines Lebens aus, bei einem Fünfjährigen ist es ein Fünftel. Und gerade bei uns, die wir die Zeit gern verlängern würden, beträgt ein Jahr, wenn wir fünfzig sind, nur ein Fünfzigstel des Lebens, im Alter von sechzig ein Sechzigstel. Deshalb ist alles relativ, und die Zeit läuft einem tatsächlich davon.« Nun verfiel er in den dozierenden Ton eines Universitätsprofessors, sodass Rosa abermals dachte, er sei der weiseste Mensch, den sie kannte, und fuhr fort: »Wenn wir uns der Erforschung des menschlichen Zeitbegriffs zuwenden, so reden wir doch von einem physiologischen Prozess, der im Gehirn abläuft. Dieser Prozess gerät mit fortschreitendem Alter immer mehr aus den Fugen, und deshalb unterscheidet sich das Zeitgefühl eines alten Menschen von dem eines jungen.«

Bevor sie ging, erkundigte er sich nach Maleachs Befinden, nickte zufrieden, als sie ihm von ihr erzählte, und bat sie zu prüfen, ob das Kind ein außergewöhnliches Verhalten an den Tag lege, denn er sähe etwas, wofür er bisher keine Erklärung wisse. Als sie ihn fragte, was er meine, sagte er, er könne ihr keine sichere Antwort geben, und bat sie erneut, gut auf Maleach aufzupassen.

Heimgekehrt, trommelte Rosa ihre Freundinnen zusammen und wiederholte ihnen genau, was Peretz gesagt hatte.

Fortan achtete Rosa mit Argusaugen auf Maleach, bemüht, durch besondere Zuwendung all die Jahre wettzumachen, die sie mit Ehen, Ehemännern, Begräbnissen, Trauer und Totenkult zugebracht hatte. Da sie nun wieder volle Mutterfunktion übernahm, wies sie Ruthis mittlerweile zur Gewohnheit gewordene Versuche ab, die Kleine unter ihre Obhut zu nehmen. Und abends, beim Schlafenlegen, beobachtete sie sorgfältig diese anders geartete Tochter, die das ereignislose geregelte Alltagsleben, das ihr in ihrem früheren Leben erstrebenswert erschienen war, in einen Scherbenhaufen verwandelt hatte.

Wenn sie zuweilen besorgt überlegte, was mit Maleach werden sollte, wenn sie als Mutter einmal nicht mehr wäre, bekam sie Gewissensbisse, die ihr den Schlaf raubten. Dann gab sie sich selbst die Schuld an Maleachs Wachstumsstörung, denn ihr alter Wunsch hatte sich ja bei Maleach erfüllt. Schmerzlich erinnerte sie sich an Angelas Rüge: »Wenn man einen Wunsch äußert, kann man nicht immer wissen, was geschieht, wenn er tatsächlich erfüllt wird. Die Erfüllung eines Wunsches kann uns ein schweres Opfer abverlangen.« Einmal hatte Angela sie mitten bei dem nächtlichen Geheimritual erwischt, das sie bei Ruthi als Baby zelebrierte, und war, als sie Rosa die Kleine bitten hörte, nicht zu wachsen, sehr wütend geworden: »Hast du dir einmal überlegt, was passiert, wenn deine Bitte in Erfüllung geht und Ruthi nicht wächst?« Rosa hatte weder darauf geantwortet noch an die Folgen gedacht, sondern die Kinder nachts, hinter dem Rücken ihrer Mutter, auch weiterhin gebeten, ja nicht heranzuwachsen.

Ausgerechnet bei ihrem letzten Kind nun war ihre Bitte in Erfüllung gegangen, als hätten die gesammelten Wünsche sich in ihr verkörpert. Und obwohl die Ärzte ihr gesagt hatten, dass Maleach nicht wachsen würde, hatte sie sich nicht enthalten können, auch ihr die Worte zu sagen, die sie nachts all ihren Kindern zugeflüstert hatte: »Werd nicht groß.« Rosa hatte gehofft, dank ihres letzten Kindes, das nicht heranwuchs, würde die Zeit für sie stehen bleiben, denn Maleach, würde den Pulsschlag ihrer Jahre stoppen und das Ende von ihr fern halten. Hörte sie die Frauen im Viertel von den »flügge gewordenen Vögelchen« sprechen oder las in Frauenzeitschriften die Metapher vom leeren Nest, wusste sie, dass Maleach immer bei ihr sein würde. Ihr Nest würde sich nicht leeren, und deshalb würde sie nicht altern.

Blickte sie auf die Folgen ihres erfüllten Wunsches – Maleachs winzige Füßchen, die so klein wie die von Chinesinnen aus ihren Babysachen lugten –, wurde Rosa schier verrückt vor süßen Gefühlen für dieses Kind.

Die Frauen des Viertels sagten bewundernd, Rosa habe ein Mädelchen wie aus der Reklame, ein richtiges Püppchen, kurz, ein Puppenkind. Rosa wusste, dass sie der Wahrheit recht nahe kamen. Wenn sie Maleach mit der Puppe Jaffa spielen sah, fiel ihr die große Ähnlichkeit auf. Beide hatten goldene Locken, ein gerades Näschen, rosige Wangen – präzise von einem großen Meister aufgemalt – und blaue Augen, von langen dunklen Wimpern umrahmt. Jaffas Augen jedoch waren glasig und ausdruckslos und schlossen sich nie, Maleachs Augen lachten immer.

Zum Spazierengehen zog sie ihr eine weite Bluse an, die ihre Buckelchen kaschierte, und draußen beobachtete sie dann voll Mutterstolz die Passanten, die stehen blieben, um das Wunderkind in Augenschein zu nehmen. Fasziniert beugten sich die Leute zu der Kleinen hinab, flöteten nur so und überhäuften sie mit den sinnlosen Standardsilben, die Erwachsene Babys gern vorplappern. Genau darauf warteten die beiden. Hatten die Leute ihren Silbenvorrat erschöpft, tat Maleach den Mund auf und begann vernünftig zu reden, worauf ihr Gegenüber schlagartig verstummte. Die Menschen bekamen Stielaugen und blickten verblüfft auf das bildhübsche Baby, das wie ein großes Mädchen sprechen konnte. Manchmal erschrak Rosa, dass sie so stolz auf ihre Tochter war, und fürchtete, die neugierigen Gaffer könnten Maleach mit dem bösen Blick belegen. Dann spreizte sie schnell die rechte Hand, wischte verborgene Tränenperlen von ihrem Glücksbringer, dem blauen Glasauge, und flüsterte im Stillen fünfmal das Wort *Chamsa* – Fatimahand.

Nachts, nachdem sie Maleach in der Babywanne gebadet, ihr das Haar gewaschen, jedes Grübchen und Fältchen ihres zarten Fleisches geküsst, an ihren Zehen geknabbert und ihr warmen Atem auf die rosigen Wangen geblasen hatte, legte sie sie zum Schlafen ins Bett, blieb bei ihr stehen und lauschte ihren Atemzügen, horchte, ob die vertrauten Wachstumsgeräusche, die Kinder bei Nacht entfalten, herauszuhören seien.

Dann beugte sie sich über ihr Bett und flüsterte ihr ins Ohr: »Wachs nicht, wachs nicht, wachs nicht.«

Und das Mädchen enttäuschte sie nicht. Gehorsam erwachte sie nach einer langen Nacht, in der alle Kinder wachsen, und war noch so klein wie am Abend zuvor.

»Nicht dass sie, Gott behüte, eine Zwergin wäre«, erklärte Rosa stets ihren Freundinnen. »Ihre Proportionen stimmen, sie wächst nur nicht. Eine Prophezeiung der Ärzte hat sich also bewahrheitet.«

Hinter Rosas Rücken sagte Rachel jedem, der sie fragte: »Rosa ist an allem schuld. Das kommt, weil sie all ihre vorherigen Kinder gebeten hat, sie sollen nicht wachsen. Nun ist es halt beim achten Kind wahr geworden, und die Erfüllung des Wunsches ist eine Strafe. Die Kleine wächst nicht, und ich finde es nicht richtig, dass ein Mädchen in ihrem Alter wie eine Zweijährige aussieht.« Darauf fügte sie jedes Mal hinzu: »Nach meiner Ansicht vernachlässigt Rosa das Mädchen. Statt sich richtig um sie zu kümmern, sämtliche Ärzte mit ihr abzuklappern, prahlt sie noch mit der Missbildung und tut nichts, um diese dumme Sache aufzuhalten.« Und unter dem Siegel der Verschwiegenheit fuhr sie fort: »Warum lässt sie sie mit Krähen spielen? Krähen bringen Unglück. Wieso begreift sie nicht, dass der, der mit dem Unglück spielt, sein Leben aufs Spiel setzt?« Rosa hörte von Nachbarinnen das, was ihr nicht ins Gesicht gesagt wurde, und schob noch eine Knoblauchzehe gegen den bösen Blick unter Maleachs Kissen.

Später dann, als Maleach auf und davon war und die Alten des Viertels über den Zeitpunkt ihres Verschwindens debattierten, entflammten stürmische Streitigkeiten. Der eine sagte, sie sei fünf Jahre alt gewesen, der Nächste plädierte vehement für sieben, und wieder ein anderer Nachbar meinte, Maleach sei nicht mehr und nicht weniger als zehn Jahre alt gewesen, doch da ihr Körper nicht mit den Jahren wachsen wollte, habe sie wie ein Kleinkind ausgesehen.

22

Die Geliebte der Krähen

Nun, da Rosa Maleach näher denn je kam, wurde sie sich zunehmend des »Phänomens« bewusst – so nannten die Einwohner des Viertels Maleachs besondere Beziehung zu Vögeln im Allgemeinen und zu Krähen im Besonderen. In Maleachs ersten Lebenstagen, als riesige Krähenschwärme schier endlos ums Haus kreisten, hatte Rosa nicht wahrhaben wollen, dass es sich tatsächlich um ein »Phänomen« handelte, sondern die Sache als Zufall abgetan. Doch als die Erscheinung sich ständig wiederholte und alle Leute im Viertel davon redeten, begann sie, Erklärungen, Hinweise und Zeichen dafür zu suchen.

Rosa dachte, alles habe in Maleachs erster Stunde daheim angefangen, und zwar wegen des lauten Empfangs, den Josefs Kuckucksuhren ihr bereitet hatten. Sie erzählte immer gern, wie sie mit dem Baby auf dem Arm aus dem Krankenhaus zurückgekehrt war und, kaum dass die Wohnungstür aufging, sämtliche Kuckucke wie aus einem Schnabel zehnmal gerufen hatten, um zu verkünden, dass es zehn Uhr war. Von da an hatte die Kleine die Kuckucke stündlich ihr Wörtchen sprechen hören, bis zu dem Tag, an dem ihr Vater gestorben war.

Die Einwohner des Viertels erzählten gern noch eine weitere Version vom Geschehen am Tag ihres Einzugs. Sie schilderten den Anblick der grauen Krähen, die sich massenweise auf den Stromdrähten vor dem Haus gedrängt und die beiden mit neugierigem Krächzen erwartet hatten. Aber Rosa war seinerzeit zu aufgeregt gewesen, um sie zu bemerken. Die Nachbarn aus dem vierten Stock, die die Gegend von oben überblickten, berichteten, die Krähen hätten die gefiederten Hälse so verbogen, dass ihnen die Federn zu Berge standen und sie ihre Perlaugen auf das Gesichtchen des geschädigten Babys richten konnten. Sobald ihre Neugier befriedigt war, zogen sie ihre Kreise ums Haus und ließen ihre durchdringenden Schreie vernehmen. Noch lange danach hätten die Krähen aufgeregt weitergekrächzt, erzählte man sich im Viertel, und seither drehten sie jeden Morgen eine Ehrenrunde vor dem Zimmerfenster des Mädchens, landeten der Reihe nach vor der Scheibe, pochten mit ihren kräftigen Schnäbeln daran und verfolgten mit Argusaugen Maleachs Entwicklung. Und die Kleine, der die Ärzte vorausgesagt hatten, sie werde nicht wachsen und ihr Leben lang auf ihren Buckelchen liegen, wandte das Gesicht den Pochlauten zu, streckte ihnen die Ärmchen entgegen und antwortete ihnen mit vergnügtem Glucksen.

In Maleachs ersten Lebenstagen hielt Rosa eine Beziehung zwischen den Krähen des Viertels und ihrer Tochter für unmöglich, aber nach einiger Zeit konnte sie das »Phänomen«, das in aller Munde war, nicht mehr übersehen und gewöhnte sich sogar an das Schauspiel. Wenn sie mit dem Kind aus dem Haus ging, blickte sie zum Himmel empor und suchte die schwarzen Horden, die droben Fliegende wie drunten Wohnende gleichermaßen in Angst und Schrecken versetzten.

Bald konnte Maleach die schwarzen Vögel, die zu ihrem Alltag gehörten, schon mit Blicken verfolgen, und ehe sie das Wort »Mama« herausbrachte, lernte sie »Vogel« sagen. Als sie ein Stück gewachsen war, machte Rosa Maleachs Zimmerfenster auf und stellte sie auf einen Stuhl. Dann steckte die Kleine ihr Goldköpfchen hinaus und rief mit schwacher Stimme »Krähe kucku« nach den schwarzen Krähen, die den Himmel über dem Haus sprenkelten, klug die Luftströme zum Höhenflug nutzten und ihr krächzend antworteten.

Maleach kannte sie alle, vom Leitpaar bis zur Jüngsten und Geringsten unter ihnen, und gab ihnen Namen. Fragte man sie, wie sie die Krähen, die doch alle gleich aussähen, auseinander halten könne, lachte sie ihr glockenhelles Lachen und erklärte, die da habe einen dicken Schnabel, die dort eine hängende Schwanzfeder, diese andere da sehe so verblichen aus, als wäre sie stundenlang in der Sonne gewesen, die Gesprenkelte hätte glänzende, runde Flecke auf dem Gefieder, jene wiederum sei sehr eitel und den ganzen Tag auf das Ordnen ihrer Federn bedacht, und diese hier sei die Kleinste und jene die Größte, und die da habe einen roten Glanz in den Augen. Versuchten Dror und Ruthi dann, die Merkmale zu erkennen, mit denen Maleach sie beschrieb, ließen sie es rasch wieder sein, denn ihnen sahen sie alle gleich aus.

Staunend guckte Rosa zu, wenn Maleach die Krähen bei Namen rief. Auch wenn sie weit weg und anderweitig beschäftigt waren, ließen sie, was immer sie im Schnabel hielten, fallen, flogen mit ausgebreiteten schwarzen Schwingen zu ihr, fanden sich neben ihr ein und lauschten dem Spruch ihres Mundes. Und wenn sie im Viertel herumlief, wachte turnusgemäß immer eine Krähe über ihre Schritte. Durch Schwanzrudern das Gleichgewicht haltend, segelte sie im Tiefflug über Maleach hinweg und drehte dann den Kopf, um sie nicht aus den Augen zu lassen.

Die Geschichte »Das behinderte Jerusalemer Mädchen und die heimischen Krähen« erschien als kurze Notiz auf der letzten Seite der Lokalzeitung. Alsbald füllte sich das Viertel mit Besuchern. Journalisten der Natur- und Landschaftsredaktionen, Fotografen, Kameraleute, Naturfreunde, mit Feldstechern und Rekordern ausgerüstete Vogelkundler und schlichte Gaffer scharten sich wie hartnäckige Freier vor Maleachs Haus auf dem Gehweg, richteten die Augen himmelwärts, um die Schauflüge der grauen Vögel zu verfolgen, und lauerten darauf, dass Maleach herauskäme, damit sie die Ereignisse, von denen die Zeitung berichtet hatte, mit eigenen Augen sehen könnten. Auch Skeptiker und Kleingläubige strömten herbei, um über den Aufmarsch der Dummköpfe zu spotten. Sie behaupteten, ein Bund zwischen Krähen und Menschen sei ein Ding der Unmöglichkeit. Zum Gegenbeweis deuteten die Bewohner des Viertels auf den unauslöschlichen Vogelmiststreifen, der die Straßen zierte.

Getränkestände für Limonade und Mandelwasser, von wendigen Jungen im Nu eröffnet, verzeichneten blendende Geschäfte. Das stundenlange Harren auf Maleach und ihre Krähen und die endlosen Debatten, die sich zwischen Gläubigen und Skeptikern auf dem Gehweg abspielten, dörrten den Leuten die Kehlen aus, sodass sie viel zu trinken brauchten.

Die Zeitschrift *Natur und Landschaft* veröffentlichte einen wissenschaftlichen Aufsatz über die feste Freundschaft zwischen dem Jerusalemer Mädchen und den Krähen. Dr. Jonathan Zafrir, der bekannte Ornithologe, schrieb, man fände nicht selten eine solche Freundschaft zwischen Menschen und Vögeln, insbesondere Krähen, denn Letztere seien für ihre Intelligenz bekannt und legten ein hoch entwickeltes Gesellschafts- und Paarungsverhalten an den Tag. In der Einleitung zu dem mit »Zutrauliche Krähen in Jerusalem« überschriebenen Artikel hieß es:

Israel hat einen Weltrekord zu verbuchen. Das Land verfügt über die größte Populationsdichte an Krähenvögeln. Auf jeden Quadratmeter Boden kommen hierzulande heute siebzehn Krähen, und im Schnitt gehen pro Tag acht Hilferufe von Menschen aus allen Landesteilen ein, die von einem Krähenvogel angegriffen wurden. Gelegentlich führt der Zusammenstoß mit der Krähe zu einer Verletzung, in anderen Fällen behält die Krähe den, der sie angegriffen hat, in Erinnerung, trägt ihm seine Tat nach und betrachtet ihn weiterhin als Feind. Maleachs Fall hat durchaus schon Vorläufer gehabt. Die Krähen haben das Mädchen einfach als eigenes Junges adoptiert, worauf der Schwarm die Verantwortung für ihr Leben und Wohl übernahm.

Wenn der Ornithologe mit seinem Diaprojektor Schulen und Kulturzentren bereiste, um über Krähenvögel zu referieren, fügte er nunmehr die Geschichte von Maleach und den Krähen seinem Vortrag an, vermochte jedoch nicht die Frage zu beantworten, die ihm im Zuhörerkreis immer wieder gestellt wurde und auch Rosa beschäftigte: »Warum gerade Maleach? Warum haben sie sich keinen anderen Menschen ausgesucht?«

Rosa, die dieses ungelöste Rätsel immer aufs Neue wälzte, wenn sie die Krähen über ihrem Haus krächzen hörte, dachte dabei auch an Angela und die schwarzen Wassermelonenkerne, die sie einst auf weißen Laken im Hof der Villa in Katamon getrocknet hatte. Im Sommer lagen dort Decken und Leintücher in allen Farben ausgebreitet, voll gestreut mit feuchten Kernen von Wassermelonen, deren süßes Fruchtfleisch längst verspeist war. Frauen mit bunten Kopftüchern saßen rings herum auf niedrigen Holzschemeln, vornüber gebeugt, ihre mächtigen Hinterteile quollen nach allen Seiten über die geflochtenen Sitzflächen, und die schweren Brüste baumelten ihnen bis zur Taille herab. Unter fröhlichem Schwatzen und Tratschen bückten sie sich unwillkürlich nach den Kernen, griffen eine Hand voll zum Probieren heraus und durchmischten mit den Fingern den Rest, damit alle, bis zum letzten Kern, ihren Teil Sonne abbekamen. Nahten jedoch hungrige Spatzen oder freche Krähen, schwoll ihr Geplauder zum allgemeinen Tumult, zu einem schrillen aufgeregten Kreischen an. Dann rappelten sich alle schwerfällig von den Schemeln hoch, jede Frau stellte sich an ihr eigenes Laken, wehrte heftig fuchtelnd die hungrigen Vögeln ab und verscheuchte sie in alle Richtungen.

Nur Angela blieb abseits sitzen und beobachtete die Vögel,

die genüsslich ihre Kerne aufpickten. Ein Vogel sagte es dem anderen und dieser wieder einem dritten, bis ihr Leintuch von Vögeln aller erdenklichen Arten wimmelte, die zwischen ihren Kernen herumhüpften und sich nach Herzenslust gütlich daran taten. Trotz dieses gefiederten Ansturms fand Angela jedoch niemals Vogelkot oder ausgefallene Federn auf ihren Leintüchern, und es fehlte ihr auch nie an Wassermelonenkernen auf dem Tisch nach dem Schabbatabendessen.

Außerdem erinnerte sich Rosa, als wäre es gestern gewesen, wie Angela gegen Abend mit ihr auf den freien Feldern von Katamon spazieren gegangen war und dabei immer ein trockenes Fladenbrot in einem Taschentuch mitgenommen hatte. Wenn sie sich dann im Schatten des Johannisbrotbaums ausruhten, zerkrümelte sie das Brot und teilte es den Vögeln ringsum aus.

Als sie Rachel diese Erinnerungen erzählte, erwiderte die Freundin, dies sei ein klassischer Fall der Seelenwanderung von der Großmutter zur Enkelin, denn ihre Mutter sei ja zwei Monate vor der Geburt des Mädchens gestorben, das ihren Namen bekommen habe, und Rosa brauche sich nicht zu wundern, dass Angelas Seele, möge Gott sich ihrer erbarmen, mittels ihrer Enkelin weiterwirke. Die Krähen hätten dies natürlich als Erste erkannt und sich dank ihrer Findigkeit das Mädchen gesichert. Rosa erwog die Worte ihrer Freundin, die nicht einer gewissen Logik entbehrten, und umarmte Maleach, blickte ihr tief in die Augen und suchte dort Anzeichen für die entschwundene Seele ihrer Mutter.

23

Kleinmädchenspiele

Rosa begriff, dass etwas im Gange war, als sie ihre Freundinnen, Rachel und Ruchama, in Zadoks Lebensmittelladen tuscheln sah. Als sie zu ihnen trat, um ihnen guten Tag zu sagen, schraken sie zusammen und verstummten. Kaum hatte sie sich ein Stück entfernt, spähten sie mit einem Auge nach ihr und tuschelten weiter. Rosa kam sich überflüssig vor.

Während sie gegen Abend die schweren Taschen zu ihrer Wohnung hinaufschleppte, beschloss sie, die beiden zur Klärung der Sache einzuberufen. Um die Gemüter zu erweichen, buk sie ihre hohe Torte. Und just, als sie sie zum Auskühlen auf die Marmorplatte stellte, klopfte es an der Tür. Sie fand Ruchama schnaufend vom Treppensteigen an der Schwelle stehen.

»Du bist mir zuvorgekommen«, sagte Rosa. »Komm rein!« Sie führte Ruchama in die Blumenküche, setzte ihr den Kaffee vor, den sie für sich gekocht hatte, und schnitt mit geübter Hand ein Stück Torte ab. »Nimm Kuchen!«, befahl sie und schob ihr ein Stück zu, das für drei heißhungrige Männer gereicht hätte. Ruchama zögerte, ehe sie einen Bissen nahm. »Dieser Kuchen hat keine Kalorien«, fauchte Rosa »Er ist leicht wie ein Schwamm. Bloß Eischnee und ganz wenig Mehl und gerade mal so viel Zucker.« Sie deutete mit den Fingern eine Prise an. »Du kannst noch so viel essen, davon wirst du nicht dick.«

Ruchama schürzte ihre rot geschminkten Lippen und biss in

den Kuchen, der ihren Zähnen mit Leichtigkeit nachgab, sodass ihr der Bissen gleich tief in den Rachen glitt und die Luft nahm. Halb erstickt tastete sie nach der Kaffeetasse und nahm ein paar kräftige Schlucke. Die heiße Flüssigkeit, die ihr die Kehle hinunterrann, löste die Blockierung, und der klebrige Brei rutschte mühelos hinab unter Hinterlassung eines schwachen Würgegefühls und einer ätzenden Brandwunde im Hals.

»Wohl bekomm's«, wünschte ihr Rosa.

Ruchama beäugte sie feindselig und brachte dann aus trockener Kehle den einen einzigen hochwirksamen Satz hervor, der mit einem Schlag die süffisante Miene hinwegfegte, die Rosa bei Ruchamas lautem Atemringen aufgesetzt hatte.

»Was hast du gesagt?«, fragte Rosa, als traue sie ihren Ohren nicht.

Ruchama schnappte hörbar nach Luft und wiederholte mit heiserer Stimme: »Ich heirate.«

Rosa musterte sie aufmerksam, als sähe sie sie zum ersten Mal im Leben. Ruchamas Brauen, mit schwarzem Kohlestift hoch über ihren Augen aufgemalt, starrten sie in zwei schmalen Bögen an, die ihrem Gesicht den immerwährend staunenden Ausdruck eines Zirkusclowns verliehen. Ihre Augen waren von winzigen Äderchen durchzogen, als hätte sie die ganze Nacht kein Auge zugetan, und die knallrot geschminkten Lippen sahen Rosa wie eine Wunde aus. Um ihren ausgemergelten Körper hing lustlos ein uraltes Kattunkleid, das Rosa noch aus der Zeit kannte, als Ruchama ihr geflissentlich aus dem Weg gegangen war. Ruchama bemerkte ihre durchdringenden Blicke und strich sich mit einer koketten Geste das schüttere, strohige Haar aus dem Gesicht. Die Züge, die unter dem nunmehr beiseite geschobenen karottengelb gefärbten Haarvorhang hervorkamen, wirkten düster und müde, sodass Rosa sich fragte, warum sie so eine Trauermiene machte, wenn sie einer Hochzeit entgegensah.

»*Masal tov!*« Rosa hatte sich wieder gefasst. »Viel Glück! Wer ist denn der Bräutigam?«

Ruchama beeilte sich nicht mit der Antwort, spannte Rosa lieber auf die Folter, als wolle sie sie für den glühend heißen Kaffee und den würgenden Kuchen bestrafen. Mit langsamer Gebärde, der sie eine dramatische Note zu geben versuchte, setzte sie sich an dem geblümten Tisch zurecht und beäugte feindselig den Kuchen auf der Marmorplatte, von dem ein Gutteil jetzt in ihrem Magen verdaut wurde. Als sie sah, dass Rosa im Begriff stand, ein weiteres Stück abzuschneiden, deckte sie ihren Teller hastig mit ihren welken Händen ab, als wolle man ihr Gift andrehen. Rosa merkte plötzlich, dass Ruchamas Hände dicht mit rostbraunen Pigmentflecken übersät waren.

»Wer ist denn der Bräutigam?«, fragte sie erneut.

»Du kennst ihn nicht«, antwortete Ruchama. »Er ist nicht aus unserem Viertel.«

»Dann erzähl mir doch von ihm. Ich sterbe ja vor Neugier«, ließ Rosa sich auf das Spiel ein, dessen Regeln Ruchama bestimmte.

»Schau. Ich hatte Angst, es dir zu erzählen. Auch Rachel hat gesagt, vielleicht sollte ich es lieber lassen, wegen deiner Sorgen…«

»Was hat diese Hochzeit denn mit meinen Sorgen zu tun?«

»Schau, wir fürchteten, du könntest eifersüchtig werden, verstehst du?«, erwiderte sie mit trockene Kehle und nahm rasch noch einen Schluck, der ihr die Speiseröhre zum Magen hinunterrann und unterwegs neue schmerzende Brandwunden hinterließ.

Angewidert schob Ruchama die Kaffeetasse von sich. Rosa blickte ihr verblüfft ins Gesicht. Es schien ihr, als würden Ruchamas aufgemalte Brauen vor ihren Augen Stufe für Stufe höher klettern. Schon fürchtete sie, sie könnten hoch über der Stirn landen und sich letzten Endes mit dem schütteren Kopfhaar verbinden.

Schließlich riss sie sich von Ruchamas Brauen los und fragte erneut: »Na, wer ist denn nun der Auserwählte?«

»Erinnerst du dich, dass ich dir von dem Mann erzählt habe, der mir im Bus auf dem Rückweg vom Markt an der Schulter eingeschlafen ist? Also das ist noch mal passiert. Als ich dann nach ihm an seiner Haltestelle ausstieg, hat er mich gefragt, wie viel Uhr es ist, und als ich ihm die Uhrzeit sagte, meinte er, er hätte Zeit, und plötzlich gingen wir nebeneinander, und dann fing er an mir alle möglichen Fragen zu stellen, wo ich wohnte und nach meinem Familienstand, und als ich ihm antwortete, dass ich Witwe bin, hat er gesagt, er sei auch Witwer, und du weißt, wie das geht, ich brauch dir's nicht extra zu erzählen, eins führt zum anderen, und nun heiraten wir.«

»Was ist er denn von Beruf?«, konnte Rosa sich nicht enthalten zu fragen.

»Elektriker«, antwortete Ruchama stolz. »Er kann alles reparieren, goldene Hände hat er.«

Rosa überlegte, ehe sie sie mit der nächsten Frage konfrontierte. »Erinnerst du dich, dass du damals, als ich Schraga heiratete, gesagt hast, du verstündest nicht, wozu ich das bräuchte? Und bei deinem ersten Mann hast du gejammert, du wünschtest, er würde dich freigeben, damit du das Leben genießen könntest. Wieso willst du dann jetzt plötzlich heiraten?«

Ruchama blickte sie mitleidig an. »Meinst du nicht, dass man seine Meinung ändern darf?«

Danach saßen die beiden Frauen ein Weilchen schweigend beieinander, doch als sie sich an der Tür verabschiedeten, fiel Rosa noch etwas Wichtiges ein, das sich nicht recht mit Ruchamas Geschichte vereinbaren ließ.

»Moment! Auf dich ist doch nur ein Schmetterling gefallen. Du kannst gar nicht zum zweiten Mal heiraten mit nur einem Schmetterling.«

Ruchama drehte sich bass erstaunt zu ihr um. »Ich verstehe nicht«, sagte sie.

»Erinnerst du dich an unser Spiel mit den Schmetterlingen?

Auf mich sind vier gefallen, auf Ruthi keiner und auf dich nur einer.«

Ruchama blickte sie verständnislos an. »Willst du mir sagen, dass du bis heute an dieses dumme Spiel glaubst?«

»Aber mein Leben, das, was Ruthi passiert ist, Rachels Schicksal, unser aller Leben hat sich doch nach den Schmetterlingen gerichtet. Du hast es selbst gesagt. Du hast mir dauernd nachgerufen: ›vier, vier, vier‹«, stammelte Rosa, »und erst vor kurzem hast du mit mir über den vierten gesprochen.«

Ruchama näselte verächtlich: »Ich kann's nicht fassen, dass du all die Jahre daran geglaubt hast. Das war doch nur ein Spiel, ein Kleinmädchenspiel.«

Sie wandte den Rücken zum Gehen, aber Rosa packte sie an den Schultern und zerrte sie in die Wohnung zurück.

»Ich verstehe nicht. Du hattest dieses Spiel erfunden, warst die Einzige, die daran glaubte, und hast uns dazu gebracht, ebenfalls daran zu glauben. Und als wir dann überzeugt waren, hat sich unser ganzes Leben, deins, meins, Rachels und Ruthis, ihr Andenken sei gesegnet, nach diesem Spiel ausgerichtet. Wie hast du's dann als Einzige fertig gebracht, da herauszukommen?«

Ruchama blickte sie mitfühlend an. »Stimmt, ich habe das Spiel erfunden, aber in allem, was mich jetzt betrifft, ändere ich die Regeln. Und überhaupt war es nur ein Kleinmädchenspiel.« Danach trippelte sie vorsichtig die Treppen hinab, als wären ihre Knochen aus dünnem Glas. Rosa ging in die Wohnung zurück, schloss die Tür hinter sich, und die ganze Nacht über dröhnten ihr Ruchamas Wort in den Ohren: »Es war nur ein Spiel, nur ein Spiel, nur ein Spiel, ein Kleinmädchenspiel.«

24

Mein kleiner Engel ist gefallen

Jene ganze Nacht, ihre letzte, fand Maleach keinen Schlaf. Sie fürchtete sich vor dem Donnergrollen und vor dem Sturm, der an den Fenstern rüttelte und sie einzudrücken drohte, und sorgte sich auch um ihre Freunde, die Krähen, die gewiss ungeschützt in ihren Nestern hockten und vor Kälte die Federn sträubten. Doch in das Ringen mit störenden Gedanken und nagenden Sorgen mischte sich auch süße Erwartung. Der Grund dafür lag auf ihrem Bett: ein prächtiges weißes Brautkleid und ein langer Schleier, die ebenso wie sie und die neuen Lackschuhe unter dem Stuhl auf den nächsten Morgen warteten.

Vor dem Schlafengehen hatte Rosa ihr das Kleid anprobiert. Den Mund voller Stecknadeln, um den Saum passend umzustecken, hatte sie mehr bei sich gemurmelt, morgen werde Maleach das Schönste aller Mädchen und die schönste Braut in der Stadt sein. Mit Kürzen fertig, hatte sie das Ergebnis zufrieden begutachtet, das Kleid über die Stuhllehne gehängt, den blütenübersäten Schleier dazugelegt und die neuen weißen Lackschuhe unter den Stuhl gestellt.

Kaum war Rosa stöhnend ins Bett geklettert, konnte Maleach nicht länger an sich halten. Sie sprang aus dem Bett, nahm das Kleid, probierte es erneut vor dem Spiegel an, schlüpfte in die neuen Schuhe und musterte ihren weiß gewandeten kleinen Körper. Dann zog sie das Kleid wieder aus, und da sie sich nicht davon trennen konnte, legte sie es behutsam, um es ja nicht zu zerknittern, aufs Bett. Dabei dachte sie froh an Dror, den sie mit ihrem wunderhübschen Brautkleid überraschen wollte.

Am Morgen erwachte sie früher als sonst aus ihrem kurzen Schlaf.

Als Rosa später Rachel und Ruchama tränenerstickt und schuldbewusst den Ablauf des Geschehens schilderte, fügte sie hinzu, Maleach sei bestimmt von der seltsamen Stille aufgewacht, die sich gegen Morgen über die Stadt gelegt hatte.

Eine dicke wollige, frostige Decke, die sich auf der Erde gebildet hatte, erstickte die Laute, ehe sie noch in die kalte Luft dringen konnten, und dämpfte die üblichen Morgengeräusche. Sie täuschte Naive, hielt Dumme zum Narren und trog diejenigen, die sie zum ersten Mal im Leben sahen. Es heißt, sie begänne ihren langen Entstehungsweg droben im Himmel, nahe bei Gott, in Form einzelner Federflocken, die in alle Richtungen tanzen und wirbeln, bis sie sich in einem geheimen Fortpflanzungsprozess paaren und vermehren, der dem menschlichen Auge verborgen bleibt. Über Nacht vereinigen sie sich drunten auf Erden und verweben sich zu einer trügerischen kalten Decke von kurzer Lebensdauer.

Zu dieser wundersamen Stille erwachte Maleach in ihrem Wolkenzimmer, von Engeln und Krähen umschwebt. Gespannt wartete sie im Bett auf den Morgengruß der Krähen, und als diese ausblieben, rief sie sie in Gedanken herbei. Prompt verließen die Krähen von der Frühschicht ihre warmen Nester und die schützenden Schwingen ihrer Partnerinnen, segelten mit Unheil verheißendem Krächzen über die Baumwipfel, die sich ihnen zu Ehren mit weißen Häubchen geschmückt hatten, die nur Gott und die Vögel des Himmels zu schauen vermochten, und flogen auf Maleachs Fenster zu. Wie jeden Morgen pochten sie von draußen an die Fensterscheibe, an der sich an diesem Tag klare Eisblumen in ungekannten Mustern gebildet hatten.

Maleach wollte ihre Mutter nicht wecken, die ihr sonst jeden Morgen das Fenster für den Gruß der Krähen aufmachte. Langsam zerrte sie den Holzstuhl heran, kletterte darauf und öffnete das Fenster. Strenge Kälte schlug in das Zimmer, das sich über Nacht durch Maleachs Körperwärme und Atemhauch erwärmt hatte. Die Krähen schlugen freudig mit den Flügeln, begrüßten sie, krächzten zum Abschied und verschwanden in den grauen Himmel, emporgetragen zwischen den Schneeflocken, die ziel- und richtungslos in ihrem flüchtigen Dasein die Vögel umwirbelten.

In diesem Moment kam Maleach der Glanz der weißen Erde zu Gesicht. Sie wusste nicht ein noch aus. Zuerst blickte sie Antwort heischend zum grauen Himmel auf, verfolgte den Flug der Krähen zwischen den weißen Daunen. Dann sah sie dem Flockenwirbel zu, bis ihre Augen erlahmten und ihr Kopf schwindelte. Mit tanzenden schwarzen Punkten vor Augen blickte sie herab auf die Erde, über der eine verlockende, wollige Wolke lag. Aufgeregt über den ersten Schnee ihres Lebens, vergaß sie das Purimfest und das Brautkleid, das sie auf dem Bett erwartete, hastete aus ihrem Zimmer zu Rosas Riesenbett, um die Mutter mit ans Fenster zu holen, und rüttelte sie sanft aus dem Schlaf.

»Es sind Wolken auf der Erde«, jubelte sie, »ganz viele Wolken auf dem Boden. Solche wie bei mir an der Decke. Ich möchte runtergehen und mit den Wolken spielen.«

Rosa drehte sich auf die Seite, bemüht, ihre Körperwärme unter dem dicken Federbett zu bewahren.

»Geh wieder ins Bett«, befahl sie barsch, »es ist noch zu früh zum Aufstehen.«

Betreten kehrte Maleach in ihr Zimmer zurück, nahm die Puppe Jaffa zur Hand und kletterte auf den Stuhl, damit auch Jaffa den Ausblick genießen konnte. Als sie den Kopf wieder aus dem Fenster steckte, zwinkerten ihr die Wolken, die den Hof bedeckten, mit abertausend weißen Sternenaugen zu und verhießen ihr Engelsspiele und weiche Wohligkeit.

»Ich habe Flügel«, murmelte sie vor sich hin und drückte

Jaffa an die Brust. »Ich kann fliegen, ich hab Flügel, ich kann fliegen.« Unter großer Anstrengung kletterte sie mit Jaffa aufs Fenstersims. Ihre Füße traten auf harten Krähenmist, und vor den entsetzten Augen der Nachbarin Masal aus dem ersten Stock des Hauses gegenüber, die gerade den Laden aufmachte, um zu sehen, was es mit der verdächtigen Stille auf sich hatte, rutschte sie auf der gefrorenen Masse aus. Ihre Flügel öffneten sich nicht bei der Berührung mit der Luft, die ihr Körper durchteilte.

Begleitet von den Trauerschreien der Krähen, die alarmiert herbeiflitzten und entsetzt Maleachs letzten Flug verfolgten, stürzte sie abwärts durch die Schneeflocken, die sie umschwirrten, und versank im Nu in der trügerischen weißen Decke, die ihren kleinen Körper in die Tiefe sog und ihn zornig und gewaltsam auf die steinhart gefrorene Erde knallen ließ. Masals Entsetzensschreie gingen im Angst- und Schmerzgeschrei der Krähen unter, die aus allen Richtungen dahergeschossen kamen.

Rosa erwachte von der Kälte, die durch Maleachs offenes Fenster in die Wohnung drang. Taub gegenüber dem Krächzen der Krähen und Masals Geschrei, rauschte sie ins Zimmer, schlug das Fenster zu und wollte die Kleine dafür schelten, dass sie an einem solch eisigen Tag das Fenster offen gelassen hatte. Nachdem sie sie in der ganzen Wohnung gesucht hatte, hörte sie immer lauter werdendes Pochen an der Tür, öffnete und rannte den Unheil verkündenden Engeln in den Hof nach. Sie fand Maleach dort auf einem purpurroten Wolkenbett liegen. Ihr Flanellnachthemd, mit weißen Schäfchen bedruckt, deren Wolle nun rot gefärbt war, verbarg ihren wunden Leib. Ihr lächelndes Gesicht war bleich wie Schnee, ihr Goldhaar lag wie ein Strahlenkranz um sie ausgebreitet, durchsetzt mit den Haaren der Puppe Jaffa, die mit gesprungenem Porzellankopf neben ihr lag.

»Mein kleiner Engel ist gefallen«, kreischte Rosa, als sie ihren zerschlagenen Körper aufhob, der ihr wie eine Lumpenpuppe in den eiskalten Händen baumelte. Behutsam versuchten die Nachbarn, ihr das tote Kind abzunehmen, aber Rosa krallte sich mit beiden Händen an ihr fest und drückte ihrem erkaltenden Fleisch zehn blutige Halbmonde auf.

»Mein kleiner Engel ist gefallen«, wiederholte sie immer wieder den einen Satz, als fürchte sie, ihn zu vergessen, als man sie Schritt für Schritt die Treppe zu ihrer Wohnung hinaufgeleitete – ihre Nachtwäsche säuerlich vom Blut, das Kind, dessen leblose bloße Füßchen bei jedem Schritt der Mutter in der Luft schlenkerten, fest an die Brust gedrückt.

»Mein kleiner Engel ist gefallen«, murmelte sie, als man ihr schließlich mit Gewalt das Kind abnahm, ihr die blutgetränkten Sachen aus- und warme Winterkleidung anzog und sie Stufe für Stufe zu dem Ambulanzwagen hinunterführte, der sie und die kleine Leiche ins Krankenhaus brachte.

»Mein kleiner Engel ist gefallen, mein kleiner Engel ist gefallen«, wiederholte sie den ganzen Weg zum Friedhof, als wolle sie sich selbst von dem geschehenen Unglück überzeugen.

»Mein kleiner Engel ist gefallen«, rief sie in die kleine Grube, die man mühsam in der hart gefrorenen Erde ausgehoben hatte – in der Grabstelle neben Josef, die Rosa eigentlich für sich gedacht hatte. Dror an ihrer Seite schrie und schrie und schrie, bis er in Ohnmacht fiel.

Unter dem Wehgezeter der Krähen, das sich in das Weinen der Menschen und Rosas Verzweiflungsschreie mischte, wurde das in weiße Leichentücher gehüllte kleine Bündel in die harte Erde gesenkt. Nachdem alles vorüber war, weckte man Dror mit sanften Wangenschlägen, doch als er wieder zu sich kam, wollte er nicht von der Stelle weichen, sondern mit ihr begraben werden, und murmelte vor sich hin, jetzt da Maleach ein Engel unter Engeln sei, wolle er sich ihr anschließen, und dort im Himmel würden sie Hochzeit feiern.

Wie ein trauriger, nasser schwarzer Krähenschwarm verließen sie das frische Grab. Am Friedhofstor stießen sie auf Jochai mit seiner starren Miene, dem lila Tablett und dem Glas Wasser, dessen Inhalt bereits gefroren war. »Mein kleiner Engel ist gefallen«, herrschte Rosa ihn an, als gäbe sie ihm die Schuld für Maleachs Tod, und entgegen ihrer sonstigen Gewohnheit trank sie keinen Schluck Wasser, sondern schlurfte, von ihren Söhnen gestützt, schwerfällig weiter. Beschämt erstarrte Jochai auf der Stelle und verfolgte mit den Augen den Trauerzug, der in schweren Mänteln an ihm vorüberzog, die Köpfe durch schwarze Schirme nur notdürftig gegen den peitschenden Graupelschauer geschützt.

In wassertriefenden Mänteln vom Friedhof zurückgekehrt, scharten sie sich stumm um Rosas Petroleumöfchen, bis der Dunst aus ihrer Kleidung stieg – vermischt mit Petroleumgestank, Moder und dem beißenden Geruch der Mottenkugeln, die während der langen Sommermonate in den Wintersachen zerfallen waren. Als Rosa dabei zum wer weiß wievielten Mal ihren Satz »mein kleiner Engel ist gefallen« in einem tiefen Jammerton sagte, der sich anhörte wie das Wehklagen eines Schakals, dessen Junge verschwunden waren, und die Puppe Jaffa mit dem gesprungenen Kopf an die Brust drückte, fiel jene, die viele Jahre lang den Mund nicht mehr aufgemacht hatte, mit einem Mal in ihr Wehklagen ein und rief ihr weiches, dumpf hallendes: »Mama, Mama, Mama.«

Erschauernd floh Leslie-Schimon aus dem Zimmer und kam mit dem schwersten Hammer wieder, den er bei Josefs Werkzeug gefunden hatte. Mit eingesogenen Wangen einen Haufen Nägel zwischen den Lippen haltend, stürzte er in Maleachs Zimmer, stieg auf den Stuhl, unter dem ein Paar winzige Lackschuhe vergeblich warteten, und nagelte mit wütenden Hammerschlägen ihr Fenster so am Holzrahmen fest, dass es sich nicht mehr öffnen ließ. Die dröhnenden Schläge riefen die Bewohner des Viertels an die Aufprallstelle. Sie stapften durch den blutgetränkten Schneematsch, nickten traurig und rangen die Hände. Alle waren einstimmig der Meinung, dass Leslie-Schimon gut daran tat, das Fenster am Rahmen festzunageln, sodass jetzt keiner mehr aus Maleachs Zimmer springen konnte. Denn Selbstmord ist ansteckend, sagte man dort unten in dem morastigen Hof. Menschen, die sich umbringen wollen, sind wie Verbrecher, die an den Tatort zurückkehren. Und Menschen, die sich entschlossen haben, ihrem Leben durch einen Sprung aus großer Höhe ein Ende zu setzen, werden es unter Umständen solchen nachtun, denen das gelungen ist.

Als der Schnee zwei Tage später schmolz, gab er das Fleckchen Erde frei, auf dem das Mädchen und ihre Puppe zerschmettert waren. Das Totenbett der kleinen Körper war mit spitzen Steinen, Flaschensplittern, verkoteten Windeln, Zeitungsfetzen und Hundedreck gepolstert.

Im Viertel erzählte man sich, die Krähen hätten noch monatelang nach dem Mädchen Ausschau gehalten, ob es sich vielleicht doch wieder in der Fensterscheibe spiegeln würde, bis sie schließlich verzweifelt die Flügel hängen ließen, ihre gepflegten Nester aufgaben und auf Nimmerwiedersehen davonflogen.

Später, in den berauschenden Sommernächten, in denen die drückende Hitzeglocke über der Stadt alle Erlebnisse des harten Winters vergessen macht, vernahmen die Nachbarn erneut Rosas Klage.

Ihr Klagelied, scheinbar im Schlaf gesprochen, endete stets mit dem jähen Aufschrei: »Mein kleiner Engel ist gefallen«, den sie immer wieder mitten in der Nacht ausstieß, während ihr das schweißgetränkte Nachthemd am Leib klebte. Und wenn die Kinder des Viertels von dem furchtbaren Schrei erwachten, der sie aus süßen Kinderträumen riss, tappten sie wie mondsüchtig ins Elternschlafzimmer, kletterten in die breiten Betten, kuschelten sich hinein und fragten verängstigt, warum Maleach gefallen sei. Erwachend nahmen die Mütter ihre Kinder schützend in die Arme und erklärten ihnen, Maleach sei gefallen, weil sie mit ihrem Leben gespielt und nicht aufgepasst habe, und wer mit seinem Leben spiele, den würde der Wind wegwehen oder ein Auto überfahren. Ja, das passiere Kindern, die nicht aufpassten.

Ein Jahr nach Maleachs Tod konnte Rachel Rosa das sagen, was sie die ganze Zeit gedacht, ihr aber nicht zu sagen gewagt hatte: »Maleach ist gefallen, weil sie keinen Halt in der Wirklichkeit hatte, und wer keinen Halt in der Wirklichkeit hat, der verschwindet und wird zur Legende.«

25

Die Zeitstrafe

Nach Ende der Trauerwoche, als die Beileidsbesucher wieder in ihre Häuser zurückgekehrt waren und Rosa zum ersten Mal im Leben allein blieb, berief sie ihre drei Ehemänner zu einer ernsten Unterredung ein.

»Warum habt ihr mir nichts davon gesagt?«, wollte sie wissen.

Die drei wechselten verlegene Blicke untereinander und gaben keine Antwort.

»Ihr hättet mich wenigstens vor dem Sturz warnen können. Wo bleibt denn euer Herz?«, klagte sie, erntete aber nur Schweigen.

Als das Schweigen anhielt, baute sie sich vor ihnen auf und schrie aus vollem Hals, unter Aufbietung ihrer ganzen Trauer, all ihres Schmerzes und ihres gesamten riesigen Brustkastens als erstklassigem Resonanzkörper: »Antwortet mir!«

Schraga und Schmuel blickten bang und flehentlich auf Josef, den ältesten Ehemann und Maleachs Vater. Josef wich ihren Blicken aus, setzte dasselbe dümmliche Lächeln auf, das er im Augenblick seines Todes gezeigt hatte, und sagte achselzuckend: »Wir konnten's nicht wissen. Und selbst wenn wir dich gewarnt hätten und Leslie-Schimon alle Fenster vernagelt hätte – das Schicksal ist doch vorherbestimmt, man kann es nicht ändern. Sie wäre auf jeden Fall gestürzt.« Und zögernd fügte er hinzu: »Wenn du mich fragst: Meiner Ansicht nach ist alles wegen Dror passiert. Hätte er ihr nicht immer wieder eingeredet, sie besäße Flügel, und ihr nicht diese blöde Geschichte von Jakobs Traum erzählt, wäre sie kaum auf die Idee gekommen, die Schwingen auszuprobieren.«

Schraga nickte, fummelte geistesabwesend zwischen seinen unbeschuhten Zehen herum und fügte – getreu seiner alten Abneigung gegen jegliches Getier – hinzu: »Stimmt, dass es alles wegen Dror war, aber die Krähen sind auch schuld. Die haben sie verführt, mit ihnen zu fliegen.«

Danach blickten die beiden einander an und wälzten im stummen Einvernehmen zwischen alten Kumpanen die Sache auf den letzten Ehemann, Schmuel, ab, der wie ein gemaßregelter Schüler zwischen ihnen saß und auf die Spitzen seiner abgetretenen, farbgesprenkelten Schuhe starrte. »Es ist auch wegen Schmuel. Er hat sie mit Flügeln gemalt und ihr das Zimmer mit Engeln gefüllt. Wundert's da, dass sie sich selbst für einen gehalten hat?«, posaunten sie im Chor.

Und nachdem nun wiederum alle drei Blicke getauscht und zustimmend genickt hatten, zogen sie unisono über Rosa her, brüllten sie an und lasen ihr derart die Leviten, dass ihr die Ohren noch klangen, als die Männer längst wieder verschwunden waren. »Alles deinetwegen«, behaupteten sie, »hättest du sie nicht Maleach genannt, hätte sie wohl kaum ihre nicht vorhandenen Flügel ausprobiert, und die Sache wäre anders ausgegangen.«

Rosa bekam eine Mordswut auf sie. Mit Zornesschreien jagte sie alle drei davon, verkündete, dass sie sie diesmal – im Gegensatz zu früher – nicht mehr sehen wolle, und ließ dann nächtelang keinen von ihnen zu sich ins Bett steigen. Selbst als sie ihr durch ihre Bilderscheiben schmeichlerisch ihr schönstes Lächeln sandten, ihr zärtliche Lockrufe zuflöteten, ihr Gedächtnis mit Geschichten von schönen gemeinsamen Tagen auffrischten und ihr künftige Lüste ausmalten, blieb sie hart.

In einem letzten Verzweiflungsakt riefen sie Angela aus den Tiefen der Unterwelt zu Hilfe. Eines Abends stand sie zwischen ihnen mit ihrem verschrumpelten Leib, das Trauerkleid aus schwarzem Taft so voller Risse, dass ihre kränklich weiße Haut durchschimmerte. Die rosige Färbung ihrer runzeligen Wangen und das unvertraute Blitzen ihrer Augen führten Rosa zu der erfreulichen Annahme, dass ihre Eltern sich endlich im Himmel getroffen hatten und Vater sie wohl wieder mit all seiner Liebe überhäufte. Als sie sich jedoch nach dem Befinden ihres Vaters erkundigen wollte, fuchtelte Angela ihr mit warnend erhobenem Zeigefinger vor der Nase herum und rügte sie wie in alten Zeiten. Die Worte aus ihrem zahnlosen Mund klangen dumpf und hämisch. »Ich habe dir ja gesagt, dass man die Lebenden nicht nach den Toten nennen darf. Wer hat dich denn gebeten, die Tochter nach mir zu nennen?«, fragte sie mit Grabesstimme. Dann warf sie den dreien einen vernichtenden Blick zu und erklärte vorwurfsvoll: »Ich habe dir ja gesagt, dass eine Witwe nicht wieder heiraten darf. Du hast die Toten gegen dich aufgebracht, hast sie nicht um Erlaubnis gebeten, und da hast du's nun. Du bist eine fatale Frau im Sinne des Religionsgesetzes.«

Rosa vergaß, dass ihre Mutter längst nicht mehr unter den Lebenden weilte. Unverarbeitete alte Kränkungen, die immer mit den Worten »ich habe dir ja gesagt« anfingen, stiegen ihr wieder hoch. Sie hielt sich die Ohren zu und forderte alle auf, das Zimmer zu verlassen, andernfalls sei sie nicht mehr für ihr Tun verantwortlich. Im Handumdrehen waren die vier verschwunden. Sie spürte einen starken Schauder im Nacken aufkommen, über die Brust hinunterlaufen und schließlich in den Füßen verharren. Den ganzen Leib von Schluchzen geschüttelt, in den Ohren noch den dröhnenden Ruf »fatale Frau«, legte sie sich zu einer schlaflosen Nacht ins Bett, in voller Gewissheit, dass sie sie allesamt nicht wieder sehen wollte und sich nie mehr nach ihren toten Ehemännern sehnen würde.

Trotz aller Bemühungen gelang es Rosa in dieser Zeit nicht, sich Maleachs Gestalt ins Gedächtnis zu rufen. Selbst wenn sie ihre neuen Lackschuhe ans Herz drückte, an ihren Kleidern roch, ihre ausgegangenen Haare aus der Bürste zupfte und endlose Male ihre Zeichnungen betrachtete, konnte sie das Mädchen nicht spüren. Da half auch nicht das Riesenbild von ihr, das sie machen ließ und an ihre Schlafzimmerwand hängte, von der Maleach nun hell und versonnen herabblickte – richtig erfrischend neben den runzeligen Augen der drei Ehemänner. Und wenn sie versuchte, die Puppe Jaffa mit dem zersprungenen Kopf, die ihr so ähnlich sah, zu Hilfe zu nehmen, um sich Maleach im Geist zu vergegenwärtigen, rügte sie sich hinterher selbst, denn man durfte ein hübsches, quicklebendiges Mädchen doch nicht mit einer leblosen Puppe vergleichen, deren Kopf zerschellt war und deren Augen aus blauen Glasperlen bestanden. Das weiße Kleid der Puppe, das sie an das Brautkleid für Purim erinnerte, das Maleach nicht mehr hatte tragen können, war blutbefleckt, und wann immer sie es anfasste, tat ihr das Herz weh und die Wunden brachen wieder auf, sodass sie zum wer weiß wievielten Mal überlegte, ob sie die Puppe wegwerfen sollte. Aber die Puppe erinnerte sie auch an ihre erste Freundin Rina, in deren Bett sie in der Villa in Katamon geschlafen hatte, und sie fürchtete, mit ihrer Beseitigung all ihre Erinnerungen auszulöschen. Rosa hätschelte die Puppe und dachte dabei an ihre geheime Bettgenossin, an ihr Leben im Haus der Noten, an ihre Mutter Angela und an ihre kleine Tochter Maleach, die auf der harten Erde zerschmettert war – die Puppe im Arm, ihr Blondhaar mit deren Locken vermischt. Stundenlang saß sie im nächtlichen Dunkel auf dem geblümten Stuhl in ihrer fröhlichen Küche, drückte die Puppe an sich, schwenkte sie auf und ab und lauschte staunend dem Wort, das sie nach dem Sturz wieder sagte: »Mama, Mama, Mama.« Dann stimmte Rosa mit ein und murmelte im gleichen Takt: »Mein kleiner Engel ist gefallen, mein kleiner Engel ist gefallen, mein kleiner Engel ist gefallen«, bis die ersten Sonnenstrahlen des Morgens in langen, schmalen Streifen schwachen Lichts durch die

Ladenritzen fielen und bäuchlings herangekrochen kamen. Sie leckten ihre nachtkalten Füße, kletterten das Schienbein hinauf zu den Oberschenkeln, verweilten ein wenig im Schritt und wärmten und kitzelten sie dort, bevor sie ihren Bauch emporwanderten, sich zum Busen vorpirschten, ihr in die tränenblinden Augen drangen und sie erbarmungslos blendeten. Dann stand Rosa auf, ging in Maleachs Zimmer und setzte die kaputte Puppe in das zerwühlte Bett der Kleinen, das seit ihrem Weggang nicht neu bezogen worden war und auf dem noch immer das Brautkleid und der Schleier vergeblich auf sie warteten. Behutsam, um ihr ja nicht wehzutun, schüttelte sie die Puppe ein wenig, lauschte zufrieden ihren Mamarufen, wickelte sie gut in Maleachs Decke, damit ihr nicht kalt würde, und ging dann erschöpft in ihr Zimmer. Dort legte sie sich in die tiefe Mulde, die sich in ihrer Matratze gebildet hatte, schloss die Augen und versuchte vergeblich, sich Maleachs letzten Anblick auf ihrem Eisbett in Erinnerung zu rufen.

Nach der Gedenkfeier an Maleachs Grab am Ende des ersten Trauermonats besuchte sie entgegen ihrer sonstigen Gewohnheit nicht ihre drei Männer, und sei es auch nur zum Abschiednehmen. Und als sie mit den vom langen Stehen am Grab geschwollenen Beinen die Treppen zu ihrer Wohnung hinaufstieg, wusste sie, dass ihr Leben an einem bestimmten Zeitpunkt erstarrt war. Als man ihr zum Trost sagte, »die Zeit heilt alles«, kannte Rosa bereits die Wahrheit. Sie wusste, dass ihre Zeit – eben die, die in ihrem Leben so schnell vergangen war, dass sie sich öfter bei ihren Freundinnen über sie beschwert hatte – sie nun zu strafen gedachte. Die Zeit, die schnell verfliegen und ihr angeblich Heilung bringen sollte, begann sie aus ihren finsteren Schlupfwinkeln heraus höhnisch zu foppen und zu trügen. Gerade jetzt, da Rosa wünschte, sie möge schnell vergehen, dehnte sie sich endlos, als wäre sie mit den Beinen in der Erde festgewachsen. Wenn sie ihren Freundinnen dieses Phänomen zu beschreiben versuchte, erklärte sie ihnen, ihre eigene Zeit habe sich verändert. Sie verliefe jetzt völlig anders als die der Freundinnen, denn an dem Tag, an dem Maleach fortgegangen war, sei ein kleines Steinchen in die Sanduhr ihres Lebens geraten, habe sich im Durchgang von einer Ära zur anderen festgesetzt und die ihr zugebilligten Sandkörner gebremst.

Jede Nacht wartete sie auf das Morgenlicht, das sie ihren Kummer vergessen machen und sie von jenen schmerzlichen Erinnerungen und störenden Gedanken befreien sollte, die ihr im Dunkel des Kopfes schwirrten wie haarige, heimtückische Fledermäuse, die erst ihre tödlichen Pfiffe ausstießen, ehe sie sich auf ihre Beute stürzten. Morgens trank sie besorgt ihren Kaffee, voll Angst, der Tag könnte niemals enden, der Abend nicht kommen und die Nacht nie mehr über der Stadt einziehen. Dann verbrachte sie Tage und Nächte damit, durch die Zimmer zu wandern und immer wieder verstohlen auf die Uhr zu schauen. In diesen Minuten, die sich zu Stunden dehnten, hätte sie schwören können, dass die Zeit ihren Mutwillen mit ihr trieb, einfach nicht vorübergehen wollte und daher böswillig die Uhrzeiger ans Zifferblatt gelötet hatte, damit sie nicht von der Stelle kamen. Erschöpft flehte sie die Zeit an, doch schnell zu vergehen, damit die Sekunden, Minuten, Stunden, Tage, Wochen, Monate und Jahre verrinnen mögen, bis die ihr zugemessene Lebensdauer vorüber wäre, ihr Leiden ein Ende hätte und sie endlich ruhig und glücklich mit ihren Lieben vereint sein könnte.

In einer besonders schweren Nacht, in der die schlimmen Gedanken wie Raubvögel in ihrem Inneren wüteten, ihr gewissermaßen mit eisernen Schnäbeln und krummen Krallen das Fleisch von den Knochen rissen, warf sie wieder einen verstohlenen Blick auf die Uhr und sah, dass die Zeit nicht vorankam. In diesem Moment, der eine Ewigkeit dauerte, gelangte sie zu dem Schluss, dass sie sich den willkürlichen Diktaten der Zeit nicht länger unterwerfen dürfe. Sie füllte hastig die Spüle in der Küche mit scharfer Essiglösung, eilte durch die ganze Wohnung, sammelte alle Uhren ein und legte sie in die Flüssigkeit. Rosa vergaß weder die Küchenuhr noch den Wecker, der an ihrem Bett stand, weder die elegante goldene Uhr, die Josef ihr gekauft hatte, noch die Armbanduhren von Josef, Schraga und Schmuel. Um der Zeit keinerlei Bresche zu lassen, fügte sie auch die defekten metallenen Werke der Kuckucksuhren hinzu, deren Gehäuse längst den Holzwürmern zum Opfer gefallen waren. Dann setzte sie sich abgekämpft in die Küche, sah hoch zufrieden zu, wie sich die Uhren im Essig auflösten, und lauschte dem Blubbern des Wassers, das ihr wie liebliche Musik in den Ohren klang. Am Morgen nahm sie die Uhrenreste aus der Spüle, stopfte sie in einen schwarzen Plastiksack, ging die Treppen hinunter und warf die Bündnispartner der Zeit in die Mülltonne. Dann kehrte sie triumphierend nach geschlagener Schlacht in die Wohnung zurück.

Als sie nun, wie gewohnt, auf die Uhr schauen wollte, stellte sie befriedigt fest, dass keine Uhren mehr im Haus waren, und war sich ihres Sieges sicher. Nach Minuten, die sich zu Stunden dehnten, spürte sie jedoch wieder den üblen Hauch der Zeit im Nacken. Erschrocken schaute sie sich um – da fiel ihr Blick auf die grünen Ziffern, die ihr boshaft vom Backofen zublinzelten. Die Zahlen zeigten deutlich Stunde, Minute und Sekunde an. Hasserfüllt zog Rosa den Netzstecker des Herdes und sank erschöpft in den Wohnzimmersessel.

Doch wieder hörte sie die Zeit ihr im Dunkel der Wohnung spotten. Rosa blickte sich um und sah mit Entsetzen die flimmernd laufenden Phosphorziffern auf der Anzeigetafel des Videogeräts. Ärgerlich zog sie den Stecker aus der Wand und beschloss, Dror den Apparat zu schenken, denn sie hatte ja noch nie gern Filme gesehen, und so war das Videogerät in ihrem Haus völlig überflüssig.

Selbst als alle Alliierten der Zeit erledigt waren, verspürte sie kein Triumphgefühl, sondern wusste, dass sie bei diesem

Kampf unterlegen war. Eine neue Zeit, die sich nicht mit Uhren messen ließ, grub sich in ihren Stellungen ein und wich nicht vom Fleck. Im Moment dieser Entdeckung, der eine Ewigkeit dauerte, bekam sie einen furchtbaren Angst- und Schwächeanfall. Kalter Schweiß brach ihr aus, alles schmerzte mehr denn je, und sie meinte zu ersticken. Rosa erkannte mit beängstigender Gewissheit, dass ihr Körper, der ihr im Lauf der Jahre ein treuer Verbündeter gewesen war, nun untreu zu werden begann. In einem unerwarteten Überrumpelungsakt hatte er sich gegen sie erhoben, eine Bresche in die Befestigungen geschlagen, gemeinsame Sache mit ihren Feinden gemacht und ihnen bei ihr Tür und Tor geöffnet.

Die günstige Gelegenheit nutzend, war die Zeit durch die Bresche eingedrungen, hatte sich in ihrem Innern eingenistet und ihr die Werte eines neuen Zählers aufgezwungen – die der Pulszahl. Besiegt ging Rosa ins Bett. Die ganze Nacht über zählte sie ihre Herzschläge, und wenn sie bei sechzig ankam, wusste sie, dass noch eine Minute vergangen war. Erschöpft von den grausamen Spielen der Zeit, erkannte sie mit Gewissheit, dass von nun an diese Zeiteinheit das Tempo angeben, ihr Leben bestimmen und auch entscheiden würde, wann ihre Zeit abgelaufen war und das letzte Sandkorn ihres Lebens fiel.

Nach dieser Entdeckung lag sie mit offenen Augen im Bett und sah die Bilder ihres Lebens mit Blitzgeschwindigkeit vor sich ablaufen. In einem faszinierenden Farbfilm sausten Ehemänner, Kinder, Freundinnen, Landschaften, Gerüche und Aromen an ihr vorbei. Sobald sie sechzig Pulsschläge gezählt hatte, war der Film zu Ende, und sie zählte weiter die Zeit in ihrem Körper, der so schmerzte wie nie zuvor in ihrem Leben.

Als sie am nächsten Morgen wieder zu sich kam, merkte sie, dass sie den Geschmack am Leben verloren hatte. »Nicht nur, weil drei Ehemänner und eine Tochter abrupt von ihr gegangen sind, wollte ihr die Zeit nicht vergehen, sondern auch wegen einer unerträglichen weiteren Strafe, die ihr auferlegt war«, hieß es später im Viertel.

Die Strafe traf sie vernichtend mitten ins Lustzentrum. In verschwiegenen Kämmerlein, auf Treppenabsätzen und in dunklen Ladenecken erzählte man sich, Rosa habe den Geruchssinn verloren und damit sei ihr auch der Geschmackssinn unwiederbringlich abhanden gekommen.

Das erste Warnsignal traf ein, als sie die Küche betrat und nicht wie sonst die Blumen roch. Zunächst dachte sie, da sie sich an die bemalte Küche gewöhnt hatte und tief in Kummer versunken war, sei es nur natürlich, dass sie die unwirklichen Blumen nicht riechen konnte. Doch dann kam Rachel wie jeden Tag auf Besuch und weitete wie immer Nasen- und Lungenflügel, um den Duft der bunt gemischten Blütenpracht im ganzen Küchenraum einzuatmen. Rosa tat so, als hätte sich in ihrem Leben nichts verändert.

Kaum war Rachel weg, eilte Rosa zum Toilettenschrank, nahm das schwere Parfüm heraus, das Schraga ihr einmal gekauft hatte, schraubte mit zitternden Händen den Verschluss auf und atmete tief die Luftblase ein, die sich in dem eleganten Flakon gesammelt hatte. Kein einziges Duftmolekül drang zu ihr durch. In panischer Angst schälte sie das Zellophanpapier von einem neuen Parfümfläschchen, und als es ihr endlich mit zittrigen Fingern gelang, die Kappe zu öffnen, fiel sie über das Fläschchen her, stopfte sich dessen offenen Hals in ein Nasenloch und holte tief Luft. Als sie auch aus dem neuen Flakon nichts roch, warf sie ihn krachend hinunter. Die spitzen Glassplitter sprenkelten den Boden, schwammen in einer schweren, ölig gelben Flüssigkeit. Zu müde und erschlagen, um die Flaschenreste aufzufegen, sank sie ins Bett, ohne den intensiven Duft wahrzunehmen, der sich beklemmend penetrant im Raum verbreitete.

In der Nacht hatte sie einen unruhigen, mit Albträumen gespickten Schlaf. Sie sah sich durch ihren Kräutergarten spazieren, der wegen Schmuels mörderischer Behandlung längst eingegangenen war und sich nie mehr erholt hatte. Ein prächtiger Basilikumstrauch blickte sie aufreizend grün an. Mühsam bückte sie sich, riss ein paar Blätter und ein Stück grünen Blütenstand ab und befühlte begierig die dünnen Blättchen, um ihre Frische zu prüfen. Die Blätter weigerten sich, ihr ihren Duft zu spenden. Erschrocken führte sie sie an die Lippen, biss Stücke ab und zerkaute sie rabiat. Eine fade Masse verbreitete sich in ihrem Mund. Rosa besah sich die Blattstummel und entdeckte zu ihrem Entsetzen, dass sie aus Plastik waren. Wie von der Tarantel gestochen, ließ sie sie fallen. Sie sanken enervierend langsam und still, wie echte Blätter, auf die modrige Erdschicht herab. Nun wankte sie panisch weiter zum Heringsfass mit dem Salbei, riss angstvoll einen ganzen Busch aus, zerdrückte ein paar Stängel und hielt sie an die Nase. Auch dieser Strauch war aus Plastik und desgleichen alle anderen Kräuter in ihrem Balkongarten.

Gewaltsam zwang sie sich, aus dem Traum zu erwachen. Sie stolperte in die Küche, setzte den Wasserkessel auf und machte sich ihren Morgenkaffee. Die lieblichen Duftwolken, die ihr an normalen Tagen in die Nase stiegen, blieben aus. Das Schlimmste stand ihr jedoch erst noch bevor, als sie vorsichtig an dem heißen Kaffee nippte. Zu ihrem Schrecken schmeckte sie nichts, als hätten alle Knospen ihrer Zunge gemeinsame Sache mit ihrer Nase gemacht und sich jedes Vergnügen versagt. Der Kaffee war geschmacklos wie die trübe Brühe, die sie aus den Notzeiten in Erinnerung hatte. Rosa schüttete ihn in den Ausguss, hielt den Mund unter den Wasserhahn und trank, bis ihr der Bauch wehtat, um die faden Kaffeekörnchen wegzuspülen, die ihr ziel- und zwecklos im Mund knirschten.

In diesem Moment wusste sie mit Sicherheit, dass sie keine Gerüche mehr wahrnehmen konnte. Traurig saß sie auf dem kleinen Schemel in der Küche und wiegte ihren Leib in alle Richtungen. Heiße Tränen liefen ihr übers Gesicht. Sie beweinte den Geruch des ersten Regens nach der sommerlichen

Trockenzeit, den Duft frisch gemähten Rasens, die Wohlgerüche der Speisen, die sie gern zubereitete, den Körperhauch ihrer sauber gewaschenen Enkel und den Duft eines neuen Babys, die sie nie mehr riechen würde. Danach fiel ihr ein, dass sie mit dem Geruchssinn auch den Geschmackssinn verloren hatte, und nun trauerte sie über den doppelten Verlust.

In einem letzten Verzweiflungsakt räumte sie den Küchenschrank aus und führte alles an Nase und Mund, was sie dort finden konnte: frische Kekse, Sesamkerne, fein gemahlenen schwarzen Pfeffer, Olivenöl, scharfen Essig, Vanillepuddingpulver, Zucker, Salz, Natriumkarbonat und eine große Tafel Kuvertüre. Da sie die Gerüche nicht unterscheiden konnte, bemühte sie sich, den jeweiligen Geschmack wahrzunehmen, und steckte alles in den Mund, was ihr in die Hände fiel. Sie stopfte große und kleine Körner, Mürbes und Hartes, Schwerflüssiges und Dünnes in sich hinein – Substanzen, die in der Mundhöhle umherschwirrten, in den Rachen gerieten, die Speiseröhre hinabrutschten und in ihrem Magen durcheinander purzelten, aber kein Signal im Gehirnzentrum für Geschmacksprüfung auslösten.

In ihrer Verzweiflung legte sie den Knoblauchzopf um den Hals und hielt sich die Knollen eine nach der anderen unter die Nase, doch sie gaben ihr zuliebe nicht den vertrauten intensiven Geruch ab, der sie zu normalen Zeiten an Schmuels Mundhauch erinnert hatte. Nun, da sie den Knoblauchzopf wie ein Schmuckstück um den Hals trug, spürte sie, dass das Schicksal sie mit harter Hand zum Narren hielt. Von starker Sehnsucht nach Schmuel und seinem Knoblauchgeruch gepackt, riss sie die weißen Knollen, die ihre Brust schmückten, eine nach der anderen ab und zerquetschte sie in den Händen, gewaltsam bemüht, ihnen den Geruch abzuringen, den sie in ihren glücklichen Tagen verabscheut hatte. Der trübe, geruchlose Saft rann ihr durch die Finger und brannte bei der Berührung mit alten Schrammen und unsichtbaren Wundstellen auf der Haut.

Rachel, die hereinkam und Rosa inmitten halb geöffneter Lebensmittelpackungen in ihrer Blumenküche sitzen und schwere Tränen vergießen fand, reichte ihr erschrocken ein Päckchen Papiertaschentücher und zupfte ihre zerdrückten, feuchten Kleider zurecht.

»Was ist denn jetzt passiert? Warum riecht die Wohnung wie ein Bordell, in dem ein Topf Knoblauchsuppe explodiert ist? Was sollen all die Lebensmittel ringsum? Was soll das ganze Durcheinander?«, rügte sie und glättete mit gichtgekrümmten Fingern Rosas wirres Haar.

»Ich hab keinen Geruchssinn mehr«, jammerte Rosa.

»Na, wenn schon. Du kannst auch ohne ihn hundert Jahre alt werden. Höchstens nimmst du ein bisschen ab, denn alles Essen wird dir jetzt fad schmecken. Wer nichts riecht, schmeckt auch nichts«, referierte Rachel, die das Leben immer von der richtigen Seite zu nehmen wusste. Und als praktisch veranlagte Frau fügte sie hinzu: »Halb so schlimm mit den Blüten- und Essensdüften. Mich beunruhigt etwas anderes. Was ist, wenn du, Gott behüte, den Gashahn offen lässt. Wenn du es nicht riechst, erstickst du. Und was ist mit dem Geruch von verdorbenen Lebensmitteln, oder wenn etwas auf dem Herd anbrennt oder bei Rauch? Darüber mache ich mir Sorgen.«

Noch am selben Tag eilte Rosa zur nächstgelegenen Poliklinik und vertraute sich einer blonden Ärztin an, die betont ungeduldig und mit fremdem Akzent redete. Die Brüste der Ärztin lagen vor ihr auf dem Tisch, als seien sie eigenständige Wesen, während sie selbst etwas auf einen Zettel kritzelte und zu Rosa sagte, sie solle zweimal täglich Tropfen einnehmen.

Da die Tropfen nichts halfen, suchte sie privat einen Facharzt auf, der einen Geruchstest mit ihr machte. Er gab ihr an die zwanzig Papierheftchen, jedes mit einer anderen duftenden Substanz getränkt, wie er sagte. Dann forderte er sie auf, ein Papierchen nach dem anderen aufzureißen und den Inhalt einzuatmen. Gehorsam tat sie wie geheißen, doch als sie ihm die Gerüche beschreiben sollte, brach sie verzweifelt in Tränen aus und sagte ihm, dass sie nichts rieche. »Alle Papierchen riechen gleich, nach gar nichts.« Der Arzt rang die Hände, sagte, er habe keine Arznei für ihre Krankheit, und stellte, ehe er sie entließ, ein paar hundert Schekel in Rechnung.

Rosa ging den ganzen Heimweg zu Fuß, verzweifelt bemüht, den Duft der Geißblatt- und Jasminblüten an den Zäunen der Villen im alten Katamon einzusaugen, bis ihr die Lungen wehtaten, und dachte wütend an den Arzt, der ihr Geld abgenommen hatte, ohne gegen ihre Krankheit einen Rat zu wissen. Zu Hause angekommen stellte sie den Topf Linsensuppe zum Wärmen aufs Feuer, schöpfte sich dann zerstreut ein Schüsselchen voll dampfender Suppe und führte den Löffel mit dem warmen dunklen Nass an den Mund. Die Suppe schmeckte nach nichts. Rosa konnte weder den Geschmack des Korianderkrauts noch den zarten Duft der weichen Linsen wahrnehmen, und selbst die Zwiebel- und Knoblauchwürfel, die sie am Vorabend großzügig in die Suppe gegeben hatte, verwandelten sich in ihrem Mund in fade Nylonfetzchen. Entschlossen packte sie den schweren Topf an den Henkeln, schüttete seinen Inhalt geradewegs in die Toilette und zog die Spülung. Einige Linsen, die dem Abflussrohr entschlüpft waren, schwammen als beklemmende Erinnerungsstücke im Wasser.

Sie ging hungrig ins Bett und konnte die ganze Nacht nicht einschlafen. Viele laute Stimmen und nie gehörte grausige Geräusche gesellten sich zu den Schlägen ihres zeitzählenden Herzens, störten ihre Ruhe und hinderten sie am Schlafen. Sie hörte das Wasser in den Bleirohren im Innern der Wände plätschern. Sie lauschte dem müßigen Geplauder der Nachbarn, die so klar zu hören waren, als führten sie ihr Leben hier mitten in ihrem Schlafzimmer. Sie vernahm die Atemzüge der Schlafenden, ihr Schnarchen, ihre Bewegungen und das Ächzen der Matratzen. Das lustvolle Stöhnen eines liebenden Paares in einem entfernten Haus ging ihr durch Mark und

Bein, als liebten sie sich bei ihr im Bett. Sie hörte die Kiefer der Holzwürmer mahlen, die Fühler der nach Nahrungsmitteln stöbernden Kakerlaken rascheln, den verfaulenden Abfall im Eimer gären und das Blut in ihren Venen fließen und begriff, dass sie eine Entschädigung erhalten hatte, die sich als Fluch entpuppte. Da sie den Geruchssinn und damit auch den Geschmackssinn verloren hatte, war der Gehörsinn auf Kosten der eingebüßten Sinne schärfer geworden.

Während sie angstgelähmt dalag, den Stimmen der Nacht lauschte und mit aufgerissenen Augen ins Dunkel des Zimmers starrte, hörte sie ein dumpfes Geräusch, das sie entsetzte und ihre Gehörnerven reizte. Es war das Geräusch, mit dem ihre Erinnerungen begonnen hatten. Die Tränen rannen ihr über die welken Wangen, als ihr nun die schabenden Geräusche wieder einfielen, die sie als Kind einmal gehört hatte – das Schleifen von Leichen, vielen Leichen, die, wie man ihr später erzählt hatte, Teppiche gewesen waren. In diesem Moment spürte sie Rinas behandschuhte Hand ihr die Tränen abwischen. Rosa wunderte sich nicht, sie bei sich zu Hause in ihrem Bett mit unter der Decke zu finden. Rina war nicht herangewachsen, sondern ein Kind geblieben. Stark erregt hob Rosa die Bettdecke, musterte Rina und bemerkte die Veränderungen. Ihr prächtiges Batistkleid war nun schäbig und mit dunklen Flecken übersät, die Schuhe hatten abgetretene Sohlen, die Flaschenlockenfrisur war verstaubt und voller Spinnweben, ihre blauen Augen blickten trauriger drein, und eine hässliche Narbe zog sich über ihren Kopf. Als Rosa ihr von Maleachs Sturz erzählte, nahm Rina sie in die Arme und flüsterte ihr ins Ohr, Maleach schliefe jetzt im Bett eines anderen Mädchens, denn die ganze Welt wimmele von Mädchen, die in den Betten anderer Mädchen schliefen, die wiederum in den Betten anderer Mädchen schliefen, und so weiter ohne Ende.

Am Wochenende, als ihre Kinder samt Ehemännern und Ehefrauen und allen Enkeln zum Essen kamen, bemerkte sie, dass sie betretene Blicke untereinander tauschten und alle Augenblicke Salz- und Pfefferstreuer von einem Ende des Tisches zum andern weiterreichten. Und als Rosa nach dem Weggang ihrer Gäste mit vollen Töpfen zurückblieb, erfasste sie, dass sie mit dem Verlust des Geruchs- und Geschmackssinns auch ihre Zauberhand beim Kochen eingebüßt hatte. Eine Woche später kamen nicht alle zum Schabbatessen. Und am Ende der Mahlzeit, die in beklemmender Stille verlaufen war, fragte Ruthi: »Sag mal, Mutter, was ist denn mit dir? Warum schmeckt dein Essen nach nichts mehr?«

Am Ende des Monats merkte Rosa, dass das Kleid, das sie trug, nicht mehr eng anlag wie zuvor, und wusste, dass sie Gewicht verlor. Und als sie nach zwei Monaten dieser unfreiwilligen Diät auf der Straße ging, fiel ihr auf, dass die Männer, die ihr entgegenkamen, sie weder ansahen noch sich nach ihr umdrehten, als sei sie unsichtbar. Bedrückt musterte sie ihr Spiegelbild im Schaufenster des Blumenladens. Rosa sah sich einer verlebten, schwergewichtigen alten Frau gegenüber, der das überweite Kleid am Körper schlackerte. Ihr strohtrockenes Haar zeigte weiße Ansätze und strebte in alle Richtungen, die tief eingesunkenen Augen drückten undefinierbaren Hunger aus, und ihre Mundwinkel zeigten nach unten wie bei Frauen, denen das Leben übel mitgespielt hat. Rosa fuhr sich mit der Hand über die widerspenstigen Haare, aber die wollten sich nicht fügen, sondern standen, wie zum Trotz, erneut zu Berge. Sie versuchte, ihre Mundwinkel zu einem gekünstelten Lächeln nach oben zu biegen, doch sie sackten wieder ab und ließen ihre Herrin nur noch verbitterter wirken.

Bestürzt und kurzatmig eilte sie nach Hause, stieg langsam alle drei Treppen zu ihrer Wohnung hinauf und sank völlig außer Atem aufs Bett. Und als die Puppe Jaffa in ihren Armen weinerlich »Mama, Mama, Mama« rief, gelangte sie zu dem Schluss, dass sie etwas tun müsse, um dem Rest ihres Lebens eine andere Wendung zu geben.

26

Die goldene Leiter

Eines Tages, als Rachel wie allmorgendlich bei Rosa an die Tür klopfte, wurde ihr nicht geöffnet. Die Tür tat sich auch nicht auf, als sie ihr Glück am Nachmittag und am nächsten Morgen wieder versuchte. Nach zwei Tagen legte sie ein Ohr an die Tür, und als sie keinen Laut hörte, fiel ihr der Schlüssel ein, den sie erhalten, aber noch nie benutzt hatte. Sie schloss auf. Blütendüfte vermischt mit schwerem Parfüm und dem Geruch faulender Nahrungsmittel schlugen ihr entgegen. Zögernd betrat sie das Schlafzimmer. Der Raum war leer, das Bett bezogen, die drei Ehemänner und Maleach starrten traurig von der Wand. Bang machte sie die Runde durch die übrigen Zimmer. Rosa war nicht zu Hause. Ihre Einkaufstasche stand an Ort und Stelle in der Küche, die Geldbörse wartete auf dem Toilettentisch im Schlafzimmer. Angsterfüllt machte Rachel den Kleiderschrank auf: Rosas Kleider hingen alle da, nichts fehlte. In Maleachs Zimmer fand sie das Bett leer. Die Puppe Jaffa, die seit dem Unglück im Bett des verstorbenen Mädchens gelegen hatte, war verschwunden.

Verrückt vor Sorge rief sie Ruthi an, die ihr seelenruhig sagte, Rosa sei weggefahren. Wohin sie gefahren war, mit wem und wann sie zurückkäme, wollte sie nicht verraten. Rachel grübelte die ganze folgende Nacht darüber nach, ärgerlich, dass Rosa sie nicht in ihre Pläne eingeweiht hatte und ihr nun unnütz Sorgen bereitete. Dann begriff sie, dass Rosa die Wohnung hinter sich abgeschlossen hatte, um für immer fortzugehen.

Als man im Viertel merkte, dass Rosa weggegangen war, ohne sich von irgendwem zu verabschieden, hagelte es Fragen, Vermutungen, Gerüchte und Debatten. Die Atmosphäre in Katamon VII heizte sich auf.

Zuerst fragte man sich, wohin Rosa wohl verschwunden war. Tagelang kursierte diese Frage wie ein eigenständiges Wesen, und ähnlich dem Wagen eines frisch verheirateten Paares, der laut scheppernd Töpfe und Blechgeschirr an der Stoßstange hinter sich herzieht, zog sie eine Schleppe von Annahmen, Mutmaßungen, Vorurteilen, Verdächtigungen und Ängsten nach sich. Dann kam die Frage auf, wer Rosas vierter Ehemann sein mochte, wobei alle wussten, dass die Antworten auf diese beiden Fragen miteinander zusammenhingen und bei Beantwortung der ersten notwendigerweise auch die zweite ihre Lösung finden würde.

Anfangs dachte man, die Antwort bei Rosas bester Freundin, Rachel, erfahren zu können, aber seit Rosa fort war, hielt Rachel den Mund und wollte weder gut noch schlecht über sie reden. An einem besonders heißen Frühlingsabend, als Rachels Rheumaschmerzen ein wenig nachgelassen hatten und ihr ewig verkniffenes Gesicht ruhig wirkte, wagten die Frauen unten im Hof, sie nach ihrer Meinung zu fragen. Sie saßen mit überquellenden Hinterteilen auf Korbschemeln, die sie auf dem Betonweg zum Hauseingang aufgestellt hatten, atmeten mit kleinen Seufzern die heiße Luft, die die Lungen zu versengen drohte, fächelten sich mit den geschwollenen Händen ein wenig Kühlung zu und harrten des richtigen Augenblicks, jenes winzigkleinen Gnadenmoments, in dem man die Frage aufs Tapet bringen könnte.

»Wieso denn ein vierter Ehemann?«, antwortete Rachel mit einer Gegenfrage.

»Es hieß, sie würde vier Männer heiraten. Das hast du selbst gesagt«, gaben die Fragerinnen zurück. »Erinnerst du dich? Vier Schmetterlinge, vier Ehemänner.«

Rachel gab keine Antwort. Wieder verspürte sie brennende

Schmach und nagende Sehnsucht nach Rosa, ihrer besten Freundin, die ihr nichts von ihren Plänen verraten hatte und ohne Abschied verschwunden war.

»Also wirklich«, drängten sie Rachel ungehalten, um ihrem Gedächtnis nachzuhelfen, »komm, lieber Schmetterling, über weites Land, setz dich hier auf meine Hand.«

Rachel schwieg.

»Also wirklich«, wiederholten sie ungeduldig, »es bleibt noch ein Schmetterling. Drei waren da, und nun fehlt der vierte. Wer ist der vierte Ehemann, Rachel?«

»Ehrlich gesagt – ich hab keine Ahnung«, sagte sie offen.

»Was ist denn nach Maleachs Tod mit Rosa passiert«, beharrten sie.

»Weiß nicht«, quetschte sie hervor.

»Wo steckt sie?«

»Weiß der Himmel«, erwiderte Rachel ergeben und deutete mit gichtgekrümmter Fingerspitze nach oben. Wer jedoch genau der Richtung ihres Fingers folgte, stellte fest, dass sie eigentlich auf die in schwarzen Lettern an die Hauswand gesprühte Rieseninschrift zeigte: *Das Leben ist wie meine Arschhaare kurz hart schwarz und stinkig.*

»Eine Frau verschwindet und keiner weiß, wo sie steckt?«, fragten die anderen ärgerlich. »Und dann noch eine so große und bekannte Frau?«

»Ich bin sicher, die wissen, wo sie ist, wollen es aber nicht erzählen«, antwortete Rachel unwillig, offenbar darauf bedacht, möglichst schnell das Thema zu wechseln.

»Wer sind ›die‹?«

»Ihre Kinder, wer denn sonst?«

»Hat es Sinn, sie zu fragen?«

»Da habt ihr euch wen ausgesucht. Wenn sie's mir nicht erzählt haben, werden sie's gerade euch auf die Nase binden«, schnaubte sie verächtlich.

Daraufhin streckten die Frauen ihre geschwollenen Beine vor sich aus, musterten die Lackreste auf ihren Zehennägeln und betrachteten dann äußerst interessiert die Vegetation ringsherum, als sähen sie sie zum ersten Mal im Leben.

Eine Woge von Annahmen und Vermutungen schwappte über das Viertel. Zadok vom Lebensmittelladen behauptete, Rosa am zweitbesten – nach Rachel natürlich – zu kennen, denn sie sei ja über vierzig Jahre lang tagtäglich um Punkt neun Uhr bei ihm erschienen, um fürs Mittagessen einzukaufen. Mit der Hand auf der Bibel war er jedem zu schwören bereit, dass sie jetzt in einem verlassenen Bergnest in Obergaliläa lebe, in einer Holzhütte wohne und mit ihrem vierten Mann, den keiner hier kenne, da sie ihn insgeheim und in aller Stille geheiratet habe, organischen Gemüseanbau betreibe. Gewiss habe sie dort auf dem Bergkamm auch ein Biorestaurant eröffnet, von dem sich einer der schönsten Ausblicke der Welt biete. Fragte man ihn, woher er das denn wissen wolle, antwortete er schlicht, sie habe ihm erzählt, dass sie das gern tun würde. Und wenn sie verschwunden sei, habe sie bestimmt ihr Vorhaben verwirklicht.

Andere im Viertel meinten, Rosa habe Jochai den Totengräber geheiratet. In all den Jahren, in denen sie um ihre Ehemänner trauerte, habe er sie insgeheim mit seinen dunklen Blicken begleitet, erklärten sie. Seine schwarzen Kleider, voll Schatten der Unterwelt, schreckten sie offenbar nicht, und sein Blick, der dem Tod jeden Tag von neuem begegnete, sei verständnisvoll und mitfühlend und habe ihr gebrochenes Herz wohl wieder zusammengefügt. Sein stets trübsinniges Gesicht, die hängenden Augenwinkel und seine Lippen, die sich erdwärts zogen und nie zu einem Lächeln öffneten, erinnerten sie vermutlich an ihren ersten Mann Josef, dem sie aus Gewohnheit verbunden gewesen sei. Zum Beweis führten sie an, dass Jochai aus seinem Haus am Friedhofstor, neben dem Steinmetzhof, verschwunden war und keiner etwas über seinen Verbleib wusste.

Und wenn schon von Friedhöfen und Totengräbern die Rede ist: Die Schwarzseher unter den Bewohnern des Viertels meinten, Rosa sei einfach in die völlig gute Welt hinübergegangen. Endlich wäre sie dort mit ihren Liebsten vereint – mit ihrem Vater, den sie nie gekannt hatte, ihrer Mutter, ihren drei Ehemännern, ihrer Freundin Ruthi und vor allem mit Maleach, die aus ihrem Leben verschwunden war. Fragte jemand, warum man dann in der Stadt nichts von ihrem Tod gehört habe, wo denn die Anzeigen, das Begräbnis, die Nachrufe und die Trauerwoche gewesen seien, antworteten sie, möglicherweise hätten ihre Kinder sie in aller Stille beerdigt, weil das ihr letzter Wunsch gewesen sei, den sie ihr nicht abschlagen wollten, und Totengräber Jochai, der sie immer von weitem liebte, habe heimlich mit ihnen kooperiert. Daraus erkläre sich auch das plötzliche Verschwinden des Totengräbers. Da er eine geliebte Frau begraben und dieses Begräbnis ihm das Herz gebrochen habe, habe er den Beruf an den Nagel gehängt, das Haus abgeschlossen und sei fortgegangen, um sich eine lebendigere Beschäftigung zu suchen.

Dem hielten die Stammgäste von Mussas Baracke entgegen, Rosa habe insgeheim Mussa Silcha geheiratet. Jetzt, da Mussas Frau gestorben war, hätten sie sich endlich in Liebe vereinigen können, nachdem sie ihre Gefühle zuvor so viele Jahre hatten verdrängen müssen. Zum Beweis führten sie an, dass Mussa genau zu dem Zeitpunkt, in dem Rosa fortgegangen war, seine Baracke zugemacht hatte, ohne jemandem auf Wiedersehen zu sagen, und gewiss mit ihr über alle Berge verschwunden war.

Manche sind sicher, dass die Antwort bei Ruchama zu suchen ist. Rosas Verschwinden musste Ruchama genauso wie Rachel getroffen haben, denn es hätte ja eigentlich nicht sein dürfen, dass sie verschwand, ohne sich vorher mit ihr zu beraten.

Nachdem Ruchama von Rachel gehört hatte, dass Rosa fort war, lief sie anfangs ärgerlich und gekränkt im Viertel herum. Nachts wälzte sie sich im Schlaf, knirschte wütend mit den Zähnen und störte die Ruhe ihres neuen Ehemanns – bis ihr ein Gedanke kam. Mithilfe der schlimmsten Geschichten, die sie im Verlauf ihres Lebens gehört hatte, bastelte sie ein unlösbar kompliziertes Familienproblem zusammen, dessen Einzelheiten sie sich sorgfältig einprägte. Dann suchte sie Peretz auf. Beim Gespräch mit ihm ließe sich gewiss eine Frage über Rosa untermogeln und auch Antwort finden, denn Peretz wusste ja alles über Rosa – sie würde keinen Schritt ohne ihn unternommen haben. Nachdem sie über umgekippte Mülleimer gehüpft war und ein paar scheue Katzen in die Flucht geschlagen hatte, erreichte sie den Sandweg vor seinem Haus, erstaunt, dass vor der Tür nicht die übliche Schlange heilsuchender Frauen wartete. Die Tür war abgeschlossen, ein vergilbter Zettel teilte allen Besuchern mit, Peretz sei für unbestimmte Zeit verreist.

»Suchen Sie Peretz?«, fragte eine Nachbarin aus dem Nebenhaus, die über ihrer Pforte lehnte. »Er ist nicht da. Er ist weggefahren.«

»Wann kommt er zurück?«, fragte Ruchama.

»Das weiß niemand. Er hat das Haus abgeschlossen und ist weggefahren.«

»Allein?«

»Weiß ich nicht«, lautete die simple Antwort über den Gartenzaun.

»Kennen Sie Rosa?«, ging die Ermittlung weiter.

»Die dicke Rosa aus Katamon VII?«

»Ja, die dicke Rosa. Ist er vielleicht mit ihr weggefahren?«

»Ich weiß es nicht.«

»War Rosa vor seiner Abfahrt bei ihm?«

»So sagt man. Es heißt, nachdem ihr dritter gestorben sei und danach auch ihre Tochter, sei sie zu Peretz gekommen, damit er ihr Witwen-*Tikkun* macht.«

»Was ist das denn – Witwen-*Tikkun*?«

»Peretz hat mir erklärt, wenn einer Frau der Mann gestorben ist und sie einen anderen heiraten möchte, ist der Geist ihres Mannes eifersüchtig und macht ihr Ärger. Deshalb muss man diesen Geist um *Tikkun*, das heißt Besserung, bitten, damit er ihr nicht schadet und ihr keine Sorgen und Nöte verursacht. Also hat Peretz ihr Witwen-*Tikkun* gemacht, heißt es, und nun sind alle ihre Männer ruhig, werden ihr nicht mehr zusetzen, und sie kann einen neuen heiraten.«

»Und wo ist Rosa jetzt?«

»Peretz hat ihr gesagt, sie müsse umziehen, alles zurücklassen, sogar ihre Kleidung, denn ihre Männer würden in der vorigen Wohnung auf sie warten, und wenn sie ein neues Leben wolle, müsse sie die alte Wohnung und das alte Leben aufgeben.«

»Und wohin ist sie verzogen?«

»Das weiß niemand.«

»Vielleicht ist sie gemeinsam mit Peretz weggegangen?«, legte Ruchama ihr die Antwort in den Mund.

»Ich weiß es nicht«, fauchte die Frau, auf einmal wütend und ungeduldig, als blühe ihr eine schwere Strafe, wenn sie noch weiter rede. Ohne ein Wort der Entschuldigung kehrte sie ihr den Rücken, ging ins Haus und knallte die Tür hinter sich zu.

Wieder daheim, beschloss Ruchama, niemandem etwas von der aufregenden Entdeckung zu verraten, auch nicht ihrem neuen Ehemann. Ein geheimnisvolles Lächeln erstrahlte auf ihrem Gesicht, um der Allgemeinheit anzuzeigen, dass die Besitzerin dieses Lächelns die Antwort wisse, aber für sich behalten werde. Manche meinen, sie habe nicht einmal Rachel davon erzählt. Als Rachel sie im Namen ihrer langjährigen Freundschaft beschwor, sie doch einzuweihen, habe sie boshaft die Lippen zusammengepresst und das Geheimnis im Innern gehütet, als sei es ein verborgener Schatz, den man nicht mit anderen teilen dürfe. Jetzt war sie sich mehr denn je sicher, dass sie Recht gehabt hatte mit ihrer Prognose, Rosa würde vier Männer heiraten, weil nur auf sie vier Schmetterlinge gefallen waren. Es war kein Kleinmädchenspiel, sondern das Spiel des Lebens.

Als sie dann am Abend über ihre eigene Lebensgeschichte nachdachte, die die Ergebnisse des schicksalsträchtigen Spiels übertroffen hatte, rechtfertigte sie das vor sich selbst mit der Überlegung, wenn man wolle, könne man die Spielregeln in jedem Stadium ändern, auch wenn das Spiel schon vorbei sei. Spielregeln könnten nämlich die Wirklichkeit verändern. Man müsse nur wissen, wie. Und wer mit seinem Leben spielen und es verändern wolle, müsse dazu natürlich starken Willen aufbringen. Ruthi, Rachel und Rosa hatten die Regeln einfach nicht gekannt, konnten sie nicht richtig anwenden und waren nicht stark genug, sie zu ändern. Nur sie, Ruchama, hatte alle Aufgaben erfüllt und das Spiel gewonnen. Triumphierend ging sie in die Küche, um ihrem frisch gebackenen Ehemann eine Tasse starken Kaffee zu machen.

Viele Einwohner von Katamon VII verwerfen jedoch all diese Mutmaßungen und glauben, die einzig wahre Antwort liege bei Rosas Enkel Dror, der seine Großmutter und Maleach mehr geliebt habe als sich selbst und daher als Einziger mit Sicherheit wisse, wohin Rosa verschwunden sei. Auf Drängen hätte er vielleicht von jener hellen Sternennacht erzählt, in der im Traum seiner Großmutter eine goldene Leiter vom Himmel herabgekommen war. Rosa hatte staunend darauf geblickt, die Puppe Jaffa im Arm gewiegt und Dror gebeten, an ihrem Traum teilzunehmen. Und Dror, der immer die Träume seiner Großmutter hatte mitträumen wollen, schaute ihn gemeinsam mit ihr. Die Puppe Jaffa auf den Knien, reckten sie, wie zwei einzige Zuschauer eines Films, der an der Riesenleinwand des gesamten Sternenzelts lief, die Köpfe empor und sahen den blond gelockten Engeln zu, die in ihren Seidengewändern stumm die Leiter auf und ab liefen, immer wieder, bis Rosas und Drors Augen ermüdeten.

Und als sie aus dem Traum erwachen wollten, sahen sie ihn plötzlich. Der kleine Engel, der gefallen war, tollte den großen Engeln zwischen den Beinen herum. Rosa und Dror standen da, riefen ihn mit lauter Stimme, streckten ihm die Arme entgegen und baten ihn, zu ihnen herabzusteigen. Aber der kleine Engel hatte Höhenangst und fürchtete sich, den Blick auf die Erde zu senken. Als sie ihn nachdrücklicher riefen, setzte er sich auf eine Sprosse, blickte verwirrt einmal Dror, einmal Rosa an, wusste nicht, was er tun sollte, und winkte den beiden schließlich mit den Flügeln, ihm nachzukommen. Dror setzte eilig einen Fuß auf die unterste Leitersprosse, doch seine Großmutter kam ihm zuvor. Sie rammte ihrem Enkel den Ellbogen in den Bauch, klemmte die Puppe Jaffa unter den Arm, packte mit der freien Hand die Leiter, hob den Fuß und setzte ihn energisch auf die erste Sprosse. Als der kleine Engel das sah, schenkte er ihr das vertraute Lächeln und ermunterte sie zum Weitergehen. Die Puppe entglitt ihrem Arm und fiel zu Boden, aber Rosa blickte sich nicht nach ihr um. Die Augen auf den kleinen Engel gerichtet, setzte sie rasch den zweiten Fuß auf die Leiter, um ihm nachzusteigen, während er leichtfüßig Sprosse für Sprosse vor ihr emporkletterte, als wolle er ihr den Weg bahnen, bis sie beide winzige Punkte am Himmel waren.

Sobald sie ganz verschwunden waren, wollte Dror ihnen folgen. Doch als er im Begriff war, seinen Fuß auf die erste Sprosse zu setzen, löste sich die Leiter von der Erde, schwebte empor und verschwand mit einem goldblitzenden Lichtschein in den Wolken. Dror blieb allein auf der Welt zurück, nur die Puppe Jaffa in Händen. Gekrümmt von einem furchtbaren dröhnenden Schmerz wie nach einem Faustschlag in den Bauch, wusste Dror, dass Rosa in den Himmel gelangt war und nie wieder auf die Erde kommen würde, nicht einmal für einen kurzen Besuch. Ihre Augen waren jetzt ja von der Gestalt des Engels erfüllt, in ihren Ohren klang die wunderbare Weise, die man zu ihren Ehren auf der Harfe spielte, und ihre Hände befühlten genussvoll die kleinen, weichen Daunenflügelchen, die sich eigens für sie ausbreiteten.

Als er weinend und mit Bauchweh aufwachte, sah er die

Puppe Jaffa neben sich liegen und ihn mit weit aufgerissenen Augen traurig anblicken. Und als er sie an sich drückte und ihren weichen Rumpf knuddelte, tröstete sie ihn mit feinem Zwitscherton: »Mama, Mama, Mama.« Dror versprach ihr, gut auf sie aufzupassen, besser als auf Maleach. Und als er sich beruhigt hatte, erzählte er der Puppe Jaffa, dass jetzt, da Maleach endlich in den Himmel gelangt sei, niemand auf der Welt mehr von einer goldenen Leiter träumen werde, auf der Engel auf und ab stiegen. Aber er sei sicher, Maleach würde sich eines Tages nach ihm sehnen und ihn an seiner Seite haben wollen. Dann würde sie ihm eine neue Leiter schicken, völlig egal, ob aus Gold, Silber, Metall oder Holz. Hauptsache, sie sende ihm eine Leiter, damit er im Himmel das Mädchen treffen könne, das ein Engel sei, denn sie, Maleach, liebe er mehr als alles auf der Welt.